Marion Zimmer Bradley

Herrin der Falken

Ein Darkover-Roman

Aus dem Amerikanischen von
Rosemarie Hundertmarck

Knaur

Die amerikanische Originalausgabe erschien 1982 unter dem Titel
Hawkmistress bei DAW Books, New York.

Besuchen Sie uns im Internet:
www.droemer-weltbild.de

Vollständige Taschenbuchausgabe 2000
Droemersche Verlagsanstalt Th. Knaur Nachf., München

Umschlaggestaltung: ZERO Werbeagentur, München
Umschlagabbildung: © Barclay Shaw
via Agentur Schlück, Garbsen
Satz: Ventura Publisher im Verlag
Druck und Bindung: BookPartner, Kopenhagen
Printed in Denmark
ISBN 3-426-60966-5

2 4 5 3

ERSTES BUCH

Falkenhof in den Kilghardbergen

1

Romilly war so müde, dass sie sich kaum noch auf den Beinen halten konnte.

Es war dunkel im Falkenhaus; eine sorgfältig abgeschirmte Laterne, die von einem Dachbalken hing, war die einzige Lichtquelle. Aber die Augen des Falkenweibchens waren so wach, so wild und so erfüllt von Wut wie eh und je. Nein, nicht nur von Wut, sagte sich Romilly von neuem, auch von schrecklicher Angst.

Sie hat Angst. Sie hasst mich nicht, sie hat nur Angst.

Sie spürte es in ihrem Inneren, das Entsetzen hinter der Wut, bis sie kaum noch wusste, was sie war – müde, die Augen brennend, kurz davor, erschöpft in dem schmutzigen Stroh zusammenzubrechen – und was aus dem Gehirn des Falken in ihren Geist floss: Hass, Furcht, rasender Hunger nach Blut und nach Freiheit.

Romilly zog das kleine Messer aus dem Gürtel und schnitt ein Stück von dem in Reichweite liegenden Kadaver ab. Dabei zitterte sie unter der Anstrengung, nicht um sich zu schlagen, sich nicht von der Fessel loszureißen, die sie hielt – *nein, nein, nicht sie, die den Falken auf dem Block festhielt – erbarmungslose Lederriemen, die in seine Ständer einschnitten.*

Die Flügel des Falkenweibchens peitschten heftig die Luft. Instinktiv zuckte Romilly zurück, und der Streifen rohen Fleisches fiel ins Stroh. Das Mädchen fühlte den Kampf, die Wut und die wahnsinnige Furcht, als bänden die Lederriemen, die den großen Vogel an den Block fesselten, auch sie, als schnitten sie qualvoll auch in ihr Leben ... Sie versuchte, sich zu bücken, ruhig nach dem Fleisch zu suchen. Aber die Emotionen des Falken, die in ihren Geist einströmten, waren zu viel für sie. Sie bedeckte die Augen mit den Händen, stöhnte laut auf und ließ es alles Teil von ihr werden, die flatternden Flügel, die schlugen und schlugen ... Als ihr das vor einem Jahr zum ersten Mal passierte, war sie in Panik aus dem Stall geflohen und gerannt und gerannt, bis sie eine Handbreit vom Klippenrand entfernt stolperte und fiel. Dort ging es von Falkenhof steil hinunter bis auf die steinigen Ufer des Kadarin.

Sie durfte es nicht so tief in ihren Geist eindringen lassen, sie musste daran denken, dass sie menschlich, dass sie Romilly MacAran war ... Sie zwang sich, gleichmäßig zu atmen. Die Worte der jungen Leronis fielen ihr ein, die – kurz und heimlich – mit ihr gesprochen hatte, bevor sie in den Turm von Tramontana zurückkehrte.

Du hast eine seltene Gabe, Kind – eine der seltensten von denen, die man Laran *nennt. Ich weiß nicht, warum dein Vater so verbittert ist, warum er nicht erlauben will, dass du und deine Schwester und deine Brüder getestet und im Gebrauch dieser Gaben ausgebildet werdet. Er weiß doch bestimmt, dass ein unausgebildeter Telepath eine Bedrohung für sich und alle Menschen seiner Umgebung ist. Dein Vater besitzt die Gabe selbst in vollem Ausmaß!*

Romilly wusste es, und sie vermutete, dass auch die Leronis es wusste. Aber aus Loyalität zu ihrem Vater wollte sie außerhalb der Familie nicht darüber sprechen, und die Leronis war immerhin eine Fremde. Der MacAran hatte ihr Gastfreundschaft gewährt, wie er es bei jedem Besucher getan hätte. Doch er hatte sich kalt geweigert, die Falkenhof-Kinder auf *Laran* testen zu lassen, zu welchem Zweck die Frau eigentlich gekommen war.

»Ihr seid mein Gast, Domna Marelie, aber ich habe einen Sohn an die verfluchten Türme verloren, die unser Land verpesten und die Söhne – aye, und auch die Töchter – anständiger Männer an sich locken, weg von den Pflichten, die sie

Heim und Familie gegenüber haben! Ihr mögt Schutz unter diesem Dach suchen, solange der Sturm andauert, und werdet alles erhalten, was einem geehrten Gast zukommt. Nur unterlasst es, in den Seelen meiner Kinder herumzuschnüffeln!«

Einen Sohn an die verfluchten Türme verloren – Romilly dachte an ihren Bruder Ruyven, der vor vier Jahren über den Kadarin in den Turm von Neskaya geflohen war. *Und wahrscheinlich wird Vater noch einen Sohn verlieren. Denn sogar ich sehe, dass Darren eher für den Turm oder das Kloster von Nevarsin geeignet ist als zum Erben von Falkenhof.* Darren und Ruyven waren zur Ausbildung nach Nevarsin geschickt worden, wie es der Brauch von den Söhnen eines Bergland-Adligen verlangte, und Darren wäre gern dort geblieben. Aber gehorsam dem Willen seines Vaters kehrte er nun heim, um seine Pflichten als Erbe zu übernehmen.

Wie konnte Ruyven seinen Bruder so im Stich lassen? Darren schafft das nicht ohne einen Bruder an seiner Seite. Ruyven war nicht einmal ein Jahr älter als Darren, und die Brüder hatten immer wie Zwillinge aneinander gehangen. Zusammen waren sie nach Nevarsin gereist, doch Darren war allein zurückgekommen. Ruyven, so berichtete er seinem Vater, war in den Turm gegangen. Der MacAran las Ruyvens Brief und warf ihn in die Mistgrube. Von dem Augenblick an hatte er Ruyvens Namen nie mehr ausgesprochen und es auch allen anderen verboten.

»Ich habe nur zwei Söhne«, pflegte er steinernen Gesichts festzustellen. »Der eine ist im Kloster, der andere auf dem Schoß seiner Mutter.«

Auch gegenüber der Leronis Marelie hatte er sich so geäußert. Bei ihrem kurzen Gespräch mit Romilly sagte sie: »Ich habe mein Bestes getan, Kind, aber er wollte nichts davon hören. Deshalb musst du nun dein Bestes tun, damit du deine Gabe beherrschen lernst. Denn sonst wird sie dich beherrschen. Und in der Zeit, die mir bleibt, vermag ich dir nur wenig zu helfen. Erführe er, dass ich mit dir gesprochen habe, würde er mich bestimmt nicht über Nacht beherbergen. Aber ich musste es tun, um dir wenigstens ein bisschen Schutz für die Zeit zu geben, wenn dein *Laran* erwacht. Du wirst allein damit sein, und es ist nicht leicht, allein damit fertig zu werden. Doch unmöglich ist es nicht, denn ich weiß von einigen, denen es gelungen ist. Dein Bruder gehört auch dazu.«

»Ihr kennt meinen Bruder!«, flüsterte Romilly.

»Ich kenne ihn, Kind – was glaubst du denn, wer mich hergeschickt hat?« Romilly presste die Lippen zusammen, und Marelie setzte sanft hinzu: »Du darfst nicht denken, er habe euch ohne Grund verlassen. Er liebt dich, er liebt auch euren Vater. Aber ein Käfigvogel ist kein Falke und ein Falke kein Kyorebni. Hierher zurückzukehren, ein Leben zu führen, in dem er keinen vollen Gebrauch von seinem *Laran* machen kann – das wäre der Tod für ihn. Verstehst du das, Romilly? Er käme sich taub und blind und von seinesgleichen getrennt vor.«

»Aber was ist dies *Laran*, dass er uns alle dafür aufgibt?«, fragte Romilly. Marelie blickte traurig drein.

»Das wirst du erfahren, wenn dein eigenes *Laran* erwacht, mein Kind.«

Romilly rief aus: »Ich hasse *Laran*. Und ich hasse die Türme! Sie haben uns Ruyven gestohlen!« Sie wandte sich ab und wollte nicht mehr mit Marelie reden. Die Leronis seufzte: »Ich kann dir deine Loyalität zu deinem Vater nicht zum Vorwurf machen, mein Kind.« Sie ging in das ihr zugewiesene Zimmer und reiste am nächsten Morgen ab, ohne ein weiteres Wort mit Romilly gewechselt zu haben.

Das war zwei Jahre her, und Romilly hatte versucht, es zu vergessen. Erst in diesem Jahr war ihr klar geworden, dass sie die Gabe der MacArans in vollem Ausmaß besaß. Sie war irgendwie im Stande, in die Gedanken von Falke, Hund und Pferd oder eines anderen Tieres einzudringen. Jetzt wünschte sie fast, sie hätte mit der Leronis darüber sprechen können ... Natürlich war daran überhaupt nicht zu denken. *Ich mag Laran haben,* sagte sie immer wieder zu sich selbst, *aber nie würde ich für so etwas Heim und Familie aufgeben!*

So hatte sie darum gekämpft, der Gabe selbst Herr zu werden. Jetzt zwang sie sich, ruhig zu sein, gleichmäßig zu atmen. Sie spürte, wie es sie und ein bisschen sogar die tobende Wut des Falken beschwichtigte. Der Vogel saß bewegungslos da, und das wartende Mädchen wusste wieder, dass es Romilly war, nicht ein gefesseltes Tier, das sich von den einschneidenden Riemen freizumachen versuchte ...

Langsam schälte sich dies eine Stückchen Information aus dem Wust von Angst und Aufregung heraus. *Die Riemen sind zu eng. Sie tun ihr weh.* Romilly beugte sich nieder und versuchte, nur beruhigende Wellen in das Gehirn des Falkenweibchens abzustrahlen – *aber sie ist zu verrückt vor Hunger und Panik, um zu verstehen, sonst wäre sie ruhig und wüsste, dass ich ihr kein Leid antun will.* Sie zog an den geschlitzten Riemen, die um die Ständer des Falken gewunden waren. Ganz tief unten in ihrem Bewusstsein, sorgfältig abgeschirmt durch die besänftigenden Gedanken, die sie dem Falken zusandte, wehrte sich Romillys eigene Angst gegen das, was sie tat. Einmal hatte sie gesehen, wie ein junger Falkner ein Auge verlor, als er zu nahe an den Schnabel eines verängstigten Vogels kam. Aber sie befahl der Furcht, still zu sein und sich bei dem, was sie zu tun hatte, nicht einzumischen. Wenn der Falke Schmerzen litt, machte das seine Angst und seine Raserei um so schlimmer.

Romilly fummelte mit einer Hand im Halbdunkeln herum und segnete die ständigen Übungen, bei denen sie alle Falkenknoten mit verbundenen Augen und einer Hand zu schlingen gelernt hatte. Der alte Davin hatte immer wieder und wieder betont: *Die meiste Zeit wirst du dich in einem dunklen Raum befinden und eine Hand für deinen Falken brauchen.* Und so hatte sie Stunde um Stunde diese Knoten um Zweige geknüpft und gelöst, bevor sie in die Nähe der dünnen Ständer eines Vogels gelassen worden war. Das Leder war feucht vom Schweiß ihrer Finger, aber es gelang ihr, es ein bisschen zu lockern – nicht zu sehr, denn sonst würde der Vogel die Fesseln abstreifen und frei fliegen, sich vielleicht die Schwingen an den Wänden des Stalles brechen –, aber doch so, dass sie nicht mehr in die lederige Haut des oberen Beins einschnitten. Dann bückte sich Romilly, hob den ins Stroh gefallenen Fleischstreifen auf und wischte den Schmutz davon ab. Sie wusste, es kam gar nicht so sehr darauf an – Vögel mussten Schmutz und Steine schlucken, um ihre Nahrung im Kropf zu zermahlen. Aber die dreckigen Strohhalme, die an dem Fleisch klebten, widerten sie selbst an. Sorgfältig zupfte sie sie ab und streckte ihre behandschuhte Hand von neuem dem Falken auf dem Block hin. Würde der Vogel jemals von ihrer Hand kröpfen? Nun, sie musste einfach hier bleiben, bis der Hunger die Furcht überwand und der Vogel das Fleisch nahm. Andernfalls würden sie auch diesen Falken verlieren. Und Romilly war entschlossen, das nicht zuzulassen.

Sie war jetzt froh, dass sie den anderen Vogel freigelassen hatte. Vor drei Tagen hatte der alte Davin zwei Falken gefangen und Romilly versprochen, einen dürfe sie abtragen, während er sich mit dem anderen beschäftigte. Aber dann war das Sommerfieber nach Falkenhof gekommen, und auch Davin war krank geworden. Heute Morgen hatte Romilly ihn gefunden, wie er sich stöhnend umherwarf. Er hatte ihr befohlen, die Falken freizulassen. Sonst würden sie verhungern, denn sie nahmen noch keine Nahrung von einer menschlichen Hand. Es würde andere Gelegenheiten, andere Falken geben.

Trotzdem hatte Romilly anfangs gemeint, beide Falken retten zu können. Denn es waren wertvolle Vögel, die feinsten Verrin-Falken, die Davin seit vielen Jahreszeiten gefangen hatte. Das wurde Romilly so richtig klar, als sie den größeren der beiden aufließ. Ein Falke wie dieser war unbezahlbar – König Carolin in Carcosa hatte keine besseren Vögel, hatte Davin gesagt, und er musste es wissen. Romillys Großvater war vor der Rebellion, die König Carolin in die Hellers und wahrscheinlich in den Tod sandte, Falkenmeister Carolins gewesen. Der Usurpator Rakhal hatte die meisten von Carolins Männern auf ihre eigenen Güter zurückgeschickt und sich mit Leuten umgeben, denen er trauen konnte.

Es war sein eigener Schaden gewesen. Romillys Großvater war vom Kadarin bis zum See von Dalereuth als der beste Falkner der Kilgardberge bekannt. Er hatte alle seine Künste an Mikhail, jetzt der MacAran, und seinen nichtadligen Cousin Davin Falkenmeister weitergegeben. Verrin-Falken, voll ausgewachsen in der Wildnis gefangen, waren widerspenstiger als Nestlinge. Ein Wildfang mochte verhungern, bevor er Atzung von der Hand nahm. Besser sollte er frei fliegen, um andere von der gleichen guten Rasse auszubrüten, als ungezähmt vor Furcht und Hunger im Stall zu sterben.

Deshalb hatte Romilly bedauernd den größeren Vogel aus dem Falkenhaus geholt und die Fesseln von der lederigen Haut seiner Ständer gestreift. Von einem hohen Felsen hinter den Ställen hatte sie ihn fliegen lassen. Tränen verschleierten ihren Blick, als der Falke außer Sicht verschwand. Etwas tief in ihrem Inneren war mit ihm geflogen in der wilden Ekstase des Aufsteigens, Kreisens, frei, *frei* ... Einen Augenblick lang sah Romilly das Schwindel erregende Panorama von Burg Falkenhof unter ihr liegen, tiefe Klüfte, bis an den Rand mit Wald bedeckt, und weit entfernt ein schimmerndes weißes Bauwerk, von dem sie wusste, dass es der Hali-Turm am Ufer des Sees war ... *ob ihr Bruder in diesem Augenblick dort weilte?* Und dann war sie wieder allein, vor Kälte zitternd auf dem hohen Felsen. Vom langen Starren ins Licht flimmerte es ihr vor den Augen, und der Falke war fort.

Sie kehrte in den Stall zurück und streckte die Hand bereits nach dem zweiten Vogel aus. Doch da traf sich der Blick des Falkenweibchens mit dem ihren, und in dieser Sekunde überkam sie ein starkes und berauschendes Wissen: *Die hier kann ich zähmen, ich brauche sie nicht freizulassen, ich kann mit ihr fertig werden.*

Das Fieber, das seinen Einzug in die Burg gehalten und Davin befallen hatte, war beinahe ihr Freund. An einem gewöhnlichen Tag hätte Romilly Pflichten und Unterricht gehabt. Heute jedoch war die Erzieherin, die sie mit ihrer jüngeren Schwester Mallina teilte, ebenfalls von dem Fieber angehaucht. Sie fröstelte im Schulzimmer am Feuer und hatte Romilly die Erlaubnis gegeben, zu den Ställen zu gehen und auszureiten. Sie könne sich auch mit ihrem Buch oder ihrer Handarbeit ins Gewächshaus hoch oben in der Burg setzen und unter den Blättern und Blüten lernen – das Licht tat Domna Calindas Augen immer noch weh. Die alte Gwennis, Romillys Kinderfrau, als sie und ihre Schwester noch klein waren, hatte mit Mallina zu tun, die zu Bett lag, wenn auch nicht gefährlich krank. Und Lady Luciella, ihre Stiefmutter, wich nicht von der Seite des neunjährigen Rael, denn er hatte das Fieber in seiner schlimmsten Form, litt unter entkräftenden Schweißausbrüchen und konnte nicht schlucken.

So hatte Romilly sich selbst einen herrlichen Tag der Freiheit in Ställen und Falkenhaus versprochen. Ob Domna Calinda wirklich so dumm war, dass sie glaubte, Romilly würde einen unterrichtsfreien Tag mit einem blöden Lehrbuch oder Handarbeiten verbringen? Aber sie hatte Davin auch fieberkrank gefunden, und er war froh, dass sie kam. Sein Lehrling war noch zu ungeschickt, um den unabgetragenen Vögeln in die Nähe zu kommen. Deshalb hatte er Romilly befohlen, sie beide freizulassen. Und sie hatte zunächst einmal gehorcht.

Aber dieser Falke gehörte *ihr*! Auch wenn er wütend und schlecht gelaunt auf seinem Block saß, die roten Augen verschleiert vor Zorn und Entsetzen, bei der geringsten Annäherung wild mit den Flügeln schlug – er gehörte ihr, und früher oder später erkannte er das Band zwischen ihnen bestimmt.

Romilly wusste jedoch, dass es weder schnell noch leicht gehen würde. Sie hatte schon Nestlinge aufgezogen – junge Vögel, im Falkenhaus ausgebrütet oder noch hilflos gefangen, bevor ihnen Federn wuchsen –, sie daran gewöhnt, Atzung von einer Hand oder einem Handschuh zu nehmen. Aber dieser Falke hatte zu fliegen, zu jagen und sich in der Wildnis selbst zu versorgen gelernt. Das waren bessere Jäger als in der Gefangenschaft groß gewordene Vögel, doch schwerer zu zähmen. Etwa zwei von fünfen verhungerten lieber, bevor sie Atzung annahmen. Romilly mochte gar nicht daran denken, dass dies auch *ihrem* Falken passieren könne. Irgendwie würde, musste sie den Abgrund zwischen ihnen überbrücken.

Der Falke peitschte von neuem die Luft mit den Flügeln. Romilly kämpfte darum, sie selbst zu bleiben, sich nicht in die Panik und Wut des Vogels hineinziehen zu lassen. Gleichzeitig versuchte sie, Wellen der Ruhe auszusenden. *Ich will dir nicht weh tun, Schöne. Sieh, hier ist Essen.* Das Falkenweibchen ignorierte das Signal und tobte weiter. Romilly fiel es schwer, nicht ängstlich zurückzuweichen, sich nicht von den anbrandenden Wogen der Angst und des Entsetzens überfluten zu lassen, die von dem gefesselten Vogel ausgingen.

Diesmal hatte das Flügelschlagen doch schneller als vorher aufgehört? Der Falke ermüdete. Wurde er schwächer, würde er sich den Weg in Erschöpfung und Tod erkämpfen, bevor er bereit war, sich zu ergeben und von dem Handschuh zu kröpfen? Romilly wusste nicht, wie viel Zeit vergangen war. Aber als der Falke sich beruhigte und ihre Gedanken sich klärten, so dass sie von neuem wusste, sie war Romilly und nicht der in Raserei versetzte Vogel, fand sie ihren Atem wieder. Für einen Augenblick ließ sie den Handschuh von der Hand gleiten. Ihr war, als würden Hand und Arm gleich aus den Gelenken brechen. Sie war sich nur nicht sicher, ob es daran lag, dass der Handschuh zu schwer für sie war (sie hatte Stunden damit verbracht, ihn am ausgestreckten Arm zu halten, hatte den Schmerz der verkrampften Muskeln ertragen, um sich an sein Gewicht zu gewöhnen) oder ob es etwas mit dem wilden Schlagen ihrer Flügel zu tun hatte ... nein. Nein, sie durfte nicht vergessen, wer von ihnen sie selbst und wer der Falke war. Romilly lehnte sich an die raue Wand hinter ihr und schloss halb die Augen. Fast schlief sie im Stehen ein. Doch sie durfte weder schlafen noch sich bewegen.

Man lässt einen Falken in diesem Stadium nicht allein, hatte Davin ihr gesagt. Keinen Augenblick lang. »Nicht einmal, um zu essen?«, hatte sie gefragt, als sie klein war. Und er hatte geschnaubt: »Was das angeht, ein Mensch kann es ohne Essen und Wasser länger aushalten als ein Falke. Wenn er nicht mehr Stehvermögen hat als der Falke, den er zähmen will, soll er sich gar nicht erst daran versuchen.«

Nur hatte Davin von sich selbst gesprochen. Damals war es ihm nicht in den Sinn gekommen, ein Mädchen könne einen Falken zähmen wollen oder es gar fertig bringen. Später hatte er ihr nichts in den Weg gelegt, als sie darauf bestand, alle Künste des Falkners zu erlernen – schließlich mochten die Vögel eines Tages ihr gehören, obwohl sie zwei ältere Brüder hatte. Es wäre nicht das erste Mal, dass Falkenhof auf die weibliche Linie vererbt wurde. Auch war es nicht ungewöhnlich, dass eine Frau mit einem zahmen und gut trainierten Vogel ausritt. Sogar Romillys Stiefmutter hatte es schon getan, einen mit viel Fingerspitzengefühl ausgebildeten Vogel, nicht größer als eine Taube, wie ein seltenes Schmuckstück auf dem Handgelenk. Natürlich hätte Luciella niemals einen der Verrin-Falken berührt. Und ihr wäre nie eingefallen, ihre Stieftochter könne den Wunsch dazu haben.

Aber warum nicht? fragte Romilly sich wütend. *Ich bin mit der MacAran-Gabe geboren, mit dem* Laran, *das mir Herrschaft über Falke, Pferd und Hund gibt. Nicht* Laran. *Ich werde niemals zugeben, dass ich den bösen Fluch der Hastur-Sippe trage. Es ist die alte Gabe der MacArans ... Ich habe ein Recht darauf, es ist kein* Laran, *nicht eigentlich ... Ich mag eine Frau sein, aber ich bin ebenso sehr ein MacAran wie meine Brüder!* Wieder tat sie einen Schritt auf den Falken zu, das Fleisch auf dem Handschuh ausgestreckt. Doch der Falke warf den Kopf hoch und starrte Romilly mit seinen Perlenaugen kalt an. Er zog sich mit einem kleinen Hopser zurück, so weit es die Abmessungen des Blocks erlaubten. Romilly konnte spüren, dass die Fesseln ihm keinen Schmerz mehr verursachten. Sie murmelte tröstliche Worte, und ihr eigener Hunger machte sich wieder bemerkbar. Sie hätte sich etwas Essen in die Tasche stecken sollen. Oft genug hatte sie gesehen, dass Davin Brot und kaltes Fleisch bei sich trug, damit er in der langen Zeit, die er bei einem Falken aushielt, etwas zu kauen hatte. Wie gern hätte sie sich für einen Augenblick in die Küche oder Speisekammer geschlichen – und auch auf die Toilette; ihre Blase schmerzte vor Druck. Ihr Vater oder ihre Brüder hätten beiseite treten, sich kurz abwenden, die Hose öffnen und sich gegen die Wand erleichtern können. Aber obwohl Romilly eine alte Hose von Ruyven trug, hätte sie zu viele Bänder und Verschlüsse lösen müssen. Seufzend blieb sie, wo sie war.

Wer nicht mehr Stehvermögen als ein Falke hat, hatte Davin gesagt, *darf sich gar nicht erst an einem versuchen.* Das war der einzige echte Nachteil, den ein Mädchen bei der Arbeit in den Ställen hatte, dachte Romilly, und zum ersten Mal war es ein echter Nachteil für sie selbst.

Du bist auch hungrig, sprach sie stumm zu dem Falken. *Komm, komm, hier ist Essen! Wenn ich hungrig bin, heißt das doch nicht, dass du nicht kröpfen darfst, du dummes Ding, du!* Aber der Falke machte keine Anstalten, das Fleisch zu berühren. Er bewegte sich ein bisschen, und Romilly fürchtete schon, er werde einen neuen Anfall wilden Flügelschlagens bekommen. Er blieb jedoch ruhig, und nach einer Weile entspannte sie sich und hielt weiter bewegungslos Wache.

Als meine Brüder in meinem Alter waren, wurde es als selbstverständlich angesehen – ein MacAran-Sohn trainiert seinen eigenen Hund, sein eigenes Pferd, seinen eigenen Falken. Und Rael ist erst neun, aber schon besteht Vater darauf, dass er seinen Hunden Manieren beibringt. Früher – bevor Ruyven sie verließ, bevor Darren nach Nevarsin geschickt wurde – hatte ihr Vater sie voller Stolz mit Pferden und Hunden arbeiten lassen.

Er sagte immer: Romilly ist eine MacAran, sie hat die Gabe. Es gibt kein Pferd, das sie nicht reiten, keinen Hund, mit dem sie nicht Freundschaft schließen kann. Die Hündinnen kommen und werfen in ihrem Schoß. Er war stolz auf mich. Er sagte oft zu Ruyven und Darren, ich sei ein besserer MacAran als sie, und sie sollten Acht geben, wie ich mit einem Pferd umgehe.

Aber jetzt – jetzt macht es ihn wütend.

Ruyvens Flucht hatte für Romilly zur Folge gehabt, dass ihr Vater sie streng unter die Aufsicht ihrer Stiefmutter stellte. Sie sollte im Haus bleiben und sich »wie eine Dame« benehmen. Nun war sie fast fünfzehn; ihre jüngere Schwester Mallina hatte bereits begonnen, das Haar wie eine Frau mit einer Schmetterlingsspange aufzustecken. Mallina war es zufrieden, Ziersticke zu lernen, sittsam im Damensattel zu reiten und mit kleinen dummen Schoßhunden zu spielen, statt sich mit den vernünftigen Hüte- und Arbeitshunden rund um die Weiden und Ställe zu beschäftigen. Mallina hatte sich zu einem törichten Ding entwickelt. Und das Schreckliche daran war, dass ihr Vater sie als törichtes Ding lieber hatte und erklärte, Romilly solle ihr nacheifern.

Nie. Ich möchte lieber tot sein als die ganze Zeit im Haus zu bleiben und wie eine Dame zu sticken. Mallina ist früher gut geritten, und jetzt ist sie wie Luciella, weich und schwabbelig. Sie schrickt zurück, wenn ein Pferd seinen Kopf in ihre Richtung dreht, sie könnte einen flotten Galopp keine halbe Stunde durchhalten, ohne herunterzufallen und wie ein Fisch in einem Baum zu japsen. Sie lächelt geziert und zwitschert, genau wie Luciella, und das Schlimmste daran ist, Vater gefallen sie so!

Am anderen Ende des Falkenhauses rührte sich etwas. Einer der Nestlinge dort stieß einen Schrei eines unabgetragenen jungen Vogels aus, der Futter riecht. Als habe der Laut eine Explosion hervorgerufen, begann Romillys Falke von neuem wild mit den Flügeln zu schlagen. Romilly, eins mit dieser Raserei, spürte grimmigen Hunger wie Klauen in ihrem Bauch wühlen. Der Junge des Falkenmeisters musste eingetreten sein, um die anderen Vögel zu füttern. Er ging langsam von einem zum anderen, murmelte ihnen etwas zu. Also war es kurz vor Sonnenuntergang. Romilly war seit dem Vormittag hier. Der Junge beendete seine Arbeit, hob den Kopf und bemerkte sie.

»Mistress Romilly! Was tut Ihr hier, *damisela?*«

Seine Stimme brachte den Falken von neuem zum Flattern.

Romilly wurde sich wieder der fürchterlichen Schmerzen bewusst und meinte, Hände und Arme würden gleich ins Stroh fallen. Mit Mühe riss sie sich los von dem Toben, der Angst, dem Zorn, der Blutlust – *Krallen und Schnabel rissen,*

Blut schoss hervor, in ihren Mund ... und zwang sich, leise zu sprechen, um den Vogel nicht noch mehr aufzuregen.

»Ich arbeite mit diesem Falken. Geh weg, Ker, du bist hier fertig und wirst ihn nur ängstigen.«

»Aber ich habe Davin sagen gehört, der Falke solle freigelassen werden, und der MacAran ist wütend darüber«, brummelte Ker. »Er wollte die Verrin-Falken nicht verlieren, und er hat Davin gedroht, ihn hinauszuwerfen, den alten Mann, wenn er sie freilässt.«

»Nun, den hier wird Vater nicht verlieren, wenn du ihn nicht um den Verstand bringst«, stellte Romilly gereizt fest. »Geh weg, Ker, bevor er wieder zu flattern beginnt.« Schon fühlte sie das Zittern, das sich in des Vogels Körper und Gehirn aufbaute. Sollte das rasende Flügelschlagen wieder losgehen, würde sie erschöpft zusammenbrechen und vor Wut und Frustration schreien. Es machte ihre Stimme scharf. »Geh weg!«

Ihre eigene Erregung teilte sich dem Vogel mit. Schon schlugen die Flügel wieder, Wellen von Hass und Panik kamen und gingen, drohten ihr Bewusstsein und ihre Identität zu ertränken. Sie wehrte sich stumm, versuchte, ruhig zu bleiben, Ruhe auf den verängstigten Vogel abzustrahlen. *Komm, komm, Schöne, niemand will dir etwas tun, sieh her, hier ist Essen* ... und als sie wieder wusste, wer und wo sie war, war der Junge verschwunden.

Er hatte die Tür offen gelassen. Ein fürchterlicher kalter Luftzug drang von den Abendnebeln herein. Bald würde der nächtliche Regen- oder Schneefall beginnen – verdammter Schlingel! Romilly stahl sich für ein paar Sekunden auf Zehenspitzen von dem Block weg, um die Tür zuzuziehen – was nützte es, diesen Falken zu zähmen, wenn alle Vögel an der Kälte starben! Sobald sie sich von ihrem Falken entfernt hatte, stieg die Frage in ihr auf, was sie hier eigentlich tat und warum. Wie war sie auf den Gedanken gekommen, sie, ein junges Mädchen, könne etwas fertig bringen, woran selbst der geschickte Davin in zwei unter fünf Fällen scheiterte? Sie hätte dem Jungen sagen sollen, das Falkenweibchen sei völlig erschöpft, er solle zu ihrem Vater gehen und ihn bitten zu übernehmen. Sie hatte gesehen, was er mit einem wilden, tobenden, erschöpften Hengst fertig brachte, der aus den freilebenden Herden in den Schluchten und auf den weiter entfernten Berghängen stammte. Eine Stunde, vielleicht zwei, mit ihrem Vater am einen Ende der Longe und dem Hengst an der anderen, und das Pferd kam zum Zaum, senkte seinen großen Kopf und rieb ihn an der Brust des MacAran ... sicher gelänge es ihm ebenso, diesen Vogel zu retten. Romilly war müde und fror, sie sehnte sich nach der Zeit, als sie auf ihres Vaters Schoß klettern und ihm alle ihre Sorgen erzählen konnte ...

Die Stimme ging ihr durch Mark und Bein, zornig und kalt – aber es lag auch Zärtlichkeit darin. Das war die Stimme Mikhails, des Lords von Falkenhof, des MacAran.

»Romilly!«, sagte er, schockiert, aber mitfühlend. »Tochter, was machst du denn da? Das ist keine Arbeit für ein Mädchen, einen Verrin-Falken zu zähmen! Ich habe diesem elenden Davin Befehle gegeben, und er liegt faul im Bett, während der eine Falke von einem Kind misshandelt wird und der andere, da bin ich sicher, auf seinem Block verhungert ist ...«

Romilly konnte kaum sprechen, so wehrte sie sich dagegen, in Tränen auszubrechen und die Beherrschung zu verlieren.

»Das andere Falkenweibchen fliegt frei, um weitere von ihrer Art auszubrüten«, antwortete sie. »Ich selbst habe sie bei Sonnenaufgang freigelassen. Und diese hier ist nicht misshandelt worden, Vater –«

Worte und Bewegungen ließen den Falken heftiger als zuvor flattern. Romilly keuchte. Es war schwer, das Bewusstsein ihrer selbst aufrechtzuerhalten gegen die Wut der klatschenden Flügel, den Hunger, die Blutlust, das Verlangen, sich loszureißen, zu fliegen, sich an den dunklen, einengenden Balken zu zerschmettern ... aber es ging vorüber. Romilly, die besänftigend auf den Vogel einsprach, spürte, dass ein anderer Verstand den ihren berührte und Wellen der Ruhe aussandte ... *also so macht Vater das,* dachte sie in einem Winkel ihres Gehirns. Sie strich sich eine schweißtriefende Locke aus den Augen und tat wieder einen Schritt zu dem Falken hin.

Hier ist Essen, komm und nimm es ... Der Magen drehte sich ihr um, als sie das tote Fleisch auf dem Handschuh sah und roch. *Ja, Falken kröpfen frische Beute, sie werden gezähmt, indem man sie hungern lässt, bis sie Aas annehmen ...*

Plötzlich zerbrach die Gedankenverbindung zwischen Mädchen, Mann und Falken. Mikhail von MacAran fragte barsch: »Romilly, was soll ich mit dir bloß anfangen? Du hast hier im Falkenhaus nichts zu suchen; das ist keine Arbeit für eine Lady.« Seine Stimme wurde sanfter. »Zweifellos hat Davin dich dazu angestiftet. Mit ihm befasse ich mich noch. Leg das Fleisch hin und geh, Romilly. Manchmal kröpft ein Falke von einem leeren Block, wenn er hungrig genug ist. Wenn dieser es tut, werden wir ihn behalten, wenn nicht, kann Davin ihm morgen die Freiheit geben. Oder sein Junge soll etwas tun, um sich den Brei zu verdienen! Heute ist es zu spät, den Falken aufzulassen. Er wird nicht sterben, und falls doch, ist es nicht der Erste, den wir verlieren. Geh ins Haus, Romilly, nimm ein Bad und leg dich ins Bett. Überlasse die Falken dem Falkenmeister und seinem Jungen. Dazu sind sie da, Liebes. Mein kleines Mädchen braucht das nicht zu tun. Geh ins Haus, Romy, Kind.«

Sie schluckte schwer und spürte die Tränen hervorquellen.

»Vater, bitte«, flehte sie, »ich bin sicher, dass ich sie zähmen kann. Lass mich bleiben, ich bitte dich.«

»Zandrus Höllen!«, fluchte der MacAran. »Wenn nur einer

deiner Brüder deine Kraft und Geschicklichkeit hätte, Mädchen! Aber ich will nicht, dass man sagt, meine Töchter müssten in Falkenhaus und Stall arbeiten! Hinein mit dir, Romilly, ich will kein Wort mehr hören!«

Sein Gesicht war streng und unerbittlich. Der Falke flatterte von neuem, und Romilly spürte die Explosion von Wut, Frustration, Panik in ihrem eigenen Innern. Sie ließ den Handschuh fallen und lief schluchzend vor Zorn davon. Ihr Vater verließ hinter ihr das Falkenhaus und schloss die Tür ab.

Romilly ging auf ihr Zimmer, wo sie ihre schmerzende Blase leerte. Eine der Dienerinnen hatte ihr ein Tablett hingestellt, und sie aß ein Stück Brot mit Honig und trank eine Tasse Milch. Aber ihre Gedanken waren immer noch bei dem gefesselten, leidenden, verhungernden Falken im Stall.

Er wollte nicht kröpfen, und bald würde er sterben. Er hatte gerade begonnen, Romilly ein bisschen zu vertrauen ... Die letzten zwei oder drei Male, bevor ihr Vater sie störte, hatte das Flügelschlagen schneller aufgehört, hatte der Vogel ihre besänftigenden Gedanken gespürt. Doch jetzt würde er bestimmt sterben.

Romilly machte sich daran, ihre Schuhe auszuziehen. Dem MacAran war niemand ungehorsam, vor allem seine Tochter nicht. Bis zu dem endgültigen Bruch hatte nicht einmal Ruyven, sechs Fuß groß und beinahe ein Mann, es gewagt, sich ihm offen zu widersetzen. Romilly, Darren, Mallina – alle gehorchten sie ihm aufs Wort und riskierten kaum einmal einen trotzigen Blick. Nur der Jüngste, der verwöhnte kleine Rael, versuchte sich manchmal den Befehlen seines Vaters mit Schmeicheln und Schelmerei zu entziehen.

Nebenan, hinter den Glastüren, die ihre Zimmer trennten, schlief Mallina bereits fest, das blassrote Haar und das Spitzennachthemd hell vor dem Kissen. Lady Calinda war längst zu Bett gegangen, und die alte Gwennis döste in einem Sessel neben der schlafenden Mallina. Obwohl Romilly sich nicht freute, dass ihre Schwester krank war, freute sie sich doch darüber, dass die alte Kinderfrau mit Mallina zu tun hatte. Wenn sie Romilly in diesem Aufzug gesehen hätte – schuldbewusst betrachtete Romilly ihre schmutzigen, schweißgetränkten Sachen –, hätte es Vorhaltungen und Ärger gegeben.

Sie war erschöpft und dachte sehnsüchtig an saubere Kleider, ein Bad, ihr eigenes weiches Bett. Sie hatte gewiss alles getan, was sie konnte, um den Falken zu retten. Vielleicht sollte sie aufgeben. Es war ja möglich, dass er vom Block kröpfte. Und wenn er das einmal getan hatte, würde er zwar nicht sterben, aber niemals mehr zahm genug werden, um Atzung von Hand oder Handschuh des Falkners zu nehmen. Dann musste er freigelassen werden. Na gut. Und wenn er in seinem erschöpften und verängstigten Zustand nicht vom Block kröpfte und starb ... nun, auch früher waren schon Falken auf Falkenhof gestorben.

Aber niemals einer, mit dem ich so tief in Rapport gestanden habe ...

Als stände sie immer noch müde und angespannt im Falkenhaus, spürte sie von neuem, wie sich die Raserei aufbaute ... auch wenn er sicher an den Block gebunden war, konnte sich der Falke beim wilden Schlagen die Flügel brechen ... um nie mehr zu fliegen, um stumpfsinnig und gebrochen auf einer Stange zu sitzen oder zu sterben ... *wie ich im Haus, in Frauenkleidern bei einer blöden Stickerei ...*

Und da wurde ihr klar, dass sie es nicht zulassen konnte.

Ihr Vater, schoss es ihr durch den Kopf, würde sehr böse sein. Diesmal bekam sie vielleicht sogar die Schläge, die er ihr für den nächsten Ungehorsam angedroht hatte. Bisher hatte er noch nie Hand an sie gelegt. Ihre Erzieherin hatte sie ein- oder zweimal verhauen, als sie noch sehr klein gewesen war. Doch meistens war sie mit Zimmerarrest, mit Reitverbot, mit harten

Worten oder dem Verzicht auf ein versprochenes Vergnügen bestraft worden.

Diesmal wird er mich sicher schlagen, dachte sie, und die Ungerechtigkeit schüttelte sie. *Ich werde Schläge bekommen, weil ich mich nicht darin finde, das arme Ding verhungern oder sich zu Tode toben zu lassen ...*

Nun, dann werde ich eben Schläge bekommen. Daran ist noch nie jemand gestorben, glaube ich. Romilly war bereits fest entschlossen, sich ihrem Vater zu widersetzen. Der Gedanke an seinen Zorn schreckte sie noch mehr als der an Schläge. Aber sie würde nie mehr ein gutes Gewissen haben, wenn sie jetzt ruhig in ihrem Zimmer blieb und den Falken sterben ließ. Sie hätte bei Sonnenaufgang beiden die Freiheit geben sollen, wie Davin es befohlen hatte. Vielleicht verdiente sie Schläge für diesen Ungehorsam. Doch jetzt, wo sie einmal angefangen hatte, wäre es grausam, aufzuhören. Sie wenigstens, dachte Romilly, konnte verstehen, warum sie geschlagen wurde. Der Falke verstand die Gründe für die lange Qual bis zu seinem Tod nicht. Ihr Vater selbst hatte ihr immer gesagt, ein guter Ausbilder begänne nichts mit Falke, Hund oder Pferd, das er nicht beenden könne. Es sei ungerecht gegen eine stumme Kreatur, die nichts von Gründen wisse.

Wenn, so hatte er ihr einmal auseinander gesetzt, *du einem menschlichen Wesen aus irgendeinem Grund, der dir stichhaltig erscheint, die Treue brichst, kannst du es ihm hinterher wenigstens erklären. Aber wenn du einer stummen Kreatur die Treue brichst, hast du sie auf unverzeihliche Weise verletzt, weil du es ihr niemals begreiflich machen kannst.* Nie in ihrem Leben hatte Romilly ihren Vater von Treue und Glauben in Zusammenhang mit einer Religion sprechen hören, nie hatte er – außer in einem Fluch – einen Gott genannt. Doch bei diesen Worten hatte sie einen Blick in die Tiefe seines Glaubens und sein Inneres getan. Sie war ihm ungehorsam, ja. Doch in einem tieferen Sinn tat sie, was er sie als recht gelehrt hatte. Deshalb würde er, selbst wenn er sie dafür schlagen sollte, eines Tages erkennen, dass ihre Tat sowohl richtig als auch notwendig gewesen war.

Romilly trank noch einen Schluck Wasser. Sie konnte den Hunger ertragen, wenn es sein musste, die eigentliche Folter war der Durst. Davin hielt bei der Arbeit mit einem Falken für gewöhnlich einen Wassereimer in Reichweite. Romilly hatte vergessen, Eimer und Schöpfkelle bereitzuhalten. Leise schlüpfte sie aus dem Zimmer. Mit etwas Glück würde der Falke vor Sonnenaufgang »brechen« – würde vom Handschuh kröpfen und dann schlafen. Diese Unterbrechung mochte Ursache sein, dass sie den Falken verloren – wenn er nicht bald kröpfte, musste er sterben –, aber sie, der er das Verbleiben in der Gefangenschaft verdankte, war es dann nicht, die ihm die Treue gebrochen und ihn dem Tod überlassen hatte.

Romilly war bereits vor der Tür, als sie noch einmal umkehrte und Stahl und Feuerstein holte. Sicher hatte ihr Vater oder der Junge des Falkenmeisters die Laterne gelöscht, und sie würde sie wieder anzünden müssen. Im Nebenzimmer hinter den Glastüren regte Gwennis sich und gähnte. Romilly erstarrte. Aber die Kinderfrau beugte sich nur zu Mallina nieder, fühlte ihre Stirn und prüfte, ob das Fieber nachgelassen habe. Seufzend setzte sie sich wieder in ihrem Sessel zurecht, ohne einen Blick in Romillys Richtung zu werfen.

Auf lautlosen Sohlen kroch Romilly die Treppe hinunter.

Sogar die Hunde schliefen. Zwei der großen graubraunen Wachhunde lagen quer vor der Tür. Sie waren nicht bissig und würden nicht einmal einen Eindringling beißen oder angreifen, falls er sie nicht bedrohte. Aber einen Lärm konnten sie veranstalten! Ihr freundliches, lautes Bellen diente dem Zweck, den Haushalt aufmerksam zu machen, dass jemand kam, ob Eindringling oder Freund. Romilly kannte jedoch beide Hunde, seit sie geworfen worden waren. Sie hatte ihnen die ersten festen Bissen gegeben, als sie nicht mehr bei der Mutter saugten. Nun schob sie sie ein bisschen von der Tür weg. Die Hunde, die eine vertraute und geliebte Hand fühlten, schnauften nur ein bisschen im Schlaf und ließen sie vorbei.

Das Licht im Falkenhaus war tatsächlich gelöscht worden. Als Romilly über die Schwelle trat, fiel ihr eine alte Ballade ein, die sie als Kind von ihrer eigenen Mutter gehört hatte. Es hieß darin, des Nachts, wenn kein menschliches Wesen in der Nähe sei, sprächen die Vögel miteinander. Unwillkürlich ging Romilly auf Zehenspitzen und rechnete beinahe damit, sie zu belauschen. Aber die zahmen Vögel im Falkenhaus waren nichts als Federkugeln auf den Blöcken und schliefen fest, und sie nahm nur eine verworrene Stille wahr.

Ob sie unter sich telepathisch sind, ob sie die Furcht oder den Schmerz eines anderen Vogels empfangen? fragte sie sich. Nicht einmal die Leronis hatte ihr das sagen können. Jetzt vermutete sie, dass die meisten, wenn nicht alle dieser Vögel kopfblind waren, ohne telepathischen Sinn oder *Laran*. Andernfalls würden sie erwachen und unruhig werden. Denn Romilly selbst empfing immer noch die Wellen von Angst und Wut, von Hunger und Raserei, die von dem großen Verrin-Falken ausgingen.

Romilly zündete mit bebenden Händen die Lampe an. Vater hatte also nie geglaubt, der Falke werde die Atzung vom Block nehmen; er wusste ja, dass kein Falke im Dunkeln kröpft. Wie hatte er das tun können? Auch wenn er auf sie, Romilly, böse war, brauchte er den Falken doch nicht um seine letzte Lebenschance zu bringen!

Nun musste sie wieder ganz von vorn anfangen. Sie sah das tote Fleisch auf dem Block liegen, unangerührt, ohne eine Schnabelspur. Der Falke hatte nicht gekröpft. Das Fleisch begann, ranzig zu riechen. Romilly hob es hoch und musste ihren eigenen Ekel überwinden – puh, *wenn ich ein Falke wäre, würde ich dies Aas auch nicht anrühren.*

Der Falke schlug wieder mit den Flügeln. Romilly trat näher, besänftigende Worte murmelnd. Und nach kurzer Zeit wurden die peitschenden Flügel ruhig. Konnte es sein, dass der Falke sich an sie erinnerte? Vielleicht hatte die Unterbrechung ihre Chancen nicht völlig verdorben. Sie ließ die Hand in den Handschuh schlüpfen, schnitt ein frisches Stück Fleisch von dem Kadaver ab und hielt es dem Vogel hin. Aber wieder meinte sie, der Abscheu vor dem Aasgeruch sei stärker als vorher.

Fühlte sie also, was der Falke fühlte? Eine Sekunde lang begegnete Romillys Blick in einer betäubenden Welle von Übelkeit den großen gelbgrünen Augen des Vogels. Es kam ihr vor, als balanciere sie über einen schmalen Grat, auf dem sie nicht genug Platz zum Stehen hatte, unbekanntes Leder schnürte ihre Beine ein. Und es war eine fremde und hassenswerte Präsenz da, die sie zwingen wollte, einen scheußlichen schmutzigen Klumpen hinunterzuschlingen, der absolut ungenießbar war ... Für einen Sekundenbruchteil war Romilly wieder ein kleines Kind, das noch nicht sprechen konnte, gefangen in ihrem hohen Stühlchen, und ihre Kinderfrau löffelte irgendein widerwärtiges scheußliches Zeug in ihre Kehle, und sie konnte nur um sich schlagen und schreien ...

Der Magen drehte sich ihr um. Zitternd trat sie zurück und ließ das Aas zu Boden fallen. So sah der Falke sie? Sie hätte ihn freilassen sollen, sie konnte nicht mit einem solchen Hass leben ... *hassen uns alle Tiere, die wir beherrschen, auf diese Weise? Dann ist jemand, der Pferde und Hunde abrichtet, schlechter als ein Kinderquäler ... und wer einen Falken vom Himmel holt, um ihn an einen Block zu ketten, ist nicht besser als ein Mann, der Frauen Gewalt antut ...* Aber diesmal war der flatternde, kämpfende Falke von der Stange abgekommen.

Romilly trat zu ihm, richtete geduldig den Block so her, dass der Falke einen sicheren Platz zum Stehen finden konnte, bis er seine Hände wiederfand und das Gleichgewicht zurückgewann.

Dann stand sie stumm, versuchte, den Falken nicht einmal durch ihr Atmen zu beunruhigen, während der Kampf in ihrem Gehirn weiterging. Sie spürte, wie in dem gefesselten Falken Angst und Wut miteinander um die Vorherrschaft stritten. Romilly, um die eigene Ruhe ringend, füllte ihren Geist mit der Erinnerung an das letzte Mal, als sie mit ihrem Lieblingsfalken gejagt hatte. Sie stieg mit ihm auf, schlug die Beute, und deutlich wie damals wurde das Gefühl, das in ihren Begriffen Stolz und Freude war, als der Falke von ihrem Handschuh kröpfte ... Sie wusste, diese Freude an etwas Vollbrachtem, dieses Gefühl einer plötzlichen Einheit mit dem Vogel wäre noch stärker gewesen, hätte sie den Falken selbst abgetragen.

Und sie hatte mit ihrer Lieblingshündin das Entzücken geteilt, unausgesprochen, unmöglich in Worte zu fassen, aber eine tiefe und schwellende Freude, als sie ihr ihre Welpen brachte. Das Vergnügen des Tiers an der Liebkosung war etwas wie die Liebe, die sie für ihren eigenen Vater empfand, ihre Freude und ihr Stolz bei seinem seltenen Lob. Ja, sie empfand den Schmerz und die Furcht eines jungen Pferdes, das sich gegen Zaum und Sattel wehrte, doch sie nahm ebenso an der Verbindung und dem Vertrauen zwischen Pferd und Reiter teil, die sie als echte Liebe erkannte. Deshalb liebte sie es, halsbrecherisch zu reiten, weil sie wusste, es konnte ihr nichts geschehen, solange das Pferd sie trug, und sie ließ es laufen, wie es wollte, und ihnen beiden gemeinsam war die Ekstase des Dahinfliegens ...

Nein, dachte sie, es ist keine Vergewaltigung, ein Tier auszubilden und zu trainieren, ebenso wenig wie es ein Unrecht war, als die Kinderfrau mich lehrte, Brei zu essen. Anfangs fand ich ihn scheußlich und wollte nichts anderes als Milch. Doch wenn man mich weiter mit Milch ernährt hätte, nachdem mir Zähne gewachsen waren, wäre ich krank und schwach geworden. Ich brauchte feste Nahrung, um stark zu werden. Ich musste lernen, das zu essen, was gut für mich war, und Kleider zu tragen, obwohl ich damals bestimmt lieber wie ein Wickelkind in Decken eingehüllt worden wäre. Später lernte ich, mein Fleisch mit Messer und Gabel zu schneiden, statt es in die Finger zu nehmen und wie ein Tier mit den Zähnen daran zu nagen. Und heute bin ich froh, all das zu können.

Als das Falkenweibchen wieder flatterte, zog sich Romilly nicht vor der Angst zurück, sondern teilte sie. Halblaut flüsterte sie: »Vertrau mir, Schöne, du wirst wieder frei fliegen. Wir werden zusammen jagen, du und ich, als Freunde, nicht als Herr und Sklave, das verspreche ich dir ...«

Sie füllte ihren Geist mit Bildern von freiem Schweben über den Bäumen im Sonnenschein, rief ihre Erinnerung an die letzte Beize zurück. Sie sah den Vogel mit seiner Beute in Spiralen niedersteigen, sie riss das eben getötete Fleisch entzwei, damit sie dem Falken seinen Anteil geben konnte ... und wieder, mit einem Verlangen, das sie krank machte, spürte sie den wahnsinnigen Hunger, das geistige Bild des Falkens vom Schlagen der Beute, frisches Blut floss in ihren Mund ... Ihr eigener menschlicher Ekel, der Hunger des Falken vermischten sich so in ihr, dass sie kaum noch wusste, was was war. Diesen Hunger spürend, streckte sie den Streifen Rabbithornfleisch aus. Aber jetzt stieß der Gestank sie ebenso ab wie den Falken. Sie meinte, sich übergeben zu müssen.

Trotzdem musst du essen und neue Kraft gewinnen, *preciosa.* Wieder und wieder schickte sie den Gedanken aus und nahm den Hunger des Falkenweibchens, ihr schwächer werdendes Toben wahr. *Preciosa, das ist dein Name, so will ich dich nennen, und ich möchte, dass du frisst und stark wirst, Preciosa, damit wir zusammen jagen können. Aber zuerst musst du mir vertrauen und fressen ... Ich möchte, dass du frisst, weil ich dich liebe und dies mit dir teilen möchte. Aber zuerst musst du lernen, von meiner Hand zu fressen ... friss, Preciosa, meine Schöne, mein Liebling, willst du das hier nicht fressen? Ich möchte nicht, dass du stirbst ...*

Stunden mussten vorübergeschlichen sein, so kam es ihr vor, während sie dastand, eingespannt in den endlosen Kampf mit dem schwächer werdenden Falken. Jedes Mal waren die Tobsuchtsanfälle kürzer. Das Hungergefühl quälte den Falken so sehr, dass sich Romillys eigener Körper vor Schmerz verkrampfte. Seine Augen waren so grell, so von Entsetzen gefüllt wie zuvor, und aus diesen Augen flutete das alles mit wachsender Verzweiflung in Romilly ein.

Ganz bestimmt wurde der Falke schwächer. Wenn er nicht bald kröpfte, nach all diesem Toben, musste er sterben. Er hatte keine Nahrung zu sich genommen, seit er vor vier Tagen gefangen worden war. Würde er sich wehren, bis er starb?

Vielleicht hatte ihr Vater Recht gehabt, vielleicht besaß keine Frau die Kraft für dieses ...

Romilly dachte an den Moment, als sie sich selbst mit den Augen des Falken gesehen hatte. Und sie, Romilly MacAran, war nicht einmal mehr eine Erinnerung gewesen, dafür aber etwas anderes als menschlich. Furcht und Verzweiflung überwältigten sie. Das Bild bedrängte sie, wie sie sich den Handschuh abriss, wie sie resignierend ihre Handarbeit ergriff, sich für immer von Mauern einschließen ließ. Eine Gefangene, mehr eine Gefangene als der gefesselte Falke, der wenigstens hin und wieder Gelegenheit bekommen würde, zu fliegen und die Ekstase der Freiheit in den Lüften zu empfinden ...

Nein. Lieber wollte sie sterben, als in solcher Gefangenschaft leben ...

Es muss einen Weg geben, wenn ich ihn nur finden könnte!

Sie würde nicht aufgeben, niemals eingestehen, dass der Falke sie geschlagen hatte. Sie war Romilly MacAran, geboren mit der MacAran-Gabe, und sie war stärker als jeder Falke. Sie würde den Falken nicht sterben lassen ... nein, es war nicht mehr »der Falke«, es war Preciosa, die sie liebte, und sie würde um ihr Leben kämpfen, bis sie beide zusammen tot umfielen. Noch einmal langte sie hinaus, glitt furchtlos hinein in das Vogelgehirn, sich diesmal ihrer selbst als einer jetzt vertrauten Tortur in Preciosas Verstand und des Übelkeit erregenden, ranzigen Geruchs des Fleisches auf dem Handschuh voll bewusst ... Schon glaubte sie, Preciosa werde von neuem mit den Flügeln schlagen. Aber diesmal beugte der Vogel den Kopf auf den Handschuh mit dem Fleisch.

Romilly hielt den Atem an. *Ja, ja, friss und gewinne neue Kraft* ... und dann meinte sie, von dem schrecklich fauligen Gestank des Fleisches erbrechen zu müssen.

Jetzt will sie fressen, sie würde mir vertrauen, aber sie kann das nicht mehr zu sich nehmen. Vielleicht, wenn sie es genommen hätte, bevor sie so schwach wurde, aber jetzt ... sie ist kein Aasfresser ...

Romilly geriet in Verzweiflung. Sie hatte das frischeste Fleisch mitgebracht, das in der Küche aufzutreiben war, und nun war es nicht frisch genug. Der Falke begann, ihr zu vertrauen, hätte vielleicht Atzung vom Handschuh angenommen, wenn sie etwas gehabt hätte, das sich ohne Ekel schlucken ließ ... Eine Ratte raschelte im Stroh, und Romilly ertappte sich dabei, dass sie aus den Augen des Vogels mit echtem Hunger nach dem kleinen Tier blickte ...

Der Morgen war nahe. Im Garten draußen zirpte ein verschlafener Geistervogel, und es gurrte aus dem Schlag der halb erwachten Tauben, die manchmal für besondere Gäste oder für Kranke gebraten wurden. Romilly war schon unterwegs, bevor sich der Gedanke deutlich formuliert hatte. Sie hörte sich selbst sagen: *Der Geflügelwärter wird sehr böse auf mich sein, ich darf mich nicht ohne Erlaubnis an den Tauben vergreifen.* Aber der Hunger, der durch ihren Geist, durch den Vogelgeist flutete, ließ sich nicht verleugnen. Romilly warf das Stück stinkiges Rabbithornfleisch in die Mistgrube. Dort mochte es verfaulen oder von einem Raubtier oder einem der Hunde, die weniger eigen mit ihrer Nahrung waren, gefunden werden. Sie streckte ihren Arm in das Geflatter des Taubenschlags und holte eine zappelnde, kreischende Taube heraus. Die Angst des Tiers erfüllte sie mit etwas, das halb Schmerz und halb Aufregung war. Adrenalin floss durch ihren Körper und verkrampfte ihre Beine und Hinterbacken in der vertrauten Furcht. Aber Romilly war auf einem Gutshof aufgewachsen und nicht zimperlich. Geflügel war für den Topf und bekam dafür sichere Behausungen und lebenslanges Futterkorn. Mit kurzem Bedauern hielt sie die zappelnde Taube zwischen den Händen. Dann nahm sie sie in eine Hand, während sie den Handschuh wieder anzog. Ohne Worte schleuderte sie in das Falkengehirn ein schnelles scharfes Bild von Hunger und frischer Atzung ... drehte der Taube mit einer einzigen entschlossenen Bewegung den Hals um und hielt Preciosa den noch warmen Körper hin. Einen Augenblick lang hatte es den Anschein, als werde Preciosa von neuem mit wildem Flügelschlagen reagieren. Romilly wurde im Gedanken an ihr Versagen schon ganz übel. Doch da neigte der Falke den Kopf. So schnell, dass Romilly mit den Augen nicht folgen konnte, stieß er mit dem starken Schnabel zu. Das Mädchen taumelte unter der Wucht. Blut spritzte. Der Falke stieß noch einmal zu und begann zu kröpfen.

Romilly schluchzte laut auf. Ekstatische Kraft erfüllte sie, als sie den Vogel an dem frischen Fleisch reißen, schlucken, reißen fühlte. »Oh, du Schönheit«, flüsterte sie. »Du Schönheit, du Kostbarkeit, du Wunder!«

Der Falke war fertig. Sie spürte das Einschlafen des Hungers, und sogar ihr eigener Durst wich von ihr. Nun setzte sie ihn wieder auf den Block und streifte ihm eine Haube über den Kopf. Preciosa würde jetzt schlafen und, wenn sie erwachte, sich erinnern, woher ihre Nahrung kam. Romilly musste Befehl hinterlassen, dass die Atzung für diesen Falken sehr frisch zu sein hatte. Sie wollte eben getötete Vögel oder Mäuse für Preciosa haben, bis der Falke für sich selbst jagen konnte. Das würde nicht lange dauern. Er war ein intelligenter Vogel, sonst hätte er nicht so lange gekämpft. Romilly, immer noch in lockerer Verbindung mit dem Vogel, war sich sicher, dass Preciosa sie jetzt als Futterquelle erkannte. Und eines Tages würden sie zusammen jagen.

Ihr Arm fühlte sich an, als werde er gleich abfallen. Sie schlüpfte aus dem schweren Handschuh und wischte sich die Stirn mit dem schweißnassen Arm. Außerhalb des Falkenhauses war es hell; sie hatte die ganze Nacht hier gestanden. Kaum hatte sie das Licht bewusst wahrgenommen – bald würde der Haushalt zum Leben erwachen –, sah sie ihren Vater und Davin im Eingang stehen.

»Mistress Romilly! Seid Ihr die ganze Nacht hier gewesen?«, fragte Davin entsetzt und besorgt.

Die Schläfen ihres Vaters waren ganz angeschwollen vor Zorn.

»Du ungezogenes Mädchen, ich hatte dir befohlen, ins Haus zu gehen! Glaubst du, ich lasse mir diesen Ungehorsam von dir bieten? Komm heraus und lass den Falken.«

»Der Falke hat gekröpft«, sagte Romilly. »Ich habe ihn für dich gerettet. Bedeutet das gar nichts?« Ihre ganze Wut kehrte zurück, und wie ein flügelschlagender Falke explodierte sie:

»Schlag mich, wenn du willst – wenn es dir wichtiger ist, dass ich mich wie eine Dame benehme und einen unschuldigen Vogel sterben lasse! Wenn das bedeutet, eine Lady zu sein, hoffe ich, dass ich nie eine werde! Ich habe das *Laran* –«, in ihrer Erregung benutzte sie das Wort, ohne nachzudenken, »– und ich glaube nicht, dass die Götter Fehler machen. Wenn ich es habe, heißt das, dass ich es auch benutzen soll! Es ist nicht mein Verdienst, dass ich die MacAran-Gabe besitze, die meinen Brüdern fehlt. Wie konnte ich aber mit dieser Gabe weggehen und Preciosa sterben lassen?« Sie hielt inne und würgte das Schluchzen nieder, das ihre Stimme völlig zu ersticken drohte.

»Sie hat Recht, Sir«, sagte der alte Davin langsam. »Sie ist nicht die erste Lady von MacAran, die die Gabe hat, und sie wird, die Götter mögen es geben, nicht die Letzte sein.«

Der MacAran schoss ihm einen bösen Blick zu. Trotzdem trat er vor, ergriff eine Feder und streichelte dem schläfrigen Falken sanft die Brust. »Ein schöner Vogel«, meinte er endlich. »Wie hast du sie genannt? Preciosa? Auch ein schöner Name. Das hast du gut gemacht, Tochter.« Es war ihm gegen seine Absicht entschlüpft. Dann verfinsterte sich sein Gesicht, und es war wie die Zornwellen, die von dem Falken ausgegangen waren.

»Mach, dass du hier wegkommst! Geh ins Haus, bade und zieh dich um – ich will dich nicht schmutzig wie eine Stallmagd haben! Geh und ruf deine Zofe und lass dich von mir nicht wieder außerhalb der Haustür erwischen!« Als sie an ihm vorbeiging, spürte sie, dass er den Impuls unterdrückte, sie zu schlagen – er brachte es nicht über sich, irgendetwas zu schlagen, und sie hatte das Leben des Falken tatsächlich gerettet. Aber in seinem Zorn und seiner Frustration brüllte er ihr mit voller Lungenkraft nach: »Darüber werde ich später noch mit dir reden, Romilly, verdammt noch mal!«

2

Romilly starrte aus dem Fenster, den Kopf in den Händen. Die große rote Sonne stieg vom Mittagspunkt nieder. Zwei der kleinen Monde standen als blasse Tageslicht-Reflektionen am Himmel. Die ferne Linie der Kilghardberge lockte ihre Gedanken hinaus und hinauf, wo sie mit den Wolken und Vögeln flogen. Eine Seite mit fertigen Additionen lag vor ihr auf dem hölzernen Schreibtisch, dazu eine noch feuchte Seite mit sauber geschriebenen Maximen aus dem *Cristofero*-Buch der Bürden. Romilly sah sie nicht, und ebenso wenig hörte sie die Stimme ihrer Erzieherin. Calinda schalt mit Mallina wegen ihrer schlimm verkleckststen Seiten.

Heute Nachmittag, wenn ich Preciosa mit dem Federspiel trainiert habe, wird Windracer gesattelt. Ich nehme die verkappte Preciosa vor mir auf den Sattel, damit sie sich an den Geruch und die Bewegungen des Pferdes gewöhnt. Ich kann ihr noch nicht so weit trauen, dass ich sie frei fliegen lasse, doch lange wird es nicht mehr dauern ...

Auf der anderen Seite des Raums scharrte ihr Bruder Rael geräuschvoll mit den Füßen. Calinda verwies es ihm mit einem stummen Kopfschütteln. Rael, so dachte Romilly, war jetzt schrecklich verwöhnt – er war so gefährlich krank gewesen, und heute war sein erster Tag im Schulzimmer. Stille senkte sich auf die Kinder nieder. Nur das harte Kratzen von Mallinas Feder und das fast lautlose Klappern von Calindas Stricknadeln waren zu hören. Die Erzieherin machte eine wollene Unterweste für Rael. Und wenn sie damit fertig ist, dachte Romilly nicht ohne Bosheit, gilt es nur noch das Problem zu lösen, wie sie Rael dazu bringt, sie zu tragen!

Die Augen glasig vor Langeweile, blickte Romilly aus dem

Fenster, bis das Schweigen von Mallinas lautem Jammern gebrochen wurde.

»Verfluchte Feder! Sie verspritzt Kleckse, wie im Herbst die Nüsse vom Baum fallen! Jetzt habe ich schon wieder eine Seite versaut!«

»Aber, Mallina!«, rügte die Erzieherin. »Romilly, lies deiner Schwester die letzte der Maximen vor, die du aus dem Buch der Lasten abgeschrieben hast.«

Romilly, gegen ihren Willen ins Schulzimmer zurückgeholt, seufzte. Missmutig las sie: »Nur ein schlechter Arbeiter gibt dem Werkzeug in seiner Hand die Schuld.«

»Es ist nicht die Schuld der Feder, wenn du nicht ohne Kleckse schreiben kannst«, erklärte Calinda, trat zu Mallina und führte die Hand ihrer Schülerin, die die Feder umklammerte. »So musst du deine Hand halten.«

»Mir tun die Finger weh«, murrte Mallina. »Warum muss ich überhaupt schreiben lernen, mir die Augen verderben und meine Hände anstrengen? Keine der Töchter von Hohenklippen kann schreiben oder lesen, und sie stehen deswegen nicht schlechter da. Sie sind bereits verlobt, und es tut ihnen keinen Schaden!«

»Du solltest dich glücklich preisen«, mahnte die Erzieherin streng. »Euer Vater wünscht nicht, dass seine Töchter in Unwissenheit aufwachsen, zu nichts anderem fähig als zu nähen, zu spinnen und zu sticken, ohne auch nur so viel zu lernen, dass sie zur Erntezeit ›Apfel-Nuss-Konserve‹ auf ihre Krüge schreiben können! Als ich ein Mädchen war, musste ich darum kämpfen, auch nur so viel an Bildung zu bekommen! Euer Vater ist ein vernünftiger Mann, der weiß, dass seinen Töchtern Kenntnisse ebenso nützlich sind wie seinen Söhnen. Deshalb wirst du hier sitzen, bis du eine Seite ohne einen einzigen Klecks geschrieben hast. Romilly, lass mich deine Arbeit sehen. Ja, das ist sehr sauber. Willst du deinen Bruder aus seinem Buch lesen lassen, während ich deine Additionen nachrechne?«

Romilly stand flink auf und setzte sich zu Rael. Alles war besser, als bewegungslos an ihrem Schreibtisch zu hocken! Calinda beugte sich über Mallina und führte ihre Hand, und Rael lehnte sich an Romillys Schulter. Sie drückte das Kind verstohlen an sich. Dann zeigte sie pflichtbewusst mit dem Finger auf die erste Zeile der handgeschriebenen Fibel. Sie war sehr alt; Romilly hatte aus demselben Buch lesen gelernt und, wie sie annahm, auch Ruyven und Darren vor ihr. Denn ihre eigene Großmutter hatte die Fibel für ihren Vater geschrieben und geheftet. Auf dem ersten Blatt stand in krakeligen Lettern *Mikhail MacAran, sein eigenes Buch.* Die Tinte begann, ein bisschen zu verblassen, aber es war noch vollkommen lesbar.

»Das Pferd ist im Stall«, buchstabierte Rael langsam. »Das Huhn ist auf dem Nest. Der Vogel ist in der Luft. Der Baum ist im Wald. Das Boot ist auf dem Wasser. Die Nuss ist auf dem Baum. Der Junge ist in der –« Er betrachtete das Wort finster und riet: »Scheune?«

Romilly lachte leise. »Bestimmt wünscht er sich, dort zu sein, genau wie du«, flüsterte sie. »Aber das ist nicht richtig, Rael. Sieh hin, was ist der erste Buchstabe? Sprich ihn aus.«

»Der Junge ist in der Küche«, las Rael verdrießlich. »Das Brot ist – im Topf?«

»Rael, du rätst schon wieder«, sagte Romilly. »Sieh dir die Buchstaben an. Du kannst es doch.«

»Das Brot ist im Ofen.«

»Das ist richtig. Jetzt versuch es mit der nächsten Seite.«

»Die Köchin bäckt das Brot. Der Bauer –«, er zögerte, bewegte die Lippen, betrachtete finster die Seite. »Sammelt?«

»Das ist richtig, mach weiter.«

»Der Bauer sammelt die Nüsse. Der Soldat reitet das Pferd.

Der Knecht legt den Sattel auf das Pferd. Romy, wann darf ich etwas lesen, das Sinn hat?«

Wieder musste Romilly lachen. »Wenn du deine Buchstaben ein bisschen besser kennst«, antwortete sie. »Zeig mir dein Schreibheft. Ja, die Buchstaben hast du geschrieben, aber sieh mal, sie wackeln über die Linie wie Enten, wo sie doch ordentlich marschieren sollten wie Soldaten – siehst du, wo Calinda für dich die Linie mit dem Lineal gezogen hat?« Sie legte die Fibel beiseite. »Aber ich will Calinda sagen, dass du deine Aufgabe kannst, soll ich?«

»Dann können wir vielleicht zu den Ställen gehen«, wisperte Rael. »Romy, hat Vater dich dafür geschlagen, dass du den Falken gezähmt hast? Ich hörte Mutter sagen, er sollte.«

Daran zweifele ich nicht im Geringsten, dachte Romilly. Doch Lady Luciella war Raels Mutter, und sie wollte zu dem Kind nicht schlecht über sie sprechen. Und Luciella war niemals wirklich unfreundlich zu ihr gewesen. Sie antwortete: »Nein, ich bin nicht geschlagen worden. Vater sagte, ich hätte es gut gemacht – andernfalls hätte er den Falken verloren, und Verrin-Falken sind teuer und selten. Dieser war nahe daran, auf dem Block zu verhungern.«

»Wie hast du es gemacht? Kann ich eines Tages auch einen Falken zähmen? Ich hätte Angst, sie sind so wild –«

Seine Stimme war lauter geworden. Calinda hob den Kopf und sah sie stirnrunzelnd an. »Rael, Romilly, beschäftigt ihr euch mit der Aufgabe?«

»Nein, *mestra*«, antwortete Romilly höflich. »Er ist fertig. Er hat zwei Seiten der Fibel mit nur einem Fehler gelesen. Dürfen wir jetzt gehen?«

»Ihr wisst, ihr sollt beim Arbeiten nicht flüstern und schwatzen«, sagte die Erzieherin, aber auch sie sah müde aus. »Rael, bring mir dein Heft. Oh, das hast du gar nicht gut gemacht!« Sie schüttelte den Kopf. »Die Buchstaben laufen ja über die ganze Seite weg! Ein großer Junge wie du sollte besser schreiben. Setz dich und nimm deine Feder.«

»Ich will aber nicht«, erklärte Rael. »Mir tut der Kopf weh.«

»Wenn dir der Kopf weh tut, werde ich deiner Mutter sagen, dass es dir nicht gut genug geht, um nach dem Unterricht zu reiten.« Calinda verbarg das Lächeln, das ihre Lippen umspielte. Rael setzte sich verdrießlich, krümmte die Faust um die Feder und begann, eine weitere Reihe von beschwipsten Druckbuchstaben zu malen. Seine Zunge lugte ein Stückchen zwischen den Zähnen hervor, und sein Gesicht war finster.

»Mallina, geh und wasch dir die Tinte von den Fingern. Romilly, hol deine Stickerei, und Mallinas kannst du auch gleich mitbringen«, befahl die Erzieherin, über Raels Pult gebeugt. Romilly trat stirnrunzelnd an den Schrank und zog ihren und ihrer Schwester Arbeitskorb hervor. Sie war recht geschickt mit der Feder, aber, so dachte sie ärgerlich, *man drücke mir eine Nadel in die Hand, und ich könnte ebenso gut Hufe wie Finger haben!*

»Ich will dir noch einmal zeigen, wie man den Knötchenstich macht.« Calinda nahm das angeschmutzte, zerknitterte Stück Leinen in die eigenen Hände und versuchte, es zu glätten. Währenddessen stach Romilly sich beim Einfädeln mit der Nadel in den Finger und jaulte auf wie ein junger Hund. »Das ist eine Schande, Romilly. Ich glaube wirklich, Rael könnte es besser als du, wenn er es versuchte!«

»Warum lasst Ihr es dann nicht Rael tun?«, murrte Romilly. »Pfui, ein großes Mädchen, beinahe fünfzehn, alt genug, um verheiratet zu werden.« Calinda sah Rael über die Schulter. »Was hast du denn da geschrieben?«

Aufgeschreckt von dem Ton der Erzieherin beugte sich auch Romilly über die Schulter ihres kleinen Bruders. In ungleichmäßigen Druckbuchstaben stand da: ICH WÜNSCHTE, MEIN BRUDER RUYVEN KÄME NACH HAUSE.

»Das tue ich ja auch.« Rael blinzelte heftig und bohrte die Fäustchen in die Augen.

»Zerreißen wir es, schnell!« Calinda nahm das Papier und ließ dem Wort die Tat folgen. »Wenn euer Vater es sähe – du weißt, er hat befohlen, dass deines Bruders Name in diesem Haus nicht erwähnt werden darf!«

»Ich habe ihn nicht erwähnt, nur geschrieben«, verteidigte Rael sich, »und er ist *mein* Bruder, und ich werde über ihn reden, wann ich will! Ruyven, Ruyven, Ruyven – *so*!«

»Pst, pst, Rael«, mahnte Calinda. »Wir alle –« Sie verstummte und beendete nicht, was sie hatte sagen wollen. Aber Romilly hörte es mit ihren neuen Sinnen so deutlich, als hätte Calinda es ausgesprochen: *Wir alle vermissen Ruyven.* Milder fuhr Calinda fort: »Leg dein Buch weg und lauf zu deiner Reitstunde, Rael.«

Rael knallte die Fibel in sein Pult und raste zur Tür. Romilly sah ihrem Bruder neidisch nach und wandte den Blick dann sorgenvoll wieder auf die zerknüllte Stickerei in ihrer Hand. Nach einer Minute seufzte Calinda: »Für ein Kind ist es schwer zu verstehen. Dein Bruder Darren wird zu Mittsommer nach Hause kommen, und darüber bin ich froh – Rael braucht seinen Bruder, glaube ich. Hier, Romilly, pass auf – wickele den Faden so dreimal um die Nadel und zieh ihn durch – siehst du, du kannst es recht gut, wenn du dir Mühe gibst.«

»Knötchenstich ist leicht«, bemerkte Mallina selbstzufrieden und sah von dem glatten Stück gebleichten Leinens hoch, wo unter ihrer Nadel eine leuchtende Blume erblühte.

»Schämst du dich nicht, Romilly? Mallina hat bereits ein dutzend Kissenhüllen für ihre Aussteuertruhe gestickt, und jetzt arbeitet sie an ihren Brautlaken.«

»Ja, was brauche ich denn bestickte Kissenhüllen?«, fragte Romilly, in die Verteidigung gedrängt. »Ein Kissen ist da, um darauf zu sitzen, nicht um schöne Muster zu zeigen. Und ich hoffe, wenn ich einen Mann bekomme, wird er mich ansehen und nicht die gestickten Blumen auf unseren Brautlaken!«

Mallina kicherte und errötete, und Callina tadelte: »Still, Romilly, wie kannst du so etwas sagen!« Doch sie lächelte. »Wenn du dein eigenes Haus hast, wirst du stolz sein, es mit schönen Dingen schmücken zu können.«

Das bezweifele ich sehr, dachte Romilly, doch sie nahm resignierend das Stück Stoff wieder auf und zog die Nadel hindurch. Mallina beugte sich über die Steppdecke, die sie in Arbeit hatte, zarte weiße Sternblumen auf blauen Grund appliziert, und begann, winzige Stiche in die Umrandung zu setzen. Ja, es war hübsch, dachte Romilly, aber warum kam es so sehr darauf an? Eine einfache Decke würde sie des Nachts ebenso warmhalten, sogar eine Satteldecke! Es hätte ihr nichts ausgemacht, etwas Vernünftiges herzustellen, einen Reitmantel oder eine Haube für einen Falken. Aber diese dummen Blumenmuster! Sie sollten doch nur die komplizierten Stiche zeigen, die sie hasste. Grimmig nahm sie von neuem ihre Arbeit vor, die Nadel unbeholfen in der Faust. Da blickte die Erzieherin von dem Blatt mit den Additionen auf, die Romilly heute Morgen gemacht hatte.

»Hierin bist du über das, was ich dich lehren kann, hinausgewachsen, Romilly«, stellte sie fest. »Ich will mit Dom Mikhail sprechen und ihn fragen, ob dir der Haushofmeister Unterricht im Führen der Bücher und im Rechnen geben darf. Es wäre schade, eine solche Intelligenz wie deine zu verschwenden.«

»Unterricht vom Haushofmeister?«, fragte eine Stimme von der Tür her. »Unsinn, *mestra.* Romilly ist zu alt, um Unterricht von einem Mann zu bekommen; das wäre ein Skandal. Und was braucht eine Dame Bücher führen zu können?« Romilly hob den Kopf von den verwirrten Fäden und sah ihre Stiefmutter Luciella eintreten.

»Wenn ich meine Bücher selbst führen könnte, Pflegemutter, brauchte ich nie Angst zu haben, von einem unehrlichen Haushofmeister betrogen zu werden.«

Luciella lächelte freundlich. Sie war eine kleine, mollige Frau mit sorgfältig gelocktem Haar und so untadelig gekleidet, als wolle sie die Königin bei einem Gartenfest empfangen. Sie meinte: »Ich glaube, wir können einen Mann für dich finden, der dir all diese Sorgen abnehmen wird, Pflegetochter.« Sie beugte sich nieder, um Mallina auf die Wange zu küssen, und tätschelte Romillys Kopf. »Ist Rael schon zu seiner Reitstunde fort? Ich hoffe, die Sonne ist nicht zu stark für ihn, er hat sich noch nicht wieder völlig erholt.« Stirnrunzelnd betrachtete sie das Durcheinander von Fäden und die schwankenden Reihen farbiger Stiche. »Oh, liebes Kind, so geht das nicht! Gib mir die Nadel, Romilly, du hältst sie wie einen Striegel! Halte sie so, siehst du? Jetzt ist der Knoten ordentlich – geht es nicht leichter, wenn du sie so hältst?«

Widerstrebend nickte Romilly. Domna Luciella war nie anders als freundlich zu ihr gewesen. Aber sie verstand nicht, warum Romilly nicht genauso wie Mallina war, nur ein Stück weiter, da älter.

»Mach nun du ein Knötchen, so, wie ich es dir gezeigt habe«, sagte Luciella. »Siehst du wohl, das ist schon viel besser, mein Liebes. Ich wusste, du kannst es, du bist ja geschickt mit den Händen – deine Schrift ist viel sauberer als die Mallinas. Du versuchst es nur nicht. Calinda, ich wollte Euch bitten, den Kindern einen freien Tag zu geben – Rael ist bereits zu den Ställen gerannt? Auch gut, ich brauche nur die Mädchen. Ich möchte, dass sie mitkommen und ihre neuen Reitkleider ausprobieren. Die müssen fertig sein, wenn die Gäste zum Mittsommerfest eintreffen.«

Natürlich quietschte Mallina vor Freude.

»Ein neues Reitkleid für mich, Pflegemutter? Welche Farbe hat es? Ist es aus Samt wie das einer Dame?«

»Nein, mein Liebes, deins ist aus Gabardine, strapazierfähig und aufs Wachsen berechnet«, antwortete Luciella. Mallina murrte: »Ich habe es satt, Kleider mit dicken Säumen zu tragen, damit sie ein halbes dutzend Mal verlängert werden können, wenn ich wachse. Und dann ist der Stoff ausgeblichen, so dass jeder sehen kann, wo der Saum ausgelassen worden ist.«

»Du musst dich eben beeilen, mit dem Wachsen fertig zu werden«, erwiderte Luciella freundlich. »Es hat keinen Sinn, ein Kleid nach deinen Maßen zu nähen, wenn du nach sechs Monaten hinausgewachsen bist. Und du hast nicht einmal eine jüngere Schwester, an die du es weitergeben könntest.« Lächelnd setzte sie hinzu: »Du hast Glück, überhaupt ein neues Kleid zu bekommen, weißt du. Du solltest Romillys alte tragen. Allerdings nutzt Romilly, wie wir alle wissen, ihre Reitsachen so ab, dass nach einem halben Jahr nichts mehr von ihnen übrig ist – man kann sie kaum noch dem Milchmädchen schenken.«

»Nun, ich *reite* ein Pferd«, erklärte Romilly. »Ich sitze nicht nur auf seinem Rücken und lächele schmachtend dem Stalljungen zu!«

»Biest!«, fauchte Mallina und trat ihr heimlich gegen den Knöchel. »Das tätest du auch, wenn er dich nur ansähe! Aber dich wird nie jemand ansehen – du bist wie ein angezogener Besenstiel!«

»Und du bist ein fettes Schwein«, gab Romilly zurück. »Du könntest meine abgelegten Sachen sowieso nicht tragen, weil du so dick bist von all den Honigkuchen, die du schmatzt, wann immer du dich in die Küche schleichen kannst!«

»Mädchen! Mädchen!«, flehte Luciella. »Müsst ihr ständig streiten? Ich habe um einen freien Tag für euch gebeten – wollt ihr stattdessen bis heute Abend im Schulzimmer sitzen und Küchentücher säumen?«

»Nein, wirklich nicht, verzeih mir, Pflegemutter«, sagte Romilly schnell, und Mallina fragte muffig: »Soll ich mich vielleicht von ihr beleidigen lassen?«

»Nein, und du solltest sie auch nicht beleidigen«, seufzte Luciella. »Kommt, kommt, die Näherinnen warten auf euch.«

»Braucht Ihr mich noch, *vai domna?«, fragt*e Calinda.

»Nein, geht und ruht Euch aus, *mestra* – ich bin sicher, Ihr habt es nach einem Vormittag mit meiner Brut nötig. Schickt zuerst den Stallknecht nach Rael. Er muss seine neue Jacke heute anprobieren, aber das kann warten, bis er mit seiner Reitstunde fertig ist.«

Voller böser Ahnungen folgte Romilly ihrer Stiefmutter in den Raum, wo die Näherinnen arbeiteten. Er war hell und luftig mit breiten Fenstern und grünen Pflanzen – keine Blumen, denn Luciella war eine praktische Frau, sondern Töpfe mit Küchen- und Heilkräutern, denen die durch die Glasscheiben fallenden Sonnenstrahlen einen süßen Duft entlockten. Luciellas Geschmack neigte zu Kräuseln und Volants. Aus einem früheren Streit schloss Romilly, dass ihr Reitkleid, wenn Luciella es bestellt hatte, entsetzlich aufgedonnert sein würde. Doch dann sah sie das Kleid. Es war aus dunkelgrünem Samt, und der Schnitt betonte geschickt ihre Schlankheit. Dabei war es einfach, ohne anderen Aufputz als ein einziges weißes Band um den Ausschnitt. Die Farbe war genau die ihrer grünen Augen und ließ ihr kupfernes Haar leuchten. Romilly errötete vor Vergnügen.

»Es ist wunderschön, Pflegemutter.« Sie hielt so still, wie sie konnte, während die Näherinnen das Kleid an ihrem Körper absteckten. »Es ist fast zu fein für mich!«

»Nun, du wirst ein gutes Kleid für die Beize und die Jagd brauchen, wenn die Leute von Hohenklippen zum Mittsommerfest kommen«, sagte Luciella. »Zeig ruhig, was für eine gute Reiterin du bist. Ich finde nur, du brauchst ein Pferd, das für eine Dame besser geeignet ist als der alte Windracer. Ich habe mit Mikhail wegen eines guten Pferdes für dich gesprochen – war da nicht eins, das du selbst trainiert hast?«

Romilly keuchte auf vor Begeisterung, und ihre Stiefmutter lächelte. Dem Mädchen war erlaubt worden, ihrem Vater beim Trainieren der drei edlen Rappen von den Lanart-Gütern zu helfen, und sie gehörten zu den besten Pferden, die den Ställen von Falkenhof Ehre machten. Wenn ihr Vater zustimmte, dass sie eins *dieser* Pferde bekam – voll Freude und Entzücken stellte sie sich vor, wie sie auf einem der temperamentvollen Rappen über die Hügel galoppierte, Preciosa auf ihrem Handgelenk. Ihre spontane Umarmung verblüffte Luciella. »Oh, danke, ich danke dir, Stiefmutter!«

»Es ist ein Vergnügen, dich ganz als Dame zu sehen.« Luciella freute sich über den hübschen Anblick, den Romilly in dem grünen Kleid bot. »Zieh es jetzt aus, mein Liebes, damit es genäht werden kann. Nein, Dara«, wandte sie sich an eine der Näherinnen, die Mallinas Kleid über ihren vollen jungen Brüsten absteckte, »die Jacke da nicht so eng, das schickt sich nicht für ein so junges Mädchen.«

Mallina schmollte: »Warum müssen alle meine Kleider wie Kinderkittel geschnitten sein? Ich habe schon mehr Figur als Romilly!«

»Das hast du wirklich«, bemerkte Romilly. »Wenn deine Titten noch weiter wachsen, kannst du dich als Amme verdingen.« Kritisch betrachtete sie Mallinas schwellenden Körper. Das jüngere Mädchen zischte: »Ein Damenkleid ist an dich verschwendet, du könntest ein paar von Darrens alten Hosen tragen! Du würdest am liebsten wie ein Stalljunge herumlaufen, in alten Ledernen, wie eine aus der Schwesternschaft vom Schwert!«

»Kommt, kommt«, sagte Luciella friedlich. »Mach dich nicht über die Figur deiner Schwester lustig, Romilly. Sie wächst schneller als du, das ist alles. Und du bist auch still, Mallina. Romilly ist jetzt erwachsen, und euer Vater hat strengen Befehl gegeben, dass sie nicht mehr mit Stiefeln und Hose im Herrensitz reiten darf. Dafür bekommt sie ein richtiges Damenkleid und einen Damensattel. Zu Mittsommer werden die Leute von Hohenklippen zur Beize und Jagd herkommen, vielleicht auch Aldaran von Scathfell mit seinen Söhnen und Töchtern und ein paar Leute von Storn-Höhe.«

Mallina jubelte - die Zwillingstöchter von Scathfell waren ihre engsten Freundinnen, und während des Winters hatten schwere Schneefälle Falkenhof von Scathfell und Hohenklippen getrennt. Romilly empfand keine solche Freude. Jessamy und Jeralda waren etwa in ihrem Alter, aber ähnlich wie Mallina, rund und weich, eine Beleidigung für jedes Pferd, das sie tragen musste. Ihre Aufmerksamkeit galt viel mehr dem Sitz ihrer Reitkleider und den Ornamenten auf Sattel und Zügel als dem Wohlbefinden ihrer Pferde oder ihrer eigenen Reitkunst. Der älteste Sohn von Hohenklippen war in Ruyvens Alter und sein liebster Freund gewesen. Er behandelte Romilly und sogar Darren als kleine Kinder. Und die Leute von Storn waren alle erwachsen, die meisten verheiratet, und einige hatten schon Kinder.

Nun, vielleicht bekam sie Gelegenheit, mit ihrem Vater und Darren, der aus Nevarsin erwartet wurde, auszureiten und Preciosa fliegen zu lassen. Es wäre nicht allzu schlimm, wenn sie dazu, solange Besuch da war, einen Damensattel benutzen und statt der zur Jagd besser geeigneten Stiefel und Hosen ein Reitkleid tragen musste. Die Leute würden nur ein paar Tage bleiben, und dann konnte sie zum Reiten wieder in ihre vernünftige Jungenkleidung schlüpfen. Vor den Gästen ihrer Eltern wollte sie sich gern schicklich anziehen. Es verstand sich von selbst, dass sie gelernt hatte, in der Anwesenheit von Fremden - und auch, um ihrer Stiefmutter eine Freude zu machen – mit Reiträcken und Damensattel fertig zu werden. Auf dem Weg in ihr Zimmer summte Romilly vor sich hin. Sie wollte sich zum Reiten umziehen. Vielleicht würde sie Rael mitnehmen, wenn sie Preciosa am Federspiel übte, diesem Gebilde aus Federn, auf dem Fleischstückchen befestigt werden und das man mit einer langen Leine um den Kopf wirbelt. Aber als sie hinter ihrer Tür nach den alten Stiefeln und Hosen suchte, die sie immer zum Reiten trug – sie hatten früher Ruyven gehört –, fand sie sie nicht.

Romilly klatschte in die Hände, um das Mädchen herbeizurufen, das die Kinder bediente. Es kam jedoch die alte Gwennis. »Was soll das, Gwennis? Wo sind denn meine Reitsachen?«

»Dein Vater hat strengen Befehl gegeben«, antwortete Gwennis. »Lady Luciella hieß mich, sie wegzuwerfen. Sie waren ja kaum noch für den Jungen des Falkenmeisters geeignet, diese alten Dinger. Dein neues Kleid wird schon genäht, und du kannst dein altes tragen, bis es fertig ist, mein Schätzchen.« Gwennis zeigte auf den Rock und die Jacke, die auf Romillys Bett ausgelegt waren. »Komm, mein Lämmchen, ich helfe dir beim Zuschnüren.«

»Du hast die Sachen weggeworfen?«, explodierte Romilly. »Wie konntest du es wagen!«

»Oh, oh, sprich nicht so mit mir, mein Liebchen. Wir müssen alle tun, was Lady Luciella sagt, nicht wahr? Das Reitkleid da passt dir immer noch gut, auch wenn es ein bisschen eng in der Taille ist – sieh her, ich habe es gestern, als Lady Luciella es mir sagte, für dich ausgelassen.«

»Darin kann ich Windracer nicht reiten!« Romilly knäulte die beleidigenden Röcke zusammen und warf sie quer durchs Zimmer. »Er ist nicht an einen Damensattel gewöhnt, und ich hasse es, *so* zu reiten, und Gäste sind gar keine da! Besorg mir irgendeine Reithose!«, tobte sie.

Gwennis schüttelte streng den Kopf. »Das darf ich nicht, Herzchen. Dein Vater hat befohlen, du sollst nicht mehr in Hosen reiten, und es ist auch Zeit! Zehn Tage vor Mittsommer wirst du fünfzehn. Wir müssen jetzt daran denken, dich zu verheiraten, und wer wird ein Mannweib heiraten wollen, das in Hosen herumläuft wie eine Trogdirne oder eine dieser skandalösen Frauen von der Schwesternschaft mit ihren Schwertern und durchbohrten Ohren? Wirklich, Romilly, du solltest dich schämen. Ein großes Mädchen wie du, das ins Falkenhaus davonläuft und die ganze Nacht draußen bleibt – du musst endlich zu einer Dame gezähmt werden! Jetzt zieh deinen Reitrock an, wenn du ausreiten möchtest, und rede keinen solchen Unsinn mehr.«

Romilly starrte ihre Kinderfrau entgeistert an. Also diese Strafe hatte ihr Vater ihr zugedacht! Schlimmer, viel schlimmer als Schläge, und sie wusste, eine Auflehnung gegen den Befehl ihres Vaters gab es nicht.

Wenn er mich doch geschlagen hätte! Wenigstens hätte er sich dann unmittelbar mit mir, mit Romilly, mit einer Person befasst. Aber mich Luciella zu übergeben, damit sie mich zu ihrer Vorstellung von einer Dame ummodelt ...

»Es ist doch eine Beleidigung für ein anständiges Pferd!«, schimpfte Romilly. »Ich werde das Zeug nicht anziehen!«

Sie versetzte dem Bündel auf dem Fußboden einen wilden Tritt.

»Ja, dann, Schätzchen, kannst du wie eine Lady im Haus bleiben, du musst ja nicht ausreiten«, meine Gwennis gemütlich. »Du bist sowieso zu oft in den Ställen. Es ist Zeit, dass du hübsch drinnen bleibst und die Falken und Pferde deinen Brüdern überlässt, wie es sich schickt.«

Entsetzt schluckte Romilly den Klumpen in ihrer Kehle hinunter. Ihr Blick wanderte von dem Reitkleid auf dem Fußboden zu der strahlenden Kinderfrau. »Das habe ich von Luciella erwartet«, sagte Romilly. »Sie hasst mich, stimmt's? Das ist eine Bosheit von der Art, wie Mallina sie fertig brächte, nur weil sie ein richtiges Pferd nicht reiten kann. Aber ich hätte nicht geglaubt, dass du dich mit ihnen gegen mich verbünden würdest, Gwennis!«

»Aber, aber, so darfst du nicht reden.« Gwennis schnalzte vorwurfsvoll mit der Zunge. »Wie kannst du so etwas über deine freundliche Stiefmutter sagen? Ich versichere dir, nicht viele Frauen sind zu ihren erwachsenen Stieftöchtern so gut wie Lady Luciella zu dir und Mallina. Sie gibt euch schöne Kleider, obwohl ihr beide hübscher seid als sie, und dabei weiß sie, dass Darren einmal hier Herr sein wird und ihr Kind nur ein jüngerer Sohn ist, nicht viel besser als ein Nedestro! Höre, deine eigene Mutter hätte dir das Hosentragen schon vor drei Jahren verboten. Nie hätte sie dich in dieser ganzen Zeit als Mannweib herumlaufen lassen! Wie kannst du sagen, Lady Luciella hasse dich?«

Mit brennenden Augen sah Romilly zu Boden. Es war die Wahrheit. Niemand hätte liebevoller zu ihr sein können als Luciella. Es wäre leichter gewesen, wenn Luciella ihr jemals die geringste Unfreundlichkeit gezeigt hätte. *Ich könnte mich gegen sie wehren, wenn sie grausam zu mir wäre. Was kann ich jetzt tun?*

Und Preciosa wartete auf sie. Dachte Gwennis wirklich, sie würde ihren eigenen Falken dem Jungen des Falkenmeisters überlassen? Nicht einmal Darren würde sie ihn geben! Mit vor Wut zitternden Händen zog sie das verabscheute Kleid an, einen fadenkahlen blauen Gabardine. Obwohl von Gwennis verändert, war es zu eng in der Taille, so dass die Verschnürung weit über ihrem Unterhemd klaffte. Immer noch besser, ich reite in Röcken, als überhaupt nicht, sagte Romilly zu sich selbst. Aber wenn sie glaubten, sie so leicht schlagen zu können, hatten sie sich geirrt!

Wird sie mich in diesem blöden Mädchenkleid überhaupt erkennen?

Wütend ging sie auf die Ställe und das Falkenhaus zu. Ein- oder zweimal stolperte sie über die lästigen Röcke und nahm daraufhin einen langsameren, damenhaften Gang an. Also Luciella wollte sie mit einem hübschen Kleid bestechen, um den Schlag zu mildern? Typisch Frau, sie mit einem albernen Trick hereinlegen zu wollen, statt ihr geradeaus zu sagen, sie dürfe nicht mehr in Hosen reiten!

Im Falkenhaus ging Romilly sofort zu dem Block, zog ihren alten Handschuh an und nahm Preciosa auf den Arm. Mit der freien Hand ergriff sie die zu diesem Zweck bereitliegende Spinnfeder und streichelte die Brust des Falken. Eine Berührung mit der Hand würde die Schutzschicht von den Federn streifen und sie beschädigen. Preciosa spürte Romillys Erregung und bewegte sich unruhig auf ihrem Handgelenk. Das Mädchen zwang sich zur Ruhe. Sie nahm das an der Wand hängende Federspiel und winkte dem Jungen Ker.

»Hast du frisches Fleisch für Preciosa?«

»Ja, *damisela*. Von einer eben für den Tisch getöteten Taube habe ich alle Innereien aufgehoben. Vor zehn Minuten waren sie noch im Bauch des Vogels«, antwortete Ker. Romilly schnupperte misstrauisch an dem Fleisch. Dann band sie es an das Federspiel. Preciosa roch die Atzung, zuckte nervös und flatterte. Romilly sprach beruhigend auf sie ein. Beim Weitergehen musste sie sich den Rock aus dem Weg treten. Im Stallhof löste sie die Fesseln und schwang das Federspiel hoch über ihren Kopf. Der Schwung, mit dem Preciosa sich in die Luft warf, stieß Romillys Hand nach unten. Das Falkenweibchen kreiste hoch am Himmel über dem Stallhof, stieß schnell auf das Federspiel nieder und schlug die Beute, fast noch bevor sie den Boden berührte. Romilly ließ sie eine Weile in Ruhe kröpfen. Dann rief sie sie mit der kleinen Falknerpfeife, die der Vogel mit seiner Nahrung in Verbindung bringen soll, und streifte ihr die Haube wieder über. Sie gab Ker das Federspiel und sagte: »Wirf du es, ich möchte sie fliegen sehen.«

Gehorsam nahm der Junge des Falkenmeisters das Federspiel und begann, es über seinem Kopf zu schwingen. Wieder ließ Romilly den Falken auf. Sie beobachtete, wie er hochflog und zum Klang ihrer Pfeife auf das Federspiel niederstürzte. Noch zweimal wurde die Übung wiederholt, bevor Romilly den Falken verkappte und zurück auf den Block setzte. Wieder und wieder streichelte sie ihn zärtlich mit der Spinnfeder, murmelte ihm sinnlose Worte der Liebe zu, spürte die Nähe und Zufriedenheit des satten Falken. Preciosa lernte schnell. Bald würde sie frei fliegen, ihre eigene Beute schlagen und auf Romillys Handgelenk zurückkehren ...

»Geh und sattle Windracer«, sagte sie und setzte missmutig hinzu: »Ich vermute, du musst meinen Damensattel nehmen.« Der Junge vermied es, sie anzusehen.

»Es tut mir Leid, *damisela* – der MacAran hat strengen Befehl gegeben. Er war sehr zornig.«

Das also war ihre Strafe. Spitzfindiger als Schläge und gar nicht die Art ihres Vaters – die von Luciellas Hand gesetzten feinen Stiche waren deutlich zu erkennen. Im Geist hörte sie fast die Worte, die ihre Stiefmutter benutzt haben musste: Hör zu, ein großes Mädchen wie Romilly, und du lässt sie in den Ställen herumlaufen ... Wie kann es dich da überraschen, wenn sie etwas anstellt? Überlasse sie mir, und ich werde eine Dame aus ihr machen.

Romilly wollte dem Jungen in ihrem Ärger schon sagen: Vergiss es, ein Damensattel ist eine Beleidigung für jedes Pferd mit Selbstachtung ... Aber Preciosa flatterte aufgeregt auf ihrem Arm, und sie erkannte, dass ihre Wut sich auf den Vogel übertrug. So beherrschte sie sich und meinte ruhig: »Gut, dann leg ihm einen Damensattel auf.« Trotz ihres Zorns, trotz des Damensattels musste Preciosa an die Bewegung des Pferdes gewöhnt werden. Und ein Ritt auf einem Damensattel war besser als überhaupt kein Ritt.

Unterwegs dachte Romilly lange und gründlich nach. Ein Appell an ihren Vater war sinnlos. Offenbar hatte er die Verantwortung auf Luciella übertragen. Das neue Reitkleid war nur ein Zeichen dafür gewesen, woher der Wind jetzt blies. Zweifellos würde der Tag kommen, an dem man ihr das Reiten ganz verbot - nein, das nicht. Luciella hatte ihr von seinen Plänen erzählt, ihr ein gutes Pferd zu schenken. Immerhin würde sie wie eine Dame reiten müssen, sittsam, weil kein Pferd unter einem Damensattel etwas Besseres als einen gemächlichen Trott fertig brachte. Sie musste hinderliche Röcke tragen und war nicht einmal mehr im Stande, ihren Falken richtig zu schulen. Ein Damensattel bot nicht genug Platz für einen Falken, während sie auf einem Herrensattel den Block vor sich tragen konnte. Und dann würde man ihr den Zutritt zu den Ställen und zum Falkenhaus verwehren, und ihr bliebe nichts als solche läppischen Ausritte. Doch was konnte sie dagegen tun? Sie war noch nicht mündig - erst zu Mittsommer wurde sie fünfzehn -, und es blieb ihr nichts übrig, als den Befehlen ihres Vaters und ihrer Stiefmutter zu gehorchen. Romilly hatte das Gefühl, als schlössen sich Mauern um sie.

Wozu war ihr dann dieses Laran gegeben worden, wenn anscheinend nur ein Mann die Freiheit hatte, es zu benutzen? Sie hätte weinen mögen. Warum war sie nicht als Mann geboren worden? Sie wusste, wenn sie Luciella die Frage stellte, was sie mit ihrer Gabe anfangen solle, würde die Antwort lauten: Du hast diese Gabe, um sie an deine Söhne zu vererben.

War sie also nichts als ein Mittel, um einem unbekannten Gatten Söhne zu verschaffen? Oft hatte sie gedacht, dass sie gern Kinder haben würde. Sie erinnerte sich an Rael als Baby, klein und süß und weich und liebenswert wie ein noch nicht entwöhntes Hündchen. Aber musste sie dafür alles aufgeben, im Haus bleiben und wabbelig wie Luciella werden? Hatte ihr eigenes Leben dann ein Ende, lebte sie dann nur noch durch ihre Kinder? Es war ein zu hoher Preis auch für das anbetungswürdigste Baby. Wütend blinzelte Romilly ihre Tränen weg und zwang sich zur Ruhe. Denn sie wusste, die Emotion würde auf Falken und Pferd übergreifen.

Sie musste warten. Vielleicht konnte sie ihren Vater zur Einsicht bringen, wenn sein Zorn sich abgekühlt hatte. Und dann schoss es ihr durch den Kopf: Noch vor Mittsommer kam Darren nach Hause, und vielleicht würde er, als der einzige ihrem Vater gebliebene Erbe, bei ihm für sie eintreten. Sie streichelte den Falken mit der Spinnfeder, um ihn zu beruhigen, und ritt nach Falkenhof zurück. Ein Schimmer der Hoffnung lebte in ihrem Herzen.

3

Zehn Tage vor Mittsommer, an Romillys fünfzehntem Geburtstag, kam ihr Bruder Darren nach Hause.

Rael sah die Reiter als Erster. Die Familie saß gerade beim Frühstück. Das Wetter war so gut, dass Luciella angeordnet hatte, den Tisch auf dem offenen Balkon zu decken, von dem man Aussicht auf das Kadarin-Tal hatte. Rael nahm sein zweites Honigbrot mit an das Geländer, obwohl Luciella ihn sanft ermahnte, er solle sich ordentlich hinsetzen und fertig essen. Jetzt lehnte er sich über die Querleiste und warf Brotkrumen auf die breiten Blätter des Efeus, der auf beiden Seiten der Burg bis zu dem hohen Balkon hinaufkroch.

»Sieh mal, Mutter«, rief er, »da kommen Reiter den Pfad hoch – ob sie hierher wollen, was meinst du? Vater, siehst du sie?«

Der MacAran hob seine Tasse an die Lippen und antwortete stirnrunzelnd: »Still, Rael, ich rede mit deiner Mutter!« Aber Romilly wusste sofort, wer die Reiter waren.

»Das ist Darren!«, rief sie und flog ans Geländer. »Ich erkenne sein Pferd. Ich laufe hinunter und begrüße ihn!«

»Romilly! Setz dich hin und iss auf«, schalt Luciella. Doch Romilly war bereits aus der Tür und sprang die lange Treppe hinunter. Die Zöpfe klatschten ihr gegen die Schulterblätter. Hinter sich hörte sie das Klappern von Raels Stiefeln und lachte im Gedanken an Luciellas Aufregung – das friedliche Frühstück war unwiderruflich gestört. Sie leckte sich die Finger ab, die klebrig von Honig waren, und lief in den Hof hinaus. Rael folgte ihr dichtauf, hängte sich an das große Tor und rief den Leuten zu, sie sollten kommen und es öffnen.

»Es ist mein Bruder Darren. Er kommt!«

Gutmütig begannen die Männer, die Torflügel aufzuziehen, noch bevor sie den Hufschlag der Pferde hören konnten. Rael war ihr Liebling und wurde von allen verwöhnt. Er hielt sich am Tor fest, lachte, als die Männer ihn mit wegschoben, und winkte mit einem Arm aufgeregt den Reitern zu.

»Es ist Darren, und es ist jemand bei ihm. Romilly, komm – sieh – lauf ihm entgegen!«

Aber Romilly, plötzlich scheu, war ein bisschen zurückgeblieben. Es kam ihr ins Bewusstsein, dass ihr hastig geflochtenes Haar schlecht saß, Finger und Mund verschmiert waren und sie immer noch das Honigbrot in der Hand hielt. Schnell warf sie es dem Hofhund zu und rieb sich mit dem Taschentuch über die klebrigen Lippen. Warum war sie so verlegen? Es waren nur Darren und irgendein Freund, den er im Kloster kennen gelernt hatte. Darren glitt von seinem Pferd. Rael kletterte an ihm hoch, umarmte ihn, redete so schnell, dass er kaum zu verstehen war. Darren lachte, setzte Rael ab, kam und nahm Romilly in die Arme.

»Du bist gewachsen, Schwester. Du bist ja fast schon eine Frau.«

»Es ist ihr Geburtstag, Darren, was hast du ihr mitgebracht?«, erkundigte Rael sich, und Darren grinste. Er war groß und dünn, das rote Haar fiel ihm in dichten Locken über die Augen, und sein Gesicht hatte die Zimmerblässe eines im Schnee von Nevarsin verbrachten Winters.

»Ich habe deinen Geburtstag vergessen, Schwester – kannst du mir verzeihen? Dafür bekommst du ein Geschenk zu Mittsommer«, sagte er.

»Das schönste Geschenk ist, dass du heute gekommen bist, Darren«, erwiderte sie, und Schmerz durchzuckte sie. Sie liebte Darren, aber Ruyven war der Bruder, mit dem sie am engsten verbunden gewesen war, während Mallina und Darren immer alles geteilt hatten. Und Ruyven würde nicht nach Hause kommen, niemals mehr. Hass auf die Türme, die ihr ihren Bruder weggenommen hatten, quoll in ihr auf. Sie schluckte schwer und schüttelte die Zornestränen von den Wimpern.

»Vater und Luciella sind beim Frühstück«, sagte sie. »Komm hinauf auf den Balkon, Darren; sag dem Coridom, er soll deine Satteltaschen auf dein Zimmer tragen lassen.« Sie nahm seine Hand und wollte ihn mit sich ziehen. Er aber wandte sich zu dem Fremden zurück, der sein Pferd dem Stallknecht übergeben hatte.

»Zuerst möchte ich dir meinen Freund vorstellen.« Er zog den jungen Mann nach vorn. »Alderic von Castamir – meine älteste Schwester Romilly.«

Alderic war noch größer als Darren. Sein Haar schimmerte wie ein Hauch von Kupfer auf Gold, über den tiefliegenden, stahlgrauen Augen wölbte sich eine hohe Stirn. Er war schäbig gekleidet, ein seltsamer Gegensatz zu Darrens prächtigem Anzug – Darren, als der älteste Sohn von Falkenhof, trug einen mit dunklem Pelz verbrämten Samtmantel, während der Mantel des jungen Castamir abgeschabt war, als habe er ihn von seinem Vater oder gar seinem Großvater geerbt. Der billige Besatz aus Rabbithorn-Wolle hatte sich an einigen Stellen schon gelöst.

Also hat er mit einem Jungen Freundschaft geschlossen, der ärmer ist als er selbst, und ihn sicher deswegen mitgebracht, weil ihm die Mittel fehlen, über die Ferien nach Hause zu reisen. Darren ist immer gutmütig. Sie begrüßte den jungen Mann freundlich. Doch eine Spur von Herablassung lag in ihrer Stimme, als sie sagte: »Seid uns willkommen, Dom Alderic. Kommt und schließt Euch meinen Eltern beim Frühstück an, wollt Ihr? Garin«, sie winkte dem Haushofmeister, »lass die Satteltaschen meines Bruders in sein Zimmer und Dom Alderics Gepäck für den Augenblick in die rote Kammer tragen.

Falls Lady Luciella nicht andere Anweisungen gibt, wird es richtig sein, ihn in der Nähe meines Bruders unterzubringen.«

»Ja, komm mit.« Darren hakte sich bei Romilly ein und zog Alderic mit ihnen die Treppe hinauf. »Ich kann nicht gehen, wenn du dich so an mich hängst, Rael, lauf uns voraus!«

»Er hat dich vermisst«, sagte Romilly. »Und –« Sie hätte beinahe von ihrem älteren Bruder gesprochen. Aber damit hätte sie Familienangelegenheiten vor einem Fremden diskutiert. Ihr und Darren würde noch genug Zeit für vertrauliche Mitteilungen bleiben. Sie erreichten den Balkon, Darren wurde von Mallina umarmt, und Romilly blieb es überlassen, ihrem Vater Alderic von Castamir vorzustellen.

Der MacAran sagte mit ernster Höflichkeit: »Sei uns willkommen in unserem Heim, Junge. Ein Freund meines Sohnes wird hier als Freund aufgenommen. Bist du mit Valdrin Castamir von Hochhof verwandt? Wir dienten zusammen in der Leibgarde König Rafaels, bevor er heimtückisch ermordet wurde.«

»Nur entfernt, Sir«, antwortete Alderic. »Wisst Ihr nicht, dass Lord Valdrin tot ist und seine Burg ihm über dem Kopf mit Haftfeuer angezündet wurde, weil er Carolin auf seinem Weg ins Exil Zuflucht gewährte?«

Der MacAran schluckte sichtbar. »Valdrin tot? Wir waren Spielgefährten und Bredin«, sagte er. »Aber Valdrin war immer ein Tor, wie jeder Mann ein Tor ist, der sich in die Angelegenheiten der Großen des Landes einmischt.«

Alderic erklärte steif: »Ich ehre das Andenken Lord Valdrins wegen seiner Loyalität gegenüber unserem rechtmäßigen König im Exil, Sir.«

»Ehre«, bemerkte der MacAran bitter, »Ehre ist weder dem Toten von Nutzen noch all seinen Angehörigen, die er in den Streit der Großen hineingezogen hat. Eine große Ehre muss es für seine Frau und die kleinen Kinder gewesen sein, zu sterben, indem ihnen das Fleisch von den Knochen gebrannt wurde. Als ob es mich oder sonst einen vernünftigen Mann etwas anginge, welcher große Esel den Thron mit seinem königlichen Hintern warmhält, während bessere Männer ihren Geschäften nachgehen!«

Romilly sah, dass Alderic eine scharfe Antwort auf der Zunge lag. Doch er verbeugte sich nur und blieb stumm; er wollte seinen Gastgeber nicht beleidigen. Mallina wurde Alderic vorgestellt und lächelte geziert zu ihm auf, während Romilly angewidert zusah. Bei allem, was Hosen trägt, dachte sie, wendet Mallina ihre törichten weiblichen Listen an, sogar bei diesem schäbigen politischen Flüchtling, den Darren in Nevarsin aufgelesen und zweifellos mitgebracht hat, damit der Junge ein paar gute Mahlzeiten erhält. Dürr ist er wie ein Rechen. In Nevarsin erhalten sie sicher nur Brei aus Eicheln und kaltes Wasser!

Mallina schwatzte immer noch weiter auf den jungen Mann ein.

»Und die Leute von Storn-Höhe kommen, und die Söhne und Töchter Aldarans von Scathfell, und während des ganzen Mittsommerfestes wird es Gesellschaften und Beizen und Jagden geben und einen großen Mittsommertanz.« Sie schlug die lang bewimperten Augen zu Alderic auf und fragte: »Tanzt Ihr gern, Dom Alderic?«

»Ich habe seit meiner Kinderzeit nur wenig getanzt«, antwortete er, »nur die Stampftänze der Mönche und Novizen, wenn sie Mittwinter feiern – aber ich hoffe, dass Ihr es mich lehrt, *damisela.*« Er verbeugte sich vor ihr und Romilly. Mallina zwitscherte: »Oh, Romilly tanzt nicht mit Männern! Sie ist mehr in den Ställen daheim und wird Euch wohl lieber ihre Falken und Hunde zeigen.«

»Mallina, geh zu deiner Unterrichtsstunde«, sagte Luciella mit einer Stimme, die deutlich verriet: *Mit dir befasse ich mich später, junge Dame.* »Ihr müsst verzeihen, Dom Alderic, sie ist nur ein mutwilliges Kind.«

Mallina brach in Tränen aus und rannte weg. Alderic lächelte Romilly zu. »Auch mir ist in der Gesellschaft von Falken und Pferden wohler als in der von Frauen. Gehört nicht eins der Pferde, das wir von Nevarsin mitgebracht haben, Euch?«

»Es gehörte«, Darren bemerkte das finstere Gesicht seines Vaters und berichtigte sich, »einem Verwandten von uns. Er ließ es in Nevarsin, um es wieder in unsere Hände gelangen zu lassen.« Aber Romilly fing den Blick auf, der zwischen Darren und Alderic gewechselt wurde. Also hatte ihr Bruder seinem Freund die ganze Geschichte anvertraut. Wie weit, fragte sie sich, hatte sich die skandalöse Nachricht verbreitet, dass der Sohn des MacAran sich mit seiner Familie entzweit hatte und in einen Turm geflohen war?

»Romilly«, sagte ihr Vater, »solltest du nicht bei Mistress Calinda im Schulzimmer sein?«

»Du hast mir zu meinem Geburtstag einen freien Tag versprochen«, erinnerte Romilly ihre Stiefmutter, und Luciella erwiderte ungeschickt: »Nun ja, da ich es versprochen habe – ich vermute, du wirst die Zeit mit deinem Bruder verbringen wollen. Dann geh nur, wenn du möchtest.«

Romilly lächelte ihren Bruder an. »Ich würde dir gern meinen neuen Verrin-Falken zeigen.«

»Romilly hat ihn selbst abgetragen«, platzte Rael heraus, doch der MacAran runzelte die Stirn. »Als Davin krank war, blieb sie die ganze Nacht bei dem Falken, bis er kröpfte, und der Falkenmeister sagt, Vater selbst hätte es nicht besser machen können.«

»Aye«, brummte der MacAran, »deine Schwester hat getan, was du nicht tun würdest, Junge. Du solltest bei ihr Unterricht in Geschicklichkeit und Mut nehmen! Ich wünschte, sie wäre der Junge und du das Mädchen. Dann könntest du Röcke um die Knie tragen und den Tag mit Kritzeln und Sticken im Haus verbringen.«

Darren errötete bis an die Haarwurzeln. »Verspotte mich nicht vor meinem Freund, Vater. Ich werde tun, was ich kann, das gelobe ich dir. Aber ich bin genau so, wie die Götter mich gemacht haben, und kein anderer. Ein Rabbithorn kann kein Streitross sein und würde nur verlacht werden, wenn es das versuchte.«

»Lernt ihr so etwas bei den verdammten Mönchen?«

»Sie lehrten mich, dass ich bin, was ich bin«, erwiderte Darren. Romilly sah Tränen in seinen Augen glitzern. »Und doch bin ich auf dein Geheiß hier, Vater, um mein armseliges Bestes für dich zu tun.« So deutlich, als sei der verbotene Name ausgesprochen worden, hörte Romilly: *Es ist nicht mein Fehler, dass ich nicht Ruyven bin. Auch bin ich nicht daran schuld, dass er von hier fortging.*

Der MacAran schob sein kantiges Kinn vor, und Romilly erkannte, dass auch er diese Worte gehört hatte. Er knurrte: »Geh mit deinem Bruder ins Falkenhaus, Romy, und zeig ihm deinen Falken. Vielleicht beschämt es ihn so, dass er sich Mühe gibt, ebenso viel zu leisten wie ein Mädchen.«

Darren öffnete den Mund zum Sprechen. Aber Romilly knuffte ihm in die Rippen. *Gehen wir, solange wir es noch können, bevor er Schlimmeres sagt,* hieß das. Mit erstickter Stimme stieß Darren hervor: »Komm mit, Alderic, wenn Falken dich nicht langweilen.« Alderic murmelte eine höfliche Unverbindlichkeit, verbeugte sich vor dem MacAran und Lady Luciella und stieg mit Romilly und Darren die Treppe hinab.

Seit ein paar Tagen hatte Preciosas Block Platz zwischen den bereits abgetragenen Falken gefunden. Mit ruhigen Bewegungen streifte Romilly den Handschuh über und nahm den Vogel auf. Dann kehrte sie zu den beiden jungen Männern zurück.

»Das ist Preciosa«, stellte sie stolz vor und fragte Darren: »Würdest du sie einen Augenblick halten, während ich Federspiel und Leinen hole? Sie muss lernen, Hand und Stimme eines anderen zu ertragen.«

Sie ging auf ihn zu, und Darren zuckte erschrocken zurück. Romilly spürte, wie seine Furcht in dem Vogelgehirn widerhallte. Sie wandte ihre Aufmerksamkeit Preciosa zu und streichelte sie beschwichtigend mit der Spinnfeder. Ohne Vorwurf, aber so konzentriert auf ihr Tun, dass ihr nicht klar war, wie ihre Worte aufgefasst werden konnten, sagte sie: »Bewege dich in der Nähe eines Falken nie so schnell – das solltest du wissen! Du erschrickst sie; man könnte glauben, du hättest Angst vor ihr!«

»Es ist nur, ich bin nicht daran gewöhnt, so dicht bei etwas so Großem und Wildem zu sein.« Darren biss sich auf die Lippe. »Wild? Preciosa? Sie ist doch zutraulich wie ein Hündchen«, meinte Romilly ungläubig. Sie winkte dem Jungen des Falkenmeisters. »Bring mir die Federspiele, Ker«, und als er sie brachte, prüfte sie die Atzung, runzelte die Stirn und rümpfte die Nase.

»Das da gibst du den anderen Falken? Hältst du sie für Aasfresser? Ein Hund würde sich davon angeekelt abwenden! Ich habe angeordnet, dass Preciosa frisch getötetes Fleisch haben soll, Mäuse, wenn nichts Besseres in der Küche zu finden ist, bloß kein so altes und stinkendes Zeug wie das hier.«

»Es ist das, was Davin für die Vögel beiseite gelegt hat, Mistress Romilly.«

Schon wollte Romilly ihn schelten, wie er es verdiente. Doch bevor ein Wort über ihre Lippen kam, schlug der Falke auf ihrem Handgelenk wütend mit den Flügeln. Ihr eigener Zorn hatte sich auf Preciosa übertragen. Romilly holte tief

Atem und sagte gleichmütig: »Ich werde mit Davin darüber reden. Diesen Abfall würde ich keinem anständigen Falken zumuten. Hol mir jetzt frisches Fleisch. Wenn du keine Taube bekommst, stöberst du mit einem der Hunde Mäuse oder eine Ratte auf – und zwar sofort.«

Darren hatte sich vor dem wilden Klatschen der Flügel zurückgezogen. Als Ker loslief, um den Befehl auszuführen, bemerkte er: »Ich sehe, dass die Arbeit mit dem Falken dir wenigstens die Beherrschung deines Temperaments und deiner Zunge beschert hat, Romy. Es hat dir gut getan!«

»Ich wünschte, Vater würde dem zustimmen.« Romilly streichelte Preciosa immer noch mit der Feder und versuchte, sie zu beruhigen. »Vögel sind wie Babys. Sie nehmen die Emotionen derer auf, die sie pflegen. Mehr als das ist es nicht, glaube ich. Erinnerst du dich noch an die Kinderfrau, die Luciella hatte, als Rael ein Baby war? An ihren Namen kann ich mich gerade eben nicht erinnern – Marja, Moyra, etwas in der Art. Luciella musste sie wegschicken, weil der ältere Sohn der Frau ertrank und sie weinte, wenn sie Rael sah, und er bekam davon Koliken. Dann kam Gwennis zu uns –«

»Nein, es ist mehr als das«, fiel Alderic ein. Sie traten aus der Dunkelheit des Falkenhauses in den gepflasterten Hof. »Es gibt ein wohlbekanntes *Laran*, und wie mir gesagt wurde, trat es zuerst bei den Dellerays und den MacArans auf: Die Empathie mit Falke und Pferd und Kundschaftervogel ... *Dafür* bildeten sie es aus, für die Kriege zur Zeit von König Felix. Bei den Dellerays band es sich an letale Gene und verschwand. Aber die MacArans besitzen die Gabe seit Generationen.«

Darren meinte mit verlegenem Lächeln: »Ich bitte dich, mein Freund, sprich nicht so frei über das *Laran*, wenn mein Vater es hören kann.«

»Wieso? Ist er einer, der von Süßnussblüten spricht, weil ihm Schneeflocken zu kalt sind?«, fragte Alderic grinsend.

»Mein ganzes Leben lang habe ich gehört, dass die Pferde, die der MacAran trainiert hat, die besten auf der Welt sind, und Dom Mikhail ist einer der bemerkenswertesten MacAran-Lords. Er muss doch Bescheid wissen über die Gaben und das Laran seines Hauses.«

»Trotzdem will er das Wort nicht hören«, erklärte Darren. »Nicht, seit Ruyven in den Turm floh. Und ich mache ihm das nicht zum Vorwurf, obwohl manche vielleicht munkeln, ich sei der Gewinner bei dem, was Ruyven getan hat ... Romilly, jetzt, wo Vater nicht dabei ist, will ich dir etwas erzählen, und du kannst es heimlich an Mallina weitergeben. Rael halte ich für noch zu jung, um es für sich zu behalten, doch entscheide darüber selbst. Im Kloster bekam ich einen Brief von Ruyven. Es geht ihm gut, er liebt seine Arbeit und ist glücklich. Euch allen sendet er seine Liebe und einen Kuss, und er bittet mich, mit Vater wieder von ihm zu sprechen, wenn ich meine, der richtige Zeitpunkt sei gekommen.«

»Das wird sein, wenn Äpfel und Schwarzfrüchte auf den Eisklippen von Nevarsin wachsen«, entgegnete Romilly. »Du warst hier, du weißt, was er empfindet.«

Darren schüttelte den Kopf. »Ah, nein, Schwester. Ich bin kein so guter Telepath wie du, obwohl ich weiß, dass er zornig war.«

Romilly wandte sich ihm mit ungläubigem Blinzeln zu. »Kannst du nur hören, was laut ausgesprochen wird?«, fragte sie. »Bist du so kopfblind wie der unvernünftige Esel, den du reitest?«

Langsam kroch das Rot der Scham über Darrens Gesicht. Er senkte den Blick. »Genau so ist es, Schwester.« Romilly schloss die Augen, als wolle sie irgendeine schwere Verunstaltung nicht sehen. Das hatte sie nicht gewusst, nicht einmal geahnt. Sie hatte es immer für selbstverständlich gehalten, dass alle ihre Geschwister die Gabe teilten.

Davin kam durch den Hof auf sie zu, und Romilly sprach ihn erleichtert an. »Warst du das, alter Freund, der Befehl gegeben hat, die Falken mit Küchenabfällen zu füttern, die nicht einmal frisch sind?« Sie zeigte auf den Topf mit dem verschmähten Futter. Davin hob ihn hoch, roch angewidert daran und stellte ihn beiseite.

»Dieser Faulpelz von einem Jungen hat *das* gebracht? Aus dem wird nie ein Falkner! Ich schickte ihn um frischeres Fleisch nach der Küche, aber Lady Luciella sagte, es dürften keine Tauben mehr für die Falken getötet werden. Zweifellos war Ker zu faul, Mäuse zu fangen. Aber ich werde etwas Besseres besorgen, damit Ihr Euren Falken üben könnt, Mistress Romilly.«

Alderic fragte: »Darf ich Preciosa berühren?« Dann nahm er die Spinnfeder aus Romillys Hand und strich damit über das glatte Gefieder. »Sie ist wirklich wunderschön. Verrin-Falken zu halten ist nicht einfach, obwohl ich es versucht habe. Erfolg hatte ich nur, wenn sie im Falkenhaus geschlüpft waren. Und das ist ein Wildfang? Wer hat sie abgetragen?«

»Ich – und ich arbeite immer noch mit ihr; sie ist bisher noch nicht frei geflogen.« Romilly lächelte scheu, als er sie bewundernd ansah.

»Ihr habt sie abgerichtet? Ein Mädchen? Aber warum nicht, Ihr seid eine MacAran. In dem Turm, wo ich eine Zeitlang lebte, zähmten einige der Frauen Verrin-Falken, die Wildfänge waren, und jagten mit ihnen. Man sagt dort zu jemandem, der bemerkenswerten Erfolg mit einem Falken hat: *Du hast eine Hand für Vögel wie ein MacAran ...*«

»Dann sind also MacArans in den Türmen?«, fragte Romilly. »Ich wusste nicht, dass irgendwelche MacArans hinter ihren Mauern leben, bevor mein Bruder dorthin ging.«

Alderic antwortete: »Die Redensart war schon zur Zeit meines Vaters und seines Vaters bekannt – die Gabe eines Mac-

Aran.« Er benutzte das in den Kilghardbergen nicht gebräuchliche Wort *Laran* anstelle des alten Casta-Ausdrucks *Donas*. »Eurem Vater ist es nicht recht, dass einer seiner Söhne im Turm ist? Die meisten Leute aus den Bergen wären stolz darauf.«

Darrens Lächeln war bitter. »Ich habe kein Talent, mit Tieren zu arbeiten – und wenig Talent für sonst etwas, das Lernen ausgenommen. Doch solange Ruyven meines Vaters Erbe war, machte es nichts. Ich war für das Kloster bestimmt, und ich war glücklich bei der Bruderschaft. Jetzt wird er versuchen, diesen krummen Nagel an den Platz zu hämmern, der für meinen Bruder bestimmt war.«

»Hast du nicht noch einen zweiten Bruder?«, erkundigte sich Alderic. »Ist der Kleine, der dich begrüßte, *nedestro* oder schwachsinnig, dass dein Vater den einen Sohn nicht Sankt Valentin im Schnee geben und Rafael – Rael, oder wie ihr ihn nennt, zum Herrn von Falkenhof erziehen kann? Oder wenn man sieht, was Mistress Romilly fertig bringt ...« Aus seinem Lächeln sprach Anerkennung, und Romilly errötete. Darren erwiderte heftig: »Du kennst meinen Vater nicht –« und brach ab. Romilly war in Gedanken versunken. Also hielt Alderic es für vorstellbar, dass sie Ruyvens Stelle auf Falkenhof einnehmen könnte?

»Ich bringe frisches Fleisch für Euren Falken, Mistress Romilly.« Davin war in den Stallhof zurückgekehrt. »Eine der Köchinnen hatte gerade ein Huhn geschlachtet, um es zum Dinner zu braten. Sie überließ mir die Innereien für Euren Vogel. Ich habe angeordnet, dass der frischeste Abfall des Tages jeden Morgen für Euch bereitgelegt wird. Das Zeug, das Ker geholt hat, war von gestern. Eine der Köchinnen hatte es für die Hunde aufgehoben, und Ker war zu sehr damit beschäftigt, den Mädchen in der Küche schöne Augen zu machen, als dass er um frisches Fleisch gefragt hätte. Der wird nie ein Falkner!

Ich schwöre, ich würde ihn für einen *sekal* hinauswerfen und anfangen, den kleinen Master Rael zu unterrichten!«

Romilly lachte. »Dazu hätte Luciella bestimmt eine ganze Menge zu sagen. Beschäftige Ker damit, die Schweine zu füttern oder die Hundezwinger in Ordnung zu halten. Es muss doch jemand auf dem Gut aufzutreiben sein, der ein bisschen Sinn für Falken hat!«

Darren grinste freudlos. »Versuche es mit Neldas Sohn Garris. Er ist ein Mittsommerfest-Kind, und es gehen Gerüchte um, wer sein Vater sei. Wenn er sich als geschickt mit Tieren erweist, wird ihn das vor die Augen meines Vaters bringen, was zu tun Nelda zu stolz war. Einmal schlug ich vor, er solle mit Rael zusammen unterrichtet werden, und unsere große Lady und Herrin Luciella fiel in Krämpfe, gerade als hätte ich den Schweinejungen zum Dinner an die Hohe Tafel mitbringen wollen.«

»Du solltest wissen, dass Luciella nur hört, was sie zu hören wünscht«, sagte Romilly. »Vielleicht glaubt sie, dass Bastardschaft wie Flöhe ist und sich überträgt ...« Behindert durch Preciosas Gewicht auf ihrem Handgelenk, tastete sie nach Federspiel und Leinen. »Verdammt noch mal! Darren, kannst du sie nicht für einen Augenblick halten? Wenn nicht, dann binde um der Barmherzigkeit willen wenigstens das Fleisch an das Federspiel – sie riecht es und kann jeden Moment wild werden!«

»Ich werde sie nehmen, wenn Ihr mir Euren Falken anvertrauen wollt.« Alderic streckte den Arm aus. »So, willst du zu mir kommen, Hübsche?« Vorsichtig hob er den nervösen Falken von Romillys Handgelenk auf sein eigenes. »Wie nennt Ihr sie – Preciosa? Das ist sie auch, nicht wahr, du Kostbarkeit?«

Romilly beobachtete eifersüchtig, wie sich der behaubte Falke auf Alderics Handgelenk zurechtrückte. Aber Preciosa schien zufrieden zu sein. Romilly wand die Leine um das Fleisch, damit Preciosa es nicht zu schnell schnappen konnte, sondern es zu Boden bringen musste, wie ein guter Jagdfalke es macht. Schlecht geschulte Falken neigen dazu, mitten in der Luft Atzung von einem Federspiel zu reißen, was sie nichts über die Regeln der Jagd lehrte. Sie mussten lernen, die Beute hinunter zu ihrem Herrn zu bringen und zu warten, bis ihnen das Fleisch von der Hand gegeben wurde.

»Gib mir Leine und Federspiel«, sagte Darren. »Auch wenn ich zu sonst nichts nütze bin, kann ich doch das Federspiel werfen.«

Romilly reichte es ihm erleichtert. »Danke – du bist größer als ich, du kannst es höher hinaufschwingen.« Damit nahm sie Preciosa wieder auf ihr Handgelenk. Einhändig streifte sie dem Falken die Haube ab und hob den Arm, um ihn fliegen zu lassen. Mit nachschleppender Leine stieg der Falke immer höher. Am Ende der Leine angekommen, wandte er den Kopf und entdeckte das fliegende, pfeifende Federspiel. Er legte die Flügel an, stürzte nieder, fasste das Federspiel mit Schnabel und Krallen und warf es augenblicklich Romilly vor die Füße. Romilly ließ den scharfen Pfeifton hören, den der Falke mit Atzung in Verbindung bringen sollte, nahm Preciosa wieder auf ihr Handgelenk und riss das Fleisch von dem Federspiel.

Preciosa stieß so hastig auf die Atzung nieder, dass sie seitwärts auf Romillys Arm hüpfte. Ihre scharfen Krallen drangen schmerzhaft in den leichtbekleideten Unterarm des Mädchens oberhalb des Handschuhs. Blut schoss hervor und befleckte ihr Kleid. Romilly biss die Zähne zusammen und gab keinen Laut von sich. Aber als sich das rote Blut auf dem blauen Stoff ausbreitete, schrie Darren auf: »O Schwester!«

Preciosa erschrak, verlor das Gleichgewicht und fiel. Sie flatterte unbeholfen, und ihre Flügel schlugen Darren ins Gesicht. Romilly fasste nach ihr, doch Darren schrie entsetzt auf.

Er riss die Hände hoch, um Schnabel und Krallen abzuwehren, die seinem Gesicht gefährlich nahe waren. Preciosa schwankte von neuem. Sie flog hoch, so weit die Leine es ihr erlaubte, und stieß einen schrillen Wutschrei aus.

Romilly zischte durch die Zähne: »Verdammt, Darren, sie hätte sich eine Schwingpenne brechen können! Weißt du nicht, dass du in der Nähe eines Falken keine hastige Bewegung machen darfst? Geh weg, bevor du sie noch mehr ängstigst!«

Darren stammelte: »Du ... du ... blutest ...«

»Na und?«, fragte Romilly barsch, schob ihn grob zurück und pfiff Preciosa leise und schmeichelnd zu. »Da würde ich ja besser Rael ins Falkenhaus mitnehmen, du Idiot! Verschwinde hier!«

»Und so etwas habe ich zum Sohn und Erben«, sagte der MacAran verbittert. Er stand in der Tür des Falkenhauses und hatte die drei jungen Leute ungesehen beobachtet. Trotz seines Zorns war seine Stimme leise – nie hätte er in Gegenwart eines verängstigten Vogels die Stimme erhoben. Schweigend, mit zusammengezogenen Brauen sah er zu, wie Romilly den Falken wieder auf ihr Handgelenk lockte und die Leinen entwirrte. »Schämst du dich nicht, Darren, unnütz herumzustehen, während ein kleines Mädchen etwas tut, das jeder Sohn von mir aus purem Instinkt vollbringen müsste? Hätte ich deine Mutter nicht so gut gekannt, würde ich schwören, du seist von einem zufällig des Weges gekommenen Landstreicher gezeugt ... Lastenträger, warum hast du mir einen Sohn aufgebürdet, der so ungeeignet für seine Stellung ist?« Er packte Darren beim Arm und schleuderte ihn ins Falkenhaus. Romilly hörte Darren aufschreien und biss sich auf die Lippe, als sei der Schlag auf ihren eigenen Schultern gelandet.

»Und jetzt mach, dass du nach draußen kommst, und versuche, dich dieses eine Mal wie ein Mann zu benehmen! Nimm diesen Falken – nein, nicht so, verdammt sollst du sein! Hände hast du wie große Schinken, trotz all deines Schreibens und Kritzelns! Trag den Falken nach draußen und lass ihn nach einem Federspiel fliegen, und wenn ich sehe, dass du so wie eben vor ihm zurückweichst, schwöre ich, dass du Schläge bekommst und mit Brot und Wasser zu Bett geschickt wirst, als seist du in Raels Alter!«

Alderics Gesicht war totenbleich, und er hatte die Zähne zusammengebissen. Aber er hielt den Blick auf seinen Handrücken gerichtet und schwieg. Romilly zwang sich zur Ruhe – es hatte keinen Sinn, Preciosa noch einmal aufzuregen – und band von neuem Atzung auf das Federspiel. Wortlos fasste Alderic nach der Leine. Er begann, sie zu schwingen, und Romilly beobachtete, wie Preciosa abhob. Beide versuchten sie, Darren zu ignorieren, der auf der anderen Seite des Stallhofs mit rotem, verschwollenem Gesicht ungeschickt versuchte, einem fremden Falken die Haube abzunehmen. Mehr konnten sie im Augenblick nicht für Darren tun.

Romilly dachte: *Wenigstens gibt er sich Mühe. Vielleicht ist das tapferer als das, was ich getan habe, als ich Vaters Befehl missachtete. Ich habe die Gabe, ich tat nur, was natürlich für mich ist. Darren aber kämpft gegen alles, was für ihn natürlich ist, indem er gehorcht ...* Die Kehle wurde ihr eng, als müsse sie weinen, doch sie schluckte die Tränen hinunter. Es würde Darren nicht helfen. Nichts konnte ihm helfen, außer er besiegte seine eigene Nervosität. Und irgendwo in ihrem Inneren konnte sie nicht umhin, eine winzige Spur von Verachtung zu fühlen ... *wie war es möglich, dass er bei etwas versagte, das so leicht und einfach war?*

4

Romilly erlebte die Ankunft der ersten Mittsommergäste nicht mit. Der Tag hatte klar und leuchtend begonnen; nur eine Andeutung von Wolken verschleierte den Aufgang der roten Sonne. Drei Tage lang hatte es weder Schnee noch Regen gegeben, und überall im Hof blühten Blumen auf. Romilly setzte sich im Bett hoch und holte aufgeregt Atem. Am heutigen Tag wollte sie Preciosa zum ersten Mal frei fliegen lassen.

Dies war die endgültige, alles entscheidende Probe für Falken und Falkner. Allzu oft schwang sich ein zum ersten Mal aufgelassener Falke in den Himmel, verschwand in den violetten Wolken – und kehrte nie wieder. Romilly wusste das gut. Sie würde es nicht ertragen, Preciosa jetzt noch zu verlieren, und bei einem Wildfang, der schon selbständig Beute gemacht hatte, war es um so wahrscheinlicher.

Aber Preciosa würde zurückkehren, dessen war sich Romilly sicher. Sie streifte das Nachthemd ab und zog sich für die Jagd an. Auf Anordnung ihrer Stiefmutter war ihr neues grünes Samtkleid verlockend bereitgelegt worden. Trotzdem schlüpfte Romilly in ein Hemd, eine alte Jacke und eine von Darren abgelegte Hose. Wenn ihr Vater böse wurde, ließ sich das nicht ändern. Sie dachte nicht daran, Preciosas erste Jagd zu verderben, weil sie sich Sorgen machen musste, ob ihr neues Samtkleid einen Fleck bekam.

Als sie hinaus in den Korridor schlich, stolperte sie über einen vor die Tür gestellten Korb, das traditionelle Mittsommergeschenk von den Männern der Familie an Mütter, Schwestern, Töchter. Ihr Vater war immer großzügig. Romilly trug den Korb ins Zimmer, suchte sich einen Apfel und ein paar von den Süßigkeiten heraus, die auch immer vorhanden waren, und steckte alles in die Taschen – nur das, was sie für die Jagd brauchte. Sie überlegte und nahm dann noch etwas für Darren und Alderic mit. Es stand noch ein zweiter Korb da – Darrens? Und ein kleiner, ungeschickt aus Papierstreifen zusammengeklebt, den Rael im Schulzimmer vor ihren Augen zu verstecken gesucht hatte. Sie lächelte gerührt, denn er war mit einer Hand voll Nüssen gefüllt, die er, wie sie wusste, von seinem eigenen Nachtisch gespart hatte. Was war er für ein Schatz, ihr kleiner Bruder! Einen Augenblick lang war sie versucht, auch ihn zu diesem besonderen Ausritt einzuladen. Aber nach einer Minute des Nachdenkens seufzte sie und entschied sich, den Zorn ihrer Stiefmutter nicht zu riskieren. Lieber wollte sie Rael später irgendeine besondere Freude machen.

Geräuschlos ging sie den Flur hinunter. Darren und Alderic warteten schon am Eingang. Sie hatten die Hunde hinausgelassen – schließlich war die Sonne längst aufgegangen. Die drei jungen Leute gingen auf den Stall zu.

Darren berichtete: »Ich habe Vater gesagt, wir würden am frühen Morgen auf die Beize gehen. Er hat dir erlaubt, seinen Falken zu nehmen, wenn du möchtest, Alderic.«

»Er ist großzügig«, antwortete Alderic und trat ruhig vor den Block.

»Welchen willst du nehmen, Darren?«, fragte Romilly und setzte Preciosa auf ihr Handgelenk. Darren sah sie lächelnd an. »Du weißt ja, Schwester, dass Falken mir kein Vergnügen bereiten. Hätte Vater mich geheißen, einen seiner Vögel abzurichten, würde ich ihm gehorchen. Vielleicht zu Ehren des Feiertags hat er jedoch davon Abstand genommen, mir einen solchen Befehl aufzuerlegen.«

Sein Ton war so bitter, dass Alderic aufblickte und sagte: »Ich glaube, er wollte freundlich sein, *bredu.*«

»Aye. Zweifellos.« Aber Darren hielt den Kopf gesenkt, als sie zum Stall hinübergingen, wo die Pferde bereitstanden.

Romilly setzte Preciosa auf die Stange und sattelte ihr Pferd selbst. Sie wollte keinem der Knechte befehlen, gegen sein Gewissen ihrem Vater ungehorsam zu sein, aber sie wollte an diesem Feiertag auch nicht im Damensattel reiten. Wenn ihr Vater sie bestrafte, würde sie es hinnehmen.

Es war die reine Ekstase, wieder in richtiger Reitkleidung auf einem Pferd zu sitzen, den kühlen Morgenwind im Gesicht zu spüren und Preciosa, verkappt, aber ganz wach, vor sich auf dem Sattel zu haben. Romilly nahm an dem Vogel ein Gemisch aus Emotionen wahr, die sie nicht identifizieren konnte ... es war eigentlich keine Angst, wie sie sie erlebt hatte, auch keine Aufregung. Aber zu ihrer großen Erleichterung war nichts von der Furcht erregenden Wut dabei, die sie zu Beginn gespürt hatte. Die Wolken lösten sich auf, als sie in die Berge eindrangen, und unter den Hufen ihrer Pferde knisterte es nur ein ganz klein wenig von Raureif.

»Wohin sollen wir reiten, Darren? Du kennst diese Berge«, fragte Alderic, und Darren lachte die beiden anderen an.

»Frag Romilly, nicht mich, mein –« Er hielt unvermittelt inne. Romilly wandte die Augen von ihrem Vogel ab und fing den scharfen, fast warnenden Blick auf, den Alderic seinem jüngeren Freund zusandte. Darren fuhr schnell fort: »Meine Schwester weiß mehr von den Bergen und den Falken als ich, Lord Deric.«

»Hier entlang, schlage ich vor«, sagte Romilly. »Zu der oberen Pferdeweide – da können wir die Falken fliegen lassen, und es wird uns niemand stören. Und im Dickicht sind immer Vögel und kleine Tiere.«

Auf dem Gipfel angekommen, sahen sie auf die Weide nieder, eine breite Strecke Grasland am Hang, hier und da mit Klumpen von wilden Rosen und niedrigem Gehölz bestanden.

Ein paar Pferde weideten das büschelige grüne Sommergras ab, und Boden und Zweige waren bedeckt mit blauen und gelben Wildblumen. Insekten summten im Gras. Die Pferde hoben forschend den Kopf. Da sie jedoch nichts sahen, was sie befremdete, fuhren sie fort zu weiden. Ein kleines Stutenfohlen trottete ihnen auf dünnen Beinen entgegen. Romilly lachte, glitt aus dem Sattel und liebkoste das Pferdchen. Es war nicht viel höher als Romillys Schulter.

»Das ist Angel«, erklärte sie den jungen Männern. »Sie wurde im letzten Winter geboren, und ich habe ihr immer Apfelstückchen gegeben – nein, Angel, das ist *mein* Frühstück.« Mit einem Klaps vertrieb sie die weiche Schnauze von der Tasche, die das Pferd hatte plündern wollen. Dann tat es ihr Leid. Sie nahm ihr Messer und schnitt ein kleines Stück Apfel für das Fohlen ab.

»Mehr gibt es jetzt nicht, sonst bekommst du Bauchweh«, sagte sie. Das Pferdchen, das ihr offenbar aufs Wort glaubte, trabte auf seinen langen dünnen Beinen davon.

»Machen wir, dass wir weiterkommen, oder der alte Windy hängt sich an uns«, lachte Romilly. »Er ist hier auf der Weide. Er ist ein zu alter Wallach, als dass die Stuten ihn zur Kenntnis nähmen, und seine Zähne sind fast schon zu schlecht, um Gras zu kauen. Vater wollte ihn im Frühling abtun lassen, doch dann meinte er, er solle noch einen letzten Sommer haben, bevor der Winter kommt. Dann soll er Ruhe finden und mit seinen alten Gelenken nicht noch einen kalten Winter ertragen müssen.«

»Ich werde trauern, wenn mir diese Aufgabe zugeteilt werden sollte«, gestand Darren. »Wir alle haben auf ihm reiten gelernt. Man saß auf ihm wie auf einem Schaukelstuhl.« Trübsinnig sah er zu dem alten, halb blinden Pony hin, das in einer Ecke des Feldes weiches Gras abzupfte. »Ich glaube, Vater hat ihn verschont, weil er Ruyvens erstes Pferd war ...«

»Er hatte ein schönes Leben und wird ein gnädiges Ende finden«, sagte Alderic. »Im Gegensatz zu den Menschen erlaubt man Pferden nicht, zu leben, bis sie senil und halb verrückt sind ... wenn man mit Menschen ebenso viel Erbarmen hätte, würde jetzt nicht ein Usurpator auf dem Thron in Hali sitzen, und der König wäre nicht auf dem Weg ins Exil.«

»Das verstehe ich nicht«, sagte Romilly. Darren runzelte die Stirn, aber Alderic antwortete: »Ihr seid noch nicht alt genug, um Euch an den Tod König Felix' zu erinnern? Er war über hundertundfünfzig, ein *Emmasca*, sehr alt und ohne Söhne. Und er hatte Sinn und Verstand lange überlebt. Deshalb versuchte er, den ältesten Sohn seines jüngsten Bruders auf den Thron zu setzen statt seines nächsten Bruders ältesten Sohn, der der rechtmäßige Erbe war. Und so sitzt jetzt auf dem Thron der Hasturs zu Hali Lord Rakhal, der einem alten und senilen König schön tat und schmeichelte und die Regenten alle mit Bestechungen und Lügen in die Hand bekam, ein alter Lüstling, vor dem keine Frau sicher ist, und auch nicht, so heißt es, die jungen Söhne der Höflinge, die seine Gunst erwerben wollen. Und Carolin und seine Söhne wandern über den Kadarin, und jeder Räuber kann sich den Preis verdienen, den unser allergnädigster Lord Rakhal – denn ich werde ihn niemals König nennen – auf ihre Köpfe gesetzt hat.«

»Kennt Ihr den ... den verbannten König?«

Darren warf ein: »Der junge Prinz war eine Zeitlang in Nevarsin bei den Mönchen. Aber er floh, als bekannt wurde, dass Lord Rakhal ihn dort suchte.«

»Und Ihr steht auf der Seite des jungen Prinzen und des ... des Königs im Exil?«, fragte Romilly.

»Aye. Das tue ich. Und wenn irgendein freundlicher Höfling den alten Felix erlöst hätte, bevor das Leben zur Bürde für ihn wurde, regierte jetzt Carolin in Hali als gerechter König, und die heilige Stadt der Hasturs würde nicht in ... in eine Jauchegrube von Schmutz und Unanständigkeiten verwandelt, wo kein Mann Gerechtigkeit verlangen kann, ohne eine Bestechung in der Hand zu halten, und emporgekommene Herrchen und Ausländer unser Land unter sich aufteilen!«

Romilly antwortete nicht. Sie wusste nichts über Höfe und Könige und war nicht einmal so weit bis in die Vorgebirgsstadt Neskaya gekommen, ganz zu schweigen vom Tiefland oder dem See von Hali. Sie streckte die Hand nach Preciosas Haube aus. Doch sie hielt inne und erwies Alderic die einem Gast zukommende Höflichkeit.

»Wollt Ihr Euren Falken zuerst auflassen, Sir?«

Lächelnd schüttelte er den Kopf. »Ich glaube, wir sind ebenso gespannt darauf wie Ihr, was Preciosa gelernt hat.«

Mit bebenden Händen nahm Romilly die Haube von Preciosas Kopf. Der Falke schüttelte das Gefieder. Jetzt. Jetzt kam die Probe nicht nur darauf, ob sie den Falken beherrschte, sondern auch, ob der Falke sich von ihr hatte unterweisen lassen und sich an sie gebunden fühlte. Sie meinte, es nicht ertragen zu können, wenn dieser Falke, den sie liebte und um den sie so viele Stunden voller Schmerz und Angst verbracht hatte, fortfliegen und nie zurückkehren würde. Es schoss ihr durch den Kopf: *Ist es das, was Vater empfindet, jetzt, wo Ruyven fort ist?* Aber sie musste den Falken im freien Flug testen. Andernfalls war er nicht mehr als ein zahmer Käfigvogel, der stumpfsinnig auf einem Block hockte, und kein wilder Falke. Tränen verschleierten ihre Sicht, als sie die Faust hob. Der Falke balancierte einen Augenblick lang und hob mit einem einzigen langen Flügelschlag ab.

Auf einem hohen, schrägen Bogen stieg er ins Sonnenlicht auf. Romilly sah ihm nach, den Kopf voll ängstlicher Gedanken. Wird Preciosa gut fliegen, hat die lange Zeit der Untätigkeit ihr geschadet? Und irgendetwas in ihr flog mit dem Falken empor, spürte die wortlose Freude über die Morgensonne auf ihren Flügeln. Das Licht blendete ihre Augen, als sie sich nach ihm hinaufschwang, schwebte, kreiste, die Flügel schlug und verschwand.

Romilly stieß den angehaltenen Atem aus. Preciosa war fort, sie würde nicht zurückkehren.

»Ihr habt sie verloren, fürchte ich«, sagte Alderic schließlich. »Es tut mir Leid, *damisela.*«

Trauer und Schmerz und ein Teilhaben an der Ekstase stritten sich in Romilly miteinander. Freier Flug, etwas von ihr flog mit dem Falken ... und verblasste in der Ferne. Sie schüttelte den Kopf. Wenn der Falke entflohen war, hatte sie ihn nie wirklich besessen. Sie dachte: *Ich möchte sie lieber verlieren, als sie gegen ihren Willen an mich binden ...*

Warum kann Vater das nicht einsehen? Romilly erkannte Darrens Gedanken an ihrer Bitterkeit. Also war er nicht kopfblind? Oder trat seine telepathische Fähigkeit nur gelegentlich auf, wie es ihr früher ergangen war, wenn sie tief bewegt war. Ihre Telepathie war erstarkt, als sie begonnen hatte, mit Tieren zu arbeiten, aber Darren besaß nichts von dieser Gabe.

Nun war Preciosa frei, und alles war nur eine Illusion gewesen. Romilly konnte ebenso gut still im Zimmer sitzen und sich um ihre Näharbeit kümmern. Denn was kam dabei heraus, wenn sie sich im Falkenhaus aufhielt und versuchte, wie ein Mann mit den Vögeln zu arbeiten?

Und dann meinte sie, das Herz bleibe ihr stehen. Denn durch den unendlichen Schmerz über den Verlust stahl sich eine fadendünne Wahrnehmung, hoher Flug, die Welt unter ihr wie die Karten in ihren Schulbüchern ausgebreitet, nur farbig und seltsam scharf, gesehen durch schärfere Augen als ihre eigenen, und von hier und da kam ein kleines Lebensflackern, kleine Vögel in der Luft, kleine Tiere im Gras ...

Preciosa! Der Falke war immer noch in Rapport, der Falke war nicht davongeflogen! Darren sagte etwas; Romilly hörte es nicht. Alderic riet seinem Freund: »Verschwende deine Stimme nicht, *bredu,* sie kann dich nicht hören. Sie ist mit dem Falken ...«

Romillys Körper saß in altgewohnter Haltung im Sattel, aufrecht, stumm, aber ihr wirkliches Selbst flog über die hochgelegene Alm, der Ekstase des Fluges hingegeben. Ihre Sinne waren übernatürlich scharf, sie war sich des Lebens kleiner Vögel bewusst, und sie merkte, dass sie mit den Lippen schmatzte. Es war so absurd, dass sie fast gekichert und den Rapport unterbrochen hätte ... dieser plötzliche brennende Hunger und ein in seiner Wildheit fast sexuelles Verlangen ... hinunter ... hinunter auf starken Schwingen, der Schnabel schlägt zu, Blut strömt in ihren Mund, ein plötzliches Umschlagen des Lebens in den Tod ...

Hinunter. Schwankend hinunter. Romilly hatte sich gerade noch genug eigenes Bewusstsein bewahrt, dass sie ihre Faust unter dem Ruck des mit seiner Beute landenden Falken ganz ruhig hielt. Tränen strömten ihr übers Gesicht, aber es war keine Zeit, sich Gefühlen hinzugeben. Ihr Messer war in ihrer freien Hand. Sie schnitt den Kopf ab, stopfte ihren Anteil, das kopflose Kaninchen, in die Jagdtasche. Aber ihre Gedanken nahmen daran teil, wie der gierige Falke seinen Anteil verschlang. Alderic hatte seinen Falken aufgelassen. Romilly merkte nichts davon. Sie weinte vor Liebe und Erleichterung. Dann streifte sie Preciosa die Haube wieder über den Kopf.

Preciosa war zurückgekommen, aus freiem Willen, aus der Freiheit zu Banden und Haube. Romilly würgte das Schluchzen hinunter und streichelte den Falken mit der Spinnfeder. Knie und Hände zitterten ihr.

Was habe ich getan, um das zu verdienen? Wie kann ich dessen jemals würdig werden? Ein wildes Tier hat seine Freiheit für mich aufgegeben. Was kann ich nur tun, um mich dieses Geschenkes würdig zu erweisen?

Später aßen sie die Äpfel und Süßigkeiten, die Romilly mitgenommen hatte. Dann ritten sie durch den heller werdenden Tag nach Falkenhof zurück. Im Hof angekommen, sahen die jungen Leute, dass fremde Pferde abgesattelt wurden, eins mit dem Banner Aldarans von Scathfell. Also war der Höchstgeborene der Gäste da.

Alderic erkundigte sich besorgt: »Ist der alte Lord Gareth noch Herr von Scathfell?«

»Nein, mein Lord. Gareth von Scathfell ist nicht älter als neunundvierzig«, antwortete Romilly. Alderic wirkte erleichtert, und Romilly bemerkte den fragenden Blick zwischen Darren und Alderic. Alderic sagte kurz: »Er könnte mich durchaus vom Ansehen her kennen.«

»Hast du kein Vertrauen in die Gesetze der –«, begann Darren, sah stirnrunzelnd in Romillys Richtung und brach ab. Romilly, den Kopf über ihren Falken geneigt, dachte: *Für wie dumm halten die mich eigentlich? Ich müsste taub, blind, stumm und noch dazu kopfblind sein, wenn ich nicht merkte, dass er in Verbindung mit Carolin im Exil steht. Vielleicht ist er der junge Prinz selbst. Und ich weiß ebenso gut wie er, dass mein Vater davon nichts erfahren darf.*

»Das mag schon sein. Der alte Gareth ist vor drei Wintern gestorben«, berichtete Darren, »und er war halb blind. Werden alle Leute von Scathfell hier sein, Romilly?«

Froh, dass der Augenblick des Unbehagens vorüber war, zählte Romilly die erwachsenen Söhne und Töchter des im mittleren Alter stehenden Herrn von Scathfell auf. »Sein Erbe, ein weiterer Gareth, Dom Garris ist nicht verheiratet. Er hat drei Frauen beerdigt. Ich glaube, er steht erst im dreißigsten Jahr, sieht jedoch älter aus, und er hinkt wegen einer zehrenden Krankheit in einem Bein.«

»Und Ihr verabscheut ihn«, stellte Alderic fest. Romilly zeigte ihr koboldhaftes Grinsen. »Wie habt Ihr das nur erraten,

Lord Alderic? Aber es stimmt. Ständig grapscht er in den Ecken nach den Mädchen. Er hat sich voriges Jahr nicht einmal entblödet, Mallina zu befummeln, die noch zu jung war, um ihr Haar aufzustecken ...«

»Geiler alter Bock!«, erklärte Darren. »Hat Vater etwas davon erfahren?«

»Keiner von uns wollte Streit mit Nachbarn. Luciella hat Mallina und mir nur gesagt, wir sollten uns von ihm fernhalten, wenn wir es tun könnten, ohne unhöflich zu sein. Dann ist da Dom Edric, der blind ist, und seine Frau Ruanna, die die Rechnungsbücher so gut wie ein Mann führt. Und die jungen Zwillinge, Cathal und Cinhil, aber gar so jung sind sie nicht mehr – sie sind in Ruyvens Alter, zweiundzwanzig. Und Cathals Frau, die eine meiner Kindheitsfreundinnen war – Darissa Storn. Cinhil ist nicht verheiratet, und Vater sprach einmal davon, uns miteinander zu verloben. Doch es wurde nichts daraus, was mich sehr freute. Ich möchte nicht in Scathfell leben, das ist wie eine Räuberburg! Wiederum wäre es mir nur recht, mit Darissa zusammen zu sein, und Cinhil ist ein netter Junge.«

»Mir scheint, Ihr seid noch zu jung, um verheiratet zu werden«, meinte Alderic, und Darren lachte. »Die Mädchen in diesen Bergen heiraten früh, und Romilly ist fünfzehn. Und ich zweifele nicht daran, sie kann es kaum abwarten, über ein eigenes Heim zu herrschen und Luciellas Aufsicht zu entkommen. Wie lautet doch das alte Sprichwort? *Wo zwei Frauen ein Herdfeuer regieren, kann das Strohdach von den fliegenden Funken in Brand geraten.* Trotzdem finde ich, Vater könnte für Romilly etwas Besseres finden als einen jüngeren Sohn, noch dazu einen vierten Sohn. Lieber Herrin in einer Hütte als Dienerin in einem Schloss. Und wenn Dom Garris wieder heiratet – oder der alte Scathfell eine Frau nehmen sollte –, wäre Cinhils Frau die Geringste von allen, nicht viel besser als die

Aufwartung für die Übrigen. Darissa war hübsch und lebhaft, als sie verheiratet wurde, und jetzt sieht sie zehn Jahre älter als Cathal aus und ist durch die Geburten ganz aus der Form geraten.«

»Ich habe es gar nicht eilig, zu heiraten«, betonte Romilly. »Und es gibt Männer genug in diesen Bergen. Manfred Storn ist Erbe von Storn-Höhe, und er ist etwa in Darrens Alter. Deshalb ist es wahrscheinlich, dass Vater mit dem alten Lord Storn sprechen wird, wenn ich alt genug zum Heiraten bin. Die Leute von Hohenklippen werden auch kommen, und sie haben mehrere unverheiratete Söhne und Töchter. Vielleicht wird Rael in diese Sippe einheiraten, oder ich.« Sie zuckte die Schultern. »Was kommt es schließlich darauf an? Die Männer sind alle gleich.«

Alderic lachte. »Daraus erkenne ich, wie jung Ihr seid, Mistress Romilly! Ich hoffe, Euer Vater gibt Euch nicht in die Ehe, bevor Ihr alt genug seid, um zwischen dem einen und dem anderen Mann zu unterscheiden. Sonst wacht Ihr eines Tages auf und entdeckt, dass Ihr den allerletzten Mann auf Erden geheiratet habt, den Ihr Euch als Gatten ausgesucht hättet. Sollen wir ins Haus gehen? Die Sonne steht schon hoch, und Eure Stiefmutter sagte etwas von einem Festtagsfrühstück. Und als wir an der Küche vorbeigingen, habe ich gerochen, dass Gewürzbrot gebacken wird!«

Romilly hoffte jetzt nur, unbeobachtet in ihr Zimmer zu gelangen, wo sie vor dem Festmahl baden und sich umziehen musste. Aber als sie im Flur um eine Ecke bog, rannte sie beinahe mit einem großen, dicklichen, hellhaarigen Mann zusammen. Er musste aus dem großen Baderaum mit den heißen Becken kommen, die von vulkanischen Quellen gespeist wurden. Er hatte sich in einen losen Mantel gehüllt, und sein Haar war feucht und unordentlich. Offensichtlich hatte er seine Reitmüdigkeit abgespült. Romilly knickste höflich, wie man es sie gelehrt hatte. Dann fiel ihr ein, dass sie Hosen trug – verflucht! Wäre sie einfach weitergegangen, hätte er sie für einen Stalljungen gehalten, der mit irgendeiner Botschaft ins Haus geschickt worden war. Jetzt verzog sich sein blasses, schwammiges Gesicht zu einem von Grübchen begleiteten Lächeln.

»Mistress Romilly!« Sein Blick wanderte an ihren langen Beinen hinauf und hinunter. »Ein unerwartetes Vergnügen. Was du für Beine hast, Mädchen! Und du bist – gewachsen«, setzte er hinzu, die porzellanblauen Augen starr auf die Verschnürung der alten Jacke gerichtet, die über ihren jungen Brüsten klaffte. »Es wird ein Vergnügen sein, heute Abend mit dir zu tanzen, nun da ich mit Entzücken habe sehen können, was so viele Frauen sorgfältig vor ihren Bewunderern verbergen.«

Romilly errötete, spürte die sengende Hitze sich bis zu ihren Ohren ausbreiten, zog den Kopf ein und entfloh. Kläglich dachte sie: *Nun weiß ich, was Luciella damit meinte, ich sei zu groß, um in Hosen herumzulaufen. Ich hätte ebenso gut nackt sein können, so, wie er mich ansah.* Ihr ganzes Leben lang hatte sie die Sachen ihres Bruders getragen, so frei von Verlegenheit oder Scham, als sei sie auch ein Junge. Jetzt, unter den wollüstigen Augen des Mannes, kam es ihr vor, als habe er tatsächlich ihren Körper berührt. Ihre Brüste prickelten, und weiter unten in ihrem Bauch war ein merkwürdiges ziehendes Gefühl.

Mit hämmerndem Herzen suchte sie Zuflucht in ihrem Zimmer, ging schnell zum Waschständer und bespritzte ihr Gesicht mit kaltem Wasser, um es abzukühlen.

»Luciella hatte Recht. Oh, warum hat sie mir das nicht gesagt?«, jammerte Romilly. Dann wurde ihr klar, dass es keine Möglichkeit gab, darüber zu sprechen. Denn wenn man es ihr gesagt hätte, bevor sie diese Erfahrung machte, hätte sie nur darüber gelacht. Ihre Hände zitterten immer noch, als sie die

Schnüre der Jungenjacke löste und die Hose fallen ließ. Sie sah in den Spiegel, und zum ersten Mal in ihrem Leben sah sie ihren Körper als den einer Frau. Sie war immer noch schlank, ihre Brüste kaum gerundet, die Hüften kaum stärker geschwungen als die eines Knaben, und die langen Beine waren wirklich knabenhaft. *Aber,* dachte sie, *wenn ich jemals wieder Jungenkleidung tragen sollte, werde ich dafür sorgen, dass sie locker genug sitzt, um mich nicht zu verraten.*

Durch die gläserne Verbindungstür zu Mallinas Zimmer sah sie ihre Schwester ihre Mittsommerkörbe erkunden. Wie Romilly hatte sie drei bekommen. Das lenkte Romillys Gedanken wieder auf den reichhaltigen Korb ihres Vaters, der mehr Obst und Süßigkeiten enthielt als Blumen. Der MacAran sah den Appetit kleiner Mädchen, die ebenso gefräßig sind wie kleine Jungen, durchaus realistisch. Bei dem kleineren Korb hatte Romilly gemeint, er sei von Darren. Als sie ihn sich jedoch genauer ansah, merkte sie, dass er mit künstlerisch geordneten Garten- und Treibhausblumen gefüllt war. Zwei oder drei exotische Früchte waren dabei, die er in Nevarsin gekauft haben musste, da sie in der Gegend von Falkenhof nicht wuchsen. Dann sah sie die Karte und las überrascht:

Ich habe weder Schwester noch Mutter, denen ich Mittsommergeschenke machen könnte. Nehmt diese mit meiner Huldigung entgegen. *Alderic, Student.*

Mallina platzte ins Zimmer.

»Romy, bist du noch nicht angezogen? Wir dürfen zum Festtagsfrühstück nicht zu spät kommen! Wirst du dein Feiertagskleid anziehen? Calinda ist bei der Mutter, willst du mir mein Kleid im Rücken zuknöpfen? Was für schöne Blumen, Romy! Meine sind alle Gartenblumen, aber es ist eine schöne Traube Eisbeeren dabei, süß wie Honig – du weißt doch, in Nevarsin lassen sie sie wie Rotfrüchte an den Bäumen, bis es friert, und dann verlieren sie ihre Säure und werden süß.

Romy, was meinst du, wer er ist? Er sieht so romantisch aus – glaubst du, Dom Alderic wird um eine von uns werben? Ich wäre glücklich, wenn ich mit ihm verlobt würde, er ist so schön und ritterlich, ganz wie ein Held aus einem Märchen.«

»Was bist du für eine törichte Plaudertasche, Mally«, sagte Romilly, doch sie lächelte. »Ich glaube, dass er ein aufmerksamer Gast ist, mehr nicht. Bestimmt hat er Mutter einen ebenso schönen Korb geschickt.«

»Domna Luciella wird keine Freude daran haben«, erklärte Mallina. »Sie hält das Mittsommerfest für eine heidnische Angelegenheit, die eines guten Cristofero nicht würdig ist. Sie hat mit Calinda geschimpft, weil sie Rael Festkörbe hat basteln lassen. Vater sagte jedoch, jeder verdiene einen Feiertag, und ein Vorwand sei so gut wie ein anderer, um den Gutsarbeitern einen Tag der Muße und ein paar wohlverdiente Geschenke zu bescheren, und sie solle Rael die Freude am Fest gönnen, solange er noch ein Kind sei. Aus ihm werde schon noch ein guter Cristofero, er sei ein braver Junge und ehre das Buch der Bürden.«

Romilly lächelte. »Das hat Vater jedes Jahr gesagt, seit ich mich erinnern kann. Und ich bin sicher, er mag Gewürzbrot und süßen Safrankuchen und Obst genauso gern wie jeder andere. Er zitiert dann aus dem Buch der Bürden, dem Tier solle sein Korn und dem Arbeiter sein Lohn und sein freier Tag nicht missgönnt werden. Vater mag ein harter Mann sein, aber er ist immer gerecht zu seinen Arbeitern.« Romilly schloss den letzten Knopf und drehte ihre Schwester zu sich herum. »Wie fein du bist, Mally! Aber es ist ein Glück, dass du dieses Kleid nicht an einem Werktag trägst – es erfordert eine Zofe, die es dir zumacht! Darum habe ich mein Feiertagskleid mit Verschnürung haben wollen, damit ich es ohne Hilfe anziehen kann.« Sie schloss die bestickten Manschetten ihrer Bluse und stülpte sich das lange, lose Gewand über den Kopf, das rostrot und mit Schmetterlingen bestickt war. Dann wandte sie Mallina den Rücken, damit diese ihr den Zopf im Nacken mit der Schmetterlingsspange feststecken konnte, die züchtig den Ausschnitt des Kleides verbarg.

Mallina suchte in den Körben nach einer Blume für ihr Haar. »Steht mir diese Rose? Sie ist rosa wie mein Kleid ... oh, Romy, sieh doch!«, hauchte sie aufgeregt. »Hast du nicht bemerkt, dass er dir Goldblumen, *dorilys,* in den Korb gesteckt hat?«

»Na und, Dummchen?« Romilly wollte die blaue Kireseth-blüte in ihren Knoten stecken. Mallina hielt ihre Hand fest.

»Nein, wirklich, das darfst du nicht, Romilly – kennst du denn die Blumensprache nicht? Wer eine Goldblume verschenkt, meint – nun, die Blüte ist ein Aphrodisiakum, du weißt ganz genau, was das heißt, wenn ein Mann einem Mädchen *dorilys* gibt ...«

Romilly errötete. Wieder spürte sie die wollüstigen Augen auf ihrem Körper. Sie schluckte schwer. Betrachtete auch Alderic sie mit dieser Art von Gier? Dann gewann der gesunde Menschenverstand die Oberhand. Sie antwortete scharf: »Unsinn, er ist hier zu Lande ein Fremder, das ist alles. Immerhin, wenn so ein Gerede unter törichten Mädchen üblich ist, werde ich die Blume nicht tragen – schade, denn es ist die schönste von allen. Such du mir eine Blume für mein Haar aus.«

Die Schwestern gingen in ihrem Feststaat zum Essen hinunter. Wie der Brauch es vorschrieb, trugen sie die Früchte aus ihren Geschenkkörben bei sich, um sie mit Vater und Brüdern zu teilen. Die Familie hatte sich in dem großen Speisesaal statt in dem sonst benutzten kleinen Zimmer versammelt. Domna Luciella begrüßte ihre Gäste. Rael, Darren und Alderic hatten ihre besten Sachen an, obwohl Alderics beste Sachen düster waren, wie es einem Studenten von Nevarsin zukam, und keine Spur von Familienfarben oder -abzeichen sehen ließen.

Romilly hätte gern gewusst, wer er wirklich war. Sie behielt den Gedanken für sich, er könne durchaus einer der ins Exil gegangenen Männer des Königs sein oder sogar der junge Prinz selbst ... nein, sie würde nichts sagen, wenn sie auch wünschte, Darren hätte ihr sein Geheimnis anvertraut.

Calina trug ebenfalls ein neues Kleid, dunkel und streng, wie es ihrer Stellung zukam, aber gut und neu, nicht von der Familie als abgetragen oder ausgewachsen abgelegt. Luciella war eine freundliche Frau, dachte Romilly, selbst gegenüber armen Verwandten.

Man hatte Gareth von Scathfell, einem Mann mittleren Alters, als dem ranghöchsten Anwesenden den Platz gegeben, den für gewöhnlich der MacAran an seinem eigenen Tisch einnahm, während er heute weiter unten saß. Die jungen Paare und unverheirateten Männer und Frauen hatten einen Tisch für sich. Romilly sah Darissa an der Seite Cathals und steuerte auf sie zu. Ihre Stiefmutter winkte sie jedoch zu einem leeren Stuhl neben Dom Garris. Romilly errötete, wollte hier jedoch keinen Streit provozieren. Sie nahm Platz, biss sich auf die Lippe und hoffte, in Gegenwart ihrer Eltern werde er nichts Unschickliches zu ihr sagen.

»Jetzt, wo Ihr gekleidet seid, wie es sich für Eure Schönheit ziemt, seid Ihr sogar noch schöner, *damisela*«, erklärte er, und das war alles. Die Worte waren nichts als höflich. Trotzdem betrachtete Romilly sein blasses breites Gesicht mit Missfallen und gab keine Antwort. Aber schließlich hatte er ihr nichts getan. Er hatte liebenswürdig gesprochen, und da war nichts, worüber sie sich hätte beschweren können.

Es gab Delikatessen aller Art, denn dies war Frühstück und Mittagessen in einem und zog sich in die Länge. Noch bevor die Tische abgeräumt wurden, kamen Musiker und begannen zu spielen. Die Vorhänge waren ganz zurückgezogen und die Türen geöffnet, um die Mittsommersonne einzulassen. Aus der unteren Halle hatte man die Möbel weggeräumt und so Platz zum Tanzen geschaffen. Wie der Brauch es verlangte, führte Darren seine Schwester zum ersten Tanz. Unterwegs hörte Romilly, dass an der Hohen Tafel darüber gesprochen wurde, es seien Männer ausgeschickt worden, den vertriebenen Carolin zu suchen.

»Mir ist das gleichgültig«, sagte der MacAran. »Es kümmert mich nicht, wer auf dem Thron sitzt. Andererseits will ich nicht, dass meine Leute als Häscher gedungen werden. Früher einmal war diese Gegend ein von MacArans beherrschtes Königreich. Aber damals hatten wir alle Hände voll damit zu tun, seinen Besitz mit Waffengewalt zu verteidigen, und ich will nicht, dass aus meinem Land ein bewaffnetes Lager gemacht wird. Die Hasturs sollen von mir aus regieren, wie sie wollen, nur verfluche ich ihre Bruderkriege!«

»Ich hörte, Carolin und sein älterer Sohn hätten den Kadarin überquert«, berichtete Lord Scathfell. »Zweifellos wollen sie Zuflucht bei meinen Vettern von Aldaran suchen – es herrscht von alters her Hass zwischen der Hastur-Sippe und den Aldarans.«

Romillys Vater verzog einen Mundwinkel zu einem schiefen Grinsen. »Keiner ist so wild darauf, Wölfe zu jagen, wie der Hund mit Wolfsblut. Sind nicht die Aldarans vor langer Zeit dem gleichen Hasturblut entsprossen?«

»So sagt man.« Lord Scathfell nickte grimmig. »Ich glaube nicht an all diese Geschichten über die Kinder der Götter ... allerdings gibt es, wie die Götter wissen, Laran in der Aldaran-Linie, unter meinen eigenen Söhnen und Töchtern ebenso wie unter den Euren. Habt Ihr nicht einen Sohn im Turm, Dom Mikhail?«

Die Stirn des MacAran bewölkte sich. »Nicht auf Grund meines Befehls oder Wunsches, auch nicht mit meiner Erlaubnis«, zischte er. »Ich nenne ihn nicht Sohn, der unter den *Ha-*

li'imyn lebt!« Auf seinen Lippen wurde das harmlose Wort zu einer Obszönität. Mit Mühe beherrschte er sich und setzte hinzu: »Doch das ist kein Thema für einen Festtisch. Möchtet Ihr gern tanzen, mein Lord?«

»Das werde ich dem Jungvolk überlassen«, antwortete Lord Scathfell. »Führt Ihr nur Eure Lady zum Tanz, wenn Ihr wollt.« Pflichtbewusst wandte der MacAran sich Lady Luciella zu und führte sie auf die Tanzfläche.

Nach dem ersten zeremoniellen Tanz versammelten sich die jüngeren Leute zu einem Kreistanz, alle jungen Männer im äußeren Kreis, alle Mädchen und Frauen im inneren. Nach einer Weile wurde der Tanz ziemlich wild. Romilly sah, dass Darissa sich aus der Reihe löste und die Hand gegen die Seite drückte. Sie holte ihrer Freundin etwas zu trinken und setzte sich zum Plaudern zu ihr. Darissa trug das lose, ungegürtete Gewand einer schwangeren Frau, und jetzt öffnete sie noch die Verschlüsse ihrer Bluse und fächelte sich Luft zu. Sie war rot im Gesicht und keuchte.

»Bis das hier geboren ist, werde ich nicht mehr tanzen.« Sie legte ihre langen Finger auf ihren angeschwollenen Leib. »Ich glaube, er vollführt seinen eigenen Tanz und wird von jetzt bis zur Erntezeit tanzen, vor allem dann, wenn ich zu schlafen versuche!« Cathal kam und beugte sich besorgt über seine Frau, aber sie winkte ihm, zum Tanz zurückzukehren. »Geh und tanz mit den Männern, mein Gatte, ich werde ein Weilchen hier sitzen bleiben und mit meiner alten Spielgefährtin reden. Was hast du inzwischen mit dir angefangen, Romilly? Bist du noch nicht verlobt? Du bist nun fünfzehn, nicht wahr?«

Romilly nickte. Sie war entsetzt über das Aussehen ihrer Freundin, die noch vor drei Jahren so hübsch und anmutig gewesen war. Jetzt ging sie schwerfällig. Ihre Brüste unter den Spitzen ihres Gewandes waren dick, ihre Taille war unförmig.

In drei Jahren hatte Darissa zwei Kinder geboren, und sie trug bereits das dritte! Als habe sie Romillys Gedanken gelesen, sagte Darissa mit einem bitteren Verziehen der Lippen. »Oh, ich weiß wohl, ich bin nicht mehr hübsch, wie ich als Mädchen war. Genieße dein letztes Jahr des Tanzens, Romilly. Wahrscheinlich wirst auch du nächstes Jahr an der Wand sitzen, schwanger mit deinem ersten Kind. Der Vater meines Mannes sprach davon, Cinhil mit dir zu verheiraten – oder vielleicht auch mit Mallina. Er hält sie für gefügiger und damenhafter.«

Romilly fragte entsetzt: »Musst du denn so bald wieder ein Kind haben? Ich würde meinen, zwei in drei Jahren sei genug ...«

Darissa zuckte lächelnd die Schultern. »So geht es nun einmal. Das hier werde ich selbst nähren und keiner Amme überlassen, und vielleicht werde ich dann dieses Jahr kein Kind mehr empfangen. Ich liebe meine Kleinen, aber ich finde, drei reichen für eine Weile.«

»Mir würden sie fürs ganze Leben reichen!«, stellte Romilly temperamentvoll fest, und Darissa lachte. »So sagen wir alle, wenn wir junge Mädchen sind. Lord Scathfell ist zufrieden mit mir, weil ich ihm bereits zwei Söhne geschenkt habe. Ich hoffe, diesmal wird es eine Tochter; ich hätte so gern ein kleines Mädchen. Später werde ich dir meine Babys zeigen. Es sind hübsche Kinder. Klein Gareth hat rotes Haar, vielleicht hat er Laran, und es wird ein Zauberer für die Türme aus ihm.«

»Würdest du es ihm wünschen?«, fragte Romilly leise, und Darissa lachte. »O ja, der Turm von Tramontana nähme ihn sofort. Seit der Zeit vor den Hundert Königreichen gehören die Aldarans zur Hastur-Sippe, und es bestehen alte Verbindungen zu Tramontana.« Sie senkte die Stimme. »Hast du gar nichts von Ruyven gehört? Hat dein Vater ihn wirklich enterbt?«

Romilly nickte, und Darissas Augen wurden groß. Sie und Ruyven hatten als Kinder miteinander gespielt.

»Ich weiß noch, wie er mir in einem Jahr zu Mittsommer einen Korb schickte«, erzählte sie, »und ich trug den Zweig Goldblumen, der darin war. Doch am Ende des Festes verlobte Vater mich mit Cathal. Wir sind glücklich miteinander geworden, und jetzt haben wir unsere Kinder – aber ich halte viel von Ruyven, und ich wäre mit Freuden deine Schwester geworden, Romilly. Meinst du, der MacAran wird dich Cinhil geben, wenn er anfragt? Dann würden wir auf diese Weise doch noch Schwestern.«

»Es ist nicht so, dass ich Cinhil nicht mag«, sagte Romilly, aber innerlich grauste es ihr. Würde sie in drei Jahren wie Darissa sein, fett und kurzatmig, mit fleckiger Haut und vom Gebären verunstalteter Figur? »Das einzig Gute an einer solchen Heirat wäre, dass sie mich in deine unmittelbare Nähe brächte«, erklärte sie der Wahrheit gemäß. »Aber ich habe es nicht eilig mit dem Heiraten, und Luciella sagt, fünfzehn sei zu jung, um einen eigenen Hausstand zu gründen. Sie würde uns am liebsten erst verloben, wenn wir siebzehn oder älter sind. Eine gute Hündin lässt man auch nicht in ihrer ersten Hitze decken.«

»O Romilly!« Darissa errötete, und sie kicherten zusammen wie Kinder.

»Dann genieße das Tanzen, solange du es noch kannst, denn diese Zeit wird für dich bald vorüber sein«, sagte Darissa. »Sieh mal, da ist Darrens Freund aus dem Kloster – er sieht in seinem dunklen Anzug wie ein Mönch aus. Ist er einer von den Brüdern?«

Romilly schüttelte den Kopf. »Ich weiß von ihm nichts weiter, als dass er ein Freund Darrens ist und dem Castamir-Clan angehört.« Sie behielt ihren Verdacht für sich. Darissa bemerkte: »Castamir ist ein Hastur-Clan! Dass er so ganz offen hergekommen ist – Castamir steht auf der Seite des alten Königs, wie ich gehört habe. Hält dein Vater zu Carolin, oder unterstützt er den neuen König?«

»Ich glaube nicht, dass Vater irgendwelche Unterschiede zwischen dem einen oder dem anderen König macht. Es interessiert ihn nicht.« Romilly konnte nicht weitersprechen, denn Alderic trat zu ihnen.

»Mistress Romilly? Jetzt kommt ein Kontertanz. Wollt Ihr meine Partnerin sein?«

»Macht es dir etwas aus, wenn ich dich allein lasse, Darissa?«

»Nein – da ist Cathal; ich werde ihn bitten, mir ein Glas Wein zu holen«, antwortete Darissa, und Romilly ließ sich von Alderic in die sich bildende Formation ziehen. Es waren sechs Paare – allerdings bestand eines aus Real und der elfjährigen Jessamy Storn, die ihren Partner um einen halben Kopf überragte. Sie stellten sich einander gegenüber auf. Darren und Jeralda Storn, die die Ersten in der Reihe waren, umkreisten jedes Paar in den komplizierten Figuren des Tanzes. Dann kam Alderic an die Reihe, und Romilly fasste vertrauensvoll seine Hände. Sie waren breit, hart und warm, gar nicht die weichen Hände eines Gelehrten, sondern die schwieligen, starken eines Schwertkämpfers. In der Tat, ein unwahrscheinlicher Mönch, dachte sie und wandte ihre Aufmerksamkeit den Schwierigkeiten des Tanzes zu. Als die Figur zu Ende war, stand sie Darren gegenüber, beim nächsten Mal ihrem Bruder Rael. Cinhil drückte ihr in der kurzen Zeit ihrer Partnerschaft die Hand und lächelte. Romilly schlug die Augen nieder und gab ihm das Lächeln nicht zurück. Also dachte Lord Scathfell daran, sie dieses Jahr mit Cinhil zu verheiraten, damit sie ein Kind nach dem anderen bekam und dick und unförmig wie Darissa wurde? Er sollte sich irren! Eines Tages würde sie wohl heiraten müssen, aber nicht diesen grünen Jungen, wenn sie es verhindern konnte! Übrigens verging ihr Vater durchaus nicht in Ehrfurcht vor den Aldaran-Lords, und außerdem war es nur Aldaran von Scathfell, nicht Aldaran von Burg Aldaran. Scathfell war der reichste und einflussreichste ihrer Nachbarn, doch der MacAran war, wie man ihr gesagt hatte, unabhängiger Grundbesitzer schon vor dem Bau der Stadt Caer Donn gewesen!

Nun brachte der Tanz sie mit Dom Garris zusammen. Auch er lächelte und drückte ihre Hand. Sie errötete und hielt ihre Hände kalt und steif gegen die seinen, sie nur eben berührend, wie der Tanz es erforderte. Es war eine Erleichterung für sie, als die nächste Runde sie wieder an ihren ursprünglichen Platz und zu Alderic brachte. Die Musik ging in einen Paartanz über. Romilly sah, dass Dom Garris entschlossen auf sie zukam. Sie fasste Alderics Ärmel und flüsterte: »Wollt Ihr mich zum Tanz auffordern, Dom Alderic?«

»Aber sicher«, antwortete er lächelnd und führte sie davon. Garris starrte ihnen nach. Eine Weile später erwiderte Romilly Alderics Lächeln und sagte: »Ihr seid durchaus kein Stampftänzer.«

»Nein?« Er lachte. »Ich habe lange nicht mehr getanzt, außer mit den Mönchen.«

»Ihr tanzt im Kloster?«

»Zuweilen. Um uns aufzuwärmen. Und bei manchen Gottesdiensten findet ein sakraler Tanz statt. Einige der Studenten, die keine Brüder werden wollen, gehen zum Fest auch ins Dorf und tanzen dort, aber ich –«, Romilly kam es vor, als zögere er kurz, »– ich hatte wenig Muße dazu.«

»Spannt man Euch bei Euren Studien völlig ein? Domna Luciella meint, Darren sehe dünn und blass aus – bekommt Ihr genug zu essen und warme Kleidung?«

Alderic nickte. »Ich bin an ein hartes Leben gewöhnt«, sagte er und verstummte, während Romilly die Bewegung und die

Musik genoss. Als der Tanz zu Ende war, bemerkte er: »Ihr tragt meine Blumen – ich hoffe, sie haben Euch gefallen?«

»Sehr«, antwortete sie, und dann schwieg sie verschüchtert. Hatte er die *dorilys* im Sinne des Angebots, das Mallina vermutete, in ihren Korb gesteckt, oder war es nur die Unkenntnis eines Fremden von den hiesigen Bräuchen? Danach hätte sie ihn gern gefragt, nur schämte sie sich zu sehr. Und wieder war es, als habe er ihre Gedanken gelesen. Er sagte plötzlich: »Darren erzählte es mir. Ich hatte nichts Unschickliches im Sinn, glaubt mir, Mistress Romilly. In meiner Heimat – ich bin Tiefländer – ist *dorilys,* die Sternblume, das Geschenk des Lords Hastur an die Gesegnete Cassilda. Ich wollte Euch zu Ehren des Tages ein höfliches Kompliment machen, mehr nicht.«

Romilly lächelte zu ihm hoch. »Ich glaube nicht, dass Euch irgendjemand unschickliche Andeutungen zutrauen würde, Dom Alderic.«

»Ich bin Eures Bruders Freund; Ihr braucht mich nicht mit *Dom* anzureden. Schließlich waren wir zusammen auf der Beize.«

»Ebenso wenig braucht Ihr mich mit *damisela* anzureden«, entgegnete Romilly. »Meine Brüder und meine Schwester nennen mich Romy.«

»Gut; benehmen wir uns wie Verwandte, so wie ich zu Darren stehe. Möchtest du ein Glas Wein, Romy?« Sie waren in die Nähe des Tisches mit den Erfrischungen gekommen. Romilly schüttelte den Kopf und erklärte ehrlich: »Ich darf in Gesellschaft keinen Wein trinken.«

»Dann Shallan?« Alderic goss ihr von dem süßen Fruchtgetränk ein. Romilly trank durstig. Sie merkte, dass sich ihr Haar nach dem wilden Tanz zu lösen drohte. Doch sie hatte keine Lust, sich zu den kichernden Mädchen in die Ecke zurückzuziehen und es neu aufzustecken.

»Du gehst gern auf die Beize?«, erkundigte sie sich.

»Ja; die Frauen unserer Familie richten Kundschaftervögel ab. Hast du je einen aufgelassen, Romy?«

Sie schüttelte den Kopf. Diese großen, wilden Vögel hatte sie zwar schon gesehen, aber sie sagte: »Ich wusste nicht, dass es möglich ist, sie zu zähmen! Sie können ja ein Rabbithorn schlagen! Ich glaube nicht, dass mir die Jagd mit einem Kundschaftervogel Vergnügen bereiten würde.«

»Sie werden nicht des Vergnügens wegen verwendet«, erwiderte Alderic, »sondern für den Krieg oder die Feuerwache ausgebildet. Das geschieht mit Laran. Ein Kundschaftervogel kann im Flug Eindringlinge in ein friedliches Land ausspionieren, oder Räuber oder einen Waldbrand. Aber die Arbeit mit ihnen ist kein Zeitvertreib. Es stimmt, dass die Vögel wild und nicht leicht zu behandeln sind. Trotzdem glaube ich, du brächtest es fertig, Romilly, wenn dein Laran geschult wäre.«

»Das ist es nicht und wird es wahrscheinlich nie sein, und den Grund wird Darren dir genannt haben. Kundschaftervögel!« Ein kleiner Schauder lief ihr, halb angenehm, bei dem Gedanken an den Umgang mit den großen, wilden Raubvögeln das Rückgrat hinunter. »Es kann nicht viel schwerer sein, ein Banshee zu trainieren!«

Alderic lachte vor sich hin. »Auch davon habe ich hinten in den Bergen schon gehört. Und Banshee-Vögel sind sehr dumm. Der Umgang mit ihnen erfordert wenig Geschick. Man braucht sie nur vom Ei an aufzuziehen und ihnen warmes Futter zu geben. Dann tun sie, was man will. Sie folgen Wildfährten nach der im Boden verbliebenen Wärme, und sie sind großartige Wächter, denn bei jedem fremden Geruch kreischen sie fürchterlich.«

Jetzt erschauerte Romilly wirklich. Diese großen, blinden, flugunfähigen Fleischfresser als Wachposten! Sie fragte: »Wer braucht ein Banshee dazu, wenn ein guter Wachhund ebenso nützlich und viel angenehmer als Hausgenosse ist?«

»Das will ich nicht bestreiten«, antwortete Alderic. »Ich persönlich würde lieber den Hohen Kimbi mit bloßen Füßen besteigen, als versuchen, ein Banshee zu trainieren. Möglich ist es jedoch. Ich kann nicht einmal mit Kundschaftervögeln umgehen; ich besitze die Gabe nicht. Aber einige der Frauen meiner Familie tun es, und ich habe im Turm erlebt, dass man sie für die Feuerwache einsetzt. Ihre Augen sehen weiter als die eines Menschen.« Von neuem erklang leise Musik, und er fragte: »Möchtest du diesen Tanz tanzen?«

Romilly schüttelte den Kopf. »Jetzt nicht, danke – es ist warm, wenn die Sonne so hereinscheint.«

Alderic verbeugte sich vor jemandem hinter ihr. Romilly drehte sich um und entdeckte ihre Stiefmutter. Luciella mahnte: »Romilly, du hast noch nicht mit Dom Garris getanzt!«

Verächtlich erklärte sie: »Es sieht ihm ähnlich, dass er sich bei meiner Stiefmutter beschwert, statt wie ein Mann zu kommen und mich selbst zu fragen.«

»Romilly! Er ist Erbe von Scathfell!«

»Mir ist es gleichgültig, ob er Erbe der Treppe im Wolkenland oder von Zandrus neunter Hölle ist. Wenn er tanzen möchte –«, begann sie. Da tauchte Dom Garris hinter Luciella auf und fragte mit seinem plumpen Lächeln: »Wollt Ihr mir die Ehre eines Tanzes erweisen, Mistress Romilly?«

Es gab keine Möglichkeit, ihn abzuweisen, ohne geradeaus unhöflich zu werden. Er war Gast ihrer Eltern, obwohl er ihrer Meinung nach mit den Frauen seines Alters hätte tanzen können und nicht nach den jungen Mädchen zu gaffen brauchte. Romilly ließ es zu, dass er ihr die Hand aufs Handgelenk legte und sie auf die Tanzfläche führte. Schließlich konnte er unter den Augen ihres Vaters und ihrer Brüder und sämtlicher Nachbarn nicht gut etwas Unschickliches sagen oder tun. Seine Hand fühlte sich unangenehm feucht an, aber Romilly sagte sich, dafür könne er wahrscheinlich nichts.

»Ihr seid ja leicht wie eine Feder auf Euren Füßen, *damisela* – ganz die junge Lady! Wer hätte das heute morgen gedacht, als ich Euch in Stiefeln und Hosen erblickte! Ich vermute, sämtliche Burschen der Gegend stellen Euch nach, he?«

Romilly schüttelte stumm den Kopf. Sie verabscheute die Art, wie er redete. Mallina allerdings hätte mit Kichern und Erröten darauf reagiert! Als der Tanz zu Ende war, bat er sie um den nächsten. Romilly lehnte höflich ab und behauptete, Seitenstechen zu haben. Dom Garris erbot sich, ihr ein Glas Wein oder Shallan zu holen, worauf sie entgegnete, sie habe nur den Wunsch, sich zu Darissa zu setzen. Ein Weilchen leistete er ihnen Gesellschaft und bestand darauf, Romilly zu fächeln. Glücklicherweise stimmten die Musiker einen neuen Kreistanz an. Das ganze junge Volk strömte zusammen, lachte und warf bei den wilden Sprüngen die Fersen hoch. Schließlich ging Dom Garris verdrießlich weg, und Romilly atmete auf.

»Du hast noch eine Eroberung gemacht«, neckte Darissa sie.

»Das glaube ich nicht. Wenn er mit mir tanzt, ist das, als schnappe er sich ein Scheuermädchen; er kann es sich erlauben, ohne damit eine Verpflichtung einzugehen«, höhnte Romilly. »Die Aldarans von Scathfell stehen zu hoch, um in unseren Clan einzuheiraten, ausgenommen ihre jüngeren Söhne. Vater sprach einmal davon, mich mit Manfred Storn zu verloben, aber er ist noch keine fünfzehn, und es eilt ja nicht. Doch obwohl ich nicht hoch genug zum Heiraten stehe, bin ich zu wohlgeboren für ihn, als dass er mich straflos verführen könnte, und ich kann ihn dazu auch nicht gut genug leiden.« Lächelnd setzte sie hinzu: »Das Schlimmste an einer Verbindung mit Cinhil, sollte er um mich anhalten, wäre es, dass ich dies große fette Faultier *Bruder* nennen müsste. Andererseits wäre er dann gezwungen, verwandtschaftliche Rücksichten zu nehmen und mir die Achtung entgegenzubringen, die der Gattin seines Bruders zusteht.«

»Darauf würde ich mich nicht verlassen«, raunte Darissa ihr zu. »Als ich im letzten Jahr mit dem kleinen Rafael schwanger war, kam er zu mir und sagte, da ich bereits ein Kind trüge, bräuchte ich keine peinlichen Folgen zu fürchten. Ich verbat mir solche Reden, und da meinte er, wie schön sei es doch in alten Zeiten gewesen, als in den Bergen der Brauch herrschte, dass Brüder alle ihre Frauen gemeinsam hatten ... Und bestimmt werde Cathal ihm eine brüderliche Gefälligkeit erweisen, sagte er, und nichts dagegen haben, wenn ich hin und wieder sein Bett teilte, da seine Frau schon hochschwanger sei. Ich trat ihm gegen das Schienbein und riet ihm, sich ein Dienstmädchen für sein Bett zu suchen, falls er eine finden könne, die seine Hässlichkeit übersehe. Damit verwundete ich seinen Stolz, und er ist mir seitdem nicht wieder nahe gekommen. Um die Wahrheit zu sagen, er sieht gar nicht einmal übel aus, nur winselt er, und seine Hände sind immer schlaff und feucht. Und -«, sie zeigte die Grübchen, die sich als Einziges an ihr seit der Zeit, als sie und Romilly zusammen Mädchen waren, nicht verändert hatten, »- ich liebe Cathal zu sehr, um mich in ein anderes Bett zu legen.«

Romilly errötete und wandte den Blick ab. Unter Tieren aufgewachsen, wusste sie ganz genau, wovon Darissa sprach. Aber Luciella war eine strenge Cristofero und hielt es für unpassend, über solche Dinge vor jungen Mädchen zu reden. Darissa missverstand das Erröten ihrer Freundin und meinte, sich verteidigen zu müssen. »Ich bekomme Kinder ohne große Probleme - ich bin nicht wie Garris' Frau, die keine lebenden Kinder hinterlassen hat und kurz vor Mittwinter im Kindbett gestorben ist. Dom Garris hat schon drei Frauen verbraucht, die versuchten, ihm einen Erben zu schenken, und ich weiß, dass alle seine Kinder bei der Geburt sterben. Ganz bestimmt möchte ich kein Kind von ihm bekommen. Dann würde ich zweifellos seinen Ehefrauen in den Tod nachfolgen.

Meine ältere Schwester war als Mädchen eine Zeitlang im Tramontana-Turm. Dort hat sie von der Zeit des alten Zuchtprogramms gehört, als die Aldarans ein paar seltsame Laran-Arten besaßen. In ihrer Linie seien sie an tödliche Gene gebunden gewesen – weißt du, was das ist? Ja, natürlich, dein Vater züchtet ja Pferde, nicht wahr? Cathal hat diese Gene nicht, aber ich glaube, Dom Garris wird nie einen Erben zeugen, so dass eines Tages meine Söhne von Cathal Scathfell erben«, plapperte Darissa.

»Und du wirst die ganze Brut als ihre Mutter regieren«, lachte Romilly. Dann kam Rael zu ihnen und holte seine Schwester zum Kontertanz. Es seien nicht genug Frauen da, um eine zweite Formation zu bilden, sagte er, und Romilly ließ den Gedankengang fallen.

Den ganzen Tag über wurde weiter getanzt und geschmaust. Kurz vor Mitternacht zogen sich der MacAran, Lord Scathfell und die anderen älteren Herren mit ihren Damen zurück und überließen das Jungvolk seinem Vergnügen. Rael wurde von seiner Erzieherin hinausgeführt, ebenso die protestierende Mallina, für die der einzige Trost war, dass auch ihre Freundinnen Jessamy und Jeralda zu Bett geschickt wurden. Romilly war müde und beinahe bereit, mit den Kindern zu gehen – sie war schließlich seit vor Sonnenaufgang wach. Aber Alderic und ihr Bruder Darren tanzten noch, und sie wollte nicht zugeben, dass ihr Bruder länger wachbleiben konnte als sie. Fast verlor sie den Mut, als sie Darissa die Halle verlassen sah – schwanger, wie sie war, sagte sie, brauche sie ihren Schlaf.

Ich werde mich dicht bei Darren halten. In meines Bruders Gegenwart kann mir Dom Garris nicht unbehaglich nahe kommen ... Und dann fragte sie sich, welchen Anlass sie habe, sich zu sorgen. Schließlich hatte er ihr kein einziges unhöfliches Wort gesagt, und es war albern, wenn sie sich über einen bloßen Blick beschwerte. Trotzdem, die Erinnerung an seine lüsternen Augen machte sie zappelig. Und jetzt, wo sie darüber nachdachte, wurde ihr klar, dass sie den ganzen Tag, den ganzen Abend am Rand ihres Bewusstseins seine Augen auf sich gespürt hatte.

Ist das Laran?

Ich würde am liebsten überhaupt nicht tanzen, ich möchte hier sitzen bleiben und mit meinem Bruder und seinen Freunden über Falken und Pferde sprechen ...

Aber Cinhil holte sie zum Tanz, und danach wäre es unhöflich gewesen, Dom Garris abzuweisen. Das Tanzen wurde etwas wilder, die Musik etwas schneller, jetzt, wo die älteren und gesetzteren Leute die Halle verlassen hatten. Dom Garris wirbelte sie umher, bis ihr schwindelig wurde. Seine Hände lagen nicht mehr brav auf ihrem Ärmel, und er drückte sie etwas enger an sich, als ihr lieb war. Sie konnte seinen Atem an ihrer Wange spüren. Als sie verlegen versuchte, sich ihm zu entwinden, zog er sie noch näher an sich heran.

»Nein, nein, du machst mir nicht weis, dass du so schüchtern bist«, lachte er. Sein erhitztes Gesicht und seine etwas undeutliche Aussprache verrieten Romilly, dass er zu viel von dem starken Wein getrunken hatte. »Wenn du herumläufst und diese schönen langen Beine in Hosen und deine Brüste in einer drei Nummern zu kleinen Jacke herzeigst, kannst du mir jetzt nicht die Lady Sittsamkeit vorspielen!« Er riss sie an sich und presste die Lippen auf ihre Wange. Romilly wehrte ihn entrüstet ab.

»Lasst das!« Und dann sagte sie böse: »Ich mag den Gestank nach zu viel Wein in Eurem Atem nicht. Ihr seid betrunken, Dom Garris. Lasst mich los.«

»Nun, du hättest eben mehr trinken müssen«, gab er ungerührt zurück und führte sie beim Tanzen in eine der langen Galerien, die von der Halle abgingen. »Komm, gib mir einen Kuss, Romy!«

»Ich bin nicht Romy für Euch!« Sie drehte den Kopf von ihm weg. »Und wenn Ihr nicht herumspioniert hättet, wo Ihr kein Recht hattet zu sein, hättet Ihr mich nicht in den Sachen meines Bruders gesehen, die ich nur vor den Augen meiner Brüder trage. Wenn Ihr meint, ich hätte mich Euch präsentieren wollen, irrt Ihr Euch gewaltig.«

»Du präsentierst dich also nur diesem hochmütigen Bengel von den *Hali'imyn*, der dich auf die Beize begleitet hat?«, spottete er.

Romilly riss ihm den niedergeglittenen Zopf aus den Händen. »Ich möchte zurück in die Halle. Ich bin nicht aus eigenem Willen mit Euch hergekommen, ich wollte nur keine Szene auf dem Tanzboden machen. Bringt mich in die Halle zurück, oder ich rufe meinen Bruder! Und dann wird mein Vater mit der Pferdepeitsche kommen!«

Lachend hielt er sie fest. »Ah, was tut wohl dein Bruder in einer Nacht wie dieser? Er würde es dir nicht danken, riefest du ihn von der Beschäftigung weg, der sich jeder junge Mann in der Mittsommernacht widmet. Soll ich allein verschmäht werden? Ein solches Kind bist du nicht mehr. Komm, nun gib mir einen Kuss.«

»Nein!« Romilly wich seinen aufdringlichen Händen aus. Sie weinte jetzt, und er ließ sie frei.

»Es tut mir Leid«, sagte er leise. »Ich habe dich nur auf die Probe gestellt. Jetzt weiß ich, dass du ein braves Mädchen bist, und alle Götter mögen verhüten, dass ich mich an dir vergreife.« Mit einem Mal respektvoll, beugte er sich nieder und hauchte einen Kuss auf ihr Handgelenk. Romilly schluckte, blinzelte die Tränen weg und floh aus der Galerie, zurück durch die Halle und die Treppe hinauf. In ihrem Zimmer riss sie sich ihr Feiertagskleid herunter und versteckte sich schluchzend unter ihren warmen Decken.

Wie sie ihn hasste!

5

Jedes Jahr veranstaltete der MacAran sein großes Mittsommerfest als Vorspiel zu dem Verkauf von Falken, ausgebildeten Hunden und Pferden. Am Morgen nach dem Fest erwachte Romilly von dem lauten Getriebe im Hof, der voller Männer und Frauen war. Auf dem Feld jenseits des umschlossenen Hofs wieherten Pferde, die in allen Gangarten vorgeführt wurden, und Leute kamen und gingen. Schnell zog Romilly ein altes Kleid an – es waren immer noch Gäste da, so dass nicht daran zu denken war, sich von Darren eine Hose auszuleihen – und rannte hinunter. Auf der Treppe kam ihr Calinda entgegen, die resigniert lachte.

»Rael kriege ich heute doch nicht zum Unterricht. Er wächst mir über den Kopf. Sein Vater muss ihn bald nach Nevarsin schicken, damit er von Männern unterrichtet wird, die mit ihm fertig werden. Aber musst du dich auch auf dem Markt herumtreiben, Romilly? Na gut«, sie lächelte ihrer Schülerin freundlich zu, »geh, wenn du möchtest. Dann kann ich den ganzen Tag mit Mallina an ihrer Handschrift arbeiten. Sie hört besser auf mich, wenn du und Rael nicht dabei seid. Und ich nehme an, du hättest doch kein Interesse an deinem Buch, solange dein Herz und deine Gedanken draußen im Hof sind. Morgen musst du dafür um so fleißiger sein!«, erklärte sie streng. Romilly umarmte ihre Erzieherin mit einer Heftigkeit, die dieser den Atem nahm.

»Danke, Calinda, danke!«

Vorsichtig bahnte sie sich einen Weg durch den zertrampelten Schlamm des Hofs und hinaus aufs Feld. Davin führte vor, wie einer der am besten geschulten Falken nach dem Federspiel flog. Es war ein großer Vogel, an dessen Ausbildung

Romilly keinen geringen Anteil hatte. Voller Aufregung sah sie zu, bis Davin sie entdeckte.

»Dieser Falke ist wild und stark und trotzdem so sanft, dass sogar ein junges Mädchen ihn auflassen kann«, behauptete Davin. »Mistress Romilly, wollt Ihr den Vogel nehmen?«

Romilly streifte den Handschuh über und hielt ihr Handgelenk hin. Davin setzte den Falken darauf und schwang das Federspiel. Der Vogel hob ab und stieg schnell in den Himmel hinauf. Dann, als der wirbelnde Lederriemen mit Fleisch und Federn nach unten schoss, schlug er so schnell zu, dass die Augen kaum zu folgen vermochten. Romilly hob Falken und Federspiel auf und atzte den Falken, der kurze, entzückte Schreie ausstieß, mit ihrer freien Hand.

»Ich kaufe diesen Falken für meine Lady«, sagte Cathal Aldaran von Scathfell. »Sie hat nicht genug Bewegung, seit die Kinder da sind, und ein so edler Falke wird sie anregen, in der frischen Luft auszureiten.«

»Nein«, fiel der ältliche Dom Gareth bestimmt ein. »Keine Frau, die unter meinem Dach lebt, wird einen solchen Falken auflassen. Eure Trainingsmethoden sind jedoch ausgezeichnet, Messire, und ich werde einen der kleineren Vögel für Lady Darissa kaufen – habt Ihr einen guten Damenfalken? Mistress Romilly, könnt Ihr mir vielleicht einen Rat geben, welcher Falke für meine Schwiegertochter am geeignetsten wäre?«

Romilly senkte bescheiden den Blick. »Ich selbst fliege einen Verrin-Falken, *vai dom,* aber jeder von diesen«, sie zeigte auf drei kleinere Vögel, die kaum mehr Flügelspannweite als ihr Arm hatten, »ist gut ausgebildet, und ich glaube, Darissa hätte keine Schwierigkeiten, mit ihnen umzugehen. Aber ich gebe Euch mein Wort, Sir, der größere Vogel, falls Ihr ihn für sie kaufen wollt, ist so sanft, dass Darissa ihn auflassen könnte, und die größeren Falken sind besser, wenn man für die Küche jagt. Kleinere machen keine größere Beute als Feldmäuse.«

Er schnaubte: »Die Frauen meines Haushalts haben es nicht nötig, Fleisch für den Kochtopf zu jagen. Wenn sie auf die Beize gehen, ist das nur ein Mittel, Bewegung in frischer Luft zu bekommen. Und der MacAran lässt ein großes Mädchen wie Euch immer noch mit einem Verrin-Falken jagen? Das ist eine Schande!«

Romilly würgte den Widerspruch zurück. *Aldaran mochte es missbilligen, wenn Frauen Falken aufließen. Aber vielleicht waren andere Männer nicht so spießig und engstirnig wie er!* Sie sagte sich, eine kecke Antwort werde ihnen einen Mann entfremden, der ein geschätzter Nachbar und Kunde ihres Vaters war. Zwar erzeugten sie das meiste, was sie brauchten, auf eigenem Boden. Gemünztes Geld war dagegen auf Falkenhof immer knapp, und das meiste rührte von diesem alljährlichen Verkauf her. Romilly machte Lord Scathfell einen Knicks und zog sich zurück. Den Falken gab sie Davin. Während er mit dem Mann feilschte, hielt Romilly ängstlich Umschau – ihr Vater mochte beschlossen haben, sie zu bestrafen, indem er Preciosa zum Verkauf stellte. Preciosa war jedoch nicht hier, sondern sicher im Falkenhaus. Am anderen Ende des Feldes führte ihr Vater zwei oder drei seiner besten Pferde vor, und der Aufseher des Hundezwingers zeigte, dass trainierte Arbeitshunde aufs Wort oder auf eine Geste hin gehorchen. Der hohe Adel, der vergangene Nacht auf ihrem Fest getanzt hatte, rieb sich die Ellbogen mit kleinen Grundbesitzern und Bauern, die Hunde für ihre Herden kaufen oder vielleicht ein von den Herren verschmähtes Pferd ergattern wollten. Darren hatte seinen Posten hinten auf dem Feld. Er schrieb alle Einzelheiten der getätigten Geschäfte für den Haushofmeister nieder. Rael rannte in die Menschenmenge hinein und wieder hinaus und spielte Fangen mit einer Gruppe kleiner Jungen seines Alters. Gesicht und Hände waren bereits schmutzig, die Jacke war zerrissen.

»Kannst du mir deines Vaters Pferde zeigen?« Alderic tauchte neben Romilly auf. »Ich würde gern meinen Klepper gegen ein etwas besseres Pferd eintauschen. Viel Geld habe ich nicht, aber vielleicht könnte ich die fehlende Summe abarbeiten. Meinst du, ein solcher Handel würde deinen Vater interessieren? Ich habe gesehen, dass euer Coridom alt und schwach ist. Vielleicht könnte ich vierzig Tage oder so für deinen Vater arbeiten, während er einen besser geeigneten Mann sucht, und der alte Mann könnte stattdessen Aufgaben im Haus bekommen.«

Romilly blinzelte überrascht. Sie war sich fast schon sicher gewesen, dass er der verkleidete Hastur-Prinz war, und jetzt bot er sich dem MacAran als bezahlten Diener im Austausch für ein Pferd an! Sie antwortete höflich: »Wegen des Handels musst du ihn selbst fragen. Wir haben jedoch ein paar gute Pferde, die nicht schön genug aussehen, um die Aufmerksamkeit der Hochgeborenen auf sich zu lenken, und zu einem niedrigeren Preis verkauft werden müssen. Eins von ihnen mag dir gefallen, wenn es gut ausgebildet ist. Das da zum Beispiel«, sie zeigte auf ein großes, linkisch wirkendes Pferd. Seine Farbe war hässlich, ein ungleichmäßig schwarzgetupftes Braun, Mähne und Schwanz wuchsen etwas ungleichmäßig. »Er ist ein hässliches, knochiges Tier. Doch sieh dir seinen Gang und die Art, wie er seinen Schwanz trägt, genau an, und du wirst erkennen, dass er ein gutes, kräftiges Pferd ist und auch Temperament hat. Natürlich ist er weder für eine Lady noch für einen weichhändigen Burschen geeignet, der ein in sanftem Schritt gehendes Pferd möchte; er verlangt feste Hände und sachverständige Behandlung. Sein Vater war unser bester Hengst, seine Mutter zweite Wahl. Deshalb ist zwar sein Blut nicht schlecht, aber schön ist er nicht, und die Farbe ist scheußlich.«

»Seine Hinterhand sieht in der Tat kräftig aus«, meinte

Alderic. »Darf ich mir seine Zähne selbst ansehen? Zugeritten ist er doch sicher?«

»Ja, obwohl Vater anfangs vorhatte, ein Zugpferd aus ihm zu machen; für die meisten Reiter ist er zu groß«, antwortete Romilly. »Für dich ist ein großes Pferd gerade richtig. Ruyven hat ihn an den Zaum gewöhnt, und ich selbst habe ihn geritten. Allerdings«, setzte sie mit schelmischem Lächeln hinzu, »weiß Vater das nicht, und du brauchst es ihm auch nicht zu erzählen.«

»Du kannst wirklich mit ihm umgehen, Romilly?« Alderic blickte ungläubig drein.

»Ich werde ihn nicht vor all diesen Leuten reiten, um es zu beweisen«, sagte sie, »aber ich würde mich nicht erniedrigen, dir darüber eine Lüge zu erzählen. Und«, sie begegnete kurz seinem Blick, »ich glaube, du würdest es merken, wenn ich es täte.«

»Das würde ich, Romilly«, sagte er ernst.

»Ich gebe dir mein Wort, das Pferd ist von guter Wesensart, doch es braucht eine feste Hand«, fuhr sie fort. »Ich glaube, er hat vielleicht Sinn für Humor - wenn ein Pferd lachen kann, möchte ich schwören, ich habe ihn über Leute lachen sehen, die meinen, sie brauchten nur auf ein Pferd zu klettern und könnten es die ganze Arbeit tun lassen. Er hatte Darren in zwei Minuten abgeworfen. Mein Vater kann ihn ganz ohne Zügel reiten, nur mit Sattel und Halfter. Denn der MacAran weiß, wie man ihn oder sonst ein Pferd dazu bringt, sich zu benehmen.«

»Aye, und wie ich hörte, hast du die gleiche Gabe«, erwiderte Alderic. »Nun, ich will deinem Vater ein Angebot auf den Hengst machen. Was denkst du, wird er mein Pferd in Tausch nehmen?«

»O ja, er hat ständig Bedarf an billigen Pferden, die er an Bauern und solche Leute verkauft. Männer, die ihre Pferde gut behandeln, aber sich nichts Besonderes an Ställen leisten können. Wir hatten eine Stute, die zu alt war, um junges Volk zu tragen, das den ganzen Tag im Sattel sitzt. Er hat sie für beinahe nichts einem älteren Mann hier in der Nähe gegeben, der zu arm ist, um sich ein gutes Pferd zu kaufen, damit sie ihr Leben in einem guten Heim zu Ende führen kann und nur leichte Arbeit zu verrichten braucht. Bestimmt würde er das Gleiche für deine Stute tun – ist sie sehr alt?«

»Nein«, sagte Alderic. »Der Grund ist, dass ich in die Hellers muss, wenn der Sommer kommt, und sogar bei günstigem Wetter hat man auf diesen Wegen ein kräftiges Pferd nötig.«

»In die fernen Hellers?« Romilly hätte gern gewusst, was ihn in die fast unüberwindliche Bergkette führte, aber er wechselte geschickt das Thema, bevor sie fragen konnte.

»Ich hätte nie geglaubt, ein junges Mädchen kennen zu lernen, das ein so sicheres Urteil über Pferdefleisch hat – wie kommt es, dass du so viel weißt?«

»Ich bin eine MacAran, Sir. Ich habe an meines Vaters Seite gearbeitet, seit ich alt genug war, um ihm in die Ställe nachzulaufen, und als Ruyven wegging –«, sie brach ab, außer Stande, einem nicht zur Familie gehörenden Mann zu sagen, dass er durch die Pflichtvergessenheit ihres ältesten Bruders nur noch bezahlte Helfer hatte, mit denen er seine Liebe zu den von ihm gezüchteten und ausgebildeten Tieren teilen konnte. Doch sie spürte, dass Alderic sie verstand, denn er lächelte teilnehmend. »Ich mag deinen Vater«, erklärte Alderic. »Er ist hart, aber gerecht, und er spricht mit seinen Kindern.«

»Tut das dein Vater nicht?«

Alderic schüttelte den Kopf. »Seit ich aus den kurzen Hosen heraus bin, hat mein Vater kaum ein halbes dutzend Mal mit mir gesprochen. Meine Mutter wurde ihm in einer dynastischen Heirat angetraut, und es gab wenig Liebe zwischen ihnen. Ich bezweifele, dass sie noch ein freundliches Wort miteinander gewechselt haben, nachdem meine Schwester empfangen worden war. Jetzt wohnen sie in getrennten Häusern und treffen sich der Form halber ein paarmal im Jahr, mehr nicht. Mein Vater ist ein freundlicher Mann, aber ich glaube, er kann mein Gesicht nicht sehen, ohne darin meine Mutter zu erkennen, und deshalb fühlt er sich in meiner Gegenwart nicht wohl. Sogar als kleines Kind habe ich ihn mit Sir angeredet, und seit ich erwachsen bin, habe ich kaum noch mit ihm gesprochen.«

»Das kann noch nicht gar so lange her sein«, neckte Romilly ihn. Seine Antwort jedoch klang so ernst, dass ihr das Necken auf der Stelle verging. »Ich beneide euch. Ich habe gesehen, wie Rael auf seines Vaters Schoß kletterte, und ich kann mich nicht erinnern, das jemals bei meinem Vater getan zu haben. Ihr könnt zu eurem Vater gehen, frei mit ihm sprechen. Er behandelt euch beinahe wie Freunde und hört zu, wenn ihr ihm etwas erzählt. Obwohl mein Vater hoch in –«, Alderic verstummte. Es herrschte ein Augenblick peinlichen Schweigens. Dann fuhr er lahm fort: »Hoch in Rang und Ehren steht, wünschte ich, ich brauchte ihn nicht immer *mein Lord* zu nennen. Ich schwöre, ich würde den Vater auf der Stelle mit dir tauschen.«

»Er könnte es für ein gutes Geschäft halten«, sagte Romilly bitter. Aber sie wusste, sie war nicht ganz ehrlich. Ihr Vater liebte sie, so hart er war. Schnell fuhr sie fort: »Sieh, da steht er, und er hat gerade keinen Kunden. Geh zu ihm und schlage ihm deinen Handel für Rotflügel vor.«

»Ich danke dir.« Alderic ging. Dann rief Davin sie und bat, sie möge einen der Hunde vorführen, den sie trainiert hatte, und sie vergaß Alderic wieder. Sie arbeitete den ganzen Tag auf den Verkaufsfeldern, zeigte den Gehorsam der Hunde, erklärte Abstammungen und Zuchtbücher, führte Falken vor. Ihr Mittagessen bestand aus einem Mund voll Brot und Käse und ein paar Nüssen, die sie in der Umzäunung hinter den Ställen zwischen den Männern des MacAran hinunterschluckte. Als schließlich der Abendregen dem Handel ein Ende machte und die Gäste sich zu verabschieden begannen, war sie ausgehungert und schmutzig. Sie freute sich darauf, nach einem Bad eine bequeme alte Jacke und ebensolchen Rock für das Essen im Familienkreis anzuziehen. Schon im Flur schlug ihr ein leckerer Duft nach bratendem Fleisch und frisch gebackenem Brot entgegen. Sie trat ein und setzte sich auf ihren Platz. Rael plapperte immer noch zu jedem, der zuhören wollte, über den unter Tieren verbrachten Tag. Luciella brachte ihn schließlich zum Schweigen, indem sie müde sagte: »Still, Rael, oder du bekommst Abendessen in der Kinderstube. Es sind noch andere in dieser Familie, die gern ein Wort oder zwei sprechen möchten, ohne übertönt zu werden! Wie ist es heute gegangen, mein Lieber?«, fragte sie den MacAran, der sich setzte und seinen Becher ergriff. Er tat einen langen Zug, bevor er antwortete.

»Zufriedenstellend; ich habe ein günstiges Geschäft mit Rotflügel gemacht. Er ist ja auch ein gutes Pferd für jeden, der Verstand genug hat, zu sehen, was unter seinem hässlichen Fell steckt. Dom Alderic erzählte mir, du habest ihm das Pferd empfohlen, Romilly.« Ein freundlicher Blick ging zu seiner älteren Tochter hinüber.

»Habe ich es recht gemacht, Vater? Ich wollte mich nicht einmischen, aber ich hatte den Eindruck, Rotflügel würde ein gutes Reittier für Dom Alderic abgeben«, sagte sie schüchtern. »Und –«, sie sah sich um, ob Alderic hereingekommen sei, aber Darrens Platz war noch leer, und auch sein Freund war nicht zu Tisch erschienen. »Er sagte mir, er sei knapp an Geld, so dass ich wusste, einen der Rappen würde er sich nicht leisten können.«

»Ich bin dir dankbar; ich wollte Rotflügel in guten Händen

sehen«, sagte ihr Vater. »Die meisten Leute könnten nicht mit ihm umgehen. Aber bei dem jungen Castamir war er friedlich wie der Käfigvogel eines Kindes. Deshalb möchte ich dir danken, Tochter.«

Luciella beklagte sich: »Trotzdem muss dies das letzte Jahr gewesen sein, in dem sie mit den Männern aufs Feld geht und Falken und Pferde vorführt – sie ist eine erwachsene Frau, Mikhail!«

»Du brauchst dir keine Sorgen zu machen«, entgegnete der MacAran lächelnd. »Ich habe auch noch andere Neuigkeiten. Romilly, mein Liebes, du weißt, du bist alt genug, um verheiratet zu werden. Ich hätte nicht gedacht, ein so gutes Angebot für dich zu bekommen, aber Dom Garris von Scathfell hat mich um deine Hand gebeten, und ich habe ja gesagt.«

Romilly war, als schließe sich ein eiskalter Würgegriff um ihre Kehle.

»Vater!«, protestierte sie, während Luciella strahlte und Mallina aufgeregt quietschte: »Wirklich Dom Garris?«

»Komm, komm«, sagte ihr Vater freundlich, »du hast doch sicher nicht dein Herz an einen anderen gehängt? Manfred Storn ist noch zu jung zum Heiraten, und ich dachte, du könntest Darissa gut leiden und würdest dich freuen, in diese Familie zu kommen und in der Nähe deiner besten Freundin zu sein.«

»Ich hatte gedacht ... vielleicht Cinhil ...«

»Wenn der junge Mann mit deinen Gefühlen gespielt hat«, erklärte der MacAran, »werde ich ihn übers Knie legen und ihm die Hosen ausstauben! Er ist noch zu sehr Kind, als dass er einer Herausforderung würdig wäre. Warum willst du den jüngeren Sohn nehmen, wenn du den Erben haben kannst, mein Liebes?«

Der Augenblick in der Galerie fiel ihr ein, und das Herz wurde ihr schwer. *Ich habe dich nur auf die Probe gestellt.*

Jetzt weiß ich, dass du ein braves Mädchen bist. Wenn sie also Dom Garris gern genug gehabt hätte, dachte Romilly, um ihn zu küssen, wäre sie der Heirat verlustig gegangen, als sei das ein Preis für gutes Betragen! Aber da sie ihren Abscheu gezeigt hatte, war sie seiner Achtung wert? Ihre Augen brannten, doch sie wollte vor ihrem Vater nicht weinen.

»Vater, ich hasse ihn«, flehte sie, »bitte, zwinge mich nicht, ihn zu heiraten!«

»Romilly«, mischte sich Mallina ein, »du wirst Lady Scathfell sein! Er ist doch Erbe von Scathfell und eines Tages vielleicht von Aldaran selbst! Und die Aldaran-Leute entstammen der Hastur-Sippe!«

Der MacAran winkte dem jüngeren Mädchen zu schweigen.

»Romy«, sagte er ernst, »beim Heiraten geht es nicht nach Lust und Laune. Ich habe einen guten jungen Mann für dich ausgewählt.«

»So jung ist er nicht!«, flammte sie auf. »Er hat schon drei Frauen begraben, und alle sind sie im Kindbett gestorben!«

»Das liegt daran, dass auch die Frauen der Aldaran-Sippe angehörten«, setzte ihr Vater ihr auseinander. »Jeder Pferdezüchter wird dir sagen, dass es unklug ist, nahe Verwandte so oft zu kreuzen. Du hast kein Aldaran-Blut und wirst ihm wahrscheinlich gesunde Kinder schenken.«

Romilly dachte an Darissa, nicht viel älter als sie selbst, dick und formlos vom Gebären. Würde sie ebenso aussehen und würden ihre Kinder von Dom Garris gezeugt worden sein, Dom Garris mit seiner winselnden Stimme und den schlaffen, feuchten Händen? Bei dem Gedanken bekam sie eine Gänsehaut.

»Keine Widerrede mehr«, befahl ihr Vater. »Alle törichten Mädchen meinen zu wissen, welchen Mann sie wollen. Ältere Köpfe müssen jedoch die Entscheidung treffen, die für ihr Leben die beste ist. Ich möchte dich nicht vor der Erntezeit verheiraten – meine Töchter haben es nicht eilig –, aber dann heiratest du Dom Garris, und mehr habe ich dazu nicht zu sagen.«

»Ich dachte, du hättest Pferde und Falken verkauft«, sagte Romilly bitter, »aber du hast auch Handel mit deinen Töchtern getrieben! Sag mir, Vater, hat Dom Garris einen guten Preis bezahlt?«

Sie erkannte an dem wütenden Rot, das sich über ihres Vaters Gesicht ausbreitete, dass sie ihn ins Mark getroffen hatte. Er fuhr sie an: »Ich will keine deiner Unverschämtheiten hören, meine naseweise junge Mistress!«

»Das glaube ich gern«, schleuderte sie zurück. »Du handelst lieber mit Falken und Pferden, weil sie nicht widersprechen können und du ihnen das Schicksal nach deinem Willen zuteilen kannst!«

Er öffnete den Mund zum Sprechen. Dann maß er sie nur mit seinen Blicken.

»Meine Lady«, wandte er sich an Luciella, »es ist Eure Aufgabe, meine Töchter unter Kontrolle zu bringen. Sorgt dafür, ja? Ich werde mit dem Haushofmeister essen. Dieses Gezänk am Familientisch passt mir nicht.« Er stand auf und schritt aus dem Zimmer.

»O Mutter«, jammerte Romilly, sank in die Knie und warf ihren Kopf in Luciellas Schoß, »muss ich ihn wirklich heiraten, diesen –«, ihr versagte fast die Stimme, aber schließlich brachte sie es heraus: »– diesen fetten *Wurm?* Er ist wie etwas mit dutzenden Beinen, das unter einem Stück faulem Holz hervorkriecht!«

Luciella streichelte ihr sanft das Haar. Sie war verwirrt. »Nun, nun, Kind«, murmelte sie, »es wird nicht so schlimm sein, wie du denkst. Hast du nicht zu Dom Alderic gesagt, man dürfe ein Pferd nicht nach seinem hässlichen Fell beurteilen?

Dom Garris ist ein guter und ehrenwerter Mann. Höre, in deinem Alter hatte ich bereits mein erstes Kind, und ebenso war es mit deiner eigenen lieben Mutter, Romy. Nun weine doch nicht«, setzte sie hilflos hinzu.

Romilly erkannte, dass sie von ihr keine Unterstützung zu erwarten hatte; nie würde sich Luciella dem MacAran widersetzen. Und sie selbst auch nicht. Sie war nur ein Mädchen, und es gab kein Entrinnen.

War Romilly allein in ihrem Zimmer oder ritt sie mit Preciosa vor sich auf dem Sattel allein durch die Berge, dachte sie darüber nach, was sie tun konnte. Anscheinend saß sie in der Falle. Sie hatte es nie erlebt, dass ihr Vater ein gesprochenes Urteil abänderte – zum Beispiel wollte er nichts von Verzeihung für Ruyven hören – oder anderen Sinnes wurde, nachdem er sich einmal entschlossen hatte. Er würde sein Dom Garris gegebenes Wort unter keinen Umständen brechen – oder hatte er die Vereinbarung mit Gareth von Scathfell selbst getroffen? Ihre Erzieherin und manchmal sogar ihre Stiefmutter ließen sich überreden. Doch in ihrem ganzen Leben hatte ihr Vater noch nie zurückgenommen, was er gesagt hatte, auch wenn er wusste, dass er im Unrecht war. Weit und breit in den Kilghardbergen war das Wort eines MacAran wie das Wort eines Hastur, so gut wie die Unterschrift oder der Schwur eines anderen Mannes.

Und gesetzt den Fall, sie gehorchte ihm nicht? Es wäre nicht das erste Mal. Innerlich bebte sie im Gedanken an seinen Zorn. Sie wog den Zorn ihres Vaters gegen die Alternative ab und rief sich Dom Garris' lüsterne Augen ins Gedächtnis zurück. Da wurde ihr klar, dass sie lieber ein ganzes Jahr lang jeden Tag von ihrem Vater geschlagen werden als sich Dom Garris ausliefern lassen wollte. Wusste ihr Vater denn nicht, was für ein Mensch das war? Und dann sagte sie sich mit sinkendem Mut, dass der MacAran als Mann diese Seite an Garris von Aldaran nicht wahrzunehmen vermochte. Die zeigte Dom Garris nur einer Frau, die er begehrte.

Wenn er mich anfasst, übergebe ich mich, dachte Romilly. Sie kam zu dem Entschluss, dass sie eine letzte Bitte an ihren Vater richten musste, ganz gleich, wie wütend er darüber werden würde.

Sie fand ihn im Stall. Ein schwarzes Pony war im Hof gefallen, und der MacAran beaufsichtigte den Stalljungen, der einen Breiumschlag um die verletzten Knie machte. Romilly sah, dass es kein günstiger Augenblick war, denn ihr Vater wirkte verärgert und geistesabwesend.

»Mach mit den Umschlägen weiter«, wies er den Jungen an. »Warm und kalt, mindestens zwei Stunden lang. Und dann behandele seine Knie mit Karalla-Puder und verbinde sie gut. Pass auf, dass er sich nicht in den Dreck legt – er muss alle paar Stunden frisches Stroh bekommen. Trotz allem, was wir tun mögen, werden Narben zurückbleiben. Ich muss ihn mit Verlust verkaufen oder ihn für leichte Arbeit auf dem Gut behalten. Wenn seine Knie sich entzünden, verlieren wir ihn vielleicht ganz. Ich übertrage dir die Verantwortung. Wenn etwas schiefgeht, wird dein Rücken es zu spüren bekommen, du junger Schurke, denn durch dein unachtsames Reiten ist er gefallen!« Der Stalljunge öffnete den Mund zum Protest, aber der MacAran gebot ihm zu schweigen. »Keine Widerrede! Ich habe gesehen, dass du ihn auf den Steinen hast galoppieren lassen! Verdammter junger Trottel, ich sollte dich vierzig Tage lang den Stall ausmisten und keines der Pferde mehr reiten lassen!« Er drehte gereizt den Kopf und entdeckte Romilly.

»Was suchst du in den Ställen, Mädchen?«

»Ich wollte zu dir, Vater.« Sie bemühte sich, ihrer Stimme Festigkeit zu geben. »Ich hätte gern ein Wort mit dir gesprochen, wenn du Zeit dazu hast.«

»Zeit? Heute Vormittag habe ich keine Zeit, wo dieses Pony

verletzt und vielleicht versaut ist«, knurrte er. Trotzdem trat er aus dem Stall und lehnte sich gegen einen der Stangenzäune. »Was ist los, Kind?«

Romilly war nicht gleich fähig zu sprechen. Die Kehle wurde ihr eng, als sie auf die Berge sah, die sich jenseits des Tales erhoben, die grüne Koppel mit den friedlich grasenden Mutterstuten, die nahe ihrer Zeit waren. Im Hof hing ein dampfender Kessel über einem mit kleinen Zweigen genährten Feuer, und die Hausleute wuschen Wäsche. Das alles war ihr so lieb, und jetzt, ganz gleich, was sich ergab, musste sie es verlassen. Falkenhof war ihr ebenso lieb wie einem der Söhne ihres Vaters, und doch musste sie ihre Heimat verlassen und heiraten. Ihre Brüder dagegen, sogar Ruyven, der alles im Stich gelassen hatte, durften für immer hier bleiben, bei den Pferden und den Bergen. Warum konnte sie nicht an Ruyvens Statt, der gar kein Interesse daran hatte, Erbin ihres Vaters sein und ihren Mann herbringen? Warum musste sie jemanden heiraten, den sie hasste, und an einem fremden Ort leben?

»Was hast du, Tochter?«, fragte der MacAran freundlich. Er hatte ihre Tränen gesehen.

Romilly rang um Beherrschung. Sie sagte: »Vater, ich habe immer gewusst, dass ich heiraten muss, und ich möchte gern nach deinem Willen tun, aber ... aber ... Vater, warum muss es Dom Garris sein? Ich hasse ihn! Ich kann ihn nicht ausstehen! Der Mann ist wie eine Kröte!« Ihre Stimme wurde lauter, und ihr Vater runzelte die Stirn. Doch schnell glättete sich sein Gesicht zu der erzwungenen Ruhe, die sie fürchtete.

Er antwortete vernünftig: »Ich habe versucht, für dich die beste Vereinbarung zu treffen, die mir möglich war. Er ist der nächste Erbe von Scathfell und steht weit vorn in der Erbfolge Aldarans von Aldaran, sollte der alte Lord ohne Kinder sterben, was wahrscheinlich ist. Ich bin kein reicher Mann, und ich kann dir nicht viel an Mitgift geben. Scathfell dagegen ist reich genug, dass es ihn nicht kümmert. Dom Garris braucht eine Frau –«

»Und er hat bereits drei verbraucht«, fiel Romilly verzweifelt ein. »Und jetzt will er wieder ein Mädchen von fünfzehn heiraten.«

»Ein Grund, warum er bei mir um dich angehalten hat«, sagte ihr Vater, »ist, dass seine anderen Frauen Schwächlinge und zu nahe mit ihm verwandt waren; er möchte frisches Blut für das Haus. Wenn du ihm einen gesunden Sohn gebierst, wird dir große Ehre zuteil werden und alles, was du dir nur wünschen kannst.«

»Und wenn nicht, werde ich tot sein, und niemand braucht sich Gedanken darüber zu machen, ob ich glücklich bin oder nicht!«, rief sie, und die Tränen quollen von neuem hervor. »Vater, ich kann nicht, ich will diesen – diesen widerwärtigen Mann nicht heiraten! Oh, Vater, ich will dir ja nicht ungehorsam sein, ich würde gern so gut wie jeden anderen heiraten. Cinhil oder ... oder Dom Alderic ...«

»Alderic, he?« Ihr Vater nahm ihr Kinn in seine große Hand, bog ihren Kopf in den Nacken und musterte ihr Gesicht. »Sag mir jetzt die Wahrheit, Kind. Hast du herumgespielt, wie du es nicht tun solltest? Dom Garris erwartet, dich als Jungfrau zu finden. Wird er enttäuscht werden? Hat dieser arrogante junge Castamir sich an dich herangemacht, Mädchen? Ein Gast unter diesem Dach.«

»Dom Alderic hat nichts gesagt oder getan, was er nicht unter deinen und Mutters Augen auch hätte sagen oder tun können!«, flammte sie entrüstet auf. »Ich habe ihn nur genannt, weil ich ihn nicht widerwärtig finde, auch Cinhil nicht oder sonst einen gesunden, netten jungen Mann, der im Alter zu mir passen würde! Aber dieser – dieser schleimige –« Die Stimme versagte ihr. Sie biss sich fest auf die Lippe, um nicht zu weinen.

»Romilly.« Ihr Vater hielt immer noch ihr Gesicht zwischen den Händen. »Dom Garris ist so alt nun auch wieder nicht. Es ist doch nicht, als wolle ich dich Lord Gareth geben oder irgendeinem Mann, von dem ich weiß, dass er übellaunig, ein Trunkenbold, Spieler oder Verschwender von Hab und Gut ist. Garris kenne ich sein ganzes Leben lang. Er ist ein guter, ehrenwerter und wohlgeborener junger Mann, und du solltest ihm sein Gesicht nicht zum Vorwurf machen, denn dafür kann er nichts. Ein hübsches Gesicht nutzt sich schnell ab. Ehrenhaftigkeit, gute Herkunft und freundliche Wesensart sind das, was ich von dem Mann meiner Tochter verlange. Du bist nur ein törichtes junges Mädchen und siehst nicht weiter als zu eines Mannes hübschem Gesicht und seiner Anmut beim Tanzen. Deshalb vereinbaren Väter und Mütter die Heiraten für junge Mädchen, damit sie den wahren Wert eines Mannes erkennen.«

Romilly schluckte. Sie schämte sich, zu ihrem Vater darüber zu sprechen, aber die Alternative war schlimmer. »Er ... er sieht mich auf eine Weise an ... als wäre ich nackt ... und als wir tanzten, fasste er mich mit seinen Händen an.«

Ihr Vater wandte stirnrunzelnd das Gesicht ab, und Romilly merkte, dass auch er verlegen war. Schließlich seufzte er. »Der Mann möchte eine Frau, das ist alles. Ist er erst verheiratet, hat er das nicht mehr nötig. Und wenigstens weißt du jetzt, dass er kein ...«, er hustete nervös, »kein Liebhaber von Männern ist und dich nicht vernachlässigen wird, um mit einem seiner Friedensmänner oder einem hübschen jungen Pagen oder Gardisten Händchen zu halten. Ich glaube, dass er dir ein guter Mann sein wird, Romy. Er mag unbeholfen sein und nicht wissen, wie er sich dir nähern soll, aber er meint es gut mit dir, und ihr werdet glücklich miteinander sein.«

Romilly konnte die Tränen nicht länger zurückhalten.

Schluchzend flehte sie: »Vater, oh Vater, *bitte* ... jeden, jeden anderen, ich schwöre, ich werde dir ohne jede Frage gehorchen, nur nicht – nicht Dom Garris.«

Der MacAran biss sich mit finsterem Gesicht auf die Lippe. »Romilly, die Sache ist so weit gediehen, dass ich auf ehrenvolle Weise nicht mehr zurücktreten kann. Die Leute von Scathfell sind Nachbarn, und ich bin abhängig von dem guten Einvernehmen zwischen uns. Würde ich jetzt mein Wort brechen, wäre es eine Beschimpfung für sie, die ich in meinem ganzen Leben nicht wieder gut machen könnte. Wenn ich geahnt hätte, dass du so empfindest, hätte ich mein Wort nicht verpfändet. Aber geschehen ist geschehen. Mehr ist dazu nicht zu sagen, Kind. Du bist jung, du wirst dich bald an ihn gewöhnen, und es wird gut gehen, das verspreche ich dir. Nun tröste dich und weine nicht mehr. Ich habe dir als Hochzeitsgeschenk ein Paar edle Rappen versprochen, die ich mit eigener Hand eingebrochen habe, und ich werde dir den kleinen Hof am Graufelsen überschreiben, damit du immer einen Zufluchtsort hast, der dir gehört. Auch habe ich Luciella gebeten, auf die Märkte in Caer Donn nach dem feinsten Stoff für ein Hochzeitskleid zu schicken, damit du nicht in selbst gesponnenem Zeug zu heiraten brauchst. Trockne dir die Augen und suche dir die beiden Rappen selbst aus. Bitte Luciella, dass sie dir neue Kleider machen lässt, drei, nein vier Kleider mit allem, was dazugehört, Unterröcken und Federn und Mützchen und all dem Firlefanz, den Mädchen lieben. Kein Mädchen in den Bergen wird für ihre Hochzeit besser als du ausgestattet sein.«

Romilly senkte den Kopf. Sie hatte gewusst, es war hoffnungslos, und er hatte Dom Garris und Lord Scathfell sein Wort gegeben. Jetzt würde er nie mehr zurücktreten, und nichts, was sie sagen mochte, hatte noch Sinn. Der MacAran missverstand ihr Schweigen als Zustimmung und tätschelte ihr die Wange.

»Das ist mein gutes, braves Mädchen«, sagte er verlegen. »Ich bin stolz auf dich, Kind, und wollte, einer deiner Brüder hätte deine Kraft und dein Temperament.«

»Ich wünschte, ich wäre dein Sohn«, platzte sie heraus, »und könnte immer bei dir zu Hause bleiben.«

Ihr Vater nahm sie liebevoll in die Arme. »Das wünschte ich mir auch, Mädchen«, murmelte er in ihr Haar. »Ich auch. Aber die Menschen wünschen, und die Götter geben, und der Lastenträger allein weiß, warum er nur meiner Tochter Gaben verliehen hat, die ein Mann an seinen Söhnen sehen möchte. Die Welt geht, wie sie will, und nicht, wie du oder ich es haben wollen, Romy.« Er streichelte sie, und sie klammerte sich an ihn und weinte hoffnungslos, als wolle sie nie wieder aufhören.

Auf eine Weise, dachte sie später traurig, machte sein Verständnis es schlimmer. Wettern und Brüllen und das Androhen von Schlägen hätten ihr wenigstens das Gefühl gegeben, ein Recht zum Rebellieren zu haben. Seine Freundlichkeit hatte ihr nur klar gemacht, unter welchem Gesichtswinkel er die Sache sah: Sie war ein junges Mädchen, ihre guten Eltern taten ihr Bestes für sie, und sie war töricht und gedankenlos, wenn sie sich gegen diese Fürsorge wehrte.

So versuchte sie, sich interessiert an den Vorbereitungen für ihre Hochzeit zu zeigen, die, wie der MacAran gesagt hatte, zur Erntezeit stattfinden sollte. Luciella schickte nach Caer Donn um Spinnenseide für ihr Hochzeitskleid und guten gefärbten Stoff, rot und blau und violett, für neue Kleider. Sie hatte so viele Unterröcke und Hemden und feine Unterwäsche bestellt, dass Mallina offen eifersüchtig war und während der Näharbeiten schmollte.

Eines Morgens kam ein Reiter von Scathfell herüber, vor sich auf dem Sattel einen Käfig. Nachdem man ihn im Hof willkommen geheißen hatte, meldete er dem MacAran:

»Eine Nachricht von Dom Garris, Sir, und ein Geschenk für Mistress Romilly.«

Der MacAran nahm den Brief, verzog ein bisschen das Gesicht und riss ihn auf. »Deine Augen sind besser als meine, Darren«, wandte er sich dann an seinen Sohn. »Lies ihn mir vor.«

Romilly dachte ärgerlich, wenn der Brief sie betraf, hätte sie diejenige sein sollen, die ihn vorlas. Aber vielleicht wollte der MacAran es nicht bekannt werden lassen, dass seine Tochter eine so viel bessere Gelehrte war als sein in Nevarsin erzogener Sohn. Darren überflog den Brief und runzelte die Stirn. Dann las er laut:

»An den MacAran von Falkenhof und meine versprochene Gattin Romilly Grüße von Gareth-Regis Aldaran zu Scathfell. Eure Tochter informierte mich, dass sie einen Verrin-Falken fliegt, was bei der Tochter des besten Falkners in diesen Bergen verständlich ist, aber unschicklich für die Frau von Aldarans Erben wäre. Daher nehme ich mir die Freiheit, ihr zwei feine Damenvögel zu schicken, die das schönste Handgelenk in den Kilghardbergen angemessen schmücken werden, so dass sie sich keines Männerfalken zu bedienen braucht. Ich bitte sie, diese Vögel anzunehmen, und ich schicke sie jetzt, damit sie sich an die Jagd mit ihnen gewöhnt. Bitte übermittelt meiner versprochenen Frau meine Komplimente und respektvollen Wünsche. Euch meine hochachtungsvollen Grüße, Sir.« Darren blickte auf. »Es ist Scathfells eigenes Siegel angehängt.«

Der MacAran hob die Augenbrauen. »Ein höflicher Brief, in der Tat. Enthüllt den Käfig, Mann.«

Er tat es, und es zeigten sich zwei wunderschöne kleine Falken. Ihre Hauben waren aus feinem, scharlachrot gefärbtem Leder mit dem aus Goldfäden gearbeiteten Helmschmuck der Aldarans als Trosch, und auch das Geschüh schimmerte vor

Gold. Es waren winzige, reizende Vögel, glänzend vor Pflege und Gesundheit. Romilly hielt bei ihrem Anblick den Atem an.

»Ein wundervolles Geschenk«, erklärte sie, »und höchst aufmerksam. Sagt meinem – meinem versprochenen Gatten …«, sie stolperte über das Wort, »dass ich ihm sehr dankbar bin und sie mit freundlichen Gedanken an ihn auflassen werde.« Sie hielt ihr Handgelenk hin und hob einen der Falken auf ihren Handschuh. Er saß so ruhig dort, dass sie sofort sah, wie ausgezeichnet trainiert er war. Abgesehen davon, dass diese Falken keine andere Beute als Feldmäuse schlagen konnten, waren es exquisite kleine Vögel, und dass Dom Garris so auf ihre Interessen einging, war ein gutes Zeichen. Für eine kleine Weile dachte Romilly besser von ihrem versprochenen Gatten. Aber später begann sie zu grübeln. War das nichts als seine Art, ihr zu sagen, dass er ihr als seiner Frau nicht erlauben werde, mit einem richtigen Falken zu arbeiten? Das, was Gareth von Scathfell – der alte Mann – gesagt hatte, ließ darauf schließen. *Es wäre unschicklich für eine Frau von Scathfells Erben.* Romilly nahm sich vor, ganz gleich, womit man sie zu überreden oder einzuschüchtern versuchte, Preciosa nicht aufzugeben. Das Band zwischen ihnen war zu stark.

Als sie die kleinen Falken das erste Mal fliegen ließ – voller Schuldbewusstsein, ihrer geliebten Preciosa untreu zu sein –, versuchte sie, Kontakt herzustellen, die starke Verbindung zwischen Falken und Falkner. Aber von den winzigen Vögeln kam nur eine schwache Antwort, Verwirrung, Wohlbefinden – nicht das Gefühl von Rapport und Vereinigung. Die kleineren Falken waren zu niedrig organisiert, um die Kapazität für Laran zu haben. Romilly wusste, dass Käfigvögel keine derartigen Fähigkeiten besitzen, denn sie hatte ein- oder zweimal versucht, mit ihnen zu kommunizieren. Tatsächlich war »der Verstand eines Käfigvogels« ein Ausdruck, der eine dumme Frau kennzeichnete. Die Beschäftigung mit den kleinen Falken war langweilig. Sie konnte ihrem Flug zusehen, und sie waren wirklich wunderschön. Nur war da nichts von der Erregung, dem Rapport und der Erfüllung, die sie bei Preciosa empfand. Pflichtbewusst ließ sie sie jeden Tag ihrer Gesundheit wegen fliegen, und dann streifte sie ihnen erleichtert die herrlich gearbeiteten Hauben über und warf Preciosa in den Himmel, stieg mit ihr hinauf in ekstatischer Freude am Flug und an der Freiheit.

Romilly ritt jetzt meistens mit Darren und Rael aus. Alderic hatte die Aufgaben des Coridom übernommen und war ständig mit Rechnungen, dem Führen der Zuchtbücher und dem Beaufsichtigen der vielen Männer in Hof und Stall beschäftigt. Sie sah ihn selten. Nur hin und wieder wechselten sie sittsam ein Wort, wenn er abends am Feuer saß, mit Darren oder ihrem Vater »Burgen« oder Karten spielte oder manchmal aus Holz ein Spielzeug schnitzte, das Rael an den langen Abenden die Zeit vertreiben sollte.

Auch Romillys Tage waren ausgefüllt. Ihr Vater hatte gesagt, sie brauche nicht mehr am Unterricht teilzunehmen, und aus dem Plan, der alte Haushofmeister könne sie im Rechnen unterrichten, war natürlich nichts geworden, da sie so bald schon heiraten würde. So gab ihr Calinda mit Näharbeiten zu tun und lehrte sie, wie sie Küche und Nähstube und sogar die Milchkammer zu beaufsichtigen habe. Sie solle nicht etwa mit eigenen Händen zufassen, sagte Calinda, aber sie müsse wissen, ob die Dienstboten ihre Sache gut machten. Lord Scathfell war Witwer, und sie werde auf Scathfell die erste Dame sein. Da dürfe sie doch nicht den Eindruck erwecken, Falkenhof sei ein schlecht geführter Haushalt und die Tochter von Falkenhof nicht fähig, ihre Frauen anzuleiten. Romilly hätte es vorgezogen, selbst Ställe auszumisten und Milchvieh zu melken und zu buttern! Und was die Näharbeiten anging, wusste sie nur zu genau, dass die jüngste und ungeschickteste

Näherin immer noch besser war als sie. Wie also konnte sie auch nur so tun, als beaufsichtige oder überwache sie oder gar, als sei sie fähig, Fehler zu entdecken und zu korrigieren? Luciella grub eine von Mallinas alten Puppen aus, kleidete sie in Raels abgelegte Babysachen und zeigte Mallina und Romilly, wie man ein Kindchen badet, es hält und das wackelige Köpfchen stützt, wie man seine Windeln wechselt und was man tut, um Durchfall und Hautreizungen zu vermeiden. Romilly sah einfach nicht ein, warum sie das lernen musste, und noch dazu, bevor sie ein eigenes Kind hatte. Es waren doch tüchtige Pflegerinnen und Hebammen da und außerdem Darissa mit ihren zwei – nein, jetzt schon drei Kindern. Aber Luciella bestand darauf, so etwas müsse eine junge Ehefrau wissen. Romilly hatte im Grunde nichts dagegen, Kinder zu bekommen – Rael war als Baby zu süß gewesen. Der Gedanke an ihre Kinder führte jedoch sofort weiter zu Darissa, weich und wabbelig und fett und krank, und zu dem unvermeidlichen Prozess, durch den diese Kinder erzeugt wurden. Sie war unter Tieren aufgewachsen und gesund und hatte oft mit heimlichem Vergnügen an die Zeit gedacht, wenn sie einen Liebhaber, einen Gatten haben würde. Doch wenn sie Dom Garris' Gesicht an diesen Platz rücken wollte, was sie (zu ihrem Lob sei es gesagt) tapfer versuchte, wurde ihr nur übel. Schon der Gedanke an irgendeinen Mann verschaffte ihr jetzt Unbehagen. Nein, sie *konnte* nicht, sie würde weglaufen, sie würde sich der Schwesternschaft vom Schwert anschließen und Waffen tragen und als Söldnerin für einen der sich um dieses Land streitenden Könige kämpfen, sie würde ihr Haar abschneiden und ihre Ohren durchbohren ... Und wenn sie an diesem Punkt angelangt war, wurde ihr bewusst, wie töricht sie war. Denn wenn sie weglief, folgte man ihr nur und zerrte sie zurück. Und dann schmiedete sie wilde Pläne, eine letzte flehentliche Bitte an ihren Vater, ihre Stiefmutter, Lord Scathfell selbst – wenn man ihr die Armbänder überstreifte, wollte sie »Nein!« schreien und sie abreißen, wenn man versuchte, sie ins Hochzeitsbett zu bringen, würde sie mit einem Messer über Dom Garris herfallen. Dann wollte er sie bestimmt nicht mehr und ließ sie frei. Sie wollte ihm sagen, wie sehr sie ihn verabscheue, und er würde sich weigern, sie zu nehmen.

In ihrem Herzen wusste sie genau, dass das alles Unsinn war. Sie musste heiraten ... und sie konnte nicht!

Der Sommer schritt fort, aus dem Abendschnee wurde ein kurzer Regenschauer, und die Hänge leuchteten vor Blumen und knospenden Bäumen. Die Nussbüsche waren mit kleinen grünen Klumpen bedeckt, die zu Nüssen reiften. Fast jeden Tag schnitten Romilly und Mallina frische Pilze von der Rinde der abgestorbenen Bäume, die mit Pilzgeflecht geimpft worden waren. Sie pflückten pflichtgemäß Beeren und entstielten sie zum Einmachen und halfen beim Buttern in der Milchkammer. Selten hatte Romilly Zeit für einen Ausritt, und noch weniger konnte sie sich richtig um Preciosa kümmern. Aber sie besuchte sie jeden Tag im Falkenhaus und bat Darren oder Alderic, sie aufzulassen. Darren fürchtete sich immer noch vor Falken und ging ihnen aus dem Weg, wo er konnte. Alderic jedoch nahm Preciosa vor sich auf den Sattel, wann immer er Gelegenheit dazu fand.

»Aber sie fliegt nicht gut für mich«, berichtete er Romilly eines Abends. »Ich glaube, sie sehnt sich nach dir, Romilly.«

»Und ich vernachlässige sie«, antwortete Romilly schuldbewusst. Sie hatte das Band zwischen sich und diesem Wildfang geknüpft, jetzt durfte sie Preciosa nicht verraten. Sie entschloss sich, morgen Zeit für einen Ausritt zu finden und den Falken mitzunehmen, ganz gleich, welche Pflichten Luciella ihr auferlegte.

Am nächsten Vormittag erledigte sie ihre Arbeiten so schnell und bereitwillig, dass Luciella große Augen machte und sagte: »Was du schaffen kannst, wenn du nur willst, Kind!«

»Ich bin fertig, Pflegemutter. Darf ich jetzt für ein Weilchen mit meinem Falken ausreiten?«

Luciella zögerte, dann meinte sie: »Ja, warum nicht? Du sollst Dom Garris' Geschenk nicht vernachlässigen. Geh nur, Romilly, vergnüge dich in der frischen Luft.«

Wie befreit rannte Romilly los, um ihre Reitsachen und Stiefel anzuziehen und ihr Pferd satteln zu lassen. Leider musste es der Damensattel sein, aber sie ritt doch lieber im Damensattel als überhaupt nicht. Dann lief sie zu den Ställen. Darren war im Hof und übte missmutig einen oder zwei der Falken. Sie bemerkte seine unbeholfenen Bewegungen und rief ihm zu: »Ich gehe auf die Beize, Darren, kommst du mit?«

Erleichtert gab Darren Anweisung, ihm sein Pferd zu bringen. Romilly nahm Preciosa von ihrem Block. Freudig spürte sie das vertraute Gewicht auf ihrem Handschuh. Sie begann, den alten Kontakt herzustellen, als ihr Vater ins Falkenhaus trat.

»Romilly«, befahl er, »nimm deine Falken, nicht den da. Du weißt, was dein versprochener Gatte gesagt hat. Es schickt sich nicht für dich, einen Verrin-Falken fliegen zu lassen, und du hast eigene. Bring ihn zurück.«

»Vater!«, protestierte sie, von plötzlichem Zorn gepackt, »Preciosa ist mein eigener Falke, ich habe sie selbst abgetragen! Sie gehört mir, mir! Niemand anders soll sie auflassen! Wie kann es unschicklich für mich sein, einen Falken zu fliegen, den ich trainiert habe? Willst du dir von Dom Garris vorschreiben lassen, was deine Tochter in deinem Stallhof tun darf?«

Sein Gesicht verriet seinen inneren Konflikt, doch er erklärte scharf: »Ich habe dir gesagt, setze diesen Falken wieder auf den Block und nimm deine eigenen! Ich will keine Widerworte von dir hören, Mädchen!« Damit schritt er auf sie zu. Preciosa spürte Romillys Aufregung und schlug wild mit den Flügeln, hob sich, so weit es die Fesseln gestatteten, und saß dann wieder ruhig.

»Vater«, flehte Romilly und senkte die Stimme, um die schreckhaften Vögel nicht zu ängstigen, »sag das nicht –«

Der MacAran streckte die Hand aus, fasste mit festem Griff Preciosas Ständer und setzte sie auf den Block. »Ich verlange, dass du mir gehorchst. Kein Wort mehr!«

»Sie bekommt nicht genug Bewegung«, wandte Romilly ein, »sie muss fliegen!«

Der MacAran überlegte. »Das stimmt.« Er winkte Darren.

»Hier.« Er wies mit dem Kopf auf Preciosa. »Nimm sie; ich schenke sie dir. Du musst mit einem guten Falken arbeiten, und sie ist der beste, den wir haben. Nimm sie heute mit und gewöhne dich an sie.«

Romilly blieb vor Entrüstung der Mund offen stehen. Das konnte er ihr nicht antun – und Preciosa auch nicht! Der MacAran nahm den Vogel von neuem, hielt ihn, bis er mit dem Flügelschlagen aufhörte, und setzte ihn auf Darrens Handgelenk. Darren zuckte erschrocken zurück. Preciosa, obwohl sie die Haube trug, drehte den Kopf, versuchte zu hacken, flatterte. Darren duckte sich. Dabei drehte er sein Handgelenk, so dass Preciosa das Gleichgewicht verlor, fiel und am Geschüh nach unten hing. Darren stand da mit dem wild flatternden Falken, und der MacAran fuhr ihn flüsternd an: »Heb sie auf! Beruhige sie, verdammt noch mal! Wenn sie sich eine Schwingpenne bricht, breche ich dir den Hals, Junge!«

Darrens Bemühungen, Preciosa zu besänftigen, waren nicht sehr wirkungsvoll. Aber schließlich saß sie halbwegs ruhig auf seinem Handschuh. Seine Stimme schlug ins Falsett um. »Das ist ungerecht, Sir. Vater, ich bitte dich. Romilly hat diesen Falken selbst trainiert, mit ihrem Laran.«

»Schweig, junger Mann! Wage es nicht, dieses Wort in meiner Gegenwart auszusprechen!«

»Deine Weigerung, es anzuhören, macht es nicht weniger wahr. Es ist Romillys Falke, sie hat ihn trainiert, sie hat ihn sich *verdient,* und ich will ihn nicht – ich will ihn ihr nicht wegnehmen!«

»Du wirst ihn von *mir* nehmen.« Der MacAran schob wütend das Kinn vor. »Du wagst es, zu sagen, es stehe mir nicht zu, einen in meinen eigenen Ställen auf Falkenhof trainierten Falken zu verschenken? Romilly hat Falken von ihrem versprochenen Gatten bekommen. Sie braucht diesen hier nicht, und du wirst ihn nehmen, oder ...« Er beugte sich zu Darren vor. Seine Augen flammten, sein Atem kam und ging in rauen, harten Stößen. »Oder ich drehe ihm hier vor euch beiden den Hals um! Ich lasse mir in meinem eigenen Falkenhaus keinen Trotz bieten!« Er machte eine Geste, als wolle er seine Drohung auf der Stelle ausführen. Romilly schrie auf.

»Nein! Nein, Vater – bitte, nein! Darren, lass das nicht zu. Nimm den Falken, es ist besser, du bekommst ihn.«

Darren holte zitternd Atem. Er befeuchtete die Lippen mit der Zunge und setzte sich den Falken auf dem Arm zurecht. Mit schwankender Stimme sagte er: »Nur weil du mich darum bittest, Romilly. Nur deswegen, das kannst du mir glauben.«

Romillys Augen brannten. Sie wandte sich ab und nahm einen der winzigen, nutzlosen Falken auf, die Dom Garris ihr geschenkt hatte. In diesem Augenblick hasste sie sie, diese dummen Dinger mit den kleinen Gehirnen. Ja, sie waren schön und elegant ausstaffiert, aber doch nur Ornamente, bedeutungslose Schmuckstücke, ebenso wenig richtige Falken wie eins von Raels hölzernen Spielzeugen! Aber sie konnten nichts dafür, die armen Kleinen, dass sie nicht Preciosa waren. Ihr Herz sehnte sich nach Preciosa, die nervös auf Darrens linkischem Handgelenk hockte. *Mein Falke. Meiner. Und jetzt wird dieser Idiot Darren sie vergrämen ... ah, Preciosa, Preciosa, warum musste uns das geschehen?* Sie hasste auch ihren Vater und Darren, der Preciosa unbeholfen von seinem Handschuh auf den Sattelblock setzte. Romilly stieg auf. Tränen verschleierten ihre Sicht. Ihr Vater hatte nach seinem großen knochigen Grauen gerufen; er wolle mit ihnen reiten, sagte er ergrimmt, und dafür sorgen, dass Darren richtig mit dem Falken umgehe. Und wenn er es nicht tue, werde er es lernen wie damals das Alphabet, das ihm mit des MacAran eigener Reitpeitsche eingebläut worden sei!

Sie ritten den Pfad hinunter, der von Falkenhof ins Tal führte. Alle drei schwiegen; es war ihnen elend zu Mute. Romilly war die Letzte in der Reihe. Mit offenem Hass starrte sie auf ihren Vater, auf Darrens Sattel, wo Preciosa unruhig hockte. Sie sandte Preciosa ihr Bewusstsein, ihr Laran zu – da das Wort einmal benutzt war –, doch der Falke war zu erregt. Romilly empfing von ihm nur Verwirrung und Hass, einen rötlich gefärbten Hass, der auch ihre Gedanken so aufwühlte, dass sie sich nur mit Mühe im Sattel halten konnte.

Viel zu schnell erreichten sie die große offene Wiese, wo sie an jenem Tag ihre Falken hatten fliegen lassen. Nur war damals Alderic bei ihnen gewesen, ein freundliches Gesicht und helfende Hände, nicht ihr wutschnaubender Vater. Ungeschickt nahm Darren Preciosa die Haube ab und kniff sie in seiner Hast. Er hob sie auf seine Faust und warf sie in die Luft. Romilly verschmolz ihre Sinne mit dem aufsteigenden Falken. Sie spürte, wie die Wut verging, als Preciosa in den Himmel stieg. Verzweifelt dachte Romilly: *Sie soll frei sein. Sie wird nie wieder mir gehören, und ich kann es nicht ertragen, sie von Darren schlecht behandelt zu sehen. Er meint es gut, aber er hat weder ein Herz noch Hände für Falken.* Sie ließ sich in das Gehirn und das Herz des Falken einsinken und legte ihre ganze Seele in den Schrei:

Geh, Preciosa! Flieg fort, flieg frei – wenigstens eine von uns soll frei sein! Höher – höher – jetzt dreh ab und verschwinde ...

»Romilly, was ist in dich gefahren?« Die Stimme ihres Vaters klang rau. »Wirf deinen Vogel ab, Mädchen!«

Mit schmerzhafter Anstrengung zwang sich Romilly in die Wirklichkeit zurück und löste mit geübten Händen die gestickte Haube. Der kleine Falke, wie ein Juwel schimmernd im roten Sonnenlicht, stieg auf, und Romilly hielt die tränenblinden Augen auf ihn gerichtet, ohne ihn zu sehen. Ihr ganzes Bewusstsein war bei Preciosa.

Höher, höher ... jetzt hinunter mit dem Wind und fort, fort ... frei mit dem Wind, flieg frei, flieg fort ... Ein letzter schneller Blick auf das Land, das sich unter ihr wie das farbige Bild in einem von Raels Schulbüchern ausbreitete. Dann riss die Verbindung. Romilly war wieder allein, allein in ihrem eigenen Gehirn. Ihre Hände und ihr Herz waren leer. Ein schriller, dünner Schrei – einer der kleinen Falken hatte ein Nagetier im hohen Gras geschlagen, steilte damit auf und landete auf ihrem Sattel. Mit automatischen Bewegungen zerriss Romilly den kleinen Kadaver und ließ den Falken von ihrem Handschuh kröpfen. Aber ihr Herz war leer.

Preciosa. Sie ist fort. Fort. Niemals wieder ...

Ihr Vater hatte den Kopf in den Nacken gelegt und suchte den Himmel ab, wo Preciosa verschwunden war. »Sie ist lange fort«, bemerkte er. »Romilly, lässt du sie immer blaufliegen?« Romilly schüttelte den Kopf. Der MacAran wartete wie angewurzelt. Darrens Mund bildete ein rundes »O« der Furcht. Sie warteten. Schließlich sagte der MacAran wütend: »Du hast sie mit deiner verdammten Ungeschicklichkeit verloren! Der beste Falke in den Ställen, und beim allerersten Mal, dass du ihn auflässt, verlierst du ihn, wertloser Sohn, der du bist, gut für nichts als das Kritzeln ...« Er hob die Reitpeitsche und ließ sie auf Darrens Schultern niedersausen. Darren schrie auf, mehr vor Schreck als vor Schmerz, aber der Laut ging Romilly durch und durch. Sie sprang vom Pferd, lief zu den Männern und warf sich zwischen sie, so dass die Schläge auf sie niederfielen.

»Schlag mich«, rief sie, »es ist nicht Darrens Schuld! Ich habe sie verloren, ich habe sie freigegeben – ich kann nicht frei sein, ich muss in einem Haus sitzen, gefesselt, meines Falken beraubt, du verdammter Tyrann! Aber ich will nicht, dass auch Preciosa Fesseln trägt! Mit meinem ganzen Laran, mit meinem *Laran* forderte ich sie auf wegzufliegen – du hast Ruyven mit deiner Tyrannei fortgetrieben, du hast es geschafft, dass Darren Angst vor dir hat, aber ich habe keine Angst vor dir, und wenigstens wirst du niemals mehr meinen Falken misshandeln, *meinen Falken, meinen* –« Sie brach in wildes Schluchzen aus. Ihr Vater hatte einen Augenblick innegehalten, als der erste Schlag auf ihre Schultern fiel. Als er den Strom von Anklagen hörte, als er die verbotenen Worte *Ruyven* und *Laran* hörte, verzerrte sich sein Gesicht und wurde fast schwarz vor Wut. Er hob die Reitpeitsche und schlug mit aller Kraft zu, wieder und wieder. Romilly zuckte vor Schmerz und schrie unzusammenhängende Beschimpfungen, wilder als zuvor. Ihr Vater glitt vom Pferd, stellte sich über sie und schlug ihr mit der Reitpeitsche auf Rücken und Schultern, bis Darren brüllend die Arme um ihn schlang. Und dann hielt auch Dom Alderic ihn mit starken Armen fest.

»Kommt zur Besinnung, Sir! Es tut mir Leid, aber Ihr dürft ein Mädchen nicht so schlagen – guter Gott, Romilly, dein Rücken ist ganz blutig – seht, Sir, Ihr habt ihr Kleid zerrissen!« Er wand dem MacAran die Reitpeitsche aus der Hand. Der Mann erhob keinen Protest, ließ benommen die Arme sinken. Romilly schwankte, spürte die blutige Feuchtigkeit auf ihrem brennenden Rücken. Alderic schob ihren Vater in Darrens Arme und kam, sie zu stützen. Der MacAran wirkte wie betäubt. Sein Zorn war Benommenheit gewichen. Hastig, bestürzt warf er einen Blick auf Romillys zerrissenes Kleid, wo die Peitsche den steifen Stoff zerfetzt hatte, und wandte schnell wieder das Gesicht ab.

Er stieß hervor: »Ich ... ich wusste nicht, was ich tat ... ich bin in Eurer Schuld, Dom Alderic. Ich ... ich ...«, und die Stimme versagte ihm. Er konnte nicht mehr auf den Füßen stehen und wäre gefallen, hätte Darren ihn nicht aufrecht gehalten. Der MacAran starrte Romilly an und erklärte mit harter Stimme: »Ich habe die Beherrschung verloren. Das werde ich dir nie verzeihen, Mädchen. Du hast mich so gereizt, dass ich mich schimpflich vergessen habe! Wärst du ein Junge, würde ich dich jetzt noch bewusstlos schlagen. Aber bald genug wird dein Gatte dich beaufsichtigen, und wenn du in dieser Art zu ihm sprichst, wird er dir den Kopf einschlagen! Geh mir aus den Augen!«

Romilly stolperte. Alderic schob sie auf ihr Pferd zu. »Kannst du reiten?«, fragte er leise.

Sie nickte stumm. Tränen stürzten ihr aus den Augen.

»Reite besser nach Hause«, murmelte er, »solange er noch im Schock ist über das, was er getan hat.«

Der MacAran stand noch an derselben Stelle und schüttelte bestürzt den Kopf. »Nie in meinem ganzen Leben habe ich Hand an eine Frau oder ein Mädchen gelegt! Ich werde weder mir selbst verzeihen noch Romilly, dass sie mich provoziert hat!« Er blickte zum Himmel empor, wo der Falke verschwunden war, und brummte etwas. Aber Romilly, von Alderic gedrängt, ritt blindlings auf Falkenhof zu.

Sie taumelte ins Haus und in ihr Zimmer und versetzte ihre alte Kinderfrau in tödlichen Schrecken. »Oh, mein Lämmchen, mein Kleines, was ist dir zugestoßen? Dein Rücken – dein Reitkleid –«

»Vater hat mich geschlagen.« Romilly brach in schreckliches Weinen aus. »Er hat mich geschlagen, weil Darren meinen Falken verloren hat.«

Gwennis weichte die Fetzen des Kleides von Romillys Rücken und behandelte die aufgerissene Haut und das verletzte Fleisch mit Öl und Kräutersalbe. Sie steckte das Mädchen in ein altes Gewand aus weichem Stoff und brachte ihr heiße Suppe ans Bett. Romilly hatte zu zittern begonnen und fühlte sich krank und fiebrig. Gwennis brummelte vor sich hin. Dann fragte sie kopfschüttelnd: »Wie hast du es fertig gebracht, deinen Vater so zu erzürnen? Er ist ein freundlicher Mann, er muss außer sich gewesen sein, um so etwas zu tun!« Romilly war nicht fähig zu antworten. Ihre Zähne klapperten, und sie konnte nicht aufhören zu weinen, so sehr sie es versuchte. Beunruhigt holte Gwennis Lady Luciella, die selbst über Romillys Striemen und offene Wunden und das verdorbene Kleid weinte. Doch sie wiederholte, was Gwennis gesagt hatte: »Wie in aller Welt konntest du deinen Vater so erzürnen? Nie hätte er das getan, wenn du ihn nicht über jedes erträgliche Maß hinaus provoziert hättest!«

Sie geben mir die Schuld, dachte Romilly, *sie alle geben mir die Schuld, dass ich geschlagen worden bin ...*

Und jetzt ist keine Hoffnung mehr für mich. Preciosa ist fort. Meinem Vater liegt mehr daran, auf gutem Fuß mit Aldaran zu stehen, als an mir. Er wird Darren rücksichtslos schlagen, weil Darren nicht meine Gaben hat, aber er will mich nicht sein lassen, was ich bin, noch Darren, was er ist. Es kümmert ihn nicht, was wir sind, er will uns so haben, wie er sich uns wünscht. Sie hörte weder auf Luciellas freundliche Worte noch auf Gwennis' zärtliches Zureden. Sie konnte nicht aufhören zu weinen, sie weinte, bis ihre Augen wund waren und ihr Kopf schmerzte und ihre gerötete Nase tropfte. Und schließlich weinte sie sich in den Schlaf.

Romilly erwachte spät in der Nacht. Ganz Falkenhof war still, und das große violette Gesicht Kyrrdis' hing voll und leuchtend in ihrem Fenster. Der Kopf tat ihr immer noch schrecklich weh, und ihr Rücken stach und brannte trotz der Heilsalbe, die Gwennis aufgetragen hatte. Romilly war hungrig. Sie entschloss sich, nach unten zu schleichen und sich aus der Küche etwas Brot und kaltes Fleisch zu holen.

Mein Vater hasst mich. Er hat Ruyven mit seiner Tyrannei aus dem Haus getrieben. Aber Ruyven ist jetzt wenigstens frei und lernt in einem Turm zu sein, was er sein muss. Ruyven hatte Recht. Außer Reichweite von Vaters eisernem Willen braucht er nicht zu sein, was Vater will und er nicht ist. Plötzlich überwältigte Romilly das Verlangen, ebenso frei zu sein, so frei wie Preciosa in der Wildnis, damit sie sein konnte, was sie war. Zitternd zog sie eine alte Strickweste über ihren wunden Rücken und legte Jacke und Hose an. Geräuschlos schlüpfte sie hinaus in den Flur, die Stiefel in der Hand. Es waren Damenstiefel, und eine Frau, das hatte sie ihr ganzes Leben lang gehört, war allein auf den Straßen nicht sicher. Jetzt wusste sie auch, warum, seit Dom Garris sie zu Mittsommer angesehen hatte. Ruyvens Zimmer mit allen Dingen, die er zurückgelassen hatte, war nie mehr betreten worden. Romilly stahl sich hinein, nahm aus einer Kommode eins seiner einfacheren Hemden und eine alte Lederhose, die ihr ein bisschen zu groß war, zog Darrens zu eng sitzende Hose aus und stieg in Ruyvens weite. Sie versorgte sich auch mit einem Mantel und einer ledernen Überjacke. Noch einmal kehrte sie in ihr Zimmer zurück, um ihren eigenen Falkenhandschuh zu holen. Als sie daran dachte, dass Preciosa fort war, hätte sie ihn beinahe liegen gelassen. Aber sie sagte sich: *Eines Tages werde ich wieder einen Falken haben, und der Handschuh soll mich an Preciosa erinnern.* Bevor sie ihren alten Dolch in die Scheide steckte, schnitt sie sich das Haar bis in den Nacken ab.

Draußen warf sie den Zopf tief in die Mistgrube, damit sie ihn nicht fanden. Sie hatte Ruyvens Tür wieder abgeschlossen, und sie würden niemals daran denken, seine alten Sachen durchzusehen und die Hemden nachzuzählen. Ihr Reitkleid nahm Romilly mit, so dass sie nach einem Mädchen mit langem Haar in einem grünen Reitkleid suchen würden, nicht nach einem unauffälligen Jungen in einfachen alten Sachen. Im Stall suchte sie unter anderem ausrangierten Geschirr einen verstaubten Sattel hervor und legte ihn ihrem Pferd auf. Dann überlegte sie es sich und ließ das Pferd im Stall. Ein edler Rappe würde sie überall als eine MacAran verraten. Vorsichtig trug sie den Sattel auf den Hof und machte aus ihm und ihrem Kleid ein Bündel. Das ließ sie liegen und schlich sich in die Küche – im Sommer wurde die Küchenarbeit in einem Außengebäude erledigt, damit es im Haus nicht zu heiß wurde. Sie versorgte sich mit Fleisch und einem angeschnittenen Laib Brot, einer Hand voll Nüssen und ein paar flachen Kuchen aus grobem Mehl, die die Köchin jeden Tag für die besten Hunde, die trächtigen und die säugenden Hündinnen buk. Sie waren durchaus essbar und würden nicht wie andere Bäckereien vermisst werden, da sie zu dutzenden, fast zu hunderten hergestellt wurden. Romilly rollte sie in ein Küchentuch und band den improvisierten Beutel zu. Dann zog sie die Stiefel an, ging nach draußen und trug Beutel und Sattel auf die Außenweide, wo alte und nicht mehr arbeitsfähige Pferde grasen durften. Sie hielt nach einem Pferd Ausschau, das ein paar Tage lang nicht vermisst werden würde – hoffentlich glaubte man, sie sei zu Fuß weggelaufen. Schließlich entschied sie sich für einen älteren Klepper. Der alte Coridom, der sich jetzt zur Ruhe gesetzt hatte und nur noch selten das Haus verließ, gebrauchte ihn nur dann, wenn er die fern gelegenen Weiden besuchte. Romilly schnalzte leise – alle Pferde kannten sie –, und er kam an den Zaun getrabt. Sie murmelte ihm freundlich zu, fütterte ihn mit einer Hand voll Grünzeug, legte ihm den Sattel auf den Rücken und führte ihn vorsichtig den Pfad hinunter. Erst als sie ein gutes Stück außer Hörweite war, stieg sie auf. Ein Hund begann in der Burg zu bellen. Romilly hielt den Atem an und befahl dem Tier mit schierer Willenskraft, still zu sein.

Am Fuß des Berges kletterte sie in den Sattel und zuckte, als die frischen Verletzungen spannten. Aber sie biss die Zähne zusammen. Der Mantel schützte sie gegen die mitternächtliche Kälte. Einmal blickte sie zu Falkenhof hinauf, hoch auf der Klippe über ihr.

Lastenträger! Ich kann nicht, kann nicht. Vater tut es Leid, dass er mich geschlagen hat, dies ist Wahnsinn, ich sollte zurückkehren, bevor man mich vermisst.

Doch dann erinnerte sie sich an Darrens Gesicht, als sie ihm den Falken gab, an die Wut ihres Vaters, an Ruyvens verzweifelte Augen bei ihrem letzten Beisammensein, bevor er von Nevarsin weglief ... *Nein, Vater will uns als das haben, was er wünscht, nicht was wir sind.* Sie dachte an Dom Garris' beleidigendes Benehmen beim Mittsommerfest. Was würde er erst tun, wenn sie ihm übergeben wurde, als seine Frau, *sein Eigentum, mit dem er machen konnte, was er wollte ...*

Romillys Gesicht nahm den Ausdruck eiserner Entschlossenheit an. Hätte es in diesem Augenblick jemand gesehen, wäre ihm die große Ähnlichkeit mit ihrem Vater aufgefallen. Sie ritt von Falkenhof weg, ohne zurückzublicken.

ZWEITES BUCH

Der Flüchtling

1

Am dritten Tag begann es zu schneien. Romilly, die ihr ganzes Leben im Vorgebirge der Hellers verbracht hatte, wusste, dass sie schnell ein Obdach finden musste. Kein Geschöpf konnte ein Unwetter überleben, nicht einmal in dieser Jahreszeit, außer unter Dach und Fach. Der Wind schnitt wie ein Messer und heulte mit den Stimmen von zehntausend Teufeln durch die Bäume am Wegrand. Romilly dachte einen Augenblick daran, zu dem kleinen Berghof zurückzukehren, an dem sie vormittags vorbeigekommen war, und dort um Obdach zu bitten … nein. Die Bauern dort mochten unter denen gewesen sein, die hin und wieder nach Falkenhof kamen, und sie selbst in ihrer Jungenkleidung als Tochter des MacAran erkennen. Sie kannte sie nicht, aber sie hatte sich auch noch nie so weit von zu Hause entfernt und war sich nicht sicher, wo sie sich befand.

Sie hatte eine vage Vorstellung davon, dass sie, wenn sie diesem Weg folgte und sich nordwärts hielt, schließlich nach Nevarsin gelangen würde, und von da ging eine Straße zum Tramontana-Turm. Dort würde sie ihren Bruder Ruyven finden. Oder wenn er von den *Leroni*, die in den Türmen herrschten, anderswohin geschickt worden war, würde sie Nachricht über ihn erhalten. Vielleicht konnte sie ihr Laran in den Türmen ausbilden lassen, wie die Leronis Marelie es ihr vor ein paar Jahren geraten hatte. Oder sie blieb für den Winter in Nevarsin – sie hatte lange genug in den Hellers gelebt, um zu wissen, dass eine Reise auf den Straßen, die nach Tramontana führten, in der schlechten Jahreszeit ein gefährliches Unternehmen war, auf das sich nur Wahnsinnige oder Verzweifelte einließen. Sicher fand sie in Nevarsin Arbeit als Lehrling eines

Falkenmeisters oder als Stalljunge bei einem Schmied oder Pferdeverleiher – als Mädchen wollte sie sich nicht zu erkennen geben. Sie hatte ihr eigenes Heim selten verlassen, wo selbst die Küchenmädchen und Wischerinnen freundlich behandelt wurden und unter dem Schutz von Domna Luciella standen. Aber schon die Art, wie sie auf diese Behandlung reagierten, zeigte, dass so etwas nicht häufig vorkam. Eine der Frauen, die jahrelang in einer Kneipe gearbeitet hatte, erzählte viele Geschichten über das, was einem da widerfahren konnte. Romilly zweifelte nicht an ihrer Fähigkeit, für sich selbst zu sorgen und unerwünschte Hände von sich abzuwehren. Allein noch der niedrigste Stalljunge bekam mehr bezahlt als jede Köchin oder Kellnerin, und Romilly hatte wenige Talente, die sie über die Aufgaben eines einfachen Scheuermädchens hinausheben würden. Sie kannte sich nur mit Pferden und Falken und mit der Beaufsichtigung von Dienstboten aus. Schneiderinnen und Kinderfrauen, das wusste sie, erhielten höhere Löhne. Doch schon bei dem Gedanken, als Näherin zu arbeiten, musste sie lächeln, und über eine Kinderfrau würden die Leute mehr zu erfahren wünschen, als sie bereit war mitzuteilen. Nein, wenn sie sich entschloss, den Winter in Nevarsin zu verbringen, würde sie dem äußeren Anschein nach ein Junge bleiben und sich Arbeit in einem Stall oder Falkenhaus suchen.

Auf diese Weise wäre sie wenigstens mit Pferden und Falken zusammen. Der Verlust Preciosas schmerzte sie immer noch.

Aber ich bin froh, dass es geschehen ist, dachte sie grimmig. Sie zog in dem peitschenden Wind den Kopf ein und versteckte das Gesicht im Mantelkragen. *Andernfalls hätte ich nie den Mut gehabt fortzulaufen! Ich wäre gehorsam geblieben und hätte vielleicht sogar Dom Garris geheiratet* ... und sie schüttelte sich vor Abscheu. Nun, das hatte sie hinter sich, auch wenn sie den Rest ihres Lebens als Junge verkleidet in den Ställen irgendeines Fremden arbeiten musste!

Der Schnee ging allmählich in nassen, durchdringenden Regen über. Die Hufe des Pferdes rutschten und schlitterten auf dem steilen Pfad. Romilly ließ sich in Rapport sinken und spürte die Kälte des Windes, den unsicheren Boden, die Vorsicht, mit dem das Pferd die Hufe setzte. Der Regen gefror im Fallen; Romillys Mantel wurde steif vor Eis. Wirklich, sie musste bald einen Unterschlupf finden.

Sie kam an eine scharfe Biegung des Weges. Er teilte sich dort. Eine Abzweigung führte aufwärts durch dichte Bäume. Die andere war breiter und führte steil abwärts. Romilly glitt vom Rücken des Pferdes und verrenkte sich beinahe den Hals, um in irgendeiner Richtung den die Sicht verschleiernden Nebel zu durchdringen. Weiter unten sah sie nichts als ein Rinnsal, das sich über die Felsen neben dem Weg stürzte und verschwand. Weiter oben kam es ihr dagegen vor, als erkenne sie die Wände einer Art von Bauwerk, vielleicht einer Hütte für Hirten oder eines Schutzdachs für Tiere. Der breitere Weg mochte bergab zu einem Dorf oder einer Ansammlung von Talhöfen führen. Aber sicher war es nicht, und sie sah auch keine Lichter im Tal, und der Regen wurde immer heftiger.

Also musste sie hinauf zu der Hütte, ganz gleich, wie primitiv diese war. Wenigstens würde sie sie vor Wind und Regen schützen. Romilly stieg nicht wieder in den Sattel. Auf einem so steilen Pfad kam das Pferd weit besser zurecht, wenn es ihr Gewicht nicht tragen musste. Sie nahm den Zügel. Das Pferd riss den Kopf zur Seite, und sie sprach ihm begütigend zu. Wenn sie nur ihr eigenes Pferd hätte reiten können! Das hier war ihr fremd. Immerhin war es gefügig und sogar freundlich.

Durch Schnee und Regen wurde eine dunkle Wand deutlicher. Ja, es war irgendein Bauwerk, nicht groß, aber anscheinend wetterfest. Die Tür hing schief in den Angeln und gab ein lautes, protestierendes Quietschen von sich, als Romilly sie aufschob und eintrat.

»Wer ist da?«, rief eine zitterige Stimme. Romillys Herz klopfte, und die Kehle wurde ihr eng vor Angst. So finster und baufällig die Hütte war, leer war sie nicht.

Romilly rief schnell: »Ich habe nichts Böses im Sinn, gute Frau. Ich hatte mich im Sturm verirrt, und der Regen gefriert. Darf ich eintreten?«

»Preis und Dank sei dem Lastenträger, dass du gekommen bist«, antwortete die Stimme einer alten Frau. »Mein Enkel ist in die Stadt geritten, und bei dem Unwetter musste er natürlich irgendwo eine Unterkunft suchen. Ich hörte dein Pferd und dachte einen Augenblick, Rory komme zurück. Aber er reitet ein Hirsch-Pony, und wie ich sehe, hast du ein Pferd. Ich kann mein Bett nicht verlassen. Willst du einen Ast aufs Feuer werfen, Junge?«

Jetzt, wo ihr Gesicht ein bisschen auftaute, konnte Romilly den Rauch riechen. Sie tastete sich in der Dunkelheit bis zu den verkohlten Holzstücken vor. Das Feuer war beinahe aus. Romilly schürte es, lockte es mit kleinen Zweigen ins Leben zurück. Erst als diese brannten, legte sie ein größeres Holzstück und dann einen Ast hinein. Sie hielt ihre Hände über die Flammen und wärmte sie. In dem heller werdenden Schein erkannte sie ein paar wackelige Möbel, eine oder zwei Bänke, eine alte Truhe und einen in die Wand eingebauten Bettschrank. Gegen die Rückseite gelehnt, saß darin eine alte Frau.

»Komm her, Junge«, befahl sie. »Lass dich ansehen.«Romilly zögerte. »Mein Pferd –«

»Du kannst es nach hinten in den Stall führen«, sagte die alte Frau. »Tu das erst, dann komm wieder.«

Romilly musste sich zwingen, den Mantel über das Gesicht zu ziehen und hinaus in die bittere Kälte zu gehen. Der Stall war leer bis auf zwei magere Katzen, die sich winselnd an ihren Beinen rieben. Nachdem sie ihr Pferd abgesattelt und ihm ein paar Stücke von dem Hundekuchen gegeben hatte – das Korn darin genügte als Futter für heute Abend –, folgten die Katzen ihr durch die Tür in die Wärme des jetzt hell lodernden Feuers.

»Gut, gut«, lobte die alte Frau mit ihrer zitterigen Stimme. »Ich habe an sie gedacht, da draußen in der Kälte, aber ich konnte nicht aufstehen, um sie einzulassen. Nun komm und lass dich ansehen, Junge.« Romilly trat neben den Bettschrank. Die Alte schob sich ein bisschen höher und sah Romilly scharf ins Gesicht. »Wie kommt es, dass du bei solchem Wetter draußen bist, Junge?«

»Ich reise nach Nevarsin, *mestra*«, antwortete Romilly.

»Ganz allein? In diesem Unwetter?«

»Ich bin vor drei Tagen aufgebrochen, als das Wetter noch schön war.«

»Bist du von südlich des Kadarin? Rotes Haar – du hast etwas von den *Hali'imyn* an dir«, stellte die alte Frau fest. Sie war in mehrere zerlumpte Tücher gehüllt, und drei oder vier fadenkahle Decken, nicht viel besser als Pferdedecken, lagen auf ihrem Bett übereinander. Die Frau sah hager, ausgemergelt, erschöpft aus.

In einem bebenden Seufzer stieß sie den Atem aus. »Ich hoffte, er würde frühzeitig von Nevarsin zurückkehren, aber sicher ist der Schnee im Norden schlimmer. Nun, wenn du da bist und für das Feuer sorgst, werde ich nicht erfrieren. Meine alten Knochen ertragen die Kälte nicht mehr so wie früher. Bevor mein Enkel ging, legte er für drei Tage Holz ins Feuer, und er sagte, er sei bestimmt zurück, bevor es niederbrenne ...«

»Kann ich sonst noch etwas für Euch tun, *mestra*?«

»Wenn du einen Topf Brei kochst, kannst du etwas davon abhaben.« Die alte Frau zeigte auf den leeren Topf, den Napf und den Löffel neben sich. »Aber zieh erst deine nassen Sachen aus, Junge.«

Romilly atmete auf. Die alte Frau akzeptierte sie offenbar als Bauernjungen. Sie zog Mantel und Stiefel aus und hängte den Mantel vor das Feuer zum Trocknen. Daneben stand ein Wasserfass. Sie nahm den leeren Breitopf, spülte ihn aus und fand nach den Hinweisen der alten Frau einen halben Sack mit grobem Mehl, mehr gemahlene Nüsse als Korn, und Salz. Sie hängte den Topf mit der Mischung an die lange Kette über dem Feuer. Die alte Frau winkte sie wieder zu sich.

»Wohin bist zu dieser schlechten Zeit des Jahres unterwegs, mein Junge?«

Romilly war sehr froh, dass die alte Frau sie für das nahm, was sie zu sein schien, und nicht für ein Mädchen, das fast schon eine Frau war. Dann fiel ihr ein, dass es keine besonders große Leistung war, eine alte, halb blinde Frau zu täuschen. Leute mit jüngeren Augen und schneller arbeitendem Verstand mochten sie leichter durchschauen. Und nun merkte sie, dass die alte Frau in dem Bettschrank sie immer noch unter diesen verrunzelten Augenlidern hervor musterte und auf Antwort wartete.

»Ich reise nach Nevarsin«, antwortete Romilly jetzt. »Mein Bruder ist dort.«

»Im Kloster? Da bist du aber weit vom Weg abgekommen, Junge, du hättest am Fuß des Berges die Abzweigung nach links nehmen müssen. Jetzt ist es zu spät, du musst bleiben, bis der Sturm vorüber ist. Wenn Rory zurückkommt, wird er dich auf den richtigen Weg bringen.«

»Ich danke Euch, *mestra.*«

»Wie heißt du, Junge?«

»Rom –« Romilly schluckte ihren richtigen Namen hinunter. An so etwas hatte sie keine Sekunde gedacht! Sollte sie »Ruyven« sagen? Aber wenn man sie mit diesem Namen anredete, passierte es ihr vielleicht, dass sie sich, statt zu antworten, umdrehte und nach ihrem Bruder Ausschau hielt. Sie tat, als habe der Rauch des Feuers sie zum Husten gebracht, und sagte: »Rumal.«

»Und warum reist du ganz allein nach Nevarsin? Willst du Mönch werden oder sollst du von den Brüdern unterrichtet werden wie die Söhne des Adels? Du hast übrigens etwas Adliges an dir, als seist du in einem Großen Haus geboren – und deine Hände sind feiner als die eines Stalljungen.«

Romilly hätte beinahe gelacht. Wie oft hatte Gwennis über ihre von Zügeln und Krallen schwielig gewordenen Hände geschimpft und ihr vorgehalten: »Wenn du nicht aufpasst, wirst du Hände wie ein Stalljunge bekommen!« Wieder musste die alte Frau auf eine Antwort warten. Romilly dachte an Neldas Sohn Loran – jeder auf Falkenhof wusste, dass er der Nedestro-Sohn des MacAran war, obwohl Luciella tat, als wisse sie es nicht, und sich weigerte zuzugeben, dass der Junge existierte. Romilly erklärte: »Ich bin in einem Großen Haus erzogen worden. Aber meine Mutter war zu stolz, mich vor die Augen meines Vaters zu bringen, weil ich ein Festkind bin. Da sagte sie zu mir, in einer Stadt könnte ich es weiterbringen. Und ich hoffe, in Nevarsin Arbeit zu finden. Ich war Lehrling des Falkenmeisters.« *Das wenigstens war die Wahrheit; sie war eher Davins Lehrling gewesen als der unnütze Ker.*

»Nun, Rumal, sei mir willkommen«, sagte die alte Frau. »Ich lebe hier allein mit meinem Enkel – meine Tochter starb bei seiner Geburt, und sein Vater ist im Tiefland. Er steht im Dienst König Rafaels, jenseits des Kadarin im Süden. Mein Name ist Mhari, und ich habe fast mein ganzes Leben lang in dieser Hütte gewohnt. Wir leben recht und schlecht vom Nussanbau, oder vielmehr, das taten wir, bis ich zu alt dafür wurde. Es ist hart für Rory, zu allen Jahreszeiten nach den Bäumen zu sehen und dazu noch für mich zu sorgen. Aber er ist ein guter Junge, und er wollte unsere Nüsse auf dem Markt von Nevarsin verkaufen und Mehl für den Brei und Kräutermedizinen für meine alten Knochen mitbringen. Wenn er ein klein wenig älter ist, findet er vielleicht eine Frau, und sie können sich hier durchbringen. Denn das ist alles, was ich zu hinterlassen habe.«

»Ich glaube, der Brei kocht über.« Romilly eilte ans Feuer und schob den Kessel ein Stück von den Flammen weg. Dann füllte sie der alten Frau einen Napf und richtete sie hoch, damit sie essen konnte. Sie schüttelte auch Mharis Kissen auf und glättete die Decken und machte es ihr für die Nacht bequem.

»Du hast geschickte Hände wie ein Mädchen«, meinte Mhari. Romillys Herz setzte aus, bis die Alte fortfuhr: »Ich vermute, das kommt von dem Betreuen der Vögel. Ich habe nie Geschick dafür gehabt und Geduld auch nicht. Aber dein Brei wird kalt, Kind. Geh und iss ihn. Du kannst dort auf Rorys Strohsack am Feuer schlafen, denn bei diesem Sturm wird er wohl nicht nach Hause kommen.«

Romilly ließ sich neben dem abgedeckten Feuer nieder und aß ihren Brei. Sie spülte den Napf in dem Wasserfass aus, stellte ihn zum Trocknen hin und streckte sich, eingehüllt in ihren Mantel, vor dem Herd aus. Es war ein hartes Bett, aber unterwegs hatte sie an schlechteren Plätzen geschlafen. Eine ganze Weile lag sie wach, horchte schläfrig auf das Toben des Sturms draußen und das gelegentliche Tropfen von Wasser, das durch den Kamin lief und im Feuer kurz aufzischte. Zweimal erwachte sie während der Nacht und überzeugte sich, dass das Feuer noch glühte. Gegen Morgen ließ das Geräusch des Sturms etwas nach. Romilly sank in tiefen Schlaf, aus dem sie durch lautes Donnern an der Tür geweckt wurde. Mhari saß aufrecht im Bett.

»Das ist Rorys Stimme! Hast du den Riegel vorgeschoben?«

Romilly kam sich sehr dumm vor. Als Letztes, bevor sie sich zum Schlafen hinlegte, hatte sie die Tür von innen verschlossen, was die verkrüppelte alte Frau natürlich niemals hätte tun können. Kein Wunder, dass die Stimme draußen laut und aufgeregt klang! Romilly eilte zur Tür und zog den Riegel zurück.

Sie sah in das Gesicht eines großen, kräftigen jungen Mannes mit Schnurrbart, gekleidet in Sackleinen und einen Mantel nach der Mode, wie sie in den Hellers seit den Kindertagen ihres Vaters nicht mehr getragen worden war. Er hatte den Dolch gezogen und wollte damit auf sie eindringen. Doch da rief die alte Mhari:

»Nein, Rory, der Junge hat es nicht böse gemeint. Er hat für mich gesorgt und mir Abendessen gekocht. Ich hatte ihn eingeladen, hier zu schlafen!«

Der wild aussehende junge Mann ließ den Dolch sinken und eilte zu dem Bettschrank. »Geht es dir wirklich gut, Oma? Als ich merkte, dass die Tür verriegelt war und dann einen Fremden drinnen sah, fürchtete ich nur, jemand hätte sich den Zutritt erzwungen und dir ein Leid angetan.«

»Na, na, na«, sagte die alte Mhari, »ich bin heil und ganz, und für mich war es gut, dass er gekommen ist. Denn das Feuer war beinahe ausgegangen, und ich hätte in der Nacht erfrieren können!«

»Ich bin dir dankbar, wer du auch sein magst, Bursche.« Der große junge Mann steckte den Dolch in die Scheide, beugte sich nieder und küsste seine Großmutter auf die Stirn. »Das Unwetter war so schlimm, und die ganze Nacht musste ich daran denken, dass Oma hier allein lag, ohne Feuer und unfähig, sich etwas zu essen zu machen. Mein Herd gehört dir, solange du ihn nötig hast«, setzte er in der alten Redensart der Berge hinzu, mit der einem Fremden Gastfreundschaft gewährt wird. »Ich habe meine Unterkunft in dem Augenblick verlassen, als der Regen aufhörte, und bin nach Hause geritten, obwohl meine Gastgeber mich baten, bis Sonnenaufgang zu bleiben. Und du hast es warm und bist gesund, das ist das Wichtigste, liebe Oma.« Er sah die alte Frau zärtlich an. Dann warf er seinen Mantel auf eine Bank, trat ans Feuer, wo der Topf mit dem Brei noch hing, kalt und dick nach der Nacht über dem Herd, fuhr mit dem Löffel hinein und aß das schwere Zeug von den Fingern. »Ah, warmes Essen tut gut. Da draußen ist es immer noch kalt wie Zandrus Atem, und der ganze Regen ist auf den Bäumen und der Straße gefroren. Ich hatte Angst, der alte Henry werde ausrutschen und sich ein Bein brechen. Aber ich habe Korn eingekauft, Oma. Nun sollst du auch Brot zum Brei haben, und hier in der Tasche sind getrocknete Schwarzfrüchte. Die Frau des Müllers schickt sie dir, damit du mal Abwechslung hast, sagt sie.« Er drehte sich zu Romilly um. »Darf ich dich darum bemühen, die Satteltaschen von meinem Tier zu nehmen? Meine Hände sind erstarrt von der Kälte, und ich könnte die Riemen erst lösen, wenn sie wieder warm geworden sind. Du aber hast die Nacht am Feuer verbracht.«

»Gern«, antwortete Romilly. »Ich muss sowieso hinaus und nach meinem Pferd sehen.«

»Du hast ein Pferd?« Rorys Gesicht nahm einen fast gierigen Ausdruck an. »Ich habe mir immer ein Pferd gewünscht, aber meinesgleichen kann sich keines leisten. Du musst tatsächlich in einem Großen Haus aufgewachsen sein.«

Romilly warf ihren Mantel über die Schultern, ging nach draußen und schnallte die schweren Satteltaschen ab, die über Rorys starkknochigem Hirsch-Pony hingen. Den Sack mit grobem Korn trug sie in den Stall, die Satteltaschen in die Hütte, wo sie sie auf dem Boden neben dem Feuer abstellte.

Rory beugte sich über seine Großmutter und sprach mit leiser Stimme auf sie ein. Romilly war überzeugt, dass er sie nicht gehört hatte. Sie kehrte in den Stall zurück, gab ihrem

Pferd zwei Hundekuchen, streichelte seine Nase und sprach mit ihm. Innerhalb des Stalles war ein altmodischer Abtritt, und sie benutzte ihn. Als sie ihre Kleidung wieder zurechtzog, sah sie bestürzt die Blutflecken in ihrer Unterwäsche. Wegen des Unwetters hatte sie vergessen, die Tage zu zählen. *Als ich beschloss, mich als Mann auszugeben,* dachte sie resigniert, *habe ich gewisse wichtige Dinge übersehen, die ich nicht vergessen darf.* Sie hatte niemals geglaubt, es werde einfach sein. Ständig musste sie darauf achten, ihre Stimme in der tiefstmöglichen Lage zu halten und die großen Schritte zu nehmen, für die Luciella und ihre Erzieherin sie immer getadelt hatten. Nur den unvermeidlichen Rhythmus des weiblichen Körpers, der sie am ehesten verraten konnte, hatte sie vergessen.

Sie zerriss einen der alten Unterröcke in ihrem Packen – vielleicht konnte sie die Lappen des Nachts heimlich waschen – und überlegte, was sie nun tun solle. Die alte Frau hatte versprochen, Rory werde sie auf die Straße nach Nevarsin bringen. Ob es wohl undankbar war, wenn sie darauf bestand, sofort aufzubrechen? Sie hätte jemanden erfinden sollen, der auf sie in jener Stadt wartete und sich auf die Suche nach ihr machen würde, wenn sie nicht zur verabredeten Zeit eintraf. Romilly vergewisserte sich, dass es keine verräterischen Ausbuchtungen an ihrer Kleidung gab, fütterte das Pferd, führte Rorys Hirsch-Pony in den Stall und gab ihm frisches Stroh und Futter. Die Blicke dieses stämmigen jungen Schlagetots gefielen ihr nicht. Aber das Reittier konnte gewiss nichts dafür und sollte nicht darunter leiden, dass das Gesicht seines Herrn ihr nicht passte. Dann trat sie von neuem in die Hütte – und blieb stehen. Sie hörte die Stimme der alten Frau.

»Der Junge war gut zu mir, Rory. Was du vorhast, ist böse und ein Bruch der Gastfreundschaft. Das hassen die Götter.«

Rory antwortete übellaunig: »Du weißt, wie lange ich mir

schon ein Pferd wünsche, und solange ich hier am Ende der Welt wohne, werde ich nie eine bessere Chance bekommen. Wenn er ein fortgelaufener Bastard von irgendwo ist, wird man ihn nie vermissen. Hast du seinen Mantel nicht gesehen? Mein ganzes Leben lang habe ich mir einen solchen Mantel nicht einmal wünschen dürfen. Schon die Brosche daran würde den Heiler dafür bezahlen, von Nevarsin herzukommen und deine Gelenkschmerzen zu kurieren! Und wenn du ihm etwas schuldig bist – nun, er hat Unterkunft und Feuer für die Nacht gehabt, es war nicht allein Freundlichkeit von ihm. Ich kann ihm die Kehle schnell wie der Wind durchschneiden. Er wird keine Zeit haben, Angst zu bekommen.«

Entsetzt fasste Romilly nach ihrem Hals. Er wollte sie umbringen! Nicht für einen Augenblick, auch nicht angesichts der Ärmlichkeit hier, war sie auf den Gedanken gekommen, ihr Pferd und ihr Mantel, ganz zu schweigen von der Kupferbrosche, die ihn zusammenhielt, und dem Geld in ihrer kleinen Börse, würden sie in Lebensgefahr bringen. Am liebsten hätte sie sich lautlos umgedreht und wäre geflohen. Aber ohne Mantel und Pferd, ohne Essen würde sie in der bitteren Kälte schnell sterben! Ihre Finger umfassten die Scheide des Dolchs an ihrem Gürtel. Wenigstens war sie kein ahnungsloses Opfer mehr; sie wollte ihr Leben so teuer wie möglich verkaufen. Nur durfte sie sich nicht anmerken lassen, dass sie von den Plänen wusste, sondern musste sich ahnungslos stellen, bis sie ihren Mantel und ihr Bündel hatte und zu ihrem Pferd laufen konnte. Leise kehrte sie in den Stall zurück, wo sie ihr Pferd sattelte und umdrehte, bereit zur Flucht. Nun musste sie ihren Mantel holen, oder sie würde in den Bergen erfrieren.

Die Hand unauffällig in der Nähe des Dolchgriffs, stand Romilly wieder vor der Tür. Sie gab sehr Acht, kein Geräusch zu machen, als sie sie öffnete. Drinnen saß Rory auf der Bank und hantierte an seinen Stiefeln. Die alte Mhari hatte den

Kopf auf das Kissen zurückgelegt und schlief – oder tat doch so. Bei Romillys Eintritt sagte Rory: »Willst du mir beim Ausziehen der Stiefel helfen, Junge?«

»Gern.« Romilly dachte schnell nach. Wenn er die Stiefel aushatte, konnte er sie nicht allzu schnell verfolgen. Sie kniete sich vor ihn, fasste den Stiefel mit beiden Händen und zog ihn vom Fuß. Dann machte sie sich an den anderen. Sie zog gerade mit aller Kraft daran, als Rory sich vorbeugte. Sie sah das Messer in seiner Hand blitzen.

Romilly handelte, ohne nachzudenken. Sie stieß das Bein mit dem Stiefel heftig nach oben, so dass Rorys Knie gegen sein Kinn krachte. Die Bank kippte um und nahm Rory mit. Romilly sprang auf und rannte zur Tür. Im Vorbeilaufen schnappte sie sich ihren Mantel. Mit hämmerndem Herzen griff sie nach der Klinke. Rory fluchte und brüllte hinter ihr. Ein rascher Blick zurück zeigte ihr, dass sein Mund blutete. Der Aufprall hatte ihm entweder einen Zahn ausgeschlagen oder die Lippe aufgerissen. Schon war Romilly draußen und versuchte, die Tür mit der Schulter zuzuwerfen. Aber Rory zwängte sich hindurch, und dann war er über ihr. Sie sah das Messer nicht. Vielleicht war es ihm entfallen, vielleicht gedachte er nur seine riesigen Hände zu benutzen. Er packte sie, und ihre Jacke riss von oben bis unten auf. Seine Hände schlossen sich um ihre Kehle. Dann wurden seine Augen groß. Er sah den Riss und zerfetzte die Jacke ganz.

»Bei der Last! Titten wie eine Kuh! Ein Mädchen, he?« Er fasste Romillys Hand, die nach seinen Augen fuhr, und hielt sie unbeweglich fest. Dann drehte er sie um und schob sie in die kleine Küche zurück.

»Sieh mal, Oma, was ich gefunden habe! Eine sündhafte Verschwendung wäre es, sie zu verletzen! Suche ich nicht seit vier Jahren eine Frau, ohne eine Kupfermünze für den Brautpreis zu haben? Und nun schneit mir eine in die Tür!« Er lachte triumphierend. »Hab keine Angst, Mädchen, jetzt werde ich dir kein Haar mehr auf deinem Köpfchen krümmen! Ich habe etwas Besseres zu tun, wie, Oma? Und sie kann bei dir bleiben und für dich sorgen, wenn ich draußen auf dem Feld oder zur Mühle oder in der Stadt bin!« Lachend quetschte der große Mann sie an sich und schmatzte ihr einen Kuss auf den Mund. »Aus dem Dienst in einem adligen Haus weggelaufen, ja? Nun, Hübsche, hier wirst du deine eigene Küche und dein eigenes Herdfeuer haben, was sagst du dazu?«

Entsetzt, gelähmt von seinem Wortschwall, schwieg Romilly. Aber ihr Verstand arbeitete schneller als je zuvor in ihrem Leben.

Er begehrte sie. Er würde sie nicht verletzen, wenigstens eine Weile nicht, solange er noch hoffte, sie zu besitzen. Ihr ekelte vor seinem Kuss, aber sie verbarg die aufsteigende Übelkeit und zwang sich, ihn anzulächeln.

»Wenigstens bist du nicht schlimmer als der Mann, mit dem sie mich verheiraten wollten.« Während sie sprach, merkte sie, dass es die absolute Wahrheit war. »Alt war er, mehr als doppelt so alt wie ich, und immer befummelte er hilflose Mädchen, während du doch jung und sauber bist.«

Selbstgefällig erwiderte er: »Ich glaube, wir werden gut miteinander auskommen, wenn wir uns erst einmal aneinander gewöhnt haben. Wir brauchen nur Bett, Tisch und Herd zu teilen und sind so gesetzlich verheiratet, als hätte Lord Storn persönlich uns wie Adligen die *catenas* um die Arme gelegt. Ich werde Feuer im Hinterzimmer anmachen, wo ein Bett steht, und du kannst derweil unsere erste gemeinsame Mahlzeit kochen. Da ist Mehl in den Säcken. Bäckst du uns auch ein Brot mit Schwarzfrüchten? Ich mag gutes, fruchtiges Brot gern, und seit vierzig Tagen und mehr habe ich nichts als Nussbrei bekommen!«

»Ich werde versuchen, mein Bestes zu tun.« Romilly gelang

es, ruhig zu sprechen. »Und wenn ich mir nicht sicher bin, was ich tun soll, wird es mir *mestra* Mhari sicher sagen.«

»Ah, du hältst dich für etwas Besseres als meine alte Oma, was?«, fragte Rory bösartig. »Du wirst sie mit *Dame Mhari* anreden, bis sie dir erlaubt, *Oma* zu sagen, hörst du?«

Schlagartig wurde Romilly klar, dass sie die alte Frau unbewusst in der Form angeredet hatte, die eine Adlige gegenüber einer unter ihr stehenden Person benutzt. Sie ließ den Kopf hängen, als schäme sie sich, und flüsterte: »Ich habe es nicht böse gemeint.«

»Und da du ein Mädchen bist, schickt es sich eher für dich als für mich, Oma das Gesicht zu waschen, ihr ein sauberes Nachthemd anzuziehen und sie für den Tag fertig zu machen«, sagte Rory. »Meinst du, du könntest heute ein bisschen am Feuer sitzen, Oma? Wenn unsere feine Dame hier dich frisch macht?«

»Aye, ich werde mich zu eurem Hochzeitsmahl ans Feuer setzen, Rory«, antwortete die alte Frau. Romilly biss sich auf die Lippe und erklärte demütig, sie werde gern alles für Dame Mhari tun.

»Ich habe gleich gesehen, dass ihre Hände zu fein für einen Jungen sind«, stellte Mhari fest, als Romilly sich niederbeugte, um sie hochzuheben. Dann schöpfte Romilly heißes Wasser aus dem Fass. Sie wusch der alten Frau Gesicht und Hände, nahm ein sauberes, aber abgetragenes Nachthemd aus dem alten Kleiderschrank in der Ecke und dachte fieberhaft nach. Wie konnte sie entfliehen? Sie würden sie jede Sekunde beaufsichtigen, bis die Ehe vollzogen war. *Und dann*, dachte Romilly erbittert, *werden sie glauben, mich so untergebuttert zu haben, dass ich keinen Fluchtversuch mehr mache*. Der Magen drehte sich ihr um, wenn sie sich vorstellte, dass sie mit diesem großen ungewaschenen Lümmel ins Bett gehen sollte. Aber vermutlich brachte sie das nicht um, und da sie in ihrem weiblichen Zyklus die Tage des Blutens erreicht hatte, würde er sie wenigstens nicht schwängern. Und dann hielt sie in ihrer Arbeit inne und erinnerte sich voller Freude an etwas, das Darissa ihr ein paar Monate nach ihrer Heirat zugeflüstert hatte. Zu der Zeit war Romilly nur in Verlegenheit geraten, und sie hatte darüber gekichert. Was waren die Männer doch für Dummköpfe – abergläubisch wegen einer solchen Sache! Aber jetzt konnte sie es zu ihrem Vorteil ausnutzen.

»Mir ist kalt, nass und bloß, wie ich bin«, beklagte sich die alte Frau. »Zieh mir das Nachthemd an, Mädchen – wie soll ich dich nennen?«

Romilly hätte der Frau fast ihren richtigen Namen gesagt. Was kam es schließlich darauf an, jetzt, wo sie wussten, dass sie ein Mädchen war? Gerade rechtzeitig fiel ihr ein, dass ihr Vater sie vielleicht noch so weit entfernt suchen lassen würde. Sie nannte den ersten Namen, der ihr in den Sinn kam.

»Calinda.«

»Zieh mir mein Nachthemd an, Calinda, ich zittere!«

»Verzeiht, Mutter Mhari.« Sie benutzte die respektvolle Anrede für jede alternde Frau. »Mir ist etwas eingefallen.« Sie beugte sich dicht über die alte Frau, während sie sie in das Hemd und ein wollenes Tuch hüllte. Dann legte sie sie auf die Kissen zurück und trocknete sich die Hände mit einem Handtuch ab. »Ich ... ich ... ich will Euren Enkel gern heiraten.« Sie meinte, an diesen Worten zu ersticken.

»Um so besser für dich«, sagte die alte Frau. »Er ist ein guter, freundlicher Mann, und er wird dich gut behandeln und dich nie schlagen, falls du es nicht wirklich verdient hast.«

Romilly würgte. Das wenigstens hätte sie von Dom Garris nicht zu befürchten gehabt. »A-aber«, stotterte sie, und es fiel ihr nicht schwer, verlegen zu wirken, »er wird böse auf mich sein, wenn er *heute* Nacht versucht, mit mir das Bett zu teilen, denn – denn ich habe meine Tage und blute ...«

»Ah, gut, dass du es mir sagst«, meinte die Alte. »Männer sind in der Beziehung komisch. Gut möglich, dass er dich dafür geschlagen hätte. Mein Mann hat mich ordentlich vermöbelt, wenn ich ihm nicht vor der Zeit Bescheid sagte, damit er sich fernhalten oder mit dem Milchmädchen schlafen konnte. Ah, ja, früher einmal war ich recht wohlhabend, ich hatte ein Milchmädchen und eine Köchin, und sieh mich jetzt an! Aber mit der Pflege einer Frau wird es mir bald besser gehen, und Rory braucht keinen Brei mehr zu kochen und kein Brot mehr zu backen, was keine Arbeit für einen Mann ist. Freu dich, du bekommst einen braven Mann, er war sich nie zu gut dafür, seine alte Oma zu waschen und im Bett umzudrehen und ihr Essen zu bringen. Er hat sogar meinen Nachttopf geleert. Und da wir gerade von dem Nachttopf sprechen –« Sie zeigte darauf, und Romilly brachte ihr den Topf und war ihr behilflich.

Sie glaubt, dies Leben sei ein Gewinn für mich. Wenn ich nur einen Mann habe, verlange ich nichts Besseres mehr, als mich in Stall und Küche abzuschuften und eine bettlägerige alte Frau zu bedienen. Hauptsache, ich kann mich Ehefrau nennen. Sie schüttelte sich bei dem Gedanken. *Vielleicht würden sich manche Frauen wirklich glücklich preisen, ein eigenes Heim und einen schwer arbeitenden Mann zu bekommen, der gut zu seiner alten Großmutter war.* Sie legte die alte Frau wieder im Bett zurecht und ging, den Nachttopf zu leeren. Sie war es gewöhnt, im Stall mit den Händen zuzufassen, und die Arbeit selbst hatte nichts Widerwärtiges für sie. Aber sie fürchtete sich vor Rory.

Ich habe Dom Garris nicht verschmäht, um gewaltsam mit einem Bauern verheiratet zu werden, sei er noch so ehrenhaft und gut. Und jetzt habe ich ein paar Tage Zeit gewonnen. Ich werde mich demütig und gefügig verhalten, und früher oder später müssen sie mich einmal aus den Augen lassen.

Als die alte Frau gewaschen und in ein reines Nachthemd

gekleidet war, holte Romilly an der Pumpe im Hof Wasser. Sie hängte den großen Kessel über das Feuer, um warmes Wasser zum Wäschewaschen zu haben. Dann machte sie sich nach den Anweisungen von Dame Mhari daran, Brotteig mit kleinen Klumpen geschnittener Schwarzfrüchte zu kneten und zu backen. Als das Brot in einem zugedeckten Topf in der Asche buk und Dame Mhari in ihrem Bettschrank döste, setzte sich Romilly auf eine der Bänke, um sich einen Augenblick auszuruhen und nachzudenken.

Sie hatte Zeit gewonnen. Ein schneller Besuch im Abtritt zeigte ihr, dass ihr Pferd wieder abgesattelt und mit festen Knoten angebunden worden war. Nun, wenn sich eine günstige Gelegenheit zur Flucht ergab, musste sie ihren Dolch bereithalten und die Stricke durchschneiden. Vielleicht ging das, wenn Rory seine Stiefel und hoffentlich auch seine Hose ausgezogen hatte. Ihr Bündel konnte sie zurücklassen, wenn es sein musste – die Nahrungsmittel waren verbraucht, und die anderen Dinge waren nicht unbedingt lebensnotwendig. Ihren warmen Mantel musste sie jedoch haben, auch ihre Stiefel und ihren Sattel ... obwohl sie auf bloßem Pferderücken besser reiten konnte als die meisten anderen Frauen im Sattel. Auch etwas zu essen wollte sie mitnehmen. Das war kein Diebstahl; sie hatte schwer gearbeitet und die alte Frau versorgt, es war ihr gerechter Lohn.

Vielleicht heute Abend, wenn die beiden schliefen, dachte sie. Sie stemmte ihren müden Körper von der Bank hoch und begann, die muffigen Laken vom Bett der alten Frau und die von dem Bett im Hinterzimmer zu waschen, die lange nicht benutzt worden waren. Dame Mhari hatte erzählt, bei warmem Wetter schlafe Rory in dem Zimmer. Nur wenn es kalt sei, lege er sich auf den Strohsack vor dem Feuer. Das war wenigstens etwas! Wenn sie mit diesem Vieh von einem Mann schlafen musste, dann doch nicht unter den spähenden Augen der alten Großmutter, wie es in einer ärmeren Hütte mit nur einem Raum geschehen wäre. Plötzlich schüttelte es sie. So also lebte das Volk abseits der Großen Häuser?

Soll ich aufgeben, zu meiner Familie zurückkehren, meine Freiheit für das beschützte Leben eintauschen, das mir als Ehefrau von Dom Garris sicher wäre? Als sie daran dachte, was vor ihr lag, selbst wenn sie Rory und seiner Großmutter entkam, geriet sie für einen Augenblick fast in Versuchung.

Wie ein Falke auf einem Block, gefesselt, eine Haube über den Augen, dafür aber gefüttert und geliebt und als wertvoller Besitz bewacht zu werden ...

O Preciosa, und das ist das Geschick, das ich dir bereitet hätte ... Romilly war von Herzen froh, den Falken freigelassen zu haben. Sie hätte es mit ihrem Gewissen vereinbaren können, Preciosa selbst zu behalten – der Falke war aus freien Stücken, aus Liebe zu ihr zurückgekehrt, nachdem sie ihm erlaubt hatte, frei zu fliegen. Aber er würde niemals zu Darren zurückkehren und Darrens Besitz sein.

Preciosa ist frei, sie gehört keinem Menschen. Und ich will ebenso wenig einem Menschen gehören. Rory mochte sie – einmal – als Preis dafür nehmen, dass sie ihn glauben machte, sich unterworfen zu haben. Doch sie hatte nicht die Absicht, bei ihm zu bleiben. Er konnte sie nicht versklaven. Wie ein schlecht trainierter Falke würde sie sich in dem Augenblick, wo sie im freien Flug erprobt wurde, in die Lüfte schwingen und verschwinden.

Romilly seufzte und rieb die Laken grimmig mit der harten Seife ein. Ihre Hände waren wund und schmerzten, aber die Laken waren sauber – wenigstens stand ihr nicht bevor, in jenes Mannes schmutzigem Bett entjungfert zu werden!

Sie hängte die Laken neben dem Feuer auf einem Gestell zum Trocknen auf, nahm das Brot aus dem Ofen und durchsuchte die wackeligen Regale der Küche. Sie fand getrocknete

Bohnen und Kräuter und warf sie in den leeren Kessel, um Suppe zu kochen. Rory kam schneebedeckt von draußen hereingestampft, sah, was sie tat, und strahlte. Er warf einen Sack mit Pilzen auf den Tisch.

»Hier, für die Suppe, Mädchen. Für unser Hochzeitsessen.« Er bückte sich, umarmte sie ungeschickt und landete einen nassen Kuss auf ihrem Nacken. Romilly biss die Zähne zusammen und wich nicht zurück. Er nahm ihre schweigende Duldung für Zustimmung, drehte sie herum und schmatzte einen weiteren Kuss auf ihren Mund.

»Morgen wirst du nicht mehr so scheu sein, he, meine feine Dame? Oma, hat sie gut für dich gesorgt? Wenn nicht, werde ich sie lehren!« Er zog seinen eigenen derben Mantel aus, nahm stattdessen Romillys und warf ihn sich prahlerisch um die Schultern.

»Ich nehme den da. Du hast es bis zum Tauwetter im Frühling nicht nötig, weiter als bis zum Außenhaus nach draußen zu gehen, und dann brauchst du ihn nicht mehr.« Damit verließ er die Hütte wieder. Romilly erstickte fast an ihrer Wut, als sie das gut geschneiderte, pelzgefütterte Cape ihres Bruders um seine Schultern sah. Nun musste sie, wenn sich eine Gelegenheit zur Flucht bot, Rorys Mantel nehmen. Er war einfach, aber doch warm genug, um sie vor Kälte zu schützen. Die paar Münzen in der Börse am Gürtel brauchte sie auch, wenn sie nach Nevarsin kam, so wenige es waren. Es war ein kläglicher Schatz – der MacAran war großzügig gegen seine Töchter und seine Frau, er kaufte ihnen, was sie sich wünschten. Aber wozu brauchten sie Bargeld? So gab er ihnen nur hin und wieder ein paar kleine Silbermünzen, die sie zum Jahrmarkt ausgeben konnten. Für Rory jedoch mussten sie eine beträchtliche Summe bedeuten. Romilly gelang es, sich für einen Augenblick vor Dame Mharis Augen hinter dem Kleiderschrank zu verbergen. Sie nahm die Münzen aus der

Gürteltasche und wickelte sie in ein Tuch, das sie zwischen ihren Brüsten verbarg. Die Tasche würde er ihr früher oder später bestimmt wegnehmen! Sie ließ zwei oder drei kleine Stücke darin, um seine Habgier zu befriedigen. Vielleicht suchte er dann nicht weiter.

Der kurze, düstere Tag ging in die Abenddämmerung über. Romilly saß mit Großmutter und Enkel an dem rohen Tisch und aß mit ihnen die Suppe, die sie gekocht, und das Brot, das sie gebacken hatte. Rory murrte, denn das Brot war nicht sehr gut. Mehr verstand sie nicht vom Kochen? Aber Dame Mhari meinte begütigend, das Mädchen sei jung und werde es lernen. Und das Brot, so klumpig es sei, stelle wenigstens eine angenehme Abwechslung zu dem Nussbrei dar. Dann war es Zeit zum Schlafengehen. Rory befahl scharf – und er wandte dabei den Blick von ihr ab –, sie solle heute Nacht im Bettschrank mit Dame Mhari schlafen. Er werde vier Tage, aber länger nicht, auf die Wiederkehr ihrer Gesundheit warten.

Jetzt wusste Romilly, wie viel Zeit ihr blieb. Die Hoffnung, fliehen zu können, während die beiden schliefen, wurde ihr zunichte gemacht. Dame Mhari sagte: »Leg du dich an die Innenseite, mein Mädchen. Meinst du, ich wüsste nicht, dass du weglaufen würdest, wenn du könntest? Du weißt nicht, wo dein Vorteil liegt. Aber wenn du erst einmal Rorys Frau bist, wirst du nicht mehr weglaufen wollen.«

Ach, wirklich nicht? dachte Romilly, biss die Zähne zusammen und legte sich ins Bett. Sie war fest entschlossen, einen Fluchtversuch zu wagen, sobald die alte Frau schlief. Doch sie war müde von einem Tag schwerer und ungewohnter Arbeit und schlief in dem Augenblick ein, als ihr Kopf das Kissen berührte. Des Nachts erwachte sie ein paarmal. Und immer, wenn sie sich regte, sah sie im Feuerschein die Augen der alten Frau auf sich gerichtet, voll wach und rund wie die eines Falken.

Drei Tage vergingen auf die gleiche Weise. Romilly kochte einfache Mahlzeiten, wusch die Laken und Hemden der alten Frau, fand ein bisschen Zeit, ihre eigenen Sachen zu waschen, einschließlich der Lappen von dem zerrissenen Unterrock ... Glücklicherweise wurde sie am Waschkessel nicht zu genau beobachtet, so dass es ihr gelang, die Lappen zu trocknen, zusammenzufalten und unter ihre Jacke zu schieben.

Wenn sie damit durchkommen wollte, als Junge zu gelten – und sie war mehr denn je entschlossen, nicht als Frau in diesen Bergen zu reisen –, musste sie eine bessere Methode finden, diese persönlichen Notwendigkeiten zu verbergen. Sie hatte Klatsch über die weiblichen Soldaten, die Schwesternschaft vom Schwert, gehört. Sie gelobten, niemals Frauenkleidung zu tragen oder ihr Haar wachsen zu lassen. Romilly hatte noch nie eine gesehen, aber es ging das Gerücht, sie wüssten von einem Kraut, das die zyklische Blutung verhinderte, und sie wünschte sich, das Geheimnis zu kennen. Beim Verarzten von Tieren hatte sie einiges über Heilkräuter gelernt, und sie wusste von solchen, die eine Kuh oder Hündin – oder auch eine Frau – *in* die fruchtbare Periode brachten, aber von keinen, die sie unterdrückten. Allerdings gab es eine Pflanze, die für kurze Zeit verhütete, dass eine Hündin heiß wurde, wenn sie gerade jetzt nicht gedeckt werden sollte. War das die Medizin, die die Schwesternschaft benutzte? Vielleicht konnte sie sie ausprobieren. Nur war sie keine Hündin, der Zyklus einer Hündin unterschied sich sehr von dem einer menschlichen Frau. Und überhaupt war das im Augenblick nichts als theoretische Spekulation, denn sie hatte keinen Zugang zu dem Kraut und hätte es in wildwachsendem Zustand sowieso nicht erkannt. Sie hatte es nur zum Gebrauch durch einen Tierheiler zubereitet gesehen.

Am vierten Tag sagte Rory beim Aufstehen grinsend: »Heute Nacht wirst du mit mir im Hinterzimmer schlafen. Wir haben bisher Tisch und Herd geteilt, jetzt brauchen wir nur noch das Bett zu teilen, um die Ehe in jeder Hinsicht legal zu machen.«

Und in den Bergen gab es ein Gesetz, nach dem eine entlaufene Frau ihrem Mann zurückgebracht wurde. Auch wenn sie ohne ihre Zustimmung verheiratet worden war, fand eine Frau wenig Hilfe beim Gesetz. Entkam sie also, *nachdem* Rory sie gehabt hatte, suchten fortan zwei Personen nach ihr, ihr Vater und ihr Gatte. Ob ein Turm sie unter diesen Umständen überhaupt aufnahm?

Nun, das Fohlen wollte sie reiten, wenn es groß genug war, einen Sattel zu tragen. Jedenfalls würde sie alles daransetzen, noch heute einen Fluchtweg zu finden.

Den ganzen Tag dachte Romilly während der mühevollen Hausarbeit über eine Vielzahl von Möglichkeiten nach. Wenn sie warten könnte, bis er sie genommen hatte ... sie hatte gehört, dass Männer danach fest schliefen. Die alte Frau war bestimmt nicht fähig, sie zu verfolgen, aber sie konnte Rory aufwecken. Irgendwie, so oder so, musste sie Rory daran hindern, ihr nachzujagen.

Andererseits hätte sie sich ihm dann ebenso gut gleich am ersten Abend hingeben können. Es würgte sie vor Abscheu bei der Vorstellung, ein passives Opfer zu sein und sich ihm widerstandslos zu überlassen.

Vielleicht gelang es ihr, wenn sie sich auszogen, seine Stiefel und seine Lederhose zu verstecken, so dass er ihr nicht sofort folgen konnte. Nicht einmal er würde ihr barfuß und unbehost nachlaufen – ja, und zu Fuß, denn sie wollte sein Reit-Chervine losschneiden und in den Wald treiben. Bis er Stiefel und Hose gefunden und das Chervine eingefangen hatte, waren sie und ihr Pferd ein gutes Stück auf dem Weg nach Nevarsin.

Aber dann würde sie sich ihm zuerst hingeben müssen ...

Und dann dachte sie: Wenn wir uns ausgezogen haben, könnte ihn ein gut gezielter Stoß mit dem Knie in die Lenden lange genug lahmlegen. Sie musste nur den Mut finden, heftig genug zuzustoßen, und ihr Ziel beim ersten Versuch treffen. Andernfalls würde er sie bestimmt halbtot schlagen und ihr nie wieder trauen. Ihr fiel ein, was ihre eigene Mutter sie gelehrt hatte, als sie und Ruyven noch ganz klein waren: Sie dürfe ihn nie dorthin schlagen oder treten, auch nicht im Spaß, denn ein verhältnismäßig leichter Schlag könne ernsten und vielleicht dauernden Schaden hervorrufen, wenn die Teile rissen, sogar den Tod herbeiführen. Und das brachte sie auf einen neuen Gedanken.

War sie bereit zu töten, um sich ihm nicht hingeben zu müssen?

Schließlich hatte er anfangs versucht, sie zu töten. Wenn sie wirklich ein Junge gewesen oder wenn ihre Weiblichkeit nicht durch die zerrissene Jacke offenbar geworden wäre, hätte er ihr ihres Pferdes und ihres Mantels wegen die Kehle durchgeschnitten. Ja, als er entdeckte, dass sie eine Frau war, war er auf seine eigene Art freundlich zu ihr gewesen. Aber nur aus dem Grund, weil er lieber eine Sklavin als einen Leichnam haben wollte. Denn das war es doch, was ihr das Leben mit ihm bringen würde, Tag für Tag schwere Arbeit tun und die Launen der alten Frau ertragen. So holte er mehr aus ihr heraus, und das Pferd und den schönen Mantel bekam er obendrein! Nein, sie wollte keine Skrupel in sich aufkommen lassen.

Am frühen Nachmittag – Romilly knetete lustlos Brotteig – trampelte Rory herein und warf den Kadaver eines Rabbithorns auf den Tisch.

»Ich habe es ausgeweidet und abgehäutet«, sagte er. »Brate ein Viertel für das Essen heute Abend, ich habe zehn Tage lang kein Fleisch mehr geschmeckt. Morgen werden wir den

Rest einsalzen. Häng es vorerst in den Stall, außer Reichweite des Ungeziefers.«

»Wie du wünschst, Rory«, antwortete Romilly. Innerlich triumphierte sie. Das Fleisch war am Abend bestimmt gefroren. Sie konnte davon einige Zeit leben, wenn es ihr gelang, es mitzunehmen. Der Vorsicht halber wollte sie es in die Nähe ihres eigenen Sattels hängen.

Bald füllte sich die Hütte mit Bratenduft. Romilly hatte Hunger, aber nachdem sie die alte Frau gefüttert, ihr das Kinn abgewischt und sie für die Nacht zurechtgemacht hatte, stellte sie fest, dass sie nicht kauen und schlucken konnte, ohne zu ersticken.

Ich muss bereit sein. Ich muss bereit sein. Es ist heute Abend oder nie. Sie verweilte am Tisch, nippte nervös an einem Becher heißen Borkentees, bis Rory kam und von hinten seine Arme um sie schlang.

»Ich habe Feuer auf dem Herd im Hinterzimmer angezündet, damit wir nicht frieren. Komm, Calinda.« Romilly nahm an, dass die alte Frau ihm diesen Namen genannt hatte. Sie selbst hatte es gewiss nicht getan. Nun war der Augenblick da; er ließ sich nicht länger hinausschieben. Ihre Knie waren weich, und sie fragte sich, ob sie wirklich den Mut finden werde, ihr Vorhaben auszuführen.

Rory führte sie ins Hinterzimmer. Er schloss die Tür und verriegelte sie von innen. Nicht gut. Wenn sie überhaupt entfliehen wollte, brauchte sie freie Bahn nach draußen. »Musst du die Tür verschließen?«, fragte sie. »Oma – Dame Mhari wird unser Zimmer nicht im ungeeignetsten Augenblick betreten; sie kann ja kaum laufen.«

»Ich dachte, so wäre es privater.« Wieder grinste er. Romilly sagte: »Aber nimm einmal an ...« Sie überlegte und fuhr fort: »Nimm einmal an, Dame Mhari braucht mich mitten in der Nacht und ich höre sie nicht? Lass die Tür ein Stückchen offen, damit sie mich rufen kann, falls sie Schmerzen hat oder möchte, dass ich sie auf die andere Seite drehe.«

»Du hast ein gutes Herz, Mädchen.« Rory schob die Tür um einen Spalt auf. Er ließ sich auf den Bettrand niederplumpsen und begann, seine Stiefel auszuziehen.

»Lass mich dir helfen.« Romilly zog ihm die Stiefel aus, dann rümpfte sie wohlüberlegt die Nase.

»Puh, wie die stinken! Du musst in den Misthaufen getreten sein! Gib sie mir, mein Gatte«, absichtlich benutzte sie dieses Wort, »und ich werde sie dir reinigen, bevor du morgen früh aufstehst. Und deine Lederhose gib mir auch gleich mit.« Sie hielt inne. War sie zu weit gegangen? Doch Rory argwöhnte nichts.

»Aye, und ich will morgen ein sauberes Hemd anziehen, sobald du eines gewaschen und getrocknet hast.« Damit häufte er seine Kleider auf ihre Arme. »Bring alles hinaus ans Waschfass, da kann es bis morgen früh warten. Wenn das Zeug nach Mist riecht, ist es dort besser aufgehoben, als hier in unserer Hochzeitskammer.«

Schon besser! Sollte ihm jedoch ein Verdacht kommen, wäre er immer noch wie der Blitz hinter ihr her. Als sie neben dem Waschfass stehen blieb und halbwegs bereit war, die Freiheit sofort zu gewinnen – nackt konnte er ihr nicht sehr weit folgen –, hörte sie ihn rufen.

»Calinda! Ich warte auf dich! Komm her!«

»Ich komme«, antwortete sie mit erhobener Stimme und ging zu ihm zurück. Also hatte das Schicksal für sie entschieden. Im Schlafzimmer zog sie ihre eigenen Schuhe und Strümpfe, ihre Überjacke und ihre Hose aus.

Rory schlug die Decke zurück und stieg ins Bett. Romilly setzte sich auf die Kante. Er langte nach ihr. Seine Finger schlossen sich um ihre Brust, was von ihm wohl als Liebkosung gemeint war. Aber seine Hand war so schwer, dass Romilly vor Schmerz aufschrie. Er presste seinen Mund auf ihren und rang sie aufs Bett nieder.

»Dir macht es Spaß, zu kämpfen, wie? Das kannst du von mir haben, Mädchen«, keuchte er und bedeckte sie mit seinem nackten Körper. Sein Atem war heiß und sauer.

Romillys Bedenken waren verschwunden. Sie schaffte es, sich ein Stückchen von ihm wegzuziehen. Dann schnellte sie ihren Fuß mit aller Kraft vor. Er traf genau ins Ziel. Rory rollte mit Geheul vom Bett. Er kreischte vor Wut und Empörung, die Hände zwischen den Beinen verkrampft.

»Au! Au! Höllenkatze, Tigerin, Hündin! Au!«

Dame Mharis Stimme rief eine ängstliche Frage. Romilly kletterte aus dem Bett, riss den Mantel an sich und zog sich im Laufen mit fliegenden Fingern die Jacke über. Sie schob die Tür auf und war in der Küche, nahm sich die Reste vom Brot und von dem gebratenen Fleisch, raffte Rorys Stiefel und Hose und ihre eigenen Sachen zu einem unordentlichen Packen zusammen. Sie lief zur Stalltür. Hinter ihr stieß Rory immer noch unartikulierte Schmerz- und Wutschreie aus, die in sie eindrangen, sie fast lähmten. Nach Atem ringend stürzte sie in den Stall, zog ihren Dolch und schnitt die Stricke durch, mit denen Rorys Reit-Chervine angebunden war. Mit einem harten Schlag auf den Rumpf trieb sie das Tier in den Hof. Sie befreite ihr eigenes Pferd und mühte sich, ihm den Zaum anzulegen. Rorys Geheul und Dame Mharis Stimme, die sich zu zänkischer Klage erhob – sie wusste nicht, was passiert war, und Rory war noch nicht fähig zu sprechen –, verschmolzen zu einem Furcht erregenden Duett. Romilly kam es vor, als tobe die Qual des Mannes in ihrem eigenen Körper. Aber das war *Laran,* und sie sagte sich, es sei ein geringer Preis, den sie für jenen rächenden Tritt zu zahlen hatte.

Er hätte mich getötet, er hätte mich vergewaltigt – ich brauche seinetwegen kein Schuldgefühl zu haben!

Sie verschloss ihre Jacke sorgfältig wegen der Kälte. Dann bückte sie sich und hob Rorys Stiefel auf. Schon wollte sie Stiefel und Hose in den Schnee schleudern, als ihr ein besserer Einfall kam. Sie riss die Tür des kleinen Abtritts auf, warf die Stiefel mit einer wilden Bewegung hinein und stopfte die Hose hinterher. Nun muss er sie erst suchen und dann säubern, bevor er mir folgen kann, dachte sie, schwang sich auf ihr Pferd, ergriff die hastig zusammengebündelten Vorräte und grub ihre Fersen mit einem lauten Ruf dem Pferd in die Weichen. Das Pferd lief in den Wald. Romilly nahm den steilen Pfad bergab. In ihrer Hast, fortzukommen, gab sie dem Pferd den Kopf frei. Sie musste sich an seinem Hals festhalten, so steil war der Weg, aber es gab kein Pferd auf der Welt, auf dessen Rücken sie sich nicht halten konnte, wenn sie musste. Hinabfallen würde sie bestimmt nicht. Sie erinnerte sich an Dame Mharis Worte: *Du hättest am Fuß des Berges die linke Abzweigung nehmen müssen.* Ihr Herz klopfte so heftig, dass sie das scharfe Klappern der Pferdehufe kaum hörte.

Sie war frei, und zumindest für eine Weile war Rory nicht im Stande, sie zu verfolgen. Es kam nicht darauf an, dass sie in dunkler Nacht im Regen und mit dürftigem Lebensmittelvorrat und ohne anderes Geld als die paar Münzen zwischen ihren Brüsten unterwegs war. Auf jeden Fall war sie Rory und der alten Frau entronnen.

Ich bin frei. Jetzt muss ich mich entscheiden, was ich mit meiner Freiheit anfange. Ganz kurz erwog sie, nach Falkenhof zurückzukehren. Doch das würde ihr Vater als Zeichen absoluter Unterwerfung auffassen. Bei Dom Garris mochte sie ein bequemeres Sklavenleben führen als bei Rory in den Wäldern. Aber sie hatte sich nicht unter Aufbietung aller Kräfte von Rory befreit, nur um von neuem eingekerkert zu werden.

Nein, sie wollte den Turm aufsuchen und ihr Laran ausbilden lassen. Sie sagte sich, dass alle alten Geschichten von Heldentum und abenteuerlichen Fahrten immer damit beginnen, dass der Held viele Prüfungen zu bestehen hat. Jetzt bin ich der Held – warum ist der Held immer ein Mann? – und auf meiner eigenen Fahrt, und die erste Prüfung habe ich bereits bestanden.

Und sie erschauerte bei dem Gedanken, dass dies nicht der Weg in die Freiheit sein mochte, sondern nur die erste von vielen schweren Prüfungen.

2

Romilly ritt erst langsamer, als der Mond unterging. Im Dunkeln ließ sie dem Pferd seinen Willen, und schließlich lockerte sie die Zügel und ritt im Schritt weiter. Sie war sich nicht ganz sicher, wo sie sich befand. Die linke Abzweigung am Fuß des Berges, die nach Nevarsin führte, hatte sie nicht eingeschlagen, weil es für Rory zu leicht gewesen wäre, sie dort aufzuspüren. Und sie hatte sich verirrt. Sie konnte nicht einmal feststellen, in welche Richtung sie ritt, bis die Sonne aufging und es ihr ermöglichte, sich zu orientieren.

Unter einer überhängenden Baumgruppe sattelte sie das Pferd ab und band es an einem der Stämme fest. Dann wickelte sie sich in Rorys Mantel und die raue Decke, die sie bei ihrer Flucht mitgenommen hatte, und wühlte sich in eine kleine Höhlung am Fuß des Baums. Obwohl ihre Glieder klamm und steif waren, schlief sie ein. Aber sie schreckte immer wieder aus Alpträumen hoch, in denen ein gesichtsloser Mann, der sowohl Rory als auch Dom Garris war – und dazu Ähnlichkeit mit ihrem Vater hatte –, sich ihr mit unerbittlicher Langsamkeit näherte, während sie weder Hand noch Fuß zu regen vermochte. Eins war klar, sollte sie Rory jemals wieder unter die Augen kommen, tat sie gut daran, ihren Dolch bereitzuhalten. Nur hatte irgendwer ihren Dolch in den Abtritt geworfen, und sie konnte nicht danach suchen, weil ihre ganze Kleidung aus einem der blutbefleckten Lappen bestand, und irgendwie fand der Mittsommer-Tanz auf der Wiese statt, wo ihr Vater seinen Pferdemarkt abhielt ... Romilly erwachte davon, dass das Pferd unruhig schnaubte und sie mit der Nase stupste. Die Sonne war aufgegangen, und das Eis schmolz von den Bäumen.

Bei ihrer halsbrecherischen Flucht im Dunkel der vergangenen Nacht hatte sie noch Glück gehabt. Wie leicht hätte ihr Pferd sich auf dem eisigen Weg ein Bein brechen können! Jetzt machte sie nüchtern Inventur.

Unter den Dingen, die sie gestern Abend an sich gerissen hatte, war ein gefrorenes Rabbithorn-Viertel, das sie kochen und räuchern konnte. Sie hatte kein Salz dafür, aber bei diesem Wetter würde es nicht so schnell verderben. Schlimmstenfalls würde sie dünne Scheiben von dem gefrorenen Fleisch abschneiden und roh essen, auch wenn das wenig nach ihrem Geschmack war. Sie hatte Feuerstein und Stahl verloren ... nein, wie dumm sie war! Sie hatte ihren Dolch und konnte sich einen Feuerstein suchen, sobald das Eis auf dem Weg geschmolzen war. Sie hatte Rorys derben Mantel anstelle ihres eigenen. Um so besser; er hielt sie warm, ohne die gleiche Gier zu erwecken wie ihr eigener, der fein gewebt und gestickt und mit kostbarem Pelz gefüttert war. Sie hatte Stiefel und eine schwere Lederhose, ihren Dolch, ein paar kleine Münzen in dem Versteck zwischen ihren Brüsten - die Börse mit dem Rest hatte sie zurückgelassen. Vielleicht begnügte sich Rorys Habgier damit und dem schönen Mantel, und er würde sie nicht verfolgen. Doch darauf wollte sie es nicht ankommen lassen, sondern sich weiter beeilen, eine möglichst große Entfernung zwischen ihn und sich zu legen. In ihrer Satteltasche steckten noch ein paar Stück Hundekuchen. Sie holte einen hervor und gab ihn dem Pferd. Während es das grobe Korn zermalmte, brachte Romilly ihre Kleidung in Ordnung. Sie war halb angezogen aus der Hütte geflohen. Auch kämmte sie ihr kurzes, zerzaustes Haar mit den Fingern. Bestimmt sah sie verkommen genug aus, um der entlaufene Lehrling eines Falkenmeisters zu sein! Die Sonne stand bereits hoch. Es war ein schöner Tag zu erwarten, denn die Bäume warfen ihre Schneeschoten ab und begannen, neue Knospen zu treiben. Romilly schabte ein paar dünne Schnitten von dem gefrorenen Rabbithorn und kaute darauf herum. Das Fleisch war zäh und schmeckte widerlich. Aber sie hatte gelernt, dass alles, was ein Vogel frisst, auch für einen Menschen verdaulich ist. Und da die Falken mit solcher Kost geatzt wurden, schadete sie ihr sicher nicht, auch wenn sie gekochtes Essen vorgezogen hätte.

Romilly orientierte sich nach der höher steigenden Sonne und ritt von neuem in Richtung Norden davon. Früher oder später traf sie bestimmt jemanden, der ihr den richtigen Weg nach der Stadt Nevarsin zeigte, und von dort aus war es kein Problem mehr, sich nach dem Tramontana-Turm durchzufragen.

Sie ritt den ganzen Tag, ohne einen einzigen Menschen oder eine einzige Behausung zu erblicken. Angst hatte sie nicht, denn die Natur bot essbare Dinge genug, und solange das Wetter gut blieb, würde ihr nichts geschehen. Doch bevor ein neuer Schneesturm aufkam, musste sie ein Obdach finden. Vielleicht war es möglich, das Pferd in Nevarsin gegen ein Hirsch-Pony und genug Bargeld für Nahrungsmittel und ein paar Sachen zum Anziehen, die sie bei diesem Wetter brauchte, einzutauschen. In ihrer Hast war sie mit bloßen Füßen in die Stiefel gefahren und hatte ihre warmen Strümpfe zurückgelassen.

Romilly seufzte, steckte ihr Messer weg und schluckte den letzten Rest des zähen Fleisches hinunter. Ein paar verschrumpelte Winteräpfel hingen an einem Busch; sie steckte sie in die Tasche. Sie waren klein und sauer, aber dem Pferd schmeckten sie. Von hoch oben am Himmel kam der Schrei eines Falken. Romilly sah ihn kreisen und dachte an Preciosa. Einen Augenblick lang war ihr – aber das war sicher nur Erinnerung oder Einbildung –, als empfinde sie ganz schwach den alten Rapport, als läge die Welt unter ihr ausgebreitet und sie sähe sich und ihr Pferd als winzige Punkte … *O Preciosa, du warst mein, und ich liebte dich, aber jetzt bist du frei, und auch ich suche die Freiheit.*

Romilly schlief in dieser Nacht in einer lange verlassenen Unterkunft für Reisende, die seit der Zeit, da die Aldarans ihre Unabhängigkeit von den sechs Domänen des Tieflandes erklärten, nicht mehr in Ordnung gehalten worden war. Heutzutage gab es nicht mehr viel Kommen und Gehen über den Kadarin zwischen Thendara und Nevarsin. Aber das Dach hielt den Regen ab, und es war besser, als unter einem Baum zu schlafen. Es gelang ihr auch, ein Feuer zu entfachen. So hatte sie es warm, und sie briet sich ein Stück Rabbithorn. Sie hoffte, ein paar Nüsse zu finden – das ständige Fleisch war sie leid –, aber solange sie satt wurde, ganz gleich wie, wollte sie sich nicht beklagen. Sogar der Hundekuchen war im Grunde genießbar, wenn es sein musste, aber das Pferd hatte mehr davon als sie.

So reiste sie allein drei weitere Tage lang. Mittlerweile, so vermutete sie, hatte man zu Hause die Suche nach ihr aufgegeben. Ob ihr Vater wohl um sie trauerte, ob er sie für tot hielt?

Wenn ich nach Nevarsin komme, werde ich eine Botschaft für ihn hinterlassen. Ich will ihn irgendwie benachrichtigen, dass ich in Sicherheit bin. Aber zweifellos wird es mit mir sein, wie es mit Ruyven war, er wird mich verstoßen und sagen, ich sei nicht seine Tochter. Die Kehle wurde ihr eng, aber weinen konnte sie nicht. Sie hatte schon zu viele Tränen vergossen, und sie hatten ihr nichts weiter eingebracht als Kopf- und Augenschmerzen, bis sie mit dem Weinen aufhörte und etwas unternahm, um sich selbst zu helfen.

Frauen meinen, Tränen würden ihnen helfen. Männer haben ganz die richtige Vorstellung, wenn sie sagen, Tränen seien weibisch. Ja, Frauen weinen, und deshalb sind sie hilflos.

Männer dagegen münzen ihren Zorn in Taten um und sind daher nie ohne Kraft, weil sie ihre Zeit nicht mit Tränen verschwenden ...

Sie aß den letzten Rest von dem Rabbithorn auf, und es tat ihr nicht Leid – zuletzt hätte sogar ein Hund schon sehr hungrig sein müssen, um es zu fressen, und ganz bestimmt hätte jeder Falke über das Zeug den Schnabel gerümpft. Am fünften Abend hatte sie nur ein paar Nüsse, die sie an verlassenen Bäumen fand, und holzige Pilze zum Abendessen. Vielleicht konnte sie morgen Vögel mit der Schlinge fangen, oder sie traf jemanden, der ihr sagte, ob sie wieder auf der Straße nach Nevarsin war. Doch das glaubte sie nicht, denn diese Straße wurde immer schlechter, war immer weniger ausgebessert worden. Wenn sie sich tatsächlich der größten Stadt in diesen Bergen näherte, hätte sie längst auf viel benutzte Straßen und bewohnte Landstriche stoßen müssen!

Auch der Hundekuchen war alle. Deshalb machte Romilly ein paar Stunden vor Sonnenuntergang Halt, um ihr Pferd eine Weile grasen zu lassen. Glücklicherweise blieb das Wetter gut, und sie konnte im Freien schlafen. Sie hatte das Reisen sehr satt, aber jetzt konnte sie nicht einmal mehr nach Hause zurückkehren, wenn sie es gewollt hätte – sie hatte keine Ahnung, wo es nach Falkenhof ging. Um so besser, dass alle Verbindungen zu ihrer Heimat zerrissen waren.

Sie schlief schlecht, hungrig und frierend, und erwachte früh. Von einer Straße war kaum noch die Rede ... ob sie ein Stück umkehrte und versuchte, eine häufiger benutzte Strecke zu finden? Sie umwickelte ihre Füße mit Lappen, denn die Stiefel scheuerten, Fersen und Zehen waren wund. Hoch am Himmel kreiste ein einzelner Falke – warum war nie mehr als einer auf einmal zu sehen? Hielten sie Jagdgebiete ein wie andere Tiere? Und wieder dieses seltsame Gefühl, als sähe sie mit den Augen des Falken. War das ihr Laran? Sie dachte an Preciosa. Preciosa, fort, frei, verloren. *Seltsam, sie fehlt mir mehr als Vater und Brüder und Heimat.*

Die Zeit der Obstreife war vorbei. Trotzdem fand sie ein paar kleine Früchte, die noch an einem Busch hingen, aß sie und wünschte, es wären mehr. Es gab einen Baum, von dessen abgeschälter Rinde sie die weichen inneren Fasern essen konnte, doch so hungrig war sie noch nicht. Sie sattelte ihr Pferd und war müde, trotz ihres langen Schlafs. Allmählich kam ihr die Einsicht, dass sie in diesen einsamen und völlig unbewohnten Wäldern sogar sterben konnte. Aber vielleicht begegnete sie heute jemandem und fand den Weg nach Nevarsin wieder oder traf auf irgendein kleines Dorf, wo es Essen zu kaufen gab.

Nachdem sie eine Stunde geritten war, gabelte sich der Weg. Unschlüssig hielt Romilly an. Hunger und Erschöpfung quälten sie. Sollte ihr Pferd eine Weile grasen, während sie auf den nahe gelegenen kleinen Hügel stieg und Ausschau hielt, ob sich eine menschliche Behausung entdecken ließ, und wenn es der Rauch vom Feuer eines Holzfällers oder die Hütte eines Hirten war! In ihrem ganzen Leben hatte sie sich noch nie so allein gefühlt. *Natürlich nicht. Ich bin ja auch noch nie so allein gewesen,* dachte sie mit grimmigem Humor und kletterte mit schmerzenden Knien den Hügel hinauf.

Ich habe seit Tagen nichts Rechtes mehr gegessen. Ich muss heute Abend irgendwie Essen und Feuer finden, was auch daraus entstehen mag. Fast wünschte sie, bei Rory und seiner abscheulichen Großmutter geblieben zu sein. Dort hatte sie wenigstens ein Feuer und Essen gehabt. Wäre es wirklich so schlimm gewesen, diesen Tölpel zu heiraten?

Lieber möchte ich in der Wildnis sterben, sagte sie sich entschlossen. Aber sie war verängstigt und hungrig, und von dem Hügel aus sah sie nichts anderes als Bäume. Weit weg im Nordwesten, gerade noch zu erkennen, erhob sich ein Berg, und die hellen Flecken ringsum mussten schneebedeckte Gipfel sein. Das waren die Hellers, gegen die das Vorgebirge hier nur aus Erdklümpchen bestand, und jenseits davon lag der Wall um die Welt, der, so viel sie aus Erzählungen von Reisenden wusste, unpassierbar war. Zumindest war niemand, den sie kannte, je auf der anderen Seite gewesen, und auf jeder Landkarte, die sie gesehen hatte, markierte er die Grenze des bekannten Landes. Einmal hatte sie ihre Erzieherin gefragt, was hinter dem Wall liege.

»Die Eiswüste«, hatte die Erzieherin geantwortet. »Kein Mensch kennt sie.« Damals war es für Romilly ein fesselnder Gedanke gewesen. Jetzt hatte sie reichlich genug davon, in unbekanntem Land umherzuirren, und hätte irgendwelche menschliche Gesellschaft begrüßt.

Allerdings erfüllte sie das, was sie bereits erlebt hatte, nicht mit viel Hoffnung auf die Menschen, die sie unterwegs treffen mochte.

Nun, sie hatte eben Pech gehabt. Seufzend schnallte sie ihren Gürtel enger. Es würde ihr nicht schaden, noch einen weiteren Tag zu fasten, aber heute Abend musste sie etwas zu essen auftreiben. Noch einmal hielt sie Umschau und merkte sich die Lage des Berges genau. Ihr schien, nahe dem Gipfel sei etwas wie ein weißes Gebäude, ein von Menschenhand hergestelltes Gebilde. Sie hätte gern gewusst, ob es eine Burg, ein Großes Haus oder vielleicht einer der Türme war. Nordwesten – sie musste auf den Winkel der Sonne und die verstrichene Zeit sorgfältig achten, damit sie nicht im Kreis herumwanderte. Aber wenn sie dem Weg folgte, war das unwahrscheinlich.

Sie sollte zu ihrem Pferd zurückkehren. Noch einmal blickte sie zum Himmel. Merkwürdig. Der Falke kreiste immer noch. Ob es derselbe wie eben war? Nein. Falken kamen in diesen Bergen häufig vor, und wohin man auch das Auge richtete, es war bestimmt irgendein Raubvogel in Sicht. Wieder war ihr, als schwebe sie mit dem Falken oben, sähe den weißen Turm und ein schwaches blaues Blitzen in seinem Inneren. Sie fühlte sich elend und benommen, sie wusste nicht, ob der Falke das sah oder sie selbst. Romilly schüttelte sich und unterbrach den Rapport. Es wäre nur zu leicht, sich in dieser Kommunion mit Himmel und Wind und Wolken zu verlieren ...

Romilly stieg zu ihrem Pferd hinunter. Es machte ihr Mühe, es zu satteln. Wenigstens war das Tier satt. Sie sagte laut: »Beinahe wünschte ich, ich könnte Gras essen wie du, alter Bursche«, und erschrak über den Klang ihrer eigenen Stimme.

Sie erhielt Antwort durch einen anderen Laut, den hohen, schrillen Schrei des Beute schlagenden Falken – ja, der Falke hatte irgendeine Beute gefunden, denn sie fühlte warmes Blut fließen. Dadurch erwachte der wütende Hunger von neuem, und das Wasser lief ihr im Mund zusammen. Das Pferd scheute nervös. Sie zog die Zügel an und sprach ihm leise zu. Und dann fegten dunkle Schwingen durch ihr Gesichtsfeld. Ohne nachzudenken, streckte sie den Arm aus, spürte das grausame Zugreifen der Krallen und fiel blindlings in den vertrauten Rapport.

»Preciosa!« Schluchzend stieß Romilly den Namen hervor. Wie, warum der Falke ihr auf ihrer Wanderung gefolgt war, würde sie nie erfahren. Der schrille Schrei und die schlagenden Flügel ließen ihre Tränen versiegen. Jetzt merkte sie, dass ein ziemlich großer Vogel, noch warm, in den Krallen des Falken hing. Mit einer Hand fasste Romilly nach Preciosas Ständern und hob die Krallen von ihrem Handgelenk. Es blutete ein wenig, wo die Krallen eingeschnitten hatten. Aber das war ihre eigene Schuld, weil sie keinen richtigen Handschuh trug. Mit klopfendem Herzen setzte sie den Falken auf den Sattel, zog ihren Dolch und gab Preciosa Kopf und Flügel. Während der Falke kröpfte – Preis dem Lastenträger, das Pferd war so gescheit, dass es stillstand, als sein Sattel zu einer improvisierten Sitzstange gemacht wurde – nahm sich Romilly den Rest des Vogels, schlug Feuer und briet ihn.

Sie ist zu mir gekommen, als ich Hunger hatte. Sie wusste es. Sie hat mir Essen gebracht, hat ihre eigene Freiheit aufgegeben. Die Fesseln hingen noch an Preciosas Beinen. Romilly schnitt sie mit ihrem Dolch los.

Wenn sie jetzt bei mir bleibt, tut sie es aus freien Stücken. Niemals wieder werde ich sie mit irgendeinem Zeichen des Besitzes binden. Sie gehört sich selbst. Aus ihren Augen flossen immer noch Tränen. Sie begegnete dem Blick des Falken, und plötzlich sprang es über zwischen Falken und Mädchen, ein seltsames, heftiges Gefühl. Es war nicht Liebe, wie sie sie kannte, sondern reines Gefühl, beinahe Eifersucht. *Sie ist nicht mein Falke, ich bin ihr Mädchen,* dachte Romilly. *Sie hat mich adoptiert, nicht umgekehrt!*

Der Falke regte sich nicht, als sie auf ihn zutrat, balancierte nur ein bisschen, indem er das Gewicht von dem einen auf den anderen Fuß verlagerte. Er starrte Romilly unverwandt in die Augen. Dann machte er einen kleinen Hopser nach oben und schwang sich auf ihre Schulter. Romilly keuchte auf vor Schmerz, denn die Krallen drangen durch Mantel und Jacke in ihr Fleisch. Und sofort lockerte sich der Griff. Preciosa hielt sich gerade nur so viel fest, dass sie das Gleichgewicht bewahrte.

»Du Schönheit, du Wunder«, flüsterte Romilly. Der Falke bog den Hals und putzte sein Gefieder.

Nie habe ich von so etwas gehört, dass ein Falke zurückkehrt, der einmal freigelassen worden ist. Romilly vermutete, ihr Laran habe die enge Verbindung zu dem Vogel hergestellt.

Preciosa blieb lange Zeit unbeweglich in dieser wortlosen Kommunion, während Romilly das gebratene Fleisch aufaß, das Feuer zudeckte und ihr Pferd von neuem sattelte. Ihre Hände vollführten diese Arbeiten automatisch, ihre Augen sahen immer wieder zu dem Falken hin, und ihr Geist war mit ihm in stummem Rapport.

Wird sie jetzt bei mir bleiben? Oder wieder wegfliegen? Es kommt nicht mehr darauf an. Wir gehören zusammen.

Zum Schluss schnitt Romilly einen Zweig ab, schnitzte ihn zurecht und befestigte ihn an ihrem Sattel, damit Preciosa eine Sitzstange hatte, wenn sie sich entschloss, davon Gebrauch zu machen. Romilly stieg auf und setzte den Falken darauf. Preciosa verweilte einen Augenblick, dann hob sie die Flügel, flog bis in die Höhe der Baumwipfel und kreiste dort. Romilly holte tief Atem. Preciosa würde sie nicht ganz verlassen.

Dann zog sie die Zügel an, denn sie hörte Stimmen. Eine raue Männerstimme beteuerte: »Ich sage euch, das war Rauch, was ich gesehen habe!«, und eine andere widersprach. Auch das Geräusch von Pferdehufen klang zu Romilly herüber, und von irgendwo kam ein scharfes Bellen.

Romilly glitt aus dem Sattel und führte ihr Pferd unter die dichtesten Bäume am Wegrand. Denn sie hatte keine Lust, mit irgendwelchen Reisenden zusammenzustoßen, bevor sie festgestellt hatte, wie sie aussahen und was sie vorhaben mochten.

Eine andere Stimme erhob sich, tief und männlich, aber diesmal mit der kultivierten Aussprache eines gebildeten Mannes – eines Tiefländers, dachte Romilly. Er sprach wie Alderic. »Wenn sonst noch jemand auf dieser Straße reist, Orain, tut er es zweifellos in unserer Sache. Er wird ebenso froh sein wie wir, ein menschliches Gesicht zu sehen.« Jetzt kamen die Reiter in Sicht, voran ein großer Mann mit feuerrotem Haar. Er trug zerlumpte Kleidung und wirkte trotzdem irgendwie elegant – das war kein Bauernlümmel wie Rory. Ein bisschen erinnerte er sie an Lord Storn oder auch an den ältlichen Lord Scathfell, obwohl seine Kleider so derb wie ihre eigenen, sein Bart und Haar ungeschnitten waren. Der Mann neben ihm war ebenfalls groß und dazu ziemlich hager. Er trug einen Hemdmantel von altmodischem Zuschnitt. Seine Stiefel machten den Eindruck, als habe er sie selbst aus ungegerbtem Leder zusammengeschustert. Vor ihm auf dem Sattelblock saß ein riesiger verkappter Vogel, der keinem Romilly bekannten Falken gleichsah. Er trat nervös von einem Fuß auf den anderen. Romilly, die noch halbwegs in Rapport mit der auf Baumwipfelhöhe kreisenden Preciosa stand, überlief ein kleiner zorniger Schauder und so etwas wie Angst. Sie wusste nicht, was für ein Vogel das war, aber sie hatte das Gefühl, dass sie nicht gern in seiner Nähe sein würde.

Den beiden Männern an der Spitze folgten fünf oder sechs weitere. Nur die Anführer hatten Pferde, die anderen ritten auf den unterschiedlichsten *chervines,* von denen keines sehr groß oder sehr gut war. Die Felle der Tiere waren schlecht gepflegt, ihre Geweihe beschädigt und rau. Einem oder zweien der hirschähnlichen Tiere hatte man das Geweih so ungeschickt entfernt, dass Romilly zusammenzuckte. Ihr Vater hätte jeden Knecht hinausgeworfen, der seine Reittiere so vernachlässigte, und ein Geweih hätte sie selbst fast besser entfernen können! Die beiden Männer, die vorausritten, gefielen ihr dem Äußeren nach. Dagegen meinte sie, noch nie solche wüsten Gestalten gesehen zu haben wie die, die hinter ihnen kamen!

Der hagere Bärtige, der neben dem rothaarigen Aristokraten (so nannte Romilly ihn sofort im Geist) ritt, stieg vom Pferd und sagte: »Hier sind Feuerspuren und auch Pferdeäpfel. Es ist ein Reiter hier gewesen.«

»Und mit einem Pferd in dieser Wildnis?« Der Rothaarige hob die Brauen. Er blickte ringsum. Aber es war der hagere, schlecht gekleidete Mann, der Romilly und ihr Pferd im dichten Unterholz erspähte.

Er winkte. »Komm raus, Junge. Wir tun dir nichts.« Der rothaarige Mann stieg vom Pferd und trat vor die Überreste des Feuers. Er stocherte in dem sorgfältig abgedeckten Holz herum – wie jeder, der aus den Hellers stammte, war Romilly mit Feuer im Wald übervorsichtig –, schürte schließlich ein paar Funken auf und warf zwei oder drei Zweige in die Glut.

»Du hast uns die Mühe erspart, Feuer zu machen«, stellte er mit seiner ruhigen, gebildeten Stimme fest. »Komm und teile es mit uns; niemand wird dir ein Leid antun.«

Tatsächlich spürte Romilly, dass von keinem der Männer etwas Bedrohliches ausging. Sie führte das Pferd aus dem Versteck und blieb mit der Hand am Zügel stehen.

»Nun, Junge, wer bist du, und wohin willst du?«, fragte der Hagere in freundlichem Ton. Er war jünger als ihr Vater und älter als ihre Brüder. Romilly brachte die Geschichte vor, die sie sich ausgedacht hatte.

»Ich war Lehrling bei einem Falkenmeister. Ich bin in einem Großen Haus aufgewachsen, aber meine Mutter war zu stolz, für mich die Rechte zu verlangen, die mir als Sohn eines Edelmannes zugestanden hätten. Jetzt will ich nach Nevarsin, um dort etwas zu lernen. Unterwegs habe ich mich leider verirrt.«

»Du hast jedoch ein Pferd und einen Mantel, einen Dolch und – wenn ich mich nicht irre – sogar einen Falken.« Die grauen Augen des Rothaarigen ruhten auf der improvisierten Sitzstange, an die Romilly die abgeschnittenen Fesseln gebunden hatte. Es war ihr in Fleisch und Blut übergegangen, niemals ein Stück Lederriemen wegzuwerfen; man konnte es immer noch für irgendetwas gebrauchen. »Hast du den Falken gestohlen? Oder wie kommt ein solcher Vogel in den Besitz eines Lehrlings? Wo steckt er übrigens?«

Romilly hob den Arm. Preciosa schoss herunter und landete. Das Mädchen erklärte heftig: »Sie gehört mir. Niemand sonst hat Anspruch auf sie, denn ich habe sie mit eigener Hand trainiert.«

»Daran ist nicht zu zweifeln«, bemerkte der Aristokrat. »Denn in dieser Wildnis, und noch dazu ohne Geschüh, könnte sie wegfliegen, wenn sie wollte. Zumindest in diesem Sinn besitzt du sie, sofern ein menschliches Wesen ein wildes Tier überhaupt besitzen kann.«

Er versteht das! Romilly spürte plötzlich eine enge Verwandtschaft mit diesem Mann, als sei er ein Bruder. Sie lächelte zu ihm hoch, und er erwiderte das Lächeln. Dann sah er zu den Männern hin, die sich auf der Lichtung versammelt hatten, und erklärte: »Wir sind ebenfalls nach Nevarsin unterwegs, obwohl wir einen Umweg machen – aus Gründen der Vorsicht. Reite mit uns, wenn du willst.«

»Dom Carlo meint«, ergänzte der Hagere, »dass es Leute gibt, die uns sehr schnell dem Henker überantworten würden, wenn wir die Hauptstraßen nähmen.«

Waren es Gesetzlose, Räuber? Rory war sie entkommen, doch war sie durch ihr Zusammentreffen mit diesen Männern vielleicht von der Falle in den Kochtopf spaziert? Der Rothaarige lächelte dem anderen Mann zu, und in seinem Blick lagen Zuneigung und Liebe. »Du stellst uns als Mörderbande hin, Orain. Wir sind landlose Männer, die den Besitz ihrer Väter eingebüßt haben, und einige von uns haben auch ihre Familien verloren. Wir haben nämlich den rechtmäßigen König statt jenes Schurken unterstützt, der Anspruch auf den Thron der Hasturs erhebt. Er hat erklärt, Gift, Strick und Messer für alle, die nicht seine Partei ergreifen, würden ihm Freunde genug gewinnen. Auch werde er Land genug haben, seine Freunde zu belohnen, wenn er jeden, der ihn mit schiefen Blicken ansehe und das Knie nicht schnell genug vor ihm beuge, töten lasse oder ins Exil schicke. Wir reiten jetzt nach Nevarsin, um dort eine Armee zusammenzuziehen. Wir werden Rakhal den Kristallpalast nicht widerstandslos überlassen! Er will ein Hastur sein?« Der Mann lachte kurz auf. »Sein Kopf soll unter dieser Krone keine Ruhe finden, solange einer von uns noch am Leben ist! Ich bin Carlo vom Blauen See, und dies ist mein Friedensmann und Freund Orain.«

Das Wort, das er für »Freund« benutzte, konnte auch Cousin oder Pflegebruder bedeuten. Romilly fiel auf, dass der hagere Orain den rothaarigen Dom Carlo mit einem Blick voller Hingabe ansah wie ein guter Hund seinen Herrn.

»Aber wenn dieser Bursche ein Falkentrainer ist«, sagte Orain, »wird er Euch sicher sagen können, was Euren Kundschaftervögeln fehlt, Dom Carlo.«

Carlo musterte Romilly scharf. »Wie heißt du, Junge?«

»Rumal.«

»Deine Aussprache verrät mir, dass du nördlich des Kadarin aufgewachsen bist«, stellte er fest. »Nun, Rumal, kennst du dich mit Falken aus?«

Romilly nickte. »Das tue ich, Sir.«

»Zeig ihm die Vögel, Orain.«

Orain ging zu seinem Pferd und nahm den großen Vogel vom Sattel. Er winkte zweien der anderen Männer, die ähnliche Vögel bei sich hatten. Vorsichtig zog Orain dem Vogel die Haube vom Kopf. Er achtete darauf, außer Reichweite des Vogels zu bleiben, der mit dem Kopf ruckte und hackende Bewegungen machte, aber zum Angriff zu schlapp war. Über den Augenhöhlen standen lange Federbüschel, der Kopf war jedoch nackt und hässlich, das Gefieder lange nicht geputzt, und sogar die Krallen des Vogels sahen schuppig und schmutzig aus. Romilly erinnerte sich nicht, je ein so abstoßendes, wildes Geschöpf gesehen zu haben. Aber in gutem Gesundheitszustand mochten die Vögel die Schönheit aller wilden Tiere besitzen. Im Augenblick schien es ihnen gar nicht gut zu gehen. Einer bog den Hals und stieß einen langen Schrei aus. Dann steckte er den Kopf unter den Flügel und wirkte von neuem sehr jämmerlich.

Romilly gestand: »Ich habe noch nie Vögel dieser Art gesehen.« Bei sich dachte sie, dass sie eher nach Kyorebni aussahen, den wilden Aasräubern des Hochgebirges, als nach irgendwelchen für die Beize geeigneten Vögeln.

»Trotzdem, ein Vogel ist ein Vogel«, entgegnete Carlo. »Die hier haben wir von einem guten Freund erhalten, und wir möchten sie als Geschenk für Carolins Armee nach Nevarsin mitnehmen. Aber sie werden immer kränker und bleiben so lange vielleicht gar nicht mehr am Leben. Wir finden nicht heraus, was ihnen fehlt. Zwar haben einige von uns Falken trainiert und mit ihnen gejagt, doch keiner weiß, wie man ihre Krankheiten behandelt. Verstehst du dich auf ihre Pflege, Master Rumal?«

»Ein wenig.« Romilly versuchte verzweifelt, sich ihr bisschen Wissen über die Behandlung kranker Tiere ins Gedächtnis zurückzurufen. Und krank waren sie in der Tat! Jeder Vogel, vom Käfigvogel bis zum Verrin-Falken, der sein Gefieder nicht putzt und seine Füße nicht in Ordnung hält, ist krank. Romilly hatte gelernt, eine gebrochene Schwingpenne zu schienen, aber sie wusste wenig von Kuren für kranke Vögel. Und wenn sie an der Räude oder etwas in dieser Art litten, hatte sie nicht die leiseste Ahnung, was sie dagegen tun sollte.

Trotzdem trat sie an die merkwürdigen, unheimlichen Vögel heran, streckte die Hand nach dem aus, den Orain hielt, sah ihm in die Augen und nahm diesen instinktiven Kontakt mit ihm auf. Sie wurde so von Überdruss, Übelkeit und Schmerz erfüllt, dass sie fast erbrechen musste. Schnell zog sie sich aus dem Rapport zurück und fragte: »Womit habt ihr sie geatzt?« Die Erinnerung an Preciosa, die sich vor dem nicht mehr frischen Fleisch ekelte, hatte ihr die Frage eingegeben.

»Nur mit dem besten und frischesten Futter«, antwortete einer der Männer hinter Orain empört. »Ich habe in einem Großen Haus gelebt, wo Falken gehalten wurden, und weiß, dass sie Fleischfresser sind. Als wir kaum mehr Jagdbeute fanden, mussten wir alle darben, nur damit die verdammten Vögel frisches Fleisch bekamen.« Er sah trübselig den auf seinem Sattelblock hockenden Vogel an und setzte hinzu: »Genützt hat es nicht viel.«

»Nichts als frisches Fleisch?«, fragte Romilly. »Davon kommt es, Sir. Vergleicht ihre Schnäbel und Krallen einmal mit denen meines Falken. Das sind Aasvögel, Sir, sie müssten aufgelassen werden, um sich selbst Nahrung zu suchen. Frisches Fleisch können sie nicht zerreißen, dazu ist ihr Schnabel nicht kräftig genug. Und wenn sie ständig auf dem Sattelblock sitzen, können sie keine Steinchen aufpicken, die sie für ihren Kropf brauchen. Sie ernähren sich von halb verwestem Fleisch und sollten auch Fell und Federn bekommen. Aber es war nur das Muskelfleisch und dazu noch abgehäutet, nicht wahr?«

»Wir haben das für richtig gehalten«, sagte Orain. Romilly schüttelte den Kopf. »Wenn Ihr sie mit Eurer eigenen Jagdbeute atzen müsst, lasst Federn und Fell daran, und gebt ihnen Gelegenheit, Steinchen und kleine Zweige und sogar ein bisschen Grünzeug aufzupicken. Ich bin überzeugt, Ihr habt für diese Vögel Euer Bestes zu tun versucht. Trotzdem sind sie am Verhungern, weil sie das, was Ihr ihnen gegeben habt, nicht verdauen können. Ihr solltet sie für sich selbst jagen lassen, auch wenn Ihr sie an einer Leine fliegen lassen müsst.«

»Zandrus Höllen, das hat Hand und Fuß, Orain«, sagte Dom Carlo. »Ich hätte es erkennen müssen. Na ja, nun wissen wir Bescheid. Was können wir tun?«

Romilly dachte kurz nach. Preciosa war in den Himmel aufgestiegen und kreiste dort. Schnell nahm Romilly Kontakt mit ihr auf, sah eine Weile durch ihre Augen und sagte dann: »Es liegt etwas Totes in dem Dickicht dort drüben. Ich bin mit Euren – wie nennt Ihr sie – Kundschaftervögeln nicht vertraut. Haben sie ein eigenes Territorium, oder kröpfen sie gemeinsam?«

»Wir müssen sie auseinander halten«, antwortete Orain, »denn sie streiten sich. Der hier, den ich trage, hätte dem auf Gawins Sattel einmal fast die Augen ausgehackt.«

»Dann hilft es nichts; Ihr müsst sie getrennt atzen«, sagte Romilly. »Da«, sie zeigte mit dem Finger, »liegt Aas für mindestens zwei Tage. Wir müssen es holen und für sie zerschneiden.«

Die Männer zögerten.

»Auf was wartet ihr noch?«, fragte Dom Carlo scharf. »Carolin braucht diese Vögel, und zweifellos gibt es in Tramontana eine Leronis, die mit ihnen umgehen kann. Allerdings müssen wir sie erst lebendig dort abliefern!«

»Ihr zarten, lilienbäuchigen, schweißhändigen Nichtskönner!«, schimpfte Orain. »Habt ihr Angst, euch die Hände schmutzig zu machen? Dann werde ich euch ein Beispiel geben! Wo liegt das Aas, das du ausgemacht hast, Junge?«

Romilly ging auf das Dickicht zu; Orain folgte ihr. Dom Carlo befahl streng: »Geht und helft ihm, Männer, so viele er braucht! Wollt ihr zusehen, wie ein einziger Mann und ein Kind Aas für drei Vögel heranschleppen?«

Widerstrebend setzten sich zwei Männer in Marsch. Was für ein Tier es auch sein mochte, das tot im Dickicht lag – Romilly vermutete, es war eines der kleinen, vielfarbigen Wald-Chervines –, es verkündete seine Anwesenheit sehr bald durch den Gestank. Romilly rümpfte die Nase.

Orain fragte ungläubig: »Damit sollen wir diese edlen Vögel füttern?« Er bückte sich und zog vorsichtig an dem stinkenden Kadaver. Ein Strom kleiner Insekten wanderte in die leeren Augenhöhlen hinein und wieder hinaus. Aber der Kadaver hatte sich noch nicht so weit aufgelöst, dass er unter ihren Händen in Stücke brechen würde. Romilly fasste das eine Ende und hob es an. Sie atmete durch den Mund, damit sie so wenig wie möglich roch.

»Ein Kyorebni würde darin eine leckere Mahlzeit sehen«, stellte Romilly fest. »Ich habe nie einen Aasvogel gehalten, aber sie haben andere Mägen als Falken, und wie würde es Euch gefallen, wenn Ihr Gras essen müsstet?«

»Du wirst schon Recht haben«, meinte Orain finster. »Nur hätte ich nie gedacht, dass ich stinkendes Aas anfassen müsste, und wenn es für die Männer des Königs sei!« Die anderen Männer kamen herbei und halfen. Romilly war froh, als es geschafft war. Einige der Männer würgten. Orain jedoch zog ein fürchterliches Messer und hackte den Kadaver in drei Teile. Noch bevor er fertig war, begann der verkappte Vogel auf seinem Sattel zu kreischen. Erleichtert holte Romilly Atem. Sie mochte sich gar nicht vorstellen, was passiert wäre, wenn sie Unrecht gehabt hätte – offensichtlich hatte sie Recht gehabt. Sie hob eine kleine Hand voll steinige Erde auf und streute sie über das abgetrennte Stück. Dann zögerte sie. Doch sie erinnerte sich an den Augenblick des Rapports mit dem kranken Vogel, ging hin und löste die Haube.

Orain rief: »He! Pass auf, Junge, sie wird dir die Augen aushacken!«

Aber der Vogel machte unter ihren leichten Händen einen sanften und unterwürfigen Eindruck. Armes hungriges Ding, dachte Romilly. Sie brauchte all ihre Kraft, um den schweren Vogel auf den Boden neben dem zerhackten Kadaver zu setzen. Mit einem Aufschrei schlug der Vogel seinen Schnabel in das Aas, riss daran, schluckte Fell, Steinchen und das stinkige, halb verweste Fleisch hinunter.

»Seht Ihr?«, sagte Romilly schlicht und ging, den zweiten

Vogel zu holen. Orain wollte ihr helfen, aber der fremde Vogel stieß wütend mit dem Schnabel nach ihm. Da zog er sich zurück und überließ ihn Romilly.

Als alle drei Vögel gekröpft hatten und ihr Gefieder putzten, wobei sie kleine, zufriedene Krächzer von sich gaben, sah Dom Carlo mit hochgezogenen Brauen zu Orain hinüber, und Orain sagte: »Reite mit uns nach Nevarsin, Junge, und weiter nach Tramontana, um diese Vögel bei Carolins Männern abzuliefern. Du kannst sie unterwegs in gesundem Zustand halten. Wir werden dich und dein Pferd ernähren und dir für je zehn Tage, die du bei uns bist und die Vögel gesund bleiben, drei Silberstücke geben. Und was deinen Falken angeht«, setzte er mit lustigem Grinsen hinzu, »er kann bestimmt für sich selbst sorgen.«

»*Sie* kann für sich selbst sorgen«, berichtigte Romilly, und Orain amüsierte sich.

»Ob ein Vogel männlich oder weiblich ist, interessiert niemanden außer einen anderen Vogel seiner eigenen Art. Im Gegensatz zu den Menschen, aye, Dom Carlo?« Er lachte, aber Romilly verstand nicht, was das für ein Witz sein sollte. »Nun, wie ist es, Junge? Willst du mit uns kommen und dich um die Kundschaftervögel kümmern?«

Romilly hatte ihren Entschluss bereits gefasst. Sie wollte ja selbst erst nach Nevarsin und dann weiter nach Tramontana, wo sie ihren Bruder oder Nachricht über ihn finden würde. Auf diese Weise hatte sie Schutz und bekam zu essen. Sie antwortete: »Gern, Dom Carlo und Master Orain.«

»Also abgemacht.« Orain hielt ihr grinsend seine schwielige Hand hin. »Sollen wir uns jetzt, wo die Vögel satt sind, nicht außer Reichweite des Duftes ihrer Atzung verziehen und uns selbst etwas zu Gemüte führen?«

»Das hört sich gut an«, sagte Romilly und ging, ihr Pferd abzusatteln.

Das Essen bestand aus schwerem Teig, der nach einer einfachen Methode gebacken wurde. Man wickelte Streifen um Stöcke und hielt sie über die Flammen. Dazu gab es ein paar dicke Knollen, die in der Asche geröstet wurden. Romilly saß neben Orain. Er zog ein Beutelchen mit Salz aus der Tasche und bot ihr davon an. Nach der Mahlzeit wurden die Vögel wieder verkappt, wobei Orain Romilly um ihre Hilfe bat, und auf die Sattelblöcke zurückgetragen. Romilly hörte, dass einer der Männer murmelte:

»Der Junge da reitet ein Pferd, und wir müssen uns mit Hirsch-Ponys begnügen. Was meinst du – sollen wir es ihm wegnehmen?«

Orain drehte sich um. »Versucht es nur, und ihr könnt allein durch diese Wälder reiten. Alaric, in unserer Gesellschaft gibt es keine Diebe und Räuber, und wenn du das Pferd des Jungen anrührst, bekommst du es mit Dom Carlo zu tun!«

Romilly empfand tiefe Dankbarkeit. Anscheinend hatte sie in Orain einen Beschützer gefunden, und die zerlumpten Männer machten ihr etwas Angst.

Früher oder später, dachte sie, würde sie ihnen allein gegenüberstehen, ohne Beschützer ...

»Wie heißen die Vögel?«, erkundigte sie sich bei Orain. Er grinste sie an. »Gibt irgendwer solchen Scheusalen Namen wie dem Käfigvogel eines Kindes oder der einzigen Kuh einer alten Frau?«

»Ich tue es«, erklärte Romilly. »Ihr müsst jedem Tier, mit dem Ihr eng zusammenarbeiten wollt, einen Namen geben, damit es den in Euren Gedanken lesen und so erkennen kann, dass Ihr von ihm sprecht und ihm Eure Aufmerksamkeit zuwendet.«

»Ist das so?« Orain wirkte belustigt. »Dann schlage ich vor, dass du sie Scheusal eins, Scheusal zwei und Scheusal drei nennst!«

»Auf keinen Fall!«, entrüstete Romilly sich. Der Vogel auf ihrer Faust flatterte unruhig, und sie setzte hinzu: »Vögel sind sehr sensibel. Wenn Ihr ihnen jemals nahe kommen wollt, müsst Ihr sie lieben.« Erst als sie den Spott in den Augen des Mannes sah, merkte sie, dass sie errötete. Trotzdem fuhr sie fort: »Ihr müsst sie *respektieren* und Interesse für sie haben und echte Freundlichkeit für sie empfinden. Meint Ihr, sie wissen nicht, dass Ihr sie nicht mögt und Angst vor ihnen habt?«

»Und du hast keine Angst?«, fragte Dom Carlo. Er schien es wirklich wissen zu wollen, und Romilly wandte sich ihm erleichtert zu. »Würdet Ihr Euren besten Jagdhund verhöhnen, wenn Ihr wollt, dass er gut mit Euch zusammenarbeitet und Euch auf ein Wort oder eine Geste hin gehorcht? Glaubt Ihr nicht, dass er es merken würde?«

»Ich habe nicht mehr gejagt, seit ich ein junger Bursche war«, erwiderte Dom Carlo. »Aber gewiss würde ich kein Tier, das ich zu meinem Dienst zu zähmen gedenke, anders als mit Respekt behandeln. Hört auf das, was der Junge sagt, Männer! Er sieht die Dinge richtig. Das gleiche habe ich früher einmal von meinem eigenen Falkenmeister gehört. Und wir bringen doch alle«, er klopfte der herrlichen Rappstute, die er ritt, den Hals, »unseren Reittieren, Pferd oder Chervine, die uns treu tragen, Liebe und Respekt entgegen.«

»Na dann –«, Orain sah, wieder mit diesem lustigen Verziehen der Lippen, auf den großen, massigen Körper des Kundschaftervogels nieder, »– könnten wir die hier die Schöne, die da die Liebliche und die da drüben die Reizende nennen. Ich zweifele nicht daran, dass sie sich gegenseitig schön finden – meine alte Mutter hat immer gesagt: ›Schön ist, wer schön handelt.‹«

Romilly kicherte. »Ich finde, das wäre übertrieben. Sie mögen nicht schön sein, aber – lasst mich nachdenken.« Einen Augenblick später fuhr sie fort: »Ich werde sie nach den Tugenden nennen. Diese hier –«, sie hob den schweren Vogel auf Orains Sattelblock an, »– soll Prudentia heißen. Diese –«, stirnrunzelnd betrachtete sie die schmutzige Sitzstange, setzte den verkappten Vogel auf Orains behandschuhte Faust, zog ihr Messer und machte sich daran, eine ekelhafte Kruste aus Schmutz und Kot abzukratzen, »– ist Temperentia und die –«, sie wandte sich dem dritten Vogel zu, »– Diligentia.«

»Wie sollen wir sie auseinander halten?«, fragte einer der Männer, und Romilly antwortete ernsthaft: »Aber sie sehen sich doch gar nicht ähnlich! Diligentia ist die große mit den blauen Flügelspitzen – seht Ihr? Und Temperentia – Ihr könnt es jetzt nicht sehen, weil sie verkappt ist, aber sie hat den großen Schopf mit den weißen Tupfen. Und Prudentia ist die kleine mit der zusätzlichen Zehe am Fuß – hier!« Sie erklärte die Merkmale eins nach dem anderen, und Orain starrte sie verblüfft an.

»Also unterscheiden sie sich voneinander. Es ist mir nie eingefallen, darauf zu achten.«

Romilly stieg in den Sattel. »Das erste, was Ihr über Vögel zu lernen habt, ist, dass Ihr jeden Einzelnen als Individuum behandeln müsst. Auch in ihrem Benehmen und ihren Gewohnheiten sind sie sich nicht ähnlicher als Ihr und Dom Carlo.« Sie drehte sich im Sattel nach dem Rothaarigen um. »Verzeiht mir, Sir, vielleicht hätte ich Euch fragen sollen, bevor ich Euren Vögeln Namen gab.«

Er schüttelte den Kopf. »Ich habe nicht daran gedacht. Und es sind gute Namen. Bist du ein Cristofero, mein Junge?«

Sie nickte. »Ich bin so erzogen worden. Und Ihr, Sir?«

»Ich diene dem Herrn des Lichts«, erklärte er kurz. Romilly sagte nichts darauf. Es verwunderte sie ein bisschen, die *Hali'imyn* kamen nicht allzu oft in diese Berge. Aber natürlich, wenn es Carolins Männer im Exil waren, dienten sie den Göttern der Hastur-Sippe. Und wenn Carolins Armee sich bei Nevarsin zusammenzog – Erregung packte sie. Sicher war das der Grund, warum Alderic sich in den Bergen aufhielt! Er wollte sich dem König anschließen, wenn die Zeit reif war. Wieder stellte sie Vermutungen über Alderics Identität an. Wenn diese Leute Carolins Männer waren, kannten sie ihn vielleicht und waren seine Freunde. Doch das ging sie nichts an, und das Dümmste, was sie machen konnte, war, sich in die Sache irgendeines Mannes verwickeln zu lassen. Ihr Vater hatte es gesagt, und es stimmte. Was kam es darauf an, welcher Schurke auf dem Thron saß, solange er anständige Menschen in Ruhe ließ?

Sie ritt in der Reihe der Männer dahin und hielt sich ziemlich nervös dicht bei Orain und Dom Carlo. Es gefiel ihr gar nicht, wie dieser Alaric sie anstarrte. Bestimmt gelüstete es ihn wie den schurkischen Rory nach ihrem Pferd. Wenigstens wusste er nicht, dass sie ein Mädchen war, und so gelüstete es ihn nicht auch nach ihrem Körper. Ihr Pferd konnte sie verteidigen, solange sie Dom Carlos Schutz hatte.

Übrigens hatte sie auch gar keine schlechte Arbeit bei der Verteidigung ihres Körpers geleistet.

Sie ritten den ganzen Tag. Zu Mittag hielten sie an und bereiteten einen Brei zu, indem sie fein gemahlenes Mehl in kaltes Wasser einrührten. Zusammen mit einer Hand voll Nüssen gab es eine herzhafte Mahlzeit. Danach ruhten die Männer sich eine Weile aus. Romilly jedoch schnitzte mit ihrem Messer ordentliche Sitzstangen zurecht, denn sie hatte bemerkt, dass die Kundschaftervögel Not hatten, sich auf den schlecht ausbalancierten Sattelblocks zu halten. Auch überprüfte sie die Fesseln und stellte fest, dass einer der Vögel von zu engen Knoten eine entzündete Stelle am Ständer hatte. Romilly behandelte sie mit kaltem Wasser und einem Breiumschlag aus heilenden Blättern. Die Männer lagen auf der Lichtung herum und sonnten sich. Doch als Romilly zurückkehrte, nachdem sie sich um die Vögel gekümmert hatte, sah sie, dass Dom Carlo wach war und sie beobachtete. Trotzdem fuhr sie mit ihrer Arbeit fort. Bei einem Hirsch-Pony tröpfelte Blut aus dem Knochenrest, wo das Geweih ungeschickt entfernt worden war. Sie schnitt den Stumpf zurecht und kratzte ihn sauber, trocknete ihn mit einem Lappen und verband ihn mit Moos, das die Feuchtigkeit aufsaugte. Sie ging von Hirsch-Pony zu Hirsch-Pony, untersuchte eines, das hinkte, und holte mit der Messerspitze einen kleinen Stein aus den Hufsegmenten.

»Du erledigst deine dir selbstauferlegten Pflichten gut«, sagte Dom Carlo schließlich träge und öffnete die Augen. »Faul bist du nicht, Rumal. Woher hast du all dies Wissen über Tiere? Du hast mit ihnen die Geschicklichkeit eines MacAran.« Er setzte sich auf und betrachtete sie. »Und ich möchte behaupten, dass du auch einen Hauch ihres *Laran* hast. Jetzt fällt mir erst auf, dass du auch so aussiehst wie die Angehörigen dieses Clans.« Seine grauen Augen blickten in ihre. Romilly war zu Mute, als sehe er tief in ihre Seele hinein, und sie wand sich. Wenn er zu der mit Gaben gesegneten Hastur-Sippe gehörte, erkannte er dann, dass sie ein Mädchen war? Aber er schien von ihrer Verzweiflung nichts wahrzunehmen, betrachtete sie nur weiter. Es war, dachte Romilly, als sei ihm der Gedanke ganz fremd, ihm könne jemand auf eine Frage die Antwort verweigern.

Sie stammelte: »Ich wurde ... ich habe gesagt, dass ich ... erzogen wurde ... ich kenne einige von ihnen.«

»Auf der falschen Seite des Bettes geboren? Aye, das ist eine alte Geschichte in diesen Bergen und anderswo auch«, sagte Dom Carlo. »Darum sitzt ja auch der Schurke Rakhal auf dem Thron, und Carolin erwartet uns in Nevarsin.«

»Ihr kennt den König gut, Sir? Ihr scheint einer der *Hali'imyn* zu sein.«

»Nun, ich bin einer«, antwortete Dom Carlo ruhig. »Nein,

Orain, blick nicht so wütend drein. Das Wort ist in diesen Bergen nicht die Beleidigung, die es südlich des Kadarin wäre. Der Junge meinte es nicht böse. Ob ich den König kenne? Ich habe ihn nicht oft gesehen«, erklärte Dom Carlo, »aber er ist mit mir verwandt, und ich halte zu ihm. Wie ich sagte, haben ein paar Bastarde, die hoch hinaus wollten, Carolin in diese Situation gebracht. Sein Vater war zu gutherzig gegenüber seinen ehrgeizigen Verwandten, und nur ein Tyrann sichert sich den Thron, indem er alle ermordet, die den Schatten eines Anspruchs darauf haben. Deshalb flößt mir deine missliche Lage Teilnahme ein, Junge. Bekäme der Usurpator Rakhal zum Beispiel mich oder einen von Carolins Söhnen in die Hände, würden unsere Köpfe bald die Mauern seiner Burg zieren. Ich nehme an, du besitzt einige der MacAran-*Donas*, denn sonst wärest du nicht fähig, so gut mit Tieren umzugehen. In Tramontana ist ein MacAran-*Laranzu*. Ihm und seinen Mitarbeitern wollen wir diese Vögel bringen. Weißt du etwas über Kundschaftervögel, mein Junge?«

Romilly schüttelte den Kopf. »Bis heute hatte ich noch nie einen gesehen. Allerdings habe ich gehört, dass sie zum Spionieren verwendet werden.«

»Das stimmt«, nickte Dom Carlo. »Ein Mensch, der das Laran deiner Familie oder eine ähnliche Gabe besitzt, muss in Rapport mit ihnen bleiben, wenn er sie dahin schickt, wo man etwas zu sehen wünscht. Ist eine Armee auf dem Marsch, werden ihre Größe und ihre Bewegungen festgestellt und weitergemeldet. Die Partei mit den am besten ausgebildeten Kundschaftervögeln ist oft die, die die Schlacht gewinnt, denn sie ist in der Lage, die andere überraschend anzugreifen.«

»Und diese Vögel sollen darauf trainiert werden?«

»Sie müssen so trainiert werden, dass sich leicht mit ihnen umgehen lässt«, sagte Carlo. »Sie sind ein königliches Geschenk von einem der Freunde Carolins in diesen Bergen. Leider wissen meine Männer wenig über sie. Du sollst sie gesund halten und sie, wenn es möglich ist, schon ein bisschen für die Arbeit zähmen.«

»Das sollte der tun, der sie letztendlich fliegen lässt«, antwortete Romilly. »Aber ich will mir große Mühe geben, sie an menschliche Hände und Stimmen zu gewöhnen, und darauf sehen, dass sie gut versorgt und richtig geatzt werden.« Sie machte sich ihre Gedanken. Ruyven war in Tramontana, und er mochte der *Laranzu* sein, für den diese Vögel bestimmt waren. Welch seltsame Wege das Schicksal nahm! Wenn sie bis nach Tramontana gelangte, konnte sie mit ihrer Gabe vielleicht für die Arbeit mit diesen Vögeln ausgebildet werden. »Eure Männer, die Geschick für die Jagd haben, sollten ein mittelgroßes Wild fangen und an die Vögel verfüttern. Ist das Fleisch zu frisch, müssen sie es sehr fein zerschneiden und Haut und Federn daran lassen.«

»Ihren Speiseplan überlasse ich dir«, unterbrach Dom Carlo sie. »Und falls du irgendwelche Schwierigkeiten mit ihnen hast, sag es mir. Es sind wertvolle Geschöpfe, und ich will nicht, dass sie schlecht behandelt werden.« Er blickte zum sich rötenden Himmel empor. Die große Sonne hatte gerade den höchsten Punkt überschritten, wo, gerade eben noch sichtbar, Preciosa als dunkler Punkt schwebte. »Dein Falke bleibt in der Nähe, auch wenn er frei fliegt? Wie hast du ihn darauf trainiert? Wie heißt er?«

»Preciosa, Sir.«

»*Preciosa*«, höhnte der Mann Alaric, der kam, um Dom Carlos Pferd zu satteln. »So nennt ein kleines Mädchen seine Puppe!«

»Mach dich nicht über den Jungen lustig«, mahnte Dom Carlo leise, »bis du im Umgang mit den Vögeln mehr leistest als er. Wir brauchen sein Talent. Und du solltest besser für dein eigenes Tier sorgen – ein Chervine ist zwar kein Pferd, kann aber trotzdem gepflegt sein. Bedanke dich bei Rumal dafür, dass er den Stein in Graufells Huf gefunden hat!«

»Oh, und wie dankbar ich ihm bin!«, entgegnete Alaric mit saurer Miene und wandte sich ab. Romillys Stirn runzelte sich leicht vor Abneigung. Anscheinend hatte sie unter diesen Männern bereits einen Feind, obwohl sie ihm nichts getan hatte. War es taktlos gewesen, dass sie den Huf des Chervines behandelt hatte? Vielleicht hätte sie Alaric einfach sagen sollen, sein Tier lahme. Aber hatte er nicht gesehen oder *gefühlt,* dass das arme Ding hinkte. So musste es sein, wenn jemand kopfblind war. Er war nicht im Stande, mit einem stummen Tier zu kommunizieren. Mit der Unduldsamkeit der sehr Jungen dachte Romilly: *Wenn er Tiere nicht besser versteht, sollte er nicht versuchen, eins zu reiten!*

Bald danach stiegen sie auf und ritten den ganzen Nachmittag weiter. Der Weg wurde jetzt steiler, und Romilly blieb ein bisschen zurück. In diesen Bergen war ein hier aufgewachsenes Chervine besser als ein Pferd. An manchen Stellen auf den schmalen Pfaden mussten Romilly, Orain und Dom Carlo absteigen und ihre Pferde am Zügel führen, während die Männer auf den hirschähnlichen Reittieren so sicher wie immer im Sattel saßen. Romilly hatte ihr ganzes Leben in den Bergen verbracht und fürchtete sich im Allgemeinen vor nichts. Doch nun ging es an Abgründen leeren Raums vorbei, die ihr den Atem raubten. Sie biss sich auf die Lippe, um ihre Angst nicht zu zeigen. Immer weiter aufwärts ritten sie, durch kalte Nebelschichten und Wolken. Ihre Ohren begannen zu schmerzen, die Luft wurde ihr knapp, und ihr Herz hämmerte so laut, dass sie die Hufe der Pferde und Hirsch-Ponys auf dem Fels kaum noch hörte. Einmal trat sie einen Stein los und sah ihn den Steilhang hinunterspringen. Alle zehn oder fünfzehn Fuß schlug er auf, bis er in den Wolken unter ihnen verschwand.

An der engsten Stelle des Passes hielten Orain und Carlo an. Sie standen dicht nebeneinander. Orain wies auf eine Ansammlung von Lichtern vor der dunklen Flanke des nächsten Gipfels. Er sprach sehr leise. Trotzdem verstand ihn Romilly, die mit den Pferden nachkam.

»Da liegt sie. Nevarsin, die Stadt des Schnees, *vai dom.* Noch zwei oder höchstens drei Tagesritte, und Ihr werdet sicher hinter den Mauern von St. Valentin im Schnee sein.«

»Und dein treues Herz kann ohne Furcht ausruhen, *bredu?* Alle diese Männer sind loyal, und selbst wenn sie wüssten –«

»Flüstert nicht einmal davon, mein Lord Dom Carlo«, beschwor ihn Orain.

Dom Carlo legte dem anderen Mann liebevoll die Hand auf die Schulter.

»Deine Fürsorge war seit unserer Kinderzeit meine Zuflucht – wer anders als du soll dann an meiner Seite sein, Pflegebruder?«

»Ach, dann werdet Ihr die Fürsorge von dutzenden und hunderten haben, mein –«, wieder unterbrach er sich, »– *vai dom.*«

»Von keinem mit deiner Treue«, erklärte Dom Carlo freundlich. »Du wirst mit allem belohnt werden, was ich geben kann.«

»Es ist Belohnung genug, dich wieder da zu sehen, wo du hingehörst, Carlo.« Orain wandte sich ab, um den Abstieg der anderen durch die schmale Rinne, die auf den Grund der Kluft führte, zu überwachen.

An jenem Abend schlugen sie ihr Lager im Freien auf. Nichts als eine unter einem Baum schräg aufgespannte Zeltbahn schützte sie vor der schlimmsten Nässe. Wie es sich für einen Friedensmann ziemt, hielt sich Orain in der Nähe Dom Carlos. Die Decken wurden ausgebreitet. Romilly sah nach den Vögeln und verfütterte den letzten Rest Aas an sie. Die

Männer murrten und knurrten über den Gestank, doch keiner wollte sich gegen Dom Carlo auflehnen. Plötzlich sagte Orain kurz: »Rumal, leg dich zu uns. Du bist mit Decken nicht besonders gut ausgestattet, und auch mit deinem Mantel wirst du erfrieren, Junge.«

Romilly bedankte sich schüchtern und kroch zwischen die beiden Männer. Sie hatte nur die Stiefel ausgezogen; weniger bekleidet wollte sie sich nicht sehen lassen. Noch mit Mantel und Decke fühlte sie sich durchgefroren, und von der Erlaubnis, Decken und Wärme zu teilen, machte sie gern Gebrauch. Halb im Schlaf nahm sie undeutlich wahr, dass Preciosa herniederschoss und innerhalb des Kreises aus Feuern aufblockte. Noch etwas anderes berührte ihren Geist, ein schwacher Hauch von Laran – Dom Carlos Gedanken. Sie umkreisten das Lager und vergewisserten sich, dass alles gut stand mit Männern, Reittieren und Vögeln.

Dann schlief sie ein.

3

Am frühen Morgen ging Romilly über die Lichtung, um Wasser für die Vögel zu holen. Einer der Männer musste heute auf die Jagd gehen und ein Wild für die Kundschaftervögel fangen, denn es war kein Fleisch mehr da. Aber die Vögel sahen bereits besser aus, putzten ihr Gefieder und säuberten ihre Füße. Von hier aus konnte Romilly die Häuser von Nevarsin erkennen, weiß unter der Morgensonne, als seien sie aus Schnee oder Salz. Es war eine alte Stadt, an der Flanke des Berges erbaut, gleich an der Grenze des ewigen Eises. Darüber erhoben sich die aus dem Felsgestein gehauenen Mauern des Klosters, als stächen die Knochen des Bergs durch den Schnee.

Einer der Männer – sie wusste seinen Namen nicht – holte Wasser für den Brei. Ein anderer teilte Korn für die Pferde und Chervines aus. Den Mann namens Alaric, einen schweren, finsteren Kerl in derber Kleidung, fürchtete Romilly am meisten. Doch sie konnte ihm nicht ständig aus dem Weg gehen, und auf jeden Fall musste er ein bisschen Sympathie für die Kundschaftervögel haben, denn er hatte einen von ihnen auf seinem primitiven Sattelblock gehabt.

»Entschuldigt«, sagte Romilly höflich, »aber Ihr müsst gehen und ein Wild für die Kundschaftervögel fangen. Wenn es heute Morgen getötet wird, beginnt es am Abend zu verwesen und ist dann gerade richtig für sie.«

»Oho!«, legte der Mann los. »Also nach einer einzigen Nacht mit unserem guten Anführer hältst du dich für berechtigt, Männern Befehle zu erteilen, die dieses ganze hungrige Jahr lang mit ihm geritten sind? Wer von den beiden hat dich gehabt, oder haben sie sich bei dir abgewechselt, kleiner Lustknabe?«

Schockiert über diese rohe Beleidigung wich Romilly mit flammendem Gesicht zurück. »Ihr habt kein Recht, so etwas zu mir zu sagen! Dom Carlo hat mir die Vögel anvertraut und mich beauftragt, für ihre richtige Ernährung zu sorgen, und ich gehorche dem *vai dom,* wie Ihr selbst es auch tut!«

»Aye, das kann man wohl sagen!«, höhnte der Mann. »Vielleicht möchtest du mit diesem hübschen Mädchengesicht und diesen damenhaften Händchen –« Der Rest war so unanständig, dass Romilly nicht verstand, was er meinte, und sie wollte es auch gar nicht verstehen. Wie hätte einer ihrer Brüder auf eine solche Gemeinheit reagiert? Das Messer konnte sie nicht ziehen, denn sie war nicht groß genug, es mit dem hünenhaften Alaric aufzunehmen. So würdevoll, wie sie es fertig brachte, sagte sie: »Vielleicht werdet Ihr die Befehle ausführen, die der *vai dom* Euch persönlich gibt.« Damit ging sie. Sie biss die Zähne zusammen und verkrampfte ihr ganzes Gesicht, damit ihr die Tränen nicht aus den Augen liefen. *Verdammt, verdammt soll er sein! Ich darf nicht weinen, ich darf nicht ...*

»Warum machst du denn ein Gesicht wie eine Gewitterwolke, mein Junge?«, fragte Orain belustigt grinsend. »Tut dir was weh?«

Romilly raffte die Reste ihrer Selbstbeherrschung zusammen und sagte das Erstbeste, was ihr in den Sinn kam.

»Habt Ihr einen Handschuh übrig, den ich mir ausleihen kann, Onkel?« Sie benutzte die formlose Anrede für jeden Freund aus der Generation des eigenen Vaters. »Ich kann die Kundschaftervögel nicht auf die bloße Faust nehmen, obwohl es bei einem Falken geht. Ihre Krallen sind zu lang, und meine Hand blutet noch von gestern. Heute möchte ich sie an einer Leine fliegen und selbst Aas aufspüren lassen.«

»Einen Handschuh sollst du haben«, sagte Dom Carlo hinter ihnen. »Gib ihm deinen alten, Orain. Er mag schäbig sein, aber er wird seine Hand schützen. Im Gepäck sind Lederreste, du kannst dir heute Abend einen nähen, der dir passt. Aber warum willst du die Vögel fliegen lassen? Einer der Männer kann doch frisches Fleisch für sie fangen. Wir haben Jagdschlingen genug, und wir brauchen auch für uns Fleisch. Schick irgendeinen.« Er sah Romilly an, und seine rötlichen Augenbrauen wanderten in die Höhe.

»Oh, so ist das?«, fragte er leise. »Wer von ihnen war es, Rumal?«

Romilly blickte zu Boden. Fast unhörbar flüsterte sie. »Ich möchte keinen Ärger machen, *vai dom*. Es ist vielleicht besser, wenn ich die Vögel auflasse, denn Bewegung müssen sie auf jeden Fall bekommen.«

»Das stimmt«, erwiderte Dom Carlo. »Also lass sie der Bewegung halber fliegen. Ich will jedoch nicht haben, dass man meinen Befehlen nicht gehorcht. Gib ihm einen Handschuh, Orain. Ich werde ein Wort mit Alaric sprechen.«

Romilly sah seine Augen aufblitzen, als schlüge grauer Stahl Funken aus Feuerstein. Sie nahm den Handschuh, ging mit gesenktem Kopf zu Temperentia, nahm sie vom Block und befestigte eine Leine an ihrem Ständer. Eine Feder lag am Boden. Romilly streichelte mit ihr die Brust des Vogels, und der große, bösartig wirkende Kopf nickte wie vor Vergnügen. Es war ein guter Anfang, wenn sie die wilden Vögel an die Anwesenheit und die Berührung von Menschen gewöhnen wollte. Temperentia flog auf und stürzte sich auf einen kleinen Kadaver im Gras nieder. Romilly beobachtete, wie der Kundschaftervogel kröpfte. Er stand auf einem Fuß und riss mit Schnabel und Krallen. Danach ließ sie Diligentia auf und zum Schluss – erleichtert, denn der Arm wurde ihr müde – die kleinere, sanftere Prudentia.

Sie mögen wohl hässliche Vögel sein. Trotzdem sind sie auf ihre eigene Weise schön; Stärke, Kraft, scharfe Augen ... und die Welt wäre viel schmutziger ohne solche Vögel, die aufräu-

men, was tot ist und verfault. Es erstaunte sie, wie die Vögel noch an der Leine Nahrung entdeckten, kleine tote Tiere im Gras, die sie selbst nicht gesehen und nicht einmal gerochen hatte. Wie hatte den Männern entgehen können, was die Vögel brauchten, wo es doch so offenkundig war?

Ich glaube, das ist es, was es bedeutet, Laran zu haben, dachte Romilly in plötzlicher Demut. Eine Gabe, die in ihrer Familie weitervererbt wurde. Sie durfte sich ihrer nicht rühmen, weil sie ihr angeboren war; sie hatte nichts getan, um sie sich zu verdienen. Nicht einmal Dom Carlo, der das kostbare Laran ebenfalls besaß – alles an dem Mann zeigte, dass ihm die Ausübung von Macht selbstverständlich war –, konnte mit den Vögeln kommunizieren, obwohl er fähig zu sein schien, einem Menschen bis in die innerste Seele zu blicken. *Die Gabe eines MacAran.* Oh, aber dann hatte ihr Vater Unrecht, so Unrecht, und sie hatte Recht gehabt, auf dieser wundervollen Gabe zu bestehen, mit der sie gesegnet war. Sie zu ignorieren, zu missbrauchen, damit zu spielen – oh, das war ganz verkehrt!

Und ihr Bruder Ruyven hatte recht daran getan, von Falkenhof wegzugehen. Im Turm hatte er seinen richtigen Platz gefunden. Er war jetzt *Laranzu* für den Einsatz von Kundschaftervögeln. Eines Tages würde das auch ihr Platz sein ...

Prudentias Wutschrei riss Romilly aus ihrem Tagtraum. Sie sah, dass der Kundschaftervogel mit dem Kröpfen fertig war und an der Leine zerrte. Romilly ließ ihn eine Weile im Kreis fliegen. Dann nahm sie Kontakt mit dem Vogel auf und holte ihn behutsam auf den Boden zurück. Sie streifte ihm die Haube über, hob ihn hoch (dankbar für Orains Handschuh, denn noch durch das Leder spürte sie die gewaltigen Krallen) und setzte ihn wieder auf den Block.

Während sie sich zum Aufbruch vorbereitete, dachte sie nüchtern an die weite Strecke, die noch vor ihnen lag. Sie wollte sich so nahe bei Orain halten wie möglich. Wenn Alaric sie allein fand ... Mit Entsetzen dachte sie an die tiefen, breiten Abgründe, über die sie gestern geritten waren. Ein falscher Schritt, ein leichter Stoß, und sie wäre diesem Stein über den Klippenrand gefolgt, immer wieder aufschlagend, lange vor Erreichen des Grundes zerschmettert. Es würgte sie in der Kehle. Würde seine Bosheit ihn so weit treiben? Sie hatte ihm nichts getan.

Sie wollte Dom Carlo, für den er offensichtlich die höchste Achtung hegte, seine Unfähigkeit enthüllen. Romilly dachte an Rory und fragte sich, ob es irgendwo einen Mann gab, den andere Motive als Bosheit und Wollust und Hass zum Handeln trieben. Als Junge verkleidet, hatte sie gemeint, wäre sie wenigstens vor der Wollust sicher, aber selbst hier, unter lauter Männern, fand sie ihr hässliches Gesicht. Ihr Vater? Ihre Brüder? Alderic? Nun, ihr Vater hätte sie seines eigenen Vorteils wegen an Dom Garris verkauft. Alderic und ihre Brüder? Im Grunde kannte sie sie gar nicht, denn sie hätten ihr wahres Gesicht nie einem Mädchen gezeigt, das sie noch für ein Kind hielten. Zweifellos waren auch sie im Inneren böse. Romilly biss entschlossen die Zähne zusammen. Sie sattelte ihr eigenes und dann Orains und Dom Carlos Pferd. Ihre Aufgabe war es nur, für die Vögel zu sorgen. Doch wie die Dinge jetzt lagen, zog sie die Gesellschaft von Pferden der von Menschen vor. Dom Carlos freundliche Stimme unterbrach ihre Gedanken. »Du hast also Langbein für mich gesattelt? Danke, mein Junge.«

»Sie ist ein schönes Tier.« Romilly streichelte die Stute.

»Du hast ein Auge für Pferde, das sehe ich. Es ist nicht überraschend, wenn du von MacAran-Blut bist. Die hier stammt von den Hochebenen um Armida. Dort werden edlere Pferde als sonst irgendwo in den Bergen gezüchtet, obwohl ich manchmal finde, sie sind nicht ganz so zäh wie die Bergrassen. Vielleicht habe ich Langbein keinen Gefallen getan, als ich sie in diese Gegend mitnahm. Ich habe oft daran gedacht, sie in ihre Heimat zurückzuschicken und mir für dieses wilde Land ein in den Bergen aufgewachsenes Pferd oder auch ein Chervine anzuschaffen. Aber –«, seine Hand verweilte auf der glänzenden Mähne, »– ich schmeichele mir, dass sie mich vermissen würde. Und als Mann im Exil habe ich nicht so viele Freunde, dass ich mich leichten Herzens von einem trenne, auch wenn es nur ein Tier ist. Du kennst dich mit Pferden aus, mein Junge. Sag mir doch, ob dies Klima deiner Meinung nach zu rau für sie ist.«

Romilly dachte erst nach. »Das möchte ich nicht behaupten«, meinte sie dann. »Nicht, wenn sie gut gefüttert und richtig gepflegt wird. Ihr könntet vielleicht auf diesen steilen Pfaden ihre Fesseln bandagieren, damit sie eine Stütze haben.«

»Ein guter Gedanke«, stimmte Dom Carlo zu und winkte Orain. Sie machten sich gleich daran, ihren Tiefland-Pferden Bandagen anzulegen. Romillys Pferd war für die Hellers gezüchtet. Fell und Beine waren zottig, und an den Fesseln saßen grobe Haarbüschel. Zum ersten Mal seit ihrer Flucht von Falkenhof war Romilly froh, ihr eigenes Pferd zurückgelassen zu haben. Dieses hier, ihr vorher fremd, hatte sie bislang treu getragen.

Nach einer Weile ritten sie den sich schängelnden Pfad ins Tal hinab. Rechtzeitig zum Mittagessen waren sie unten angelangt. Dann hielten sie sich an die allmählich breiter werdende, viel benutzte Straße, die nach Nevarsin, der Stadt des Schnees, führte.

Noch einmal schlugen sie ein Nachtlager auf, bevor sie die Stadt erreichten. Orain, der Romilly am Tag zuvor bei ihrer Arbeit beobachtet hatte, befahl den Männern, ihre Reit-Chervines zu striegeln und richtig zu versorgen. Sie gehorchten verdrossen, aber sie gehorchten. Romilly hörte einen von ihnen murren: »Wenn wir diesen verdammten Falkenjungen schon bei uns haben, warum kann er sich dann nicht um die Tiere kümmern? Das ist eigentlich seine Arbeit, nicht unsere!«

»Damit ist nicht zu rechnen, wenn Orain den Bengel schon zu seinem Spielzeug gemacht hat«, brummte Alaric. »Meinst du, es geht um die Vögel? Orain hat den Schlingel zu seinem eigenen Vergnügen mitgenommen! Lord Carlo kann doch seinem Friedensmann und Freund keinen Wunsch verweigern!«

»Halt den Mund«, meldete sich ein Dritter. »Es steht dir nicht zu, so von Leuten zu sprechen, die über dir stehen. Dom Carlo ist uns allen ein guter Herr, und er ist König Carolin treu. Und Orain, der ist der Pflegebruder des Königs gewesen. Habt ihr das nicht gemerkt: Er spricht Dialekt, aber wenn er will oder wenn er ihn vergisst, kann er ebenso fein und gebildet reden wie Dom Carlo oder sonst einer der großen Hastur-Lords. Was seinen privaten Geschmack angeht, so ist es mir gleichgültig, ob er Frauen oder Jungen oder Rabbithorns will, solange er *meine* Frau in Ruhe lässt.«

Romilly entfernte sich mit brennendem Gesicht außer Hörweite. In einer Cristofero-Familie aufgewachsen, hatte sie solche Gespräche nie gehört. Sie bestätigten ihre Meinung, dass ihr die Gesellschaft von Männern noch weniger gefalle als die von Frauen. Danach hatte sie Hemmungen, sich zu Orain und Dom Carlo zu legen, und verbrachte die Nacht, vor Kälte zitternd, an die dösenden Hirsch-Ponys geschmiegt. Am Morgen war sie blaugefroren und hielt sich so lange, wie sie es wagte, an dem für das Frühstück entfachten Feuer auf. Immer wieder legte sie ihre Hände um den Breitopf. Das warme Essen tat ihr gut. Trotzdem zitterte sie immer noch, als sie die Vögel fliegen ließ und fütterte. Alaric hatte, wenn auch murrend, zwei Rabbithorns in der Schlinge gefangen. Sie begannen schon stark zu riechen. Romilly bezwang die aufsteigende Übelkeit und zerlegte die Kadaver. Sie nieste mehrmals. Dom Carlo warf ihr einen besorgten Blick zu. Gerade stiegen alle für die letzte Strecke des Ritts in den Sattel.

»Ich hoffe, du hast dich nicht erkältet, mein Junge.«

Mit abgewendetem Gesicht murmelte Romilly, der *vai dom* möge sich keine Sorgen machen.

»Eins wollen wir klarstellen«, sagte Dom Carlo stirnrunzelnd. »Das Wohlergehen jedes meiner Gefolgsleute ist mir so wichtig wie dir das Wohlergehen der Vögel. Meine Männer sind in meiner Obhut, wie die Vögel in deiner sind, und ich vernachlässige keinen von ihnen! Komm her«, befahl er und legte ihr die Hand auf die Stirn. »Du hast Fieber. Kannst du reiten? Ich würde es nicht von dir verlangen, aber heute Abend wirst du es im Gästehaus des Klosters warm haben, und wenn du krank bist, werden sich die guten Brüder dort um dich kümmern.«

»Mir fehlt nichts«, protestierte Romilly, jetzt wirklich beunruhigt. Sie wagte es nicht, krank zu werden! Wenn man sie in die Krankenstube der Mönche brachte, entdeckten sie bestimmt, dass sie ein Mädchen war!

»Hast du genug warme Sachen? Orain, du hast eher seine Größe als ich, gib dem Jungen etwas Warmes zum Anziehen«, sagte Dom Carlo. Und dann, während er noch da stand und seine Hand auf ihre Stirn hielt, veränderte sich sein Gesichtsausdruck. Er blickte scharf auf Romilly nieder, und einen Augenblick lang war sie sicher, dass er sie durchschaut hatte. Ihr wurde eiskalt vor Angst. Er trat jedoch beiseite und sagte nur: »Orain hat dir eine warme Weste und Strümpfe gebracht, ich habe die Blasen an deinen Füßen gesehen. Wenn du zu stolz bist, die Sachen anzunehmen, werden wir sie von deinem Lohn abziehen. Aber es soll keiner mit mir reiten, der es nicht warm und trocken und bequem hat. Geh ums Feuer und zieh das an – sofort!«

Romilly neigte gehorsam den Kopf und zog sich hinter die

Reihe der Pferde und Hirsch-Ponys zurück. Sie schlüpfte in die warmen Strümpfe – eine himmlische Wohltat für ihre wunden Füße – und die dicke Unterweste. Alles war ihr ein bisschen zu groß, aber darum nur um so wärmer. Sie nieste wieder. Orain wies auf den Topf über dem Feuer, der noch nicht ganz leer war. Er nahm eine Schöpfkelle von dem heißen Gebräu und holte ein paar Blätter aus seinem Beutel.

»Großmutters Kur gegen den Husten – besser als jede Medizin eines Heilers. Trink das.« Er sah zu, wie sie das eklig schmeckende Zeug hinunterschluckte. »Aye, es ist bitter wie verlorene Liebe, aber es treibt das Fieber aus.«

Romilly verzog das Gesicht. Die Flüssigkeit ließ sie innerlich glühen und zog ihr den Mund zusammen. Später an diesem Vormittag fiel ihr auf, dass sie nicht wieder hatte niesen müssen und ihre Nase nicht mehr tropfte. Sie ritt einen Augenblick lang neben Orain her und sagte: »Dieses Heilmittel würde Euch in den Städten ein Vermögen einbringen, Master Orain.«

Er lachte. »Meine Mutter war eine Leronis und hatte die Heilkunst studiert. Sie zog bei den Bauern umher und eignete sich ihr Wissen von Kräutern an. Die Heiler in den Städten lachen nur über diese ländlichen Mittel.«

Und, dachte Romilly, er war des Königs Pflegebruder gewesen, und jetzt diente er Carlo vom Blauen See, dem Mann des Königs im Exil. Es stimmte, was die Männer behaupteten, obwohl sie vorher nicht darauf geachtet hatte. Mit den Leuten sprach er Dialekt. Wenn er jedoch mit Dom Carlo – und immer häufiger auch mit ihr – redete, war sein Akzent der eines gebildeten Mannes. Während sie sich vor den wüsten Reitern fürchtete, fühlte sie sich in seiner Nähe sicher und entspannt, als sei sie mit ihren Brüdern oder ihrem Vater zusammen.

Nach einer Weile fragte sie ihn: »Der König – Carolin – erwartet uns in Nevarsin? Ich dachte, die Mönche hätten geschworen, sich an den Kriegen weltlicher Männer nicht zu beteiligen, wieso ergreifen sie dann König Carolins Partei? Ich ... ich weiß so wenig darüber, was im Tiefland vor sich geht.« Sie erinnerte sich daran, was Darren und Alderic erzählt hatten. Das schärfte nur ihre Neugier, mehr zu erfahren.

Orain antwortete: »Die Brüder von Nevarsin haben kein Interesse für den Thron der Hasturs; es stände ihnen auch nicht an. Sie gewähren Carolin Asyl, weil er, wie sie sagen, niemandem ein Leid angetan hat und sein Cousin – der große Bastard Rakhal, der auf dem Thron sitzt – ihn töten will, um seinen eigenen Ehrgeiz zu befriedigen. Die Brüder werden sich uns in dieser Sache nicht anschließen. Andererseits liefern sie Carolin auch nicht seinen Feinden aus, solange er in ihren Mauern weilt.«

»Wenn Carolins Anspruch auf den Thron so gerecht ist«, meinte Romilly, »warum hat dann Rakhal so viel Unterstützung?«

Orain zuckte die Schultern. »Habgier, ohne Zweifel. Mein Land ist nun im Besitz von Rakhals erstem Ratgeber. Die Menschen unterstützen den Mann, der sie reich macht, und das Recht hat damit wenig zu tun. Alle diese Leute«, er wies nach hinten, »sind Kleinbauern, deren Land unantastbar hätte sein sollen. Sie haben nichts anderes getan, als ihrem König die Treue zu bewahren, und man hätte sie in die Streitigkeiten der Hochgeborenen und Mächtigen nicht hineinziehen dürfen. Alaric ist verbittert, aye – weißt du, was sein Verbrechen ist? Das Verbrechen, für das er sein Land verlor, in Rakhals Gefängnis gesteckt und dazu verurteilt wurde, eine Hand und die Zunge zu verlieren?«

Romilly erschauerte. »Bei einem solchen Urteil muss es wirklich ein schweres Verbrechen gewesen sein!«

»Nur in den Augen dieses *caqavrezu* Rakhal«, erklärte Orain grimmig. »Sein Verbrechen? Seine Kinder riefen: ›Lang lebe

König Carolin!‹, als einer von Rakhals größten Schurken durch ihr Dorf kam. Sie dachten sich nichts dabei – ich glaube nicht, dass die armen Kinder den einen König von dem anderen unterscheiden konnten. Dieser gemeine Hund Lyondri Hastur behauptete aber, Alaric müsse seine kleinen Kinder Hochverrat gelehrt haben. Er holte sie aus Alarics Haus, sagte, sie sollten von einem loyalen Mann erzogen werden, ließ sie in seinem Großen Haus arbeiten und warf Alaric ins Gefängnis. Eines der Kinder starb, und Alarics Frau war so verzweifelt über das Unglück ihres Mannes und ihrer Kleinen, dass sie sich aus einem hohen Fenster stürzte und starb. Aye, Alaric ist verbittert und denkt von niemandem etwas Gutes, Junge. Er hasst nicht dich, sondern das Leben selbst.«

Romilly blickte mit einem tiefen Atemzug auf ihren Sattel nieder. Sie wusste, warum Orain ihr dies erzählt hatte, und es steigerte noch ihre Bewunderung für ihn. Er hatte sogar für den Mann, der so hässliche Dinge über ihn sagte, Verständnis und Mitgefühl. Leise antwortete sie: »Dann will ich versuchen, von ihm nicht halb so schlecht zu denken, wie er von mir denkt, Onkel.«

Aber das alles verwirrte sie. Alderic hielt die Hastur-Leute für große und edle Menschen, von den Göttern abstammend, und Orain sprach, als sei das Wort »Hastur« allein schon eine Beleidigung.

»Ist die ganze Hastur-Sippe böse?«

»Durchaus nicht!«, stellte Orain mit Nachdruck fest. »Ein besserer Mann als Carolin ist nie über diese Welt gewandelt. Sein einziger Fehler ist, dass er denen seiner Sippe, die Schurken sind, nichts Böses zutraute und viel zu freundlich und verzeihend gegen«, seine Lippen verzogen sich zu einer Art Lächeln, »ehrgeizige Bastarde war.«

Er verstummte. Romilly betrachtete die Linien in seinem Gesicht und wusste, seine Gedanken waren tausend Meilen von ihr und seinen Männern und Dom Carlo entfernt. In seinem Geist tauchten Bilder von einer schönen Stadt auf. Sie lag zwischen zwei Bergpässen, aber niedrig, in einem grünen Tal, am Ufer eines Sees, dessen Wellen wie Nebelschwaden aus der Tiefe aufstiegen. In seiner Nähe erhob sich ein weißer Turm. Männer und Frauen gingen durch seine Tore, hoch gewachsen und elegant, wie in einen seidenen Glanz gehüllt. Sie waren zu schön, um wirklich zu sein, und Romilly spürte dabei Orains großes Leid, das Leid des Verbannten, des heimatlosen Mannes.

Auch ich bin heimatlos, ich habe mich von meiner ganzen Familie losgesagt ... aber es ist möglich, dass mein Bruder Ruyven mich im Tramontana-Turm erwartet. Und Orain ist ebenso allein und ohne Anverwandte.

Sie ritten in die großen, düsteren Tore von Nevarsin ein, gerade als die Abenddämmerung sich niedersenkte und die lange Nacht dieser Jahreszeit begonnen hatte, den Himmel mit Regen zu verschleiern. Dom Carlo ritt an der Spitze. Die tief ins Gesicht gezogene Kapuze verbarg seine Züge. Es ging über das alte Kopfsteinpflaster der Stadt und steile, gewundene Wege hinauf bis zu dem schneebedeckten Pfad, der zum Kloster führte. Romilly meinte, noch nie eine so durchdringende Kälte erlebt zu haben. Das Kloster lag mitten im Eis der Gletscher und war aus dem Felsgestein herausgehauen worden. Vor dem inneren Tor, unter der großen Statue des Lastenträgers, den das Gewicht der Welt niederdrückte, und dem kleineren, aber immer noch mehr als lebensgroßen Bildnis von Sankt Valentin im Schnee machten sie Halt. Romilly zitterte trotz der zusätzlichen warmen Kleidung.

Ein kleiner Dicker in dem faltenreichen braunen Kapuzengewand eines Mönchs winkte sie hinein. Romilly zögerte. Sie war als Cristofero erzogen worden und wusste, dass keine Frau das Kloster betreten durfte, nicht einmal das Gästehaus.

Aber was blieb ihr in ihrer Verkleidung übrig? Sie flüsterte ein Gebet: »Gesegneter Lastenträger, heiliger Valentin, verzeiht mir, es war nicht meine Absicht, in diese Welt der Männer einzudringen, und ich schwöre, ich werde nichts tun, was Euch hier Schande machen würde.«

Es gäbe einen schrecklichen Skandal, wenn sie sich jetzt zu ihrem wirklichen Geschlecht bekannte. Warum nur waren die Frauen so streng ausgeschlossen? Fürchteten die Mönche, in der Anwesenheit von Frauen könnten sie ihr Keuschheitsgelübde nicht halten? Welchen Sinn hatte ihr Gelübde, wenn sie Frauen nur zu widerstehen vermochten, solange sie keine sahen! Und wie kamen sie auf die Idee, die Frauen hätten überhaupt ein Interesse daran, sie in Versuchung zu führen? Romilly betrachtete den dicken kleinen Mönch in seinem Kapuzenmantel und geriet in große Gefahr, loszukichern. Es würde schon mehr als die Nächstenliebe eines Heiligen erfordern, seine Hässlichkeit lange genug zu übersehen, um bei dem da einen Verführungsversuch zu machen!

Es waren geräumige Ställe für alle ihre Reittiere vorhanden und ein Raum, in dem Romilly Blocks und Recks für ihre Vögel fand.

»Du kannst in die Stadt gehen und Futter für sie kaufen.« Orain gab ihr ein paar Kupferringe. »Aber sei rechtzeitig zum Abendessen zurück im Gästehaus. Wenn du möchtest, darfst du an den Abendgebeten teilnehmen. Es wird dir Freude machen, den Chor singen zu hören.«

Romilly nickte gehorsam. Innerlich war sie begeistert. Darren hatte von dem herrlichen Gesang des Nevarsin-Chors erzählt. Er war nicht musikalisch genug, dass er ihm in seiner Studentenzeit hätte beitreten können. Auch ihr Vater hatte es einen der Höhepunkte seines Lebens genannt, als er einem feierlichen Gottesdienst im Kloster beigewohnt und die Mönche singen gehört hatte. Romilly eilte in die Stadt. Sie war aufgeregt und fürchtete sich auch ein bisschen vor dem fremden Ort. Aber sie fand einen Vogelhändler, und als sie ihm ihre Wünsche darlegte, wusste er sofort die richtige Atzung für die Kundschaftervögel. Romilly hatte schon damit gerechnet, sie müsse einen stinkenden, halb verwesten Kadaver zurück durch die Stadt schleppen. Stattdessen sagte der Händler, es sei ihm ein Vergnügen, das Futter in den Ställen des Gästehauses abzuliefern. »Ihr seid bestimmt im Kloster untergebracht, junger Mann? Wenn Ihr wünscht, kann ich Euch jeden Tag geeignetes Futter für Eure Vögel bringen.«

»Ich werde meinen Herrn fragen«, antwortete Romilly. »Ich weiß nicht, wie lange wir bleiben werden.« Sie hielt es für eine feine Sache, dass sie von solchen Dienstleistungen Gebrauch machen konnte. Aber als er ihr den Preis nannte, war sie etwas beunruhigt. Allerdings gab es keine Möglichkeit, dass sie selbst außerhalb der Stadtmauern auf die Jagd ging. Deshalb schloss sie den Handel für heute und morgen ab und bezahlte dem Mann, was er verlangte.

Auf dem Rückweg durch die grauen Straßen der Stadt mit den sich vornüber neigenden Häusern und den erdrückenden Mauern ringsumher fürchtete Romilly sich ein bisschen. Es kam ihr zu Bewusstsein, dass sie den Kontakt mit Preciosa verloren hatte, bevor sie in das Tor von Nevarsin einzogen. Das Klima hier war zu kalt für einen Falken ... war Preciosa in eine wärmere Gegend zurückgekehrt? Der Falke konnte in der Stadt keine Nahrung finden. Aas lag genug in den Straßen herum, wie Romilly aus dem Gestank schloss, aber es gab kein frisches Fleisch für einen Falken. Hoffentlich war Preciosa in Sicherheit ...

Im Augenblick trug sie die Verantwortung für die Kundschaftervögel. Es gab da einen großen, gepflasterten Hof, auf dem sie sie fliegen lassen konnte. Romilly übte sie an den langen Leinen – sie kreischten jetzt weniger, und es war deutlich zu merken, dass sie sich allmählich an ihre Stimme und ihre Berührung gewöhnten. Da entdeckte sie eine Gruppe kleiner Jungen, die sich an die Hofmauer drückten. Alle trugen sie die faltigen Kapuzengewänder des Klosters. Aber, so dachte Romilly, für Mönche waren sie noch zu jung. Es mussten Studenten sein, die wie Ruyven und Darren zur Ausbildung hergeschickt worden waren. Eines Tages würde vielleicht auch ihr Bruder Rael unter ihnen sein. *Wie mir Rael fehlt!*

Die Jungen betrachteten die Vögel mit regem Interesse. Einer, kühner als die Übrigen, rief ihr zu: »Wie bringt Ihr es fertig, sie anzufassen, ohne verletzt zu werden?« Er löste sich aus der zusammengedrängten Kinderschar, kam zu Romilly und streckte die Hand nach Temperentia aus. Romilly winkte ihn schnell zurück.

»Diese Vögel sind wild und haben gefährliche Schnäbel. Die hier könnte dir ein Auge aushacken.«

»Euch tun sie doch nichts«, protestierte das Kind.

»Ich habe auch gelernt, mit ihnen umzugehen, und sie kennen mich«, erklärte Romilly. Der Junge zog sich gehorsam außer Reichweite zurück. Er war nicht viel älter als Rael, zehn oder höchstens zwölf. Im Hof erklang eine Glocke. Die Kinder liefen sich schubsend den Gang hinunter. Nur der eine Junge blieb stehen.

»Ruft die Glocke dich nicht ebenso wie deine Mitschüler?«, erkundigte sich Romilly.

»Ich habe jetzt keinen Unterricht«, antwortete der Junge. »Erst wenn die Glocke zum Chor läutet, muss ich gehen und singen, und danach habe ich Fechtstunde.«

»In einem Kloster?«

»Ich soll ja kein Mönch werden«, sagte der Junge. »Jeden zweiten Tag kommt ein Fechtmeister aus der Stadt und unterrichtet mich und ein paar andere. Aber im Augenblick habe ich keine Pflichten, und ich würde gern den Vögeln zusehen, wenn Ihr nichts dagegen habt. Seit Ihr eine Leronis, *vai domna,* dass Ihr Euch so gut mit ihnen auskennt?«

Gelähmt vor Schreck, starrte Romilly ihn an. Endlich fragte sie: »Warum nennst du mich *domna?*«

»Ich sehe doch, was Ihr seid«, erwiderte der Kleine, »auch wenn Ihr Jungenkleidung tragt.« Romilly blickte so bestürzt drein, dass er die Stimme senkte und in verschwörerischem Flüsterton versicherte: »Macht Euch keine Sorgen, ich werde es niemandem erzählen. Der Vater Meister wäre sehr böse, und ich glaube nicht, dass Ihr irgendwem ein Leid tut. Aber warum zieht Ihr Euch wie ein Junge an? Gefällt es Euch nicht, ein Mädchen zu sein?«

Wem gefällt das schon? dachte Romilly, und dann wunderte sie sich darüber, dass die klaren Augen dieses Kindes etwas gesehen hatten, das allen anderen verborgen geblieben war. Der Junge antwortete auf den unausgesprochenen Gedanken.

»Ich habe es gelernt, wie Ihr gelernt habt, mit Falken und anderen Vögeln umzugehen, damit ich meinem Volk eines Tages als *Laranzu* in einem Turm dienen kann.«

»Ein Kind wie du?«, fragte Romilly.

»Ich bin zwölf Jahre alt«, stellte er würdevoll fest, »und in nur drei weiteren Jahren bin ich ein Mann. Mein Vater ist Lyondri Hastur und Ratgeber des Königs. Die Götter haben mir edles Blut gegeben, und deshalb muss ich bereit sein, dem Volk zu dienen, über das ich später zu herrschen gesetzt werde.«

Lyondri Hasturs Sohn! Romilly fiel die Geschichte von Alaric und seiner Familie ein, die Orain ihr erzählt hatte. Sie tat, als müsse sie die Leine des Vogels entwirren. Noch nie hatte sie ihre Gedanken abschirmen müssen, und sie kannte nur eine einzige Möglichkeit: schnell und aufs Geratewohl loszureden.

»Möchtest du Prudentia ein Weilchen auf die Faust nehmen? Sie ist die Leichteste und wird für deinen Arm nicht zu schwer sein. Ich halte sie für dich ruhig, wenn du magst.« Er blickte aufgeregt und erfreut drein. Romilly streifte Prudentia vorsichtig die Haube über und schickte beschwichtigende Gedanken aus – *der Kleine ist ein Freund, er tut dir nichts, sei ruhig.* Mit ihrer freien Hand zog sie dem Jungen den Handschuh an und setzte den Vogel darauf. Der Junge gab sich große Mühe, dass sein Arm nicht zitterte. Romilly reichte ihm eine Feder.

»Streichele ihr damit die Brust. Berühre einen Vogel niemals mit der Hand. Selbst wenn deine Hände sauber sind, beschädigen sie sein Gefieder.« Da streichelte er Prudentias glatte Brust und sprach leise auf sie ein.

»Ich bin einem Kundschaftervogel noch nie so nahe gekommen«, murmelte er entzückt. »Ich habe gehört, sie seien wild und könnten nicht gezähmt werden. Ist es Laran, das sie so ruhig hält, *domna?«*

»Du darfst mich hier nicht *domna* nennen.« Romilly sprach in gedämpftem Ton, um den Vogel nicht zu erschrecken. »Der Name, den ich benutze, ist Rumal.«

»Ist es Laran, Rumal? Glaubst du, ich könnte lernen, mit einem solchen Vogel umzugehen?«

»Natürlich«, antwortete Romilly. »Du solltest nur mit einem kleinen Falken beginnen, einem Damenvogel oder Sperlingsfalken, damit dein Arm nicht ermüdet, was den Vogel beunruhigen würde. Ich nehme Prudentia besser wieder«, setzte sie hinzu, denn der kleine Arm zitterte vor Anspannung. Romilly setzte den Vogel auf eine Reck. »Und *Laran* bewirkt weiter nichts, als dass es dir hilft, deine Gedanken auf die des Vogels abzustimmen. Nur ist das Klima hier für gewöhnliche Falken zu rau, deshalb wirst du wohl warten müssen, bis du ins Tiefland zurückkehrst.«

Der Junge seufzte und sah bedauernd den Vogel auf der

Reck an. »Die hier sind zäher als Falken, nicht wahr? Sind sie verwandt mit den Kyorebni?«

»Sie haben Ähnlichkeit mit ihnen«, stimmte Romilly zu, »sind aber intelligenter als Kyorebni und auch als Falken.« Es kam ihr wie ein Verrat an Preciosa vor, dass sie das eingestand. Ein paar Tage des Rapports mit den Kundschaftervögeln hatten sie jedoch gelehrt, dass sie eine höhere Intelligenz besaßen.

»Darf ich Euch ... darf ich dir helfen, Rumal?«

»Ich bin beinahe fertig«, sagte Romilly, »aber wenn du möchtest, kannst du dies Grünzeug und die Steinchen in ihre Atzung mischen. Allerdings, wenn du das Aas anfasst, werden deine Hände danach stinken.«

»Ich kann sie mir am Brunnen waschen, bevor ich zum Chor gehe. Der Vater Cantor ist sehr fett und kommt immer zu spät zur Probe«, erklärte der Junge ernst. Romilly sah lächelnd zu, wie er das nach Wild riechende Fleisch aufteilte und es mit Kräutern und Steinchen bestreute. Doch das Lächeln verschwand schnell wieder. Dies Kind war ein Telepath und der Sohn Lyondri Hasturs. Er konnte sie alle in Gefahr bringen.

»Wie heißt du?«, erkundigte sie sich.

»Ich werde Caryl gerufen«, antwortete der Junge. »Ich wurde nach dem Mann genannt, der König war, als ich geboren wurde. Nur sagt Vater, *Carolin* sei heutzutage kein guter Name. Carolin missbrauchte seine Macht, sagt man, und war ein schlechter König. Deshalb musste sein Cousin Rakhal den Thron einnehmen. Aber zu *mir* war er freundlich.«

Das Kind wiederholte nur, was es von seinem Vater gehört hatte, sagte Romilly zu sich selbst. Caryl war mit der Zubereitung des Futters fertig und fragte, ob er einen der Vögel atzen dürfe.

»Gib das hier Prudentia«, sagte Romilly. »Sie ist die Sanfteste, und ich sehe, dass ihr euch bereits angefreundet habt.«

Er trug dem Vogel das Fleisch hin und sah zu, wie er gierig daran zerrte, während Romilly die beiden anderen atzte. Eine Glocke erklang im äußeren Hof des Klosters, gedämpft durch die dazwischenliegenden Mauern, und der Junge schrak zusammen.

»Ich muss zum Chor, und danach habe ich Unterricht. Darf ich heute Abend kommen und dir beim Füttern der Vögel helfen, Rumal?«

Romilly zögerte, und er versprach feierlich: »Ich werde dein Geheimnis bewahren, das gelobe ich.«

Da nickte sie. »Komm nur, wann immer du möchtest.« Der Junge rannte davon. Romilly sah, dass er sich die Hände am Hosenboden abwischte, wie jeder lebhafte Junge es getan hätte. Sein Versprechen, sie am Brunnen zu waschen, war vergessen.

Als er außer Sicht war, seufzte sie und blieb unbeweglich stehen, ohne auf die Vögel Acht zu geben.

Lyondri Hasturs eigener Sohn war hier im Kloster, und hier wollte sich Dom Carlo mit König Carolin treffen, ihm die wertvollen Kundschaftervögel schenken und in der Stadt eine Armee zusammenziehen.

Es war nicht ausgeschlossen, dass Caryl den König vom Ansehen kannte. Wenn sich nun Carolin verkleidet in der Stadt befand und ins Kloster kam, mochte der Junge ihn erkennen, und dann ...

Was kümmert es mich, welcher Schurke auf dem Thron sitzt? – hallten die Worte ihres Vaters in ihrem Geist wider. Aber Alderic, der ihr der beste junge Mann zu sein schien, den sie außer ihren Brüdern kannte, war Carolins geschworener Mann, vielleicht sogar sein Sohn. Auch Carlo und Orain waren dem vertriebenen König treu. Und sein Ratgeber Lyondri Hastur schien, was auch sein Sohn sagen mochte, einer der schlimmsten Tyrannen zu sein, von denen sie je gehört hatte.

Das ließ sich aus seiner Grausamkeit gegen Alarics Kinder schließen.

Und sie selbst war Dom Carlos Mann, zumindest so lange, wie sie in seinem Dienst Geld annahm. Er musste erfahren, welche Gefahr Carolin drohte, den er seinen rechtmäßigen König nannte. Vielleicht konnte er ihn warnen, dem Kloster nicht nahe zu kommen, weil hier ein Kind sei, das ihn erkennen und jede beliebige Verkleidung durchschauen würde. Die Augen des Jungen und sein Laran waren in der Tat scharf. Er hatte gesehen, dass Romilly eine Frau war.

Aber ich kann weder Dom Carlo noch seinem Freund sagen, woher ich weiß, dass dieses Kind Laran hat.

Romilly ging in den zum Kloster gehörenden Stall und fand die Pferde in guten Händen, sprach kurz mit den Knechten über ihre Pflege und gab ihnen, wie es sich gehörte, ein Trinkgeld. Orain hatte ihr einen großzügigen Betrag in Silber und Kupfer für ihre Ausgaben zur Verfügung gestellt. Nach der Begegnung mit dem kleinen Caryl war sie auf der Hut. Aber keiner der Stallknechte schenkte ihr die geringste Aufmerksamkeit. Alle nahmen sie für das, was sie war, einen weiteren Lehrling im Gefolge der jungen Edelleute, die im Kloster wohnten. Dann machte sie sich auf die Suche nach Dom Carlo, um ihm ihre Warnung zu überbringen. In den Räumen, die ihnen im Gästehaus zugewiesen waren, traf sie jedoch nur Orain an, der seine stümperhaft zusammengeschusterten Stiefel flickte.

Bei Romillys Eintritt blickte er hoch.

»Ist irgendetwas mit den Vögeln oder den Reittieren passiert, Junge?«

»Nein, es geht ihnen allen gut«, antwortete Romilly. »Verzeiht mir, wenn ich Euch in Eurer Mußestunde störe, aber ich muss Dom Carlo sprechen.«

»Du kannst ihn weder jetzt noch in absehbarer Zeit sprechen«, sagte Orain. »Er hat sich mit dem Vater Abt eingeschlossen, und ich glaube nicht, dass er ihm seine Sünden beichtet – er ist kein Cristofero. Kann ich etwas für dich tun, Junge? Eine dringende Arbeit liegt nicht an; die Vögel sind gut versorgt und gesund. Sieh dir doch einfach die Stadt an. Falls du dazu einen Vorwand brauchst, will ich dir einen Auftrag geben. Du kannst zum Beispiel diese Stiefel zum Flicken bringen.« Er hielt sie ihr hin und meinte mit seinem lustigen Grinsen: »Denn dazu reicht meine Geschicklichkeit nicht aus.«

»Den Auftrag will ich gern ausführen«, sagte Romilly. »Aber ich habe eine wirklich wichtige Nachricht für Dom Carlo. Er ... ihr alle seid Carolins Männer, und ich habe soeben gehört, dass ... dass jemand, der den König und vielleicht auch einige seiner Ratgeber kennt, hier im Kloster ist: Lyondri Hasturs Sohn Caryl.«

Orains Gesichtsausdruck veränderte sich. Seine Lippen spitzten sich zu einem tonlosen Pfiff. »Tatsächlich? Der Welpe dieses Wolfs ist hier und vergiftet die Gedanken der Leute gegen meinen Herrn?«

»Der Junge ist erst zwölf«, protestierte Romilly, »und scheint ein nettes Kind zu sein. Er sprach gut von dem König und sagte, zu ihm sei er immer freundlich gewesen. Aber er mag ihn kennen ...«

»Aye«, Orain blickte grimmig, »bestimmt. Eine eben ausgeschlüpfte Schlange kann beißen wie eine alte. Mir ist nichts Schlechtes über das Kind bekannt. Aber Alaric darf nicht wissen, dass es hier ist, sonst könnte er den Sohn für den Vater bezahlen lassen. Ich bezweifle, dass ich seine Hände von der Kehle eines Hastur-Sohns abhalten könnte, und ich kenne seine Gefühle recht gut. Mein Herr muss davon erfahren, und zwar schnell.«

»Würde Caryl auch Dom Carlo erkennen? War er so oft bei

Hofe? Ist Dom Carlo nicht –«, sie zögerte, »einer von Carolins Verwandten?«

Orain nickte. »Er gehört zur Hastur-Sippe.« Er seufzte. »Nun, ich werde das Kind im Auge behalten und Dom Carlo Bescheid geben. Du hast gut daran getan, mich zu warnen, Rumal. Dafür bin ich in deiner Schuld.« Als wolle er den Gedanken beiseite schieben, bückte er sich und hob die oft geflickten Stiefel hoch. »Bring sie in die Stadt, und damit du dich nicht verläufst, will ich mitkommen und dir den Weg zeigen.«

Sie verließen das Gästehaus des Klosters und wanderten die Straßen der alten Stadt hinunter. Orain hängte sich lässig bei Romilly ein. Die Bergluft war von stechender Kälte, und Romilly zog ihren Mantel enger zusammen. Aber Orain, der nur eine leichte Jacke trug, schien sich wohl zu fühlen.

»Ich liebe die Bergluft«, erklärte er. »Ich wurde im Schatten des Hohen Kimbi geboren. Wenn ich auch am Ufer des Sees von Hali aufwuchs, halte ich mich doch immer noch für einen Bergbewohner. Woher stammst du?«

»Ich bin in den Kilghardbergen geboren, aber nördlich des Kadarin«, antwortete Romilly.

»In dem Land um Storn? Aye, ich kenne es gut. Kein Wunder, dass du die Falken im Blut hast; mir geht es ebenso.« Er lachte verlegen auf. »Allerdings bist du mir darin über. Einen Kundschaftervogel habe ich früher nie gehalten, und ich werde mich nicht schlecht behandelt fühlen, wenn ich nie wieder einen in die Hände bekomme.« Sie traten in den Eingang eines Ladens, der streng nach Leder und Lohe und Harz roch. Der Schuhmacher hob angesichts von Orains alten Stiefeln hochmütig die Brauen, änderte seinen Ton jedoch schnell, als Orain seine Börse zog und Silber und sogar Kupfer vor ihn hinlegte.

»Wann wünscht der *vai dom* diese Stiefel zurück?«

»Ich vermute, das Flicken lohnt sich bei ihnen nicht mehr«, sagte Orain. »Aber sie passen mir gut; macht mir ein Paar nach ihrem Maß, denn ich werde hoch in die Schneeberge hinauf müssen. Hast du Stiefel für die Hellers, Rumal? Bestimmt wirst du doch mit uns nach Tramontana reiten?«

Warum schließlich nicht? dachte Romilly. *Ich habe kein anderes Ziel, und wenn Ruyven dort ist oder ich Nachricht über ihn erhalten kann, ist Tramontana für mich der beste Weg.*

»Die Stiefel, die der junge Herr trägt, werden auf den Gletscherpfaden nicht lange halten«, meinte der Schuhmacher mit einem unterwürfigen Blick zu Orain hin. »Ich kann Eurem Sohn für zwei Silberstücke ein gutes, stabiles Paar anfertigen.«

Erst jetzt merkte Romilly, wie großzügig Dom Carlo Vorsorge getroffen hatte, sie für ihre Bemühungen um die Vögel und Reittiere zu bezahlen. Schnell sagte sie: »Ich habe –«

»Still, Junge«, unterbrach Orain sie. »Dom Carlo hat mich beauftragt, mich darum zu kümmern, dass du – wie auch alle seine Männer – bekommst, was du für die Reise brauchst. Setz dich jetzt hin und lass deinen Fuß messen ... mein Sohn«, fügte er grinsend hinzu.

Romilly tat, wie ihr geheißen war, und streckte ihren schlanken Fuß in dem schäbigen, zu großen Strumpf aus. Der Schuhmacher pfiff eine Melodie vor sich hin, während er Maß nahm und mit einem Kreidestumpf geheimnisvolle Notizen und Ziffern auf eine Tafel neben seiner Bank malte. »Wann sollen sie fertig sein?«

»Gestern«, brummte Orain. »Es kann sein, dass wir die Stadt von einem Augenblick zum anderen verlassen müssen.«

Der Schuhmacher protestierte; Orain feilschte ein paar Minuten lang mit ihm, und dann einigten sie sich auf den Preis und übermorgen.

Sie verließen den Laden. »Morgen wäre besser«, meinte Orain finster. »Aber diese Handwerker haben heutzutage keinen Stolz mehr auf ihre Kunst. Nichts da!«, schnaubte er, als Romilly den Rückweg einschlagen wollte. »Du willst wohl schleunigst ins Kloster zurück und in kalter Linsensuppe und Dünnbier schwelgen? Nach all diesen Tagen auf der Straße mit Mehlbrei und Reisebrot, das nicht viel besser als Hundekuchen ist, bin ich für Brathuhn und einen Schluck guten Weins in einer Garküche. Warum willst du schon umkehren? Die Vögel werden ja nicht wegfliegen, oder? Die Pferde stehen in ihrem warmen Stall, und die Mönche geben ihnen sicher Heu, wenn wir nicht zurückkommen. Machen wir also einen Spaziergang durch die Stadt.«

Romilly gab schulterzuckend nach. Sie war noch nie in einer Stadt von der Größe Nevarsins gewesen, und sie fürchtete, sich zu verlaufen, wenn sie allein auf Erkundung ausging. Aber mit Orain konnte sie den Weg durch die verwirrenden Straßen kennen lernen. Das Kloster ließ sich nicht verfehlen, da brauchte sie nur bergauf zu gehen. Es lag ja hoch über der Stadt.

Der kurze Wintertag wurde heller und wieder dämmerig, während sie durch die Stadt gingen, meistens in freundschaftlichem Schweigen. Orain schien keine Lust zu haben, viel zu reden. Doch er machte sie auf verschiedene Sehenswürdigkeiten aufmerksam, den alten Schrein Sankt Valentins vom Schnee, die Höhle hoch oben im Berg, wo der Heilige gelebt haben und gestorben sein sollte, eine Werkstatt, die, wie er sagte, die beste Hufschmiede nördlich von Armida sei, einen Zuckerbäcker, bei dem, wie er grinsend erzählte, die Studenten aus dem Kloster an den Feiertagen ihr Taschengeld ließen. Romilly war zu Mute, als sei sie einer ihrer Brüder, unbehindert von all den Vorschriften, die das Benehmen der Frauen regelten. Mit Orain verstand sie sich so gut, als habe sie ihn ihr Leben lang gekannt. Er hatte den ländlichen Dialekt völlig vergessen und sprach mit angenehmer, kultivierter Stimme, die nur, wie bei Alderic, einen Hauch von Tiefland-Akzent hatte.

Sein Alter konnte Romilly nicht erraten. Er war bestimmt kein junger Mann mehr. Andererseits hielt sie ihn für nicht so alt wie ihren Vater. Seine Hände waren rau und schwielig wie die eines Schwertkämpfers, aber die Nägel waren sauber und gepflegt, nicht schmutzig und abgebrochen wie die der anderen Gefolgsleute Dom Carlos.

Er musste wohlgeboren sein, wenn er der Pflegebruder des vertriebenen Carolin gewesen war. Ihr Vater, davon war sie überzeugt, hätte ihn willkommen geheißen und ihm die Ehren erwiesen, die einem Edelmann zustehen. Und obwohl Dom Carlo ihn nicht ganz als seinesgleichen behandelte, zeigte er ihm doch Zuneigung und Achtung und holte in allen Dingen seinen Rat ein.

Gegen Abend führte Orain sie in eine Garküche und bestellte eine Mahlzeit. Romilly meinte, protestieren zu müssen.

»Ihr solltet nicht ... ich kann meinen Anteil bezahlen.«

Orain zuckte die Schultern. »Ich esse nicht gern allein. Und Dom Carlo hat angedeutet, er habe heute Abend einen anderen Fisch zu braten.«

Romilly neigte den Kopf und nahm die Einladung mit Würde an. Sie war noch nie in einer öffentlichen Gastwirtschaft oder Garküche gewesen. Es fiel ihr auf, dass außer der fetten Kellnerin, die Geschirr vor sie hinknallte und wieder verschwand, keine Frau anwesend war. Wüsste Orain, dass sie ein Mädchen war, hätte er sie nie hierhergebracht. Wenn eine Dame, so unvorstellbar es war, das Lokal beträte, würde alles voller Ehrerbietung um sie herumspringen. Niemals würde man sie als selbstverständlich hinnehmen, und erst recht nicht hätte sie sich bequem hinlümmeln können, die Füße auf der Bank gegenüber. Vergnügt nippte Romilly an ihrem Becher mit Apfelwein, während herrliche Küchendüfte den Raum zu füllen begannen. Nein, es war besser, sie blieb ein Junge. Sie hatte anständige Arbeit und verdiente alle zehn Tage drei Silberstücke. Keine Köchin, kein Milchmädchen durfte auf eine so gute Bezahlung hoffen. Romilly erinnerte sich daran, was Rorys Großmutter von der Zeit vergangenen Reichtums erzählt hatte. Wenn ihr Mann nicht mit ihr schlafen konnte, wurde er zu dem Milchmädchen geschickt, ohne dass sich irgendwer Gedanken darüber machte, was das Milchmädchen davon hielt. Lieber wollte sie ihr ganzes Leben in Hosen und Stiefeln verbringen, als auch noch diese Pflichten auferlegt zu bekommen!

Romilly ertappte sich bei der Überlegung, ob auch Luciella dergleichen von ihren Dienstboten verlangte. Zuweilen musste es geschehen, denn da war Neldas Sohn. Es bereitete Romilly Unbehagen, in dieser Weise an ihren Vater zu denken, und sie hielt sich vor, dass er ein Cristofero war ... aber machte das einen Unterschied? In der Welt, in der sie aufgewachsen war, galt es als selbstverständlich, dass ein Edelmann Bastarde und Nedestro-Söhne und -Töchter hatte. Romilly hatte eigentlich nie über deren Mütter nachgedacht.

Sie rutschte auf ihrem Sitz herum, und Orain fragte grinsend: »Hungrig? In der Küche da drüben riecht etwas sehr gut.« Ein halbes dutzend Männer warf Pfeile nach einem Brett an der hinteren Wand, andere würfelten. »Sollen wir Pfeile werfen, Junge?«

Romilly schüttelte den Kopf und wandte ein, sie kenne das Spiel nicht. »Aber lasst Euch von mir nicht aufhalten.«

»Du wirst es nie jünger lernen«, sagte Orain, und schon fand Romilly sich mit einem Pfeil in der Hand wieder.

»Halte ihn so«, wies Orain sie an, »und lass ihn einfach fliegen. Du brauchst ihn nicht mit Kraft zu werfen.«

»So ist's richtig«, bemerkte einer der Männer, der in der Menge hinter ihr stand. »Stell dir einfach vor, der Kreis auf der

Wand sei der Kopf König Carolins und du habest Aussicht auf die fünfzig Kupfer-Reis, die darauf als Belohnung ausgesetzt sind!«

»Lieber stelle ich mir vor«, erklang eine verbitterte Stimme, »dass das der Kopf des blutdürstigen Wolfs Rakhal ist oder der seines Oberschakals Lyondri Hastur!«

»Das ist Hochverrat!«, rief ein Dritter, und der vorige Sprecher verstummte. »So ein Gerede ist nicht einmal hier jenseits des Kadarin ungefährlich. Wer weiß, was für Spione Lyondri Hastur in die Stadt schickt?«

»Ich sage: Zandru plage sie beide mit Schwären und dem Kahlfieber«, meinte wieder ein anderer. »Was interessiert es freie Bergbewohner, welcher große Schurke seinen Hintern auf den Thron pflanzt oder welcher größere Schurke ihn herunterreißen will? Ich sage: Zandru hole sie beide in seine Höllen, und ich wünsche ihm viel Vergnügen an ihrer Gesellschaft, damit sie südlich des Flusses bleiben und anständige Menschen in Frieden ihren Geschäften nachgehen lassen!«

»Carolin muss etwas verbrochen haben, sonst hätte man ihn nie vom Thron geholt«, tat einer seine Meinung kund. »Die *Hali'imyn* da unten glauben, die Hasturs seien mit ihren schmutzigen Göttern verwandt. Ich habe vielleicht Geschichten gehört, als ich das Land bereiste, und ich könnte euch Dinge erzählen.«

Die Pfeile waren vergessen; niemand kam, um Romilly abzulösen. Sie flüsterte Orain zu: »Wollt Ihr es zulassen, dass sie so über König Carolin reden?«

Orain antwortete nicht darauf. Er sagte: »Unser Fleisch steht auf dem Tisch, Rumal. Nachbarn, vielleicht werden wir später eine Runde spielen, aber das Essen wird kalt, während wir hier schwatzen.« Er winkte Romilly, die Pfeile hinzulegen und an ihren Platz zu gehen. Orain schnitt das Fleisch in Stücke und sagte dabei halblaut: »Wir sind hier, um Carolin zu dienen, Junge, nicht um ihn vor Narren in einer Kneipe zu verteidigen. Iss, Rumal.« Eine Weile später setzte er, immer noch leise, hinzu: »Mir lag nicht zuletzt deswegen an einem Gang durch die Stadt, weil ich hören wollte, was das Volk denkt, welche Unterstützung es dem König geben würde. Wenn wir hier Männer für ihn versammeln wollen, ist es wichtig, dass die Öffentlichkeit auf ihrer Seite steht, damit uns keiner verrät. Vieles kann im Geheimen geschehen, aber eine Armee lässt sich so nicht aufstellen!«

Romilly stieß ihre Gabel in das gebratene Fleisch und aß schweigend. Ihr war aufgefallen, dass Orain, immer wenn er mit ihr sprach, den bäuerlichen Dialekt ohne nachzudenken ablegte und sich wie ein gebildeter Mann ausdrückte. Nun, wenn er des Königs Pflegebruder war, wie sie gehört hatte, war das nicht verwunderlich. Carlo musste ebenfalls eine hohe Stellung unter seinen Ratgebern eingenommen haben. Zweifellos waren auch ihm Land und Besitz weggenommen worden, als Carolin den Thron verlor und in die Berge floh. Das erinnerte sie von neuem daran –

Ich weiß nicht, ob Carolin Feinde in dieser Stadt hat, aber bestimmt hat er wenigstens einen im Kloster. Ein Kind wie Caryl kann ihm kaum großen Schaden zufügen, und er sagte, der König sei freundlich zu ihm gewesen. Aber wenn Carlo und Orain sich mit dem König innerhalb der Klostermauern treffen wollen, gibt es ein Paar Augen, die ihn erkennen werden. Sie müssen es verhindern, dass der König ins Kloster kommt. Romilly fragte sich, warum sie sich Gedanken darüber machte, was aus dem vertriebenen König wurde. Wie ihr Vater so oft gesagt hatte: Was kam es darauf an, welcher große Schurke auf dem Thron saß oder welche größere Schurke ihn zu verdrängen suchte?

Orain und Carlo würden einem schlechten Herrn nicht folgen. Der Mann, den sie für ihren rechtmäßigen König halten, ist auch mein rechtmäßiger König! Und die Geschichte über den bösen Hastur-Lord Lyondri hatte sie mit Abscheu erfüllt. Irgendwie, ohne es zu merken, war sie zum Partisanen für Carolin geworden.

»Nimm das letzte Kotelett, Junge, du wächst noch und brauchst dein Essen«, grinste Orain und rief bei der Kellnerin nach mehr Wein. Romilly griff nach einem weiteren Becher, und Orain klopfte ihr auf die Finger.

»Nein, nein, du hast genug gehabt. Bringt dem Jungen Apfelwein, Frau, er ist zu jung für Euren Rachenputzer! Ich möchte dich nicht nach Hause tragen müssen«, meinte er gutmütig, »und Burschen deines Alters können dieses Zeug noch nicht vertragen.«

Mit brennendem Gesicht hob Romilly den großen Becher Apfelwein, den die Kellnerin vor sie hinstellte. Sie nahm einen Schluck und gestand sich ein, dass er ihr besser schmeckte als der starke Wein, der ihr in Mund und Magen brannte und sie schwindelig machte. Sie murmelte: »Danke, Orain.«

Er nickte. »Nichts zu danken. Ich wünschte, mir hätte ein Freund den Kopf aus der Weinkanne gehauen, als ich in deinem Alter war. Jetzt ist es zu spät.« Er hob seinen eigenen Becher und tat einen tiefen Zug.

Romilly blieb satt und schläfrig sitzen, als Orain wieder vor die Zielscheibe trat. Er forderte sie auf, mitzuspielen. Aber sie schüttelte den Kopf. Angenehm müde hörte sie den Gesprächen an der Theke zu.

»Gut geworfen! Genau ins Auge des Königs, den du nicht leiden kannst!«

»Ich hörte, Carolin sei in den Hellers, weil die *Hali'imyn* zu verweichlicht sind, um ihm da oben nachzusetzen – sie könnten sich ihre zarten Steigknochen erfrieren!«

»Ob Carolin hier ist oder nicht, es gibt genug Leute, die auf seiner Seite stehen. Er ist ein guter Mann!«

»Was Carolin auch sein mag, ich werde mich jeder Partei anschließen, die diesem Bastard Lyondri den Strick um den Hals legt, wie er es verdient! Habt ihr gehört, was er dem alten Lord di Asturien angetan hat? Er hat ihm das Haus über dem Kopf angezündet, dem armen alten Mann, und er und seine alte Dame hätten in Nachtgewändern und Pantoffeln auf der Straße gestanden, wenn einer ihrer Waldarbeiter sie nicht hereingeholt und ihnen einen Platz gegeben hätte, wo sie sich hinlegen konnten ...«

Nach einer Weile begann Romilly zu träumen. Carolin und der Usurpator Rakhal, die Gesichter wie große Bergkatzen hatten, schlichen durch die Wälder und griffen sich gegenseitig an. Schrille Falkenschreie ertönten, als schwebe sie selbst hoch oben am Himmel und sehe dem Kampf zu. Sie flog über einen weißen Turm, und Ruyven winkte ihr von den Zinnen aus zu. Dann hatte er Flügel, flog neben ihr her und versicherte ihr ernst, Vater werde das nicht billigen. Feierlich erklärte er: »Der Lastenträger sagt, einem Menschen sei es verboten, zu fliegen, und das ist der Grund, warum ich keine Flügel habe.« Damit fiel er wie ein Stein. Romilly wurde vor Schreck wach und merkte, dass Orain sie leicht schüttelte.

»Komm, Junge, es ist spät, die Türen werden geschlossen, wir müssen ins Kloster zurück!«

Sein Atem roch nach Wein, er sprach undeutlich, und Romilly fragte sich, ob er noch gehen könne. Sie legte ihm seinen Mantel um die Schultern, und sie traten in die frostklirrende Dunkelheit hinaus. Es war sehr spät; die meisten Häuser waren dunkel. Irgendwo bellte aufgeregt ein Hund. Sonst war kein Laut zu hören. Der blasse, kalte Schein des blauen Mondes Kyrrdis lag als einziges Licht auf den Giebeln der Stadt. Orains Schritte waren unsicher. Er hielt sich mit einer Hand an der nächsten Häuserreihe fest. Aber als sich die schmale Straße auf eine Treppe öffnete, stolperte er auf dem Kopfsteinpflaster, fiel der Länge nach hin und heulte in trunkener Überraschung auf. Romilly half ihm auf die Beine und meinte belustigt: »Ihr solltet lieber meinen Arm nehmen.« Hatte er dafür gesorgt, dass sein Gefährte nüchtern blieb, um auf dem Rückweg zum Kloster einen Führer zu haben? Romilly war recht gut darin, einen Weg wiederzufinden, den sie schon einmal gegangen war. Es gelang ihr, ihn bergauf in den Schatten des Klosters zu dirigieren.

»Wisst Ihr genau, dass Carolin in der Stadt ist, Orain?«, fragte sie schließlich leise. Er jedoch spähte ihr mit dem Argwohn des Betrunkenen ins Gesicht. »Warum willst du das wissen?« Sie zuckte die Schultern und ließ das Thema fallen. Sobald er wieder nüchtern war, wollte sie mit ihm darüber reden. Wenigstens hatte der Wein ihm nicht die Zunge gelockert; er würde nichts von seinen Aufgaben und Plänen ausplaudern. Während sie die letzte steile Straße hochgingen, die in den Hof des Gästehauses führte, umklammerte er fest ihren Arm. Manchmal legte er ihr auch einen Arm um die Schultern, aber Romilly entzog sich ihm. Wenn er sie so eng an sich drückte, wie es Rory getan hatte, entdeckte er vielleicht, dass unter der schweren Kleidung eine Frau steckte.

Ich mag Orain gern und möchte ihn gern achten, aber wenn er wüsste, dass ich eine Frau bin, wäre er wie alle anderen ...

Immer schwerer stützte er sich auf sie. Einmal wandte er sich von ihr ab, knöpfte seine Hose auf und erleichterte sich gegen eine Hauswand. Romilly war nicht zum ersten Mal dankbar für ihre ländliche Erziehung, die es ihr ermöglichte, so etwas hinzunehmen, ohne zu erröten. Hätte sie immer nur im Haus gesessen wie Luciella oder ihre jüngere Schwester, würde sie ein dutzend Mal am Tag aus der Fassung geraten. Aber wiederum, wenn sie im Haus gesessen hätte, wäre es ihr vermutlich nie eingefallen, sich der von ihrem Vater arrangierten Heirat zu entziehen. Und bestimmt wäre sie nicht im

Stande gewesen, mit so vielen Männern zu reiten, ohne sich irgendwie zu verraten.

Am Tor des Klosters zog Orain den Strang der Glocke, die dem Pförtner des Gästehauses ihre Ankunft verkündete. Es war sehr spät; Romilly fürchtete einen Augenblick, sie würden nicht mehr eingelassen werden. Aber dann tauchte der Bruder Pförtner auf und öffnete ihnen brummend. Missbilligend runzelte er die Stirn und rümpfte die Nase, als er den schweren Weindunst um sie beide wahrnahm. Immerhin ließ er sie ein. Orain bot ihm ein Silberstück an, das er ablehnte.

»Es ist mir nicht erlaubt, Freund. Ich danke Euch für die freundliche Absicht. Nein, in Euer Zimmer geht es hier entlang.« Hörbar fragte er Romilly: »Könnt Ihr ihn in sein Zimmer bringen?«

»Hier entlang, Orain.« Romilly schob ihn auf seine Tür zu. Drinnen sah Orain sich benommen um, wie eine Eule im Tageslicht. »Wo ...«

»Legt Euch nieder und schlaft.« Romilly stieß ihn auf das nähere der beiden Betten und zog an seinen schweren Stiefeln. Er gab unzusammenhängende Proteste von sich. Er war betrunkener, als sie gedacht hatte.

Dann hielt er sie an einem Handgelenk fest. »Du bist ein guter Junge. Aye, Rumal, ich mag dich, aber du bist ein Cristofero. Einmal habe ich gehört, dass du den Lastenträger anriefst ... verdammt ...«

Sacht befreite Romilly ihre Hand, deckte ihn mit seinem Mantel zu und stahl sich hinaus. Wo mochte Dom Carlo sein? Doch wohl nicht immer noch in Klausur mit dem Vater Meister? Nun, es ging sie nichts an, und sie musste früh aufstehen, um für die Reittiere und die Kundschaftervögel zu sorgen. Da sie das Quartier von Carlos und Orains Begleitern nicht teilen wollte, hatte sie sich entschlossen, sich im Stall ins Heu zu legen – da war es warm, und sie war unbeobachtet. So brauchte sie nicht ganz so ängstlich wie sonst darauf bedacht zu sein, ihren Körper nicht zufällig zu enthüllen. Erst als sie wieder allein war, wurde ihr bewusst, welche Anstrengung es sie kostete, ständig vor irgendeinem verräterischen Wort, irgendeiner Geste auf der Hut zu sein. Sie zog die Stiefel aus, war froh über die dicken Strümpfe darunter, rollte sich im Heu zusammen und versuchte einzuschlafen.

Aber zu ihrer Verwunderung gelang ihr das nicht. Sie hörte die Vögel auf ihren Stangen, die leise scharrenden Hufe der Pferde und Chervines. Aus den Tiefen des Klosters erklang ein Glöckchen, und weit weg schlurften Füße. Die Mönche begaben sich zum Nachtgebet, während alles um sie herum schlief. Hatte Orain eine Fehde mit den Cristoferos, dass er sagte, er möge sie gern, *aber* sie sei eine Cristofero? War er in religiöser Beziehung engstirnig? Romilly hatte im Grunde nie darüber nachgedacht. Sie war eine Cristofero, weil ihre Familie es war und weil sie ihr Leben lang die Geschichten und guten Lehren des Lastenträgers gehört hatte. Dieser Glaube, so sagten die Cristoferos, sei vor Menschengedenken von den Sternen gekommen. Gedämpftes Singen drang an ihr Ohr. Endlich fiel Romilly in einen unruhigen Schlaf. Eine Weile träumte sie vom Fliegen. Sie schwebte auf den Schwingen eines Falken oder eines Kundschaftervogels nicht über ihre Berge, sondern über ein flaches Land, grün und schön, mit Seen und weiten Feldern, und an einem großen See erhob sich ein weißer Turm. Eine Glocke irgendwo im Kloster weckte sie halbwegs auf. Mit einigem Bedauern dachte sie, dass sie den Chor hätte hören können, wenn sie im Kloster zu Abend gegessen hätte – vielleicht für alle Zeit als einzige Frau.

Nun, anscheinend blieben sie noch tagelang hier, es würde andere Abende und andere Gottesdienste geben. Welch ein Glück, dass Darren nicht mehr im Kloster weilte. Noch vom hintersten Platz aus hätte er sie gesehen und erkannt.

Wenn König Carolin ins Kloster kommt, wird der kleine Caryl ihn erkennen. Dom Carlo muss ihn warnen.

Und dann schlief sie wieder ein und hatte verworrene Träume von Königen und Kindern, und neben ihr sprach jemand mit Orains Stimme und liebkoste sie. Endlich sank sie in tiefen, traumlosen Schlaf und erwachte beim ersten Licht von den Schreien der Kundschaftervögel.

Das Leben im Kloster wurde schnell zur Gewohnheit. Aufstehen am frühen Morgen, um die Tiere zu versorgen, Frühstück im Gästehaus, gelegentlich ein Botengang für Dom Carlo oder Orain. Zwei Tage später bekam Romilly ihre neuen, nach Maß gearbeiteten Stiefel. Von ihrem Lohn – sie hatte Geld bekommen, denn nun war sie zehn Tage im Dienst – kaufte sie sich an einem Marktstand warme Strümpfe, so dass sie die anderen waschen konnte. Sie hatte sie getragen, seit Orain sie ihr geschenkt hatte. Nachmittags wanderte sie allein in der Stadt Nevarsin umher. Sie genoss die Freiheit, von der sie in der Zeit, als sie noch die damenhafte Tochter des MacAran war, nicht einmal hatte träumen dürfen. Am Abend ließ sie die Vögel erneut fliegen und atzte sie. Nach einem frugalen Essen im Gästehaus schlüpfte sie in die Kapelle und lauschte dem Chor aus Männern und Knaben. Unter den Jungen war ein Sopran mit süßer, flötenähnlicher Stimme. Romilly strengte ihre Augen an und stellte fest, dass es der kleine Caryl war, der Sohn Lyondri Hasturs.

Caryl wünschte König Carolin nichts Böses. Romilly hoffte, ihre Warnung sei über Orain und Dom Carlo bis zu dem König gelangt, so dass er nicht in die Stadt kam.

Ein paarmal während der folgenden zehn Tage ging sie mit Orain in diese oder eine andere Kneipe. Aber nie wieder trank er mehr als einen oder zwei Becher von dem hiesigen Wein und wurde davon nicht einmal ein bisschen beschwipst. Romilly hatte Dom Carlo nicht wiedergesehen. Vermutlich ging er irgendwelchen Geschäften für König Carolin nach, die ihn in diese Stadt geführt hatten. Er mochte Nevarsin verlassen haben, um Carolin zu warnen, dass der kleine Caryl im Kloster ihn erkennen würde. Romilly traute dem Jungen nicht zu, Carolin zu verraten. Er hatte gesagt, der König sei freundlich zu ihm gewesen, aber natürlich gehörte seine Loyalität seinem eigenen Vater. Sie stellte Orain keine Fragen. Es war nicht ihre Angelegenheit, und sie war es ganz zufrieden, nichts Näheres zu wissen.

Gelegentlich fragte sie sich, wenn ihr Vater sie mit einem Mann wie Orain hätte verheiraten wollen, ob sie dann eingewilligt hätte. Sie glaubte schon. Aber auch das war zweifelhaft. *Denn dann wäre ich zu Hause geblieben und verheiratet worden und hätte diese wundervolle Freiheit in Stadt und Kneipe, in Wald und Feld nie kennen gelernt, hätte nie selbständig gearbeitet und Geld in der Tasche gehabt, niemals gemerkt, dass ich nicht frei war, nie einen Kundschaftervogel fliegen lassen.*

Die großen hässlichen Vögel waren ihr ans Herz gewachsen. Jetzt kröpften sie so zutraulich auf ihrer Hand wie ein Sperlingsfalke oder der Käfigvogel eines Kindes. Entweder wurde ihr Arm stärker, oder sie gewöhnte sich an ihr Gewicht. Jedenfalls konnte sie sie jetzt beträchtliche Zeit halten. Ihre Anhänglichkeit und die Freude, die sie im Rapport mit ihnen empfand, ließen sie mit Bedauern an Preciosa denken. Würde sie den Falken jemals wieder sehen?

Die anderen Männer sah sie selten. Sie schlief von ihnen getrennt und begegnete ihnen nur morgens und abends, wenn sie alle zu den Mahlzeiten im Gästehaus des Klosters zusammentrafen. Das war ihr nur recht. Sie fürchtete sich immer noch ein bisschen vor Alaric, und auch die anderen kamen ihr merkwürdig und fremd vor. Manchmal hatte es den Anschein, als sei der einzige Mensch, mit dem sie in diesen Tagen sprach, der kleine Caryl – abgesehen von dem Mann, der das Futter für die Vögel, Pferde und Chervines lieferte. Caryl kam, sobald er dem Unterricht für ein paar Minuten entrinnen konnte, um sich die Vögel anzusehen, sie zu halten, liebevoll mit ihnen zu sprechen. Romilly war immer ein bisschen nervös in seiner Gegenwart. Wie leicht konnte er sie gedankenlos mit *vai domna* ansprechen – es war eine schwere Last für ein Kind, dieses Geheimnis zu bewahren. Einmal kam Orain in die Kapelle, um sich den Gesang anzuhören. Er setzte sich ganz hinten in den Schatten, und Romilly sagte sich, der kleine Junge auf der beleuchteten Empore werde das Gesicht eines einzelnen Mannes im dunkelsten Teil der Kapelle sicher nicht erkennen. Aber das Kind kannte Carolin, daher mochten ihm auch dessen Gefolgsleute nicht unbekannt sein. Sie stand auf und ging leise hinaus. Denn sie fürchtete, der kleine Telepath werde ihre Aufregung wahrnehmen und den Grund dafür in ihren Gedanken lesen.

Die Mittwinternacht war nahe. Auf dem Marktplatz tauchten Stände voller Gewürzbrot, verziert mit Kupferfolie und buntbemaltem Spielzeug auf, und die Zuckerbäcker schmückten ihre Auslagen mit Sternen, die aus Nusspaste geschnitten waren. Romilly empfand Heimweh bei dem Duft des frisch gebackenen Gewürzbrots. Luciella buk es immer selbst. Sie sagte, den Dienstboten solle zu dieser Jahreszeit nicht noch zusätzliche Arbeit aufgebürdet werden. Fast bedauerte Romilly es, ihr Zuhause verlassen zu haben. Aber dann fiel ihr ein, dass sie das Fest auf keinen Fall daheim verbracht hätte, sondern in Scathfell als Frau von Dom Garris – und mittlerweile sähe sie aus wie Darissa, schwanger mit ihrem ersten Kind, dick und hässlich! Nein, lieber war sie hier. Sie wünschte sich nur, sie könnte Rael ein Geschenk schicken oder ihm diese herrlichen Auslagen zeigen.

Als sie am Tag vor dem Fest erwachte, blies der Wind Schnee durch die Ritzen des Stalles, in dem sie schlief, doch ihr war in dem hoch aufgeschichteten Heu warm. Vom Wall um die Welt heulte ein Mittwintersturm heran. Auf dem Hof des Klosters lag der frische Pulverschnee knietief. Romilly zog beide Paar Strümpfe und eine zusätzliche Jacke an. Trotzdem zitterte sie, als sie hinausging, um sich am Brunnen zu waschen. Die kleinen Novizen und Studenten liefen jedoch barfuß durch den Schnee, und sie staunte darüber, dass sie dabei lachten und schwatzten und sich mit Schneebällen bewarfen. Sie sahen rosig und warm aus, während ihre eigenen Hände blau vor Kälte waren.

Sie ging in den Stall der Reittiere und blieb bestürzt stehen. Dom Carlos Pferd war nicht da! War es gestohlen worden? Oder war Dom Carlo in diesem Unwetter ausgeritten? Es schneite immer noch. Hin und wieder rieselten Schneeflocken von dem überbürdeten Himmel. Gerade warf sie den Tieren ein paar Gabeln duftendes Heu vor, als Orain hereinkam.

»Dom Carlos Pferd –«, platze sie heraus.

»Still, Junge«, sagte er mit leiser Stimme. »Nicht einmal vor den Männern! Sein Leben könnte in deinen Händen liegen. Nicht ein Wort!«

Romilly nickte, und er fuhr fort: »Guter Junge. Komm heute Mittag mit mir in die Stadt. Wer weiß, vielleicht habe ich ein Mittwintergeschenk für dich, der du fern von Heim und Familie bist.« Es war, als habe er ihre Gedanken gelesen. Romilly wandte sich ab. »Ich erwarte keine Geschenke, Sir«, erklärte sie steif. Was wusste er, was hatte er erraten? Aber er grinste nur. »Vergiss es nicht, heute Mittag!« Damit ging er.

Mittags versuchte Romilly im tiefen Schnee, die Kundschaftervögel vor der Atzung dazu zu bringen, ein bisschen zu fliegen; sie bekamen bei diesem Wetter viel zu wenig Bewegung. Als sie ihnen die Leinen anlegte, kreischten sie rebellisch. Der immer noch fallende Schnee passte ihnen gar nicht. Auf den Pflastersteinen lag der Schnee so hoch, dass er Romilly über die Stiefelschäfte reichte und auf den Innenseiten niedertröpfelte. Ihre Füße waren kalt und ihre Finger steif. Ihr war recht verdrießlich zu Mute, und nicht einmal das fröhliche Gesicht des kleinen Caryl vermochte ihre Stimmung zu heben. Sie dachte: *Bei diesem Wetter wäre es ganz angenehm, als Dame am Feuer zu sitzen und nichts weiter zu tun zu haben, als zu sticken und Gewürzbrot zu backen!* Caryl trug nur ein ärmelloses dünnes Jäckchen und stand barfuß im Schnee. Brummig fragte Romilly: »Frierst du nicht?«

Lachend schüttelte er den Kopf. »Als Erstes bringen uns die Mönche bei, wie wir uns von innen erwärmen, durchs Atmen. Einige der älteren Mönche können sogar im Wasser des Brunnens baden und dann ihre Kleider durch die Körperwärme trocknen. Das ist jedoch ein bisschen mehr, als ich mir zutrauen würde. Die ersten zehn Tage, bevor ich es gelernt hatte, war mir kalt, danach nie mehr. Armer Rumal, du frierst – ich wollte, ich könnte es dich lehren.« Er streckte den Arm nach Prudentia aus und sagte ernsthaft: »Komm, Vögelchen, du musst fliegen. Ich weiß, du magst den Schnee nicht, aber es ist nicht gut für dich, wenn du die ganze Zeit auf deiner Reck sitzt. Deine Flügel sollen doch nicht schwach werden.«

Prudentia hob ab und kreiste am Ende der Leine. Caryl warf das Federspiel und beobachtete, wie sie niederstürzte. »Sieh nur, es macht ihr Spaß, damit zu spielen, sogar im Schnee! Sieh dir das nur an!«

»Du bist glücklich«, sagte Romilly sauer. »Gefällt dir der Sturm so gut?«

»Nein, ich wäre gern draußen, aber bei diesem Wetter muss ich drinnen bleiben, und der Fechtmeister kann nicht kommen, so dass ich eine Unterrichtsstunde versäume«, antwortete der Junge. »Aber ich freue mich, weil morgen Feiertag ist und mein Vater mich besuchen kommt. Mir fehlen mein Vater und meine Brüder, und Vater wird mir bestimmt ein schönes Geschenk mitbringen. Ich bin zwölf Jahre alt, und er hat mir ein gutes Schwert versprochen. Vielleicht bekomme ich es nun als Mittwintergeschenk. Und er geht immer mit mir in die Stadt, damit ich mir Gewürzbrot und Süßigkeiten kaufen kann, und meine Mutter schickt mir jedes Jahr zu Mittwinter einen neuen Mantel. Ich habe sehr fleißig gelernt, weil ich möchte, dass er zufrieden mit mir ist.«

Lyondri Hastur? Hier im Kloster? Romillys erster Gedanke galt Orain und Dom Carlo, ihr zweiter dem König. Sich zur Ruhe zwingend, fragte sie: »Ist dein Vater schon da?«

»Nein, aber er kommt zum Fest, falls das Wetter ihn nicht eine Tagesreise von hier festhält«, erzählte der Junge. »Und Vater fürchtet sich überhaupt nicht vor Stürmen! Er hat etwas von der alten Delleray-Gabe, er kann das Wetter beeinflussen. Du wirst sehen, Vater sorgt dafür, dass es noch vor heute Abend zu schneien aufhört.«

»Das ist ein Laran, von dem ich noch nie gehört habe«, meinte Romilly. »Besitzt du es auch?«

»Ich glaube nicht«, sagte das Kind. »Ich habe nie versucht, es anzuwenden. Willst du mich Temperentia fliegen lassen, während du Diligentia nimmst?«

Sie gab dem Kind die Leine und versuchte, sich ihre Aufregung nicht anmerken zu lassen. Auch Alaric musste gewarnt werden, oder würde er versuchen, Rache an seinem Feind zu nehmen, den er als Mörder seiner Frau und seines Kindes betrachtete? Romilly machte es Mühe, die Unterhaltung mit dem kleinen Jungen fortzuführen. Und als sie mit dem Atzen der Vögel halbwegs zu Ende war, sah sie, dass die Stalltür sich öffnete und Orain in den Hof kam. Sie winkte ihm, sich zurückzuziehen. Er achtete nicht darauf, trat näher und fragte: »Noch nicht fertig mit den Vögeln, mein Junge? Beeile dich,

ich brauche deine Begleitung für etwas, das ich in der Stadt erledigen muss.«

Caryl drehte sich um und erkannte ihn. Seine Augen wurden groß.

»Mein Lord«, er machte höflich eine kleine Verbeugung, »was tut Ihr hier?«

Orain zuckte zusammen und antwortete nicht gleich. Schließlich sagte er: »Ich habe hier Zuflucht gesucht, Junge, da ich an dem Hof, wo dein Vater den König beherrscht, nicht länger willkommen bin. Willst du nun Alarm schlagen?«

»Ganz gewiss nicht«, erklärte der Junge mit Würde. »Unter dem Dach Sankt Valentins ist sogar ein Verurteilter sicher, Sir. Alle Männer, die hier wohnen, sind Brüder. So viel haben die Cristoferos mich gelehrt. Rumal, wenn du mit deinem Herrn gehen willst, kann ich auch die Vögel für dich auf die Recks setzen.«

»Danke, das erledige ich schon.« Romilly nahm Temperentia auf die Faust, und Caryl folgte ihr mit dem zweiten Vogel auf beiden Händen. Er flüsterte ihr zu: »Wusstest du, dass er einer von Carolins Männern ist? Tatsächlich sind sie hier nicht sicher.«

Romilly entgegnete unwirsch: »Ich stelle meinen Vorgesetzten keine Fragen. Und du solltest zur Chorprobe laufen, Caryl.«

Er biss sich errötend auf die Lippe, wandte sich ab und rannte barfuß durch den Schnee davon. Romilly holte tief Atem. Sie wollte etwas zu Orain sagen, aber seine Hand legte sich mit eisernem Griff um ihre Schulter.

»Nicht hier. Außerhalb dieser Mauern. Sie mögen jetzt Ohren haben, und diese Ohren gehören einem gewissen Lord.«

Stumm beendete Romilly ihre Arbeit mit den Kundschaftervögeln und folgte Orain durch die Tore des Klosters. Die Straße lag weiß und still vor ihnen, jeder Laut durch den dicken Schnee gedämpft. Endlich fragte Orain: »Der Hastur-Welpe?« Romilly nickte. Nach einer Weile berichtete sie so leise, dass Orain sich nahe zu ihr beugen musste: »Das ist noch nicht das Schlimmste. Sein Vater – Lyondri Hastur – ist vor der Stadt und wird ihn zum Fest besuchen.«

Orain schlug sich mit der geballten Faust in die Handfläche. »Verdammt! Und Zandru weiß, der gehört nicht zu denen, die das Asylrecht achten! Wenn er seine Augen ...« Orain verstummte. Endlich murmelte er: »Warum musste Dom Carlo ausgerechnet jetzt weggehen? Wir werden vom Pech verfolgt! Ich will versuchen, ihm eine Botschaft zu senden.«

Schweigen. Nicht einmal ihre Schritte waren auf der verschneiten Straße zu hören. Orain nahm sich zusammen. »Gehen wir hinunter in die Kneipe. Nach einer solchen Nachricht brauche ich etwas zu trinken, und dort gibt es zur Feier des Tages gewürzten Apfelwein, so dass auch du trinken darfst.«

Romilly fragte vernünftig: »Sollten Alaric und die anderen nicht erfahren, dass der Hastur-Lord kommen wird?«

»Ich werde es ihnen sagen«, antwortete Orain. »Reden wir im Augenblick nicht mehr darüber.«

In der Wirtschaft, wo Orain sie vor ein paar Tagen das Pfeilwerfen gelehrt hatte, bestellte er Wein und für Romilly heißen Apfelwein, der süß nach Gewürzen duftete. Sie trank ihn dankbar und nahm seine Einladung zu einem zweiten Becher an. Orain sagte: »Ich habe ein Geschenk für dich. Der schmutzige Mantel, den du trägst, würde sich nicht einmal für den Sohn eines Stallknechts schicken. Ich habe einen an einem Marktstand gefunden. Er ist alt und abgetragen, aber ich glaube, er wird dir passen.« Er winkte der Kellnerin. »Bringt mir das Paket, das ich gestern hier gelassen habe.«

Er schob es ihr über den Tisch zu. »Ich wünsche dir eine gute Mittwinternacht, und Avarra schütze dich, Sohn.«

Romilly löste die Verschnürung. In dem Paket war ein grüner Mantel aus Rabbithorn-Wolle, fein bestickt und mit Riegeln von gutem Leder besetzt. Er musste sehr alt sein, denn die Ärmel waren angeschnitten, und diese Mode hatte sie auf Porträts von ihrem Urgroßvater in der großen Halle zu Falkenhof gesehen. Aber er war herrlich gefüttert und bequem. Romilly warf den schäbigen alten Mantel beiseite, den sie auf der Flucht vor Rory mitgenommen hatte, und zog den neuen an. Verlegen gestand sie: »Ich habe kein Geschenk für Euch, Master Orain.«

Er legte ihr einen Arm um die Schultern. »Ich möchte nichts von dir, Sohn, als dass du mich umarmst und küsst wie deinen Vater, wäre er heute hier.«

Errötend umarmte Romilly ihn und berührte mit ihren Lippen vorsichtig seine Wange. »Ihr seid sehr gut zu mir, Sir. Ich danke Euch.«

»Nichts zu danken – jetzt bist du gekleidet, wie es zu deinem roten Haar und deinen Manieren eines Edelmannssohns passt.«

Es schwang gerade genug Ironie in diesen Worten mit, dass Romilly sich fragte: Wusste er, dass sie eine Frau war? Einmal war sie überzeugt gewesen, dass Dom Carlo es wusste.

»Aus dem alten Ding kannst du eine Pferdedecke machen.« Orain wies den Schankjungen an, den alten Mantel als Bündel zu verschnüren. Romilly hätte ihn lieber weit weggeworfen. Aber bei diesem Wetter brauchten die Pferde Decken, und die, die sie hatte, war für ein wärmeres Klima gedacht. Ihr Pferd würde ihr in diesem Mittwintersturm für die zusätzliche Wärme dankbar sein.

An diesem Abend saßen nur wenige Gäste in der Kneipe. Der heranziehende Sturm und der morgige Feiertag hielten die meisten Männer am eigenen Herd fest, wie Romilly annahm. Nach dem Essen fragte Orain: »Sollen wir nun Pfeile werfen?«

»Ich bin kein so guter Spieler, dass es für Euch der Mühe

wert wäre«, antwortete sie, und Orain lachte. »Darauf kommt es nicht an! Nun mach schon.«

Sie warfen Pfeile und tranken zwischendurch aus ihren Bechern, und so verging die Zeit. Plötzlich erstarrte Orain.

»Ihr seid dran«, sagte Romilly.

»Wirf du - ich bin gleich zurück«, antwortete Orain mit undeutlicher Aussprache. Romilly dachte: *Er kann unmöglich so früh schon betrunken sein!* Doch als er wegging, schwankte er, und einer der wenigen Gäste brüllte freundschaftlich: »So früh am Mittwinterabend schon betrunken? Dann wirst du am Festtag selbst den Wein nicht bei dir behalten können, Mann!«

Ob ihm schlecht ist? Soll ich gehen und ihm helfen? Während der Zeit in der Stadt hatte Romilly es sorgfältig vermieden, die öffentliche Latrine hinter jeder Kneipe aufzusuchen – das war der einzige Ort, wo sie unter Umständen entdeckt werden konnte. Aber Orain war gut zu ihr gewesen. Wenn er Probleme hatte, verdiente er gewiss ihre Hilfe.

Eine leise Stimme in ihren Gedanken sagte: *Nein. Bleib, wo du bist. Verhalte dich, als sei alles normal.* Da Romilly an den Gebrauch ihres eigenen Laran noch nicht gewöhnt war - und sie geriet selten in so engen Kontakt mit den Gefühlen anderer Menschen, obwohl sie den Rapport mit ihren Vögeln jetzt als selbstverständlich betrachtete –, war sie sich nicht sicher, ob das tatsächlich eine Botschaft oder eine Stimme aus ihrem eigenen Inneren war, aber sie gehorchte ihr. Keck zog sie die Aufmerksamkeit auf sich, indem sie ausrief: »Wer möchte eine Runde mit mir spielen, da der Alkohol meinen Freund besiegt hat?« Zwei Bürger der Stadt standen auf. Sie forderte sie heraus und spielte so schlecht, dass sie bald verloren hatte und ihnen eine Runde spendieren musste. Ihr war, als bewege sich etwas in der dunklen Ecke ganz hinten. Hatte Orain den Raum gar nicht verlassen und sich nur zurückgezogen? Mit wem sprach er da? Romilly hielt das Spiel in Gang. Unter Aufbietung aller Selbstbeherrschung gelang es ihr, sich nicht umzudrehen und nach der zweiten Gestalt auszuspähen, hoch gewachsen und anmutig, das Gesicht von einer Kapuze überschattet, die sich leise Orain näherte. Aber als habe sie Augen im Hinterkopf, sah sie es, hörte das Flüstern ... Ihr Rückgrat prickelte, und sie meinte jeden Augenblick, einen Aufschrei, Stimmen, Rufe zu vernehmen. *Heiliger Lastenträger, dessen Tag heute ist, sag mir, wie bin ich in diese Machenschaften verwickelt worden, als sei es für mich von Interesse, welcher König auf dem Thron der* Hali'imyn *sitzt? Verdammt seien sie beide, der vertriebene König und der Usurpator. Warum sollte ein guter Mann wie Orain seinen Hals in die Schlinge stecken, weil dieser oder jener den Thron der Hasturs innehat?*

Wenn meinem Freund ein Leid geschieht, werde ich ... ja, was konnte sie tun? Anders als ihre Brüder verstand sie nichts vom Waffenhandwerk, sie war hilflos. *Wenn ich heute Nacht lebend davonkomme,* schwor sie sich, *werde ich Orain bitten, mir etwas von der Fechtkunst beizubringen.* Aber sie lachte und rief: »Gut geworfen, peng ins Katzenauge!«, und warf ihren eigenen Pfeil beinahe aufs Geratewohl. Zu ihrer Überraschung landete er nahe dem Schwarzen.

»Trinkt aus, junger Mann«, sagte der Mann, der verloren hatte, und stellte einen Krug Wein vor sie hin. Romilly trank tollkühn. Der Kopf drehte sich ihr, und sie setzte den halbleeren Krug ab. Aber alle beobachteten sie, und gegen besseres Wissen trank sie ihn ganz aus.

»Wollen wir noch ein Spiel machen? Ich bin an der Reihe zu gewinnen«, sagte einer der Männer, und sie zuckte die Schultern und überließ ihm den Pfeil. Im Nacken spürte sie dieses kalte, stechende Prickeln. Es bedeutete immer, dass sie von jemandem, der sich nicht zeigte, beobachtet wurde. *Was geht in diesem Raum vor sich? Verdammt seien diese Intrigen!*

Dann war Orain wieder da und schlug ihr auf die Schulter.

»Aye, jetzt hast du den Kniff heraus. Einem alten Hund kannst du trotzdem noch nicht beibringen, wie man einen Knochen abnagt. Gib mir die Pfeile, Junge.« Er nahm die gefiederten Pfeile, wog sie auf der Hand, rief nach Wein für das ganze Lokal. Romilly sah das aufgeregte Glitzern in seinen Augen.

Als das nächste Paar nach den Pfeilen griff, murmelte er ihr ins Ohr: »Bei der nächsten Runde müssen wir uns absetzen; ich habe eine Botschaft erhalten.«

Sie nickte, um ihm zu zeigen, dass sie verstanden hatte. Gleich darauf wetterte Orain los: »Was in allen neun Höllen tust du da, Mann? Deine großen Latschen stehen zur Hälfte über dem Strich! Mit einem Betrüger werfe ich keine Pfeile, nicht einmal zu Mittwinter. Geschenke mache ich gern, aber betrügen lasse ich mich nicht um ein Glas Wein und nicht um ein Silberstück!« Wütend rempelte er den Mann an, der gerade werfen wollte. Der Mann fuhr herum und schwang die Fäuste. »Wen nennst du einen Betrüger, du Tiefland-Lümmel? Das Wort wirst du mit deinem nächsten Glas hinunterschlucken, oder ich ramme es dir in die Kehle.« Seine Faust stieß mit Orains Kinn zusammen, und Orains Kopf kippte knirschend nach hinten. Er taumelte gegen die Wand und drang unter wildem Gefuchtel wieder vor. Romilly warf ihren Pfeil. Er landete in der Hand des Mannes, der Orain schlagen wollte. Heulend drehte er sich um und kam mit gespreizten Fingern auf Romilly zu, als wolle er sie erwürgen. Sie wich aus, stolperte über ein Fass und fiel in das Sägemehl auf dem Boden. Orain packte sie und zog sie hoch.

Der Wirt näherte sich mit finsterem Gesicht und trennte die Kämpfer mit rauen Händen. »Hier gibt es keine Schlägerei, Freunde! Trinkt aus!«

»Der dreckige kleine Bastard hat einen Pfeil nach mir geworfen!« Der Mann rollte seinen Ärmel hoch und enthüllte ein rotes Mal.

»Bist du ein Säugling, dass du wegen eines Bienenstichs heulst?«, fragte Orain, und der Wirt schob sie auseinander.

»Setzt euch! Alle beide! Die Strafe für eine Schlägerei ist eine Lokalrunde, von jedem von euch!«

Mit gespieltem Widerstreben zog Orain sein Börse und warf ein Kupferstück auf die Theke. »Trinkt und seid verdammt, und ich hoffe, ihr erstickt alle daran! Wir wollen uns einen ruhigeren Ort zum Trinken suchen!«, knurrte er, fasste Romillys Ellenbogen und steuerte im Zickzack auf die Tür zu. Draußen richtete er sich auf und fragte schnell und leise: »Bist du verletzt?«

»Nein, aber –«

»Dann ist es gut. Machen wir, dass wir wegkommen!« Er ging mit einer Geschwindigkeit bergauf, dass Romilly ihm kaum folgen konnte. Sie wusste, dass sie zu viel getrunken hatte, und während sie benommen hinter Orain dreintaumelte, fürchtete sie, sich übergeben zu müssen. Nach einer Weile drehte er sich um, sagte freundlich: »Tut mir Leid. Hier, Junge, nimm meinen Arm«, und stützte sie. »Du hättest diesen letzten Becher nicht austrinken sollen.«

»Mir ist nichts anderes eingefallen, was ich tun könnte«, gestand sie.

»Und du hast mir damit das Leben gerettet«, flüsterte er ihr zu. »Komm, vielleicht kannst du dich im Kloster noch etwas ausruhen, bevor ... sieh doch!« Er wies zum sich aufklarenden Himmel empor. »Es hat aufgehört zu schneien. Man erwartet von uns, dass wir uns am Mittwinterabend beim Gottesdienst zeigen. Jeder Gast, der nicht mit gebrochenem Bein zu Bett liegt, muss sich ihre verdammten Hymnen anhören! Und da das Wetter sich bessert, wird diese Ratte Lyondri –« Er ballte die Fäuste. »Er kann schon angekommen sein, in voller Lebensgröße und zweimal so schmutzig, und seelenruhig auf der Empore sitzen und wie ein besserer Mann Hymnen singen!«

Romilly fragte beunruhigt: »Würde er Euch erkennen, Onkel?«

»Und ob«, antwortete Orain. »Und andere dazu.«

Kann es sein, dass Carolin selbst irgendwo im Kloster ist? Oder sprach Orain von Alaric, dessen Familie von dem Hastur-Lord zum Tod verurteilt worden war? Oder von Carlo, der Carolins Vertrauen genoss? Orains Hand schob sich unter ihren Arm.

»Stütze dich auf mich, Junge. Ich würde ja tun, als sei ich krank, und mich im Gästehaus verstecken. Aber dann brächten sie mich in ihre Krankenstube und hätten bald festgestellt, dass ich nur einen Becher zu viel Wein getrunken habe.«

Romilly blickte auf den Schnee zu ihren Füßen. Er kräuselte sich in dem scharfen Wind, der sich erhoben hatte, sobald der Schneefall aufhörte. »Gibt es wirklich ein Laran, mit dem man einen Wetterzauber machen kann?«

»So habe ich gehört«, brummte Orain, und seine Stimmung verdüsterte sich wieder. »Ich wollte, du hättest eine Spur davon, Sohn!«

4

Der Gottesdienst am Mittwinterabend in Sankt Valentin im Schnee war weit und breit in den Hellers berühmt. Aus ganz Nevarsin und Umgebung kamen Leute, um den Gesang zu hören. Für Romilly war es nicht das erste Mal, aber noch nie hatten die Mönche so gut gesungen. Es wäre ihr ein Genuss gewesen, hätte sie sich nicht so viel Gedanken über Orains offensichtliche Nervosität gemacht. Er bestand darauf, dass sie sich ganz hinten hinsetzten, und als sie fragte, wo Dom Carlo sei und warum er nicht zum Gottesdienst komme, weigerte er sich zu antworten. Alaric hatte er befohlen, sich der Kapelle fernzuhalten. Gegen Ende des Gottesdienstes, als für einen Augenblick Stille herrschte, flüsterte er: »Noch keine Spur von Lyondri Hastur. Vielleicht haben wir Glück.« Er verzog das Gesicht. »Das größte Glück für uns wäre es, wenn er irgendwo in den Abgrund stürzte und überhaupt nicht nach Nevarsin käme!«

Und, wie Caryl gesagt hatte, es war ein Wetterzauber gemacht worden. Ich hätte nie geglaubt, dass es so schnell aufklaren würde.

Romilly sah Caryl, glänzend vor Sauberkeit, in der ersten Reihe des Chors. Sein Mund öffnete sich beim Singen wie der Schnabel eines Vogels, und seine Stimme schwebte über allen anderen. Es war vielleicht ganz gut, dass Dom Carlo nicht hier war. Aber Orain war in schrecklicher Unruhe. Der große, hagere Mann konnte nicht stillsitzen. Kaum war der Gottesdienst zu Ende, als er auch schon aufstand und sich zum Ausgang durchdrängelte. Er ging mit Romilly in den Stall und gab seinen Händen etwas zu tun, indem er die Kundschaftervögel überprüfte. Romilly ärgerte sich. Traute er ihr nicht zu, richtig für sie zu sorgen? Später begriff sie, wonach er Ausschau gehalten und warum er alle ihre Sachen dicht nebeneinander gelegt hatte, damit sie sie von einem Augenblick zum anderen nehmen und davonreiten konnten. Jetzt brachte es sie jedoch nur auf, und sie fragte sich, ob er immer noch betrunken sei oder von ihr glaube, sie sei zu betrunken, um ihre Arbeit ordentlich zu verrichten. Orain sah sich auch die Chervines und Pferde an, hob jeden Huf, kontrollierte Sättel und Satteldecken. Romilly hätte schreien können! Oder machte er sich nur im Stall zu schaffen, damit er sah, wenn Lyondri Hastur im Kloster eintraf?

Endlich wandte er sich seufzend ab. »Alles Gute zum Fest, Junge.« Er umarmte sie heftig. »Wenn es hier im Stall zu kalt ist, kannst du in Dom Carlos Bett schlafen, das wird kein Mensch merken.«

»Ich denke, ich bleibe in der Nähe der Vögel.« Romilly wich seinem Blick aus. Es war eigentlich nicht so, dass sie ihm nicht traute. Unterwegs hatte sie zwischen den Männern kampiert, und wenn er bisher nichts gemerkt hatte, würde er auch nichts merken, selbst wenn sie das Schlafzimmer mit ihm teilte. Aber falls doch – Romilly ertappte sich dabei, dass der Gedanke sie ganz schwach machte. Orain war kein Cristofero und durch kein Keuschheitsgelübde gebunden. Sie hatte ihr ganzes Leben lang Geschichten darüber gehört, wie ausschweifend die Tiefländer und die *Hali'imyn* waren. Trotzdem konnte sie sich nicht vorstellen, dass er sie mit Gewalt nehmen würde. Sein Arm um ihre Schultern rief ihr ihren Traum ins Gedächtnis zurück, und befangen entzog sie sich ihm. In diesem Traum hatte er sie liebkost wie die Frau, die sie war ...

Romilly vergrub sich im Heu, immer noch ein bisschen benommen von dem Wein, den sie getrunken hatte. Nach einer Weile schlief sie ein. Sie träumte wie schon einmal, sie fliege auf den Schwingen eines Falken oder Kundschaftervogels. Jemand flog neben ihr, der zu ihr mit Orains Stimme sprach und zärtlich zu ihr war. Sie ließ sich einsinken in den Traum und dachte nicht mehr an Widerstand.

Im Morgengrauen wurde sie von gellendem Glockengeläut jäh geweckt – gehörte das zum Ritus der Cristofero-Mönche für das Fest? Romilly setzte sich hoch und entdeckte Orain. Bleich wie der Tod stand er in der Tür.

»Rumal, Junge! Ist Dom Carlo bei dir? Jetzt ist nicht der richtige Zeitpunkt, sich zu genieren.«

»Dom Carlo? Ich habe ihn seit Tagen nicht gesehen! Wovon sprecht Ihr, Orain?«

»Ich hatte den Eindruck ... nein, ich sehe, du weißt nicht einmal, was ich meine. Verdammt!« Er taumelte und fiel gegen die Wand. »Entgegen aller Hoffnung hoffte ich ... Es darf nicht sein, dass man ihn gefangen hat! Aldones gebe, dass er die Warnung rechtzeitig erhalten hat und geflohen ist. Horch, sie läuten Alarm! Wir sind verraten worden, irgendwer hat ihn erkannt – oder mich – ich hab's doch gewusst, er hätte sich heute nicht herunterwagen dürfen!« Fluchend hämmerte er mit den Fäusten gegen die Wand. »Schnell, Junge, ins Gästehaus! Sie wissen, wo ich bin, können Carolin und seine Männer nicht fern sein. Der Vater Meister wird das Asylrecht achten, aber dem Hastur-Lord traue ich nicht. Wenn der Herr des Lichts vor seiner Nase erschiene und ihn bäte ...«

Orain war jetzt stocknüchtern. Er wirkte krank und ausgemergelt; seine hageren Wangen waren hohl, aber seine Augen flammten vor Zorn.

»Lyondris Sohn! Hat er es seinen Spielgefährten ausgeplaudert, was meinst du? Lyondris Sohn – wie der Hund, so der Welpe! Mir machte es nichts aus, den Jungen mit meinem Dolch zu durchbohren, ich würde die Welt danach für einen sichereren Ort halten, wenn er darin nicht mehr zu einem ebensolchen Schurken wie sein Vater aufwachsen könnte!«

Romilly wich vor ihm zurück, und Orains Gesicht zuckte. »Nein, ich würde einem Kind nichts tun, nicht einmal Lyondris, glaube ich. Zieh die Stiefel an, Junge! Wir müssen schleunigst aus dem Kloster, aus der Stadt verschwinden. Erwischt man uns, ist unser aller Leben nicht das Gewicht einer Feder wert! Geh und rufe – nein, ich werde Alaric und die anderen wecken. Du sattelst die Pferde.«

Plötzlich war es Romilly, als schwebe Dom Carlos Gesicht vor ihr in der Luft, aber er war nicht da! Trotzdem hörte sie ihn zu ihr sagen: *Nehmt die Vögel mit, verlasst das Kloster durch das höchstgelegene Tor, das zu dem geheimen Pass oberhalb der verborgenen Zellen auf dem Gletscher führt.*

»Vorwärts, Junge!«, fuhr Orain sie an. »Wonach glotzt du?«

Mit bebender Stimme wiederholte Romilly Dom Carlos Worte. »Er war hier, ich habe ihn gehört, es war seine Stimme ...«

»Du hast geträumt!« Orain ruckte ungeduldig mit dem Kopf, und in Romillys Gedanken erklang Dom Carlos Stimme: *Erinnere ihn an einen gewissen Gürtel aus rotem Leder, um den wir uns stritten und die Nasen blutig schlugen.*

Orain wollte gehen, doch Romilly hielt ihn am Ärmel fest. »Ich schwöre es, Orain, ich habe Dom Carlo gehört. Er hat etwas von einem roten Ledergürtel gesagt, um den ihr euch die Nasen blutig geschlagen habt.«

Orain blinzelte. Schnell schlug er ein abergläubisches Zeichen. Dann sagte er: »Also hast du Laran? Das dachte ich mir. Aye, dieser Gürtel ist seit einer ganzen Reihe von Jahren ein ständiger Witz zwischen uns. Ich will die Männer wecken. Beeile dich, so sehr du kannst.«

Romilly stellte fest, dass ihre Hände ganz ruhig waren. Sie sattelte die Reittiere, hüllte sich – dankbar für das Pelzfutter –in den Mantel, der Orains Mittwintergeschenk war, stopfte zwei Satteltaschen mit Korn und Futter für die Pferde und

Chervines und einen weiteren mit der stinkenden Atzung der Kundschaftervögel voll. Sie verkappte sie – wenn sie versuchte, sie mitten in der Nacht ohne die Hauben fortzutragen, würden sie das ganze Kloster aufwecken; so waren sie wenigstens still. Die Blocks befestigte sie an ihrem, an Orains und an Alarics Sattel.

Als sie nach einer Weile aufblickte, sah sie Alaric neben sich arbeiten. »Irgendein Bastard hat uns verraten«, knurrte er, auf das ferne Alarmläuten lauschend. Es kam jetzt näher und näher. »Sie durchsuchen die Stadt Haus für Haus. Wenn sie am Kloster angelangt sind, werden sie in jeden Winkel, jeder Mönchszelle, sogar in der Kapelle nachsehen! Was ist, Junge, du sitzt doch auf einem Stuhl mit Orain – werden wir sie am Tor niederreiten?«

»Ich sitze nicht mit im Rat«, erwiderte Romilly. »Aber es ist etwas von einem geheimen Tor im höchstgelegenen Teil gesagt worden.«

»Und während wir mit der Suche nach den Geheimwegen Zeit verschwenden, finden uns Lyondris Männer, und ich tanze an einem Strick?«, fragte Alaric. Romilly erklärte ruhig: »Ich glaube nicht, dass Dom Carlo uns so im Stich lassen würde. Vertraut auf ihn.«

»Aye, aber letzten Endes ist der *vai dom* doch ein Hastur, und Blut ist dicker als Wein, heißt es ...«, brummte Alaric.

»Alaric!« Romilly fuhr zu ihm herum, so empört, dass sie nicht sprechen konnte. Dann gewann sie die Herrschaft über ihre Stimme zurück und sagte: »Ihr könnt doch wohl nicht annehmen, Carlo würde sich auf die Seite der Hastur-Lords gegen – nun, gegen uns und Orain stellen.«

»Na ja, nicht gegen Orain«, räumte er ein. »Leg den Sattel da auf, Junge. Wenn wir eine Chance haben – aber wie soll ich das wissen? Wahrscheinlich gehörst du selbst zu den Adligen ...« Er verstummte unsicher.

»Beeilt Euch mit dem Satteln und redet keinen Unsinn«, schimpfte Romilly. »Wollt Ihr bei diesem Kornsack mit anfassen? Ich kann ihn nicht allein heben.«

Er half ihr, einem Chervine den schweren Packen aufzuladen, und führte das Tier aus dem Stall. Eine Hand fasste ihren Arm mit hartem Griff. Ehe Romilly aufschreien konnte, erkannte sie selbst hier im Dunkeln, dass es Orain war.

»Hier entlang«, flüsterte er. Ja, das war seine Stimme. Vertrauensvoll ließ sich Romilly von ihm in den dunklen Gang führen. Sie hörte die Männer, die sich bemühten, leise zu sein. Nur hin und wieder knirschte und raschelte es. Irgendwer stieß sich den Zeh an einer Felswand und unterdrückte eine Obszönität. Dann erklang eine helle, kindliche Stimme.

»Mein Lord Orain.«

»Ah, du bist es, du Teufelsbrut.«

Von Caryl kam ein leises Quietschen. »Ich will Euch nichts Böses tun«, stieß er hervor. Romilly konnte im Dunkeln nichts sehen, schloss aber aus dem Schmerz in der dünnen Stimme, dass Orain ihn heftig gepackt hatte. »Ich wollte Euch doch nur zu dem Geheimweg führen. Ich will nicht, dass mein Vater Euch – den *vai dom* – findet. Er wird zornig sein, aber ...«

»Lasst ihn los«, flüsterte Romilly. »Er sagt die Wahrheit.«

»Ah, ich verlasse mich auf dein Laran, Junge«, gab Orain zurück. Romilly hörte ein leises Stöhnen der Erleichterung. Er musste das Kind aus seinem harten Griff entlassen haben. »Du kennst den Weg? Führe uns. Aber wenn du falsches Spiel mit uns treibst«, zischte Orain durch die Zähne, »stoße ich dir meinen Dolch in den Leib, auch wenn du nur ein Kind bist.«

Sie folgten Caryl durch einen engen Gang, rempelten in der Dunkelheit ihre Vordermänner an, und dazu gaben die Kundschaftervögel nervöse kreischende Laute von sich. Jemand fluchte vor sich hin, und Romilly sah Funken, die von Feuerstein und Stahl aufsprühten. Orain befahl scharf: »Mach das aus!« Das Licht verschwand, und dazu murrte und schimpfte irgendwer.

»Ruhe!«, zischte Alaric. Danach war nichts mehr zu hören außer den Geräuschen, die die Tiere in den engen steinernen Gängen verursachten. An einer Stelle mussten sie im Gänsemarsch vorrücken, und eines der beladenen Chervines blieb stecken. Alaric und einer der anderen Männer mussten das Tier in aller Eile abladen. Im Flüsterton fluchend zogen und schoben sie. An einer anderen Stelle war die Luft so schlecht, als stiege sie aus einer schwefelgefüllten Höhle im Inneren der Erde auf. Nicht einmal Romilly konnte das Husten unterdrücken. Caryl wisperte: »Es tut mir Leid – das ist nur ein kleines Stück, aber passt auf, es gibt hier Spalten und Risse, es könnte sich jemand ein Bein brechen.«

Romilly tastete sich im Dunkeln weiter, schob langsam die Füße über den Boden, um unsichtbare Spalten zu entdecken. Endlich waren sie alle hindurch. Ein Windstoß fegte eisige Gletscherluft in den Gang, und dann standen sie unter kaltem Sternenlicht im Freien. Das blasse Gesicht eines einzigen Mondes, des winzigen perlfarbenen Mormallor, hing dicht über dem Gipfel, kaum hell genug, um die Finsternis zu durchdringen, und ihre Füße rutschten über glattes, schlüpfriges Eis.

»Niemand benutzt diesen Pfad«, hauchte Caryl, »außer einigen der Brüder, die sich in der Askese üben, indem sie nackt hier leben. Aber selbst wenn sie Euch sähen, würde es sie nicht interessieren, wer Ihr seid. Sie denken nur an das himmlische Reich, nicht an Könige und Kriege. Trotzdem, seid vorsichtig, meine Lords – oh, da sind Gefahren ...«

»Was für Gefahren?« Alaric fasste den Jungen bei der Kehle. Caryl stöhnte leise, schrie jedoch nicht.

»Keine Gefahren durch Menschen. Banshee-Vögel leben hier. Unsere Brüder haben einen Pakt mit ihnen. Sie sagen, der heilige Valentin vom Schnee habe ihn geschlossen, als er ihnen predigte und sie Gottes kleine Brüder nannte.«

»Du hast uns in ein Banshee-Nest geführt, du Teufelsbrut?«, fragte Alaric. Orain legte sich ins Mittel: »Lass ihn los, verdammt, Mann! Fass den Jungen noch einmal an, und es wird dir Leid tun! Er hat die Banshees nicht herbestellt, er hat uns vor ihnen gewarnt, woran nicht einmal der Vater Meister gedacht hat.«

»Nimm deine Hände von dem Jungen, Alaric! Bist du verrückt geworden?«, erklang eine neue Stimme, und Dom Carlo stand unter ihnen. Romilly hatte nicht bemerkt, von wo er gekommen war; er war einfach da. Später sagte sie sich, er müsse wohl einen anderen geheimen Tunnel genommen haben, aber im Augenblick war ihr, als sei er durch Zauberei aufgetaucht. Caryl schrie vor Schreck auf. Romillys Augen hatten sich mittlerweile an die Dunkelheit gewöhnt, und sie konnte das Gesicht des Kindes erkennen. Der Kleine streckte Dom Carlo für die verwandtschaftliche Umarmung die Arme entgegen und sagte einfach: »Onkel, ich bin so froh, dass Ihr in Sicherheit seid.«

»Es erfreut mein Herz, zu hören, dass du nicht mein Feind bist.« Carlo antwortete ihm nicht wie einem Kind, sondern wie einem anderen Adligen, ihm gleich an Rang und Alter. Er küsste den Jungen auf beide Wangen. »Wandle im Licht, Junge, bis wir uns wieder sehen.«

»*Vai dom*«, Caryls Kinderstimme schwankte plötzlich. »Ich bin Euer Freund, nicht Euer Feind. Aber ich bitte Euch, wenn mein Vater in Eure Hände gerät – verschont ihn um meinetwillen.«

Dom Carlos Hände lagen leicht auf Caryls Schultern. »Ich wünschte, ich könnte dir das versprechen, Sohn. So viel schwöre ich dir bei dem Herrn des Lichts, dem ich diene wie du dem Lastenträger: Ich werde nicht gegen Lyondri kämpfen, solange er mich nicht angreift. Ansonsten hoffe ich von ganzem Herzen, dass er sich von mir fernhält. Ich wünsche ihm sehr viel weniger Böses als er mir. Er war einmal mein Freund, und den Streit habe nicht ich begonnen.« Noch einmal küsste er Caryl und entließ ihn. »Nun geh wieder in dein Bett, Kind, bevor dein Vater erfährt, dass du heute Nacht draußen warst oder der Vater Meister dich bestraft. Die Götter seien mit dir, *chiyu.*«

»Und mit Euch, mein Lord.« Caryl wandte sich dem dunklen Eingang des Tunnels zu. Da fasste Alaric ihn plötzlich um die Mitte. Das Kind wehrte sich, aber Alarics Faust war schnell, und es sackte mit leisem Stöhnen in den Armen des Mannes zusammen.

»Seid Ihr wahnsinnig, *vai dom'yn?*«, fragte er. »Lyondris eigener Sohn ist als Geisel in unseren Händen, und Ihr wollt ihn freilassen? Mit diesem Welpen in unserer Gewalt könnten wir uns noch aus Rakhals Klauen freikaufen, ganz zu schweigen davon, dass er unsere Sicherheit vor Lyondri Hastur gewährleistet!«

»Und Ihr wollt ihn so dafür belohnen, dass er uns in Sicherheit gebracht hat?«, rief Romilly empört. Alarics Gesicht war hart und entschlossen.

»Du bist ein Dummkopf, Junge. Und Ihr auch, mit Verlaub, meine Lords«, wandte er sich an Orain und Dom Carlo. »Der Junge mag uns ehrlich geführt haben – wer möchte auch einem Kerlchen mit einem solchen Engelsgesicht misstrauen? Aber seine Verwandten haben Laran. Selbst wenn er es gut mit uns meint, woher sollen wir wissen, ob *sie* uns nicht durch das Laran des Jungen aufgespürt haben? Ich will kein Haar auf seinem Kopf krümmen, aber er bleibt bei uns, bis wir die Gletscher und Lyondris Männer hinter uns haben! Wir können ihn in Caer Donn oder sonst einem Ort zurücklassen.«

»Wenn du ihn verletzt hast ...«, begann Dom Carlo drohend,

und Romilly hoffte, sein Zorn werde sich nie gegen *sie* wenden. Er befühlte die Stirn des Jungen. »Ich hätte die Loyalität des Kindes nicht so belohnt! Wir können ihn jedoch nicht bewusstlos hier liegen lassen; er würde erfrieren«, setzte er hinzu. »Dann nimm ihn mit, wenn es unbedingt sein muss. Wir dürfen nicht warten, bis er wieder zu sich kommt. Du wirst später von mir noch darüber zu hören bekommen, Alaric.« Er drehte dem Mann den Rücken zu. »Setzt den Jungen auf eins der Pferde, und du, junger Rumal«, er winkte Romilly heran, »reitest hinter ihm, denn er kann sich in diesem Zustand nicht allein im Sattel halten, und es widerstrebt mir, ihn wie einen Gefangenen zu binden. Beeilt euch!«

Der schlaffe, bewusstlose Körper Caryls wurde in den Sattel gehoben. Romilly stieg hinter ihm auf und hatte große Mühe, das Kind auf dem unebenen, eisigen Pfad vor einem Fall zu bewahren. Schweigend ging es immer weiter bergauf. Die einzigen Laute waren die kurzen, nervösen Schreie der verkappten Kundschaftervögel. Wie sie so im Dunkeln dahinritt und Caryl, klein und hilflos, in ihren Armen hielt, stellte Romilly sich vor, Rael schlafe an ihrer Schulter, und die Sehnsucht nach ihm schmerzte sie sehr. Würde sie ihren kleinen Bruder jemals wieder sehen?

Der enge Pfad war steil, so steil, dass Romilly sich im Sattel vorbeugen musste. Das Eis unter den Hufen des Pferdes machte die Sache nicht besser. Sie drückte Caryl an sich, damit er nicht aus dem Sättel rutschte. Aber auch die Männer hatten alle Hände voll zu tun, mit den aufgeregten Chervines und Kundschaftervögeln fertig zu werden. Trotz ihrer Hauben beruhigten die Vögel sich nicht. Sie schlugen mit den Flügeln und hüpften auf den Blocks umher. Das machte Pferde und Chervines noch scheuer. Romilly fragte sich, was sie mit ihren schärferen Sinnen wahrnehmen mochten. Sie wäre gern in Rapport mit ihnen gegangen, um es herauszufinden, hätte sie sich nicht ganz darauf konzentrieren müssen, sich selbst und das bewusstlose Kind im Sattel zu halten.

Einmal erklang ein durchdringender, jammernder Schrei. Er ging durch Mark und Bein und ließ Romilly das Blut in den Adern erstarren. Ihr Pferd erschrak und schnaubte, und nur mit großer Anstrengung behielt sie es unter Kontrolle. Die Kundschaftervögel gerieten in Panik. Romilly hatte einen solchen Schrei noch nie gehört, aber sie brauchte niemanden zu fragen, was das war. Da hatte ein Banshee geschrien, einer dieser großen, flugunfähigen Vögel, die oberhalb der Schneegrenze hausen. Sie sind so gut wie blind, nehmen jedoch die Körperwärme jedes Lebewesens wahr, und mit ihren gewaltigen Krallen können sie einem Pferd oder einem Menschen mit einem einzigen Streich den Leib aufreißen. Und es war Nacht, wenn sie noch am besten sehen, während sie im Licht der roten Sonne blind sind. Romilly wusste, dass sie mit ihren entsetzlichen Schreien ihre Beute vor Angst lähmen wollen. Nachdem sie selbst ein Banshee aus der Ferne gehört hatte, hoffte sie, niemals eines zu *sehen.*

Caryl stieß einen leisen Schmerzenslaut aus und regte sich. Seine Hände wanderten zu der Beule an seinem Kopf. Die Bewegung erschreckte das Pferd; fast wäre es auf dem Eis ausgeglitten. Romilly beugte sich vor und flüsterte dem Jungen zu: »Es ist alles in Ordnung, aber du musst ruhig sein. Der Weg ist gerade hier gefährlich, und wenn du das Pferd ängstigst, könnte es fallen – und wir mit ihm. Sei ruhig, Caryl.«

»Mistress Romilly?«, hauchte er, und sie antwortete ärgerlich: *»Pst!«* Er verstummte und sah zu ihr hoch. Romillys Augen hatten sich so an die Dunkelheit gewöhnt, dass sie die Furcht in seinem Gesichtchen erkannte. Er betastete vorsichtig die Beule an seiner Schläfe und zwinkerte. Hoffentlich begann er nicht zu weinen!

»Wie bin ich hergekommen? Was ist geschehen?«, flüsterte

er. Dann erinnerte er sich. »Jemand hat mich *geschlagen*!« Es klang eher überrascht als zornig. Vermutlich war er, ein verwöhntes Tieflandkind, noch nie geschlagen worden, niemand hatte bisher anders als freundlich mit ihm gesprochen. Sie drückte ihn fest an sich.

»Hab keine Angst«, raunte sie ihm zu. »Ich passe auf, dass er dir nichts mehr tut.« Ja, sollte Alaric das Kind noch einmal bedrohen, würde sie sich dazwischenwerfen. Caryl zappelte, bis er bequemer im Sattel saß. Jetzt, wo er sich aufrecht halten konnte und nicht länger ein totes Gewicht in ihren Armen war, fiel es Romilly leichter, die Herrschaft über das Pferd zu behalten.

»Wo sind wir?«, fragte er leise.

»Auf dem Weg, zu dem du uns geführt hast. Dom Carlo hat dich mitgenommen, weil er dich nicht bewusstlos in der Kälte liegen lassen wollte. Er meinte es nur gut mit dir. Alaric sieht in dir eine Geisel, aber Orain wird verhindern, dass er dir noch einmal etwas tut.«

»Lord Orain ist immer freundlich zu mir gewesen«, meinte Caryl nach kurzem Nachdenken, »schon als ich noch ganz klein war. Ich wünschte, mein Vater hätte sich nicht mit ihm gestritten. Und Vater Meister wird bestimmt sehr böse auf mich sein.«

»Es war nicht deine Schuld.«

»Vater Meister sagt, alles, was uns zustößt, ist unsere eigene Schuld, auf diese oder jene Weise«, antwortete das Kind mit gedämpfter Stimme. »Wenn wir es nicht in diesem Leben verdient haben, dann in einem anderen. Widerfährt uns etwas Gutes, und wir haben es verdient, sollen wir uns dessen erfreuen. Und wenn es etwas Schlimmes ist, müssen wir uns sagen, dass wir auch das irgendwie verdient haben, und es sei nicht leicht, das eine vom anderen zu unterscheiden. Ich bin mir nicht sicher, was das heißen soll«, setzte er naiv hinzu.

»Aber er sagte, ich würde es verstehen, wenn ich älter geworden bin.«

»Dann muss ich auch noch sehr jung sein.« Romilly konnte ein Lachen nicht unterdrücken. Da sprach sie auf diesem gefährlichen Weg über höhere Cristofero-Philosophie, während die Männer des Königs ihnen schon längst auf den Fersen sein konnten! »Denn ich muss gestehen, dass ich nichts davon begreife.«

Orain hörte das Lachen. Er lenkte an einer Stelle, wo der Pfad sich ein bisschen verbreiterte, sein Pferd zur Seite und wartete, bis sie ihn eingeholt hatten. »Bist du wach, junger Caryl?«

»Ich habe nicht geschlafen!«, protestierte er empört. »Jemand hat mich niedergeschlagen!«

»Das stimmt«, erwiderte Orain ernsthaft. »Glaub mir, er hat darüber etwas von Dom Carlo zu hören bekommen. Und jetzt, fürchte ich, musst du mit uns nach Caer Donn reiten, denn auf dieser Strecke kannst du unmöglich allein umkehren. Ich weiß, dass du uns willentlich nicht verraten würdest. Doch ist mir von früher her bekannt, dass Lyondri Laran hat und in deinen Gedanken lesen könnte, welchen Weg wir genommen haben. Ich gebe dir mein Wort, das ich, im Gegensatz zu deinem Vater, nie gebrochen habe – Sobald wir Caer Donn erreichen, schicken wir dich ihm unter Waffenstillstandsflagge zurück. Er«, mit vielsagendem Schulterzucken wies er auf Dom Carlo, der an der Spitze ritt, »wünscht dir nichts Böses. Aber ich muss dich warnen, in dieser Gesellschaft deine Zunge zu hüten.«

»Mein Lord«, begann Caryl. Orain schüttelte abwehrend den Kopf und fiel schnell ein: »Wenn es für dich bequemer ist, hinter mir zu reiten, kannst du aufsteigen, sobald der Weg breiter wird. Hier haben wir keinen Platz, anzuhalten und die Pferde zu wechseln. Oder, wenn du mir das Wort eines Hastur gibst, dass du keinen Fluchtversuch machen wirst, sorge ich dafür, dass du allein auf einem der Packtiere reiten kannst.«

»Danke«, erwiderte der Junge. »Ich möchte lieber bei –«, er unterbrach sich, schluckte und fuhr fort, »– bei Rumal bleiben.« Romilly staunte über seine Geistesgegenwart. Jedes andere Kind wäre in dieser Situation mit ihrem Geheimnis herausgeplatzt.

»Dann reite vorsichtig, Rumal«, sagte Orain, »und gib gut auf ihn Acht.« Er ritt weiter. Romilly setzte Caryl vor sich so bequem wie möglich zurecht. Leichter wäre es gegangen, wenn er hätte hinter ihr sitzen und sich an ihr festhalten können, aber das ließ sich jetzt nicht bewerkstelligen. Sie dachte darüber nach, dass der Junge sie beschützt hatte, obwohl ihm die Bewahrung ihres Geheimnisses keinen Vorteil eintrug und ganz im Gegenteil Unruhe unter den Leuten gestiftet hätte, die ihn als Gefangenen mit sich schleppten. Er war in der Tat ein ungewöhnlicher Junge und klüger als Rael, auch wenn sie diesen Gedanken als Untreue gegen ihren kleinen Bruder empfand.

Caryl wusste, dass sie eine Frau war. Manchmal hatte Romilly den Eindruck gehabt, auch Dom Carlo wisse es und behalte es aus irgendwelchen Gründen für sich. Seit sie erwacht war, hatten sich die Ereignisse so überstürzt, dass sie jetzt zum ersten Mal über den Wortlaut von Orains Frage nachdachte, die er ihr heute Morgen im Stall gestellt hatte. *Ist Carlo bei dir? Jetzt ist nicht der richtige Zeitpunkt, sich zu genieren!* Hatte Carlo also Orain oder vielleicht Orain Carlo anvertraut, er habe sie als Frau durchschaut? Und hatte Orain daraus den Schluss gezogen, sie sei eine leichtfertige Person, so dass er Carlo in ihrem Bett anzutreffen dachte? Trotz der bitteren Kälte spürte Romilly die brennende Röte der Scham in ihren Wangen. Nun ja, für welche Art von Frau sollte er sie auch halten, da sie in Männerkleidung mit ihnen ritt?

Wenn er es wusste, dann wusste er es eben, und wenn er *das* von ihr dachte, sollte er denken, was er mochte. Wenigstens war er Gentleman genug gewesen, es unter diesen wüsten Gesellen nicht weiterzuerzählen. Aber sie hatte begonnen, Orain sehr gern zu haben!

Wieder kam von den Klippen über ihnen der unheimliche Schrei eines Banshees, diesmal näher. Romilly ging es durch und durch, als ließe der gespenstische Laut ihre Knochen vibrieren. So musste ein Beutetier des Raubvogels empfinden! Sie war wie gelähmt, die Welt um sie wurde ausgelöscht, es gab nichts mehr als das fürchterliche Vibrieren, das ihre Sicht verschleierte und es dunkel um sie werden ließ. Caryl stöhnte und presste mit angstvollem Erschauern die Hände auf die Ohren. Romilly bemerkte, dass die Männer vor ihr Mühe hatten, die Herrschaft über die verängstigten Chervines zu behalten. Die Kundschaftervögel schlugen mit den Schwingen, und die Chervines gaben ihr seltsames Röhren von sich, scheuten und tänzelten beinahe auf dem eisigen Weg. Eins von ihnen stolperte, der Reiter fiel und rutschte eine Strecke bergab, bevor er die Fersen in das Eis bohren, aufstehen und seinem Reittier nachlaufen konnte. Ein zweites Chervine rannte in ihn hinein, und es entstand ein höllisches Durcheinander. Fluchend kämpften die Männer mit den Zügeln. Die Schreie und das Flattern der verkappten Kundschaftervögel trugen zu dem Chaos bei. Und wieder gellte der Furcht erregende Banshee-Schrei von den Klippen nieder, und ein anderer antwortete ihm.

Romilly schüttelte Caryl leicht. »Hör auf!«, befahl sie heftig. »Hilf mir ... hilf mir, die Vögel zu beruhigen!« Ihr Atem kam in Stößen, sie sah ihn in der eisigen Luft dampfen. Sich zusammennehmend, sandte sie mit ihrem besonderen Sinn Gedanken an Ruhe, Frieden, Nahrung, Zuneigung aus. Es gelang ihr, die Vögel zu erreichen. Als sich dann Caryls Gedanken mit den ihren vereinigten, wurde einer der großen Vögel nach dem anderen auf seinem Sattelblock still, und Carlo und seine Männer waren im Stande, die Reittiere wieder unter Kontrolle zu bringen. Gerade hier wurde der Weg breit genug, dass Platz für drei oder vier Tiere nebeneinander war. Carlo winkte den anderen, aufzurücken, und sie versammelten sich zu einer kleinen Gruppe.

Allmählich hoben sich die Klippen über ihnen scharf vor dem heller werdenden Himmel ab. Rosa- und purpurfarbene Wolken säumten die dunklen Felsen des Passes. Der Morgen war nahe. Weiter oben wurde der Pfad schmaler und führte über den Gletscher. Vor ihren Augen bewegte sich ein großer Schatten quer über den Steilhang. Von neuem erscholl der entsetzliche, jammernde Schrei, und von höher oben antwortete ihm ein zweiter.

Orain presste die schmalen Lippen zusammen und stellte trocken fest: »Das hat uns gerade noch gefehlt! Es sind zwei von den verdammten Biestern. Das Tageslicht wird noch eine gute Stunde auf sich warten lassen. Und selbst nach Sonnenaufgang wäre es nicht sicher, dass wir ihnen entkommen. Hier warten dürfen wir auf keinen Fall. Wenn wir verfolgt werden, müssen wir, bevor es hell wird, ein gutes Stück auf der anderen Seite des Passes sein, wo der Wald uns verbirgt. Ein Blinder könnte unsere Fährte auf dem Eis lesen, und Lyondri hat bestimmt ein halbes dutzend seiner verdammten Leroni bei sich!«

»Wir sitzen mitten in der Falle«, murmelte Carlo, und sein Blick verlor sich in unbestimmte Fernen. Endlich sprach er in das Schweigen hinein: »Keine Verfolgung, zumindest jetzt noch nicht. Um das zu erkennen, brauche ich keine Leronis. Es war eine große Dummheit, dass du den Jungen mitgenommen hast, Alaric. Solange wir ihn bei uns haben, wird Lyondri uns folgen, und führte die Spur durch alle neun von Zandrus Höllen! Jetzt hat er einen zweiten und persönlichen Groll gegen uns.«

»Wenn wir den Jungen haben«, entgegnete Alaric durch zusammengebissene Zähne, »können wir uns wenigstens unser Leben erkaufen!«

Caryl richtete sich im Sattel auf und erklärte zornig: »Mein Vater würde nie seine Ehre für das Leben seines Sohnes eintauschen, und ich würde das auch gar nicht wollen!«

»Lyondris Ehre?«, brummte einer der Männer. »Der süße Atem des Banshees, das verlockende Klima von Zandrus neunter Hölle!«

»Ich will nicht, dass Ihr ...«, begann Caryl. Romilly fasste ihn um die Mitte, bevor er vom Pferd steigen und den Sprecher angreifen konnte. Carlo sagte ruhig: »Genug, Caryl. Ein Gefühl, das sich für Lyondris Sohn ziemt, aber wir haben keine Zeit für Wortgefechte. Irgendwie müssen wir über den Pass gelangen. Und obwohl ich nicht möchte, dass dir ein Leid geschieht, müssen wir dich knebeln, falls du deine Zunge nicht im Zaum hältst. Meine Männer sind nicht in der Stimmung, sich eine Verteidigung des Mannes anzuhören, der einen Preis auf ihren Kopf ausgesetzt hat. Und du, Garan, und du, Alaric, ihr haltet ebenfalls den Mund. Es ist keine Heldentat, ein Kind mit der Ehre seines Vaters zu verhöhnen, und vor uns liegt eine schwerere Aufgabe als ein Streit mit einem kleinen Jungen!« Er blickte hoch, denn der schrille Schrei des Banshees übertönte seine Stimme. Romilly sah, dass sein ganzer Körper sich in der Anstrengung straffte, die schiere physische Furcht zu meistern, die der Schrei in ihrer aller Geist erzeugte. Romilly umarmte Caryl fest und wusste nicht, ob sie das Kind trösten oder ihre eigenen Ängste beschwichtigen wollte. »Hilf mir, die Tiere zu beruhigen«, flüsterte sie. Es war nur gut, wenn er an etwas anderes als sein eigenes Entsetzen denken musste.

Von neuem breiteten sich die besänftigenden Wellen aus, und Romilly stellte fest, dass ihr eigenes Talent, ihr Laran oder wie man es nennen wollte, von der bereits mächtigen Gabe des Hastur-Kindes verstärkt wurde. Alaric legte die Hand auf den Dolch. »Ich habe schon Banshees gejagt, *vai dom*, und sie auch getötet.«

»Ich zweifle nicht an deinem Mut, Mann«, entgegnete Dom Carlo, »aber an deinem Verstand, wenn du meinst, wir könnten es mit zwei Banshees in einem engen Pass aufnehmen, ohne einen Mann oder ein Pferd zu verlieren. Wir haben keine tauben Hunde, keine Netze und Seile. Wenn wir uns zwischen den Pferden und Chervines halten, entrinnen wir vielleicht, indem wir pro Mann ein Reittier opfern. Aber dann müssen wir zu Fuß den schlimmsten Teil der Hellers durchqueren! Und wenn wir hier stehen bleiben, schnappt die Falle über uns zu.«

»Besser der Schnabel des Banshees als die Gnade von Lyondris Männern«, bemerkte einer der Reiter und zog sich voller Unbehagen von seinem Platz an der Spitze der kleinen Kavalkade zurück. »Ich werde mich jeder Gefahr stellen, der Ihr Euch stellt, mein Lord.«

»Zu schade, dass deine Begabung für den Umgang mit Vögeln sich nicht auch auf jene Geschöpfe erstreckt.« Orain sah Romilly mit schiefem Grinsen an. »Könntest du sie beruhigen, wie du es bei deiner Arbeit mit Falken und Kundschaftervögeln tust, dann wären wir ebenso gut dran wie irgendein Hastur-Lord mit seiner Lieblingsleronis!«

Romilly erschauerte bei dem Gedanken. Sie sollte in den Geist dieser grausamen Fleischfresser der Eisgipfel eindringen? Schwach meinte sie: »Ich hoffe, Ihr scherzt, *vai dom.*«

»Dieses Laran müsste doch genauso gut bei Banshees wie bei Kundschaftervögeln oder Hausgeflügel einzusetzen sein«, behauptete Caryl und reckte sich im Sattel: »Sie alle sind Geschöpfe der Natur. Rom ..., Rumal und mir gemeinsam mag es gelingen, die Banshees zu erreichen und davon zu überzeugen, dass wir nicht zu ihrem Frühstück bestimmt sind.«

Wieder überlief Romilly ein sichtlicher Schauder. Aber sie schämte sich, vor den eifrigen Augen des kleinen Caryl ihre Furcht einzugestehen.

Carlo meinte: »Es widerstrebt mir, unsere Sicherheit in die Hände von zwei Kindern zu legen, während wir erwachsenen Männer hilflos sind. Doch falls ihr uns retten könnt ... Es scheint keine andere Möglichkeit zu geben; verweilen wir hier, ist uns der Tod gewiss. Dir täte dein Vater nichts, mein junger Carolin, aber ich fürchte, wir anderen würden alle sterben, und das weder schnell noch leicht.«

Caryl blinzelte heftig. Er sagte: »Ich will nicht, dass Euch ein Leid widerfährt, Sir. Wie ich vermute, begreift mein Vater nicht, dass Ihr ein guter Mann seid. Vielleicht hat Dom Rakhal sein Gemüt gegen Euch vergiftet. Wenn ich Euch irgendwie helfen kann, so dass er Zeit bekommt, verständiger über diesen Streit zu denken, werde ich sehr gern tun, was mir möglich ist.« Romilly bemerkte jedoch, dass auch er ein bisschen ängstlich dreinblickte. Und als sie langsam weiter vorrückten, flüsterte er: »Ich habe Angst, Rumal – sie sehen so wild aus! Es ist schwer, sich daran zu erinnern, dass auch sie Geschöpfe Gottes sind. Aber ich darf nicht vergessen, dass der heilige Valentin vom Schnee einen Freundschaftspakt mit ihnen hatte und sie seine kleinen Brüder nannte.«

Ich will eigentlich nicht der Bruder des Banshees sein, dachte Romilly und trieb ihr Pferd mit einem kurzen Zungenschnalzen und einem leichten Druck des Knies an. Sie versuchte, dem Tier mit mentalem Zureden die Furcht zu nehmen. Doch das war nicht die richtige Einstellung. Sie musste sich vor Augen halten, dass dieselbe Kraft, die ihre geliebten Hunde und Pferde und Falken schuf, aus gutem Grund ebenso das Banshee geschaffen hatte, mochte ihr dieser Grund auch verborgen sein. Und die Kundschaftervögel, die einen so wilden Eindruck machten, waren sanft und zutraulich wie Käfigvögel, sobald man sie richtig kennen lernte. Sie liebte Prudentia, und sogar für Temperentia und Diligentia empfand sie echte Zuneigung. *Wenn das Banshee mein Bruder ist* ... Einen Augenblick schwebte sie in Gefahr, in hysterisches Gekicher auszubrechen. Sollte sie ihren sanften Bruder Ruyven, den scheuen Darren, den lieben kleinen Rael in einem Atemzug mit den kreischenden Horrorwesen auf der Klippe nennen?

Caryl flüsterte vor sich hin. Romilly verstand nur einzelne Wörter wie *Lastenträger und heiliger Valentin* ... und sie erkannte, dass das Kind betete. Sie zog ihn dicht an sich, drückte das Gesicht an seine Schulter und schloss die Augen. War es nicht vermessen, zu glauben, ihre Gedanken könnten den Geist eines Banshees erreichen – *falls ein Banshee überhaupt Geist hat!* Wieder musste sie einen hysterischen Anfall niederzwingen. Niemand wusste, dass sie ein Mädchen war, sie durfte nicht weinen und schreien vor Entsetzen! Grimmig stellte sie fest, dass auch Orain und Dom Carlo Angst hatten. Wenn diese beiden Männer sich fürchteten, brauchte sie sich ihrer eigenen Furcht nicht zu schämen!

Sie schloss die Augen wieder und versuchte, ein Gebet zu formulieren, doch es fiel ihr keines ein. *Lastenträger, Du weißt, was ich beten möchte, und jetzt muss ich mein Bestes tun, um uns alle zu retten,* flüsterte sie. Dann seufzte sie auf. »Wir wollen es versuchen, Caryl. Komm, verbinde dich mit mir.«

Ihr Geist wanderte hinaus. Ihres Körpers war sie sich nur noch so weit bewusst, dass sie ihn im Sattel halten und die unsicheren Schritte des Pferdes ausgleichen konnte. Weiter hinaus. Sie nahm die innere Angst der Pferde wahr, die sich dennoch aus Treue zu ihren Reitern langsam, Schritt für Schritt, vorwärts bewegten, die Ruhe der Kundschaftervögel, die auf ihre und Caryls mentale Stimmen vertrauten. Nun spürte sie etwas Kaltes und Furchterregendes, den gellenden Schrei, der die ganze Schöpfung erbeben ließ. Fest umfasste sie Caryls Hände, blieb und drang in den fremdartigen Geist ein.

Zuerst war sie sich nur eines schrecklichen Dranges bewusst, eines heftigen Hungers, der ihren Bauch verkrampfte, eines unablässigen Antriebs, das Warme zu suchen, das wie Licht und Heimat und Zufriedenheit war und ihren ganzen Körper mit einem fast sexuellen Verlangen überflutete. Mit dem winzigen Bruchteil, der noch Romilly war, erkannte sie, dass sie den Geist des Banshees erreicht hatte. *Armes, hungriges, frierendes Ding. Es sucht nur Wärme und Nahrung wie alle Geschöpfe* ... Ihre Augen erloschen, sie sah nichts mehr, sie fühlte nur noch, sie *war* das Banshee. Einen Augenblick lang führte sie einen erbitterten Kampf, alle ihre Gedanken waren darauf gerichtet, sich auf die Wärme zu werfen, zu reißen und zu zerren und das köstliche warme Blut hervorsprudeln zu fühlen. Sie merkte, dass ihre Hände sich um Caryls warme Händchen krallten. Und dann war sie wieder menschlich und eine Frau. Sie hatte ein Kind zu beschützen, und andere hingen von ihrem Geschick ab.

Eng mit Caryl verbunden, empfing sie seine tröstende mentale Berührung wie ein leises Gemurmel: *Bruder Banshee, du bist eins mit allem Leben und mit mir. Die Götter haben dich geschaffen, Beute zu schlagen und zu zerreißen. Ich preise und liebe dich, wie die Götter dich gemacht haben. Es sind Tiere in dieser Wildnis, die keine Furcht kennen, weil die Götter ihnen kein Bewusstsein gegeben haben. Sucht euch eure Beute unter ihnen, meine kleinen Brüder, und lasst mich vorüberziehen. Im Namen des heiligen Valentin bitte ich euch, tragt eure eigene Bürde und beendet mein Leben nicht vor der mir gesetzten Zeit. Gesegnet ist, wer Beute macht, und gesegnet ist, wer sein Leben einem anderen gibt* ...

Ich wünsche dir nichts Böses, ergänzte Romilly die stumme Ansprache des Kindes. *Such anderswo dein Futter.*

Für eine kurze Zeit war sie ganz erfüllt von der Gewissheit, dass sie und das Pferd, das sie ritt, und der weiche Körper des Kindes in ihren Armen und der wilde Hunger des Banshees nach Nahrung und Wärme alles eins war. Eine transzendentale Woge der Freude breitete sich in ihr aus. Die roten Strahlen der aufgehenden Sonne schenkten ihr eine überquellende, ekstatische Seligkeit. Caryls warmer Körper an ihrer Brust bedeutete ein Übermaß an Zärtlichkeit und Liebe, und ein paar gefährliche Herzschläge lang dachte sie: *Und wenn das Banshee mich als Beute schlägt, werde ich umso mehr eins sein mit seiner herrlichen Kraft. Aber auch ich möchte atmen und mich des Sonnenlichts erfreuen.* Noch nie war ihr ein solches Glücksgefühl zuteil geworden. Die Tränen liefen ihr übers Gesicht. Es störte sie nicht. Sie war Teil von allem, das lebte und atmete, Teil der Sonne und der Felsen. Sogar die Kälte des Gletschers war irgendwie wundervoll, weil sie ihr Bewusstsein für die Wärme der aufgehenden Sonne schärfte.

Die magische Verbindung zerbrach und war nicht mehr. Sie befanden sich auf der abwärts führenden Seite des Passes, und hoch über ihnen watschelte ein riesiges Banshee einer Höhlenöffnung zu, ohne ihnen die geringste Aufmerksamkeit zu schenken. Caryl weinte in ihren Armen und klammerte sich an sie. »Oh, es hatte Hunger, und wir haben es um sein Frühstück betrogen.«

Sie streichelte ihn, zu erschüttert, um zu sprechen, immer noch in dem Erlebten gefangen. Carlo sagte heiser: »Ich danke euch, Jungen. Was mich betrifft, möchte ich kein Banshee-Frühstück abgeben, ganz gleich, ob das arme Ding Hunger hatte. Soll es sein Futter anderswo suchen.«

Die Männer betrachteten sie voller Ehrfurcht. Orain versuchte, den Bann zu brechen, doch seine Stimme schwankte.

»Ah, du bist ein zu großer und zäher Junge für den wählerischen Appetit eines Banshees, es zieht ein zartes Eiskaninchen bestimmt vor«, und alle lachten. Romilly fühlte sich schwach, immer noch eingebunden in die weit reichenden Beziehungen, die sie mit ihrem Laran geknüpft hatten.

Dom Carlo durchsuchte seine Satteltaschen. »Ich schulde euch mehr, als ich sagen kann«, erklärte er rau. »Wie ich mich erinnere, waren die Leroni nach einer solchen Arbeit immer halb verhungert – hier.« Er reichte ihnen Reisebrot, Trockenfleisch und -obst. Romilly schlug ihre Zähne in das Fleisch, und dann drehte sich ihr der Magen um.

Das war einmal lebendes, atmendes Fleisch. Wie kann ich es zu meiner Beute machen? Dann bin ich nicht besser als ein Banshee. Einmal war dieses getrocknete Fleisch der lebende Atem aller meiner Brüder. Sie würgte, warf das Fleisch fort und steckte ein Stück Trockenobst in den Mund.

Auch das ist vom Leben aller Dinge, aber es hatte keinen Atem, und es macht mich nicht krank mit der Vorstellung, was es einmal war. Der Lastenträger hat einiges Leben allein zu dem Zweck geschaffen, dass es anderen zur Nahrung dient ... und als sie jetzt die Süße der Frucht zwischen ihren Zähnen schmeckte, kehrte ganz kurz die Ekstase zurück, weil die Frucht ihre Süße aufgab, damit sie nicht länger hungern müsste.

Caryl kaute, ebenfalls heißhungrig, an einer Scheibe harten Brotes. Romilly sah, dass auch er das Fleisch verschmäht hatte. Ein Stück trug kleine, scharfe Zahnabdrücke. Also hatte er das Gleiche empfunden wie sie. Geistesabwesend fragte sie sich, ob sie jemals wieder Fleisch essen könne.

Die Sonne stand hoch am Himmel. Sie machten für kurze Zeit Halt, um den Pferden Korn und den Kundschaftervögeln Fleisch zu geben. Romilly hielt sich an Obst und Brot und rührte sich mit kaltem Wasser einen Mehlbrei an. Doch zu ihrer eigenen Überraschung störte es sie nicht, dass die Kundschaftervögel gierig ihre stinkende Atzung kröpften. Es war ihre Natur, und sie waren, wie sie sein sollten.

Romilly fiel auf, dass die Männer Distanz zu ihr hielten. Das wunderte sie nicht. Wenn sie gesehen hätte, wie zwei andere Leute ein angreifendes Banshee beschwichtigten, wäre sie auch von Ehrfurcht überwältigt worden. Sie konnte immer noch nicht glauben, dass sie es getan hatte.

Die Mahlzeit war beendet, und die Pferde wurden von neuem gesattelt. Dom Carlo stand groß und aufrecht am Rand des Lagerplatzes und lauschte, den Blick ins Weite gerichtet. Romilly war jetzt im Gebrauch ihres *Laran* geübt genug, um zu erkennen, dass er gerade im Geist den Pfad hinter ihnen absuchte.

»Bisher werden wir nicht verfolgt«, erklärte er endlich. »Und es gibt so viele Wege. Falls Lyondri keine ganze Horde von Leroni bei sich hat, wird er unsere Fährte nicht finden. Wir müssen die normalen Vorsichtsmaßnahmen treffen, aber ich glaube, dass wir jetzt in Sicherheit nach Caer Donn reiten können.« Er streckte Caryl die Arme entgegen.

»Willst du hinter meinem Sattel sitzen, Verwandter?«, fragte er, als spreche er zu einem erwachsenen, ihm gleichrangigen Mann. »Ich möchte dir nämlich Verschiedenes mitteilen.«

Caryl warf Romilly einen Blick zu, dann antwortete er höflich: »Wie Ihr wünscht, Verwandter«, und kletterte aufs Pferd. Im Wegreiten bemerkte Romilly, dass sie mit leiser Stimme miteinander sprachen. Romillys Arme fühlten sich ohne den warmen Körper des Kindes leer an. Einmal sah sie, dass Caryl ernsthaft den Kopf schüttelte, und einige wenige Worte erreichten ihr Ohr.

»... o nein, Verwandter, ich gebe Euch mein Wort darauf ...« Plötzlich eifersüchtig auf diese Vertrautheit, wünschte Romilly, dem Gespräch zuhören zu können. Ihr Laran war jetzt so nahe der Oberfläche, dass sie auf den Gedanken kam:

Vielleicht brauche ich bloß hinauszugreifen!

Sie entsetzte sich über ihren Einfall. War sie nicht in einem Großen Haus erzogen, hatte man sie nicht Höflichkeit gegen Gleiche und Niedrigere gelehrt? Stirnrunzelnd reihte sie sich ein – sie hatte Prudentia auf ihren Sattel genommen, damit Dom Carlo auf seinem Pferd Platz für Caryl hatte – und dachte darüber nach, was sich aus dem Laran ergebendes richtiges Verhalten war. Sie hatte die Macht und vielleicht auch das Recht, den Falken, die sie ausbildete, den Pferden, die sie ritt, und, um ihr Leben zu retten, sogar den wilden Banshees der Klippen ihren Willen aufzuzwingen. Aber wie weit ging diese Macht? Wie weit ging das Recht, sie einzusetzen? Sie durfte ihr Pferd dazu bringen, Sattel und Zaum zu tragen, weil es sie liebte und gern lernte, was es seiner Herrin näher brachte. Sie hatte Preciosas tiefe Liebe gespürt, als der Falke aus freien Stücken zu ihr zurückkehrte.

Und das war Schmerz. Würde sie Preciosa je wieder sehen?

Aber es gab Grenzen für diese Macht. Es mochte richtig sein, Hunden, die sie liebten, Ruhe zu befehlen, damit sie nicht den ganzen Haushalt aufweckten und ihre Flucht verrieten.

Da waren auch Probleme und ein schwerer Konflikt. Sie konnte die Beute in den Schnabel ihres Falken zwingen, sie konnte vielleicht das junge und dumme Eiskaninchen in die wartenden Fänge der Hunde zwingen ... und das war gegen die Natur, ein entschieden ungerechter Vorteil bei der Jagd!

Mit brennenden Augen senkte sie den Kopf, und zum ersten Mal in ihrem Leben betete sie inbrünstig.

Lastenträger! Ich habe diese Macht nicht gesucht. Bitte, bitte, hilf mir, sie zu gebrauchen, nicht für unrechte Zwecke, sondern nur, um eins mit dem Leben zu werden ... Verwirrt setzte sie hinzu: *So wie ich für kurze Zeit heute Morgen war, als ich wusste, ich war eins mit allem, was lebt. Wie du es sein musst, Heiliger. Hilf mir, mich zu entscheiden, wie ich diese Macht weise einsetze.* Und dann flüsterte sie noch: *Denn jetzt weiß ich, dass ich ein Teil des Lebens bin ... aber ein so kleiner Teil!*

5

Auf dem ganzen langen Weg nach Caer Donn beunruhigte es sie. Wenn sie Fleisch für die Kundschaftervögel jagte, dachte sie an ihr Laran und fürchtete, die Macht zu missbrauchen, so dass sie das Wild manchmal entkommen ließ und von den Männern deswegen beschimpft wurde. Sie benutzte ihre besonderen Sinne, um tote Tiere in Berg und Wald zu finden, mit denen sie die Vögel atzen konnte. Sie hatten keine Verwendung mehr für ihre Körper. Sicher war es nicht Unrecht, ein lebendes Wesen mit einem toten zu füttern. Am liebsten hätte Romilly ihre neue Fähigkeit irgendwo eingeschlossen, damit sie niemals mehr berührt werden konnte. Aber sie brauchte sie im Umgang mit den Vögeln – es konnte doch nicht falsch sein, ihnen ihre Liebe zu zeigen? Oder doch, da sie sie mit dieser Methode ihrer eigenen Bequemlichkeit wegen ruhig hielt?

Mehrmals versuchte sie, mit den Vögeln zu arbeiten, ohne von der MacAran-Gabe, die sie jetzt als Laran kannte, Gebrauch zu machen. Dann schrien und rebellierten sie, und Dom Carlo fragte: »Was ist in dich gefahren, Junge? Tu die Arbeit, für die du bezahlt wirst, und bring diese Vögel zum Schweigen!« Also wendete sie ihr Laran an und litt von neuem unter Zweifeln, ob sie Recht oder Unrecht tue.

Gern hätte sie mit Dom Carlo darüber gesprochen. Er hatte Laran, und vielleicht hatte er sich mit den gleichen Problemen herumgeschlagen, als er in ihrem Alter war und es zu benutzen lernte. War es das, was Ruyven hatte bezwingen müssen? Kein Wunder, dass er von einer Pferderanch geflohen war und Zuflucht hinter den Mauern eines Turms gesucht hatte! Manchmal beneidete sie Darren, auf den nichts von der Mac-

Aran-Gabe gekommen war. Wenn er Falken und Pferde auch fürchtete und hasste, geriet er doch wenigstens nicht in Versuchung, an ihrem Geist herumzupfuschen, um seine Macht über sie zu beweisen! Mit Caryl konnte sie nicht reden. Er war noch ein Kind und gebrauchte seine Macht mit Vergnügen, wie sie es getan hatte, als sie ihre glückliche Hand für das Ausbilden von Pferden entdeckte. Und immer, wenn sie versuchte, frisch getötetes Wild zu essen, hatte sie die Vorstellung, Leben und Blut des toten Tiers drängen in ihre Gedanken ein. Dann würgte sie und weigerte sich zu essen. Sie bereitete sich Mahlzeiten aus Brei und Obst und Brot und litt in der bitteren Kälte der Berge schrecklichen Hunger. Doch selbst als Dom Carlo ihr befahl zu essen, konnte sie es nicht. Einmal blieb er vor ihr stehen, bis sie widerstrebend ein Stück von einem wilden Chervine hinunterschluckte. Dann überkam sie ein solcher Ekel, dass sie zur Seite ging und sich erbrach.

Orain sah sie aus dem Dickicht zurückkommen, bleich und zitternd. Als sie mit bebenden Händen Abfälle und Reste des Chervines für die Kundschaftervögel zerschnitt, trat er zu ihr. In diesem Schneeland war es schwierig, Steinchen zu finden, und so musste sie Haut und Knochenstücke mit dem Fleisch mischen, damit die Vögel es verdauen konnten. Orain sagte: »Gib das mir«, und trug das blutige Zeug zu den Vögeln hinüber, die auf ihren Blöcken in sicherer Höhe über dem Schnee saßen. Er kehrte zurück, während sie kröpften, und fragte: »Was ist los mit dir, Junge? Das Essen widerstrebt dir, wie? Carlo meint es gut, weißt du. Er macht sich nur Sorgen, dass du für dieses raue Klima nicht genug isst.«

»Das weiß ich.« Romilly sah ihn nicht an.

»Was fehlt dir denn, Rumal? Kann ich dir nicht helfen?«

Sie schüttelte den Kopf. Niemand konnte ihr helfen. Sie wünschte sich, mit ihrem Vater zu sprechen. Er musste in seiner Jugend den gleichen Kampf durchgestanden haben, denn wie hätte er sonst seine Gabe meistern gelernt? Er hasste das Wort Laran, und man durfte es in seiner Gegenwart nicht aussprechen. Aber er besaß das Talent, ganz gleich, wie er es nannte oder nicht nannte. Plötzlich von Heimweh überwältigt, dachte sie an Falkenhof, an das Gesicht ihres Vaters, freundlich und liebevoll, und dann an das verzerrte, wütende Gesicht, als er sie schlug ... Sie verbarg das Gesicht in den Händen und kämpfte verzweifelt darum, das Schluchzen zu unterdrücken, das sie als Mädchen verraten musste. So müde war sie, so müde, sie konnte die Tränen kaum zurückhalten ...

Orains Hand legte sich sanft auf ihre Schulter. »Nun, nun, Sohn, das macht doch nichts – ich bin keiner, der Tränen für unmännlich hält. Du bist krank und müde, das ist alles. Heul nur, wenn du möchtest, ich werde es nicht weiter erzählen.« Er klopfte ihr ermutigend auf die Schulter, ging zum Feuer und kehrte zurück. »Hier, trink das, es wird deinen Magen beruhigen.« Er warf ein paar seiner geliebten Kräuter in einen Becher mit heißem Wasser und drückte ihn ihr in die Hand. Das Getränk war aromatisch, von einer angenehmen schwachen Bitterkeit, und es ging ihr danach tatsächlich besser. »Wenn du im Augenblick kein Fleisch essen kannst, bringe ich dir Brot und Obst, aber hungern darfst du bei dieser Kälte nicht.« Er gab ihr einen Kanten hartes Brot, der reichlich mit dem Fett des Chervines bestrichen war. Romilly war so hungrig, dass sie es aufaß. Dann kaute sie die Hand voll Trockenobst. Gemeinsam versorgten sie die Pferde für die Nacht. Orain rollte seine und ihre Decke nebeneinander aus. Caryl besaß keine, deshalb hatte er immer in Romillys Armen unter ihrem Mantel geschlafen. Romilly zog die Stiefel aus und spürte einen unheilverkündenden dumpfen Schmerz im Unterleib. Heimlich rechnete sie an den Fingern nach. Ja, ihre Flucht aus Rorys Hütte war vierzig Tage her; wieder musste sie dieses periodische Ärgernis verbergen. Verdammte Geschichte, eine Frau zu sein! Wach und immer noch zitternd lag sie zwischen Caryl und Orain und dachte ergrimmt darüber nach, wie sie das Verheimlichen in diesem Klima bewerkstelligen solle. Glücklicherweise war es so kalt, dass sich niemand im Lager auszog, und zum Schlafen häufte jeder alle Kleider und Decken auf, die er hatte. Romilly behielt nachts nicht nur den pelzbesetzten Mantel an, den Orain ihr geschenkt hatte, sie deckte sich und Caryl auch noch mit Rorys altem zu.

Sie musste nachdenken. Lappen hatte sie keine mehr, auch keine Kleidungsstücke, aus denen sie welche hätte machen können. Es gab eine Art von dickem Moos, das überall in größeren Höhen wuchs, hier ebenso wie auf Falkenhof. Sie hatte es gesehen, aber ihm keine Beachtung geschenkt, obwohl sie wusste, dass arme Frauen, die keine Lumpen übrig hatten, es als Kinderwindeln ebenso wie für den monatlichen sanitären Bedarf benutzten. Romilly mit ihrem Sinn für Reinlichkeit scheute davor zurück. Es war jedoch leichter, Moos im Schnee zu vergraben, als Lappen auszuwaschen. Morgen wollte sie sich etwas suchen. Hier im Schneeland würde es wenigstens nicht mit Schlamm oder Staub bedeckt sein und brauchte nicht gewaschen zu werden. Wie lästig es war, eine Frau zu sein!

In der bitteren Kälte schmiegten sie sich dicht aneinander wie Hunde, die in Gemeinschaft schlafen. Als das Lager am Morgen erwachte und Orain sich von Caryl und Romilly wegrollte, höhnte Alaric: »He, Mann, habt ihr da eine Kinderstube für die Kleinen?« Aber Romilly fand Orains Anwesenheit tröstlich, und Caryl ging es ebenso. Er war freundlich und väterlich, und sie fürchtete sich nicht vor ihm. Sollte sie in eine Situation kommen, in der sie ihr Geheimnis enthüllen musste, glaubte sie zuversichtlich, sich Orain ohne Gefahr anvertrauen zu können. Es mochte ihn erschrecken, dass sich in diesem rauen Land und Klima ein Mädchen unter ihnen befand, doch er würde es ebenso wenig ausnützen wie ihr eigener Vater oder ihre Brüder. Auf irgendeine Weise *wusste* sie, er war kein Mann, der einer Frau Gewalt antäte.

Sie entfernte sich, um unbeobachtet das Nötige zu besorgen. Man hatte sie deswegen schon aufgezogen; die Männer behaupteten, sie sei prüde wie eine Frau. Aber sie schrieben es der Tatsache zu, dass sie Cristofero war. Von denen wusste man, dass sie in diesen Dingen zurückhaltend waren. Romilly war sich sicher, dass keiner der Männer einen Verdacht hegte, und Caryl, der Bescheid wusste, und Dom Carlo, der ganz bestimmt Bescheid wusste, verrieten nichts.

Sie wollte ihr Geheimnis bewahren, so lange es ging. Wenn sie Caer Donn erreichten, war es vielleicht schwieriger als in Nevarsin, Arbeit in einem Falkenhaus oder Pferdestall zu finden, aber nicht unmöglich, und bestimmt würde Orain oder Dom Carlo selbst ihr ein gutes Zeugnis als willige und geschickte Arbeitskraft ausstellen.

Romilly empfand Widerwillen dagegen, Fleisch zu essen, obwohl sie wusste, dass es töricht war – in der Natur waren nun einmal bestimmte Tiere die Beute von anderen. Das Gefühl des Ekels ließ auch schon ein bisschen nach, aber immer noch zog sie Brei und Brot dem Fleisch vor. Carlo (ob Orain mit ihm darüber gesprochen hatte?) drängte sie nicht länger, sondern gab ihr einfach eine etwas größere Portion von den anderen Lebensmitteln. Alaric spottete einmal darüber, und Dom Carlo verbot ihm kurz den Mund.

»Je weniger Fleisch er bekommt, desto mehr bleibt für uns, Mann. Lass ihn essen, was er mag, und tu du ebenso! Wären alle Menschen gleich, hätte dich längst ein Banshee gefressen. Wir sind es Rumal schuldig, ihn nach seiner Art leben zu lassen.«

Romilly schätzte, dass sie neun Tage von Nevarsin unterwegs waren, als sie einen Vogel entdeckte. Er kam von der

Bergkette und kreiste hoch über ihnen. Gerade atzte sie die Kundschaftervögel, und sie zerrten an ihren Fesseln, als der kleine Vogel in ihr Lager niederschoss. Dom Carlo stand bewegungslos, die Arme ausgebreitet, im Gesicht den leeren Ausdruck, den auf Laran konzentrierte Gedanken erzeugen. Der Vogel setzte sich auf seine Hand.

»Eine Botschaft von unseren Leuten in Caer Donn.« Carlo suchte nach der Kapsel unter dem Flügel, riss sie auf und überflog die kleingeschriebenen Zeilen. Romilly starrte ihn an. Sie hatte von Briefvögeln gehört, die über eine weglose Wildnis hinweg in ihren eigenen Schlag zurückfinden, aber noch nie von einem, der einen bestimmten Mann zu entdecken vermochte, dessen Aufenthalt dem Absender unbekannt war.

Carlo hob den Kopf und lächelte breit.

»Wir müssen uns beeilen, nach Caer Donn zu kommen!«, rief er. »In zehn Tagen sammeln wir uns unterhalb von Aldaran. Carolin wird sich an die Spitze einer großen Armee stellen, die dort zusammenströmt, und ins Tiefland marschieren. Jetzt soll Rakhal sich hüten, meine treuen Gefährten!«

Alle jubelten, Romilly auch. Nur Caryl blieb stumm, senkte den Kopf und biss sich auf die Lippe. Beinahe hätte Romilly ihn gefragt, was los sei. Doch natürlich konnte er sich nicht darüber freuen, dass eine große Armee gegen Rakhal marschierte, wenn sein Vater Rakhals erster Ratgeber war. Das durfte man nicht von ihm erwarten. Dessen ungeachtet liebte er Dom Carlo als Verwandten. Romilly war überzeugt, dass sie tatsächlich miteinander verwandt waren, wenn auch vielleicht nur entfernt. Sie hatte gehört, dass alle Tiefland-Hasturs einer Sippe angehörten. Und Carlo mit seinem roten Haar und den Zügen, die sie an Alderic erinnerten, musste dem Hastur-Clan angehören und einen höheren Rang besitzen, als seine Männer wussten. Wenn Orain, der des Königs Pflegebruder war, ihn mit solcher Ehrerbietung behandelte, war Carlo von höchstem Adel.

Spät am Abend ritten sie in Caer Donn ein. Gleich hinter dem Tor wandte Dom Carlo sich an Orain.

»Bring die Männer und die Vögel in einen guten Gasthof und lass allen meinen Getreuen das beste Essen auftischen, das für Geld zu haben ist. Sie haben einen harten Ritt hinter sich und teuer dafür bezahlt, dass sie den Verbannten gefolgt sind. Du weißt, wohin ich gehen muss ...«

»Aye, ich weiß«, erwiderte Orain. Carlo fasste mit schwachem Lächeln nach seiner Hand. Er sagte: »Ein Tag wird kommen ...«

»Die Götter mögen es geben«, nickte Orain, und Carlo ritt durch die Straßen der Stadt davon.

Wenn Romilly Nevarsin nie gesehen hätte, wäre ihr Caer Donn wie eine große Stadt vorgekommen. Hoch über ihr erhob sich am Berg eine Burg, und Orain bemerkte, als sie vorüberritten: »Das ist die Heimat Aldarans von Aldaran. Die Aldarans gehören von alters her zur Hastur-Sippe. Sie haben an dem Tiefland-Streit keinen Teil, aber Blutsbande sind stark.«

»Ist der König dort?«, fragte Romilly. Orain lächelte und holte erleichtert Atem. »Aye, wir sind wieder in einem Land, wo der Schurke Rakhal nicht bewundert wird und Carolin immer noch der wahre König ist. Und die Vögel, die wir mitgebracht haben, werden in wenigen Tagen in den Händen seiner Leroni sein. Zu schade, dass du mit deiner Begabung nicht als Laranzu ausgebildet bist. Du hast den Männern Carolins einen Dienst erwiesen, glaub mir, und der König wird sich nicht als undankbar erweisen, wenn er seinen Thron zurückgewonnen hat.«

Er blickte die Straße hinunter. »Wenn mich mein Gedächtnis nicht täuscht, ist nahe der Stadtmauer ein Gasthof, wo unsere Tiere untergebracht und gefüttert werden können und in dem wir das gute Essen finden, von dem Carlo sprach. Reiten wir hin!«

In der engen Straße drängte sich Caryl an Orains Seite.

»Lord Orain, Ihr – der *vai dom* hat mir gelobt, ich solle meinem Vater unter Waffenstillstandsflagge zurückgeschickt werden. Wird er sein Wort halten? Mein Vater …«, seine Stimme brach. »Mein Vater muss verrückt vor Angst um mich sein.«

»Geschieht ihm recht!«, fiel Alaric rau ein. »Soll er etwas von dem zu spüren bekommen, was ich mitgemacht habe, als mein Sohn und seine Mutter starben – von deines Vaters Händen.«

Caryl starrte ihn mit großen Augen an. Endlich sagte er: »Ich hatte Euch nicht erkannt, Master Alaric; jetzt erinnere ich mich an Euch. Ihr tut meinem Vater Unrecht, Sir. Er hat Euren Sohn nicht getötet, er starb am Kahlfieber. Mein eigener Bruder starb in demselben Sommer, und die Heilerinnen des Königs haben beide sorgsam gepflegt. Es ist traurig, dass Euer Sohn fern von Vater und Mutter sterben musste, aber bei meiner Ehre, Alaric, mein Vater trägt keine Schuld daran.«

»Und was ist mit meiner armen Frau, die sich bei der Nachricht von seinem Tod aus dem Fenster stürzte.«

»Das wusste ich nicht.« Tränen glitzerten in Caryls Augen. »Meine eigene Mutter war außer sich vor Leid, als mein Bruder starb. Aus Furcht, sie könne sich etwas antun, wagte ich nicht, sie aus den Augen zu lassen. Es tut mir Leid – oh, es tut mir so Leid, Master Alaric.« Er schlang seine Arme um den Mann. »Wenn mein Vater das wüsste, würde er Euch bestimmt nicht verfolgen und Euch Euren Groll auf ihn nicht verübeln!«

Alaric schluckte. Unbeweglich stand er in der Umarmung des Jungen. »Gott gebe, dass mein eigener Sohn mich so verteidigt! Aus deiner Loyalität gegenüber deinem Vater kann ich dir keinen Vorwurf machen, mein Junge. Ich werde Lord Orain helfen, dich sicher zu ihm zu bringen.«

Orain stieß einen tiefen Seufzer der Erleichterung aus. Er sagte: »Wir werden dich nicht ohne eine Armee hinter dir in die Gefahren des Tieflands senden, Alaric; du bleibst hier. Aber in der Stadt ist ein Haus der Schwesternschaft vom Schwert. Meine Cousine ist eine der Schwertfrauen, und wir können zwei oder drei anwerben, den Jungen sicher nach Thendara zu bringen. Ich werde mit Dom Carlo darüber sprechen, Caryl, und vielleicht kannst du schon übermorgen abreisen. Außerdem werden wir deinem Vater einen Briefvogel mit der Nachricht nach Hali schicken, dass du gesund und mit einer Eskorte unterwegs bist.«

»Ihr seid gut zu mir, Lord Orain«, erklärte Caryl schlicht. »Ich habe diese Reise genossen, aber ich denke ungern an den Gram meines Vaters und den meiner Mutter, wenn sie erfährt, dass ich nicht mehr in Nevarsin bin.«

»Ich werde mich darum kümmern, sobald wir im Gasthof sind«, versprach Orain und ritt auf ein langes, niedriges Gebäude zu. Es hatte auf der Rückseite Ställe und über dem Tor ein Schild mit einem unbeholfen gemalten Falken. »Hier im ›Falken‹ können wir nach dem anstrengenden Ritt durch die Schneeberge gut essen und schlafen. Und wie viele von euch werden auch baden wollen? Es gibt heiße Quellen in der Stadt, und ein Badehaus ist keine zehn Häuser entfernt.«

Das rief neues Jubelgeschrei hervor. Nur Romilly dachte traurig, dass es ihr nichts nütze. Sie konnte sich nicht in ein Badehaus für Männer wagen, und dabei fühlte sie sich so schmutzig und hätte sich so gern gesäubert! Nun, es half nichts. Sie überzeugte sich, dass die Pferde und Chervines gut untergebracht wurden und versorgte die Kundschaftervögel. Nachdem sie sich Gesicht und Hände gewaschen hatte, so gut es ging, begab sie sich in den Speiseraum des Gasthofes, wo ein gutes Essen aufgetischt wurde. Orain hatte für alle Schlafzimmer genommen und den besten Raum im Haus dem kleinen Caryl zugeteilt, wie es seinem Rang zukam.

»Und du bist eingeladen, mein Quartier mit mir zu teilen, Rumal.«

»Das ist freundlich von Euch«, antwortete Romilly vorsichtig, »aber ich möchte im Stall bei meinen Schützlingen bleiben. Die Kundschaftervögel könnten an einem fremden Ort unruhig werden.«

Orain zuckte die Schultern. »Wie du willst. Aber beim Essen möchte ich mit dir noch über etwas anderes reden.«

»Jawohl, Sir.«

Das Essen bestand aus frisch gebackenem Brot und gebackenen Wurzeln, dick und golden, gebratenem Geflügel und einem Gemüse-Eintopf. Alle hieben nach der spartanischen Ernährung auf der langen Reise gewaltig ein, und Orain hatte auch reichlich Wein und Bier bestellt. Caryl verweigerte er den Wein auf freundliche, väterliche Weise, und er bedachte Romilly mit einem Stirnrunzeln, als sie nach dem zweiten Becher greifen wollte.

»Du weißt genau, dass du so viel nicht verträgst«, schalt er. »Kellner! Bringt den beiden Jungen Apfelwein mit Gewürzwurzel.«

»Na, Mutter Orain«, neckte Alaric, dies eine Mal guter Laune, »werdet Ihr sie auch zu Bett bringen und ihnen ein Wiegenlied singen, während wir übrigen uns im Badehaus den Reisestaub abspülen?«

»Nein«, antwortete Orain, »ich gehe mit euch ins Badehaus.«

»Und gleich danach ins Freudenhaus!«, rief einer der Männer und nahm sich einen großen Löffel voll von dem geschmorten Obst, das den Nachtisch bildete. »Ich habe seit – Zandru weiß, wie lange – keine Frau mehr angesehen!«

»Aye, und ich habe mehr vor, als sie anzusehen«, prahlte

ein zweiter. Orain sagte: »Tut, was ihr wollt, aber dies ist kein Thema vor den Kindern.«

»Ich würde auch gern baden«, meinte Caryl. Orain schüttelte den Kopf.

»Das Badehaus hier in der Stadt ist nicht wie das im Kloster, mein Junge, sondern ein Ort für Huren und dergleichen. Ich kann auf mich selbst aufpassen, aber ein anständiger Junge deines Alters gehört nicht dorthin. Ich lasse dir eine Wanne auf dein Zimmer bringen. Dort kannst du dich einweichen und waschen und dann zu Bett gehen und gut schlafen. Und du –«, er betrachtete Romilly mit einem strengen Blick, »– du bist auch zu jung für das rohe Volk im Badehaus. Pass auf, dass der Kleine hier seine Füße ordentlich wäscht und bestelle dir dann selbst ein Bad. Du wärst für den Abschaum, der sich an solchen Orten herumtreibt, eine ebenso leichte Beute wie ein junges, anständiges Mädchen.«

»Warum den Jungen verzärteln?«, fragte Alaric. »Soll er doch etwas vom Leben sehen, wie Ihr es zweifellos in seinem Alter getan habt, Lord Orain!«

Orains Gesicht verfinsterte sich. »Was ich getan haben mag, steht nicht zur Debatte. Für diesen Jungen und für Lyondris Sohn trage ich die Verantwortung, und es gehört sich nicht, dass ein Hastur ohne Bedienung ist. Du bleibst hier, Rumal, siehst nach dem Kleinen und steckst ihn ins Bett. Dann badest du selbst.«

»Lass dir von ihm nichts gefallen, Junge, du brauchst dich nicht wie ein Kind behandeln zu lassen«, sagte einer der Männer, der mehr als genug Wein getrunken hatte. »Du bist nicht der Diener des Hastur-Welpen.«

Romilly fiel eine gute Ausrede ein. »Ich möchte aber hier bleiben, denn ich bin ein Cristofero und finde keinen Geschmack an solchen Abenteuern.«

»Oha, ein Cristofero, der das Keuschheitsgelübde abgelegt

hat!«, spottete der Betrunkene. »Nun, ich habe mein Möglichstes für dich getan. Wenn du aber lieber ein kleiner Junge sein willst, der sich hinter den Röcken des heiligen Lastenträgers versteckt, ist das deine Sache! Kommt! Wer geht mit ins Badehaus, Männer?«

Einer nach dem anderen stand auf und verließ nicht allzu festen Schrittes den Gasthof. Romilly brachte Caryl auf sein Zimmer und schickte nach dem versprochenen Bad, das eine Dienstmagd brachte. Romilly hätte Caryl wie früher Rael gebadet, stieß jedoch auf Protest.

Mit rotem Gesicht erklärte er: »Vor den Männern wollte ich nichts sagen, aber ich weiß, dass du ein Mädchen bist, und ich bin schon zu groß, um von meiner Mutter oder meiner Schwester gewaschen zu werden, und baden kann ich allein! Geh hinaus, Romilly. Ich will den Leuten sagen, dass sie dir auch eine Wanne bringen, ja? Lord Orain ist fort, und bestimmt bleibt er die halbe Nacht weg. Auch er wird nach einer Frau Ausschau halten – siehst du wohl, ich bin alt genug, um über diese Dinge Bescheid zu wissen. Also kannst du in seinem Zimmer baden und danach in dein eigenes Bett gehen.«

Romilly musste lachen. »Wie Ihr wünscht, mein Lord.«

»Und mach dich nicht über mich lustig!«

»Das würde ich mir nicht im Traum einfallen lassen.« Sie bemühte sich, ein ernstes Gesicht zu ziehen. »Nur hat mich Lord Orain beauftragt, dafür zu sorgen, dass du deine Füße ordentlich wäschst.«

»Ich habe im Kloster seit mehr als einem Jahr allein gebadet«, entrüstete sich Caryl. »Geh weg, Romilly, bevor mein Badewasser kalt wird. Ich lasse dir eine Wanne in Lord Orains Zimmer bringen.«

Romilly begrüßte diese Lösung, denn wie hatte sie sich nach einem heißen Bad gesehnt! Sie holte ihre Satteltaschen aus dem Stall, während die Mägde die hölzerne Wanne ins

Zimmer trugen und mit dampfendem Wasser füllten, große flauschige Tücher und ein Holzkästchen mit Seifenkraut bereitlegten. Eine der Badefrauen blieb zurück, machte Romilly schöne Augen und fragte in einladendem Ton: »Möchtet Ihr, dass ich Euch helfe, junger Sir? Es wäre mir ein Vergnügen, Euch die Füße zu waschen und den Rücken zu schrubben. Für ein halbes Silberstück würde ich bleiben, solange Ihr wollt, und auch das Bett mit Euch teilen.«

Romilly hatte Mühe, ein Lächeln zu verbergen. Stellte sie einen so hübschen jungen Mann dar, oder ging es der Frau nur um das Silberstück? Sie schüttelte den Kopf. »Ich bin müde von dem Ritt; ich möchte mich waschen und schlafen.«

»Soll ich Euch dann einen Masseur schicken, junger Sir?«

»Nein, nein, nichts – geh und lass mich baden«, befahl Romilly streng. Doch sie gab der Frau eine kleine Münze und bedankte sich für ihre Mühe. »In einer Stunde kannst du die Wanne abholen.«

Endlich ungestört, zog sie sich aus und stieg in die Wanne. Sie schrubbte sich mit dem Seifenkraut kräftig ab und legte sich wohlig aufseufzend in dem heißen Wasser zurück. Das letzte Mal gründlich gewaschen hatte sie sich in der Hütte der alten Frau, als sie Rory hatte heiraten sollen. In Nevarsin hatte sie sich gesäubert, so gut es ging, aber natürlich nicht gewagt, das Badehaus des Klosters zu benutzen. Ebenso unmöglich war es gewesen, in der Stadt nach einem Badehaus für Frauen zu suchen, obwohl es dort welche geben musste, denn sie hätte dabei ja beobachtet werden können.

Wie herrlich war so ein Bad! Sie weichte sich genüßlich in dem heißen Wasser ein, bis es schließlich abkühlte und sie hinaus musste. Sorgfältig trocknete sie ihr Haar und zog ihre sauberste Unterwäsche an. Voller Sehnsucht betrachtete sie Orains Bett, das für ihn von den Mädchen bereits aufgedeckt war. Bestimmt war er inzwischen mit dem Baden fertig und hatte irgendwo eine Frau für die Nacht gefunden, und dieses schöne Bett wurde verschwendet, während er bei irgendeiner Straßendirne schlief. Romilly gestand sich ein, dass sie einen Stich von Eifersucht empfand – sie dachte an ihren Traum, in dem Orain sie liebkost hatte und sie glücklich darüber gewesen war. Beneidete sie wirklich die unbekannte Frau, in deren Bett er diese Nacht verbrachte?

Sie sollte nach der Badefrau läuten, damit sie die Wanne abholte, und sich in den Stall verziehen. Da waren Mengen von Heu, in dem sie es warm hätte, und Decken, und wenn sie wollte, konnte sie sich sogar heiße Ziegelsteine und noch mehr Decken geben lassen. Sie zog ihre Hose an und läutete nach der Magd. Dann ging sie und klopfte leise an Caryls Tür. Er lag im Bett und war schon halb eingeschlafen, aber er setzte sich hoch und umarmte sie, als sei sie seine Schwester, wünschte ihr gute Nacht und schlief in dem großen Bett gleich weiter. Es war ein großes Bett, groß genug für drei oder vier. Romilly geriet in Versuchung, sich neben das Kind zu legen. Sie hatten unterwegs oft genug aneinander geschmiegt geschlafen. Aber es musste ihn in Verlegenheit bringen, wenn er sie am Morgen entdeckte. Er war gerade alt genug, um sich bewusst zu sein, dass sie eine Frau war. Romilly gähnte. Sie hatte gar keine Lust, in den Stall zu gehen. Wenn sie sich für ein Weilchen in Orains Bett legte? Sicher kam er erst morgen früh nach Hause, und dann war er so betrunken, dass er sie gar nicht bemerkte und es ihm gleichgültig war, ob da ein Junge oder ein Hund lag. Auf den Gedanken, sie sei eine Frau, kam er nie, und er besaß nichts von dem unbequemen Laran, das es Caryl und vielleicht auch Dom Carlo ermöglicht hatte, sie zu durchschauen.

Sie wollte eine kleine Weile dort schlafen. Wenn sie Orain auf der Treppe hörte, wachte sie bestimmt auf und konnte noch rechtzeitig im Stall verschwinden. Nach der langen Zeit in der Wildnis sah das Bett so schön aus. Die Badefrau hatte, als sie die Wanne abholte, die Laken mit einer heißen Kohlenpfanne gewärmt, und sie rochen frisch und einladend. Romilly zögerte nicht länger. Sie legte sich in Jacke und Hose hin und zog die Decke über sich. Ihr letzter Gedanke war: Ich darf nicht zu fest schlafen, ich muss in den Stall, Orain könnte früher kommen, als ich ihn erwarte ... und da schlief sie schon.

Die Tür knarrte, und Orain trat leise ein. Gähnend setzte er sich auf die Bettkante. Romilly fuhr erschrocken hoch, entsetzt, dass sie so lange geschlafen hatte. Er grinste sie an.

»Ah, bleib, wo du bist, Junge«, sagte er müde. »Das Bett ist groß genug für zwei.« Sein Atem roch nach Wein, doch betrunken war er nicht. Er strich ihr mit der Hand leicht übers Haar. »Ganz weich. Du musst auch ein schönes Bad gehabt haben.«

»Ich werde jetzt gehen ...«

Er schüttelte den Kopf. »Die Haustür ist abgeschlossen; du kommst gar nicht hinaus.« Wieder machte sich in seiner Stimme der weiche Tiefland-Akzent bemerkbar. »Bleib hier, Junge, ich schlafe schon halb.« Er zog die Stiefel und Überkleider aus. Romilly rollte sich an die andere Seite des Bettes, steckte den Kopf unter die Decke und schlief wieder ein.

Sie wusste nicht, was sie aufgeweckt hatte, aber es konnte ein Schrei gewesen sein. Orain warf sich herum, schrie auf und saß bolzengerade im Bett. »Ah – Carolin, sie fassen dich ...«, rief er und starrte in den leeren Raum. Seine Stimme war so voller Entsetzen, dass Romilly erkannte, er träumte. Sie zog an seinem Arm und sagte: »Wacht auf! Es ist nur ein Alptraum!«

»Ah –« Er holte tief Atem, und seine Augen blickten wieder vernünftig. »Ich sah meinen Bruder, meinen Freund, in den Händen Rakhals, Zandru sende ihm Skorpion-Peitschen.«

Sein Gesicht spiegelte immer noch Unruhe wider, aber er legte sich zurück. Romilly zog die Füße an und versuchte, wieder einzuschlafen. Doch eine Weile später merkte sie, dass Orain den Arm um sie legte und sie behutsam an sich zog.

Ängstlich entwand sie sich ihm. Er sagte mit seiner sanftesten Stimme: »Junge, weißt du nicht, was ich empfinde? Du bist Carolin so ähnlich, als wir zusammen Kinder waren – rotes Haar und schüchtern und scheu, aber tapfer, wenn es darauf ankommt.«

Romilly dachte zitternd. *Das ist doch nicht notwendig, ich bin eine Frau. Er weiß es nicht, aber es ist ja alles gut, ich will ihm sagen, dass alles gut ist* ... Sie bebte vor Verlegenheit. Doch für Orain empfand sie echte Freundschaft. Das war ganz anders als bei Dom Garris, der sie betatschen wollte, oder bei Rory, der sie mit Gewalt genommen hätte.

Romilly setzte sich hoch, umarmte ihn und legte den Kopf an seine Schulter. »Es ist alles gut, alles gut, Orain«, flüsterte sie an seiner Wange. »Du hast es die ganze Zeit gewusst, nicht wahr? Ich ... ich ...«, nicht fähig, es auszusprechen, nahm sie seine Hand, führte sie in ihre Jacke und drückte sie gegen ihre Brust.

Er riss sich los. Sein Gesicht flammte.

»Höllenfeuer«, flüsterte er, peinlich überrascht und, wie Romilly zu ihrem Entsetzen feststellte, ehrlich bestürzt. »Höllenfeuer, du bist ein Mädchen!« Er sprang aus dem Bett und starrte sie an. Dann zog er sein Nachthemd über seinem Körper zusammen und wandte sittsam den Blick von ihr ab.

»Mistress – *damisela*, ich bitte tausend Mal um Verzeihung, in tiefster Zerknirschung bitte ich um Verzeihung – niemals, niemals habe ich auch nur einen Augenblick lang geahnt ... Avarra sei uns gnädig, Mistress, ich kann es nicht glauben! Wer seid Ihr?«

Am ganzen Körper zitternd vor Kälte und von dem Schock

über die Zurückweisung, stammelte sie: »Romilly MacAran«, und brach in Tränen aus.

»Oh, ihr Götter!« Orain bückte sich und legte die Decke über sie. »Ich – weint nicht, man wird Euch hören, um nichts in der Welt würde ich Euch etwas antun, Lady ...« Er schluckte, trat zurück und schüttelte hilflos den Kopf.

»Was ist das für eine schreckliche Situation, und wie habe ich mich zum Narren gemacht! Verzeiht mir, Lady, ich würde Euch nicht mit einem Finger berühren.« Romilly weinte heftiger denn je, und er beugte sich besorgt über sie.

»Weint nicht, kleine Lady, es gibt doch gar nichts zu weinen. Still, still, wir bleiben ja Freunde, mich kümmert es nicht, dass Ihr ein Mädchen seid, Ihr müsst Eure Gründe gehabt haben ...« Romilly versuchte, ihr Schluchzen zu ersticken. Er wischte ihr sanft die Nase mit dem Laken und setzte sich neben sie. »Nun, nun, das ist ein braves Mädchen, nicht weinen, Kleines. Ich glaube, Ihr solltet mir alles erzählen.«

DRITTES BUCH

Schwertfrau

1

Gegen Morgen war Schnee gefallen, und die Straßen von Caer Donn waren bedeckt mit fleckenlosem Weiß. Trotzdem war die Luft so weich, dass das Frühlingstauwetter, wie die auf dem Lande aufgewachsene Romilly wusste, nicht weit sein konnte. Dies war des Winters letzter Streich.

Vater sagte immer, nur die Wahnsinnigen und die Verzweifelten reisen im Winter. Und ich habe den schlimmsten Teil der Hellers nach der Mittwinternacht durchquert. Warum muss ich jetzt daran denken?

Orain klopfte ihr die Schulter mit der gleichen unbeholfenen Ehrerbietung, die er ihr in der letzten Nacht gezeigt hatte. Sie hätte um die verlorene Kameradschaftlichkeit weinen mögen. Es hätte ihr klar sein müssen, dass sie ihm als Frau nicht mehr halb so gut gefallen würde. Alles an ihm hätte es ihr verraten können, und bestimmt hatte jeder in der Gesellschaft außer ihr es gewusst.

»Wir sind da, *damisela*«, sagte er, und Romilly fuhr ihn gereizt an: »Mein Name ist Romilly, Orain, und *so* sehr habe ich mich nicht verändert.«

Seine Augen waren wie die eines Hundes, den man getreten hat. »Hier ist das Haus der Schwesternschaft.« Er stieg die Stufen hinauf und überließ es ihr, ihm zu folgen.

Da er es nun einmal wusste, konnte er ihr nicht mehr erlauben, sich den Gefahren des Lebens im Lager und auf der Straße auszusetzen. Jetzt würde er sich ständig ihrer unwillkommenen Weiblichkeit bewusst sein. So war dies wohl die beste Lösung.

Eine Frau mit hartem Gesicht und groben Händen, die besser geeignet schienen, eine Heugabel zu halten, empfing sie in der Eingangshalle – »empfangen« war eigentlich nicht das richtige Wort, dachte Romilly; immerhin ließ sie sie ein. Orain sagte: »Bitte, informiert Mistress Jandria, ihr Cousin sei gekommen, sie zu besuchen.« Seine Stimme hatte wieder die untadelige Höflichkeit des gebildeten Mannes und keine Spur mehr von dem weichen ländlichen Akzent. Die Frau glotzte ihn argwöhnisch an, befahl: »Setzt euch dahin«, und wies auf eine Bank, als seien sie zwei Straßenjungen, die betteln wollten. Sie entfernte sich den Flur hinunter. Vom hinteren Teil des Gebäudes her waren Frauenstimmen zu hören. Irgendwo schlug ein Hammer auf einen Amboss – so hörte es sich jedenfalls an –, und das vertraute, freundliche Ping-ping-ping lockerte Romillys verkrampfte Haltung ein bisschen. Alle Türen im Gang waren geschlossen, aber zwei junge Frauen in roten Jacken, das Haar ganz unter roten Kappen verborgen, gingen Arm in Arm den Flur entlang. Offensichtlich waren sie nicht das, was Romillys Stiefmutter Damen genannt hätte. Eine von ihnen hatte große rote Hände wie ein Milchmädchen, und sie trugen lange, weite Hosen und Stiefel.

Hinten im Korridor tauchte eine weitere Frau auf. Sie war schlank und hübsch und, wie Romilly glaubte, etwa in Orains Alter, vierzig oder darüber. Ihr dunkles, kurz geschnittenes Haar zeigte an den Schläfen graue Streifen.

»Nun, Verwandter«, fragte sie, »was bringst du mir?« Sie sprach den Dialekt, den Orain zu verbergen gelernt hatte. »Und was führt dich im Winter in diese Gegend? Angelegenheiten des Königs, habe ich gehört. Wie geht es ihm denn?« Sie umarmte ihn flüchtig und drückte ihm aufs Geratewohl einen Kuss auf die Wange.

»Dem König geht es gut, Aldones sei gepriesen«, antwortete Orain. »Im Augenblick ist er bei den Aldarans. Aber ich habe zwei Aufträge für dich, Janni.«

»Zwei?« Ihre Pfeffer-und-Salz-Brauen hoben sich in einer

komischen Grimasse. »Zunächst einmal, was ist das? Ein Junge oder ein Mädchen, oder hat er oder sie sich noch nicht entschlossen?«

Romilly richtete den Blick mit brennendem Gesicht zu Boden. Der gutmütige Spott der Frau schien sie zu prüfen, auszusortieren und als nutzlos wegzuwerfen.

»Ihr Name ist Romilly MacAran«, berichtete Orain ruhig. »Mach dich nicht über sie lustig, Janni. Sie ist mit uns bei schlechtestem Wetter durch den gefährlichsten Teil der Hellers geritten, und niemand von uns, auch ich nicht, hat gemerkt, dass sie ein Mädchen ist. Sie hat ihren vollen Anteil an Pflichten erfüllt und für unsere Kundschaftervögel gesorgt. Nie hätte ich geglaubt, dass eine Frau das fertig brächte. Sie hat sie am Leben und in guter Kondition erhalten, und die Reittiere auch. Ich hielt sie für einen tüchtigen jungen Mann, und dabei ist sie noch außergewöhnlicher, als ich dachte. Deshalb habe ich sie zu dir gebracht ...«

»Weil du keine Verwendung mehr für sie hattest, als sich herausstellte, dass sie keiner deiner Jungen ist«, fiel Jandria ihm mit ironischem Grinsen ins Wort. Dann sah sie Romilly an.

»Kannst du nicht für dich selbst sprechen, Mädchen? Was hat dich in Männerkleidung in die Berge geführt? Wenn du auf diese Weise einen Mann gesucht hast, kannst du wieder gehen. Wir wollen unter uns keine Mädchen haben, die uns in den Ruf bringen, verkleidete Huren zu sein! Wir reisen mit den Armeen, aber wir sind keine Trossdirnen, das merke dir! Warum hast du dein Elternhaus verlassen?«

Ihr scharfer Ton drängte Romilly in die Verteidigung. Sie sagte: »Ich habe mein Elternhaus verlassen, weil mein Vater den Falken, den ich mit eigenen Händen abgetragen hatte, meinem Bruder schenkte, und das fand ich ungerecht. Außerdem wollte ich den Erben von Scathfell nicht heiraten, der von mir verlangt hätte, dass ich im Haus sitze und Kissen sticke und seine hässlichen Kinder gebäre!«

Jandrias Augen musterten sie scharf. »Angst vor Ehebett und Geburt, wie?«

»Nein, das ist es nicht!«, entgegnete Romilly heftig. »Aber ich liebe Pferde und Hunde und Falken, und wenn ich je heiraten sollte«, sie wusste nicht, dass sie es sagen wollte, bis sie es sich sagen hörte, »dann möchte ich einen Mann heiraten, der mich so will, wie ich bin, und nicht eine hübsch bemalte Puppe, die er seine Frau nennen kann, ohne einen Gedanken daran zu verschwenden, was und wer sie ist! Ich möchte keinen Mann, der seine Männlichkeit als bedroht ansieht, wenn seine Frau im Sattel sitzen und einen Falken tragen kann! Aber am liebsten würde ich gar nicht heiraten, oder doch nicht jetzt. Ich möchte reisen und die Welt sehen und etwas unternehmen –«, sie brach ab. Das drückte sie sehr schlecht aus. Es hörte sich nach einer unzufriedenen und ungehorsamen Tochter an, weiter nichts. Doch so war sie nun einmal, und wenn Mistress Jandria sie nicht haben wollte – sie hatte bisher als Mann gelebt, ohne entdeckt zu werden, und konnte es wieder tun, wenn es sein musste! »Ich erbitte keine Mildtätigkeit von Euch, Mistress Jandria, und Orain weiß genug von mir, um mir das nicht zuzutrauen!«

Jandria lachte. »Mein Name ist Janni, Romilly. Und Orain weiß gar nichts über Frauen.«

»Er mochte mich sehr gern, bis er herausfand, dass ich eine Frau bin.« Der Gedanke schmerzte von neuem. Janni meinte vergnügt: »Das meine ich ja. Jetzt, wo er es weiß, kann er an nichts anderes mehr denken, als dass du Röcke tragen und die entsprechenden Signale aussenden solltest, damit er dir nicht ahnungslos sein Vertrauen schenkt. Ich bin überzeugt, er hat vor dir das Visier fallen lassen, weil er es für ungefährlich hielt, und das wird er dir nie verzeihen – war es nicht so?«

»Du bist zu streng mit mir, Janni«, erklärte Orain voller Unbehagen. »Du musst doch einsehen, dass Mistress MacAran nicht mit harten Männern, wie ich sie befehlige, reisen und in einem Lager leben kann!«

»Ungeachtet der Tatsache, dass sie es zehn Tage lang getan hat«, entgegnete Jandria mit schiefem Grinsen. »Doch du hast Recht, hier ist sie am richtigen Platz. Sie kann gut mit Pferden und Vögeln umgehen? Dann haben wir immer Verwendung für sie, vorausgesetzt, sie ist bereit, nach unseren Regeln zu leben.«

»Woher soll ich das wissen, wenn ich sie nicht kenne?«, fragte Romilly, und Jandria lachte. »Sie gefällt mir, Cousin. Du kannst gehen und sie mir überlassen; ich werde sie nicht beißen. Aber halt, du sprachst von einem zweiten Auftrag?«

»Ja«, sagte Orain, »da ist Lyondri Hasturs Sohn Carolin. Er war Eleve im Kloster von Nevarsin und kam als Geisel in unsere Hände – erlass mir das Wie, es ist besser, du weißt es nicht. Ich habe mein Wort gegeben, dass ich den Jungen, sobald die Pässe offen sind, unversehrt unter Waffenstillstandsflagge nach Thendara zurückschicke. Ich selbst kann nicht gehen.«

»Nein, das kannst du nicht«, stimmte ihm Jandria zu. »Denn wenn dein Kopf auch ganz vollgestopft ist mit dummem Zeug und hässlich wie die Sünde ist, schmückt er deine Schultern doch besser als eine Pike vor Lyondris Burg! Ja, wir werden den Jungen für dich nach Thendara bringen, vielleicht tue ich es sogar selbst. Lyondri hat mein Gesicht nicht mehr gesehen, seit wir auf Kindergesellschaften zusammen getanzt haben, und ohne lange Locken und Schleifen im Haar wird er es nicht wieder erkennen.« Sie lachte wie über einen geheimen Witz. »Wie alt ist der kleine Carolin jetzt? Er muss acht oder neun sein ...«

»Zwölf, glaube ich«, sagte Orain. »Er ist ein netter Junge.

Ein Jammer, dass er in diese Sache hineingezogen wurde. Aber er hat mir und meinen Männern das Leben gerettet. Carolin hat Grund, seinem Patenkind dankbar zu sein. Deshalb bewache ihn gut, Janni.«

Sie nickte. »Ich werde ihn nach Süden bringen, sobald die Pässe offen sind. Schick ihn mir nur her.« Sie lachte vor sich hin und umarmte Orain noch einmal in ihrer raschen, beiläufigen Art. »Und nun musst du gehen, Verwandter. Was soll aus meinem Ruf werden, wenn ich hier einen Mann unterhalte? Noch schlimmer, was wird aus deinem, sobald ruchbar wird, dass du fähig bist, höflich mit einer Frau zu sprechen?«

»Oh, komm, Janni –«, protestierte Orain. Er stand jedoch auf und verabschiedete sich. Verlegen hielt er Romilly die Hand hin. »Ich wünsche Euch alles Gute, *damisela*.«

Diesmal machte sie sich nicht die Mühe, ihn zu berichtigen. Wenn er nicht begriff, dass sie die gleiche Person war, ob in Männerkleidung oder mit dem Namen eines Großen Hauses, dann war es sein eigener Schaden. Er sprach gar nicht mehr wie ihr Freund Orain. Sie hätte weinen mögen, aber sie tat es nicht, denn Janni betrachtete sie mit beifälligem Blick.

Nachdem sich die Tür hinter Orain geschlossen hatte, fragte Janni: »Und was ist nun wirklich geschehen? Hat er versucht, dich in sein Bett zu locken, und ist er schaudernd vor Entsetzen zurückgewichen, als er entdeckte, dass du eine Frau bist?«

»Ganz so hat es sich nicht abgespielt.« Romilly fühlte sich verpflichtet, Orain in Schutz zu nehmen, ohne zu wissen, warum. »Es war ... er ist freundlich zu mir gewesen, und ich glaubte, er wisse Bescheid und wolle mich als Frau – ich bin nicht leichtfertig«, verteidigte sie sich. »Einmal hätte ich einen Mann beinahe getötet, weil er mich gegen meinen Willen nehmen wollte.« Schaudernd schloss sie die Augen; sie hatte geglaubt, den Schock über Rorys Vergewaltigungsversuch überwunden zu haben, doch das hatte sie nicht. »Orain war gut zu mir, und ich ... ich mochte ihn auch gern, und ich wollte bloß freundlich zu ihm sein, wenn es das war, was er sich wünschte.«

Janni lächelte, und Romilly fragte sich ärgerlich, was wohl komisch daran sei. Dann meinte die ältere Frau: »Und wie ich annehme, bist du immer noch Jungfrau.«

»Dessen schäme ich mich nicht!«, flammte Romilly auf.

»Wie kratzbürstig du bist! Nun, willst du nach unseren Regeln leben?«

»Sag mir, wie sie lauten, und ich werde dir antworten«, erklärte Romilly, und wieder lächelte Janni.

»Also: Willst du uns allen eine Schwester sein, ganz gleich, welchen Rang wir einnehmen? Denn wir lassen bei unserem Eintritt in die Schwesternschaft den Rang hinter uns. Du wirst hier nicht *meine Dame* oder *damisela* sein, und niemand wird wissen oder sich dafür interessieren, dass du in einem Großen Haus geboren bist. Du musst deinen Anteil an jeder Arbeit leisten, die uns zufällt, und darfst niemals aus dem Grund, dass du eine Frau bist, besondere Unterkunft oder Rücksichtnahme verlangen. Und wenn du ein Liebesverhältnis mit einem Mann hast, musst du jede Diskretion wahren, damit kein Mann jemals die Schwesternschaft eine Gesellschaft von Trossdirnen nennen kann. Die meisten von uns schwören, im Zölibat zu leben, solange wir der Armee folgen und das Schwert tragen, aber wir zwingen niemanden dazu.«

Genauso wünschte Romilly es sich. Das sagte sie auch. »Aber willst du es schwören?«

»Gern«, antwortete sie.

»Ebenso musst du schwören, dass du stets bereit sein wirst, jede deiner Schwestern im Frieden oder im Krieg mit deinem Schwert zu verteidigen, sollte ein Mann Hand an eine legen, die es nicht wünscht«, fuhr Jandria fort.

»Auch das würde ich gern schwören«, sagte Romilly, »aber

ich glaube nicht, dass mein Schwert ihnen etwas nützen würde. Ich verstehe gar nichts von der Fechtkunst.«

Da lachte Janni und umarmte sie. »Wir werden es dich lehren. Komm, trage deine Sachen in den Innenraum. Hat dieser Tölpel Orain daran gedacht, dir ein Frühstück zu geben, oder war er so in Eile, dich aus dem Lager wegzubringen, dass ihm nicht in den Sinn gekommen ist, auch Frauen könnten Hunger haben?«

Romilly, die sich immer noch verschmäht und verletzt fühlte, war nicht in der Stimmung, sich gemeinsam mit Janni über Orain lustig zu machen. Aber Janni war der Wahrheit so nahe gekommen, dass sie lachen musste. »Ja, ich habe Hunger«, gestand sie, und Janni nahm eins ihrer Bündel.

»Ich habe ein Pferd im Stall des Gasthofs stehen«, sagte Romilly, und Janni nickte. »Ich werde eine der Schwestern schicken, es in deinem Namen abzuholen. Komm mit in die Küche, das Frühstück ist lange vorbei, aber etwas Brot und Honig finden wir immer. Und dann wollen wir deine Ohren durchstechen, damit du unser Zeichen tragen kannst und die anderen Frauen sehen, dass du eine von uns bist. Heute Abend magst du den Eid ablegen. Zunächst nur für ein Jahr«, schränkte sie ein, »und dann, wenn dir das Leben gefällt, für drei weitere Jahre. Und wenn du vier Jahre mit uns verbracht hast, kannst du dich entscheiden, ob du dich fürs ganze Leben verpflichten oder deiner eigenen Wege gehen oder zu deiner Familie zurückkehren und heiraten willst.«

»Niemals!«, beteuerte Romilly leidenschaftlich.

»Nun, den Falken wollen wir fliegen lassen, wenn seine Schwingen gewachsen sind«, entgegnete Janni. »Für den Augenblick magst du mit uns das Schwert nehmen, und wenn du Geschick im Umgang mit Falken und Pferden hast, werden wir dich umso lieber willkommen heißen. Mhari, unsere alte Pferdetrainerin, ist diesen Winter am Lungenfieber gestorben, und die Frauen, die mit ihr zusammenarbeiteten, sind alle bei der Armee im Süden. Die Mädchen, die jetzt hier im Haus sind, können nicht einmal besonders gut reiten. Wie sollten sie ein Pferd an den Sattel gewöhnen? Kannst du das? Wir haben vier Fohlen, die eingebrochen werden müssten, und in unserem großen Haus nahe Thendara sind noch mehr.«

»Ich habe es auf Falkenhof gelernt«, sagte Romilly, und Janni hob warnend die Hand.

»Keine von uns hat außer ihrem Namen eine Familie oder eine Vergangenheit. Ich sagte dir doch, unter uns bist du nicht *meine Dame* oder *Mistress MacAran.*«

Eingeschüchtert schwieg Romilly.

Ganz gleich, wie ich mich nenne, ich bin Romilly MacAran von Falkenhof. Ich wollte mich meiner Abstammung nicht rühmen, ich wollte ihr nur mitteilen, wie ich zu meinen Kenntnissen gekommen bin – auf einem kleinen Bergbauernhof hätte ich sie kaum erwerben können! Aber wenn sie sich einbildet, ich hätte geprahlt, wird sie nichts, was ich sage, davon abbringen, und so soll sie denken, was sie möchte. Romilly kam sich alt und zynisch und welterfahren vor, weil sie zu solcher Weisheit gelangt war. Schweigend folgte sie Janni den Flur entlang und durch die große Doppeltür an seinem Ende.

Auch sie muss aus gutem Hause sein, sie mag sich noch so sehr weigern, davon zu reden, denn sie hat mit Lyondri Hastur bei Kindergesellschaften getanzt. Vielleicht ist auch ihr verboten worden, ihre Vergangenheit zu erwähnen.

Es wurde ein langer und geschäftiger Tag. Romilly aß in der Küche Brot und Käse und Honig und wurde danach zu einer Übung im waffenlosen Kampf geschickt. In der Gruppe von jungen Mädchen waren alle geschickter als sie. Sie begriff nicht eine einzige der Bewegungen, die man ihr beibringen wollte, und kam sich linkisch und dumm vor. Später am Tag drückte ihr eine hartgesichtige Frau in den Sechzigern ein

Holzschwert, wie sie und Ruyven es als Kinderspielzeug gehabt hatten, in die Hand und versuchte, sie die grundlegenden Paraden zu lehren, aber auch das war völlig hoffnungslos. Es waren so viele Frauen da – vielmehr kam es Romilly so vor. Am Esstisch stellte sie fest, dass im Haus nur neunzehn lebten. Aber ihre Namen konnte sie sich trotzdem nicht merken. Man erlaubte ihr, sich mit den Pferden anzufreunden, deren Namen sich leichter behalten ließen. Ihr eigenes Pferd war inzwischen in den Stall gebracht worden, und sie sah auch ein paar Chervines. Dann durchstach Janni ihr die Ohren und legte ihr kleine goldene Ringe an. »Nur, bis die Löcher verheilt sind«, sagte sie. »Später bekommst du das Abzeichen der Schwesternschaft. Du musst die Ringe ständig drehen, damit die Wunden sauber verheilen, und sie dreimal täglich mit heißem Wasser und Dornblatt baden.« Vor sämtlichen Frauen, die für Romillys müde Augen nur eine verwischte Reihe von Gesichtern waren, nahm Janni ihr den Eid der Schwesternschaft ab. Nun war es geschehen. Bis zum Frühlingstauwetter des nächsten Jahres gehörte Romilly der Schwesternschaft vom Schwert an. Man drängte sich um sie und stellte ihr Fragen. Romilly wusste nicht recht, was sie antworten sollte, da ihr Janni doch verboten hatte, von ihrer Vergangenheit zu reden. Schließlich suchte man für sie ein oft geflicktes, sehr abgetragenes Nachthemd heraus und schickte sie zum Schlafen in einen langen Saal mit sechs Betten in einer Reihe, besetzt von Mädchen ihres Alters und jüngeren. Sie meinte, gerade erst eingeschlafen zu sein, als sie vom Klang einer Glocke geweckt wurde. Inmitten eines halben Dutzends junger Frauen, die alle halb angezogen herumrannten und sich um die Waschbecken stritten, wusch sie sich das Gesicht und zog sich an.

In den ersten paar Tagen schien es Romilly, als keuche sie immerzu hinter einer Gruppe von Mädchen her, die ihr ein Stück voraus waren und die sie einholen musste. Der Unterricht im waffenlosen Kampf ängstigte und verwirrte sie. Die Lehrerin war so barsch und hatte eine so zornige Stimme. Aber eines Nachmittags half Romilly in der Küche, wo sie sich mehr zu Hause fühlte, und die Frau – Merinna hieß sie – kam herein und bat um Tee, den Romilly ihr brachte. Merinna plauderte so freundschaftlich mit ihr, dass ihr der Gedanke kam, diese Barschheit beim Unterricht habe nur den Zweck, die Aufmerksamkeit der Schülerinnen voll auf die Übungen zu konzentrieren. Der Schwertkampf fiel Romilly leichter, denn sie hatte manchmal bei Ruyvens Fechtstunden zusehen dürfen, und auch mit ihm geübt. Als sie acht oder neun gewesen war, hatte es ihren Vater amüsiert, wie gut sie mit dem Schwert umgehen konnte. Später jedoch verbot er ihr sogar das Zusehen, und sie durfte ein Spielzeugschwert nicht einmal anfassen. Allmählich kehrte die Erinnerung an diese frühen Unterrichtsstunden zurück, und sie begann, sich zumindest mit dem Holzstab, den sie bei den Übungen benutzte, sicher zu fühlen.

Bei den Pferden im Stall war es wie zu Hause. Diese Arbeit hatte sie getan, seit sie groß genug war, um einen Sattel mit Seifenkraut einzureiben und mit Öl zu polieren.

Sie war eines Tages eifrig beim Polieren des Sattelzeugs, als sie draußen auf der Straße Lärm hörte. Eines der jüngsten Mädchen im Haus stürzte in den Stall und rief sie.

»Oh, Romy, komm – die Armee des Königs zieht vorbei, und Merinna hat uns erlaubt, hinzulaufen und uns das anzusehen! Carolin wird südwärts marschieren, sobald die Pässe offen sind.«

Romilly ließ den öligen Lappen fallen und rannte mit Lillia und Marga auf die Straße hinaus, wo sie sich in einen Torwinkel drückten. Die Straße war voll von Pferden und Männern, und zu beiden Seiten standen Leute und brachten Hochrufe auf Carolin aus.

»Seht, seht, da reitet er unter dem Tannenbanner in Blau und Silber – Carolin, der König!«, rief jemand. Romilly verrenkte sich den Hals. Aber sie erhaschte nur einen Blick auf einen hoch gewachsenen Mann mit einem scharfen, asketischen Profil, Carlo nicht unähnlich. Dann wurde sein Mantel vom Wind hochgewirbelt, und sie sah nichts weiter als sein flatterndes rötliches Haar.

»Wer ist der große, hagere Mann, der hinter ihm reitet?«, fragte ein Mädchen. Romilly, die ihn noch im Dunkeln mit abgewendetem Gesicht erkannt hätte, antwortete: »Sein Name ist Orain, und ich habe gehört, er ist einer von Carolins Pflegebrüdern.«

»Ich kenne ihn«, berichtete eines der Mädchen. »Er kam Jandria besuchen, und irgendwer behauptete, er sei mit ihr verwandt. Ich weiß nicht, ob ich das glauben soll.«

Romilly sah sich die vorüberziehenden Pferde, Männer, Banner geistesabwesend und traurig an. Wenn sie sich in jener Nacht im Stall schlafen gelegt hätte, könnte sie immer noch mit ihnen reiten, wäre sie immer noch an Orains Seite und würde von ihm als Freund und seinesgleichen behandelt. Nun war es zu spät.

Sie drehte sich mit einem Ruck um und sagte: »Gehen wir ins Haus und arbeiten wir weiter! Ich habe schon genug Pferde gesehen, und ein König ist ein Mensch wie alle anderen, auch wenn er ein Hastur ist.«

Die Armee, so hörte sie, zog auf eine große Ebene vor Caer Donn. Ein paar Tage später wurde sie zu Janni gerufen. Als sie die große Halle betrat, wo sie Janni kennen gelernt hatte, sah sie Orain wieder. Er hatte Caryl bei sich.

Orain grüßte sie ziemlich gezwungen, aber Caryl flog ihr sofort in die Arme.

»Oh, Romilly, was hast du mir gefehlt! Du bist ja angezogen wie eine Frau! Das ist gut, jetzt muss ich nicht ständig daran denken, mit dir zu reden, als seist du ein Junge«, sprudelte er hervor.

»Dom Carolin«, sagte Janni förmlich, und ehrerbietig wandte er seine Aufmerksamkeit ihr zu.

»Ich höre, *mestra.*« Er benutzte die höflichste Form der Anrede für eine im Rang tiefer stehende Frau.

»Lord Orain hat mich damit beauftragt, Euch nach Hali zu eskortieren und Euch unter sicherem Geleit Eurem Vater zurückzubringen. Euch stehen zwei Möglichkeiten zur Wahl. Ich bin bereit, Euch als Mann von Ehre zu behandeln und zu fragen, was Ihr lieber möchtet, statt die Entscheidung für Euch zu treffen. Seid Ihr alt genug, mir aufmerksam zuzuhören, mir verständig zu antworten und Euer Wort zu halten?«

Sein Gesichtchen war so ernsthaft wie damals in der Kapelle von Nevarsin. »Das bin ich, *mestra* Jandria.«

»Nun, dann ist es einfach. Soll ich Euch als Gefangenen betrachten und bewachen lassen – und täuscht Euch nicht, wir sind zwar Frauen, aber wir werden nicht unaufmerksam sein und Euch entfliehen lassen.«

»Das weiß ich, *mestra*«, erwiderte er liebenswürdig. »Ich hatte einmal eine Erzieherin, die viel strenger mit mir war als einer der Meister und Brüder im Kloster.«

»Also gut«, fuhr Janni fort. »Wollt Ihr unser Gefangener sein, oder wollt Ihr uns Euer Ehrenwort geben, keinen Fluchtversuch zu machen? In diesem Fall könnt Ihr frei mit uns reiten und der Reise so viel Vergnügen abgewinnen, wie möglich ist. Es ist ein beschwerlicher Weg, und für uns alle wird es leichter sein, wenn wir Euch nicht jede Sekunde im Auge behalten und des Nachts binden müssen. Das Wort eines Hastur genügt mir, wenn Ihr es mir geben wollt.«

Er antwortete nicht sofort, sondern fragte: »Seid ihr Feinde meines Vaters?«

»Nicht seine persönlichen Feinde«, erklärte Janni. »Von Eurem Vater weiß ich nur, was mir berichtet worden ist. Aber ich bin Rakhals Feindin, und Euer Vater ist sein Freund. Deshalb traue ich ihm nicht. Doch ich habe Euch nicht um sein Ehrenwort gebeten. Ich habe es mit Euch zu tun, Dom Carolin, nicht mit ihm.«

»Kommt Romilly mit uns?«, erkundigte er sich.

»Ich dachte daran, Euch in ihre Obhut zu geben, da sie schon früher mit Euch geritten ist. Seid Ihr damit einverstanden, junger Sir?«

Da lächelte er. »Es wird mir Freude machen, mit Romilly zu reiten. Und ich will Euch gern mein Ehrenwort geben, dass ich keinen Fluchtversuch mache. Ich könnte doch nicht allein durch die Hellers reisen, ganz gleich, was geschieht. Also verspreche ich Euch, *mestra*, mich nach Euren Weisungen zu richten, bis ich wieder bei meinem Vater bin.«

»Sehr gut«, nickte Janni. »Ich akzeptiere Euer Wort. Nehmt dafür meines, dass ich Euch wie eine meiner Schwestern behandeln und Euch nichts Unwürdiges zumuten werde. Wollt Ihr mir die Hand darauf geben, Dom Carolin?«

Er streckte die Hand aus und ergriff ihre. Dann sagte er: »Ihr braucht mich nicht Dom Carolin zu nennen, *mestra*. Das ist der Name des früheren Königs, der meines Vaters Feind ist, wenn auch nicht eigentlich mein Feind. Ich werde Caryl gerufen.«

»Dann sollst du mich Janni nennen, Caryl.« Endlich lächelte sie. »Und du sollst unser Gast sein, nicht unser Gefangener. Romy, bring ihn ins Gästezimmer und mache es ihm dort gemütlich. Orain«, sie wandte die Augen ihrem Cousin zu, »wir brechen morgen auf, wenn es das Wetter erlaubt.«

»Ich danke dir, Cousine. Und Euch«, setzte er hinzu und beugte sich zeremoniell – wie ein Höfling, dachte sie – über Romillys Hand. Mit wehem Herzen stellte sie sich vor, wie er sich vor ein paar Tagen mit einer rauen Umarmung von ihr verabschiedet hätte. Jetzt hatte sie nur noch den leidenschaftlichen Wunsch, Orain nie wieder zu sehen.

Sehr früh am Morgen verließen sie Caer Donn und waren schon eine gute Stunde unterwegs, als die rote Sonne aufging, riesig und vor Nebel tropfend. Caryl ritt auf dem Pony, das Janni ihm besorgt hatte, Seite an Seite mit Romillys Pferd. Hinter ihnen kamen sechs Frauen der Schwesternschaft, die an langen Packzügeln ein dutzend guter Pferde führten. Sie seien für die Armee im Süden bestimmt, sagten sie, aber nicht, für welche Armee. Vorsichtshalber stellte Romilly keine Fragen.

Es war herrlich, wieder frei im Sonnenschein zu reiten. Vorbei waren die Kälte und die Schneestürme des vorigen Ritts durch die Hellers. Mittags hielten sie an, um die Pferde zu füttern und eine Weile ausruhen zu lassen. Dann ging es weiter. Am späten Nachmittag schlugen sie das Lager auf. Janni befahl, eins der Packpferde abzuladen. Zwei Frauen machten Feuer, und Janni rief Romilly zu sich.

»Komm und hilf mir mit dem Zelt, Romy.«

Romilly hatte keine Ahnung, wie man ein Zelt aufstellt, aber sie zog gehorsam Seile an und trieb da, wo Janni es wollte, Heringe in den Boden. Eine oder zwei Minuten später stand ein großes, geräumiges Zelt aus wasserdichten Planen für sie bereit. Drinnen wurden Deckenrollen ausgebreitet, und unter der überhängenden Klappe waren ihr Feuer und ihr Essen vor dem abendlichen Nieseln sicher. Sehr schnell war Brei gekocht, heiß und lecker mit im Fett eines Brathuhns geschmorten Zwiebelringen. Die Frauen saßen mit untergeschlagenen Beinen auf ihren Bettrollen und aßen aus hölzernen Näpfen, die dem gleichen Pack entstammten.

»Das ist fein«, meinte Caryl bewundernd. »Männer machen ein Lager nie so gemütlich.«

Janni lachte vor sich hin. »Es gibt keinen Grund, warum sie es nicht tun sollten. Im Kochen und Jagen sind sie ebenso gut wie wir Frauen, und das würden sie dir auch sagen, wenn du sie fragtest. Aber vielleicht finden sie es unmännlich, im Feld Bequemlichkeit zu suchen, und sie genießen das harte Leben, weil es ihnen das Gefühl gibt, stark und zäh zu sein. Ich persönlich habe keine Vorliebe dafür, im Regen zu schlafen, und ich schäme mich nicht, zu gestehen, dass ich Bequemlichkeit liebe.«

»Ich auch.« Caryl nagte einen Knochen ab. »Das schmeckt gut, Janni. Danke.«

Eine der Frauen namens Lauria, die Romilly nicht besonders gut kannte, holte eine kleine Handharfe aus ihrem Gepäck und begann zu spielen. Etwa eine halbe Stunde lang saßen sie um das Feuer und sangen Volkslieder aus den Bergen. Caryl hörte mit glänzenden Augen zu, aber nach einer Weile lehnte er sich schläfrig zurück.

Janni winkte Romilly. »Willst du ihm die Stiefel ausziehen und ihn in seinen Schlafsack stecken?«

»Natürlich.« Romilly begann, an Caryls Stiefeln zu ziehen. Er setzte sich auf und protestierte verschlafen. Lauria brummte: »Lass den Jungen sich selbst bedienen, Romy! Janni, warum soll eine unserer Schwestern diesem jungen Mann aufwarten, der unser Gefangener ist? Wir sind nicht die Untertanen oder Diener der Hastur-Sippe!«

»Er ist noch ein Kind«, antwortete Janni begütigend, »und wir werden gut bezahlt, für ihn zu sorgen.«

»Trotzdem sind wir von der Schwesternschaft nicht die Sklavinnen von Männern«, schimpfte Lauria. »Ich muss mich über dich wundern, Janni, dass du für Geld den Auftrag übernimmst, einen Jungen durch die Berge zu eskortieren.«

»Ob Junge oder Mädchen, das Kind kann nicht allein reisen«, gab Janni zurück, »und braucht nicht in die Kämpfe der

Erwachsenen hineingezogen zu werden! Und Romilly sorgt gern für ihn.«

»Daran zweifele ich nicht«, höhnte eine der fremden Frauen. »Das ist eine von denen, die es immer noch für ihre Lebensaufgabe halten, einen Mann zu bedienen – sie macht ihrem Ohrring Schande!«

»Ich sorge für ihn, weil er müde ist, zu müde, um sich selbst zu helfen!«, entgegnete Romilly heftig. »Und weil er ungefähr im gleichen Alter mit meinem eigenen kleinen Bruder ist! Hast du dich nie um deinen kleinen Bruder gekümmert, falls du einen hattest, oder hältst du dich für zu gut, um nach jemand anderem als dir selbst zu sehen? Wenn der heilige Lastenträger das Weltkind auf seinen Schultern über den Fluss des Lebens trug, soll ich dann nicht für jedes Kind sorgen, das mir in die Hände kommt?«

»Oh, eine Cristofero«, spottete eine der jüngeren Frauen. »Sagst du jeden Abend vor dem Schlafengehen das Keuschheitsgelübde auf, Romy?«

Romilly wollte eine zornige Antwort geben – sie machte keine groben Bemerkungen über die Götter anderer, also konnten sie auch den Mund über ihre Religion halten –, aber sie sah Jannis Stirnrunzeln und sagte ruhig: »Ich könnte mir etwas Schlimmeres zum Aufsagen vorstellen.« Dann drehte sie dem aufgebrachten Mädchen den Rücken zu und breitete Caryls Decke neben ihrer eigenen aus.

»Sollen wir vielleicht ein männliches Wesen mit uns im Zelt schlafen lassen?«, fragte das Mädchen, das Einspruch erhoben hatte, wütend. »Das ist schließlich ein Zelt nur für Frauen.«

»Oh, sei still, Mhari, der Junge kann doch nicht draußen im Regen bei den Pferden schlafen«, antwortete Janni ärgerlich. »Die Regeln der Schwesternschaft sind mit gesundem Menschenverstand anzuwenden, und der Junge ist kaum mehr als ein Baby! Bist du so dumm, dass du glaubst, er werde unter unsere Decken kommen und uns vergewaltigen?«

»Es ist eine Sache des Prinzips«, erklärte Mhari verdrießlich. »Weil das Balg ein Hastur ist, müssen wir ihn an einem Ort der Schwesternschaft dulden? Meine Einstellung wäre die gleiche, wenn er erst zwei Jahre alt wäre!«

»Dann hoffe ich, du wirst niemals so geschmacklos sein, einen Sohn anstelle einer Tochter zu gebären«, meinte Janni leichthin. »Oder würdest du dich aus Prinzip weigern, ein männliches Kind an deiner Brust zu nähren? Geh schlafen, Mhari. Das Kind kann zwischen mir und Romilly liegen, und wir werden deine Tugend bewachen.«

Caryl öffnete den Mund. Romilly stieß ihn in die Rippen, und er sagte nichts. Sie merkte, dass er kurz davor war, loszukichern. Ihr kam das Gerede ziemlich töricht vor. Aber vermutlich hatten die Schwestern ihre Regeln und Prinzipien wie die Brüder von Nevarsin. Sie legte sich neben Caryl nieder und schlief ein.

In einem deutlichen, lebhaften Traum flog sie, im Geist mit Preciosa verbunden, über das grüne, hügelige Land ihrer Heimat. Mit einem Kloß in der Kehle wachte sie auf, den weiten Ausblick von den Klippen Falkenhofs noch vor Augen. Würde sie ihre Heimat, ihre Schwester und ihre Brüder je wieder sehen? Was hatten Schwester und Brüder mit einer wandernden Schwertfrau zu tun? Ihre Ohren schmerzten, wo sie durchstochen worden waren. Sie sehnte sich nach Orain und Carlo und sogar nach dem scharfzüngigen Alaric. Bis jetzt hatte sie noch keine Freundschaften unter diesen fremden Frauen geschlossen. Trotzdem gehörte sie durch ihren Eid mindestens ein Jahr lang zu ihnen, und das ließ sich nicht mehr ändern. Sie lauschte auf Caryls ruhigen Atem und auf die fremden Frauen im Zelt. So allein hatte sie sich noch nie im Leben gefühlt, nicht einmal als sie aus Rorys Hütte geflohen war.

Fünf Tage lang ritten sie südwärts, bis sie an den Fluss Kadarin gelangten, die traditionelle Grenze zwischen den Tiefland-Domänen und dem Vorgebirge der Hellers. Für Romilly hatte es eine besondere Bedeutung, ein fremdes Land zu betreten. Janni hingegen sah in dem Kadarin nur einen Fluss, den es zu überqueren galt, und das taten sie in aller Eile mittels einer Furt, deren niedriges Wasser den Pferden kaum an die Knie ging. Die Berge waren nicht mehr so hoch, und bald kamen sie auf eine weite, wellige Ebene. Caryl strahlte; während der ganzen Reise war er guter Laune gewesen, und jetzt war er selig. Romilly nahm an, dass er sich freute, nach Hause zu kommen, und die langen Ferien genoss, die seine Studien unterbrachen.

Aber Romilly fühlte sich ohne Berge um sie herum unbehaglich. Während sie über das flache Land unter dem hohen Himmel dahinritt, kam sie sich klein und allen Gefahren ausgesetzt vor. Ängstlich blickte sie immer wieder empor, als werde irgendein Raubvogel auf sie niederstürzen und sie in seinen starken Krallen davontragen. Sie wusste, das war albern, und konnte doch nicht aufhören, den blassen Himmel voller dicker violetter Wolken abzusuchen, als werde sie von da oben beobachtet. Endlich nahm es Caryl, der neben ihr ritt, mit seinem empfindlichen *Laran* wahr.

»Was ist los, Romy? Warum siehst du immerfort so zum Himmel auf?«

Sie hatte wirklich keine Antwort für ihn und versuchte, darüber hinwegzugehen.

»Mir ist unbehaglich ohne Berge um mich. Ich habe immer in den Bergen gelebt, und ich fühle mich hier nackt und schutzlos.« Den Blick zum unvertrauten Himmel gerichtet, versuchte sie zu lachen.

Hoch, hoch oben schwebte kaum noch sichtbar ein Pünktchen. Romilly zwang sich, es zu ignorieren und die Augen auf das grobe, leicht von Raureif überzogene Gras zu ihren Füßen zu senken.

»Welche Art von Beize wird auf diesen Ebenen betrieben, weißt du das?«

»Mein Vater und seine Freunde halten Verrin-Falken«, antwortete Caryl. »Weißt du etwas über sie? Gibt es sie jenseits des Flusses oder nur diese großen, hässlichen Kundschaftervögel?«

»Ich fliege einen Verrin-Falken«, erklärte Romilly. »Einmal habe ich einen abgetragen ...«, und sie hielt wieder nervös Umschau. Ihre Haut prickelte.

»Wirklich? Du, ein Mädchen?«

Die unschuldige Frage riss eine alte Wunde auf. Sie fuhr ihn an: »Warum nicht? Du redest wie mein Vater, als hätte ich, weil ich geboren bin, Röcke um die Knie zu tragen, weder Mut noch Verstand!«

»Ich wollte dich nicht beleidigen, Romy«, sagte Caryl mit einer Sanftmut, die ihn viel älter erscheinen ließ, als er war. »Es ist nur so, dass ich außer meiner eigenen Schwester nicht viele Mädchen kenne, und sie würde sich fürchten, einen Falken zu berühren. Doch wenn du mit einem Kundschaftervogel umgehen und ein Banshee beruhigen kannst, wie wir es gemeinsam gemacht haben, fällt es dir bestimmt nicht schwer, einen Falken zu trainieren.« Er wandte ihr das Gesicht zu und legte den Kopf zur Seite. Mit seinen glänzenden, fragenden Augen sah er selbst ein bisschen wie ein Vogel aus. »Wovor hast du Angst, Romy?«

»Es ist keine Angst.« Vor seinem Blick gab es keine Ausflüchte. »Es ist, als beobachte mich jemand«, platzte Romilly heraus. Sie merkte, wie töricht ihre Worte klangen, und setzte abschwächend hinzu: »Vielleicht liegt es nur daran, dass das Land so flach ist und ich mir so schutzlos vorkomme ...« Und wieder richtete sie ihre von der Sonne geblendeten Augen zum Himmel, wo an der Grenze zwischen Sichtbarkeit und Unsichtbarkeit immer noch das Pünktchen schwebte. *Ich werde beobachtet!*

»Das ist nichts Ungewöhnliches«, sagte Janni und schloss zu ihnen auf. »Als ich das erste Mal in die Berge ritt, fühlte ich mich von ihnen eingeschlossen. Mir war, als könnten sie, wenn ich schlief, näher rücken und meine Röcke zerknautschen. Heute bin ich daran gewöhnt, aber wenn ich in die Ebene hinunterkomme, ist mir immer noch so, als werde ein großes Gewicht von meiner Brust genommen und lasse mich leichter atmen. Ich glaube, das unterscheidet den Bergbewohner mehr als alle Könige oder Sitten vom Tiefländer. Auch von Orain habe ich es gehört, dass er sich, immer wenn er seine Berge verließ, unter dem offenen Himmel nackt fühlte und Angst empfand.«

Romilly konnte ihn fast hören, wie er es mit seiner weichen, etwas spöttischen Stimme sagte. Orain und seine ungezwungene Kameradschaftlichkeit fehlten ihr immer noch. Unter all diesen Frauen war sie wie ein Fisch auf einem Baum! Schon ihre Stimmen gingen ihr auf die Nerven, und manchmal meinte sie, trotz ihrer Tüchtigkeit als Schwertkämpferinnen und Reiterinnen glichen sie viel zu sehr ihrer Schwester Mallina mit ihrer Beschränktheit. Nur Janni schien von der kleinlichen Art frei zu sein, die sie an Frauen immer gestört hatte. Lag das nur daran, dass Janni wie Orain und deshalb keine richtige Frau war? Sie wusste es nicht, und das Herz tat ihr zu weh, als dass sie viel darüber hätte nachdenken mögen.

Und vor vierzig Tagen, dachte sie, ärgerlich auf sich selbst, habe ich gemeint, die Gesellschaft von Männern gefalle mir noch weniger als die von Frauen. Bin ich nirgendwo zufrieden? Warum kann ich mich nicht mit dem begnügen, was ich habe? Wenn ich an allem etwas auszusetzen finde, könnte ich ebenso gut zu Hause geblieben sein. Dann hätte ich Dom Garris geheiratet und wäre in vertrauter Umgebung in allem Komfort unzufrieden gewesen!

Sie spürte die behutsame, fragende Berührung von Caryls Laran in ihrem Geist, als erkundige er sich, was los sei. Sie seufzte, lächelte ihm zu und schlug vor: »Sollen wir ein Wettrennen über diese Wiese machen? Unsere Pferde sind gleich gut, also geht es nur darum, wer der bessere Reiter ist.« Schon galoppierten sie los, und Romilly musste aufpassen, dass sie nicht aus dem Sattel geschleudert wurde. Alle trüben Gedanken wurden fortgeblasen. Eine volle Länge vor Caryl erreichte sie das Ziel. Aber Janni, die langsamer hinterherkam, schalt sie alle beide – sie kannten das Terrain nicht, ihre Pferde hätten über einen im Gras unsichtbaren Stein stolpern oder in das Loch eines kleinen Tiers treten können!

Am Abend, als sie das Lager aufschlugen – die Tage wurden jetzt merklich länger, und es war nach dem Essen noch hell –, hatte Romilly wieder das deutliche Gefühl, beobachtet zu werden, als sei sie ein Beutetier, das sich vor den scharfen Augen eines kreisenden Falken duckt. Sie suchte den dunkler werdenden Himmel ab, sah jedoch nichts. Und dann – unglaublich! – die vertraute Wahrnehmung von Wildheit, Flug, Kontakt, Rapport. Kaum wissend, was sie tat, streckte Romilly den Arm aus. Flügel rauschten und Krallen griffen zu.

»Preciosa!«, schluchzte sie laut und spürte die Krallen auf ihrem bloßen Handgelenk. Sie öffnete die Augen und sah den bläulich schwarzen Schimmer der Flügel, die scharfen Augen, und die alte Verbundenheit kehrte zurück. Entgegen aller Hoffnung, entgegen allen Glaubens hatte Preciosa sie irgendwie gefunden, als sie das Gletscherland verließ, hatte ihre Spur noch durch diese fremden Berge und Ebenen verfolgt.

Sie war in guter Kondition, glatt und schön und wohlgenährt. Natürlich. Auf diesen Ebenen war die Jagd noch besser als in den Kilghardbergen, wo sie aus dem Ei geschlüpft war.

Lange Zeit stand Romilly bewegungslos, den Falken auf ihrer Hand, und stumme Zufriedenheit strömte von einem zum anderen. »Nun seht euch das an!«, durchbrach die Stimme eines Mädchens ihre Verzückung. »Wo kommt der Falke her? Sie ist behext!«

Romilly holte tief Atem. Sie sagte zu Caryl, der sie in hingerissenem Schweigen beobachtete: »Es ist mein Falke, es ist Preciosa. Irgendwie ist sie mir hierher gefolgt, so weit von zu Hause, so weit ...«, sie weinte zu sehr, um weitersprechen zu können. Beunruhigt von ihrer Erregung, schlug Preciosa mit den Flügeln und balancierte auf Romillys Faust. Dann hob sie ab und blockte auf dem Ast eines nahe stehenden Baums auf. Von dort sah sie ohne ein Zeichen von Furcht zu ihnen herab.

Mhari fragte: »Ist das dein eigener Falke, der, den du abgetragen hast?« Und Janni sagte mit ruhiger Stimme: »Du hast mir erzählt, dein Vater habe ihn dir weggenommen und deinem Bruder geschenkt ...«

Mit Anstrengung gewann Romilly die Herrschaft über ihre Stimme zurück. »Ich glaube, Darren hat erfahren müssen, dass es nicht in der Macht meines Vaters lag, Preciosa zu verschenken.« Sie sah durch ihre Tränen zu dem Ast empor, wo Preciosa saß, bewegungslos wie ein gemalter Falke auf einem gemalten Baum, und wieder traten sie in Rapport. Hier, unter fremden Frauen in einem fremden Land, wo alles, was sie gekannt hatte, hinter ihr und jenseits des Flusses lag, war sie, verbunden mit ihrem Falken, nicht länger allein.

2

Drei weitere Tage ritten sie und kamen in ein warmes Land mit sanften Hügeln und weicher Luft ohne die leiseste Spur von Frost. Bis ans Ende ihres Lebens sollte sich Romilly an diesen ersten Ritt über die Ebenen von Valeron erinnern – denn so, das hatte Caryl ihr gesagt, wurden sie genannt –, grün und fruchtbar mit blühenden Büschen auf den Feldern und Bäumen, die nicht einmal Schneeschoten für die Nachtblüten hatten. Am Wegrand leuchteten die Blumen rot und blau und silber-golden, und die rote Sonne, warm und riesig an diesem südlichen Himmel, warf purpurne Schatten. Die Luft selbst schien süß und euphorisch zu sein.

Caryl war in Ekstase und machte Romilly auf Landmarken aufmerksam. »Ich hatte nicht damit gerechnet, vor dem nächsten Mittsommer heimzukommen! Oh, ich freue mich so, dass es nach Hause geht!«

»Und dein Vater hat dich aus diesem warmen und angenehmen Land in den Schnee von Nevarsin geschickt? Er muss in der Tat ein guter Cristofero sein.«

Caryl schüttelte den Kopf, und in diesem Augenblick wirkte sein Gesicht distanziert, verschlossen, beinahe erwachsen. Er antwortete leise: »Er dient dem Herrn des Lichts, wie es sich für einen Hastur ziemt.«

Warum dann – Romilly wäre die Frage beinahe hinausgerutscht, aber sie hatte gelernt, dem Jungen keine Fragen über seinen Vater zu stellen. Er las es jedoch in ihren Gedanken.

»Die Cristoferos in Nevarsin sind gelehrte Männer und gute Männer«, erklärte er schließlich. »Seit die Hundert Königreiche geschaffen wurden, hat es Krieg und Chaos im Tiefland gegeben, und klein ist das Wissen, das man dort erwerben kann.

Mein Vater wünschte, dass ich in Frieden lernte, weit weg vom Krieg und sicher vor den Fehden, die die Abkömmlinge Hasturs entzweien. Er teilt den Glauben der Bruderschaft nicht, doch er achtet ihre Religion und ihre Zurückhaltung von jedem Streit.«

Er verstummte, und Romilly ritt weiter, ohne ihn in seinen Gedanken zu stören. Welche Szenen von Kampf und Plünderungen hatte dieses Kind gesehen, fern von den schützenden Bergen, wo die Menschen sicher in ihren festen Burgen lebten? Sie hatte in ihrer friedlichen Heimat Geschichten über den Krieg gehört und erinnerte sich an die Schlachten, von denen dieses grüne und fruchtbare Land verwüstet worden war. Noch jetzt schien es für ihr überempfindliches Wahrnehmungsvermögen unter der roten Sonne mit schwarzem Blut befleckt zu sein, der Boden selbst schrie vor Schmerz über das Niedermetzeln der Unschuldigen und die von den Armeen niedergetretenen Saaten. Sie erschauerte, und dann verblasste das Bild. Romilly erkannte, dass sie die Erinnerungen des Kindes geteilt hatte.

Sein Vater hat wohlgetan, dass er ihn in die Sicherheit der fernen Stadt des Schnees schickte. Eine Zeit der Ruhe sollte die Wunden eines Kindes mit Laran heilen, in dessen Seele sich das ganze Entsetzen des Krieges eingebrannt hatte. Mit heftigem Heimweh war Romilly dankbar für ihre friedliche Kindheit und die hartnäckige Neutralität des MacAran, der für keine der Parteien, die das Land mit ihrer Eroberungslust verheerten, Partei ergriff. Wie lautete sein Losungswort? *In die tiefste Schmiede ihres Gottes Zandru mit ihnen beiden ... oh, Vater, werde ich dich jemals wieder sehen?*

Caryl ritt schweigend neben ihr, eingehüllt in seine eigene Pein, unfähig, ihre zu erkennen, oder zumindest blind von der Anstrengung, sich davor abzuschirmen. *Ist es so weit mit mir gekommen, dass ich Trost bei einem zwölfjährigen Kind suche,* nicht viel älter als mein kleiner Bruder, weil ich das Schicksal nicht zu ertragen vermag, das ich mir selbst gewählt habe? Sie befand sich unter Fremden, und ihr schoss die Frage durch den Kopf, ob jede dieser Frauen ihren Teil an der Bürde trug, die der Menschheit auferlegt ist. *Rufen die Menschen deswegen den Lastenträger an, als sei er nicht bloß ein großer Lehrer der Weisheit, sondern ebenfalls ein Gott – damit wir Götter haben, die unsere Lasten tragen, weil sie uns sonst zu schwer sind?*

Sie ertrug den Kummer in Caryls Gesichtchen nicht. Sie selbst war eine erwachsene Frau und konnte ihre Bürde tragen, aber er war noch ein Kind und sollte es nicht müssen. Behutsam fragte sie: »Soll ich Preciosa vom Himmel rufen, damit sie mit dir reitet? Ich glaube, sie ist einsam.« Und als sie dem Falken pfiff und ihn auf Caryls Sattel setzte, wurde sie dadurch belohnt, dass der unkindliche Ausdruck aus seinem Gesicht verschwand und er wieder zum Jungen wurde, der voll Freude beobachtete, wie ein Falke auf seine Hand flog.

»Wenn dieser Krieg vorbei ist, Romy, und wieder Frieden im Land herrscht, wirst du dann mein Falkenmeister werden und mich alles über die Ausbildung von Falken lehren? Aber nein, ein Mädchen kann kein Falken*meister* sein, nicht wahr? Also, wirst du eines Tages meine Falkenmeisterin werden?«

Sie antwortete freundlich: »Ich weiß nicht, wo jeder von uns sein wird, wenn dieser Krieg vorüber ist, Caryl. Es wäre mir ein Vergnügen, dich alles zu lehren, was ich über Falken weiß. Doch vergiss nicht, vieles, was ich weiß, kann nicht gelehrt werden. Du musst es irgendwie in dir selbst finden, in deinem Herzen und deinem Laran.« Flüchtig kam ihr zu Bewusstsein, dass sie sich mit diesem fremden Wort jetzt ganz vertraut fühlte. »Dann erkennst du, was die Vögel brauchen, und wirst sie lieben.«

Sie konnte sich gut vorstellen, dass dieser kleine, weise

Junge mit seiner Sensibilität gegenüber Menschen und Tieren, mit dem Ernst der Mönche, von denen er erzogen worden war, und dem Charme der Hastur-Sippe eines Tages König sein würde. Einen Augenblick lang sah sie eine Krone über seinen rötlichen Locken schimmern – und dann schloss sie die unerwünschte Vision aus. Dass sie sie auszuschließen vermochte, so überlegte sie, bewies, wie schnell sie ihre Gabe handhaben lernte.

Hatte ihr Vater so zu überleben gelernt, außerhalb eines Turms, indem er all das Laran verbannte, für das er beim Trainieren seiner Pferde keine Verwendung hatte? Und könnte sie es aushalten, sich von diesem neuen Teil ihres Ichs abzulösen? War es schwerer, dieses Laran zu besitzen oder es wieder aufgeben zu müssen? Es war eine schreckliche Gabe, die einen Menschen schwer belastete. Jetzt verstand sie die alten Geschichten der Berge, in denen Menschen wahnsinnig geworden waren, als ihr Laran über sie kam.

Und wie konnte Caryl König werden? Sein Vater war kein König, sondern der geschworene Gefolgsmann Dom Rakhals. Ob Rakhal oder Carolin diesen Krieg gewann, Lyondri Hastur kam nicht auf den Thron. Oder würde er an Rakhal ebenso wie an Carolin zum Verräter werden, getrieben von dem Ehrgeiz, eine Dynastie seines eigenen Blutes zu gründen?

»Romilly ... Romy! Bist du im Reiten eingeschlafen?« Caryls fröhliche Stimme riss sie aus ihren Gedanken. »Darf ich versuchen, ob Preciosa für mich fliegt? Wir sollten ein paar Vögel zum Abendessen haben, nicht wahr?«

Romilly lächelte den Jungen an.

»Wenn sie für dich fliegt, sollst du sie auflassen«, stimmte sie zu. »Nur kann ich nicht versprechen, dass sie für irgendwen außer mir fliegt. Du musst jedoch Dame Jandria fragen, ob wir Vögel zum Abendessen brauchen. Sie, nicht ich, führt diese Gruppe.«

»Verzeihung«, sagte Caryl der Form halber, aber ohne Reue. »Es ist schwer, nicht zu vergessen, dass sie eine Edelfrau ist, und ich denke nicht von selbst daran, sie um Erlaubnis zu fragen. Bin ich dagegen mit dir zusammen, ist mir immer bewusst, dass du eine von der Hastur-Sippe bist.«

»Das bin ich nicht«, wehrte Romilly ab, »und Janni ist Lord Orains Cousine, falls du das noch nicht wusstest. Deshalb ist ihr Blut so gut wie meines.«

Plötzlich wirkte Caryl verängstigt. »Ich wollte, das hättest du mir nicht gesagt!«, stieß er hervor. »Denn damit gehört sie zu den schlimmsten Feinden meines Vaters, und ich möchte nicht, dass er sie hasst.« Romilly verwünschte sich. Schnell erklärte sie: »Der Rang hat in der Schwesternschaft keine Bedeutung, und Jandria hat auf die Privilegien ihrer edlen Geburt verzichtet. Das habe ich übrigens auch getan, Caryl.« Ihr fiel auf, dass er erleichtert dreinblickte, war sich jedoch nicht ganz klar, warum.

»Ich werde Jandria fragen, ob wir Wild für den Kochtopf brauchen«, schlug sie vor, »und du sollst Preciosa auflassen, wenn sie auf deinen Befehl fliegt. Sicher hat Jandria nichts dagegen, wenn du einen Vogel für dein eigenes Abendessen erbeuten willst, solange du nicht eine von uns drankriegst, ihn für dich zu rupfen und zu braten.«

»Das kann ich allein«, behauptete Caryl stolz. Dann grinste er und senkte den Blick. »Wenn du es mir zeigst«, setzte er kleinlaut hinzu. Romilly kicherte, und Caryl stimmte mit ein.

»Ich will dir helfen, den Vogel zu braten, wenn ich etwas abbekomme. Abgemacht?«

Am dritten Abend danach ritten sie am Ufer eines Sees entlang, der sich zwischen die Hügel schmiegte. Caryl wies auf ein großes Haus, nicht ganz ein Schloss, am Ende des langen Tals. »Da liegt Hali und dort meines Vaters Burg.«

Romilly fand sie einem Palast ähnlicher als einer Festung, aber sie sprach es nicht aus. Caryl sagte: »Ich freue mich so darauf, meinen Vater und meine Mutter wiederzusehen.« Bestimmt freute sein Vater sich nicht darüber, dass sein Sohn von den Männern seines erbittertsten Feindes als Geisel genommen und der Sicherheit Nevarsins entrissen worden war. Aber auch darüber schwieg Romilly. Erst heute Morgen hatte sie durch Preciosas Augen gesehen, dass sich auf der weiten Ebene von Valeron Armeen zusammenzogen und gegen die Grenzen vorrückten. Bald schon würde der Krieg das grüne Tiefland von neuem überziehen.

Den ganzen Tag ritten sie durch ein verheertes Land. Bauernhöfe waren verwüstet. Von hohen Türmen war nicht ein Stein auf dem anderen gelassen worden, es lag nur noch verstreuter Schutt umher, als hätte ein fürchterliches Erdbeben sie aus den Fundamenten gerissen. Welche Armee, welche furchtbare Waffe hatte das bewirkt? Einmal musste Romilly sich abwenden. Als sie den höchsten Punkt eines Hügels erreichten, erblickten sie in dem Tal unter ihnen ein verlassenes Dorf. Eine merkwürdige Stille hing über dem Land, obwohl die Häuser unbeschädigt dastanden, heiter und friedlich. Kein Rauch stieg aus den Schornsteinen auf, man hörte keine Pferde stampfen, Kinder spielen, Schmiede hämmern, Frauen beim Weben oder Waschen singen. Grabesruhe lag über dem Dorf, und jetzt erkannte Romilly ein schwaches grünliches Flackern. Die Häuser wurden von einem scheußlichen Miasma, einem fast greifbaren Nebel des Todes umspielt. Sobald es dunkel wurde, mussten sie mit einem unheimlichen Leuchten pulsieren.

Ein halbverhungertes Raubtier schlich sich durch die Straßen, und vor ihren Augen wurde es langsamer, sank zu Boden und zuckte schwach, ohne einen Laut von sich zu geben.

Jandria stellte kurz fest: »Knochenwasser-Staub. Wo dieses

Zeug aus der Luft versprüht wird, stirbt das Land, sogar die Häuser sterben. Wenn wir hier durchritten, wären wir in wenigen Tagen nicht besser dran als die Waldkatze dort. Kehrt um – wir dürfen dem Dorf nicht zu nahe kommen. Diese Straße ist gesperrt, als würde sie von einer Horde Drachen bewacht. Nein, besser, denn es könnte uns gelingen, die Drachen zu besiegen, aber gegen das da ist kein Kampf möglich. Zehn Jahre oder länger wird das Land unter diesem Fluch liegen, und die Tiere des Waldes werden mit Missbildungen zur Welt kommen. Einmal habe ich eine Waldkatze mit vier Augen und ein Chervine der Ebenen mit Zehen anstelle der Hufe gesehen. Unheimlich!« Sie schüttelte sich und wendete ihr Pferd. »Machen wir um diesen Ort einen möglichst weiten Bogen! Ich möchte nicht, dass mir Haar und Zähne ausfallen und sich das Blut in meinen Adern zu Molke verwandelt!«

Der weite Umweg verlängerte ihren Ritt um zwei oder drei Tage. Janni warnte Romilly, sie solle Preciosa nicht fliegen lassen.

»Kröpft sie ein Wild, das von diesem Kriegszeug vergiftet ist, muss sie sterben, aber nicht so schnell, dass ihr schlimme Qualen erspart blieben. Und äßen wir davon, würden wir zumindest Haare und Zähne verlieren. Die Wirkung des Staubs bleibt in dem Land ringsum lange erhalten und breitet sich durch die Körper der Tiere aus, die es durchwandern. Für Preciosa ist es besser, sie fastet einen oder zwei Tage, als wenn sie zu nahe an diesem Ort Beute schlägt.«

So trug Romilly den Falken zwei Tage lang auf dem Sattel, und obwohl sie geschworen hatte, die Freiheit des Vogels nie mehr einzuschränken, veranlasste ihre Sorge sie schließlich dazu, Fesseln an seine Ständer zu legen.

Ich wage es nicht, dich fliegen zu lassen, denn du könntest Wild kröpfen, das dich umbringt. Niedergeschlagen versuchte sie, in ihrem Geist ein Bild zu erzeugen, das der Falke deutlich erkennen konnte: Wild, das dieses geisterhafte, giftige Leuchten ausstrahlte. Sie war sich nicht sicher, ob ihr die Übermittlung gelungen war. Denn Preciosa hockte missmutig auf dem Sattel, kämpfte nicht gegen die Fesseln an und hielt den Kopf unter dem Flügel versteckt. Romilly nahm den grimmigen Hunger wahr, der in ihr tobte, doch Preciosa schien trotzdem bereit zu sein, die Fesseln ihres eigenen Schutzes wegen zu ertragen.

Endlich schien es, als seien sie aus dem Gefahrenbereich heraus. Janni bat jedoch alle Frauen, es ihr sofort zu melden, wenn sie begännen, sich büschelweise Haare auszukämmen, oder wenn ihre Zähne locker werden sollten. Wie sie glaube, habe man den Bogen um das verseuchte Land weit genug geschlagen. »Nur ist man bei diesem tödlichen Zeug nie ganz sicher«, warnte sie und ritt mit zusammengebissenen Zähnen weiter. Einmal sagte sie zu Romilly mit einem kurzen Blick, der das Mädchen an ihren gefesselten, schwermütigen Falken denken ließ: »Orain ist in diesem Ort aufgewachsen. Und jetzt wird viele Jahre lang kein Mensch mehr darin leben können. Die Götter mögen Lyondri und seine teuflischen Waffen vernichten!«

Romilly streifte Caryl mit einem schnellen Blick. Entweder hatte er es nicht gehört, oder er tat doch so. Welch schwere Bürde musste dieses Kind tragen!

An diesem Abend schlugen sie das Lager ziemlich früh auf. Während die Frauen das Zelt herrichteten, rief Janni Romilly zu sich.

»Komm mit mir, ich möchte mit dir reden. Nein, Caryl, du bleibst hier«, setzte sie scharf hinzu, und der Junge wich zurück wie ein getretenes Hündchen. Janni führte Romilly ein Stück vom Lager weg, forderte sie mit einer Handbewegung auf, sich zu setzen, und ließ sich selbst mit gekreuzten Beinen auf dem langen Gras nieder.

»Irgendein Anzeichen von sich lockernden Zähnen und ausfallendem Haar?«

Romilly entblößte die Zähne in einem Lächeln, hob die Hand und zerrte an ihrem kurzen Haar. »Nicht die Spur, Janni.«

»Evanda sei gepriesen, dass sie ihre Töchter behütet hat.« Janni atmete erleichtert auf. »Ich habe mir heute Morgen einiges Haar ausgekämmt, aber ich werde alt und muss das als Schicksal hinnehmen. Trotzdem konnte ich mich der Furcht nicht erwehren, wir hätten jene verfluchte Stätte nicht weit genug umritten. Dieser Wahnsinnige zerstört das Land seiner eigenen Untertanen. O ja, ich bin im Krieg gewesen, ich kann Bauernhöfe brennen sehen, wenn ich es auch verabscheue, dass armes Volk in den Streit der Großen und Mächtigen hineingezogen wird. Aber ein verbrannter Hof kann neu aufgebaut werden, und zertrampelte Saaten wachsen im Frieden von neuem. Doch den Boden selbst vergiften, so dass eine Generation lang nichts mehr gedeiht? Vielleicht bin ich zu empfindlich für eine Kriegerin?« Sie schwieg eine Weile. Dann fragte sie: »Hast du Schwierigkeiten mit deinem Gefangenen gehabt?«

»Nein«, antwortete Romilly. »Er freut sich, nach Hause zu kommen, und er hat sein Ehrenwort gewissenhaft gehalten.«

»Das habe ich erwartet, aber ich bin froh, es von dir zu hören.«

Jandria löste die billigen Silberschnallen an ihrem Mantel und warf ihn zurück. Der Wind zerzauste ihr dichtes Haar. Sie seufzte. Ihr Gesicht sah erschöpft und zerfurcht aus. Romilly meinte voller Teilnahme: »Du bist so müde, Jandria. Lass mich heute Abend deinen Anteil an den Lagerarbeiten übernehmen und leg du dich gleich ins Zelt. Ich bringe dir das Abendessen.«

Janni lächelte. »Es ist nicht die Müdigkeit, die auf mir lastet, Romilly. Ich bin abgehärtet und ans Reisen und das Leben im Lager gewöhnt, und ich habe schon ohne Murren in weit größerer Unbequemlichkeit geschlafen. Nein, ich bin in Unruhe, denn der Verstand rät mir das eine und die Ehre das andere.«

Romilly fragte sich, welche Probleme Janni haben könne, und die Frau fasste lächelnd nach ihrer Hand. Sie sagte: »Der kleine Carolin ist in meiner Obhut, und die Ehre gebietet mir, dass ich ihn persönlich zu seinem Vater geleite. Trotzdem habe ich daran gedacht, dich zu beauftragen, den Jungen dem Hastur-Lord in Hali zu übergeben.«

Romillys erster Gedanke war, dass sie dadurch Gelegenheit bekam, sich die große Tiefland-Stadt anzusehen, ihr zweiter, dass ihr die Trennung von Caryl schwer fallen würde. Erst dann ging ihr auf, dass sie diesem großen Schurken Lyondri Hastur gegenübertreten müsste.

»Warum ich, Janni?«

Jandria seufzte schwer. »Du kennst die höflichen Sitten und weißt dich in einem Großen Haus zu benehmen. Ich komme mir der Schwesternschaft gegenüber wie eine Verräterin vor, wenn ich es sage. Denn ich habe geschworen, meinen Rang für immer hinter mir zu lassen. Mhari, Rheba, Shaya – sie alle sind gute Frauen, aber sie haben von ihren väterlichen Bauernhöfen linkische Manieren mitgebracht, und auf eine solche diplomatische Mission kann ich sie nicht schicken. Zudem hängt die Sicherheit von uns allen davon ab.« Ihr mühsames Lächeln war fast eine Grimasse. »Ganz gleich, was ich zu Orain gesagt habe, Lyondri Hastur würde mich wieder erkennen, und wenn ich Banshee-Federn trüge und wie ein Ya-Mann im Geisterwind tanzte! Ich habe keine Lust, als Verräterin an den Galgen zu kommen. Carolin – und auch Orain – waren Lyondris geliebteste Freunde, und so verfolgt er sie jetzt mit der größten Wut. Carolin, Orain, Lyondri und ich –

wir vier sind zusammen erzogen worden.« Sie zögerte, seufzte noch einmal und gestand schließlich: »Orain weiß nichts davon. Er hat immer die Augen davor geschlossen, was zwischen Mann und Mädchen geschieht, und er ahnt nicht ... Höllenfeuer!«, entfuhr es ihr. »Warum ist es mir peinlich, zu sagen, dass Lyondri und ich mehr als einmal beieinander lagen, bevor ich noch ganz zur Frau herangewachsen war? Jetzt, wo ich die Partei meiner eigenen Sippe ergriffen habe, würde es ihm Vergnügen machen, mich zu hängen und Carolin und seinen Getreuen dadurch Schmerz zu bereiten! Ich könnte es auch nicht ertragen, ihn wieder zu sehen. Avarra helfe mir, ich kann nicht anders, ich liebe ihn immer noch beinahe ebenso sehr, wie ich ihn hasse!« Sie schluckte und sah zu Boden, Romillys Hand fest umklammernd. »So, nun weißt du, warum ich zu feige bin, zu ihm zu gehen, auch wenn er den Waffenstillstand halten sollte. Vielleicht würde er mich unserer alten Liebe wegen verschonen, ich weiß es nicht ...«

»Du brauchst nicht zu gehen, Janni«, sagte Romilly sanft, den Schmerz der Frau mitfühlend. »Ich tue es gern. Du darfst dich nicht in Gefahr bringen.«

»In dir – verstehst du das, Romilly? – werden Lyondri und Rakhal nur eine Fremde sehen, und dazu eine, die Caryl liebt, eine, die gut zu seinem Sohn gewesen ist. Sie wissen nichts anderes, als dass du eine von der Schwesternschaft gestellte Begleitperson bist. Du bist weder eine Rebellin noch eine Anhängerin Carolins. Sei dir klar darüber, Romilly, ich schicke dich in Gefahr. Es mag sein, dass Lyondri sein Wort nicht hält und den Kurier, der ihm seinen Sohn bringt, nicht wieder ziehen lässt. Es könnte dir auch noch Schlimmeres geschehen, als nur festgehalten zu werden. Lyondri könnte dich töten. Bestimmt ließe er sich keine Gelegenheit entgehen, Rache an mir zu nehmen.«

Sie begab sich in Gefahr, doch für Janni bedeutete es fast

sicher den Tod. Romilly zögerte nur einen Augenblick. Janni meinte müde: »Ich kann es dir nicht befehlen, Romilly, ich kann dich nur darum bitten. Denn ich darf Caryl nicht allein in die Stadt schicken. Ich habe gelobt, ihn sicher seinem Vater selbst zu übergeben.«

»Ich dachte, er hätte freien Abzug garantiert?«

»O ja, das hat er. Aber Lyondri hat immer zuerst seinen Vorteil im Auge gehabt ...« Jandria bedeckte das Gesicht mit den Händen.

Romilly fühlte sich schwach und verängstigt. Aber die Schwesternschaft hatte sie aufgenommen, als sie allein war, ihr Obdach und Essen gegeben, sie mit Freundlichkeit willkommen geheißen. Sie schuldete ihr das. Und sie war eine geschworene Schwertfrau. Jannis Hand fester fassend, erklärte sie: »Ich will gehen, meine Schwester. Vertraue mir.«

Bevor sie in die Stadt ritten, wusch Caryl sich sorgfältig an einem Bach, bettelte einer der Frauen einen Kamm ab, frisierte sich und schnitt sich die Fingernägel. In den letzten paar Tagen hatte er alte Sachen der Frauen getragen, damit er seine eigenen für die Rückkehr an den Hof waschen und trocknen konnte. Nun holte er die ziemlich abgewetzten Kleidungsstücke aus der Satteltasche. Ein prinzliches Gewand stellten sie bei aller Mühe nicht mehr dar.

Bedauernd sagte er: »Vater hat mir vor Mittwinter einen neuen Anzug zum Fest geschickt, und dann musste ich ihn im Kloster zurücklassen, als ich so plötzlich aufbrach. Nun, es hilft nichts, das ist das Beste, was ich habe.«

»Ich werde dir das Haar schneiden, wenn du möchtest«, erbot sich Romilly. Sie brachte seine Locken auf eine gleichmäßige Länge und bürstete sie, bis sie glänzten. Lachend versicherte er, er sei kein Pferd, das gestriegelt werden müsse, aber er betrachtete sein Spiegelbild befriedigt im Bach.

»Wenigstens sehe ich wieder wie ein Edelmann aus. Ich hasse es, schäbig wie ein Landstreicher zu sein«, erklärte er. »*Mestra* Jandria, willst du nicht mit uns kommen? Mein Vater kann nicht böse auf jemand sein, der so gut zu seinem Sohn gewesen ist.«

Jandria schüttelte den Kopf. »Es war schon Streit zwischen Lyondri und mir, lieber Junge, bevor du geboren wurdest oder Rakhal sich Carolins Thron aneignete. Ich möchte deinem Vater lieber nicht unter die Augen kommen. Romilly bringt dich hin.«

»Ich will gern mit Romilly reiten«, sagte Caryl, »und ich bin überzeugt, mein Vater wird ihr dankbar sein.«

»Im Namen aller Götter der Hasturs, Junge, das hoffe ich!« Jandria drückte ihm fest die Hand, und er verbeugte sich auf seine höfliche Art. »*Adelandeyo*«, sagte sie nach dem Brauch der Bergbewohner. »Reite mit den Göttern, mein Junge, und mögen sie alle mit dir und Romilly sein.«

Nur Romilly bemerkte die Spannung in Jannis Unterkiefer und das Zittern in ihren Augen. Sie wusste, was Janni dachte. *Die Götter mögen dich schützen, Mädchen, und dich aus Lyondri Hasturs Händen sicher zu uns zurückgeleiten.*

Romilly stieg in den Sattel. Ihre Sinne hatten eine Schärfe wie sonst nur im Rapport mit ihrem Falken, wenn sie mit ihrem Laran, nicht mit ihren Augen sah. Sie blickte zu dem klaren hellen Himmel auf und zu dem Zelt der Schwesternschaft hinüber. Sie hörte das dumpfe Klappen der Holzschwerter, mit denen Mhari und Lauria übten. Zwei andere Frauen vollführten langsam und sorgfältig die Bewegungen des waffenlosen Kampfes in dem tanzähnlichen Ritual, das ihren Muskeln blitzschnelle Abwehrreaktionen anerzog. Von dem Frühstücksfeuer stieg noch Rauch auf, und Romilly erschrak. Rauch, ohne dass gekocht wurde? Dann erinnerte sie sich, dass sie sich hier nicht im Wald befanden und auf dieser grünen Wiese keine Gefahr eines Brandes bestand.

Sie hatte sich hübsch gemacht. Ihr Mantel war der, den Orain für sie auf dem Markt in Nevarsin gekauft hatte. Auch wenn ihr das Herz jetzt über seinem Geschenk weh tat, hatte sie doch nichts, was annähernd so gut oder so warm war. Die Jacke hatte sie sich geliehen; es war die sauberste, die bei allen Schwertfrauen zu finden gewesen war. Romilly war sich der noch schmerzenden Ohrringe bewusst, die ihr kurzes Haar erbarmungslos enthüllte. Ich bin, was ich bin, sagte sie trotzig zu sich selbst, eine Frau der Schwesternschaft vom Schwert – allerdings noch nicht sehr gut mit dem Schwert –, und Lyondri Hastur soll in mir ja nichts anderes sehen als eine Gesandte unter Waffenstillstandsflagge. Warum mache ich mir Gedanken darüber, ob ich wie eine Lady aussehe? Was bedeutet Lyondri mir? Und doch sprach eine kleine Stimme, die wie die Luciellas klang, in ihren Gedanken mit strengem Vorwurf: *Romy, schäm dich, Hosen und Stiefel und im Reitsitz wie ein Mann. Was würde dein Vater sagen?* Wütend befahl sie der Stimme zu schweigen.

Sie trieb ihr Pferd mit einem kurzen Zungenschnalzen an und nickte Caryl zu, der sein Reittier in leichten Trab fallen ließ und an ihre Seite kam.

Hali war eine Stadt ohne Mauern, und die breiten Straßen fühlten sich unter den Füßen unheimlich glatt an. Caryl erzählte, sie seien ohne Hilfe von menschlichen Händen mit Matrix-Technik angelegt worden. »Es ist wahr, Romy!«, beteuerte er, als sie skeptisch dreinblickte. »Vater hat mir einmal gezeigt, wie das funktioniert. Die Steine werden mit den großen Matrix-Gittern von zehn oder zwölf Leroni oder Laranzu'in gelegt. Eines Tages werde ich auch ein Zauberer sein und mit den Relais und Schirmen arbeiten!«

Romilly war immer noch ungläubig, aber es hatte keinen Sinn, etwas anzuzweifeln, das das Kind von seinem Vater gehört hatte. Deshalb schwieg sie still.

Caryl führte sie durch die Straßen, und sie musste sich zusammennehmen, um nicht zu gaffen wie ein Bauer, der geradewegs vom Land hereinkommt. Nevarsin war eine schöne Stadt und Caer Donn auch, aber Hali war ganz anders. Dort gab es steile, mit Kopfsteinen gepflasterte Straßen und Steinhäuser, die sich unter den Klippen der Hellers oder der Burg Aldaran eng zusammendrängten. Doch hier waren die Straßen breit, die niedrigen Gebäude standen frei. Romilly kannte nur festungsähnliche Bauwerke und fragte sich, wie die Bürger nachts ruhig schlafen konnten. Die Stadt hatte ja nicht einmal Mauern!

Und die Leute, die auf diesen Straßen umhergingen, schienen einer anderen Rasse anzugehören als das Bergvolk, das kräftig gebaut war, sich vor der bitteren Kälte mit Pelzen und Leder schützte und hart und grimmig wirkte. In dieser schönen Tiefland-Stadt waren Männer und Frauen elegant gekleidet. Die Frauen trugen gestickte Jacken und bunte Röcke und Schleier, die Männer lange Jacken und Hosen aus gefärbtem Stoff. Die leichten Mäntel mit ihren leuchtenden Farben schienen auch eher als Schmuck denn als sonstigen Gebrauchszwecken zu dienen.

Ein paarmal blieben Leute auf der Straße stehen und starrten auf das flammendrote Haar des Jungen und die schlanke junge Frau in Hosen, die die Ohrringe und die rote Jacke der Schwesternschaft und einen altmodischen Mantel aus hausgewebtem Tuch nach der Art des Berglandes trug. Caryl sagte halblaut: »Sie erkennen mich. Und wegen deines roten Haars halten sie auch dich für eine aus der Hastur-Sippe. Vater wird auf denselben Gedanken kommen. Du musst eine von uns sein, Romilly, mit deinem Haar und deinem Laran ...«

»Das glaube ich nicht«, erwiderte Romilly. »In allen Familien, wo es nie zuvor welche gegeben hat, tauchen Rothaarige auf, genau wie manchmal ein Bluter oder ein Albino, ohne dass die Familiengeschichte von solchen Fällen zu berichten weiß. Die MacArans sind rothaarig, soweit ich zurückdenken kann. Meine Urgroßmutter starb zwar, bevor ich reiten konnte, aber ich erinnere mich noch an sie. Ihr Haar war an manchen Stellen sandfarben geworden, an den Wurzeln jedoch röter als meines.«

»Was beweist, dass von alters her eine Verwandtschaft mit den Kindern Hasturs und Cassildas bestehen muss«, argumentierte der Junge. Romilly schüttelte den Kopf.

»Ein Beweis ist das nicht. Ich weiß wenig über eure Hastur-Sippe ...« Taktvoll schluckte sie den Zusatz hinunter, der ihr auf der Zunge lag: *Und das Wenige, das ich weiß, gefällt mir nicht sonderlich.* Ihr war jedoch klar, dass der Junge die unausgesprochenen Worte ebenso vernommen hatte wie die gesprochenen. Er blickte auf seinen Sattel nieder und sagte nichts mehr.

Nun ritten sie auf ein großes, im Mittelpunkt der Stadt gelegenes Haus zu, und Romilly bekam es ein bisschen mit der Angst zu tun. Sie musste jener Bestie Lyondri Hastur gegenübertreten, dem Mann, der zu dem Usurpator Rakhal hielt, Carolin vertrieben und so viele von dessen Anhängern getötet oder heimatlos gemacht hatte.

»Fürchte dich nicht.« Caryl reichte ihr vom Sattel aus die Hand hinüber. »Mein Vater wird dir dankbar sein, weil du mich zurückgebracht hast. Er ist ein freundlicher Mann, wirklich, das verspreche ich dir, Romy. Und ich habe gehört, er hat eine Belohnung für den Kurier der Schwesternschaft ausgesetzt, der mich begleitet.«

Ich will keine Belohnung, dachte Romilly, *ich will nur mit heiler Haut davonkommen.* Trotzdem vermochte sie sich wie die meisten jungen Leute nicht vorzustellen, dass sie innerhalb der nächsten Stunde sterben könnte.

Vor dem großen Tor begrüßte ein Wachposten Caryl überrascht und erfreut.

»Dom Caryl ... Ich hatte gehört, Ihr würdet heute zurückkehren! Also habt Ihr den Krieg und das alles gesehen? Gut, Euch wieder zu Hause zu haben, junger Mann!«

»Oh, Harryn, ich freue mich, dich zu sehen.« Caryl zeigte sein bereitwilliges Lächeln. »Und das ist meine Freundin Romilly. Sie hat mich zurückgebracht.«

Die Augen des Mannes musterten sie von oben bis unten, von der Feder an der Strickmütze bis zu den Stiefeln an den behosten Beinen. Er sagte jedoch nur: »Euer Vater wartet auf Euch, junger Herr. Ich werde Euch sofort zu ihm führen lassen.«

Romilly meinte, einen Fluchtweg offen zu sehen. »Dann lasse ich dich in der Obhut des Leibgardisten deines Vaters ...«

»O nein, Romilly!«, rief Caryl. »Du musst mit hereinkommen und Vater kennen lernen, er wird sich darauf freuen, dich zu belohnen.«

Das kann ich mir vorstellen, dachte Romilly. Doch Janni hatte Recht. Lyondri Hastur hatte keinen echten Grund, sein Wort zu brechen, um eine namenlose und unbekannte Schwertfrau gefangen zu setzen, gegen die er keinen persönlichen Groll hegte. So stieg sie ab, ließ es geschehen, dass ihr Pferd weggeführt wurde, und folgte Caryl in das Große Haus.

Drinnen tauchte ein Funktionär auf – er war so elegant gekleidet, so gewandt, dass man ihn nach Romillys Meinung unmöglich einen *Diener* nennen konnte – und teilte Caryl mit weicher Stimme mit, sein Vater erwarte ihn im Musikzimmer. Caryl schoss durch einen Eingang davon und überließ es Romilly, ihm gemächlich zu folgen.

Das also ist der Hastur-Lord, die grausame Bestie, von der

Orain gesprochen hat. Ich darf so etwas nicht denken. Er muss wie Caryl Laran haben und könnte meine Gedanken lesen.

Ein hoch gewachsener, schlanker Mann erhob sich aus den Tiefen eines Armsessels. Er legte eine kleine Harfe, die er auf seinen Knien gehalten hatte, nieder und ergriff beide Hände Caryls.

»Nun, Carolin, du bist wieder da?« Er zog den Jungen an sich und küsste ihn auf die Wange. Dazu musste er sich sehr tief niederbeugen. »Geht es dir gut, mein Sohn? Gesund siehst du ja aus; wenigstens hat die Schwesternschaft dich nicht hungern lassen.«

»O nein«, antwortete Caryl. »Sie haben mir gut zu essen gegeben und waren freundlich zu mir. Als wir durch eine Stadt kamen, hat mir eine von ihnen sogar Kuchen und Süßigkeiten gekauft, und eine lieh mir ihren Falken, damit ich, wenn ich wollte, frische Vögel für mein Abendessen fangen konnte. Das ist die mit dem Falken«, setzte er hinzu, ließ die Hände seines Vaters los und zog Romilly nach vorn. »Sie ist meine Freundin. Ihr Name ist Romilly.«

Und so stand Romilly endlich dem Hastur-Lord von Angesicht zu Angesicht gegenüber. Er machte den Eindruck, als verliere er niemals für eine Sekunde die Herrschaft über seine Miene. Sein Kinn wirkte entschlossen; seine Augen, grau unter hellen Wimpern, schienen verkappt wie die eines Falken zu sein.

»Ich bin Euch dankbar dafür, dass Ihr gut zu meinem Sohn gewesen seid«, sagte Lyondri Hastur. Seine Stimme klang ruhig, neutral, gleichmütig. »Ich glaubte ihn in Nevarsin außer Reichweite des Krieges, aber zweifellos haben Carolins Männer es für eine gute Idee gehalten, ihn als Geisel zu nehmen.«

»Es war nicht Romillys Idee, Vater«, fiel Caryl ein. Romilly erkannte, dass er den Gedanken, ob er seinem Vater erzählen solle, wie böse Orain darüber gewesen war, verworfen hatte.

Es war nicht der richtige Zeitpunkt, Orains Namen überhaupt zu erwähnen. Und als sich das Kinn des Hastur-Lords fast unmerklich vorschob, wusste sie, er hatte genau gehört, was sein Sohn nicht ausgesprochen hatte, und seine Stimme schien ganz weit entfernt und geisterhaft in Romillys Kopf zu sagen: *Noch eine Kerbe gegen Orain, der mein geschworener Mann war, bevor er der Carolins wurde.*

Ich sollte diese Frau als Geisel nehmen. Sie mag wissen, wo Orain steckt, und wo Orain ist, kann Carolin nicht weit sein.

Aber diese Überlegungen empfing wieder der Junge, und er sah entsetzt zu seinem Vater auf. »Du hast dein Wort gegeben, das Wort eines Hastur«, flüsterte er. Romilly konnte beinahe sehen, wie das leuchtende Bild seines Vaters vor seinen Augen zersprang und zerfiel. Lyondri Hastur blickte von seinem Sohn zu der Frau. Mit scharfer, trockener Stimme fragte er: »Schwertfrau, wisst Ihr, wo Orain in diesem Augenblick reitet?«

Romilly hätte vor diesen harten Augen nicht lügen können; er hätte die Wahrheit schnell aus ihr herausgeholt. Erleichterung wallte in ihr auf, dass sie ihn nicht zu belügen brauchte. »Ich habe Orain zuletzt in Caer Donn gesehen, als er Caryl – Dom Carolin – in das Haus der Schwesternschaft brachte. Und das ist mehr als zehn Tage her. Vermutlich ist er inzwischen bei der Armee.« Obwohl sie es versuchte, konnte sie das Bild der vorbeimarschierenden Armee nicht ausschließen, das Banner der Hasturs, blau und silbern, und Orain, der an der Seite des hinter seinem Mantel verborgenen Königs ritt. Lyondri allerdings würde ihn nicht König, sondern Usurpator nennen ...

Ich habe etwas versprochen, das ich nicht halten kann. Ich wusste nicht, welcher Art der Mann war, dem ich diente. Ich bin zu seinem Henker und seiner harten Hand geworden ...

Es war für Romilly ein Schock, als ihr klar wurde, dass sie

diesen dünnen Gedankenfaden von dem Mann vor ihr empfing. Oder war es ganz anders, deutete sie nur die winzigen Bewegungen seiner Augen und seines Körpers, wie sie es bei den Tieren tat, und unterlegte sie ihnen Gedanken? Der Kontakt schuf ihr peinliches Unbehagen, und sie war froh, als er plötzlich abriss. Es war, als habe Lyondri Hastur gemerkt, was sich abspielte, und eine Barriere errichtet.

Ich habe mein ganzes Leben lang mehr oder weniger Gedanken gelesen. Warum stört und verwirrt es mich jetzt?

Mit ruhiger Förmlichkeit erklärte der Hastur-Lord: »Ich schulde Euch eine Belohnung für Eure Bemühungen um meinen Sohn, und ich werde Euch geben, was Ihr wollt, ausgenommen Waffen, die gegen mich in diesem ungerechten Krieg verwendet werden könnten. Nennt mir Eure Wünsche.«

Jandria hatte sie darauf vorbereitet. Sie erklärte bestimmt: »Ich soll um drei Säcke mit medizinischen Vorräten für die Häuser der Schwesternschaft bitten, Verbandsleinen, das Gelee, das das Verkrusten des Blutes fördert, und Karalla-Puder.«

»Diese Dinge könnte ich Waffen nennen, da sie zweifellos gebraucht werden, um solchen zu helfen, die bei der Rebellion gegen ihren König verwundet worden sind«, überlegte Lyondri Hastur laut. Dann zuckte er die Schultern. »Ihr sollt das alles haben. Ich werde meinem Haushofmeister die entsprechenden Befehle geben. Dazu bekommt Ihr ein Packtier, das die Säcke in Euer Lager tragen wird.«

Romilly seufzte leise auf. Also würde sie nicht gefangen gesetzt oder als Geisel zurückbehalten werden.

»Habt Ihr das von mir geglaubt?«, fragte Lyondri Hastur und lachte kurz und scharf auf. Und sie hatte Recht gehabt mit ihrem Verdacht, das sah sie wieder in seinen Gedanken. Zwei Telepathen waren nicht fähig, sich zu belügen. Romilly konnte von Glück sagen, dass er seinem Sohn die Illusionen über seine Ehre nicht nehmen wollte.

Ein Gefühl der Dankbarkeit für Caryls Anwesenheit überkam Romilly. Lyondri Hasturs Verhalten war bestimmt von dem Wunsch, sich die Bewunderung seines Sohns zu erhalten.

»Aber, Vater«, wandte Caryl ein, »dies ist die Frau mit dem Falken, die ihn mich hat fliegen lassen. Bekomme ich einen eigenen? Und ich möchte, dass Mistress Romilly eines Tages meine Falkenmeisterin wird ...«

Lyondri Hastur lächelte. Es war ein kaltes, geistesabwesendes Lächeln, aber immerhin ein Lächeln, und es war noch viel Furcht erregender als sein Lachen. Er sagte: »Mein Sohn hat eine Vorliebe für Euch gefasst, Schwertfrau. Mitglieder der Schwesternschaft stehen in meinen Diensten. Wenn es Euch Recht ist, bleibt und unterweist Caryl in der Kunst der Falknerei.«

Romilly wollte nichts als weg von hier. So gern sie Caryl hatte, ihr war noch nie ein Mann begegnet, der sie so ängstigte wie dieser trockene, harsche Mann mit dem kalten Lachen und den verkappten Augen. Nach einer höflichen Entschuldigung suchend, stotterte sie: »Ich bin ... Ich bin anderweitig verpflichtet, *vai dom.*«

Das akzeptierte er mit einer leichten Verbeugung. Er wusste, dass es eine Ausrede war, er wusste, was sie von ihm dachte, und er wusste, dass sie es wusste. »Wie Ihr wünscht, *mestra.* Carolin, sag deiner Freundin Lebewohl und geh deine Mutter begrüßen.«

Er kam und gab ihr auf sehr förmliche Art die Hand. Dann umarmte er sie impulsiv. Mit ernsten Augen blickte er zu ihr auf. »Vielleicht sehe ich dich wieder, Romilly, wenn dieser Krieg vorüber ist – und deinen Falken auch. Grüße Preciosa von mir.« Er verbeugte sich wie vor einer Dame bei Hof und verließ schnell den Raum. Sie hatte die ersten Spuren von Tränen in seinen Augen gesehen. Caryl wollte nicht vor seinem Vater weinen; sie wusste es.

Lyondri Hastur hustete. »Euer Packtier und die medizinischen Vorräte werden Euch an die Seitentür in der Nähe des Stalles gebracht. Der Haushofmeister wird Euch den Weg zeigen.« Die Audienz bei dem Hastur-Lord war beendet. Er winkte dem Funktionär, der kam und Romilly mit weicher Stimme aufforderte: »Hier entlang, *mestra.*«

Romilly verneigte sich. »Ich danke Euch, Sir.«

Sie wandte sich ab und wollte dem Haushofmeister folgen. Doch Lyondri Hastur hustete von neuem.

»Mistress Romilly ... ?«

»*Vai dom?*«

»Sagt Jandria, ich sei nicht ganz das Ungeheuer, das sie fürchtet. Nicht ganz. Das ist alles.«

Und als sie hinausging, fragte sich Romilly, bis zu den Zehennägeln bebend: *Was weiß dieser Mann sonst noch alles?*

3

Romilly richtete Janni die Botschaft Lyondri Hasturs aus: »Sagt Ihr, ich sei nicht ganz das Ungeheuer, das sie fürchtet, nicht ganz.« Und Jandria schwieg lange Zeit. Zum ersten Mal strengte Romilly sich an, ihr Laran nicht zu gebrauchen, und trotzdem spürte sie, dass Jandria Verschiedenes hätte sagen mögen, aber nicht zu ihr. Schließlich fragte sie: »Und er hat dir die medizinischen Vorräte gegeben?«

»Ja, und dazu ein Packtier, um sie zu tragen.«

Janni ging, sah sie sich an und meinte dann mit schmalen Lippen: »Er war großzügig. Welche Fehler Lyondri Hastur auch haben mag, Geiz hat nie dazugehört. Ich sollte das Packtier zurückschicken – ich will keine Gefälligkeit von Lyondri –, aber die schlichte Wahrheit ist, dass wir es brauchen. Und für ihn bedeutet das weniger, als wenn er seinem Sohn auf dem Markt ein Päckchen Süßigkeiten kauft. Ich brauche deswegen keine Gewissensbisse zu haben.« Sie beauftragte drei der Frauen damit, die medizinischen Vorräte zu mustern, und sagte Romilly, sie könne zu ihren Pferden zurückkehren. Romilly war schon an der Tür, als sie sie noch einmal zurückrief und sagte: »Ich danke dir, *chiya.* Ich habe dich auf eine schwierige und gefährliche Mission geschickt, wozu ich überhaupt kein Recht hatte, und du hast alles so gut erledigt wie nur irgendein diplomatischer Kurier. Vielleicht sollte ich eine Arbeit finden, die besser für dich passt als der Umgang mit den vernunftlosen Tieren.«

Romilly dachte: Mir ist die Arbeit mit Pferden lieber als noch so eine diplomatische Mission! Eine oder zwei Minuten später sprach sie es aus, und Jandria antwortete lächelnd: »Dann will ich dich nicht von der Arbeit abhalten, die du, wie ich weiß, liebst. Geh nur zurück zu deinen Pferden, mein Liebes. Aber ich danke dir.«

Befreit suchte Romilly die Koppel auf und ließ das Pferd heraus, das sie gerade an den Sattel gewöhnte. Sie hatte sich noch nicht sehr lange mit ihm beschäftigt, als Mhari zu ihr kam.

»Romy, sattele sofort dein eigenes und Jandrias Pferd und zwei Packtiere. Sie verlässt das Haus heute Abend und sagt, du sollst mit ihr reiten.«

Romilly starrte sie an. Geistesabwesend beruhigte sie mit einer Hand das nervöse Pferd, dem die auf seinen Rücken geschnallte Decke gar nicht passte. »Heute Abend? Warum?«

»Das musst du Janni selbst fragen«, gab Mhari ein bisschen missmutig zurück. »Ich würde sie mit Freuden begleiten, wohin sie will. Stattdessen hat sie dich gewählt, und mich hat sie aufgefordert, deine Sachen und Reiserationen für vier Tage zusammenzupacken.«

Romilly runzelte gereizt die Stirn. Gerade machte sie Fortschritte in der Zähmung dieses Pferdes, und nun sollte sie ihre Arbeit unterbrechen? Sie hatte sich der Schwesternschaft durch Eid verpflichtet, lieferte sie das irgendeiner Laune Jandrias aus? Trotzdem hatte sie Jandria sehr gern, und sie wollte ihre Entscheidungen nicht in Frage stellen. So zuckte sie die Schultern, wechselte die lange Longe gegen einen kurzen Führungsstrick aus und brachte das Pferd in den Stall zurück.

Sie hatte Jandrias Pferd gesattelt und legte ihrem eigenen die Decke auf, als Jandria, zum Reiten angezogen, in den Stall kam. Romilly stellte mit Schrecken fest, dass ihre Augen wie vom Weinen gerötet waren, aber sie fragte nur: »Wohin reiten wir, Janni? Und warum?«

Jandria erwiderte: »Was Lyondri zu dir gesagt hat, Romy, war eine Botschaft. Er weiß, dass ich hier bin. Bestimmt hat er dir jemanden nachgeschickt, um festzustellen, wo das Haus der Schwesternschaft außerhalb Halis liegt. Allein durch meine Anwesenheit gefährde ich die Schwestern, die in diesem Krieg keine Partei ergriffen haben. Aber ich bin verwandt mit Orain, und er mag sich einbilden, dass er Orain durch mich aufspüren kann oder dass ich mehr von Orains – und Carolins – Plänen weiß, als es wirklich der Fall ist. Ich muss diesen Ort sofort verlassen. Wenn dann Rakhals Männer unter Lyondri herkommen und mich suchen, können die Schwestern der Wahrheit gemäß antworten, und sollten sie von einer Leronis befragt werden, die ihre Gedanken lesen kann, wüssten sie nicht, wohin ich gegangen bin und wo Carolins und Orains Männer sich sammeln. Dich nehme ich mit, weil ich fürchte, Lyondri wird versuchen, auch dich in die Hände zu bekommen. Diese anderen Frauen – er weiß nichts von ihnen und interessiert sich auch nicht für sie. Du jedoch bist ihm unter die Augen gekommen, und mir kannst du gar nicht schnell genug aus seinem Wahrnehmungsbereich verschwinden ... Bleib lieber nicht vor den Toren Halis. Außerdem ...«, ihr Lächeln war sehr schwach, »weißt du das nicht? Eine Frau der Schwesternschaft reist nicht allein. Sie muss von mindestens einer ihrer Schwestern begleitet werden.«

Daran hatte Romilly nicht gedacht. Jandria war Orains Verwandte, und Lyondri Hastur konnte auch sie als Geisel nehmen, selbst wenn er, im Gegensatz zu Jandrias Befürchtungen, nicht die Absicht hatte, sie zu töten. Romilly sagte förmlich: »*A ves ordres, mestra*«, und sattelte ihr Pferd fertig.

»Geh ins Haus und lass dir Brot und Käse geben«, befahl Jandria. »Wir können im Sattel essen. Beeile dich, kleine Schwester.«

Ist solche Hast notwendig, oder hat Jandria ohne Grund Angst? Doch Romilly tat, wie ihr geheißen. Sie kam mit einem Laib Brot und einem großen Stück groben weißen Frischkäses zurück und verstaute beides in ihren Satteltaschen. Im Augenblick hatte sie keinen Hunger, Jandrias Ausführungen hatten ihr gründlich den Appetit verdorben, aber natürlich würde sie später froh sein, Essen zu haben. Die Köchin hatte ihr auch einen Beutel Äpfel mitgegeben.

Sie zogen ihre Pferde aus dem Stall, und nun fragte Romilly doch: »Wohin geht es, Janni?«

»Ich halte es für sicherer, wenn du das vorerst nicht weißt«, antwortete Jandria, und Romilly sah nackte Furcht in ihren Augen. »Komm, kleine Schwester, reiten wir.«

Romilly stellte fest, dass sie von der Stadt aus nach Norden ritten. Kurz darauf bogen sie ab. Jandria wählte einen schmalen, wenig begangenen Weg, der kaum mehr als ein Pfad der Berg-Chervines war. Er schlängelte sich immer weiter hinauf in die Berge. Schon bald hatte Romilly völlig die Orientierung verloren. Jandria dagegen zögerte nie, als wisse sie genau, wohin sie wolle.

Dann ritten sie unter der Deckung der dicht bewaldeten Hänge dahin, und Jandria entspannte sich ein bisschen. Eine Stunde später bat sie um Brot und Käse und aß mit gutem Appetit. Romilly, auf der groben Kruste kauend, machte sich von neuem Gedanken, fragte jedoch nicht.

Schließlich stieg Jandria wieder auf, ergriff den Zügel des Packtiers und sagte: »Nicht einmal ein Kundschaftervogel kann uns hier entdecken. Ich weiß nicht, ob Lyondri solche Vögel hat – besonders häufig werden sie nicht eingesetzt –, aber ich hielt es für besser, in Deckung zu bleiben, bis unsere Fährte nicht mehr zu finden ist. Die Götter mögen verhüten, dass ich ihn geradewegs zu Carolins Armee führe.«

»*Dahin* gehen wir?«

»Die Schwesternschaft hat eine Truppe dort«, berichtete Jandria, »und deine Talente könnten beim Trainieren von Pferden für die Armee gebraucht werden. Auch für mich wird sich irgendeine Verwendung finden. Lyondri wusste, dass ich mich in dem Haus der Schwesternschaft vor Hali befand, sonst hätte er mir die Botschaft nicht geschickt. Und er muss gedacht haben – oder Rakhal hat es für ihn gedacht –, das Wissen um den Versammlungsort von Carolins Armee werde er mir ohne Hilfe einer Leronis nicht entreißen können, wohingegen es leicht sei, mich beobachten zu lassen und mir zu folgen. Deshalb beeilte ich mich, aus dem Haus zu verschwinden und im Wald Deckung zu suchen, bevor er die entsprechenden Maßnahmen ergreifen konnte. Dieses eine Mal bin ich vielleicht schneller gewesen als er, und wir sind schon vor ihm sicher.« Trotzdem blickte sie argwöhnisch zurück und noch argwöhnischer zum Himmel auf, als kreisten Lyondris Kundschaftervögel da oben. Ihre Furcht steckte Romilly an.

Die Nacht verbrachten sie noch im Schutz des Waldes, und Jandria erlaubte nicht einmal ein Kochfeuer. Sie aßen Brot und Käse, banden die Tiere unter einem großen Baum an, breiteten ihre Decken nebeneinander aus und rollten sich der Wärme wegen zusammen. Die in den Bergen aufgewachsene Romilly fand es allerdings ziemlich warm und schlief, müde vom Reiten, bald ein. Einmal in der Nacht erwachte sie und hörte Jandria leise weinen. Verzweifelt wünschte sie, ihr fiele etwas ein, womit sie die andere Frau trösten könne, doch es war ein Leid, das weit über ihr Begriffsvermögen hinausging. Dann schlief sie weiter bis zum frühen Morgen. Jandria war schon auf und sattelte die Pferde. Ihr Gesicht war verschlossen, ihre Augen waren tränenlos, aber die Lider rot und geschwollen.

»Meinst du, wir könnten heute Morgen ein Feuer riskieren? Ich hätte gern etwas Warmes zu essen, und wenn wir bisher nicht verfolgt worden sind, müssten wir eigentlich entkommen sein«, sagte Romilly. Jandria zuckte die Schultern.

»Es wird wohl nichts ausmachen. Wenn Lyondri mich wirklich finden möchte, braucht er bestimmt keine Fährtensucher.

Schließlich hat er meine Gedanken über ihn aus so weiter Entfernung gelesen. In jedem Fall wäre nicht Lyondri hinter uns her, sondern Rakhal.« Sie seufzte. »Zünde ein Feuer an, dann werde ich warmen Brei kochen, kleine Schwester. Ich habe kein Recht, diese Reise für dich meiner grundlosen Ängste wegen beschwerlich zu machen. Du hast schon so lange und mühsame Ritte hinter dir, Romy, und immer jage ich dich weiter, wenn du glaubst, einen Platz zum Ausruhen gefunden zu haben.«

»Das geht schon in Ordnung«, antwortete Romilly, die nicht wusste, was sie sagen sollte. Sie ritt lieber mit Jandria, als dass sie im Haus der Schwesternschaft bei fremden Frauen blieb, unter denen sie bis jetzt noch keine Freundschaften geschlossen hatte. Als sie den warmen Brei aßen und die Pferde gemächlich Gras zupften, fragte Romilly zögernd: »Trauerst du um ... um Lyondri?« Was sie wissen wollte, war: Lyondri war Jandrias Liebhaber gewesen; war sie immer noch an ihn gebunden? Jandria schien sie zu verstehen und zeigte ein kleines, melancholisches Lächeln.

»Ich trauere um mich selbst«, gestand sie. »Und um den Mann, für den ich Lyondri hielt – der er hätte sein können, hätte Rakhal ihn nicht mit dem Gedanken an Macht verführt. Jener Mann, der Mann, den ich geliebt habe, ist tot, so lange tot, dass nicht einmal die Götter ihn von dem Ort, wohin unsere toten Hoffnungen gehen mögen, zurückrufen könnten. Er legt immer noch Wert auf meine gute Meinung – das bedeutete die Botschaft oder Warnung –, aber es kann nichts anderes als seine Eitelkeit sein, die auch früher groß war. Ich glaube nicht, dass er ... durch und durch böse ist.« Sie stolperte ein bisschen darüber. »Rakhal trägt die Schuld. Aber inzwischen muss er erkannt haben, wie Rakhal ist, und immer noch folgt er ihm nach. Deshalb kann ich ihn nicht schuldlos sprechen an all den Gräueln, die in Rakhals Namen verübt werden.«

Romilly fragte schüchtern: »Hast du sie beide gekannt, Carolin und Rakhal? Wie ist Rakhal dazu gekommen, sich des Thrones zu bemächtigen?«

Jandria schüttelte den Kopf. »Ich weiß es nicht. Ich habe den Hof verlassen, als Rakhal noch behauptete, Carolins treuester Gefolgsmann zu sein, und alle Gunstbeweise annahm, mit denen Carolin ihn als seinen liebsten Cousin und Pflegebruder überschüttete.«

»Carolin muss ein guter Mann sein«, meinte Romilly nach einer Pause, »sonst hätte Orain nicht so viel Hingabe für ihn. Und ...«, sie zögerte, »und du auch nicht.«

Jandria fragte: »Du hast doch sicher Carolin kennen gelernt, als du mit Orain zusammen warst?«

Romilly schüttelte den Kopf. »Man sagte mir zwar, dass der König in Nevarsin sei, aber ich bin ihm auch dort nicht begegnet.«

Jandria hob die Augenbrauen, bemerkte jedoch nur: »Iss deinen Brei auf, Kind, und spüle den Topf im Bach aus. Dann reiten wir weiter.«

Schweigend verrichtete Romilly ihre Arbeit, sattelte die Pferde und packte ein, was von ihren Lebensmitteln noch übrig war. Sie stiegen auf, und erst jetzt sagte Jandria, so lange Zeit nach Romillys Frage, dass sie sie beinahe schon wieder vergessen hatte: »Carolin ist ein guter Mann. Sein einziger Fehler ist, dass er bedingungslos auf die Ehre der Hasturs vertraut, und er hat den Fehler begangen, Rakhal zu trauen. Nicht einmal Orain konnte ihm begreiflich machen, wie Rakhal ist, und ich ebenso wenig. Carolin glaubte, Orain sei nur eifersüchtig. Eifersüchtig, Orain!«

»Wie ist Rakhal denn?«, wollte Romilly wissen, Jandria schüttelte nur den Kopf.

»Ich kann nicht objektiv über ihn sprechen; mein Hass macht mich blind. Aber wo Carolin mehr als alles andere die

Ehre liebt und danach das Wissen und sein Volk, liebt Rakhal nur den Rausch der Macht. Er ist wie eine Bergkatze, die Blut geleckt hat.« Sie stieg in den Sattel. »Heute wirst du den Zügel des Packtiers nehmen. Ich reite voraus, denn ich kenne den Weg.«

Als sie aus dem Wald herauskamen, hatte Romilly wieder das vage Gefühl, beobachtet zu werden. Es musste Preciosa sein. Der Falke kam nicht auf ihre Hand, aber ein- oder zweimal erhaschte Romilly einen Blick auf den hoch am Himmel schwebenden Vogel und wusste, sie war nicht allein. Bei dem Gedanken wurde ihr so warm ums Herz, dass Angst und Besorgnis von ihr abfielen.

Sie und ich sind eins: sie hat ihr Leben mit dem meinen verbunden. So ungefähr musste eine Ehe sein, unlösbar, ein Band, das in Leib und Seele des anderen tief verankert war. Mit dem Pferd, das sie augenblicklich ritt, fühlte sie sich nicht eins. Doch es hatte sie treu getragen, und sie meinte es gut mit ihm und kümmerte sich um sein Wohlergehen.

Das Pferd ist mein Freund. Preciosa ist etwas anderes, so etwas wie ein Liebhaber.

Und das brachte sie dazu, scheu und beinahe zum ersten Mal darüber nachzudenken, wie es sein mochte, einen Liebhaber zu haben, ihr nahe wie der Falke, im Geist und im Herzen und auch im Körper. Es würde jemand sein, mit dem sie kommunizieren konnte, nicht so, wie die MacArans es mit ihren Pferden, Hunden und Falken taten, über den weiten Abgrund hinweg, der zwischen Mann und Pferd, Frau und Falken, Kind und Hund lag, sondern mit dem Verständnis für die arteigene Spezies. Dom Garris hatte sie begehrt, aber seine lüsternen Blicke hatten in ihr nichts als Abscheu hervorgerufen. Doppelten Abscheu hatte sie vor Rory empfunden, der ihr ihres Pferdes und Mantels und der paar Kupfermünzen wegen ohne

Bedenken die Kehle durchgeschnitten hätte und doch mit ihr schlafen wollte.

Orain hatte Verlangen nach ihr gehabt – wenigstens so lange, wie er sie für einen Jungen hielt. Und ... sie gestand sich etwas ein, das ihr damals nicht ganz klar gewesen war ... sie hatte Verlangen nach ihm gehabt. Nur hatte sie, als es geschah, nicht erkannt, was ihre eigenen merkwürdigen Gefühle bedeuteten. Trotzdem hätte sie Orain lieber zum Freund als zum Liebhaber gehabt. Sie war bereit gewesen, sich ihm hinzugeben, als sie glaubte, er habe sie durchschaut und begehre sie als Frau, um ihn als Freund zu behalten. Hatte sie niemals ernsthaft an einen bestimmten Mann gedacht? Bestimmt nicht an die Jungen, mit denen sie aufgewachsen war, die Freunde ihrer Brüder. Sie konnte sie sich ebenso wenig als Liebhaber wie als Ehemänner vorstellen, und ein Ehemann war das Letzte, was sie sich wünschte.

Ich glaube, ich hätte jemanden wie Alderic heiraten können. Er sah in mir ein menschliches Wesen, nicht nur die dumme kleine Schwester seines Freundes Darren. Auch würde er sich nie einbilden, er müsse jeden Schritt von mir überwachen, damit ich nicht wie ein ungezähmter Falke, dem man die Fesseln löst, wegfliege.

Nicht etwa, dass ich ihn mir als Ehemann wünsche. Aber vielleicht könnte ich mich zum Heiraten entschließen, wenn der Mann zuerst mein Freund würde.

Diesen ganzen Tag und den nächsten sah sie, wann immer sie nach oben blickte, Preciosa am Himmel schweben und stand mit ihr in einem fadendünnen Rapport. Sie sah auf seltsame Weise doppelt, sie sah den Pfad unter den Hufen des Pferdes und war sich ihres Körpers im Sattel bewusst, und doch flog ein Teil von ihr frei mit dem Falken hoch über Berg und Tal. Jandria hatte ihr erzählt, dass sie sich jetzt in den Kilghardbergen befanden.

Sie waren nicht wie ihre heimatlichen Berge, sondern nackt und kahl mit hohen Felsen und kargem Boden, von dem jedes bebaubare Fleckchen der Nahrung wegen kultiviert werden musste. Noch weniger glichen sie den weiten, fruchtbaren Ebenen von Valeron, die sie unterwegs nach Hali durchquert hatten. Das hier waren hohe, steile Berge, menschenleere Wildnisse mit jungfräulichem Urwald, manchmal zugewachsen mit dichtem Unterholz, so dass sie sich einen Weg freischlagen und manchmal auch mühsam umkehren und einen Umweg machen mussten. Aber an jagdbarem Wild gab es keinen Mangel. Manchmal vor Sonnenuntergang, wenn ihr Körper schläfrig im Sattel saß, stürzte ein Teil Romillys mit dem Falken nieder und teilte mit Preciosa das Erschrecken des Opfers, den schnellen, tötenden Schnabelhieb und das Hervorquellen frischen Blutes ... Jedes Mal war es eine frische, neue Erfahrung und einzigartig befriedigend.

Etwa am sechsten Tag ihrer Reise, als Romilly im Geist mit dem Falken flog, trat ihr Pferd in das Loch eines Schlammkaninchens und fiel. Um sich schlagend und schreiend lag es am Boden. Romilly war aus den Steigbügeln geschleudert worden und hart aufgeprallt. Nun rang sie nach Atem. Noch bevor sie sich so weit erholt hatte, dass sie sich aufsetzen konnte, war Jandria schon abgestiegen und half ihr.

»Im Namen von Zandrus gefrorenen Höllen, wo warst du mit deinen Gedanken? Wie konntest du, eine so gute Reiterin, das Loch nicht sehen?«, fragte Jandria ärgerlich. Die Schreie des Pferdes gingen Romilly durch und durch. Sie kniete sich neben das Tier. Seine Augen waren rot, Schaum stand ihm ums Maul vor Qual. Sie glitt schnell in Rapport mit ihm und fühlte den reißenden Schmerz in ihrem eigenen Bein, sah den weißen, gesplitterten Knochen durch die Haut ragen. Da war keine Hilfe mehr möglich. Weinend vor Entsetzen und Leid tastete sie nach dem Messer an ihrem Gürtel, fand schnell die große Arterie unter dem Fleisch und stieß es fest hinein. Ein letztes krampfhaftes Zucken, ein Augenblick der Todesangst – dann war es still, alles um sie war erstarrt und still, und das Pferd mit seiner Furcht war einfach fort, von ihr gegangen und ließ sie leer und kalt zurück.

Unsicher wischte Romilly ihr Messer an einem Grasbüschel ab und steckte es wieder in die Scheide. Sie wagte es nicht, aufzusehen und Jandrias Blick zu begegnen. Ihr verdammtes Laran hatte dem Pferd das Leben gekostet, denn wenn sie mit Verstand geritten wäre, hätte sie das Loch bestimmt gesehen ...

Endlich fragte Jandria: »War das notwendig?«

»Ja.« Romilly versuchte nicht, es zu erklären. Jandria hatte nicht genug Laran, um es zu verstehen, und es gab keinen Grund, sie mit Romillys Schuldgefühlen, mit der Wut über ihre Gabe zu belasten, die sie dazu verführt hatte, im Geist bei dem Falken zu sein und das Pferd darüber zu vergessen. Sie schluckte heftig, denn die aufsteigenden Tränen machten ihr die Kehle eng, und verfluchte ihre Gabe. »Es tut mir Leid, Janni. Ich ... ich hätte besser Acht geben sollen ...«

Jandria seufzte. »Ich habe dir keinen Vorwurf gemacht, *chiya;* das war ein unglücklicher Zufall, sonst nichts. Denn nun haben wir hier mitten in den Bergen nur noch ein einziges Pferd, und ich hatte gehofft, Serrais morgen Abend zu erreichen.«

»Dahin gehen wir? Und warum?«

»Ich habe es dir nicht gesagt, weil wir hätten verfolgt werden können. Was du nicht wusstest, konntest du auch nicht verraten.«

Also vertraut Jandria mir nicht. Recht hat sie; anscheinend bin ich nicht vertrauenswürdig. Mein armes Pferd hat es erfahren müssen ... Trotzdem protestierte sie. »Ich würde dich nie verraten.«

Sanft antwortete Jandria: »Daran habe ich auch nicht gedacht, Liebes. Ich meinte nur – was du nicht wusstest, konnte dir auch nicht durch Folter entrissen oder deinen Gedanken durch eine Leronis mit einem dieser Sternensteine entnommen werden. Man hätte schnell festgestellt, dass du nichts wusstest. Aber nun würdest du es in ein oder zwei Tagen sowieso erfahren.«

Sie kniete sich neben Romilly und löste die Sattelriemen. »Du kannst auf einem der Pack-Chervines reiten, und wir laden dem anderen beide Packen auf. Dann kommen wir zwar langsamer voran, aber daran ist nichts zu ändern.«

Sie begann, das ihr am nächsten stehende Chervine abzuladen, sah Romilly stocksteif dastehen und rief: »Komm schon und hilf mir!«

Romillys Blick hing an dem toten Pferd. Schon krochen Insekten auf das verklumpte Blut um das zerschmetterte Bein zu. »Können wir es nicht begraben?«

Jandria schüttelte den Kopf. »Keine Zeit, keine Werkzeuge. Lass es zur Nahrung für die wilden Tiere liegen.« Romilly sah schockiert auf, und Jandria setzte freundlich hinzu: »Liebes Kind, ich weiß, was dein Pferd dir bedeutet hat.«

Nein, das weißt du nicht, dachte Romilly grimmig, *das würdest du nie begreifen!*

»Meinst du, ihm kommt es auch nur ein bisschen darauf an, ob seinen Körper die wilden Tiere fressen oder ob es eine Bestattung wie ein Hastur-Lord erhält? Es ist ja nicht mehr *in* seinem Körper.«

Romilly nahm sich zusammen. »Das weiß ich. Es klingt vernünftig, wie du das sagst, aber –«, sie brach ab und würgte das Schluchzen hinunter. Jandria legte ihr liebevoll die Hand auf den Arm.

»In diesem Wald leben Tiere, die von totem Fleisch als Nahrung abhängen. Sollen sie hungern, Romy? Das ist nur Sentimentalität. Du fühlst keinen Schmerz, wenn dein Falke seine Beute tötet.«

Romilly mit ihren aufgewühlten Empfindungen fasste es so auf, als werfe Jandria ihr ihre Unaufmerksamkeit vor. Sie hatte mit ihrem Falken das Schlagen der Beute geteilt und so ihr Pferd in den Tod geführt! Deshalb riss sie sich von Jandria los und stellte bitter fest: »Mir bleibt ja keine andere Wahl, oder? *A ves ordres, mestra.«* Sie zerrte an der Last des anderen Chervines. Schmerzend, anklagend stieg die Erinnerung an die Kundschaftervögel in ihr auf, für die sie nach Aas ausgespäht hatte. Jetzt fiel ihr Pferd den Kyorebni zur Beute, und vielleicht war das so, wie es sein sollte. Trotzdem ertrug sie es nicht, das zu sehen, denn ihre Nachlässigkeit hatte dem treuen Geschöpf das Leben gekostet.

Trost suchend blickte sie zum Himmel auf, doch Preciosa war nirgendwo zu sehen.

Vielleicht hat auch sie mich verlassen ...

Gegen Abend veränderte sich das Land. Die grünen Felder wichen sandigen Hochebenen, und die Wege waren aus hart gebackenem Lehm. Die Chervines, Geschöpfe des Waldes und der Berge, trotteten langsam dahin. Kleine Rinnsale von Schweiß zogen senkrechte Linien durch ihr dickes Fell. Romilly wischte sich die Stirn mit dem Ärmel, zog den warmen Mantel aus und band ihn als Bündel an ihren Sattel. Die Sonne musste hier stärker sein, und sie flammte in wolkenloser Heftigkeit von einem klaren, blassen Himmel. Es wurde dämmerig, als Jandria nach vorn zeigte.

»Da liegt Serrais. Heute Nacht werden wir im Haus der Schwesternschaft schlafen und vielleicht zehn Tage dort bleiben. Ich freue mich darauf, wieder einmal in einem richtigen Bett zu liegen – du nicht?«

Romilly stimmte ihr zu, aber insgeheim war sie traurig,

dass die lange Reise ihr Ende fand. Sie hatte Jandria lieb gewonnen, und der Gedanke, mit einem Haus voller fremder Frauen leben zu müssen, schreckte sie. In einer regulären Niederlassung der Schwesternschaft würde sie wohl auch wieder an dem fürchterlichen Unterricht im Fechten und im waffenlosen Kampf teilnehmen müssen.

Nun, sie hatte sich der Schwesternschaft aus freien Stücken verpflichtet, jetzt musste sie an dem Platz im Leben, an den die Vorsehung sie geführt hatte, ihr Bestes tun. *Lastenträger, hilf mir, meine Bürde zu tragen, wie du das Gewicht der Welt trägst!* Und dann wunderte sie sich über sich selbst. Sie erinnerte sich nicht, früher viel über das Gebet nachgedacht zu haben, und jetzt suchte sie dauernd bei solchen kleinen Gebeten Zuflucht. Ob es das ist, was das Buch der Bürden *Dhe shaya*, eine Gnade Gottes, nennt, oder ist es nur eine Art von Schwäche, die aus der Einsamkeit geborene Vorstellung, dass ich niemand anders habe, an den ich mich wenden kann? Jandria war ihre Freundin, aber sie teilte ihre Ängste nicht. Das Leben in der Schwesternschaft gefiel ihr, und sie entsetzte sich nicht bei dem bloßen Gedanken an Kriege und Schlachten. Dinge wie das vom Knochenwasser-Staub verseuchte Dorf riefen bei ihr Zorn und Entrüstung hervor, und doch erschütterten sie sie nicht auf diese Weise. Janni schien ganz frei von solchen persönlichen Ängsten zu sein!

Im Dunkeln ritten sie in die Stadt ein. Es ging die merkwürdig breite Straße hinunter, vorbei an alten Häusern aus gebleichtem Stein, die im Mondlicht blass schimmerten. Romilly schlief fast im Sattel und verließ sich auf ihr sicher dahintrottendes Chervine. Sie wurde ein bisschen wach, als Jandria vor einem großen Torbogen Halt machte und an einem Glockenstrang zog. Das Läuten war drinnen weit entfernt zu hören. Nach einer Weile fragte eine müde Stimme: »Wer ist da?«

»Zwei Frauen der Schwesternschaft, von Hali kommend«,

rief Janni. »Jandria, Schwertfrau, und Romilly, Schwertfrau-Lehrling, eidgebunden. Wir suchen Obdach hier.«

Die Tür öffnete sich quietschend. Eine Frau lugte auf die Straße hinaus.

»Kommt herein, Schwestern«, sagte sie. »Bringt die Tiere in den Stall dort. Wenn ihr möchtet, könnt ihr ihnen Futter vorwerfen. Wir sind alle beim Abendessen.« Sie wies auf einen Stall innerhalb der Ummauerung. Sie stiegen ab und führten die müden Tiere hinein. Romilly blinzelte in das schwache Laternenlicht. Der Raum war nicht groß, aber die beiden Pferche an der Rückwand waren gedrängt voll von Pferden, und darunter solche von edelster Rasse. Was war das für ein Haus, und warum zwängte man so viele Pferde in einen so kleinen Stall? Romilly war voll von Fragen, aber zu schüchtern, um auch nur eine davon zu stellen. Sie brachte ihr Chervine in eine der kleineren Boxen und Jandrias Pferd in eine andere, schulterte ihren Packen und folgte der fremden Frau ins Haus.

Es roch gut nach frisch gebackenem Brot und nach einem fremdartig gewürzten gekochten Gericht. In einem langen Saal gleich hinter der Eingangshalle, wo sie ihre Bündel abgelegt hatten, saßen an zwei langen Tischen dicht bei dicht wohl vier oder fünf dutzend Frauen. Das Klappern von Geschirr und die lauten Gespräche von einem Tisch zum anderen und von einem Ende des Raums zum anderen erzeugten einen solchen Lärm, dass Romilly unwillkürlich zusammenzuckte. Nach der Stille in Wald und Wildnis machte das Getöse sie beinahe taub.

»Da unten sind noch zwei Plätze frei«, sagte die Frau, die sie eingelassen hatte. »Ich bin Tina. Nach dem Abendessen bringe ich euch zur Hausmutter, und sie kann irgendwo Betten für euch auftreiben. Wir sind ein bisschen überfüllt, wie ihr seht. Anscheinend hat man die Hälfte der Schwesternschaft bei uns einquartiert, wobei ich hinzufügen muss, dass man uns auch

Armee-Rationen geschickt hat, um sie zu ernähren. Andernfalls müssten wir alle von den Nüssen des letzten Jahres leben! Setzt euch und esst – ihr müsst hungrig sein nach diesem langen Ritt.«

Es sah gar nicht so aus, als sei an dem bezeichneten Tisch noch der geringste Platz. Aber Jandria entdeckte eine Stelle, wo die Frauen nicht ganz so eng saßen, und mit Hilfe von ein bisschen freundschaftlichem Drängeln quetschten sie sich mit auf die Bank. Eine Frau, die mit einem Krug und einem Schöpflöffel um die Tische die Runde machte, tat ihnen Suppe in ihre Näpfe und zeigte auf einen angeschnittenen Laib Brot. Romilly zog das Messer aus dem Gürtel und säbelte zwei dicke Scheiben ab. Die Frau, die neben ihr eingezwängt war – ein gutmütiges Mädchen mit Sommersprossen und dunklem Haar, das im Nacken zusammengebunden war – schob ihr einen Topf mit einem Fruchtaufstrich zu. »Butter ist im Augenblick knapp, aber das hier schmeckt recht gut auf dem Brot. Lass den Löffel im Topf.«

Der Aufstrich schmeckte wie gewürzte Äpfel, die zu einer Paste eingekocht sind. Die Suppe enthielt nicht identifizierbare Fleischstücke und unbekannte Gemüse. Romilly hatte Hunger und aß, ohne sich viel darum zu kümmern, was es war.

Als sie mit der Suppe fertig war, sagte ihre Nachbarin: »Mein Name ist Ysabet; die meisten Leute nennen mich Betta. Ich bin von unserem Haus in Thendara hergekommen. Und ihr?«

»Wir waren in Hali und davor in Caer Donn«, antwortete Romilly. Betta machte große Augen. »Wohin der König geflohen ist? Habt ihr seine Armee gesehen?«

Romilly nickte. Sie dachte an Orain und ein Banner auf einer fremden Straße.

»Carolin lagert nördlich von Serrais«, erzählte Betta, »und bevor Schnee fällt, will er auf Hali marschieren. Das Lager ist voll von Gerüchten, doch dies wird am nachdrücklichsten behauptet. Auf welchem Gebiet arbeitest du?«

Romilly schüttelte den Kopf. »Auf keinem besonderen. Ich trainiere Pferde und manchmal Falken, und ich habe für Kundschaftervögel gesorgt.«

»Uns wurde gesagt, es käme eine Expertin für das Trainieren von Pferden aus Hali!«, rief Betta. »Das musst du sein, wenn es nicht deine Freundin ist – wie heißt sie?«

»Das ist Jandria«, gab Romilly Auskunft. Betta staunte.

»Lady Jandria! Von ihr habe ich gehört, wenn es die ist, die eine Cousine Carolins sein soll. Ich weiß, wir sollen nicht an den Rang denken, aber ich sehe, dass sie rote Haare und ein Hastur-Gesicht hat ... Also, es hieß, aus Hali kämen eine Schwertfrau und eine erfahrene Pferdetrainerin. Die brauchen wir auch, hast du all die Pferde im Stall gesehen? Und noch viel mehr sind in der Koppel, und sie wurden von dem Alton-Land in den Kilghardbergen ausgehoben ... und nun müssen sie für Carolins Armee eingebrochen werden, damit die Schwesternschaft auf ihnen in die Schlacht reiten kann ... für Carolin, unseren wahren König ...« Sie musterte Romilly forschend. »Du bist doch für Carolin, oder?«

»Ich bin von vor Sonnenaufgang bis nach Dunkelwerden geritten, heute und die letzten sieben Tage«, erwiderte Romilly. »Inzwischen weiß ich kaum noch meinen eigenen Namen, ganz zu schweigen von dem eines Königs.« Es kam ihr sehr heiß in dem Saal vor, und sie hatte Mühe, die Augen offenzuhalten. Dann dachte sie daran, dass sie geflohen waren, um einer möglichen Verfolgung durch Lyondri Hastur zu entgehen, und sie setzte hinzu: »Ja, wir sind für Carolin.«

»Die halbe Schwesternschaft scheint bei uns einquartiert worden zu sein«, meinte Betta wie vorhin Tina, »und es wird viel geredet. Vor zwei Tagen mussten Frauen hier auf den Tischen und sogar unter den Tischen schlafen, und dabei haben wir, die wir im Haus leben, uns zu zweit ein Bett geteilt und die freien Betten den Neuankömmlingen gegeben.«

»Ich habe oft genug auf der Erde geschlafen«, sagte Romilly. »Der Fußboden genügt mir.« Wenigstens war sie dann unter einem Dach und aus dem Regen heraus.

»Oh, ich bin sicher, für Lady Jandria wird man irgendwo ein Bett auftreiben«, bemerkte Betty. »Bist du ihre Liebhaberin?« Romilly war zu müde und zu verwirrt, um ganz zu verstehen, was Betta meinte. »Nein, nein, gewiss nicht.« Die Frage war jedoch gar nicht so unberechtigt. Warum wählte ein Mädchen das Leben einer Schwertfrau, wenn es ebenso gut heiraten konnte? Seit Romilly der Schwesternschaft angehörte, hatte sie sich ein- oder zweimal gefragt, ob ihr Widerwille gegen eine Heirat bedeute, dass sie im Grunde eine Liebhaberin von Frauen sei. Sie fand die Vorstellung nicht schockierend, aber sie hatte auch keine besondere Anziehungskraft für sie. So sehr ihr Jandria in diesen Tagen ans Herz gewachsen war, wäre es ihr doch nie in den Sinn gekommen, sich zu ihr zu legen wie zu Orain. Jetzt war ihre Aufmerksamkeit mit Gewalt wieder auf dieses Thema gelenkt worden, und sie dachte von neuem darüber nach. *Ist das die Ursache, warum ich nie wirklich einen Mann gewollt habe, und war es sogar mit Orain eine Sache der Sympathie und Freundschaft, aber kein echtes Begehren?*

Ich bin so müde, dass ich über nichts mehr klar nachdenken kann, und erst recht nicht über etwas so Wichtiges! Eines Tages würde sie darüber nachdenken müssen, besonders dann, wenn sie ihr Leben in der Schwesternschaft zu verbringen gedachte.

Einzeln oder in kleinen Gruppen von dreien und vieren verließen die Frauen der Schwesternschaft den Tisch und suchten ihre verschiedenen Betten auf. Deckenrollen, die in einer Ecke des Saals aufgestapelt waren, wurden auf dem Fußboden ausgebreitet, wobei es ein bisschen harmlosen Streit um die Plätze in der Nähe des Holzfeuers gab. Tina holte Jandria und Romilly ab und führte sie in ein Zimmer mit drei Betten, von denen zwei bereits besetzt waren.

»Ihr könnt hier schlafen«, sagte sie. »Und die Hausmutter wünscht Euch zu sprechen, Lady Jandria.«

Janni wandte sich Romilly zu: »Geh ins Bett; ich komme später.« Romilly fürchtete, in einem Zimmer mit vier anderen Frauen, von denen die eine oder andere bestimmt schnarchte, nicht schlafen zu können. Aber sie war so müde, dass sie schon schlief, bevor ihr Kopf das Kissen berührte. Sie erinnerte sich später auch nicht, zu welcher Stunde Jandria hereingekommen war.

Am nächsten Morgen, als sie sich anzogen, erkundigte sie sich bei Jandria: »Anscheinend wussten sie, wer du bist, und erwarteten uns. Wie hast du es fertig gebracht, eine Botschaft zu schicken, die eher da war als wir selbst?«

Jandria sah auf, einen Strumpf in der Hand. »Bei Carolins Armee ist eine Leronis, die ich kenne; deshalb wagte ich es nicht, Lyondri in die Hände zu fallen. Ich weiß zu viel. Ich nahm Kontakt mit ihr auf und bat sie, das Haus der Schwesternschaft zu benachrichtigen, damit man uns einließ. Du glaubst doch nicht etwa, sie hätten sonst in einer Stadt voller Soldaten, die sich auf den Krieg vorbereiten, die Tore nach Dunkelwerden geöffnet?«

Romilly lernte jeden Tag etwas Neues über Jandria. Also hatte auch sie Laran? Ein Laran von der merkwürdigen Art, mit der man Botschaften über weite Entfernungen schicken konnte? Von neuem fühlte sie sich scheu und verwirrt. War Janni fähig, ihre Gedanken zu lesen, wusste sie von ihrer Aufsässigkeit, von ihren Ängsten? Sie scheute davor zurück, sich die möglichen Folgen auszumalen.

»Wenn ich hier Pferde einbrechen soll«, bemerkte sie, »sollte ich wohl besser gleich zu den Ställen gehen und anfangen.«

Jandria lachte. »Ich glaube, du hast noch Zeit genug, vorher zu frühstücken. Die Hausmutter riet mir, mich nach dem langen Ritt auszuschlafen, und jetzt ist es wohl spät genug, dass wir im Speisesaal etwas zu essen finden werden, ohne erst die Schläferinnen von den Tischen werfen zu müssen. Das war der einzige Grund, warum ich nicht gern dort auf dem Fußboden schlafen wollte. Ich wusste, die Frauen, die diese zehn Tage Dienst in Küche und Speiseraum haben, würden uns bei Tagesanbruch wecken, um an ihre Töpfe zu kommen.«

Tatsächlich war der Speisesaal leer, bis sie sich angezogen hatten. Nur ein paar alte Frauen sagen noch bei heißer Milch, in der Brot eingeweicht war. Jandria und Romilly bedienten sich selbst mit Brei aus dem Kochtopf und aßen. Dann kam Betta, die auf der Suche nach ihnen war.

»Ihr sollt zur Hausmutter kommen, Lady Jandria, und Mistress Romilly in den Stall.«

Jandria lachte gutmütig. »Nur Jandria oder Janni. Hast du die Regeln der Schwesternschaft vergessen?«

»Dann also Janni.« Trotzdem behielt Betta ihren ehrerbietigen Ton bei. »Übung im waffenlosen Kampf ist mittags im Grashof; Fechten zur vierten Stunde danach. Wir sehen uns dann dort.«

In den Ställen und Koppeln fand Romilly eine Anzahl Rappen aus den Kilghardbergen, die edelsten, die sie je gesehen hatte. Es würde ein Vergnügen und ein Vorrecht sein, sie an den Sattel zu gewöhnen.

»Die Armee braucht sie so schnell wie möglich«, erklärte Tina, die sie begleitet hatte. »Sie müssen es lernen, einen Sattel zu tragen, einen ruhigen Schritt beizubehalten und bei lauten Geräuschen nicht zu erschrecken. Ich kann dir so viele Helferinnen zur Verfügung stellen, wie du brauchst. Aber wir haben keine Fachkräfte, und Lady Jandria berichtete uns, du habest die MacAran-Gabe. Deshalb musst du die Leitung dieser Arbeit übernehmen.«

Romilly sah sich die Pferde an; es waren gut zwei dutzend. Sie fragte: »Ist eins davon schon einmal an einer Longe gegangen?«

»Etwa ein dutzend«, antwortete Tina. Romilly nickte.

»Gut, dann such mir zwölf Frauen zusammen, die die Gangarten mit ihnen durchnehmen, und bringe sie hinaus in die Koppel. Ich werde beginnen, die übrigen Pferde kennen zu lernen.«

Die Frauen kamen. Romilly sah, dass Betta unter ihnen war, und begrüßte sie mit einem Nicken und einem Lächeln. Sie trug den Helferinnen auf, die Pferde ein paar Minuten lang an der Longe im Kreis laufen zu lassen, und ging in den Stall, um das Pferd auszusuchen, mit dem sie selbst als erstes arbeiten wollte.

Jeder Helferin wollte sie das Pferd zuteilen, mit dem sie heute geübt hatte. Es ging leichter, wenn sich ein festes Band zwischen Trainerin und Pferd bildete.

»Denn dann wird das Tier euch vertrauen«, setzte sie ihnen auseinander, »und sich Mühe geben, euch zufriedenzustellen. Es darf jedoch keine einseitige Beziehung sein«, warnte sie. »Wie das Pferd euch liebt und euch vertraut, müsst ihr es lieben und vertrauenswürdig sein, damit das Pferd in euren Gedanken lesen kann, dass es geliebt wird. Ihm etwas vortäuschen könnt ihr nicht, denn es wird eine Lüge sofort durchschauen. Auch müsst ihr aufgeschlossen für die Gefühle des Pferdes sein. Noch etwas«, sie zeigte auf die kurzen Trainingspeitschen, die die Frauen in den Händen hielten. »Ihr dürft mit der Peitsche knallen, wenn ihr möchtet, um die Aufmerksamkeit des Pferdes zu erregen. Aber wer ein Pferd so schlägt, dass eine Spur zurückbleibt, ist kein Trainer. Sehe ich, dass eine von euch die Peitsche ernsthaft benutzt, kann sie gehen und sich stattdessen im Fechten üben!«

Sie schickte sie an die Arbeit, und sie hörte sie im Hinausgehen miteinander reden.

»Wir sollen unsere Peitschen nicht benutzen? Wozu haben wir sie dann?«

»Ich verstehe diese Frau nicht. Woher kommt sie, aus den fernen Bergen? Sie spricht so seltsam.«

Romilly fand, die anderen sprächen seltsam, langsam und bedächtig, als kauten sie eine Weile auf jedem Wort, bevor sie es über die Lippen brachten, während sie selbst doch ganz natürlich redete. Als sie schließlich von einem dutzend Frauen gehört hatte, man verstehe sie nicht, versuchte sie, eine langsamere, ihrer Meinung nach affektierte Sprechweise anzu nehmen.

Wenn sie auf Falkenhof wären, würde jeder ihre Sprache dumm, ausländisch, geziert finden. Vermutlich hängt das davon ab, wie man es gewöhnt ist.

Entschieden erleichtert wandte sie sich den Pferden zu. Bei ihnen konnte sie wenigstens sie selbst sein, und sie würden ihre Sprache und ihr Benehmen nicht kritisieren.

Die Pferde sprechen meine eigene Sprache, dachte sie voller Freude.

Es waren so viele und alle möglichen Rassen, von kräftigen, zottigen Bergponys wie das, das sie auf dem Weg hierher getötet hatte, bis zu schlanken Rappen der Rasse, die ihr eigener Vater züchtete. Sie trat in den Pferch zu ihnen (Betta entsetzte sich ebenso, als sei es ein Käfig voller Fleisch fressender Bergkatzen), ging zwischen ihnen umher und versuchte das Pferd zu finden, mit dem sie am besten anfing. Sie musste ausgezeichnete Arbeit leisten, denn sie wusste, es wurde gemurrt – sie sähe so jung aus, sagten einige. Deshalb würden sie scharf auf jeden Fehler achten.

Ich bin gar nicht mehr so jung, und ich habe seit meinem neunten Lebensjahr mit Pferden gearbeitet. Aber das wissen sie nicht.

Ein Pferd drängte sich gegen die hölzerne Abzäunung und begann zu treten. Romilly bemerkte die wild rollenden Augen, die über die Zähne zurückgezogenen Lippen.

»Komm raus, Romilly, geh weg von dem da, das ist ein Mörder. Wir wollen ihn der Armee zurückgeben, die ihn als Zuchthengst auf die Weide schicken kann. Den wird nie einer reiten. Er ist zu alt, um eingebrochen zu werden!«, rief Tina ängstlich. Romilly, völlig konzentriert auf den Hengst, schüttelte nur den Kopf.

Er ängstigt sich beinahe zu Tode, das ist alles. Doch er wird mich nicht verletzen.

»Bring mir einen Führungsstrick und einen Zaum, Tina. Nein, du brauchst nicht in den Pferch zu kommen, wenn du dich fürchtest. Reich es mir nur herüber«, sagte sie. Tina tat es mit blassem Gesicht. Romilly, den Strick in der Hand, hatte nur für den Rappen Augen.

Nun, du Schöner, du, was meinst du, könnten wir Freunde werden?

Das Pferd wich nervös zurück, aber es hatte aufgehört zu treten. *Welcher Idiot hat ihn eigentlich in diesen überfüllten Pferch gesteckt? Langsam, langsam, Schwarzer, ich tu dir nichts. Möchtest du nicht hinaus in den Sonnenschein?* Sie formte ein deutliches Bild von dem, was sie vorhatte. Das Pferd ließ es unter unbehaglichem Schnauben geschehen, dass sie ihm Zaum und Führungsstrick überstreifte. Sie hörte, wie Tina überwältigt aufkeuchte, aber sie war jetzt so eng mit dem Pferd verbunden, dass sie für die Frau keinen Gedanken übrig hatte.

»Öffne das Tor«, befahl sie und hielt den engen Kontakt mit den Gedanken des Hengstes aufrecht. »Das ist weit genug.

Komm jetzt, du schöner Schwarzer ... Siehst du, wenn man es richtig behandelt, ist kein Pferd bösartig. Sie haben nur Angst und wissen nicht, was von ihnen erwartet wird.«

»Du hast auch Laran«, bemerkte eine der Zuschauerinnen grollend. »Wir haben keines. Wie können wir tun, was du tust?«

»Ob du Laran hast oder nicht«, entgegnete Romilly, »wenn dein ganzer Körper und jeder Gedanke in dir verkrampft ist vor Angst, glaubst du dann, das Pferd merke es nicht, rieche es nicht? Benimm dich so, als vertrautest du dem Tier, sprich mit ihm, bilde in deinem Geist ein deutliches Bild von dem, was du vorhast. Wer weiß, sie mögen ihr eigenes Laran besitzen. Und mach ihm vor allem klar, dass du ihm nicht weh tun wirst. Das Pferd wird es jeder Bewegung, die du machst, jedem Atemzug entnehmen, ob du Furcht vor ihm empfindest oder ob du ihm Böses tun willst.«

Sie wandte ihre Aufmerksamkeit wieder dem Hengst zu.

»Nun komm, mein Hübscher, wir gehen in die Koppel, in den Sonnenschein ... komm, komm ... nein, nicht da entlang, Dummer, du wirst doch nicht zurück in den Stall wollen«, sagte sie halblaut und zog leicht an dem Strick. In der Koppel ließen ein halbes dutzend Frauen Pferde an der Longe im Kreis laufen, riefen ihnen zu und brachten es im Allgemeinen fertig, dass die Gangart eingehalten wurde. Romilly überprüfte kurz, was vor sich ging: Keine der Helferinnen machte ihre Sache wirklich schlecht. Allerdings hatte man für das Training bestimmt zuerst die gefügigeren Tiere ausgewählt. Dann suchte sie sich eine verhältnismäßig einsame Stelle. Eine oder mehrere der Stuten mochten rossig sein, und sie wollte nicht, dass der Hengst abgelenkt wurde. Die Longe in der Hand, trat sie zurück und schnalzte ihm zu.

Er war stark, ein großer, schwerer Hengst, und Romilly wurde beinahe von den Füßen gerissen, als er zu rennen begann. Er merkte, dass die Longe ihn festhielt, erkundete seine Möglichkeiten und begann im Kreis zu laufen. Romilly zog fest an, und er wurde langsamer bis zum Schritt. So ging es herum und herum. Nach einer Weile, als sie sicher war, dass er begriffen hatte, ließ sie ihn sich ein bisschen schneller bewegen.

Wie schön ist sein Gang; das ist ein Pferd für Carolin selbst. Oh, du herrliches Geschöpf, du!

Sie arbeitete fast eine Stunde mit ihm, gewöhnte ihn an den Zaum und rief nach einem Gebiss. Er wehrte sich überrascht ein bisschen dagegen. Romilly hatte Verständnis dafür, denn ihr würde es auch nicht gefallen, ein kaltes metallisches Ding in den Mund gezwängt zu bekommen.

Aber so ist es nun einmal, Schöner, du wirst dich daran gewöhnen, und dann kannst du deinen Herrn tragen.

Mittags brachte sie ihn zurück und schlug einer der Frauen vor, sie solle ihr sanfteres Pferd in den Pferch bringen und dem schwarzen Hengst ihre kleine Box überlassen.

Romilly hatte bereits das nebelhafte Bild vor Augen, wie König Carolin irgendwann auf diesem prachtvollen Pferd nach Hali einritt.

Von dieser Arbeit, die sie leicht fand – nun, nicht gerade leicht, aber vertraut und angenehm –, wurde sie zur Übung im waffenlosen Kampf geschickt. Eigentlich hatte sie nichts dagegen, zu lernen, wie man fällt, ohne sich weh zu tun. Schließlich war sie, als sie reiten lernte, öfter vom Pferd gefallen, als sie sich erinnern konnte, und die Technik war ähnlich. Aber die ganze Reihe von Haltegriffen, Stößen und Würfen kam ihr unendlich kompliziert vor. Anscheinend wusste hier jede Frau mehr davon als sie, einschließlich der Anfängerinnen, mit denen sie die Grundbewegungen üben sollte. Eine der älteren Frauen beobachtete sie eine Weile, winkte sie zu sich, bedeutete den anderen, weiterzumachen, und fragte: »Wie lange ist es her, dass du dich der Schwesternschaft verpflichtet hast, mein Mädchen?«

Romilly überlegte. Die Ereignisse hatten sich in den letzten paar Monden so überstürzt, dass sie wirklich keine Ahnung hatte. Hilflos zuckte sie die Schultern. »Ich bin mir nicht sicher. Ein paarmal zehn Tage ...«

»Und du siehst nicht viel Sinn in diesem Training, nicht wahr?«

Romilly gab sich Mühe, taktvoll zu antworten. »Ich bin überzeugt, es muss einen Sinn haben, wenn es in jedem Haus der Schwesternschaft stattfindet.«

»Wo bist du aufgewachsen? Wie lautet dein Name?«

»Romilly. Manchmal werde ich auch Romy gerufen. Und aufgewachsen bin ich im Vorgebirge der Hellers nahe Falkenhof.«

Die Frau nickte. »Das habe ich mir nach deiner Sprache gedacht. Du stammst nicht aus der Nähe einer großen Stadt, sondern aus einer abgelegenen Gegend, wo du nie einem Fremden begegnet bist?«

»Das ist richtig.«

»Also gut. Stell dir vor, du gehst in einer Stadt eine Straße entlang, und zwar in einem stark bevölkerten und schmutzigen Viertel.« Sie winkte, und das Mädchen Betta, das gestern beim Abendessen neben Romilly gesessen hatte, kam und gesellte sich zu ihnen.

»Du gehst eine schmutzige Straße entlang, wo es von Dieben wimmelt und die Männer alle Frauen für Huren halten«, erklärte die ältere Frau. Betta begann, an der Wand entlangzuspazieren. Plötzlich sprang die ältere Frau sie mit einem Würgegriff an.

Romilly blieb die Luft weg, als Betta den Oberkörper verrenkte, die Frau nach vorn riss, auf die Knie warf und ihr den rechten Arm auf den Rücken zwang.

»Au! Betta, du bist ein bisschen grob, aber ich glaube, Romy hat verstanden, um was es geht. Nun greif mich mit einem Messer an!«

Betta ergriff einen Holzstock, der ungefähr die Größe eines Klappmessers hatte, und sprang mit zum Stich gesenktem »Messer« auf die Frau los. So schnell, dass Romilly nicht sah, was passierte, war das »Messer« in der Hand der anderen Frau. Betta lag auf dem Rücken, und ihre Gegnerin tat, als trete sie sie.

»Vorsichtig, Clea!« Betta lachte und rollte sich weg. Plötzlich riss sie an Cleas Fuß und zog sie zu Boden.

Nun lachte Clea und rappelte sich wieder hoch. Sie wandte sich an Romilly. »Siehst du jetzt, was es dir nützen könnte? Besonders in einer Stadt wie dieser, wo wir an der Grenze zum Trockenland sind, gibt es bestimmt Männer, die Frauen für Besitz halten, der in Ketten gelegt und eingekerkert werden müsste. Aber sogar in einer zivilisierten Stadt wie Thendara kannst du jederzeit solchen begegnen, die weder für einen Mann noch für eine Frau Achtung oder Höflichkeit haben. Jede Frau, die in die Schwesternschaft aufgenommen wird, muss lernen, sich selbst zu schützen, und ...«, ihr lachendes Gesicht nahm den Ausdruck tödlichen Ernstes an, »... wenn du den Eid fürs ganze Leben ablegst, so wie ich, wirst du das hier tragen.« Sie legte die Hand auf den Dolch an ihrer Kehle. »Ich habe gelobt, eher zu töten, als mich mit Gewalt nehmen zu lassen, den Mann zu töten, wenn ich kann, mich selbst, wenn ich es nicht kann.«

Ein Schauer rann Romilly über den Rücken. Ob sie dazu fähig sein würde? Sie war bereit gewesen, Rory ernsthaft zu verletzen, wenn es sein musste. Aber ihn zu töten? Wäre sie dann nicht ebenso schlecht wie er?

Darüber will ich nachdenken, wenn ich mich der Schwesternschaft fürs ganze Leben verpflichte, falls dieser Tag jemals kommen sollte. Bis dahin weiß ich vielleicht, was ich tun kann und was nicht.

Clea bemerkte ihre Unruhe und klopfte ihr auf die Schulter. »Lass nur, du wirst es lernen. Nun geh zu den anderen und übe. Betta, nimm du sie dir vor und zeige ihr die ersten grundlegenden Bewegungen, damit sie nicht völlig in Verwirrung gerät. Es ist später noch Zeit, sie in eine Gruppe von Anfängerinnen zu stecken.«

Jetzt, wo jemand sich die Mühe gemacht hatte, Romilly zu erklären, was da geschah und warum, ging es besser. In den folgenden Tagen stellte sie fest, dass sie, indem sie winzige Bewegungen von Körper und Auge verfolgte, genau sah, was ihre Partnerin im Sinn hatte, und ihren Vorteil daraus ziehen konnte. Das Wissen allein genügte jedoch nicht. Sie musste auch alle Drehungen und Haltegriffe, Stöße und Würfe beherrschen und es lernen, genau so viel Kraft einzusetzen, dass sie niemanden wirklich verletzte.

Und doch bin ich in Männerkleidung durch die Hellers gereist. Lieber wäre es mir, auf eine Weise zu leben, dass kein Mann mich als Beute betrachtet.

Doch allmählich wurde sie stolz darauf, dass sie sich verteidigen konnte und niemals irgendwen um Gnade zu bitten brauchte. Später fand sie den Unterricht im Schwertkampf leichter. Dafür rief er ihr eine andere Angst ins Bewusstsein.

Es war gut und schön, mit den Holzstöcken zu üben, wo die schlimmste Folge eines Treffers ein blauer Fleck war. Aber würde sie es über sich bringen, gleichmütig ein richtiges Schwert in die Hand zu nehmen und auf irgendwen mit einer scharfen Waffe einzuschlagen? Bei dem Gedanken, menschliches Fleisch aufzuschlitzen, wurde ihr übel.

Ich bin keine Schwertfrau, ganz gleich, wie sie mich nennen. Ich bin eine Pferdetrainerin, eine Vogelpflegerin ... der Kampf ist nicht mein Beruf.

Die Tage vergingen mit Unterricht und schwerer Arbeit. Als Romilly vierzig Tage lang dort war, fiel ihr ein, dass Mittsommer vor der Tür stand. Bald war sie ein ganzes Jahr von zu Hause fort. Ihr Vater und ihre Stiefmutter hielten sie sicher für lange tot, und Darren wurde gezwungen, den Platz als Erbe von Falkenhof einzunehmen. Armer Darren, wie zuwider ihm das sein würde! Sie hoffte um ihres Vaters willen, dass der kleine Rael fähig war, sie zu ersetzen. Ob er die MacAran-Gabe besaß, ob er das war, was ihr Vater einen »echten MacAran« zu nennen pflegte? Wenn ja, bekam Darren vielleicht die Erlaubnis, ins Kloster zurückzukehren. Und vielleicht machte er es ebenso wie sie und ging ohne Erlaubnis.

Vor einem Jahr hatte ihr Vater sie mit Dom Garris verlobt. Welche Veränderungen hatten seitdem stattgefunden! Romilly war gewachsen und hatte alle Kleider, die sie bei ihrer Ankunft getragen hatte, in die Truhe mit den ausrangierten Sachen legen und sich andere heraussuchen müssen, die ihr besser passten. Ihre Schultern waren breiter geworden, und durch die ständigen Übungen mit dem Schwert und ihre Arbeit mit den Pferden traten die Muskeln an Oberarmen und Beinen hart hervor. Wie Mallina sie verhöhnen, wie ihre Stiefmutter jammern würde! *Du siehst überhaupt nicht wie eine Dame aus, Romilly.* Stumm antwortete Romilly auf die imaginäre Stimme: Ich bin keine Dame, sondern eine Schwertfrau.

Jeden Tag verschwanden alle ihre Sorgen, wenn sie mit den Pferden arbeitete, vor allem in der Stunde, die sie dem schwarzen Hengst widmete. Keine Hand als ihre durfte ihn berühren. Sie wusste, aus ihm wurde ein Reittier, das des Königs selbst würdig war. Tag folgte auf Tag, Mond folgte auf Mond und Jahreszeit folgte auf Jahreszeit. Der Winter rückte heran, und es gab Tage, wo sie nicht einmal mit ihrem Hengst nach draußen konnte, ganz zu schweigen von den anderen Pferden. Immer aber beaufsichtigte sie ihre Pflege. Zeit und Gewöhnung hatten die fremden Gesichter im Haus der Schwesternschaft in Freundinnen verwandelt. Mittwinter kam mit Gewürzbrot und dem Austausch von Geschenken. Ein paar Frauen hatten Familien und reisten zu Besuch nach Hause. Wenn Romilly gefragt wurde, ob sie Urlaub haben wolle, antwortete sie fest, sie habe keine Verwandten. Es war einfacher so. Aber sie grübelte: Wie würde ihr Vater sie empfangen, wenn sie auf einen Besuch nach Hause käme, ohne etwas zu verlangen, eine berufsmäßige Schwertfrau mit dem Abzeichen der Schwesternschaft in ihrem durchbohrten Ohr? Würde er sie hinausjagen, würde er sagen, sie sei nicht seine Tochter, keine Tochter von ihm könne eine dieser geschlechtslosen Frauen der Schwesternschaft sein? Oder würde er sie lächelnd willkommen heißen und sogar Stolz auf ihre Unabhängigkeit und die Kraft empfinden, die sie bewiesen hatte, als sie sich ein eigenes Leben fern von Falkenhof aufbaute?

Sie wusste es nicht. Sie war nicht einmal im Stande, es zu erraten. Vielleicht wagte sie es eines Tages, Jahre später, das herauszufinden. Mitten im Winter war es sowieso unmöglich, in die Hellers zu reisen. Die meisten Frauen, die zu einem Familienbesuch aufgebrochen waren, hatten keinen weiteren Weg als nach Thendara oder Hali, das vielleicht sieben Tagesritte entfernt lag.

In diesem Wüstenland gab es wenige Anzeichen des Frühlings. Den einen Tag war es kalt, eisige Winde wehten, Regen peitschte die Ebene, und am nächsten Tag, so hatte es den Anschein, schien die Sonne warm. In den fernen Hellers waren die Wege jetzt überflutet vom Frühlingstauwetter. Wenn Romilly mit den Pferden ins Freie konnte, zog sie den Mantel aus und arbeitete in einer schäbigen, geflickten Jacke und ebensolcher Hose.

Der Frühling brachte Gerüchte von marschierenden Armeen mit sich, von einer weit entfernten Schlacht zwischen

Carolins Truppen und denen Lyondri Hasturs. Später hörten sie, Carolin habe Frieden mit dem Großen Haus von Serrais geschlossen, und seine Soldaten sammelten sich wieder auf den Ebenen. Romilly achtete wenig darauf. Sie hatte den ganzen Tag mit der neuen Gruppe von Pferden zu tun, die man ihnen zu Frühlingsanfang gebracht hatte. Sie hatten einen Unterstand für sie gebaut und eine neue Koppel außerhalb des Grundstücks der Schwesternschaft gepachtet. Dorthin ging Romilly jeden Nachmittag mit ihren Helferinnen. Ihre Welt war zusammengeschrumpft auf Stall und Koppel und die Ebene vor der Stadt, wo sie zwei- oder dreimal alle zehn Tage die Pferde trainierten. Als sie eines Tages die Pferde durch das Stadttor führten, sah Romilly eine große Zahl von Zelten, Männern und Pferden.

»Was ist das?«, fragte sie, und eine der Frauen, die jeden Morgen ausging, um frische Milch und Obst einzukaufen, berichtete: »Das ist die Vorhut von Carolins Armee. Sie schlagen ihr Lager auf, und von hier aus ziehen sie wieder hinunter auf die Ebenen von Valeron, um gegen König Rakhal zu kämpfen.« Sie verzog angewidert das Gesicht und spuckte aus.

»Dann bist du eine Parteigängerin Carolins?«, fragte Romilly. »Eine Parteigängerin Carolins? Das bin ich!«, erklärte die Frau leidenschaftlich. »Rakhal hat meinem Vater seinen kleinen Hof in den Venzabergen genommen und das Land einem Friedensmann dieses gierigen Teufels Lyondri Hastur gegeben! Mutter starb, kurz nachdem wir unseren Besitz verlassen hatten, und Vater ist in Carolins Armee. Morgen reite ich hinaus, wenn Clea mir Urlaub gibt. Ich will versuchen, meinen Vater zu finden. Vielleicht hat er Nachricht von meinen Brüdern, die geflohen sind, als wir von unserem Land verjagt wurden. Ich bin hier bei der Schwesternschaft, weil meine Brüder mir kein Zuhause mehr bieten konnten. Sie hätten mir einen Mann zum Heiraten gesucht, doch der, auf den ihre

Wahl fiel, war einer, den Lyondri und sein Herr Rakhal in Frieden gelassen hatten. Ich wollte aber keinen Mann heiraten, der zufrieden in seinem Haus saß, während mein Vater vertrieben worden war!«

»Das kann man dir nicht verdenken, Marelie«, sagte Romilly. Sie dachte an ihre Reise durch die Hellers mit Orain und Carlo und den anderen Flüchtlingen, Alaric, der von Lyondri Hastur noch mehr zu erleiden gehabt hatte als Marelies Familie. »Auch ich bin für Carolin, obwohl ich gar nichts über ihn weiß, außer dass Männer, deren Urteil ich traue, ihn einen guten Mann und einen guten König nennen.«

Ob Orain und Dom Carlo im Lager waren? Sie könnte mit Marelie gehen, wenn diese nach ihrem Vater fragte. Orain war ihr Freund gewesen, obwohl sie eine Frau war, und sie hoffte, er war heil durch die Kämpfe des Winters gekommen.

»Seht!« Clea zeigte mit der Hand. »Da ist das Hastur-Banner in Blau mit der silbernen Tanne. König Carolin ist im Lager – der König selbst!«

Und wo Orain ist, ist Carolin nicht weit, erinnerte Romilly sich. Jener Abend in der Kneipe, als sie die Gäste hatte ablenken müssen, war die schattenhafte Gestalt, mit der er gesprochen hatte, Carolin gewesen?

Würde er sich über einen Besuch von ihr freuen? Oder würde es ihm nur peinlich sein? Romilly fasste den Entschluss, Jandria zu fragen, was sie darüber dachte, sobald sie wieder ins Haus der Schwesternschaft kam. Das ganze Jahr über war Jandria als Kurier zwischen Serrais und den Städten im Süden, Dalereuth und Temora, unterwegs gewesen.

Sie hätte wissen können, dass es wahrscheinlich kein Zufall ist, wenn eine Telepathin plötzlich an jemanden denken muss, den sie einige Zeit nicht gesehen hat. Am nächsten Tag hatte sie die Arbeit mit dem Rappen beendet und führte ihn in den Stall zurück. Nach einem Jahr war er vorzüglich ausgebildet und fügsam wie ein Kind, und Romilly hatte mit der Hausmutter darüber gesprochen, dass man ihn vielleicht dem König zum Geschenk machen sollte. Da sah sie Jandria in der Stalltür stehen.

»Romy! Ich war überzeugt, dich hier zu finden. Ich staune über den Rappen. Wie hat er sich gemacht seit dem Tag, als du ihm den Zaum anlegtest und wir alle glaubten, er werde dich umbringen!«

Jandria war gekleidet, als sei sie gerade von einem langen Ritt zurückgekehrt: Sie trug Staubstiefel, und eine Staubmaske, wie die Trockenländer sie auf Reisen benutzten, baumelte von ihrem Hals nieder. Romilly lief auf sie zu und umarmte sie.

»Janni! Ich wusste nicht, dass du zurück bist.«

»Ich bin auch noch nicht lange da, kleine Schwester.« Jandria erwiderte die Umarmung begeistert. Romilly strich ihr fliegendes Haar mit schmutzigen Händen glatt und sagte: »Lass mich ihn absatteln, und dann haben wir bis zum Abendessen noch etwas Zeit, uns zu unterhalten. Ist er nicht wundervoll? Ich habe ihn Sonnenstern genannt – so denkt er von sich, hat er mir erzählt.«

Jandria meinte: »Er ist wirklich schön. Aber du solltest den Pferden nicht so gesuchte Namen geben und sie auch nicht so fürsorglich behandeln. Sie gehen an die Soldaten, und da sind einfache, leicht zu merkende Namen besser. Und vor allem musst du aufpassen, dass sie dir nicht zu sehr ans Herz wachsen, denn man wird sie dir bald wegnehmen. Sie sind für die Armee, obwohl einige von Frauen der Schwesternschaft geritten werden, wenn sie mit Carolins Männern ziehen, sobald das Lager abgebrochen wird. Du hast das Lager gesehen? Dann weißt du auch, dass der Zeitpunkt nahe ist, wo all diese Pferde der Armee übergeben werden müssen. Binde dich nicht so fest an sie.«

»Ich kann nicht anders, als sie gern haben«, erwiderte Romilly. »Auf diese Weise trainiere ich sie. Ich gewinne ihre Liebe und ihr Vertrauen, und sie reagieren nach meinem Willen.«

Jandria seufzte. »Wir brauchen dein Laran, und doch ist es mir unlieb, es so zu benutzen, Kind.« Sie strich Romilly über das weiche Haar. »Als Orain dich zu uns brachte, erwähnte er, du könntest mit Kundschaftervögeln umgehen. Ich soll dich in Carolins Lager bringen, damit du einem neuen Pfleger zeigst, wie er sie behandeln muss. Geh und zieh dich zum Reiten um, mein Liebes.«

»Zum Reiten? Was habe ich deiner Meinung nach den ganzen Vormittag getan?«, lachte Romilly.

»Aber nicht draußen«, stellte Jandria mit Nachdruck fest. Plötzlich sah sich Romilly mit Jannis Augen: In dem zerzausten Haar hingen Stückchen von Strohhalmen, die lose Jacke war aufgeknöpft, weil es heiß war und sie schwitzte, und der Ansatz ihrer Brüste war zu sehen. Sie hatte eine geflickte und zu enge Hose aus der Truhe mit den alten Sachen an, die die Schwesternschaft für Arbeiten auf dem eigenen Grundstück aufhob. Romilly errötete und kicherte.

»Dann ziehe ich mich um. Ich brauche nur eine Minute.« Sie wusch sich schnell an der Pumpe, rannte in das Zimmer, das sie jetzt mit Clea und Betta teilte, und kämmte ihr wirres Haar. Sie schlüpfte in ihre eigene Hose und eine saubere Unterjacke, zog die rote Jacke der Schwesternschaft über den Kopf und gürtete sie mit ihrem Dolch. Nun sah sie nicht wie eine Frau in Männerkleidung und auch nicht wie ein Straßenjunge aus, sondern wie ein Mitglied der Schwesternschaft, eine berufsmäßige Schwertfrau, eine Soldatin für Carolins Armee. Sie konnte nicht ganz glauben, dass sie das in dieser formellen Kleidung war. Doch sie war es.

Jandria lächelte beifällig, als Romilly zurückkehrte. Auch

Janni trug die rote Jacke einer Schwertfrau, ein Schwert am Gürtel und einen Dolch an der Kehle. Das kleine Abzeichen schimmerte in ihrem linken Ohr. Seite an Seite verließen die beiden Schwertfrauen die Tore ihres Hauses und ritten auf die Stadtmauer von Serrais zu.

4

Jetzt konnte Romilly sich das Lager von Carolins Männern genauer ansehen. Das silbern und blaue Tannenbanner der Hasturs flatterte über dem in der Mitte gelegenen Zelt, das entweder die Unterkunft des Königs selbst oder das Hauptquartier seines Stabes sein musste. Sie ritten vorbei an ordentlichen Stallreihen, an einem Kochhaus, wo Armeeköche ein lecker duftendes Gericht zubereiteten, und an einem mit Seilen abgetrennten Feld. Dort gab eine Schwertfrau, die Romilly nur flüchtig kannte, einer Gruppe von unrasierten Rekruten Unterricht im waffenlosen Kampf. Einige der jungen Männer sahen ärgerlich und verdrießlich aus. Romilly konnte sich denken, dass es ihnen nicht gefiel, von einer Frau ausgebildet zu werden. Andere, die sich Beulen und blaue Flecken rieben, die von Würfen und Stürzen herrührten, passten mit großem Ernst auf.

Vor dem Zentrum des Lagers hielt ein Posten Wache. Er rief sie an. Jandria salutierte vorschriftsmäßig.

»Schwertfrau Jandria und Lehrling Romilly«, sagte sie. »Ich suche den Lord Orain, der nach mir geschickt hat.«

Romilly versuchte, sich ganz klein zu machen, denn sie fürchtete, der Wachposten werde höhnisch oder unhöflich antworten. Aber er erwiderte nur den militärischen Gruß und rief seinen Boten, einen Jungen etwa in Romillys Alter, der Lord Orain Bescheid geben sollte.

Romilly hätte die hoch gewachsene, hagere Gestalt, das scharfgeschnittene Kinn überall wieder erkannt. Allerdings war er heute in die eleganten Hastur-Farben gekleidet und trug ein juwelenbesetztes Wehrgehänge und ein prachtvolles Schwert. Wenn sie ihn so das erste Mal gesehen hätte, dachte

Romilly, hätte sie vor Ehrfurcht nicht sprechen können. Er verbeugte sich zeremoniell vor den Frauen. Seine Stimme hatte den Akzent eines Edelmannes ohne eine Spur von dem rauen ländlichen Dialekt.

»*Mestra'in,* es ist freundlich von Euch, auf meine Bitte hin so schnell zu kommen«, sagte er, und Jandria erwiderte ebenso steif, es sei ihr eine Freude, ihre Pflicht dem König gegenüber zu erfüllen.

Etwas weniger förmlich fuhr Orain fort: »Mir fiel ein, dass Romilly sich nicht nur mit Falken, sondern auch mit Kundschaftervögeln auskennt. Wir haben aus Tramontana einen *laranzu* mitgenommen, der jedoch keine Erfahrung mit Kundschaftervögeln hat, und diese kennt Ihr, *damisela.* Seid Ihr bereit, unseren *laranzu* in der Kunst zu unterrichten?«

»Das will ich gern tun, Lord Orain.« Dann platzte sie heraus: »Aber nur, wenn Ihr aufhört, mich in diesem Ton *damisela zu* nennen!«

Eine ungleichmäßige Röte breitete sich über Orains langes Gesicht aus. Er vermied ihren Blick. »Es tut mir Leid, Romilly. Hier entlang, bitte.«

Romilly folgte Jandria und Orain, die Arm in Arm gingen. Jandria erkundigte sich: »Wie geht es ihm?«

Orain zuckte die Schultern. »Wegen der Neuigkeiten, die du vorausgeschickt hast, schon besser, meine Liebe. Hast du Lyondri von Angesicht zu Angesicht gesehen?«

Romilly bemerkte Jandrias verneinende Kopfbewegung. »Als der Augenblick kam, war ich zu feige; ich habe Romilly an meiner Stelle geschickt. Wenn ich ihm damals gegenübergetreten wäre –« Sie brach ab. »Ich weiß nicht, ob du letztes Jahr jene Dörfer entlang der alten Nordstraße gesehen hast. Immer noch verseucht, sie alle ...« Sie erschauerte; Romilly konnte es noch von fern erkennen. »Ich bin froh, dass ich eine ehrliche Schwertfrau und keine Leronis bin! Wenn ich hätte mitwirken müssen, das gute Land zu vergiften, wüsste ich nicht, wie ich jemals wieder meine Augen zum reinen Himmel hätte aufschlagen sollen!«

War das, überlegte Romilly, der Grund, warum der MacAran in Fehde mit den Türmen lag, warum Ruyven hatte weglaufen müssen, warum er damals der Leronis nicht erlaubt hatte, Romilly und Mallina auf Laran zu testen? Ein Laran-Krieg, so wenig sie noch davon gesehen hatte, war grauenhaft.

Orain gab ernst zurück: »Carolin sagt, er wird diese Waffen nicht einsetzen, solange er nicht damit angegriffen wird. Aber wenn Rakhal *laranzu'in* gegen unsere Armee führt, dann bleibt Carolin nichts anderes übrig. Das weißt du ebenso gut wie ich, Janni.« Er seufzte. »Du musst ihm berichten, was du in Hali erfahren hast, obwohl die Nachricht ihm Kummer bereiten wird. Romilly kann inzwischen ...«, er drehte sich um und betrachtete sie lange. »Die Quartiere der Vogelpfleger sind dort drüben. Der Meister und sein Lehrling bewohnen das Zelt da, und zweifellos wirst du sie beide dahinter finden. Komm mit mir, Janni.«

Jandria und Orain gingen Arm in Arm auf das zentrale Zelt zu, wo das Banner flatterte, und Romilly schlug die ihr gewiesene Richtung ein. Ihr war ängstlich zu Mute. Wie sollte sie mit einem fremden Laranzu reden? Dann straffte sich ihr Rücken, und sie richtete sich stolz auf. Sie war eine MacAran, eine Schwertfrau und eine Falkenmeisterin; sie brauchte sich vor niemandem zu fürchten. Man hatte sie um ihre Hilfe gebeten, nicht umgekehrt. Hinter dem Zelt sah sie einen etwa dreizehnjährigen Jungen in derber Kleidung mit einem großen Korb, und wenn sie ihn nicht gesehen hätte, hätte sie ihn gerochen, denn er stank nach Aas. Auf schweren Recks sah sie drei vertraute, schön-hässliche Gestalten sitzen, und sie eilte lachend zu ihnen.

»Diligentia! Prudentia, Liebling!« Sie streckte die Hände aus, und die Vögel nickten mit den Köpfen. Sie erkannten sie wieder, der alte Rapport stellte sich her. »Und wo ist Temperentia? Ah, da bist du ja, du Schöne!«

»Geht nicht zu nahe an sie heran«, erklang eine Stimme hinter ihr, die ihr irgendwie bekannt vorkam. »Diese Kreaturen können Euch die Augen aushacken. Der Lehrling hier hat gestern einen Fingernagel eingebüßt.«

Sie drehte sich um und sah einen schlanken, bärtigen Mann in einer dunklen Kutte, die denen der Mönche in Nevarsin nicht unähnlich war. Er sah finster auf sie nieder. Dann schien es ihr, das fremde, bärtige Gesicht löse sich auf, denn sie erkannte die Stimme und rief ungläubig:

»Ruyven! Oh, ich hätte es mir denken können, als man mir sagte, es sei ein Laranzu aus Tramontana da. Ruyven, erkennst du mich nicht?«

Sie lachte und weinte gleichzeitig, und Ruyven starrte sie mit offenem Mund an.

»Romy«, brachte er endlich heraus. »Schwester, du bist der letzte Mensch auf der Welt, den ich *hier* zu sehen erwartet hätte! Und in dieser Tracht ...« Er musterte sie von oben bis unten und errötete hinter dem ungewohnten Bart. »Was machst du? Wie bist du ...«

»Ich bin hergeschickt worden, mich um die Vögel zu kümmern, Dummer«, sagte sie. »Ich habe sie den ganzen Weg vom Vorgebirge der Hellers bis nach Nevarsin und von Nevarsin nach Caer Donn gebracht. Siehst du, sie kennen mich.« Sie zeigte auf die Vögel, und diese gaben leise, glucksende Laute der Freude und der Bestätigung von sich. »Aber was machst denn du hier?«

»Dasselbe wie du«, antwortete er. »Lord Orains Sohn und ich sind *bredin;* er schickte mir eine Nachricht, und ich schloss mich Carolins Armee an. Aber du –«, überrascht und angewidert musterte er die Kleidung der Schwesternschaft. »Weiß Vater, dass du hier bist? Wie hast du seine Zustimmung erlangt?«

»Genauso, wie du seine Zustimmung erlangt hast, dein Laran hinter den Mauern des Tramontana-Turms ausbilden zu lassen.« Sie verzog das Gesicht, und er seufzte.

»Armer Vater. Jetzt hat er uns beide verloren, und Darren – nun ja, geschehen ist geschehen. Also trägst du den Ohrring der Schwesternschaft, und ich trage die Robe des Turms, und beide folgen wir Carolin. Hast du den König gesehen?«

Romilly schüttelte den Kopf. »Nein, aber ich bin eine Weile mit seinen Gefolgsleuten geritten, mit Orain und Dom Carlo vom Blauen See.«

»Carlo kenne ich nicht. Und du betreust Kundschaftervögel? Ich erinnere mich, du hast immer eine geschickte Hand mit Pferden und Hunden und ebenso, wie ich vermute, mit Falken gehabt. Die MacAran-Gabe wird dich auch für diese Vögel geeignet machen. Dann ist dein Laran ausgebildet worden, Schwester?«

»Nein. Ich habe es durch die Arbeit mit den Tieren entwickelt.« Ruyven schüttelte bestürzt den Kopf.

»Unausgebildetes Laran ist gefährlich, Romy. Wenn das hier vorbei ist, werde ich dir einen Platz in einem Turm besorgen. Weißt du eigentlich, dass du mich noch gar nicht richtig begrüßt hast?« Er umarmte sie und küsste sie auf die Wange. »Also: Du kennst diese Vögel? Bisher habe ich noch niemand anderen als Lord Orain gesehen, der mit ihnen umgehen kann.«

»Was er über Kundschaftervögel weiß, hat er von mir gelernt«, erklärte Romilly, trat an die Recks und streckte die Hand aus. Mit der freien Hand löste sie den Knoten, und Prudentia wechselte mit einem schnellen kleinen Hopser auf ihr Handgelenk über. Sie hätte sich einen Falkner-Handschuh mitbringen sollen! Nun, irgendwo in Carolins Lager würde sich einer auftreiben lassen.

Und das ließ sie mit plötzlichem Schmerz an Preciosa denken. Sie hatte den Falken nicht mehr erblickt, seit sie in das Trockenland gekommen waren. Aber Preciosa hatte sie auch verlassen, bevor das Gletschergebiet begann, und sie war wiedergekommen, als Romilly in die grünen Hügel zurückkehrte. Vielleicht kam Preciosa eines Tages doch wieder zu ihr ...

... und wenn nicht, sie ist frei ... ein freies wildes Tier, das den Winden des Himmels und sich selbst gehört ...

»Kannst du mir einen Handschuh besorgen?«, fragte sie ihren Bruder. »Prudentia kann ich, wenn es sein muss, auf die bloße Hand nehmen, weil sie klein und sanft ist, aber die anderen sind schwerer und fassen weniger zart zu.«

»Zart? Diese Kreatur?«, lachte Ruyven. Sein Ausdruck änderte sich rasch, als er merkte, wie ernst sie es meinte. »Prudentia nennst du sie? Ja, ich will meinen Helfer nach einem Handschuh für dich ausschicken. Und dann musst du mir ihre Namen nennen und mir zeigen, wie du sie auseinander halten kannst.«

Der Vormittag ging schnell vorbei, aber sie sprachen nur über die Vögel. Ihre gemeinsame Vergangenheit und Falkenhof wurden nicht erwähnt. Zur Mittagszeit erklang eine Glocke. Ruyven sagte, jetzt gebe es Essen in der Kantine und sie solle mitkommen.

»Es sind noch andere von der Schwesternschaft im Lager«, berichtete er. »Sie schlafen in ihrem Haus in der Stadt, doch darüber wirst du bestimmt mehr wissen als ich. Du kannst an ihrem Tisch essen, wenn du willst – und ich vermute, das wäre auch am besten, denn sie mischen sich nicht unter die regulären Soldaten, falls es nicht unbedingt sein muss, und wie willst du der ganzen Armee erklären, dass du meine Schwester bist?«

Romilly stellte sich in der langen Reihe an und trug ihr Brot und ihren Eintopf an den separaten Tisch mit den sieben oder acht Frauen der Schwesternschaft, die bei der Armee beschäftigt waren – meistens als Kuriere, als Pferdetrainerinnen oder als Lehrerinnen im waffenlosen Kampf. Eine erteilte tatsächlich Unterricht im Schwertfechten. Die meisten kannte sie vom Stadthaus her, und keine zeigte die geringste Überraschung, sie hier zu erblicken. Jandria erschien nicht. Romilly nahm an, dass sie von Lord Orain und den höheren Offizieren eingeladen worden war, die offenbar ihre eigene Messe hatten.

»Was tust du?«, erkundigte sich eine der Frauen, und Romilly erwiderte kurz, sie sei hergeschickt worden, um mit Kundschaftervögeln zu arbeiten.

»Ich dachte, das sei Arbeit für *leronyn«*, bemerkte die Fragerin. »Aber du hast rotes Haar, bist du auch mit Laran begabt?«

»Ich habe Talent für die Arbeit mit Tieren«, erwiderte Romilly. »Ich weiß nicht, ob das Laran oder etwas anderes ist.« Sie wollte nicht mit der distanzierten Ehrerbietung behandelt werden, die man den Leroni entgegenbrachte. Nach dem Essen traf sie sich wieder mit Ruyven beim Zelt der Vogelpfleger, und am Ende des Tages ging er mit den Vögeln ebenso ungezwungen um wie sie selbst.

Es wurde dunkel. Sie setzten die Vögel auf ihre Blocks, um sie in ihren Zeltunterstand zu tragen. Da blickte Ruyven auf.

»König Carolins rechte Hand«, bemerkte er kurz. »Carolin selbst bekommen wir selten zu sehen; immer spricht Lord Orain für ihn. Du kennst ihn, wie ich gehört habe.«

»Ich bin monatelang mit ihm gereist, aber man hielt mich für einen Jungen«, sagte Romilly, ohne etwas zu erläutern. Orain trat zu ihnen, ignorierte Romilly und erkundigte sich bei Ruyven: »Wann können die Vögel eingesetzt werden?«

»In zehn Tagen vielleicht.«

»Und Derek ist noch nicht eingetroffen«, stellte Orain düster fest. »Meint Ihr, Ihr könntet die Leronis überreden?«

Ruyven erklärte: »Das Schlachtfeld ist kein Ort für Lady Maura. Dazu kommt, dass sie mit Lyondri verwandt ist. Sie ist bereit, die Vögel zu betreuen, aber ich musste ihr versprechen, dass von ihr nicht verlangt wird, gegen Lyondri zu kämpfen. Das mache ich ihr nicht zum Vorwurf; in diesem Krieg, der Bruder gegen Bruder, Vater gegen Sohn kämpfen lässt, ist kein Platz für eine Frau.«

Orain meinte mit seinem trockenen Lächeln: »Auch nicht für einen Mann. Aber die Welt wird gehen, wie sie will, nicht wie Ihr oder ich es haben wollen. Ich habe diesen Krieg nicht angefangen, auch Carolin hat es nicht getan. Trotzdem, ich achte Lady Mauras Gefühle. Deshalb brauchen wir jemand anders, der die Kundschaftervögel fliegen lässt. Romilly«, er sah auf sie nieder, und für einen Augenblick lag eine Spur der alten Wärme in seiner Stimme. »Willst du sie für Carolin fliegen lassen, mein Mädchen?«

Er kann also, wenn er etwas von mir will, halbwegs höflich sein, sogar zu einer Frau? Der Zorn ließ sie kühl antworten: »Darüber müsst Ihr mit meinen Vorgesetzten in der Schwesternschaft sprechen, *vai dom.* Ich bin erst Lehrling und kann nicht bestimmen, was ich tun will.«

»Oh, ich glaube, Jandria wird uns deswegen keinen Ärger machen«, lächelte Orain. »Die Schwesternschaft wird uns dich ausleihen, da habe ich gar keine Sorge.«

Romilly verbeugte sich stumm. Sie dachte: *Nicht, wenn ich etwas dabei zu sagen habe.*

Im Licht der untergehenden Sonne ritten sie in die Stadt zurück. Der Himmel war klar und wolkenlos. Romilly hatte nie aufgehört, die abendlichen Regen- oder Graupelschauer der Berge zu vermissen. Das Land hier kam ihr immer noch trocken, ausgedörrt, unwirtlich vor. Jandria machte Versuche, über die Armee und die Landschaft zu plaudern. Sie zeigte Romilly das Große Haus von Serrais auf einer kleinen Erhöhung, wo die Hastur-Sippe sich niedergelassen hatte wie in Thendara und Hali und Aldaran und Carcosa in den Bergen. Aber Romilly blieb einsilbig und war in ihre eigenen Gedanken versunken.

Ruyven ist nicht mehr der Bruder, den ich kannte. Wir können freundlich miteinander sein, aber unsere alte Verbundenheit ist für immer verschwunden. Ich hatte gehofft, er werde mich verstehen, die Konflikte verstehen, die mich von Falkenhof wegtrieben – sie gleichen seinen eigenen Beweggründen. Früher konnte er mich einfach als Romilly sehen, nicht als seine kleine Schwester. Heute … heute sieht er nichts anderes mehr, als dass ich eine Schwertfrau, eine Falkenmeisterin geworden bin. Sonst nichts.

Als ich Falkenhof verloren hatte, Vater, Mutter, Heimat – da dachte ich, wenn ich Ruyven wiederfände, würde es zwischen uns so sein wie damals, als wir Kinder waren. Nun ist auch Ruyven für immer von mir gegangen.

Ich habe nichts mehr, nichts als einen Falken und meine Geschicklichkeit mit dem Schwert und mit den Tieren.

Im Haus der Schwesternschaft war das Abendessen längst vorbei. Eine der Frauen besorgte ihnen etwas zu essen aus der Küche. Schweigend suchten sie ihre Betten auf. Auch Jandria gab sich Gedanken hin, die, wie Romilly sich sagte, ebenso bitter wie ihre eigenen sein mussten.

Verdammt sei dieser Krieg! Ja, das ist es, was Ruyven gesagt hat, und Orain auch. Vielleicht hat Vater doch Recht gehabt. Was kommt es darauf an, welcher große Schurke auf dem Thron sitzt oder welcher größere Schurke ihn hinunterzustoßen versucht?

Jeden Tag arbeitete Romilly zuerst mit den anderen Pferden, die, weil nicht so intelligent, einfacher zu behandeln waren; sie hatten weniger Initiative. Sonnenstern hob sie sich als Belohnung für das Ende eines langen Vormittags auf, an dem sie ihre Helferinnen beaufsichtigt und persönlich die Gangarten der Tiere und die Zeit, die sie bis zur Gewöhnung an Sattel und Zaumzeug brauchten, kontrolliert hatte. Sie wusste, dass sie nur eine von mehreren Pferdetrainern der Armee in Serrais war, die Carolin die Reittiere für seine Kavallerie liefern sollten. Manchmal sah sie den einen oder anderen auf der Ebene vor der Stadt Serrais bei der Arbeit. Aber sie wäre ein Dummkopf gewesen, wenn sie nicht erkannt hätte, dass ihre Pferde am schnellsten und am besten ausgebildet wurden.

Jetzt ging sie gegen Ende eines langen Vormittags in ihrem kleinen Herrschaftsbereich umher. Für jedes ihrer Pferde hatte sie einen Klaps und eine Berührung der Nase und einen seligen Augenblick emotionalen Rapports. Sie liebte jedes Einzelne, und bittersüß war das Wissen, dass sie sich bald von ihnen trennen musste. Aber jedes Pferd würde einen Teil von ihr mit sich nehmen, wohin Carolins Armee auch reiten mochte. Berührung auf Berührung, die Umarmung eines glatten Halses und das Streicheln einer samtigen Nase, und jeder Augenblick des Rapports dehnte ihren Wahrnehmungsbereich weiter und weiter aus, bis ihr schwindelte von dem Gefühl, im Sonnenschein dahinzurasen, auf vier Beinen, nicht auf zweien, mühelos den Reiter zu tragen, der sein eigenes Entzücken empfand. Am Rande ihres Bewusstseins tauchte der Gedanke auf, dass diese Tiere, die ihren Reiter trugen, etwas von der höheren Wahrheit des Lastenträgers wussten, der, wie es in den Schriften des heiligen Valentin heißt, allein das Gewicht der Welt trägt. Romilly *war* der Reihe nach jedes Pferd, tauchte ein in seine Widerstände, seine Disziplin und seinen Gehorsam, in das Gefühl vollkommener Einheit von Wunsch und Pflicht.

Verschwommen dachte sie: *Vielleicht wissen nur Pferde,*

was echter Glaube ist, da sie teilhaben an der Bürde des Lastenträgers. Und ich, die ich nur ein Mensch bin, wurde auserwählt, es zu erfahren und ebenfalls teilzuhaben ... Es war leichter, sich im Rapport und in der Vereinigung mit einem Pferd davontragen zu lassen als mit einem Falken und auch mit einem der klügeren Kundschaftervögel, weil die Pferde eine größere Intelligenz hatten. So sensibel die Vögel waren, so herrlich es war, die Ekstase des Fluges mit ihnen zu teilen, sie hatten doch nur ein begrenztes Bewusstsein, das sich vor allem auf ihr scharfes Sehvermögen konzentrierte. Die höher organisierten Pferde hatten ein Bewusstsein, das menschlicher Art und doch nicht ganz menschlich war.

Dann wurden die anderen Pferde weggeführt, und Romilly holte sich Sonnenstern. Er arbeitete jetzt so vertraut mit ihr zusammen, dass ein bloßes Wort genügte. Ein Teil von ihr floss hinaus in Liebe, sie war das Pferd, sie spürte, wie der Sattel auf ihren eigenen Rücken gelegt wurde, und als sie die Lederriemen anzog, war sie ein merkwürdiges Doppelwesen.

Sie wusste nicht, ob sie in den Sattel stieg oder die willkommene Last auf ihren Rücken nahm. Sie genoss die Empfindungen ihres eigenen Körpers, aber sie gingen unter in der Seligkeit, frei zu laufen, mit dem Wind zu rennen ... so ausgeglichen, so verschmolzen mit dem Pferd, dass sie lange Zeit nicht wusste, wer sie selbst, wer Sonnenstern war. Trotzdem meinte sie bei all diesem Ineinanderfließen, dass sie noch nie so voll und ganz sie selbst gewesen sei, noch nie ihre Umgebung so scharf erfasst habe. Die Wärme der Sonne, der Schweiß, der über ihre Flanken strömte, das einfühlsame Ausbalancieren des Gewichts, das sie von unten, nein, von *innen* spürte ... Die Zeit schien sich aufzusplittern in infinitesimale Bruchteile, von denen sie jedem seine wahre Bedeutung gab, ohne Gedanken an Vergangenheit oder Zukunft, ganz hingegeben an die absolute Gegenwart.

Und dann kehrte sie bedauernd zurück und trennte sich von Sonnenstern. Am Koppelzaun stieg sie ab, lehnte sich an ihn und warf ihm in ekstatischer Liebe, nichts als gebend, nichts als empfangend, die Arme um den glänzenden Hals. Es bedurfte keiner Worte. Sie gehörte ihm, er ihr; auch wenn sie diese Vollendung, dieses berauschende Entzücken nie wieder erlebten, wenn sie ihn nie wieder bestieg und nie wieder mit ihm über eine endlose Ebene der alles andere auslöschenden Freude galoppierte, blieben sie doch für immer in einem Teil ihres Seins miteinander verschmolzen. Dieser Augenblick war ewig und würde niemals enden.

Mit leisem Bedauern – nur mit leisem, denn in ihrem überhöhten Bewusstsein war ihr klar, dass alle Dinge ihren richtigen Augenblick haben und dieser nicht weiter verlängert werden konnte – ließ sie sich auf eine andere Existenzebene gleiten und war wieder Romilly, die der seidigen Vorhand des Pferdes einen letzten liebevollen Klaps gab und es in seine eigene Koppel führte, getrennt nun, doch niemals weit voneinander entfernt. Sie spürte ihre Füße kaum unter sich, als sie ins Haus zurückging. Cleas freundliche Stimme empfand sie als Störung.

»Wie schön er ist – ist das der Rappe, von dem man mir erzählt hat? Ist er zu wild, wird man ihn als Zuchthengst wegschicken müssen?« Sie verstummte. Etwas in Romillys Gesichtsausdruck ließ sie fragen: »Du ... du hast ihn geritten?«

»Er ist sanft wie ein Kind«, sagte Romilly geistesabwesend. »Er liebt mich, aber ein Kind könnte ihn jetzt reiten.« Ihr kam der absurde Wunsch, sie dürfe dieses herrliche Geschöpf Caryl schenken, der es bestimmt lieben würde, wie sie es tat, denn er hatte mehr als nur eine Spur von ihrer Art von Laran. Da sie das königliche Pferd nicht selbst behalten konnte, wäre es bei diesem sensiblen Jungen am besten aufgehoben. Der der Sohn Lyondri Hasturs war, rief sie sich ins Gedächtnis zurück und kam mit einem Ruck wieder auf die Erde, und ihr geschworener Feind. »Was wolltest du, Clea?«

»Ich bin gekommen, um mit dir über deinen Unterricht im waffenlosen Kampf zu sprechen«, antwortete Clea, »aber unterwegs traf ich Jandria, die mir sagte, du seist wieder in das Lager des Königs gerufen worden. Wie ich hörte, sollst du mit den Kundschaftervögeln arbeiten. Nimm alle deine Sachen mit. Jandria sagte, du würdest nicht mehr ins Haus zurückkommen.«

Nicht zurück? Dann musste sie Sonnenstern noch eher Lebewohl sagen, als sie gedacht hatte. Aber darauf kam es eigentlich nicht an. Sie würden immer einer Teil des anderen bleiben. Denn nun wurde sie die Falkenmeisterin von Carolins Armee – sie dachte nicht darüber nach, woher sie das wusste –, und wie Sonnenstern musste sie den ihr zugemessenen Teil vom Gewicht der Welt tragen. Sie antwortete: »Danke, Clea. Und danke für alles, für das, was du mich gelehrt hast.«

»Romy, wie deine Augen leuchten! Es war eine Freude, dich zu unterrichten. Es ist mir immer eine Freude, jemanden zu unterrichten, der so gut und schnell lernt.« Clea umarmte sie spontan. »Es tut mir Leid, dich zu verlieren. Ich hoffe, du kehrst eines Tages in unser Haus zurück, doch wenn nicht, werden wir uns anderswo wieder begegnen. Schwertfrauen sind ständig unterwegs, und irgendwo auf den Straßen der Hundert Königreiche werden sich unsere Wege schon wieder kreuzen.«

Romilly küsste sie voll echter Freundschaft.

Dann ging sie ins Haus und packte ihre wenigen Besitztümer zusammen.

In der Halle fand sie Jandria, fertig zum Reiten. Auch sie trug einen zusammengerollten Packen mit ihrer Habe.

»Ich habe Sonnenstern hinausbringen lassen«, sagte Jandria. »Die anderen Pferde werden später am Tag ins Lager gebracht. Du hast so viel Zeit und so viel Liebe auf diesen Hengst verwendet, dass ich fand, dir steht das Privileg zu, ihn König Carolin selbst zu übergeben.«

Es ist also schneller gekommen, als ich dachte. Aber nach diesem Morgen werden Sonnenstern und ich immer eins sein. Er war gar nicht erfreut über den Leitzügel. Romilly hätte ihn gern geritten, nur schickte sich das nicht, wenn das Pferd dem König übergeben werden sollte. Sie beschwichtigte ihn mit sanften Worten und mehr noch mit der Wiederaufnahme des Kontakts. Geleitet von überströmender Zärtlichkeit und gutem Zureden, kam er gehorsam mit.

Du wirst das Reittier eines Königs sein, wusstest du das, mein Schöner?

Es bedurfte keiner Worte zwischen ihnen. Sonnenstern wusste nichts von Königen, und so bedeutete ihm Romillys Zusicherung nichts. Wahrscheinlich würde er lernen, Carolin zu lieben und ihm zu vertrauen. Doch nie wieder würde jemand ihn reiten, der so ganz eins mit ihm war wie sie. Mitleid mit Carolin überkam Romilly. Der schöne schwarze Hengst mochte sein Eigentum sein. Aber in Sonnensterns wie in ihrem Herzen würde er immer ihr gehören.

5

Im Lager der Armee machte sich heute eine andere Stimmung bemerkbar. Eine Gruppe von Männern riss das große zentrale Zelt ab, vor dem das Hastur-Banner geflattert hatte, und kreuz und quer zwischen den Zeltreihen herrschte Betrieb. Romilly ließ Sonnenstern bei Jandria und den anderen, die gekommen waren, um ihr mit dem Hengst zu helfen, und eilte zu der Unterkunft der Vogelpfleger. Ruyven hantierte dort mit den Blocks herum, die für die Kundschaftervögel auf Packtieren befestigt werden sollten. Die Chervines mochten den Aasgeruch nicht, der den Vögeln anhaftete. Sie stampften nervös, gaben kurze, schnaubende Laute von sich und schlugen mit den Hufen.

»Es sieht ganz so aus«, bemerkte Romilly, »als ob die Armee nach Süden marschieren würde und ich mit euch kommen sollte.«

Ruyven nickte. »Ich allein kann nicht für drei Vögel sorgen und sie fliegen lassen, und innerhalb von hundert Meilen gibt es sonst keinen Menschen, der für den Umgang mit Kundschaftervögeln qualifiziert ist – ausgenommen, Gott helfe uns, diejenigen, die sich unter Rakhals Pfadfindern oder bei seiner Vorhut befinden mögen. Aus Hali kam die Nachricht, dass Rakhal seine Truppen unter Lyondri Hastur zusammenzieht. Wenn er den Weg einschlägt, den wir vermuten, und das wird in gewissem Ausmaß davon abhängen, wie gut du und ich die Augen unserer Vögel benutzen –, werden wir nahe Neskaya in den Kilghardbergen auf ihn treffen. Lord Orain hat übrigens gefragt, ob wir die Vögel heute auflassen und versuchen könnten, etwas auszuspähen.«

»Und wenn Orain spricht, nimmt natürlich die ganze Armee

Hab-Acht-Stellung ein«, bemerkte Romilly trocken. Ruyven starrte sie an.

»Was ist los mit dir, Romy? Lord Orain ist ein guter und freundlicher Mann und Carolins erster Ratgeber und Freund! Magst du ihn nicht? Und aus welchem Grund?«

Das brachte Romilly zur Einsicht. Es war nichts als verwundete Eitelkeit. Solange er sie für einen Jungen hielt, hatte Orain sie bewundert und ihr vertraut. Als er entdeckte, dass sie eine Frau war, ging das alles in Scherben, und sie war nichts mehr als eine Null, irgendeine Frau, unter Umständen eine Gefahr für ihn. Nun, das war Orains Problem, nicht das ihre. Sie hatte nichts getan, womit sie verdient hätte, rücksichtslos seiner Zuneigung beraubt zu werden.

Und er verliert dadurch. Nicht ich.

Sie sagte ruhig: »Ich schätze Orains gute Eigenschaften mehr als du weißt; ich bin viele Monde lang mit ihm geritten und habe eng mit ihm zusammengearbeitet. Allerdings finde ich, er sollte nicht auf mich herabsehen, nur weil ich eine Frau bin. Ich habe bewiesen, dass ich meine Arbeit ebenso gut und geschickt wie jeder Mann tun kann.«

»Daran besteht kein Zweifel, Romy.« Ruyven sprach so beschwichtigend, dass Romilly sich fragte, wie viel von ihrem heimlichen Zorn sich in ihrem Gesicht gezeigt haben mochte. »Aber Orain liebt keine Frauen, und er hat nie Unterricht in einem Turm gehabt. Wir in Tramontana wissen, dass zwischen der Kraft eines Mannes und der einer Frau letzten Endes kein großer Unterschied besteht. Wir sind der erste Turm, der in einem unserer Kreise mit einer Frau als Bewahrerin experimentiert hat, und kein Mann könnte es besser machen, auch ein Hastur nicht. Auch du würdest durch eine solche Ausbildung gewinnen.«

»Das habe ich früher auch gedacht«, gab Romilly zu. »Heute weiß ich, was mein Laran, meine Gabe ist. Vater muss diese

Gabe ebenfalls besitzen, sonst könnte er Pferde nicht so trainieren, wie er es tut, und ich habe sie von ihm geerbt.«

»Ich würde mich nicht zu schnell gegen eine Ausbildung in einem Turm entscheiden«, gab Ruyven zu bedenken. »Als ich noch in Nevarsin war, glaubte ich, mein Laran zu beherrschen. Dann entdeckte ich, dass ich zwar an der vorderen Front des Kampfes mit mir selbst die Stellung gehalten, dafür aber Festungen in meinem Rücken unverteidigt gelassen hatte, und dadurch wäre ich beinahe besiegt worden.«

Romilly machte eine ungeduldige Handbewegung. Die kriegerische Symbolik kam ihr weit hergeholt und unnötig vor. »Wenn wir die Vögel auflassen sollen, ist es Zeit, anzufangen. Schließlich hat Lord Orain den Befehl gegeben, und Carolins ersten Ratgeber dürfen wir nicht warten lassen.«

Ruyven schien gegen ihren Sarkasmus protestieren zu wollen, schwieg jedoch seufzend. In seiner schwarzen Kutte sah er ganz wie ein Mönch aus, und sein schmales Gesicht hatte den weltabgewandten, unbeweglichen Ausdruck, den Romilly mit den Brüdern von Nevarsin verband. »Sie werden uns holen kommen, wenn sie uns brauchen. Willst du nachsehen, ob Temperentias Geschüh nicht zu fest sitzt? Ich fürchte, es reißt an einer alten Narbe auf ihrem Ständer. Orain sagte, bevor du zu ihnen kamst, hätte sie sich verletzt gehabt. Ich glaube, deine Augen sind schärfer als meine.«

Romilly untersuchte den Ständer des Vogels, ihn dabei mit ihren Gedanken beruhigend. Sie fand keine ernsthafte Behinderung, änderte aber trotzdem den Sitz der Fesseln. Die alte Narbe sah in der Tat wund und roh aus. Als Vorsichtsmaßnahme wusch sie sie mit einer Lösung von Karalla-Pulver, drehte die drei Kappen auf links und bestäubte sie von innen leicht mit dem gleichen Pulver, um Feuchtigkeit, Infektionen und den winzigen Parasiten vorzubeugen, die manchmal Vögel befallen und Räude verursachen.

Dann sagte Ruyven: »Ich bedauere es, meine Talente auf diese Weise, im Krieg, einsetzen zu müssen. Lieber würde ich friedlich im Turm bleiben und für unser eigenes Volk in den Bergen arbeiten. Doch ich will auch nicht, dass alle Königreiche, eines nach dem anderen, unter die Tyrannei von Lyondri Hastur und jenes Schurken Rakhal geraten, der weder Ehre noch Laran noch Gerechtigkeitssinn hat, sondern nur ein verderbliches Streben nach Macht. Carolin ist wenigstens ein ehrenwerter Mann.«

»Du sagst es, und Orain sagt es. Ich habe ihn nie gesehen.«

»Ihr werdet ihn jetzt sehen«, erklang die Stimme Orains, der hinten an der Umzäunung stand. Offenbar hatte er dem Gespräch zugehört. »Jandria berichtete mir von dem Geschenk eures Hauses für den König, und sie hält es nur für recht und billig, dass Ihr, Mistress Romilly, es mit eigenen Händen übergebt. Also kommt mit mir.«

Romilly warf Ruyven einen Blick zu. Er sagte: »Ich komme auch mit«, zog seinen Handschuh aus und folgte ihnen.

Warum ist Ruyven Falkenmeister des Königs, während ich nur als seine Helferin betrachtet werde? Ich bin eine berufsmäßige Schwertfrau, und ich habe das größere Geschick. Ruyven möchte lieber in seinem Turm sein, und für mich bedeutet diese Arbeit das Leben. Er sagt selbst, im Turm werden Frauen zu den höchsten Ämtern zugelassen, und doch scheint er nicht auf den Gedanken zu kommen, ich, seine kleine Schwester sollte mit dergleichen Gerechtigkeit behandelt werden. Also ist Carolins Armee von der alten Vorstellung beherrscht, ein Mann könne jede Arbeit besser tun als die talentierteste Frau.

Ihre rebellischen Gedanken rissen ab, als sie Jandria sah, die Sonnenstern am Zügel hielt. Er war gesattelt und gezäumt. Jetzt erkannte er Romilly, hob seine seidige Nase und wieherte leise. Romilly berührte die Gedanken des Pferdes in liebevoller Begrüßung.

Jandria sagte: »Es ist der Schwesternschaft eine Ehre, dass wir dem König dies herrliche Geschenk machen können, und in ihrem Namen danke ich dir.«

»Ich bin es, der Ehre widerfährt«, antwortete Romilly scheu. »Es war eine Freude, mit Sonnenstern zu arbeiten.«

»Da kommt er, mit Lord Orain«, bemerkte Jandria. Romilly sah Orain, der zum Reiten angezogen war, neben einem Mann in einem Kapuzenmantel. Beide schritten auf sie zu. Aufgeregt fasste sie nach Sonnensterns Zügel.

»Hoher Lord, Ihr erweist uns Gnade.« Jandria verbeugte sich tief. »Es ist der Schwesternschaft vom Schwert eine Ehre und eine Freude, Euch dieses prachtvolle Pferd zu übergeben. Ausgebildet hat es Romilly, unsere beste Pferdetrainerin.«

Romilly schlug die Augen nicht zu dem König auf, obwohl sie sich Orains Blick bewusst war. Die Nase des Pferdes betrachtend, erklärte sie: »Sein Name ist Sonnenstern, Euer Majestät, und er beherrscht alle Schritte und Gangarten. Er wird Euch mit Liebe tragen; Peitsche und Sporen hat er nie zu spüren bekommen.«

»Wenn Ihr ihn trainiert habt, Mistress Romilly, weiß ich, dass er gut ausgebildet ist«, erklang eine vertraute Stimme. Sie sah zu der verhüllten Gestalt des Königs auf und in die Augen Dom Carlos vom Blauen See. Ihre Überraschung brachte ihn zum Lächeln. »Es tut mir Leid, dass ich Euch gegenüber im Vorteil bin, Mistress MacAran. Ich weiß seit langem, wer Ihr seid ...«, und sie erinnerte sich an den Augenblick, als sie die Berührung seines Laran gefühlt hatte.

»Ich wünschte, Ihr hättet es mir gesagt, *vai dom*«, fiel Orain ein. »Ich hatte keine Ahnung, dass sie ein Mädchen ist, und habe mich fürchterlich zum Narren gemacht!«

Dom Carlo – *nein*, erinnerte Romilly sich, *König Carolin, Hastur von Hastur, Lord von Thendara und Hali* – sah Orain mit offener, herzlicher Zuneigung an. »Du siehst nur, was du sehen möchtest, *bredu.*« Er klopfte Orain auf die Schulter. Zu Romilly gewandt, fuhr er fort: »Ich danke Euch und der Schwesternschaft für das herrliche Geschenk und für Eure Treue zu mir. Glaubt mir, beides ist mir kostbar. Und ich habe gehört, dass Ihr Euch weiter mit den Kundschaftervögeln beschäftigen werdet, deren Leben Ihr rettetet, als wir uns unterwegs nach Nevarsin begegneten. Ich werde nicht vergessen, was ...«, er zögerte und lächelte, »meine Schwertfrau getan hat. Ich danke Euch. Ich danke euch allen.«

Romilly berührte Sonnenstern mit einer liebenden, endgültigen Geste des Abschiednehmens. »Diene ihm gut«, flüsterte sie, »trage ihn treu, liebe ihn, wie ich ... wie ich dich liebe.« Sie trat von dem Tier zurück und sah zu, wie der König den Zügel ergriff und aufstieg.

Er hat etwas von dieser Gabe, daran erinnere ich mich gut, Sonnenstern gerät nicht an einen brutalen oder gefühllosen Mann, sondern an einen, der seinen wahren Wert zu schätzen weiß.

Trotzdem war sie beunruhigt. Dom Carlo hatte gewusst, dass sie ein Mädchen war, und hatte seinen Männern nichts verraten. Aber er hätte ihr die Demütigung durch Orain ersparen können, indem er seinen Freund warnte. Andererseits – sie bemühte sich, gerecht zu sein – brauchte er keine Ahnung von ihren Gefühlen für Orain gehabt zu haben, und ganz bestimmt hatte er nicht erraten können, dass sie sich Orain an den Hals – beziehungsweise in sein Bett – werfen würde.

Es spielte keine Rolle mehr, geschehen war geschehen. Ruyven trat zu ihr, und sie stellte ihn Jandria vor.

»Mein Bruder Ruyven; Lady Jandria.«

»Schwertfrau Jandria«, berichtigte die ältere Frau lachend. »Ich habe dir doch gesagt, wir lassen den Rang hinter uns, wenn wir das Schwert ergreifen. Und dein Bruder ist ...«

»Ruyven MacAran«, fiel er ein, »Vierter in Tramontana,

Zweiter Kreis. Braucht Ihr meine Schwester noch, *domna?*« Unwillkürlich redete er Jandria mit *domna* – Lady – an, wie es einer auf gleicher oder höherer Stufe stehenden Frau zukommt, statt mit dem einfacheren *mestra,* das er gegenüber einer gesellschaftlich unter ihm Stehenden benutzt hätte.

»Nein, sie ist frei«, antwortete Jandria. Stirnrunzelnd folgte Romilly ihrem Bruder.

Sie hatte gehofft, an diesem Tag werde sich irgendwann eine Gelegenheit geben, mit Ruyven über ihre Flucht von Falkenhof zu sprechen. Damals – wie lange schien es her zu sein – hatte sie beabsichtigt, den Turm aufzusuchen, in dem er Zuflucht gefunden hatte. Irgendwie hatte sie erwartet, er würde sie dort willkommen heißen. Aber dieser stille, mönchhafte Fremde hatte überhaupt keine Ähnlichkeit mehr mit dem Bruder, der ihr in ihrer Kinderzeit so nahe gestanden hatte. Sie konnte sich nicht vorstellen, dass sie sich ihm anvertraute. Jetzt war sie enger mit Jandria und sogar mit Orain verbunden, so förmlich er sich gegen sie benahm.

Sie warf einen Blick zurück auf Sonnenstern. Er entfernte sich stolzen Schrittes mit Dom Carlo – nein, sie musste daran denken, König Carolin – im Sattel. Eine kurze mentale Berührung erneuerte die alte Kommunikation, und sie merkte, dass sie lächelte.

Ich bin diesem Pferd enger verbunden, als ich es mit irgendeinem menschlichen Wesen je war.

Als sie für den Tag fertig waren, kam Jandria zu ihr.

»Die Schwertfrauen, die Carolin folgen, schlafen in einem Zelt am Rand des Lagers. Komm mit mir, Romilly, ich zeige es dir.«

»Ich sollte hier bei den Vögeln bleiben«, antwortete Romilly mit einem Schulterzucken. »Kein Falkenmeister entfernt sich außer Hörweite der ihm anvertrauten Vögel. Ich werde mich in meinen Mantel wickeln, ich brauche kein Zelt.«

»Du kannst nicht zwischen den Männern schlafen«, mahnte Jandria. »Daran ist nicht einmal zu denken.«

»Der Falkenmeister des Königs ist mein Bruder.« Romilly wurde ungeduldig. »Willst du sagen, er könne meine Tugend in Gefahr bringen? Die Anwesenheit meines älteren Bruders ist Schutz genug!«

Jandria gab mit einiger Schärfe zurück: »Du kennst die Regeln für Schwertfrauen außerhalb ihrer Häuser! Wir können nicht jedem in der Armee erzählen, dass er dein Bruder ist, und wenn bekannt wird, dass eine eidgebundene Schwertfrau mit einem Mann allein in einem Zelt übernachtet hat ...«

»Ihre Gedanken müssen wie die Kloaken von Thendara sein!«, rief Romilly wütend. »Ich soll meine Vögel wegen der schmutzigen Phantasie einiger Soldaten verlassen, die ich nicht einmal kenne?«

»Es tut mir Leid, ich habe die Regeln nicht aufgestellt und kann sie nicht außer Kraft setzen«, sagte Jandria, »aber du hast geschworen, ihnen zu gehorchen.«

Kochend vor Zorn ging Romilly mit Jandria zum Abendessen und zu Bett in das Zelt, das dem Dutzend Frauen der Schwesternschaft in Carolins Armee zur Verfügung gestellt worden war. Sie fand Clea dort zusammen mit einer fremden Frau aus einem anderen Haus. Diese beiden sollten Carolins Männer im unbewaffneten Kampf unterrichten. Die Übrigen kannte Romilly nur flüchtig; sie waren im Haus einquartiert gewesen, gehörten ihm aber nicht an. Es waren Pferdehändlerinnen, Zahlmeisterinnen und Lagerverwalterinnen. Eine, eine kleine, stämmige dunkle Frau, die den vertrauten Bergdialekt der Hellers sprach, war Schmiedin mit Sehnen wie Peitschenschnüre an den Armen und schwellenden Muskeln über Rücken und Schultern, die sie fast wie einen Mann aussehen ließen.

Ich kann mir nicht vorstellen, dass ihre Tugend in Gefahr

geriete, und wenn sie nackt zwischen hundert fremden Soldaten schliefe. Sie sieht aus, als könne sie sich, wie die Hali'imyn *hier sagen, gegen alle Schmiede in Zandrus Höllen verteidigen!*

Und dann dachte sie traurig, dass sie mehr Freiheit gehabt hatte, als sie in Männerkleidung mit Orain und Carlo – *Carolin* – und einer kleinen Gruppe von Flüchtlingen durch die Hellers gereist war. Sie hatte mit den Männern gearbeitet, war allein in die Stadt gegangen, hatte in Kneipen getrunken. Nun wurden ihre Bewegungen auf das beschränkt, was die Regeln der Schwesternschaft als geeignet zur Vermeidung von Klatsch und Störungen ansahen. Nicht einmal als freie Schwertfrau war sie frei.

Immer noch etwas grollend, machte sie sich zum Schlafengehen fertig. Wieder kam ihr der Gedanke: Wie beengt war sogar das Leben dieser freien Frauen! Sie liebte Jandria, und mit ihr konnte sie offen sprechen, ohne erst ihre Gedanken zu zensieren. Doch sogar für Jandria war die Frage wichtig, was die Soldaten denken mochten, wenn die Schwertfrauen sich nicht ebenso damenhaft und vorschriftsmäßig benahmen wie irgendeine heiratsfähige Jungfrau in den Hellers! Auch für Clea empfand sie Achtung und echte Zuneigung. Ansonsten hatte sie immer noch nur wenige Freundinnen in der Schwesternschaft. *Und als ich zu ihnen kam, meinte ich, endlich die Freiheit gefunden zu haben, ich selbst zu sein und trotzdem auf eine Verkleidung verzichten und als Frau auftreten zu können. Ich möchte kein Mann unter Männern sein und verbergen, was ich bin. Aber an der Gesellschaft von Frauen liegt mir auch nicht viel – nicht einmal an der von Schwertfrauen. Warum kann ich nie zufrieden sein, wo ich auch bin?*

Wenigstens tat sie eine Arbeit, für die sie geeignet war, und wenn ein Mann sie belästigen sollte, brauchte sie sich vor ihm nicht zu fürchten, wie sie sich vor Rory gefürchtet hatte. Und der König selbst hatte ihr ein Kompliment über ihre Arbeit mit den Pferden gemacht. Bevor sie in ihren Schlafsack stieg, sandte sie verschlafen ihre Gedanken aus und stellte den Kontakt mit Sonnenstern her. Das hatte sie während des Jahres im Haus der Schwesternschaft jeden Abend getan. Ja, er war da und zufrieden. König Carolin würde gewiss gut zu ihm sein, würde seine Intelligenz, seine wunderbare Schnelligkeit, seine Schönheit anerkennen. Sie griff ein wenig weiter hinaus und suchte die Kundschaftervögel auf ihren Blocks. Ja, auch sie fühlten sich wohl, und wenn etwas passierte, schlief wenigstens Ruyven neben ihnen, was ein richtiger Falkenmeister tun sollte. Romilly seufzte und schlief ein.

Am nächsten Morgen kehrte sie zu dem Zelt der Vogelpfleger zurück. Zusammen mit Ruyvens Lehrling, einem etwa vierzehnjährigen Jungen namens Garen, machte sie sich daran, die Vögel zu atzen. Als sie die verbundene Stelle an Temperentias Ständer untersuchte, spürte sie die Anwesenheit eines Unbekannten. Die Bestätigung kam einen Augenblick später durch das hohe Kreischen der Vögel, mit dem sie ihr Unbehagen kundzutun pflegten, wenn sich ihnen ein Fremder näherte.

Es war ein junger Offizier in einem grün-goldenen Umhang. Sein Haar war von einem hellen Rotblond, sein Gesicht schmal und empfindsam.

»Seid Ihr der Falkenmeister?«

»Sehe ich so aus?«, fuhr Romilly ihn an. »Schwertfrau Romilly, *para servirte,* Carolins Falkenmeisterin.«

»Verzeiht mir, *mestra,* ich wollte Euch nicht beleidigen. Ich bin Ranald Ridenow, und ich bringe Befehle von Seiner Majestät. Ich soll die Abteilung führen, die heute Morgen aufbrechen und der Armee vorausziehen wird.« Er sprach in knappem Ton, aber ohne Arroganz, und er lächelte ein bisschen nervös. »Außerdem suche ich meine Verwandte, Domna

Maura Elhalyn.« Er musste die Stimme heben, ein solches Gekreisch veranstalteten die Kundschaftervögel.

»Wie Ihr seht, steckt die Lady nicht in meiner Tasche«, erwiderte Romilly gereizt. »So viel ich weiß, liegt sie auch nicht bei meinem Bruder im Bett, aber Ihr könnt ihn fragen. Und nun, Dom Ranald, wollt Ihr so freundlich sein und von den Vögeln weggehen? Sie werden nämlich diesen gottverlassenen Lärm so lange machen, bis Ihr außer Sicht seid ...«

Er rührte sich nicht. »Euer Bruder, *mestra*? Wo finde ich ihn?« Er brachte es fertig, Dringlichkeit in seine Frage zu legen, obwohl er die nervösen Vögel überschreien musste. Romilly fasste ihn und schob ihn weg. Die Schreie gingen langsam in zirpende Laute über und verstummten.

»Jetzt, wo wir uns selbst denken hören können: Ich weiß nichts von Eurer Verwandten«, sagte Romilly. »Doch da fällt mir ein, dass mein Bruder, der Falkenmeister, von einer Lady Maura gesprochen hat. Ich will gehen und – nein, nicht nötig, denn da ist er.«

»Romy? Ich hörte die Vögel; ängstigt sie irgendwer?« Plötzlich bemerkte Ruyven den Offizier Ridenow.

»*Su serva, Dom* ... kann ich Euch helfen?«

»Lady Maura –«

»Die Lady schläft in dem Zelt dort.« Ruyven zeigte auf einen nahe gelegenen kleinen Pavillon.

»Allein? Zwischen den Soldaten?« Ranald Ridenows Nasenlöcher verengten sich schockiert, und Ruyven lächelte.

»Sir, die Lady wird von diesen Vögeln besser bewacht als von einem ganzen Rudel Gesellschafterinnen und Gouvernanten. Ihr habt selbst erlebt, wie sie sich aufregen, wenn ein Fremder in ihre Nähe kommt. Sobald ich das höre, eile ich ihnen zu Hilfe, und bestände Gefahr, würde ich das ganze Lager alarmieren.«

Ranald Ridenow musterte den jungen Mann in der asketischen dunklen Robe und nickte zustimmend. »Seid Ihr ein Cristofero-Mönch?«

»Zu viel der Ehre, Sir. Ich bin Ruyven MacAran, Vierter in Tramontana, Zweiter Kreis.« Der junge Offizier in Grün und Gold akzeptierte das mit einem weiteren Nicken.

»Dann ist meine Cousine sicher bei Euch, Laranzu. Verzeiht meine Frage. Wisst Ihr, ob die Lady schon wach ist?«

»Ich wollte sie soeben, ihrem Wunsch entsprechend, wecken – besser gesagt, meine Schwester schicken, es zu tun«, antwortete Ruyven. »Romy, willst du Lady Maura sagen, dass ein Verwandter sie zu sprechen wünscht?«

»Es kommt nicht auf die Sekunde an«, meinte der Lord Ridenow. »Aber wenn Ihr sie wecken könntet. Carolin hat befohlen, dass wir so bald wie möglich aufbrechen sollen. Ich habe Anweisung ...«

»Ich brauche nicht mehr als dreißig Minuten«, erklärte Ruyven. »Romy, bist du fertig zum Reiten? Wecke Lady Maura und sage ihr ...«

Es ärgerte Romilly, dass er sich so einfach Autorität anmaßte. Sollte sie dieses arroganten Herrchens wegen zum Botenmädchen für irgendeine Tiefland-Lady gemacht werden? »So einfach ist das nicht!«, fauchte sie. »Die Vögel müssen gefüttert werden, und ich bin nicht die Dienerin der Lady. Wenn Ihr möchtet, dass sie hergeholt wird, mein Lord, tut es selbst!« Zu ihrem Schreck merkte sie, dass sie wieder den Bergdialekt sprach, den ein Jahr im Flachland beinahe abgeschliffen hatte. Nun, sie war ein Mädchen aus den Bergen, sollte er davon doch denken, was er wollte! Sie war eine Schwertfrau und kein Tiefländer, der vor den *Hali'imyn* katzbuckelt! Ruyven blickte entsetzt drein. Bevor er etwas sagen konnte, erklang eine weiche Stimme:

»Gut gesprochen, Schwertfrau! Ich diene, genau wie Ihr, Carolin und seinen Vögeln.« Eine junge Frau stand in der Tür des kleinen Zelts, vom Hals bis zu den Knöcheln in ein dickes Nachtgewand gehüllt. Das offene, flammendrote Haar fiel ihr in Locken fast bis zur Taille. »Ich hatte gestern nicht das Vergnügen, Euch kennen zu lernen, Schwertfrau. Ihr seid also unsere Vogelpflegerin?« Sie verneigte sich leicht vor Ranald. »Ich danke dir für deine Sorge, Cousin, aber ich brauche nichts. Oder hat Carolin mich zu sich gerufen – nein? Falls du nun nicht den Wunsch hast, mir das Kleid zuzuschnüren, wie du es mit neun Jahren tatest, kannst du gehen und Carolin melden, wir könnten in einer Stunde aufbrechen, sobald die Vögel gefüttert und ordentlich versorgt sind. Wir sehen uns dann wieder, Verwandter.« Sie verabschiedete ihn mit einem Nicken, und als er kehrtmachte, lachte sie fröhlich auf.

»Ihr seid Romy? Ruyven hat mir auf dem Weg hierher von Euch erzählt. Natürlich hatten wir keine Ahnung, dass Ihr unsere Vogelpflegerin sein würdet. Vielleicht könnt Ihr unterwegs Erlaubnis von Eurer Schwertfrauen-Gesellschaft erhalten, mein Zelt zu teilen, damit wir des Nachts beide in der Nähe der Vögel sind? Ich bin Maura Elhalyn, Leronis, Überwacherin im Dritten Kreis von Tramontana. Meine Mutter war eine Ridenow, so dass ich etwas von der Serrais-Gabe habe ... kennt Ihr jenes Laran?«

»Nein«, antwortete Romilly. »Ich weiß nur wenig über Laran.«

»Und doch müsst Ihr welches haben, wenn Ihr mit Kundschaftervögeln umgehen könnt«, stellte Lady Maura fest, »denn das ist ohne Laran so gut wie unmöglich. Ihr habt also die alte MacAran-Gabe? In welchem Turm seid Ihr ausgebildet worden, *mestra?* Und wer ist Eure Bewahrerin?«

Romilly schüttelte stumm den Kopf. Schließlich gestand sie: »Ich bin nie in einem Turm gewesen, *domna.*«

Lady Maura war überrascht, aber sie hatte zu gute Manieren, um es zu zeigen. Sie sagte: »Wenn Ihr mich für fünf Minuten entschuldigen wollt, ziehe ich mich schnell an. Ich habe meinen Cousin Ranald nur aufgezogen, ich kann mein Kleid sehr gut allein zuschnüren. Dann beteilige ich mich an der Versorgung der Vögel, wie es meine Pflicht ist. Ich hatte nicht die Absicht, die ganze Arbeit Euch zu überlassen, Schwertfrau.«

Sie ging schnell in ihr Zelt, die Hände bereits an den Verschlüssen ihres Nachtgewandes, und schloss den Eingang hinter sich. Romilly sah den Verband an Temperentias Bein nach und freute sich, dass die wunde Stelle glatt und nicht im Geringsten entzündet war. Stirnrunzelnd sagte sie zu Ruyven, der sich um Diligentia kümmerte: »Werden wir uns von dieser Lady herumkommandieren lassen müssen?«

»Dazu ist die Leronis viel zu einsichtig, Romilly«, erwiderte Ruyven. »Wie sie mir erzählte, ist sie mit Kundschaftervögeln nicht vertraut. Du wirst aber bemerkt haben, dass sie bei ihrer Annäherung nicht gekreischt haben. Auf dem Ritt von den Bergen herunter hat sie geholfen, für sie zu sorgen – du hast doch wohl nicht geglaubt, dass ich mit drei Vögeln allein fertig geworden wäre?«

»Warum nicht?«, fragte Romilly. »Mir hat das nichts ausgemacht.« Doch Mauras offene Freundlichkeit hatte sie entwaffnet. »Was ist das Serrais-Laran, von dem sie sprach?«

»Ich weiß sehr wenig darüber; es kommt nicht einmal in den Türmen häufig vor. In der Zeit des Zuchtprogramms unter den Großen Häusern der Hastur-Sippe waren die Leute von Serrais dafür bekannt, dass sie ein Laran herangezüchtet hatten, mit dem sie mit solchen kommunizieren konnten, die nicht menschlich sind ... mit den Wildläufern vielleicht oder den Katzenwesen oder ... anderen jenseits von ihnen, aus anderen Dimensionen durch ihre Sternensteine herbeigerufen. Wer dazu fähig ist, für den sollte die Kommunikation mit Kundschaftervögeln kein Problem darstellen. Sie erzählte mir einmal, dieses Laran sei der MacAran-Gabe ähnlich, stamme vielleicht von ihr ab.«

»Hast du sie im Turm gut gekannt?«, erkundigte sich Romilly mit einer Spur von Eifersucht. Ruyven schüttelte den Kopf.

»Ich bin ein Cristofero. Und sie hat Jungfräulichkeit gelobt. Nur eine solche Frau bringt es fertig, ohne jede Ziererei mitten unter Soldaten zu leben.«

Er hätte wohl mehr erzählt, aber Lady Maura trat in einem einfachen Kleid, die Ärmel hochgekrempelt, aus ihrem Zelt. Ohne einen Augenblick zu zögern oder Ekel zu verraten, ergriff sie den Korb mit dem stinkenden Vogelfutter, nahm eine Hand voll heraus und hielt sie Prudentia hin. Dabei sprach sie leise auf den Vogel ein.

»So, Hübsche, da ist dein Frühstück. Da wir gerade davon reden, habt Ihr schon Frühstück gehabt, Romilly? Nein, wie ein guter Vogelpfleger habt Ihr zuerst für Eure Vögel gesorgt, nicht wahr? Wir brauchen sie nicht fliegen zu lassen, sie werden morgen mehr als genug Bewegung bekommen. Ruyven, wenn du eine Ordonnanz in die Messe schicken willst, könnte man uns das Frühstück herbringen – schließlich sollen wir gleich aufbrechen.« Während sie sprach, fütterte sie dem Vogel Aasstückchen und lächelte dabei, als seien es duftende Blumen. Prudentia zirpte vor Vergnügen.

Nun, zimperlich ist sie nicht. Es macht ihr nichts aus, schmutzige Hände zu bekommen.

Ruyven fing den Gedanken auf und sagte leise: »Das habe ich dir doch gesagt! In Tramontana fliegt sie einen Verrin-Falken, den sie selbst abgetragen hat. Zum Entsetzen von Lady Liriel Hastur, muss ich hinzufügen, die dort im Rang die Höchste ist, und Lord Doran, ihrem Bewahrer. Beide lieben die Beize, überlassen das Abtragen aber dem berufsmäßigen Falkner.«

»Dann ist sie also keine Dame mit weichen Händen, die von

vorn und hinten bedient werden will«, erkannte Romilly widerstrebend an. Sie kümmerte sich nun um Temperentia, und als die Arbeit beendet war, brachte eine Ordonnanz Essen und Dünnbier aus der Messe. Sie setzten sich auf den Boden und frühstückten. Lady Maura schlug ohne weiteres ihren Rock unter und aß mit den Fingern wie Ruyven und Romilly.

Dann erschien Ranald Ridenow mit einem halben Dutzend Männern. Ruyven, Romilly und Lady Maura setzten die Kundschaftervögel auf ihre Sattelblocks. Die kleine Gruppe ritt durch das eben erwachende Lager und folgte der Straße, die im Osten durch das Wüstenland zu den Ebenen von Valeron führte.

Der Ridenow-Lord schlug ein ziemliches Tempo an, aber Romilly, Ruyven und die Soldaten hatten keine Schwierigkeiten, Schritt zu halten. Lady Maura ritt im Damensattel. Sie beklagte sich jedoch nicht und schaffte es, nicht zurückzubleiben. Allerdings sagte sie zu Romilly, als man die Pferde einmal verschnaufen ließ: »Ich wünschte, ich könnte Hosen tragen wie Ihr, Schwertfrau. Aber meine Freunde und mein eigener Bewahrer ringen so schon die Hände über mich, und ich möchte ihnen nicht noch mehr Anlass zu Gerede geben.«

»Ruyven erzählte mir, Ihr hättet einen Verrin-Falken abgetragen«, bemerkte Romilly.

»Ja, das habe ich – wie wütend waren sie alle!«, lachte Maura. »Doch jetzt, wo ich Euch kennen gelernt habe, Schwertfrau, weiß ich, dass ich weder die erste Frau bin, die es getan hat, noch die Letzte sein werde. Mir ist es lieber, wenn sich ein Falke gleich an mich gewöhnt statt an einen fremden Falkner und seine Treue dann auf mich übertragen müsste. Manchmal hatte ich das Gefühl, tatsächlich mit dem Vogel zu fliegen. Das ist vielleicht nur Einbildung gewesen …«

»Vielleicht auch nicht«, unterbrach Romilly, »denn ich habe dasselbe erlebt.« Mit stechendem Schmerz dachte sie an Preciosa. Länger als ein Jahr hatte sie in dieser verdammten Wüstenstadt gelebt, und bestimmt war Preciosa in die Wildnis zurückgekehrt und hatte sie vergessen.

Aber selbst wenn ich sie niemals in meinem Leben wieder sehe, sind die Augenblicke der Verbundenheit heute ebenso Teil von mir wie damals, und so etwas wie Zukunft oder Vergangenheit gibt es nicht ... Ihr schwindelte, und die Ekstase, gemeinsam mit Preciosa zu fliegen, vermischte sich mit der alles verzehrenden Seligkeit, als sie Sonnenstern geritten hatte, absolut eins mit dem Pferd. Sie flog, sie rannte, sie verschmolz mit Himmel und Erde und Sternen ...

»Schwertfrau?« Lady Maura sah sie beunruhigt an. Romilly kehrte mit einem Ruck in die Wirklichkeit zurück. Sie sagte das Erste, was ihr in den Sinn kam.

»Mein Name ist Romilly, und wenn wir zusammenarbeiten werden, braucht Ihr mich nicht jedes Mal so förmlich mit *Schwertfrau* anzureden.«

»Romilly«, wiederholte Maura mit einem Lächeln, »und ich bin Maura. In den Türmen halten wir den Rang nicht für ein Hindernis zwischen Freunden, und wenn du eine Freundin dieser Vögel bist, bin ich ebenfalls deine Freundin.«

Dann haben die Türme etwas gemeinsam mit der Schwesternschaft, dachte Romilly, aber dann rief Ranald die Männer zusammen, und sie ritten weiter. Romilly hätte gern gewusst, warum sie der Armee so weit vorauszogen.

Sie ritten den ganzen Tag, und am Abend schlugen sie ein Lager auf. Die Soldaten und Ruyven schliefen unter den Sternen. Für Lady Maura war ein kleines Zelt da, und sie bestand darauf, dass Romilly es mit ihr teile. Der harte, lange Ritt hatte sie ermüdet, aber bevor sie einschliefen, fragte Lady Maura freundlich: »Warum bist du nicht in einen Turm gegangen, um dich ausbilden zu lassen, Romilly? Du hast doch Laran genug.«

»Wenn du Ruyven kennst und weißt, wie er hingekommen ist«, antwortete Romilly, »weißt du auch, warum ich nicht hingekommen bin.«

»Trotzdem hast du dein Elternhaus verlassen und mit deinen Verwandten gebrochen«, beharrte Maura. »Man sollte meinen, danach hättest du sofort einen Turm aufgesucht.«

Die Absicht hatte ich ja auch, dachte Romilly. *Aber ich habe meinen eigenen Weg gefunden, und jetzt brauche ich die Ausbildung nicht mehr, die die Leronis mir damals angeraten hat. Ich weiß über mein eigenes Laran mehr als jeder Fremde.* Sie verfiel in hartnäckiges Schweigen, und Lady Maura verzichtete darauf, ihr weitere Fragen zu stellen.

Zwei Tage lang ritten sie. Sie ließen die Wüste hinter sich und kamen in grünes Land. Romilly atmete erleichtert auf, als sie in der Ferne Berge erkannte und der Abend einen Hauch von kühlem Regen mit sich brachte. Es war Hochsommer, doch am Morgen lag Raureif auf dem Boden, und des Nachts war sie froh über ihren Pelzmantel. Am dritten Tag erreichten sie einen hohen Gipfel, von dem man viele Meilen weit in die Runde blicken konnte. Hier ließ Ranald Ridenow anhalten.

»Das ist die richtige Stelle«, meinte er. »Hast du die Vögel soweit?«

Maura wusste offenbar, was er wollte. Sie nickte und fragte: »Mit wem willst du dich verbinden? Mit Orain?«

»Mit Carolin selbst«, antwortete der Ridenow-Lord ruhig. »Orain ist nicht kopfblind, aber dafür reicht sein Laran nicht aus. Und es sind *seine* Truppen.«

Maura blinzelte ein paarmal und sah aus, als wolle sie zu weinen beginnen. Mehr vor sich hin als zu Romilly gewandt, flüsterte sie: »Mir gefällt es gar nicht, Rakhals Bewegungen auszuspähen. Ich ... ich habe geschworen, nicht gegen ihn zu kämpfen. Aber Lyondri hat sich das alles selbst zuzuschreiben, denn auch er hat seinen Eid gebrochen! Nach dem, was er getan hat ... selbst wenn er mein Verwandter ist ...« Sie hielt inne, presste die Lippen zusammen und fragte: »Romy, willst du deinen Vogel zuerst auflassen?«

»Ich weiß ja nicht, was ich tun soll«, wehrte Romilly sich.

»Du bist doch Falkenmeisterin ...«

»Ich kenne mich in den Gewohnheiten, der Nahrung und dem Gesundheitszustand der Kundschaftervögel aus«, stellte Romilly fest. »Ich bin nicht darin ausgebildet, sie im Krieg einzusetzen. Deshalb weiß ich nicht ...«

Maura war verblüfft, verbarg es aber schnell, und Romilly fragte sich verwundert: *Will sie höflich zu mir sein?*

»Du brauchst den Vogel nur aufzulassen, in Rapport mit ihm zu bleiben und zu sehen, was er mit seinen Augen sieht«, erklärte Maura. »Ranald empfängt deine Gedanken und meldet das, was du siehst, weiter an Carolin. So kann er das Land vor uns auskundschaften und erfährt, wohin Rakhals Truppen ziehen.«

Auf einmal ergab der Name *Kundschaftervögel* für Romilly einen Sinn. Sie hatte bisher nie darüber nachgedacht. Sie nahm Prudentia von ihrem Block, löste mit einer Hand die Knoten, die ihr Geschüh sicherten, warf sie ab und blickte ihr nach, wie sie hoch in den Himmel aufstieg. Romilly setzte sich bequem im Sattel zurecht. Einem Teil ihres Bewusstseins, einem sehr kleinen Teil, befahl sie, dafür zu sorgen, dass sie nicht vom Pferd fiel. Und dann ...

... hoch hinauf in den Himmel auf starken Winden, höher und höher steigend ...

Die Gegend breitete sich unter ihr wie eine Landkarte aus. Sie sah die Windungen des Wasserlaufs und war sich undeutlich einer Präsenz in ihrem Geist bewusst, die sah, was sie mittels ihrer Verbindung mit dem Vogel sah. Durch diese Präsenz, die sie als Carolins Gedanken erkannte, gewann das, was sie sah, Bedeutung, wenn auch nur wie von fern und fast un-

bewusst. Der größte Teil ihres Ichs flog mit dem Vogel, nahm mit scharfen Augen alles auf, was unter ihr lag.

... Das ist das Ufer des Mirin-Sees und dahinter im Norden liegt Neskaya am Rand der Kilghardberge. Und da ... ah, Götter, noch ein schwarzer Kreis, nicht die Narbe eines Waldbrandes, sondern ein Ort, auf den Rakhals Männer aus ihren infernalischen Flugmaschinen Haftfeuer *vom Himmel regnen ließen! Mein Volk verbrennt und stirbt in Rakhals Feuern, wo es doch mir übergeben wurde und ich mit meiner Hand im Feuer von Hali schwor, es gegen Raub und Überfall zu schützen, solange es mir treu bleibe, und dieser Treue wegen brennt es ...*

... Rakhal, so wahr Aldones lebt, werde ich dir diese Hand abbrennen, mit der du Unglück und Tod über mein Volk gebracht hast ... und Lyondri werde ich wie einen gewöhnlichen Verbrecher hängen lassen, denn das Recht auf einen würdigen Tod hat er verwirkt. Das Leben, das er jetzt führt, in Rakhals Namen Tod und Leiden austeilend, ist unwürdiger als der Tod durch die Hand des Henkers ...

Nun über die Kilghardberge, die im Sommergrün leuchten, und die Harzbäume flammen in der Sonne ... da erhebt sich wieder ein Turm ... schnell, flieg nach Norden, kleiner Vogel, weg von den spähenden Augen der laranzu'in, *die in Lyondris Dienst stehen ...*

Und da ist sie, Rakhals Armee. Ich kann nach Osten marschieren und sie überraschend angreifen, falls sie mich nicht mit Augen wie meinen ausspähen ... und ich glaube, es gibt heutzutage außer in den fernen Hellers keine Kundschaftervögel mehr ...

Romilly meinte, der schrille Schrei des Vogels gelle aus ihrer eigenen Kehle. Der Kontakt zerriss. Sie saß wieder auf ihrem Pferd, Carolin war aus ihrem Geist verschwunden, Ranald Ridenow unterbrach die Verbindung mit ihr und starrte sie an.

Sie schwankte im Sattel, drohte zu fallen, und Maura sagte leise: »Genug. Ruyven, nun bist du an der Reihe.«

Romilly hatte es nicht bemerkt; Ruyven hatte Temperentia zur gleichen Zeit wie sie Prudentia aufgelassen. Auch Diligentia war von Mauras Sattelblock verschwunden. Romilly sah Ruyven zusammensinken ... *wie sie es getan hatte?* ... und für einen Augenblick war sie Teil von Ruyven/Ranald/Carolin, flog in Rapport mit dem Vogel, stieß auf die Armee nieder, während etwas in ihr *zählte* ...

Reiter und Fußsoldaten, so viele ... Wagen mit Vorräten, Bogenschützen und ... o ihr Götter ... Evanda schütze uns, den Geruch kenne ich, irgendwo in ihrer Mitte stellen sie schon wieder Haftfeuer *her* ...

Mit purer Willenskraft riss sich Romilly aus dem Rapport los. Die Einzelheiten über Rakhals Armee interessierten sie nicht. Sie wollte das gar nicht wissen. Von dem Entsetzen, das sie in Ruyvens Geist – oder in Carolins – gespürt hatte, wurde ihr übel und schwindelig. Erschöpft hing sie im Sattel, leer, beinahe schlafend. Am Rande ihres Bewusstseins nahm sie wahr, dass die Sonne jetzt wesentlich niedriger stand, fast den Horizont berührte. Das Licht war so weit verblasst, dass man sehen konnte, wie sich die große violette Scheibe Liriels, noch nicht ganz voll, über den östlichen Horizont erhob. Romillys Mund war trocken, ihr Kopf schmerzte, und es hämmerte darin, als schlüge ein Dutzend winziger Schmiede auf ihre Ambosse.

Die Dunkelheit brach so schnell herein, dass Romilly sich fragte, ob sie im Sattel eingeschlafen sei. Ihr kam es vor, als habe sie sich eben noch den Sonnenuntergang angesehen, und schon sandte Liriel sein violettes Licht vom Himmel. Dann merkte sie, dass Ruyven sie besorgt ansah.

»Bist du zurück?«

»Schon seit einiger Zeit«, antwortete er überrascht. »Hier,

die Soldaten haben Essen für dich.« Er zeigte mit der Hand. Romilly glitt vom Pferd. Jeder Muskel tat ihr weh, ihr Kopf dröhnte. Maura entdeckte sie nirgends. Ranald Ridenow kam und sagte: »Stützt Euch auf mich, wenn Ihr möchtet, Schwertfrau.« Da richtete sie sich stolz auf.

»Danke, ich kann gehen«, antwortete sie. Ruyven winkte ihr, sich neben ihn auf das Gras zu setzen. Sie protestierte: »Die Vögel ...«

»Sind versorgt. Maura hat es getan, als sie sah, in welchem Zustand du warst«, berichtete er. »Iss.«

»Ich habe keinen Hunger.« Romilly stand schnell wieder auf. »Ich muss nach Prudentia sehen.«

»Ich sage dir doch, Maura hat die Vögel, und es geht ihnen gut.« Ungeduldig drückte ihr Ruyven einen klebrigen Riegel Trockenobst in die Hand. »Iss das.«

Sie nahm einen Bissen und legte den Riegel mit einer Grimasse beiseite. Wenn sie das Zeug hinunterschluckte, würde ihr schlecht werden. Das kleine Zelt, das sie mit Maura teilte, war aufgestellt worden, und sie kroch hinein. Irgendwo nahm sie Ranald Ridenows Gesicht wahr, das bleich und beunruhigt in ihre Richtung blickte. Was interessierte es ihn? Sie warf sich auf ihren Strohsack und fiel über den Rand einer dunklen Klippe in den Schlaf.

Romilly wusste, sie war nicht wirklich erwacht, denn sie konnte durch die Planen des Zeltes ihren Körper liegen sehen, ganz aus dünner Gaze, so dass sie das klopfende Herz und die pulsierenden Adern erkannte. Sie winkte mit der Hand, und das Herz beschleunigte seinen Schlag ein bisschen, während die Adern wirbelnde Kreise bildeten. Dann flog sie fort, und ihr Körper blieb zurück. Sie ließ die Ebenen hinter sich und flog mit langen, starken Schwingen den Hellers zu. Eisklippen erhoben sich vor ihr, und dahinter lagen die Mauern einer Stadt. Eine Frau stand auf hohen Zinnen und winkte ihr.

Willkommen zu Hause, liebe Schwester, komm her zu uns, komm heim ...

Aber sie wandte ihr den Rücken und flog weiter, höher und höher, Berggipfel wichen unter ihr zurück, als sie an der violetten Scheibe vorbeiflog ... nein, es war eine runde Kugel, eine richtige kleine Welt – sie hatte sich den Mond nie als Welt vorgestellt. Eine grüne Kugel tauchte neben ihr auf und dazu die pfauenfarbene Sichel von Kyrrdis, nur am Rand von der roten Sonne beleuchtet, die irgendwie um Mitternacht immer noch schien. Romilly flog weiter und weiter, bis sie die flammende Sonne hinter sich hatte und sie nur ein Stern unter Sternen war. Romilly blickte von irgendwo auf die Welt mit den vier Monden hinunter, die einem juwelenbesetzten Halsband glich, und jemand sagte in ihren Gedanken: *Hali ist die Konstellation von Taurus, und Hali ist das alte terranische Wort für Halsband in der arabischen Sprache.* Aber Worte und Welten waren bedeutungslos für sie. Langsam, langsam senkte sie sich nieder, und das große Schiff lag zerschmettert zwischen den niedrigen Gipfeln der Kilghardberge, und ein Geisterwind wehte über die Täler hin ... und eine dünne, kühle Stimme in ihrem Kopf bemerkte: *Rassenerinnerungen sind nie nachgewiesen worden, denn Teile des Gehirns sind der Wissenschaft immer noch unzugänglich ...* Dann flog sie am Rand der Hellers entlang. Aber die Gletscher hauchten sie mit ihrem eisigen Atem an, ihre Flügel begannen zu erstarren, die schreckliche Kälte drückte ihr Herz zusammen, verlangsamte die Flügelschläge, und dann brach eine Schwinge, hart wie Eis, und zersplitterte mit einem fürchterlichen Schmerz in Kopf und Herzen. Die andere Schwinge, weiß und gefroren und steif, wollte nicht länger schlagen, und schreiend fiel und fiel sie ... »Romilly! Romilly!« Lady Maura schlug ihr leicht auf die Wangen. »Wach auf! Wach auf!«

Romilly öffnete die Augen. Das Zelt war von weichem Laternenlicht erhellt, aber sie fror immer noch inmitten der Gletscher, und ihre Flügel waren gebrochen .... Sie spürte die scharfen, zackigen Bruchkanten nahe ihrem Herzen, wo sie in der Kälte gerissen und abgesplittert waren ...

Maura fasste sie an den Händen. Verwirrt fand Romilly ihren eigenen Körper wieder. Etwas Fremdes berührte sie ... Maura war *innerhalb* ihres Körpers, prüfte mit mentalen Fingern Herz und Atmung ... Romilly machte eine abwehrende Geste, und Maura sagte sanft: »Lieg still, lass mich dich überwachen. Hast du viele solche Anfälle der Schwellenkrankheit gehabt?«

Romilly schob sie weg. »Ich weiß nicht, wovon du redest. Es war ein schlechter Traum, sonst nichts. Ich muss übermüdet gewesen sein. Ich habe noch nie so etwas mit den Vögeln gemacht, und es war anstrengend. Die Leroni sind vermutlich daran gewöhnt.«

»Ich wünschte, du ließest dich von mir überwachen, damit ich feststellen kann ...«

»Nein, nein. Mir fehlt nichts.« Romilly drehte der anderen Frau den Rücken und lag still. Maura seufzte und löschte die Laterne. Romilly fing einen Bruchteil ihres Gedankens auf: *Stur, aber ich will mich nicht aufdrängen. Sie ist kein Kind mehr, vielleicht ihr Bruder* ... Dann schlief sie ein, diesmal ohne Träume.

Am Morgen hatte sie immer noch Kopfschmerzen, und ihr wurde von dem Gestank des Vogelfutters übel, als sei sie vier Monate schwanger, sagte sie ungeduldig zu sich selbst. Nun, was ihr auch fehlen mochte, das war es nicht, denn sie war ebenso Jungfrau wie eine vereidigte Leronis. Vielleicht stand ihre Periode dicht bevor – sie hatte bei der Aufregung über die Ankunft der Armee und bei ihrer intensiven Arbeit mit Sonnenstern vergessen, die Tage zu zählen. Vielleicht auch hatte sie etwas gegessen, das ihr nicht bekommen war. Ganz bestimmt stand ihr der Sinn nicht nach Frühstück. Nachdem sie die Vögel versorgt hatte, stieg sie ohne jede Begeisterung in den Sattel. Zum ersten Mal in ihrem Leben dachte sie, dass es recht angenehm sein müsse, im Haus zu sitzen und zu nähen, zu weben oder sogar zu sticken.

»Du hast ja gar nichts gegessen, Romilly«, protestierte Ruyven.

Sie schüttelte den Kopf. »Ich glaube, ich habe mich gestern erkältet, als ich nach Sonnenuntergang so still im Sattel gesessen habe. Ich will nichts.«

Er musterte sie, so dachte sie, als sei sie in Raels Alter. »Weißt du nicht, was es bedeutet, wenn du nicht essen kannst? Hat Lady Maura dich überwacht?«

Es war nicht wert, darüber zu streiten. Romilly antwortete scharf: »Ich werde beim Reiten ein Stück Brot essen.« Sie nahm den mit Honig bestrichenen Kanten entgegen, den er ihr reichte, biss ein paarmal ab und warf ihn heimlich weg.

Ranald ritt mit leerem Gesichtsausdruck. Romilly hatte inzwischen gelernt, dass so ein Telepath aussieht, der mit seinen Gedanken anderswo ist. Endlich kehrte er zurück und sagte: »Ich muss wissen, wie weit es bis zum Haupttrupp der Armee ist. Carolin wird heute irgendwann zu uns stoßen, obwohl er ein gutes Stück hinter uns ist. Romilly, willst du deinen Vogel auflassen und versuchen, Carolins Armee auszuspähen?«

Nach ihren letzten Flugerfahrungen war es ihr unangenehm. Aber als der Vogel aufstieg und sie ihn im Geist begleitete, widerfuhr ihr nichts von der beunruhigenden Desorientierung. Mit unendlicher Erleichterung stellte sie fest, dass es genauso war, als fliege sie mit Preciosa. Sie sah auf merkwürdige Weise doppelt, doch das war alles. Durch die Augen des Vogels, hundertmal schärfer als ihre eigenen, sah sie, dass Carolins Armee einen halben Tagesritt hinter ihrer kleinen Vorhut war, und sie spürte – ohne es als Eindringen zu empfinden –, dass Ranald ihrem Geist die Position entnahm und an Carolin weitermeldete.

»Wir werden hier lagern und auf sie warten«, bestimmte Maura. »Wir sind alle müde, und unsere Falkenmeisterin braucht Ruhe.«

Ich sollte es nicht zulassen, dass sie mich verhätscheln. Ich will nicht, dass Ruyven oder Orain oder Carolin selbst denkt, weil ich eine Frau bin, müsse ich geschont werden. Orain wird mich respektieren, wenn ich so tüchtig wie ein Mann bin ...

Lord Ranald gähnte: »Auch ich fühle mich nach diesen Tagen scharfen Reitens, als sei ich rückwärts einen Wasserfall hochgezogen worden. Die Ruhe wird mir gut tun. Und die Vögel brauchen keine zusätzliche Bewegung.« Er wies die Soldaten an, das Lager aufzuschlagen.

6

Dass die Armee sich näherte, erkannte Romilly nicht aus dem, was sie hörte, obwohl sie, wenn sie in dem Zelt, das sie mit Domna Maura teilte, scharf horchte, in der Erde ein leises, fernes Dröhnen vernahm, erzeugt von einer großen Kolonne marschierender Männer. Den Ausschlag gab jedoch die wachsende Gewissheit in ihrem Geist, das Gefühl der Einheit, eine vertraute Verbundenheit ...

Sonnenstern. Ihr Geist war in dem schwarzen Hengst, umgeben von ihm. Es war, als reite der König in der Mitte seiner Getreuen nicht auf Sonnensterns, sondern auf ihrem Rücken. Für einen Augenblick verirrten sich ihre Gedanken zu ihm, um durch seine Augen mit Liebe und Zuneigung Orain anzusehen. Einmal hatte sie sie zusammen erblickt, als sie sich unbeobachtet glaubten, und sie hatte sich gewünscht, solch einen Freund zu haben. Nun teilte sie kurz die schnelle, unbewusste Berührung zwischen dem König und seinem geschworenen Mann, nicht sexueller Natur, sondern tiefer als das, eine Verbundenheit, die in Geist und Herz bis auf ihre Kinderzeit zurückging und sogar irgendwie ein Bild ihrer ersten Begegnung einschloss, kleine Jungen, noch keine vier Jahre alt ... alle drei Dimensionen der Zeit, wie sie sich Sonnensterns als Fohlen bewusst war, das auf den Hügeln seines Heimatlandes umhersprang ...

Sie riss sich von dem ausgedehnten Kontakt los und kehrte erschüttert und erschrocken in ihren eigenen Körper zurück. Sie wusste nicht, was geschah, aber sie nahm an, dass sich eine neue Dimension ihres Laran von selbst öffnete. Was brauchte sie überhaupt einen Turm?

Am Morgen, als sie in der Nähe der Vögel zu tun hatte,

empfing sie Bruchstücke und Reste der optischen Wahrnehmungen, die sie gestern auf ihrem gemeinsamen Flug gemacht hatte. Der erste Mensch, den sie sah, war Jandria. Nachdem die beiden Schwertfrauen sich mit einer Umarmung begrüßt hatten, sagte Jandria: »Wir haben deine Botschaft durch die Vögel erhalten. Er selbst hat es mir erzählt.« So sprach sie in seiner Abwesenheit immer von König Carolin. »Du machst deine Sache gut, Romilly. Und ich habe von den Schwertfrauen hier für dich die Erlaubnis erwirkt, dass du weiterhin Lady Mauras Zelt bewohnen darfst, wenn du willst. Ich werde sie aufsuchen und mit ihr reden; wir haben uns als Mädchen gekannt.«

Romilly hielt den Mund – sie hatte längst gemerkt, dass Jandria einen höheren Rang einnahm, als es anfangs den Anschein hatte, auch wenn sie keinen Anspruch mehr darauf erhob, seit sie der Schwesternschaft beigetreten war. Sie wandte ihre Aufmerksamkeit den Vögeln zu. Irgendwo in ihrem Rücken hörte sie die beiden Frauen miteinander sprechen. Es gab ihr einen kleinen Stich, den sie als Eifersucht erkannte.

Und ich habe keine Freundin, keinen Liebhaber, ich bin allein, so allein wie ein Mönch in seiner einsamen Zelle in den Eishöhlen von Nevarsin ... Aber was dachte sie da? Gerade jetzt war ihr Kopf erfüllt von dem Bild des großen Hengstes, der im Sonnenschein dahingaloppierte, und Carolin saß auf seinem Rücken ...

Sie machte ihre Verbeugung, noch bevor sie in des Königs Gesicht aufblickte. Und dann war sie sich nicht sicher, ob sie Carolin oder Sonnenstern, dessen schwarze Mähne der Bergwind zauste, ihre Reverenz erwiesen hatte. Carolin sprang aus dem Sattel und begrüßte sie freundlich.

»Schwertfrau Romilly, ich bin selbst gekommen, um Euch meinen Dank für Eure Botschaft auszusprechen, Euch und Euren Gefährten bei den Kundschaftervögeln. Wir ziehen morgen gegen Rakhals Armee, und ich habe meiner Verwandten Maura gelobt, sie brauche an einer Schlacht gegen ihren Verwandten nicht teilzunehmen. Deshalb müsst Ihr und der Laranzu die Arbeit tun.« Er lächelte ihr zu. »Komm, Kind, du warst doch nicht stumm, als du mit mir nach Nevarsin geritten bist. Damals hast du mich ›Onkel‹ genannt.«

Romilly platzte heraus: »Ich tat es in Unwissenheit, Sir. Es war kein Mangel an Respekt, ich hielt Euch für Carlo vom Blauen See ...«

»Das bin ich auch«, fiel Carolin lächelnd ein. »Carlo ist der Name aus meiner Kinderzeit, so wie mein kleiner Cousin Caryl genannt wird. Und meine Mutter schenkte mir das Landgut ›Blauer See‹, als ich ein Junge von fünfzehn war. Zwar war ich nicht, für was du mich hieltest, aber bei dir war es ebenso. Denn ich hielt dich für einen Stalljungen, irgendeinen MacAran-Bastard, und nicht für eine Leronis, als die ich dich jetzt antreffe.«

Romilly wusste, trotz ihrer Jungenkleidung hatte er sie ziemlich bald durchschaut und aus seinen eigenen Gründen darüber geschwiegen. Dieses Schweigen hatte es Orain erlaubt, mit ihr Freundschaft zu schließen, und dafür war sie dankbar. Sie begann: »Euer Majestät ...«

Er winkte ab. »Ich halte nichts von Zeremonien unter Freunden, Romilly, und ich habe nicht vergessen, dass ich ohne dich das Frühstück des Banshees geworden wäre. Du wirst also die Kundschaftervögel fliegen lassen, um meine Ratgeber über Rakhals – oder Lyondris – Vorbereitungen zur Schlacht zu unterrichten?«

»Es wird mir eine Ehre sein, Sir.«

»Gut. Nun muss ich mit meiner Verwandten reden und sie von ihrer Angst befreien«, sagte er. »Ich glaube, auch Dame Jandria empfindet immer noch Liebe für Lyondri ...«

»Für den Mann, der er war«, erklang Jandrias leise Stimme

vom Zelteingang her, »nicht für den Mann, der er ist, Carlo. Es widerstrebt mir, die Hand gegen ihn zu erheben, aber ich werde auch keinen Finger rühren, um sein Schicksal aufzuhalten. Hätte ich genug Laran, wäre ich heute unter deinen Leroni, um gegen den Mann zu kämpfen, der er geworden ist. Ist in ihm noch genug von dem alten Lyondri übrig, dass er erkennt, was er heute ist, wird er um einen sauberen Tod beten.«

Mauras Augen waren tränennass. Sie sagte: »Carlo, ich habe geschworen, dass ich weder Hand noch Gran gegen meine Hastur-Verwandten gebrauchen werde. Ich bin eine Elhalyn, und sie sind Blut von meinem Blut. Aber wie Jandria werde ich dich auch nicht daran hindern, zu tun, was du musst.« Sie trat an die Reck, auf der Temperentia saß, und beugte ihren Kopf vor dem Vogel, und Romilly wusste, sie tat es, weil sie weinte.

Dieser Krieg stellt Bruder gegen Schwester und Vater gegen Sohn ... Was kommt es darauf an, welcher Schurke auf dem Thron sitzt oder welcher größere Schurke versucht, ihn hinunterzustoßen ... ? Sie war sich nicht sicher, ob es Ruyvens Gedanke war, den sie hörte, oder ob ihr Vater in ihrer Erinnerung sprach, denn es schien, als existiere die Zeit nicht mehr.

Carolin sah sie beide traurig an. »Ich habe geschworen, mein Volk zu schützen, und wenn ein Hastur diesen Eid bricht, schütze ich es auch vor ihm. Ich wünschte, ich könnte euch klarmachen, wie wenig mich nach Rakhals Thron gelüstet und wie gern ich ihn ihm abtreten würde, wollte er mein Volk nur behandeln wie ein echter König, es achtend und schützend ...« Es war, als spräche er zu sich selbst, und später konnte Romilly nicht entscheiden, ob er laut gesprochen oder ob sie es sich eingebildet hatte. Ihr Laran spielte ihr seltsame Streiche. Es kam ihr vor, als sei ihr Gehirn zu klein, um alles aufzunehmen, was sich hineindrängen wollte, sie fühlte sich gereckt, vergewaltigt, vollgestopft mit Fremdartigkeit, der

Kopf drohte ihr zu platzen. Sie fragte Carolin: »Darf ich meinen guten Freund begrüßen, Euer Pferd, mein Lord?«

»Wirklich, ich glaube, er vermisst dich«, antwortete Carolin. Sie ging zu Sonnenstern, dessen Zügel Carolin um eine Stange geschlungen hatte, und warf dem Pferd die Arme um den Hals. *Du bist das Reittier eines Königs, und trotzdem bist du mein,* sagte sie, nicht in Worten, und spürte Sonnensterns Antwort in ihrem Geist. *Mein, Liebe, zusammen, Sonnenlicht/Sonnenstern/immer zusammen auf der Welt ...*

Romilly entdeckte, dass sie allein an der Stange stand. Sonnenstern war fort, und Ruyven fasste zögernd ihren Arm. »Was fehlt dir, Romy? Bist du krank?«

»Nein«, stieß sie brüsk hervor und ging zu den Vögeln. Wieder einmal hatte sie das Gefühl für die Zeit verloren. War das eine neue Seite ihres Laran, die sie nicht verstand? Vielleicht sollte sie Maura danach fragen. Sie war eine Leronis und sicher bereit, ihr zu helfen. Aber jetzt hörte sie in ihrem Geist Maura um Rakhal weinen, der einmal um ihre Hand geworben hatte, so dass Maura hinterher eine Leronis geworden war und Jungfräulichkeit gelobt hatte. Sie trauerte um Rakhal wie Jandria um Lyondri ... und sie um Orains alte Kameradschaft ... nein, das war vorbei, wieso brachte sie in den letzten Tagen alles durcheinander?

Heute wurden die Kundschaftervögel nicht gebraucht. Romilly, noch schwach und verwirrt nach den gestrigen schweren Anstrengungen und den bösen Träumen der Nacht, war froh darüber. Während sie an dem bevorzugten Platz in der Nähe Carolins und seiner Ratgeber dahinritt, war sie sich ihrer selbst und ihres eigenen Pferdes nicht richtig bewusst, so sehr ritt sie mit Sonnenstern an der Spitze der Armee. Orain war nicht weit von ihr entfernt, und sie hörte ihn ungezwungen mit Lady Maura und Lord Ranald plaudern.

»Du hast das Serrais-Laran, Ranald. Deshalb wage ich zu

behaupten, dass es dir nicht schwerfiele, den Umgang mit den Vögeln zu lernen. Es ist nahe verwandt mit der MacAran-Gabe, die ich in all den Wochen, die wir zusammen gereist sind, an Mistress Romilly beobachtet habe.« Romilly nahm Orains Erinnerung wahr, wie er sie mit einer Zärtlichkeit, in die sich etwas Ähnliches wie Liebe mischte, beobachtet hatte. Ihr war jetzt klar, warum Orain ihr aus dem Weg ging. Er konnte Romilly nicht ohne die schmerzliche Erinnerung an den Knaben Rumal sehen, den zu kennen er geglaubt hatte. Wie ein Narr kam er sich vor, und verschiedene Schichten der Wahrnehmung deckten und trübten sich.

Ranald antwortete: »Ich will es gern versuchen. Und vielleicht ist Mistress Romilly bereit, mich auszubilden. Allerdings ist sie wie alle Schwertfrauen arrogant und von barscher Rede ...« Maura lachte fröhlich auf und meinte, er sei eben nur an Frauen gewöhnt, die ihn, einen Ridenow-Lord, als spezielle Schöpfung für ihr Entzücken betrachteten.

»Komm, komm, Maura, ein solcher Schürzenjäger bin ich nicht. Aber wenn die Göttin Evanda die Frauen zum Entzücken der Männer geschaffen hat, warum sollte ich dann der Dame des Lichts die Ehrerbietung schuldig bleiben, indem ich sie nicht in ihrer Schöpfung, der Lieblichkeit der Frauen, anbete?«, scherzte er. »Dich, Orain, wird sie zweifellos eines Tages bestrafen, weil du ihr verweigerst, was ihr zusteht.« Orain lachte gutmütig, und Romilly erkannte, dass sie ein Gespräch belauschte, das nicht für ihre Ohren bestimmt war. Sie versuchte, es wegzuschieben, wusste sich jedoch keinen anderen Rat, als dass sie ihre Aufmerksamkeit auf etwas anderes richtete. Und dann ritt sie wieder mit Sonnenstern und war sich Carolins zu stark bewusst. Es war kein angenehmer Tag. Am Abend kam Ranald und fragte, ob er ihr beim Absteigen behilflich sein dürfe. Es sei sein Wunsch, sagte er, den Umgang mit den Vögeln zu erlernen, damit er einen fliegen lassen könne, solange Lady Maura durch ihren Eid gebunden sei, darauf zu verzichten. Romilly war recht knapp mit ihm.

»Ganz so einfach ist das nicht. Aber versucht einmal, Euch ihnen zu nähern. Beklagt Euch nur nicht, wenn Ihr einen Fingernagel oder gar ein Auge verliert!«

Ihr gefiel die Art nicht, wie er sie ansah. Es erinnerte sie zu sehr an Dom Garris und sogar an Rory, als habe er ihre jungen Brüste mit gieriger Hand berührt. Das unverhüllte Begehren in seinen Augen – *noch nie habe ich so ein Gefühl gehabt* – störte sie. Doch er hatte nichts getan, nichts gesagt. Wie konnte sie Einspruch erheben? Sie raffte den Mantel zusammen, als sei ihr kalt, und zeigte auf die Vögel.

Ranald senkte den Blick, und sie erkannte, dass er etwas von ihrem Unbehagen wahrgenommen hatte. Leise sagte er: »Verzeiht mir, *mestra,* es war nicht meine Absicht, Euch zu beleidigen.« Ebenso wenig wie Carolin war er im Stande, sich einer unwilligen Frau aufzudrängen, denn er würde den Schreck und die Bestürzung des Opfers teilen, das Gefühl, durch einen lüsternen Blick vergewaltigt zu werden. Aber er war nur an Frauen der Hastur-Sippe gewöhnt, die seine Sensibilität nicht verkannt hätten.

Und mit einer Frau, die kein Laran hat – das wäre, als paare man sich mit einem vernunftlosen Tier, das kaum richtig lebt ... Romilly sah die brennende Röte auf seinem Nacken und wünschte, sie fände Worte, ihm zu sagen, es sei alles in Ordnung. Er näherte sich den Vögeln. Sie spürte die Art, wie er seine Gedanken aussandte, wie er versuchte, nichts als die freundlichsten Gefühle auf sie abzustrahlen. Einen Augenblick lang wartete Romilly, dann senkte Temperentia den Kopf und rieb ihn gegen den Kratzstock in der Hand des Ridenow-Lords. *Also wird er sie fliegen lassen, und er wird eins mit uns sein, wie es Maura gewesen ist ...* Sie wusste nicht, warum die Vorstellung sie beunruhigte.

Maura musste noch bei der Armee sein, dachte Romilly. Man konnte sie in einem vom Krieg heimgesuchten Land nicht allein zurücklassen. Doch gesehen hatte sie sie heute nicht. Als sie mit den Vögeln vorausritten, kam Lord Ranald mit ihnen, Temperentia auf dem Sattel. Romilly hatte ihren Liebling Prudentia Ruyven überlassen. So konnte sie Diligentia nehmen, die von den Vögeln am schwierigsten zu behandeln war. Diligentia zappelte nervös und kreischte, beruhigte sich jedoch, als Romilly ihren Geist berührte.

Ja, auch du bist eine Schönheit, versicherte Romilly dem Vogel und fand es gar nicht merkwürdig, das große, hässliche Geschöpf so anzureden.

Ihre Dienste wurden an diesem Tag dann doch nicht gebraucht. Romilly war froh, denn das verschaffte Lord Ranald etwas mehr Zeit, sich mit dem Vogel völlig vertraut zu machen und einen engen Rapport mit ihm herzustellen. Nach etwa einer Stunde war Romilly überzeugt, nun nicht mehr gerufen zu werden, und sie ließ ihre Gedanken wieder in engen Kontakt mit Sonnenstern gleiten, der sich mit Carolin auf seinem Rücken an der Spitze der Armee befand.

Das ganze Land lag verlassen da. Die Felder waren nicht bearbeitet, hin und wieder sah man einen leeren Bauernhof. Die Brunnen waren zerstört, die Gebäude verbrannt oder mit der Zeit eingestürzt. Romilly, im Geist zusammen mit Sonnenstern, war sich absolut nicht bewusst, dass sie Carolin, Orain und Lady Maura belauschte. Maura hatte sich in ihren Mantel gehüllt und sprach wenig. Carolin betrachtete die wüste Gegend und sagte: »Als Kind bin ich oft hier geritten, und es war alles besiedeltes Land mit Bauernhöfen und kultivierten Feldern. Jetzt liegt es brach.«

»Der Krieg?«, fragte Maura.

»Krieg zur Zeit meines Vaters, bevor ich alt genug war, ein Schwert zu halten. Trotzdem erinnere ich mich noch gut, wie grün und fruchtbar diese Gegend war. Heute liegen die Dörfer näher am Gebirge. Nach einem Krieg gibt es immer Räuberbanden, Männer, die die Heimat und durch die geschauten Gräuel das Gewissen verloren haben. Sie nahmen, was der Krieg übrig gelassen hatte, bis sich die Bewohner in den Schutz der Forts und Soldaten in die Nähe von Neskaya zurückzogen.«

Romilly, eingetaucht in Sonnensterns Geist, dachte nur, wie saftig doch das Gras, wie lieblich die Wiese sei. Am Abend schlugen sie ihr Lager an einem schmalen Bach auf, der als Wasserfall über alte, aufgetürmte Felsen sprang und dann friedlich durch eine Wiese floss, besetzt mit kleinen blauen und goldenen Blumen.

»Das wird eine vollkommene Hochsommernacht«, bemerkte Carolin müßig. »Bevor sie vorüber ist, werden drei der Monde am Himmel erscheinen, zwei davon beinahe voll.«

»Welch ein Jammer, dass wir das Mittsommerfest nicht hier abhalten können«, lachte Maura. Carolin wurde plötzlich ernst. »Ich schwöre es dir, Maura – und dir, *bredu* ...«, mit einem Lächeln echter Freundschaft wandte er sich Orain zu, »dass wir unser Mittsommerfest in Hali, zu Hause feiern werden. Was sagt ihr dazu, meine Verwandten?«

»Evanda gebe es«, antwortete Maura versonnen. »Ich habe Heimweh.«

»Was, keiner der jungen Männer in jenem fernen Turm hinter den Bergen –«, Carolin spielte auf Tramontana an, »– hat deinen Entschluss ins Wanken gebracht, des Gesichts wegen Jungfrau zu bleiben, Maura?«

Maura lachte, doch es klang angestrengt.

»Wenn du mich aufforderst, deine Königin zu werden, Carolin, werde ich dich nicht enttäuscht wegschicken.«

Sonnenstern sprang nervös zur Seite, denn Carolin beugte sich aus dem Sattel, um Mauras Wange leicht mit den Lippen zu berühren. Er sagte: »Wenn der Rat es so haben will, Maura, wird es so sein. Ich hatte gefürchtet, dein Herz sei tot, seit Rakhal sich von dir abwandte.«

»Nur mein Stolz war verletzt«, gestand sie leise. »Ja, ich habe ihn geliebt, als Cousin, als Pflegebruder. Aber seine Grausamkeit tötete meine Liebe. Er glaubte, zu mir über die Leichen meiner Verwandten kommen zu können, und ich würde ihm alles verzeihen, wenn ich die Krone sah, die er anzubieten hatte, so wie ein Kind einen blauen Fleck vergisst, wenn man ihm eine Süßnuss schenkt. Ich wollte nicht, dass man sagte, ich sei von Rakhal zu dir übergewechselt, weil ich den Mann vorzöge, der mir die Krone geben kann ...«, ihre Stimme schwankte. Sonnenstern warf indigniert den Kopf hoch, denn Carolin zog an den Zügeln und hielt ihn an, um sich von neuem zu Maura hinüberzubeugen. Aber diesmal spürte er es, als sein Reiter den leichten Körper der Leronis aus dem Sattel hob, vor sich setzte und festhielt. Es fielen keine weiteren Worte mehr, doch Sonnenstern – und Romilly mit ihm – nahmen ein Überströmen von Emotionen wahr. Es machte ihn unruhig und ließ ihn tänzeln, bis Carolin ihn mit einem Zug an den Zügeln zur Ordnung rief. Romillys Geist überfluteten Bilder von glatten Flanken und seidigen Körpern, von schnellem Lauf im Mondschein. Sie rieb sich die glühende Stirn, so neu waren ihr die Sensationen, die ihren ganzen Körper erschütterten. Abrupt zog sie sich in sich selbst zurück, floh vor der Berührung und den merkwürdigen Gefühlen des großen Hengstes.

Was ist über mich gekommen, dass ich diese Stimmungen habe, dass ich ohne Grund lache und weine?

Carolin sagte in ihren Gedanken, und es war ihr nicht bewusst, dass er nicht neben ihr ritt: *Wir können die Pferde heute Nacht auf dieser Wiese lassen. Du bist eine Leronis, kannst du sie dort festbannen, ohne dass wir sie einzäunen müssen, wozu wir keine Zeit haben?* Romilly wollte schon antworten. Da vernahm sie Mauras klare Stimme, als spräche sie laut: *Ich besitze Romillys Gabe nicht, aber wenn du sie rufen willst, dass sie mir hilft, werde ich tun, was ich kann.*

Romilly hielt ihr eigenes Pferd an. Ruyven drehte sich verblüfft zu ihr um, und sie sagte: »Wir werden für die Nacht hier bleiben, und ich bin zum König und seiner Leronis gerufen worden.«

Orain war es, der ihr die Nachricht brachte. Er ritt durch die Menge der Männer und Pferde und Packtiere, die die Straße füllten, und rief: »Wohin willst du, Romilly? Der *vai dom* braucht dich!«

»Ich weiß.« Romilly ritt zu dem König vor, und Orain starrte ihr überrascht nach.

Carolin hob den Arm gegen die weite Wiese. »Hier wollen wir für die Nacht bleiben. Kannst du Maura helfen, eine Weide für die Pferde abzugrenzen, damit sie sich nicht zu weit entfernen?«

»Gewiss«, antwortete Romilly. Die Männer machten sich daran, das Lager aufzuschlagen, und brachten die besten Pferde auf die Wiese, darunter auch Sonnenstern.

Maura wandte sich an Romilly. »Nun werden wir einen Abgrund schaffen, den wir zwar nicht sehen können, aber sie; Pferde haben Angst vor großen Höhen, deshalb genügt es, wenn sie meinen, da sei einer.«

Romilly verband ihre Gedanken mit denen der jungen Leronis, und zusammen woben sie eine Illusion: einen tiefen Abgrund zwischen Pferden und Menschen, der die Weide umgab ... Romilly, die noch in leichtem Rapport mit Sonnenstern stand und ihn auf ihr eigenes Pferd und die anderen auf der Wiese ausdehnte, sah die Kluft mit den Augen des Rappen und zuckte körperlich zusammen. Es ging weit hinunter, sie konnte ins Bodenlose fallen ...

Maura unterbrach die Verbindung. »Romilly«, sagte sie ernst, »du bist das, was wir eine wilde Telepathin nennen, nicht wahr?«

Der kritische Ton in Mauras Stimme ärgerte Romilly. »Ich weiß nicht, was du meinst«, antwortete sie steif.

»Ich meine, du gehörst zu denen, deren Laran sich von selbst, ohne die Disziplin eines Turms entwickelt hat«, erklärte Maura. »Weißt du, dass das gefährlich sein kann? Willst du mir nicht erlauben, dich zu überwachen und mich zu versichern, dass du unter Kontrolle bist? Laran ist keine einfache Sache ...«

Romilly wurde noch steifer. »Die MacArans haben seit grauer Vorzeit mit Vögeln, Pferden und Hunden gearbeitet, und kaum einer von ihnen ist in einem Turm unterwiesen worden.« Eine Spur des Bergdialekts schlich sich in ihre Sprache zurück wie ein Echo von ihres Vaters Stimme. »Ziel der *Hali'imyn* ist doch nur, den Geist eines Menschen durch ihre *leronyn* und ihre Türme zu beherrschen!«

Maura meinte beschwichtigend: »Ich habe nicht den Wunsch, dich zu beherrschen, Romilly. Aber du siehst aus, als habest du Fieber, und du bist noch in einem Alter, wo du gewissen Gefahren eines nicht richtig überwachten und entwickelten Laran erliegen könntest. Wenn du es mir nicht gestatten willst, dass ich nachsehe, was mit dir geschehen ist, könnte vielleicht dein Bruder ...«

Noch weniger als Maura, dachte Romilly, würde sie ihrem strengen und asketischen Bruder, der immer mehr einem Cristofero-Mönch ähnelte, erlauben, Gedanken zu lesen, die sie sich kaum selbst einzugestehen wagte. Sie riss sich ungeduldig los und errichtete eine unbeholfene Barriere gegen Maura. »Es ist gütig von Euch, *vai domna,* aber Ihr braucht Euch um mich wirklich keine Sorgen zu machen.«

Maura runzelte leicht die Stirn. Romilly spürte, sie wog das

Ethos einer im Turm ausgebildeten Telepathin, sich niemals aufzudrängen, gegen die sehr realen Gefahren ab, die dem Mädchen drohten. Es machte Romilly wütend. So viel älter war Maura nicht als sie. Warum meinte sie, berufen zu sein, Ordnung in Romillys Laran zu schaffen?

Ich durfte allein sehen, wie ich damit fertig wurde, und jetzt, wo ich sie nicht länger brauche, überschlagen sie sich, mir ihre Hilfe anzubieten! Niemand hat mir geholfen, als mein Vater mich an Dom Garris verkaufen wollte, und niemand war zur Stelle, als ich beinahe von Rory vergewaltigt worden wäre oder als ich mich in Orains Bett zum Narren machte. Ich habe diese Schlachten allein und ohne Hilfe gewonnen. Wie kommen sie auf die Idee, ich hätte ihre verdammte Herablassung jetzt nötig? Maura betrachtete sie immer noch besorgt. Schließlich wandte sie sich zu Romillys Erleichterung seufzend ab.

»Seht mal!« Carolin zeigte mit der Hand. »Seid ihr sicher, dass eure Illusion funktioniert?«

Romilly blickte hoch, und ihr blieb beinahe die Luft weg. Sonnenstern raste mit hochgeworfenem Kopf auf sie zu. Die Beine schienen kaum den Boden zu berühren. Maura hob die Hand. »Warte!« Und Sonnenstern erreichte den Rand der Wiese und bremste, alle vier Beine eng beisammen, als stände er wirklich am Rand einer Klippe. Er senkte den Kopf, Schaum tropfte wie in Todesangst von seinen Zähnen. Er erschauerte, schnaubte, wich zurück, warf den Kopf und rannte in die andere Richtung davon.

»Die Illusion wird sie zumindest diese Nacht festhalten«, sagte Maura.

»Aber er fürchtet sich so!«, protestierte Romilly. Die Angst des Pferdes hatte ihr den Schweiß ausgetrieben.

»Weder Erinnerung noch Vorstellungskraft«, sagte Maura ruhig. »Du hast beides, Romy. Doch sieh ihn dir an.« Und tatsächlich, Sonnenstern rupfte gemächlich Gras. Er blieb stehen, sog die Luft ein und näherte sich einer Gruppe von Stuten, die friedlich weideten.

»Er wird die Qualität deines königlichen Marstalls heben«, scherzte Orain, »und jede Stute, die er heute Nacht deckt, bringt bestimmt ein Fohlen zur Welt, das dieses Marstalls würdig ist.«

Carolin lachte vor sich hin. »Gönnen wir ihm das Vergnügen, alter Freund. Wir, die wir für diesen Krieg verantwortlich sind«, er berührte Maura behutsam an der Schulter, aber der Blick, den sie dabei wechselten, ließ Romilly erröten, »müssen eine Weile auf die Erfüllung unseres Verlangens warten. Dafür wird es uns umso köstlicher sein, nicht wahr, meine Liebste?« Sie lächelte nur, und doch musste Romilly vor der Intensität dieses Lächelns die Augen niederschlagen.

An diesem Abend kam Jandria und fragte Romilly, ob sie jetzt wieder ins Zelt der Schwertfrauen kommen wolle, da sie nicht länger mit ihrer kleinen Gruppe und den Vögeln vorausreite. Jandrias Stimme verriet ihre Erwartung, Romilly werde sich sehr freuen, wieder mit ihren Schwestern vereint zu werden. Dagegen war Romilly zu müde und gereizt, um das Geschnatter, den Lärm und das Gekicher der jungen Frauen von der Schwesternschaft zu ertragen, und wollte dem gemeinsamen Zelt viel lieber fernbleiben. Als Entschuldigung brachte sie vor, sie werde bei den Vögeln benötigt.

»Und du brauchst nicht zu befürchten, dass ich ungenügend bewacht werde«, erklärte sie säuerlich. »Zwischen Lady Maura und meinem mönchischen Bruder könnte ich ebenso gut eine Priesterin Avarras auf ihrer heiligen Insel sein, die kein Mann betreten darf, ohne den Todesfluch der Dunklen Mutter auf sich zu ziehen.«

Sie merkte, dass Jandria trotzdem beunruhigt war, aber die ältere Frau umarmte sie nur. »Dann schlaf gut, kleine Schwester. Du siehst so müde aus. Man hat dir in sehr kurzer Zeit viel abverlangt, und du bist noch jung. Iss ordentlich zu Abend. Ich kenne genug Leroni, und ich habe schon zarte kleine Mädchen wie drei Holzfäller essen sehen, um die bei dieser Arbeit verbrauchten Energien aufzufüllen. Und schlaf dich morgen früh aus, mein Liebes.«

Sie ging. Romilly atzte mit Ruyvens Hilfe die Vögel. Befriedigt stellte sie fest, dass auch Lord Ranald sich nicht scheute zuzufassen. Aber ihr selbst wurde von dem Geruch des Kadavers, den die Jäger der Armee ihr gebracht hatten, von neuem übel. Carolin hatte ihnen von seinem eigenen Tisch mit Grüßen an seine Vogelpfleger eine reichliche Portion Chervine-Braten geschickt. Romilly konnte kaum etwas davon genießen und schob das Essen nur auf ihrem Teller herum.

Die Sonne war längst untergegangen, bis das Lager vollständig eingerichtet war, aber die Nacht wurde von drei vollen Monden und der halben Scheibe des vierten erhellt.

»Vier Monde«, meinte Lord Ranald lachend. »Welche Verrücktheit sollen wir anstellen? In Thendara heißt es: *Was unter vier Monden geschieht, braucht weder erinnert noch bereut zu werden ...*«

Ruyven erklärte mit eisiger Höflichkeit: »Solche Nächte sind geheiligt, Freund. Ich werde diese zum größten Teil in Stille und Meditation verbringen, falls Carolins Soldaten –«, er wies auf die Stelle, von der der Wind die schwachen Klänge einer *rryl* und laute, unmelodische Stimmen herübertrug, die den Refrain eines beliebten Trinkliedes sangen, »– mir ein bisschen Frieden gestatten.«

»Die Zahlmeister des Königs haben den Soldaten eine Sonderration Wein gegeben«, berichtete Lord Ranald, »aber nicht genug, um sie betrunken zu machen. Sie werden im Mondschein um ihre Feuer sitzen und singen, mehr nicht.« Er bot Romilly seinen Arm. »Sollen wir uns ihnen anschließen? In meiner alten Einheit sind drei oder vier Männer mit schönen Stimmen, die zusammen in Gastwirtschaften singen. Sie sind gut genug, um so viel Bier zu bekommen, wie sie wollen, und mehr. Du kannst sicher sein, dass sie eine Schwertfrau nicht belästigen werden. Stattdessen werden sie sich freuen, dass du gekommen bist, um ihren Gesang zu hören.«

»Nach schönen Stimmen hört sich das aber nicht gerade an.« Romilly lauschte auf die fernen Missklänge, und Ranald lachte.

»Sie amüsieren sich bloß. Die Windsong-Brüder – so nennen sie sich, obwohl es keine Brüder, sondern vier Cousins sind – halten es nicht für der Mühe wert, mit ihrem Vortrag zu beginnen, ehe alle versammelt sind und sie darum bitten. Wir kommen noch rechtzeitig hin, um sie zu hören, und den Soldaten gefällt es, wenn der Adel sich mit ans Feuer setzt und an ihrem Zeitvertreib teilnimmt.«

So aufgefordert, konnte Romilly nicht gut ablehnen, obwohl sie Kopfschmerzen hatte und verdrießlicher Stimmung war. Am liebsten wäre sie still zu Bett gegangen. Aber da im Lager Gesang und Gelächter erschallten, hätte sie doch nicht schlafen können. Vielleicht besaß Ruyven so viel Disziplin, dass er in dem Getöse meditieren konnte – sie nicht. Deshalb nahm sie Ranalds Arm.

Der Mondschein machte es fast so hell wie am Tag – nun, wie an einem grauen und regnerischen Tag. Gedrucktes hätte man nicht lesen können, und die Farben von Ranalds buntem Mantel und Romillys roter Jacke waren nicht zu erkennen. Immerhin war reichlich Licht, den Weg zu finden. Ein Teil von Romilly rupfte mit Sonnenstern friedlich Gras auf der Weide, und doch war sie von einer seltsamen Ruhelosigkeit erfüllt. Sie näherten sich den Feuern und hörten die Soldaten ein Lied gröhlen, das alles andere als anständig war und von skandalösen Vorgängen unter dem Adel handelte.

»Verführt mit einer Kireseth-Blüte
Ein Chieri einst erglühte
Für den Bewahrer von Arilinn.
Ihrer Kinder waren dreie,
Dass davon emmasca *zweie,*
Weiß ich da ich das dritte bin ...«

Ranald bemerkte: »Dafür würde man sie in Stücke reißen, wenn sie es irgendwo auf den Ebenen von Arilinn sängen. Hier ist es etwas anderes. Es besteht eine alte Rivalität zwischen den Türmen von Arilinn und Neskaya.«

»Seltsame Ereignisse für einen Turm«, stellte Romilly fest, deren Bild von einem Turm aus den disziplinierten und strengen Gedanken Ruyvens stammte.

Er lachte. »Ich habe ein paar Jahre in einem Turm verbracht - gerade genug Zeit, dass ich lernte, mein Laran zu kontrollieren. Du musst ja wissen, wie das ist. Als es begann - ich war dreizehn - konnte ich mich manchmal kaum von einem brünftigen Cralmac unterscheiden und lief Gefahr, mit jeder Hündin auf dem Hof in Hitze zu geraten! Ich saß damals noch im Schulzimmer, und meine Erzieherin verlor völlig die Fassung. Natürlich war sie eine alte Viper mit gefrorenen Gesichtszügen - ich möchte meinen Lieblingshund nicht dadurch beleidigen, dass ich die Lady eine Hündin nenne! Bestimmt hat sie sich oft gewünscht, mich kastrieren zu lassen wie die Pack-Chervines, damit sie mit dem Unterricht fortfahren könne!«

Romilly kicherte verlegen. Er spürte ihr Unbehagen und entschuldigte sich: »Verzeihung - ich hatte vergessen, dass du eine Cristofero und in dieser Lehre erzogen bist. Ich hatte gedacht, Mädchen seien anders. Ich hatte jedoch vier Schwestern, und bald verlor ich den Glauben, Mädchen seien zarter und empfindsamer - und dafür entschuldige ich mich nicht, denn du bist eine Frau aus den Bergen, und deine Arbeit mit den Vögeln verrät, dass du genug mit Tieren zusammen gewesen bist, um zu wissen, was ich meine.«

Romilly errötete, und das Gefühl war nicht unangenehm. Sie erinnerte sich an den Hochsommer in den Bergen um Falkenhof. Die Welt quoll über von Leben, Rinder und Pferde paarten sich, und sie hatte ohne Scham an den natürlichen Geschehnissen rings um sie teilgenommen, obwohl es für ihren Kinderkörper ein undifferenziertes Erlebnis war, sinnlich, aber nicht persönlich. Sie wusste, er zog sie auf, doch sie nahm es ihm nicht übel. »Horch«, sagte Ranald, »da sind die Sänger.«

Sie trugen alle die Uniform der gemeinen Soldaten, vier Männer, einer groß und kräftig, einer mit zottigem, rötlich braunem Haar und wildem Bart, einer klein und fett mit einem runden, rosigen Gesicht und schiefem Lächeln und der vierte hoch gewachsen und hager mit knochigem Gesicht und großen roten Händen. Aber aus seiner Kehle kam die schönste Tenorstimme, die Romilly je gehört hatte. Sie summten eine Weile vor sich hin und suchten die richtige Tonlage. Dann stimmten sie ein populäres Trinklied an. Romilly wusste, dass es sehr alt war.

»Gepriesen sei Aldones Geschenk,
Das richtig placierte Ellbogen-Gelenk.
Säße es zu weit unten, wir könnten
keinen Tropfen genießen,
Säße es zu weit oben,
wir müssten das Bier ins Ohr uns gießen ...«

Sie beendeten die Strophe, indem sie ihre Krüge mit Schwung umkehrten und so zeigten, dass sie leer waren. Die Soldaten brüllten begeistert und gossen ihnen die Becher bis zum Überlaufen voll. Die Sänger tranken aus und begannen ein neues Lied.

Ihre Lieder waren derb, aber nicht anstößig. Meistens handelten sie von den Freuden des Trinkens und der Liebe. Ihre Stimmen waren herrlich. Romilly jubelte ihnen wie die anderen zu und sang die Refrains mit, bis sie heiser war. Sie vergaß darüber ihre eigenen seltsamen Gefühle, und sie war Lord Ranald dankbar für seinen Vorschlag. Irgendwann drückte ihr jemand einen Krug in die Hand. Es war das starke, duftende Tieflandbier, und sie wurde davon ein bisschen beschwipst. Die eigene Stimme klang ihr gut in den Ohren – für gewöhnlich hatte sie überhaupt keine Singstimme –, und sie fühlte sich angenehm beschwingt und doch nicht betrunken genug, um die Beherrschung zu verlieren. Dann wurde es spät, und die Männer suchten ihre Betten auf. Die Windsong-Brüder, die trotz reichlich genossener Getränke noch gerade gingen, sangen unter wildem Beifall ihr letztes Lied. Auf dem Rückweg zu ihrem Zelt musste Romilly sich aber auf Ranalds Arm stützen.

Er zog sie im hellen Mondschein dicht an sich. »Romy«, flüsterte er, »was unter den vier Monden geschieht, braucht weder erinnert noch bereut zu werden ...«

Halbherzig schob sie ihn weg. »Ich bin eine Schwertfrau. Ich möchte meinem Ohrring keine Schande machen. Du hältst mich also für leichtfertig, weil ich ein Mädchen aus den Bergen bin? Und Lady Maura teilt mit mir das Zelt!«

»Maura wird Carolin diese Nacht nicht verlassen«, antwortete Ranald ernst. »Sie können nicht heiraten, bevor der Rat seine Zustimmung erteilt hat, und werden es nicht tun, solange sie als seine Leronis gebraucht wird. Aber sie werden sich nehmen, was sie haben können. Meinst du, sie würde dir einen Vorwurf machen? Oder hältst du mich für so egoistisch, dass ich dich schwängern würde, während wir uns mitten in diesem Krieg befinden und deine Fähigkeiten so wertvoll sind wie meine?« Er versuchte, sie von neuem in die Arme zu nehmen. Sie jedoch schüttelte wortlos den Kopf, und er ließ sie los.

»Ich möchte gern, aber es wäre keine Freude für mich, wenn es keine für dich ist«, sagte er und küsste ihre Handfläche. »Vielleicht – vergiss es. Dann schlaf gut, Romilly.« Er verbeugte sich und ging. Sie fühlte sich leer und kalt, und fast wünschte sie, ihn nicht weggeschickt zu haben.

Ich weiß nicht, was ich will. Ich glaube nicht, dass es das ist. Im Inneren des Zeltes – und Ranald hatte Recht, Lady Maura war nicht da, ihr Schlafsack lag leer auf dem Boden – meinte sie immer noch, das Mondlicht durch ihren ganzen Körper fluten zu fühlen. Sie kroch unter ihre Decke und zog ihre Kleider aus. Gewöhnlich behielt sie nachts ihre Unterjacke an. Heute war sie so erhitzt, dass sie den Stoff auf ihren fiebernden Gliedern nicht ertrug. Der Gesang und das Bier hämmerten noch in ihrem Kopf. Und dabei war ihr, als befinde sie sich draußen im Mondschein und schreite über das Gras. Ein süßer, erregender Duft stieg von der Erde auf, und eine treibende Unruhe erfüllte ihr Inneres.

Auch Sonnenstern war unruhig im Licht der vier Monde ... jetzt war sie tief in Rapport mit dem Hengst ... das war ihr nicht neu, sie hatte es in früheren Sommern schon erlebt, aber nie mit der vollen Kraft ihres erwachten Laran, ihres plötzlich erwachten Körpers ... der Geruch des Grases, das pulsierende Leben in ihren Adern, bis sie eine einzige große, schmerzende Anspannung war ... süße Düfte mit einer Beimischung, die ihren verdoppelten Sinnen vorkamen wie Moschus und Sommerblumen und etwas, das sie nicht einmal erkannte, so völlig war es Teil ihrer selbst, durch und durch sexuell, verstandesmäßige Barrieren hinwegfegend ... zu ein und derselben Zeit war sie der brünstige große Hengst und die verängstigte Ro-

milly. Sie bemühte sich verzweifelt, den Kontakt abzubrechen, den sie sonst immer so sorglos eingegangen war, es war jetzt zu viel für sie, sie hielt das nicht aus, sie platzte unter der rohen, animalischen Sexualität im stimulierenden Licht der Monde ... Ihr Körper drehte und wand sich in dem Bemühen, zu entkommen. Sie wusste kaum, was sie fürchtete, aber sollte es geschehen, würde sie für immer davon verschlungen werden und nie mehr in ihren eigenen Körper zurückkehren können ... welches war ihr Körper. .. sie wusste es nicht ... es war unerträglich ... LEIDENSCHAFT, ENTSETZEN, BRUNST ... NEIN, NEIN ...

Blaues Mondlicht flutete ins Zelt, als die Klappe zurückgezogen wurde ... sie sah es nicht, sie war nicht mehr fähig, etwas zu sehen. Nur das Mondlicht erreichte ihren kämpfenden Körper, ihren Kopf, der von einer Seite zur anderen flog.

Sie lag sanft in freundlichen Armen, eine Stimme rief leise ihren Namen. Liebevolle Hände berührten sie.

»Romilly, Romy ... Romy, komm zurück, komm zurück ... lass mich dich halten, so, armes Kleines ... komm zurück zu mir, komm *hierher* ...« Sie sah Ranalds Gesicht, hörte seine Stimme nach ihr rufen. Ihr war, als wäre sie fast ertrunken in der Flut dessen, was sie nicht war, als kehre sie voller Dankbarkeit in ihren eigenen Körper zurück, den Ranald fest in seinen Armen hielt. Seine Lippen lagen auf ihren, und sie hob die Arme und zog ihn ungestüm an sich. Alles war ihr jetzt recht, alles, was sie sicher innerhalb ihres eigenen Körpers hielt, die unerträgliche Überladung an Emotion und physischen Sensationen ausschloss. Ranald hielt sie fest, liebkoste sie, sie war sie selbst, sie war wieder Romilly. Sie wusste kaum, ob es Furcht oder Dankbarkeit oder echtes Verlangen war, das ihre Lippen mit seinen verschmolz, das sie in seine Arme warf, den ganzen unerwünschten Kontakt mit dem Hengst beiseite stieß, sie erinnerte, dass sie menschlich war, menschlich, sie war wirklich, und dies, dies war es, was sie wollte ... Sie las in seinen Gedanken, dass er erstaunt und entzückt war, wenn auch ein bisschen überwältigt von ihrer Heftigkeit und bestürzt, als er merkte, dass sie noch unberührt war. Aber das machte beiden in der geteilten Leidenschaft dieses Augenblicks nichts aus.

»Ich wusste es«, flüsterte er später, »ich wusste, es würde zu viel für dich sein. Ich glaube nicht, dass ich es war, den du gerufen hast, aber ich war hier, und ich wusste es ...«

Sie küsste ihn dankbar, erstaunt und beglückt. Es war so natürlich geschehen, es kam ihr jetzt so süß und richtig vor. Als sie in den Schlaf davontrieb, tauchte ein Gedanke auf, der sie beinahe zum Lachen gebracht hätte.

So wäre es mit Dom Garris nie gewesen! Ich hatte völlig Recht, ihn nicht zu heiraten.

7

Drei Tage lang blieb Carolins Armee an dem Wasserlauf. Am dritten Tag verließ Romilly das Lager, um die Kundschaftervögel wieder aufzulassen, und Ranald ging mit ihr. Es war ihr klar, dass sie ihre Gedanken irgendwie vor Ruyven abschirmen musste; er hätte überhaupt kein Verständnis für das, was geschehen war. Er würde nur sehen, dass seine junge, unschuldige Schwester das Bett mit einem Ridenow-Lord geteilt hatte. Romilly, um ihr Gerechtigkeit widerfahren zu lassen, machte sich mehr Sorgen darüber, ob das ihre Zusammenarbeit zu dritt stören könne, als dass sie Scham oder Reue empfand. Ruyven würde als sicher annehmen, dass Ranald den Verführer gespielt hatte, und so war es ja gar nicht gewesen. Er hatte sie einfach von etwas losgerissen, das zu ertragen sie nicht fähig gewesen war. Noch jetzt wusste Romilly nicht, warum sie es unerträglich gefunden hatte.

»Erinnere mich daran, dass ich dich nicht so ansehen und anlächeln darf«, sagte Ranald, der ihren Gedanken aufgefangen hatte, Ruyven dürfe nichts erfahren. Sie lächelte zurück, ruhig und glücklich. Auf der Weide am Bach grasten Sonnenstern und die anderen Pferde, und Romilly nahm die alte, enge Kommunikation mit dem Hengst wieder auf, ohne Abscheu oder Unbehagen, ohne einen Riss in der freundschaftlichen Vereinigung mit Sonnenstern zu empfinden.

Ranald hat es für mich so leicht gemacht.

Maura hat es mir gesagt, wenn auch in einem anderen Zusammenhang: *Pferde haben weder Erinnerung noch Vorstellungskraft.* Darum kann ich da anknüpfen, wo ich aufgehört habe.

Zweimal in diesen Tagen besuchte sie das Zelt der Schwertfrauen und nahm an ihrer Mahlzeit teil. Clea zog sie ein bisschen auf.

»Also bist du doch noch eine von uns, auch wenn du mit dem Adel auf Du und Du stehst?«

»Sei gerecht«, mahnte Jandria. »Sie muss ihre Arbeit tun wie wir alle, und Lady Maura ist als Anstandsdame ebenso wirksam wie ein ganzes Haus voll von unseren Schwestern. Einer der Vogelpfleger ist zudem ihr Bruder. Und wenn das Gerücht stimmt«, sie sah Romilly forschend an, »wird diese Lady Maura eines Tages unsere Königin sein. Was weißt du darüber, Romy?«

Romilly antwortete: »Nicht mehr als du. Und König Carolin kann nicht heiraten, bevor der Rat ihm Erlaubnis dazu gibt. Eine Edelfrau von Lady Mauras Stellung kann wiederum nicht ohne Zustimmung ihrer Eltern heiraten, und erst recht dann nicht, wenn ein König um sie wirbt. Aber wenn sie ihren Willen durchsetzen, wird es bestimmt eine Hochzeit geben.«

»Und falls nicht, wird der König einen Bastard zeugen, der dann im Königreich ebenso viel Ärger macht wie dieser *gre'zuin* Rakhal«, spottete Tina. »Ein nettes Betragen für eine Leronis – ich weiß von ihrer Dienerin, dass sie zwei Nächte im Zelt des Königs verbracht hat. Was für eine Anstandsdame ist sie da wohl für Romy?«

Ranald hatte Romilly gelehrt, sich ein bisschen abzuschirmen. So gelang es ihr, weder zu erröten noch die Augen abzuwenden. »Meinst du wirklich, zwischen drei hässlichen Vögeln und meinem Bruder brauchte ich eine Anstandsdame, Tina? Was Maura angeht, so habe ich gehört, dass sie Jungfrau für das Gesicht bleibt. Ich kann mir nicht vorstellen, dass sie das in Gefahr bringt, solange der Krieg andauert, und wenn es im Bett eines Königs wäre. Aber ich bin nicht die Bewahrerin ihres Gewissens. Sie ist eine erwachsene Frau und eine Leronis und hat niemandem Rechenschaft abzulegen.«

Tina gab ein verächtliches Geräusch von sich. »Sie würde ihre Jungfräulichkeit also für eine Krone verkaufen, aber nicht um Liebe hingeben? Gut gemacht, Leronis!« Sie applaudierte. »Sieh zu, dass du von ihrem Beispiel profitierst, Romy!«

Romilly hatte geglaubt, unter diesen Frauen, denen es freistand, nach eigenem Willen zu handeln, von dem sprechen zu können, was ihr widerfahren war. Hätte sie nur die Möglichkeit, mit Jandria allein zu sein! Sie würde es ihr so gern erzählen ... aber Jandria stand bereits auf, um sich zu Carolins Ratgebern zu begeben, und da war keine andere, nicht einmal Clea, die sie für ihre Freundin gehalten hatte, der sie sich hätte anvertrauen mögen. Nicht nach den herabsetzenden Bemerkungen, die gefallen waren. Nein, sie würde nicht von Ranald sprechen. Sie verstanden es doch nicht.

Sie hatte ihrem Ohrring keine Schande gemacht und die Schwesternschaft nicht in Verruf gebracht. Zu mehr verpflichtete ihr Eid sie nicht, und wenigstens hatte sie sich nicht an diesen ältlichen Wüstling Dom Garris um Wohlleben und das Gedeihen von ihres Vaters Pferdehandel mit Scathfell verkauft!

Sie war in sehr guter Stimmung, als sie an diesem dritten Tag mit Ruyven und Ranald hinauszog, um die Vögel fliegen zu lassen. Der Himmel war grau und verhangen, kleine Regenschauer fegten über die Ebene, und selbst wenn die Wolken einmal aufrissen, blieb der starke Wind. Die Kundschaftervögel hatten sich auf ihren Blocks aufgeplustert und kreischten protestierend, als sie auf die Blocks gesetzt wurden. Das Wetter passte ihnen gar nicht, aber sie brauchten Bewegung nach zwei Tagen guten Futters und Ruhe, und Carolin wollte wissen, wo sich Rakhals Armee jetzt befand.

»Irgendwie müssen wir sie niedrig genug halten, dass sie durch den Nebel sehen können«, sagte Ranald. Romilly widersprach: »Das wird ihnen nicht gefallen.«

»Es geht mich nichts an, was ihnen gefällt oder nicht«, erwiderte Ranald kurz. »Wir lassen die Vögel nicht ihres oder unseres Vergnügens wegen auf – hast du das vergessen, Romy?«

Das hatte sie in ihrer engen Verbundenheit mit den großen Vögeln für einen Augenblick tatsächlich vergessen. Sie warf Diligentia von ihrer behandschuhten Hand ab, ging in Rapport mit ihr, flog auf starken Schwingen hoch über den Bergzügen dahin. Dann erinnerte sie sich, zwang den Vogel, niedriger zu fliegen, zu kreisen, sich ostwärts zu halten, wo sie Rakhals Armee zuletzt gesehen hatten.

Selbst in dieser Höhe und mit den scharfen Augen des Vogels konnte sie nicht sehr weit sehen. Der Nebel beschränkte die Sichtweite, und dazu kam der von Nordosten schräg einfallende Regen. Sie musste noch weiter hinuntergehen, um den Boden zu erkennen. Dieser Flug hatte gar keine Ähnlichkeit mit dem letzten Mal, als sie in großer Höhe dahingeschwebt war und das Bild der ganzen Gegend durch Ranald an Carolin weitergegeben hatte. Jetzt war es eine lustlose, anstrengende Sache, den Vogel anzutreiben trotz seiner hartnäckigen Entschlossenheit, umzukehren und sich auf der Reck aufzuplustern, bis wieder schönes Wetter war, und ihn im Widerspruch zu seinem Instinkt, sich hoch über die Wolken zu erheben, zu einem niedrigen Flug zu zwingen.

Kundschaftervögel – Spionvögel. Wir alle sind nur Werkzeuge für Carolins Armee. Wie zornig ihr Vater darüber sein würde! Er hatte nicht nur den weggelaufenen Sohn verloren, sondern auch noch die Tochter, die ihm den entflohenen Ruyven und den wertlosen Bücherwurm Darren hätte ersetzen sollen ... Ob Darren zurechtkam? Hatte er sich damit abgefunden, dass er mit Falken und Pferden arbeiten musste?

Romilly hatte den Kontakt mit dem Vogel verloren, und ein scharf fragender Gedanke von Ruyven rief sie zu dem Flug durch den Regen zurück, durchgefroren und zerschlagen von den eisigen Hagelkörnern, die auf sie einprasselten ... oder auf Diligentia? Sie musste es riskieren, niedriger zu fliegen, denn durch diesen dicken nassen Vorhang sahen sie nichts. Sie waren auf dreifache Weise miteinander verbunden, und nun folgte Romilly Temperentia, die in Richtung einer Wolkenlücke vorausflog. Unter ihnen lag das Land verlassen da, aber am Horizont erkannte sie Rauch. Das musste Rakhals Armee sein, die das Nachlassen des Regens abwartete. Hinter sich spürte sie die Luftverdrängung durch Prudentia, die ihr dicht an den Startpennen folgte. Gleichzeitig war ein Teil von ihr Romilly, deren Körper sorgfältig ausbalanciert im Sattel hing, und wieder ein anderer Teil war Carolin, der auf Nachricht durch die Gedanken der Vogelpfleger und Vögel wartete.

Ein Pünktchen in der Luft, das schnell größer und größer wurde ... natürlich, das hätte sie sich denken können, dass die Gegenseite bei diesem Wetter ebenfalls Kundschaftervögel auflassen würde! Sie – *oder war es Diligentia*? – wich ein wenig vom Kurs ab und hoffte, dem sich nähernden Vogel ungesehen ausweichen zu können. War es Rakhal selbst oder einer seiner Ratgeber hinter den schlagenden Flügeln dieses Vogels, der sich daranmachte, sie abzufangen?

Ob es zu einem Kampf kam? Es war unmöglich, den Vogel zu kontrollieren, wenn der nackte Instinkt die Oberhand gewann. Solange alles in Ordnung war, ließ sich der Geist eines Vogels ohne große Schwierigkeiten beherrschen, doch in Gefahr war der Instinkt stärker als das gemeinsame Bewusstsein. Temperentia flog immer noch ein gutes Stück voraus. Durch ihre Verbindung mit Ruyvens Gedanken konnte Romilly die Außenbezirke des feindlichen Lagers sehen und einen Wagen, um den etwas Schwarzes und Unheimliches schwebte. Sie war sich nicht sicher, ob sie es mit den Augen wahrnahm; empfing sie es aus Ruyvens Gehirn oder aus dem des Vogels? Vögel –

Mauras Bemerkung hallte in ihrem Kopf wider: *weder Erinnerung noch Vorstellungskraft* – sahen nur mit ihren körperlichen Augen und konnten nicht interpretieren, was sie sahen, solange es sie nicht als Nahrung oder Bedrohung unmittelbar betraf. Romilly brauchte ihre ganze Kraft, um Diligentia auf Kurs zu halten. Der Wagen war da, und ein merkwürdiger, beißender Geruch, der in ihre oder die Nase des Vogels zu stechen schien. Aber die Schwärze musste sie durch eins der Gehirne erkennen, die in Rapport mit den Kundschaftervögeln standen. Sie empfand vage Neugier, war jedoch so eingebettet in das Bewusstsein des Vogels, dass sie die Ausdeutung der Wahrnehmung gern Carolin überließ.

Etwas war jetzt in der Luft ... Gefahr, Gefahr ... als habe ein rot glühender Draht ihr Gehirn verbrannt, schwankte sie und kreischte, und dann fuhr ihr der Schmerz wie ein Messer durchs Herz. Mit einem Aufschrei fiel Romilly aus dem Rapport, kämpfte, ihn aufrechtzuerhalten ... *Schmerz ... Furcht ...* irgendwo fiel Diligentia wie ein Stein, *das Bewusstsein trübte sich, erstarb ...* Auf ihrem Pferd sitzend, fasste sich Romilly an die Brust, als habe der Pfeil, der den Kundschaftervogel getötet hatte, auch ihr das Herz durchbohrt. Der Schmerz war alptraumhaft, grauenvoll, und in qualvoller Desorientierung warf sie wilde Blicke umher. Dann erkannte sie, was geschehen sein musste.

Diligentia! Sie hatte ihren Vogel absichtlich in die von diesen Pfeilen drohende Gefahr geschickt, hatte seinen instinktiven Wunsch unterdrückt, vorsichtig zu sein, höher aufzusteigen, der Gefahr zu entrinnen. Schuld und Trauer stritten sich in ihr um die Vorherrschaft.

Sehr weit weg rief jemand ihren Namen ... sie tauchte aus einem grauen Nebel auf. Mit tief bekümmertem Gesicht sah Ranald sie an. Erstickt stieß sie hervor: »Prudentia ... Temperentia ... bring sie zurück!«

Er holte tief Atem. »Sie sind weg von den Soldaten. Ich habe sie hoch hinauf geschickt, außer Reichweite. Es tut mir Leid, Romy; du hast sie geliebt.«

»Und sie hat das Leben geliebt!«, schleuderte sie ihm entgegen. »Und sie ist gestorben, weil du und Carolin – ah, ich hasse euch alle, euch Männer und Könige und eure verdammten Kriege, von denen keiner eine Feder in ihrer Flügelspitze wert ist.« Sie ließ den Kopf in die Hände fallen und brach in heftiges Weinen aus.

Ruyven saß noch da, den Kopf in den Nacken gelegt, das Gesicht erstarrt vor konzentrierter Anstrengung. Er bewegte sich nicht, bis ein dunkler Körper aus den Wolken fiel und auf seinen Handschuh niedersank.

»Temperentia«, flüsterte Romilly erleichtert, »aber wo ist Prudentia?«

Wie zur Antwort kam aus den Wolken ein schriller Schrei, dann ein zweiter. Zwei Vögel stürzten durch die Schichten von Nebel und Regen, aneinander geklammert, kämpfend. Federn fielen, und das Schreien erstarb. Ein schlaffer Körper fiel vor die Hufe ihrer Pferde, ein anderer flog eilends davon und kreischte triumphierend.

»Sieh nicht hin! Ranald, halt sie fest ...«, begann Ruyven.

Aber Romilly war schon vom Pferd gesprungen. Wild schluchzend hob sie den kleinen, blutbefleckten Körper Prudentias auf, immer noch weich und warm von dem eben erst entflohenen Leben. Sie drückte ihn an ihre Brust. Ihr Gesicht war nass und wütend.

»Prudentia! Ah, Prudentia, Liebes, nicht auch du noch«, rief sie, und das Blut des Vogels verschmierte ihr Hände und Jacke.

Ranald stieg ab, kam und nahm ihn ihr behutsam weg.

»Es hat keinen Sinn, Romilly; sie ist tot«, sagte er leise, schloss sie in seine Arme und zog sie an sich. »Armes kleines

Liebchen, weine nicht. Da kann man nichts machen; das ist der Krieg.«

Und das soll eine Entschuldigung für alles sein! Romilly spürte den Zorn in sich aufsteigen. *Sie spielen mit dem Leben wilder Vögel, bleiben selbst in Sicherheit und sagen, das ist der Krieg ... ich stelle ihr Recht nicht in Frage, sich gegenseitig umzubringen, aber was weiß ein unschuldiger Vogel von dem einen König oder dem anderen?*

Ruyven beruhigte Temperentia auf seiner Faust und streifte ihr die Haube über. Er sagte: »Romilly, versuche dich zu beherrschen. Es gibt Arbeit zu tun. Ranald – du hast gesehen?«

»Aye, ich habe es gesehen«, antwortete Ranald. »Irgendwo in Rakhals Tross ist *Haftfeuer.* Ich weiß nicht, wo er es verwenden will, aber Carolin muss es sofort erfahren! Die Zeit mag knapp werden, wenn wir nicht von dem Zeug verbrannt werden wollen, und ich will gewiss nicht, dass es gegen mich oder gegen das Land hier herum eingesetzt wird.«

»Ich auch nicht. Ich habe gesehen, was Haftfeuer anrichten kann – in Tramontana«, erwiderte Ruyven. »Allerdings nicht im Krieg. Carolin hat gelobt, es nicht gegen Menschen anzuwenden, die auf seinem Land leben müssen. Wenn wir jedoch damit angegriffen werden, weiß ich nicht, wie er sich dagegen verteidigen will.«

Romilly, die bisher stumm daneben gestanden hatte, fragte: »Was ist Haftfeuer?«

»Der Atem aus Zandrus Schmieden«, antwortete Ranald. »Es brennt so lange weiter, wie es Nahrung findet, frisst sich durch Haut und Knochen und sogar in Stein hinein ... ein Feuer, das durch Zauberei und Laran hergestellt wird.«

Das bezweifele ich nicht. Leute, die einen unschuldigen Vogel des Anspruchs irgendeines Königs wegen töten, werden nicht davor Halt machen, auch Menschen umzubringen.

»Du musst mit uns kommen.« Ranald half ihr in den Sattel.

»Carolin muss es erfahren, und er wird alle seine *leronyn* brauchen – Maura hat geschworen, nicht gegen Rakhal zu kämpfen. Trotzdem wird sie nicht zögern, den Gebrauch von Haftfeuer gegen ihr eigenes Volk zu verhindern, ganz gleich, was sie noch für Rakhal empfinden mag!«

Romilly ritt, ohne etwas zu sehen; die Tränen strömten ihr immer noch aus den Augen. Sie wusste nichts über die Waffen, die diese Männer und ihre Könige und ihre Leroni benutzten, und sie wollte auch nichts darüber wissen. Undeutlich war ihr bewusst, dass Ranald von ihr wegritt. Blindlings suchte sie den Kontakt mit Sonnenstern und empfand in der tröstlichen Kraft des großen Hengstes eine unendliche Wärme und Verbundenheit. Er war in ihr, und sie war in ihm. Sie lebten in der Gegenwart ohne Erinnerung oder Vorahnung, ohne Vorstellungskraft oder Emotion außer den unmittelbaren Stimuli: Grünes Gras, die Straße unter den Hufen, das Gewicht Carolins, bereits geliebt, im Sattel. Sie ritt, ohne etwas zu sehen, denn der größte Teil ihres Ichs war bei Sonnenstern, und Verlust und Trauer waren ausgelöscht in dem nicht endenden gegenwärtigen Augenblick der Zeitlosigkeit.

Endlich löste sie sich, ein wenig getröstet, aus der Welt des Pferdes und wurde sich halb bewusst, dass man irgendwo über sie sprach.

Sie hat sehr an den Kundschaftervögeln gehangen, sie stand ihnen sehr nahe. So war es vom ersten Augenblick an, als wir mit ihr zusammentrafen. Wir sprachen davon, wie hässlich sie seien, und sie wies uns darauf hin, sie hätten ihre eigene Schönheit ...

... ihre erste Erfahrung mit dieser Art von Verlust. Sie muss lernen, ihr Selbst abzutrennen ...

... Was kann man von einer wilden Telepathin auch erwarten, die versucht hat, ohne die Disziplin der Türme zu lernen ...

Grollend dachte Romilly, wenn das, was in den Türmen gelehrt wurde, sie gelehrt hätte, den Tod unschuldiger Tiere, die keinen Anteil an den Menschen und ihren Kriegen hatten, gleichmütig hinzunehmen, dann war sie froh, nicht in einen Turm gegangen zu sein!

»Bitte versteht das.« Carolin sah seine drei Vogelpfleger an. »Keinem von euch ist ein Vorwurf zu machen. Tatsache bleibt, wir haben zwei von unseren drei Kundschaftervögeln verloren, und der Letzte muss sofort aufgelassen werden, ungeachtet der Gefahr. Wer von euch wird ihn fliegen?«

»Ich bin bereit dazu«, sagte Ruyven. »Meiner Schwester ist diese Arbeit noch neu, und sie trauert um die Vögel – sie hat sie versorgt, seit sie jung waren, und ihnen sehr nahe gestanden. Ich glaube nicht, dass sie stark genug ist, um im Augenblick arbeiten zu können.«

Carolin streifte Romilly mit einem Blick. »Ich werde alle meine *leronyn* brauchen, wenn wir das Haftfeuer in Rakhals Händen zerstören wollen, bevor er es einsetzen kann. Was Romilly betrifft ...«, mitleidig sah er sie an. Romilly sträubte sich unter seiner Teilnahme und erklärte: »Niemand als ich soll Temperentia fliegen. Ich weiß jetzt genug, dass ich sie nicht in Gefahr bringen werde.«

»Romilly!« König Carolin stieg ab und trat zu dem Mädchen. Ernst sagte er: »Auch mir tut es wegen der Vögel Leid. Nur betrachte es bitte einmal von meinem Standpunkt aus. Wir riskieren das Leben von Vögeln und anderen Tieren, um das Leben von Menschen zu retten. Ich weiß, die Vögel bedeuten dir mehr, als sie mir oder sonst jemandem von uns bedeuten können. Doch ich muss dich fragen: Würdest du lieber mich tot sehen als die Kundschaftervögel? Würdest du das Leben der Vögel nicht wagen, um deine Schwertfrauen zu retten?«

Romillys erste gefühlsmäßige Reaktion war: *Die Vögel ha-*

ben Rakhal nichts zu Leide getan, warum können die Männer ihre Schlachten nicht auskämpfen, ohne die Unschuldigen zu gefährden? Aber sie wusste, das war unvernünftig. Sie war ein Mensch, sie würde Vögel und sogar Pferde opfern, um Ranald oder Orain oder Carolin selbst oder ihren Bruder zu retten ... So antwortete sie: »Ihr Leben gehört Euch, Euer Majestät. Ihr könnt es verschonen oder opfern, wie Ihr wollt. Trotzdem werde ich sie ohne guten Grund nicht in Gefahr bringen.«

Sie bemerkte, dass Carolin traurig aussah, und fragte sich, warum. »Romilly, Kind ...« Der König verstummte. Nach einer langen Pause fuhr er fort: »Dem muss sich jeder stellen, der Menschen und Tiere befehligt. Er muss das Leben einiger abwägen gegen das Leben aller. Ich wäre auch froh, wenn ich nie mehr einen von denen, die mir gefolgt sind, sterben sehen müsste.« Er seufzte. »Aber ich schulde mein Leben denen, die zu regieren ich geschworen habe ... ehrlich, manchmal denke ich, dass ich nicht regiere, sondern diene. Geh, lass deinen Vogel auf«, setzte er hinzu. Nach einer Weile wurde Romilly zu ihrem Schreck klar, dass er nur die letzten fünf Wörter laut gesprochen hatte.

Ich habe seine Gedanken gelesen, und er wusste, dass ich sie lesen würde ... er hätte solche Dinge vor seinen Soldaten nicht laut ausgesprochen, aber vor jemandem mit Laran konnte er seine Gedanken nicht verbergen ...

Es war schlimm genug, dass ein solcher König sein Volk in den Krieg führen musste. Sie hätte wissen sollen, dass Carolin kein Leben unnütz opfern würde. Und wenn er einigen seiner Gefolgsleute das Leben retten konnte, indem er die Kundschaftervögel in Gefahr schickte, würde er es tun. Das war eine verantwortungsbewusste Entscheidung. Sie selbst hatte damals das Banshee hungrig bleiben lassen, weil es ihrer aller Tod bedeutet hätte, es zu füttern. Sie war ein Mensch, ihre Treue gehörte in erster Linie ihren Mitmenschen. Romilly verbeugte sich, ritt mit Temperentia auf dem Sattel ein Stück von Carolin weg und hob die behandschuhte Faust, um den Vogel wieder in den regnerischen Himmel abzuwerfen.

Sie flog, kreiste über dem Feld ... und nicht weit entfernt hörte sie das Hufedonnern eines Reiterangriffs. Rakhals Armee stürmte über die Hügelkuppe, und die beiden Heere prallten mit ungeheurer Wucht aufeinander. Und Romilly sah durch die Augen des Vogels.

Pferde fielen schreiend, aufgeschlitzt von Schwertern und Speeren ... Männer lagen sterbend am Boden ... sie konnte nicht unterscheiden, ob Carolins oder Rakhals Männer, und es kam auch nicht darauf an ... Ein Elitetrupp preschte auf die Stelle zu, wo das blau-silberne Tannenbanner über Carolins Leibgarde flatterte ... *Sonnenstern! Bring meinen König in Sicherheit* ... und ein Teil von ihr lief mit dem großen schwarzen Hengst, donnerte mit dem König davon, um eine dicht geschlossene Gruppe zu bilden und sich dem Angriff von neuem zu stellen.

Flammen versengten die Luft. Sie füllte sich mit dem beißenden Geruch nach brennendem Fleisch, Männer und Pferde schrien, und Tod, Tod überall ...

Doch bei all dem blieb Romilly ruhig. Sie kreiste über dem Schlachtfeld und brachte das Bild der Vogelaugen von dem Kampf vor Carolins Augen, so dass er seine Leute dahin schicken konnte, wo sie am nötigsten gebraucht wurden. Stunden schienen zu verstreichen, während sie über dem Feld schwebte, gesättigt mit Entsetzen, getränkt mit dem Gestank des brennenden Fleisches ...

Und dann flohen Rakhals Männer und ließen nur die Toten und Sterbenden zurück. Romilly unterbrach den Rapport mit dem übrig gebliebenen Kundschaftervogel und kehrte krank und erschüttert in ihr eigenes Bewusstsein zurück. Jetzt erst erkannte sie, dass es Ruyven gewesen war, der den Zügel ergriffen und ihr Pferd auf eine kleine Erhebung mit Blick auf das Schlachtfeld in Sicherheit gebracht hatte, während sie sich in Trance befand.

Sterbende Pferde. Sieben von ihnen hatte sie im Haus der Schwesternschaft mit eigener Hand ausgebildet ... tot oder sterbend, und Clea, die fröhliche Clea, die so leichthin vom Tod gesprochen hatte, lag so gut wie tot auf dem Feld, das Blut unsichtbar auf der roten Jacke der Schwertfrau ... Clea starb in Jandrias Armen, und dann war ein leerer Platz, ein großes Schweigen da, wo einmal ein geliebtes, wirkliches menschliches Wesen gelebt und geatmet hatte ...

Es herrschte keine Siegesfreude; Carolins Armee hatte zu große Verluste hinnehmen müssen. Ernst machten sich die Männer daran, die Toten zu begraben, den letzten sterbenden Pferden den Gnadenstoß zu geben. Ruyven ging mit den Heilern, die Verwundeten zu verbinden. Romilly, zu erschüttert, um sprechen zu können, stellte mit der Hilfe von Ruyvens kleinem Lehrling das Zelt auf. Der Junge hatte eine große Brandwunde am Arm von dem Haftfeuer, das auf die Armee niedergeregnet war. Drei Recks waren im Gepäck, aber nur ein Vogel sag dort allein, und Romilly wurde übel, als sie ihn atzte ... der Aasgestank war jetzt überall. Sie brachte es nicht über sich, in dem kleinen Zelt zu schlafen, das sie mit Lady Maura geteilt hatte. Stattdessen suchte sie im ganzen Lager am Rand des Schlachtfelds nach dem Zelt der Schwesternschaft und kroch stumm zwischen die anderen Frauen. So viele Tote. Pferde und Vögel, die ein Teil ihres Lebens gewesen waren, in die sie während der Ausbildung so viel Zeit, Kraft und Liebe gesteckt hatte. Die Schwesternschaft hatte sie diese Pferde trainieren lassen, nicht damit sie lebten und dienten, sondern damit sie bei diesem sinnlosen Gemetzel starben. Und Clea, deren Leiche Jandria vom Feld weggetragen hatte. Zwei von der Schwesternschaft riefen Romilly zu:

»Schwester, bist du verwundet?«

»Nein«, antwortete Romilly benommen. Sie wusste es eigentlich gar nicht. Ihr Körper schmerzte so sehr von dem vielen Sterben, das über ihren weit offenen Geist hingezogen war. Jetzt erst stellte sie fest, dass sie kein Mal an ihrem Fleisch trug. »Hast du heilende Fähigkeiten?« Und als Romilly verneinte, forderten sie sie auf, beim Ausheben eines Grabes für Clea mitzuhelfen.

»Eine Schwertfrau darf nicht zwischen Soldaten liegen. Wie sie im Leben war, so muss sie auch im Tod gesondert begraben werden.«

Mit einem dumpfen Schmerz im Kopf fragte sich Romilly, was es Clea jetzt wohl noch darauf ankam, wo sie lag. Sie hatte sich gut verteidigt, sie hatte so viele ihrer Schwestern gelehrt, sich zu verteidigen, aber der letzte Angriff des Todes war überraschend gekommen. Nun lag sie kalt und steif da und sah sehr erstaunt aus. Ihr Gesicht war nicht entstellt. Romilly wollte nicht glauben, dass sie nicht gleich lachend aufspringen und sie auf dem falschen Fuß erwischen würde, wie sie es so viele Male getan hatte. Sie nahm die Schaufel, die eine der Schwertfrauen ihr in die Hand drückte. Die harte körperliche Arbeit, das Grab auszuheben, war ihr willkommen. Ohne das nahm sie zu viel Schmerz wahr, zu viele Verwundete, schreiend, stumm leidend oder stöhnend, und das alles teilte sich ihr mit. Sie versuchte, es auszuschließen, wie Ranald es sie gelehrt hatte, aber es war zu viel, zu viel ...

Draußen über dem Schlachtfeld kreisten dunkle Gestalten. Dann stürzte eine auf ein totes Pferd nieder, das bereits anschwoll, und stieß seinen Schnabel mit einem heiseren Freudenschrei hinein. Ein zweiter Vogel folgte und noch einer, und dann dutzende, hunderte ... sie schmausten, sie riefen sich gegenseitig begeistert zu. Romilly fing einen Gedanken von irgendwoher auf, sie wusste nicht, ob von einer der Schwertfrauen neben ihr am Grab oder von jemandem, der sich außer Sicht in dem dunklen Lager befand: *Die Niederlage der Menschen ist die Freude der Aasvögel; wo Menschen trauern, feiern die Kyorebni* ... Ihr wurde schlecht. Sie ließ die Schaufel fallen, versuchte, sie wieder aufzuheben, krümmte sich dann zusammen und erbrach sich. Sie hatte seit dem Morgen nichts gegessen, nichts kam hoch als ein bisschen grüner Schleim. Aber sie blieb so stehen, krank und erschöpft, zu krank, um auch nur zu weinen.

Jandria kam und führte sie schweigend ins Zelt. Zwei Schwertfrauen verbanden die Wunden von drei anderen. Eine hatte Haftfeuer auf die Hand bekommen, das sich immer weiter nach innen fraß, eine zweite war bewusstlos von einem Schwerthieb über den Kopf, und die dritte hatte sich das Bein gebrochen, als ihr Pferd fiel und sich über sie wälzte. Eine Frau sah stirnrunzelnd auf, als Jandria Romilly hereinführte und auf eine Decke niederdrückte.

»Sie ist nicht verwundet – sie sollte helfen, unsere Toten zu begraben!«

Jandria erwiderte scharf: »Es gibt mehr als eine Art von Wunden!« Sie nahm Romilly in die Arme, wiegte sie, streichelte ihr Haar, tröstete sie. Das Mädchen spürte die Berührung nicht. Sie hatte sich in einer verzweifelten Einsamkeit verloren, wo sie nach den Toten suchte und suchte ...

Romilly wanderte durch einen dunklen Traum wie über eine weite graue Ebene. Dort sah sie Clea vor sich, die lachend auf einem der toten Pferde ritt und Prudentia auf der Faust hatte. Aber sie waren so weit voraus, ganz gleich, wie schnell sie rannte, ihre Füße staken fest, als wate sie durch dicken Sirup. Niemals, niemals würde sie sie einholen ...

Von irgendwoher vernahm Romilly eine Stimme, die sie erkennen sollte, aber nicht erkannte. *Sie hat nie gelernt, es auszuschließen. Diesmal kann ich ihr vielleicht Barrieren geben, aber ein Heilmittel gibt es nicht. Sie ist eine wilde Telepathin und deshalb ohne Schutz.*

Romilly wusste nur, dass irgendwer ... *Carolin? Lady Maura?* ... leicht ihre Stirn berührte, und da war sie wieder in dem Zelt der Schwertfrauen, und die große graue Ebene des Todes war verschwunden. Zitternd und weinend klammerte sie sich an Jandria.

»Clea ist tot. Und meine Pferde, alle meine Pferde ... und die Vögel ...«, schluchzte sie.

Jandria hielt sie fest und wiegte sie. »Ich weiß, Liebes, ich weiß«, flüsterte sie. »Schon gut, weine um sie, wenn du musst, weine, wir sind alle hier bei dir.« In dumpfer Verwunderung dachte Romilly: *Sie weint auch.*

Und sie wusste nicht, warum ihr das seltsam vorkam.

8

Romilly erwachte. Der Morgen nach der Schlacht war grau und trostlos. Es regnete heftig. Auf dem Feld regte sich nichts außer den allgegenwärtigen Aasvögeln. Sie ließen sich von dem Wolkenbruch nicht stören und mästeten sich an den Leichen von Menschen und Pferden.

Für sie macht das jetzt keinen Unterschied mehr, dachte Romilly, aber sie war doch froh, dass Clea in der Erde lag und ihr Körper vor den grimmigen Schnäbeln der sich streitenden Kyorebni geschützt war. Doch auf diese oder eine andere Weise, er würde sich in seine ursprünglichen Elemente auflösen, Nahrung für die kleinen Tiere im Boden, für Gras und Bäume. Clea war Teil von dem großen und endlosen Zyklus des Lebens geworden, wo die, die sich von der Erde ernährten, wiederum Nahrung für die Erde wurden. *Warum sollte ich dann trauern?* fragte Romilly sich, und die Antwort kam ohne Nachdenken. *Ihr Tod kam nicht zu dem ihr vorbestimmten Zeitpunkt, als sie ihr Leben zu Ende gelebt hatte. Sie starb in einem Streit zwischen Königen, an dem sie keine Schuld trug.* Dann erinnerte sie sich an ihre Begegnung mit Lyondri Hastur. Lyondri hatte viele Grausamkeiten begangen, während Carolin es wenigstens für seine Pflicht hielt, den Bewohnern des Landes, zu dessen Regierung er geboren war, zu dienen und sie zu beschützen.

Carolin ist wie ein Pferd ... bei ihrer Liebe zu Sonnenstern und den anderen Pferden kam Romilly gar nicht auf den Gedanken, sie beleidige den König ... *wohingegen Rakhal und Lyondri wie Banshees sind, die lebende Wesen als Beute schlagen.* Zum ersten Mal in diesem Jahr bei den Schwertfrauen war Romilly froh darüber, dass Preciosa sie verlassen hatte.

Auch sie schlägt lebende Wesen. Es ist ihre Natur, und ich liebe sie, aber ich könnte jetzt nicht ertragen, es zu sehen, Teil daran zu haben.

Sie kleidete sich an, zog die Kapuze ihres dicksten Mantels über den Kopf und ging nach draußen, um Temperentia zu versorgen.

Ihre erste Regung war gewesen, das Ruyven zu überlassen. Sie fürchtete, die leeren Recks von Prudentia und Diligentia würden all das Leid um ihren Tod von neuem wachrufen. Aber sie hatte geschworen, für Temperentia zu sorgen, sie war des Königs Falkenmeisterin, und Ruyven sorgte zwar pflichtbewusst für sie, liebte sie jedoch nicht so, wie Romilly es tat.

Temperentia saß einsam auf ihrer Reck und hatte sich der kühlen Nässe wegen aufgeplustert. Sie hatten ihr einen Unterstand gebaut, aber der war kein Schutz gegen den Wind. Romilly brachte den Vogel in das Zelt, in dem seit mehreren Nächten weder sie noch Maura geschlafen hatte. Temperentia war der einzige Kundschaftervogel, der Carolins Armee geblieben war, und wenn sie sich bei diesem feuchten und nebligen Wetter erkältete, konnte sie nicht fliegen. Romilly schauderte vor der Erinnerung an ihren letzten Flug zurück. Aber sie wusste, sie würde den Vogel wieder auflassen, wie es ihre Pflicht verlangte, auch wenn er in Gefahr geriet. Nicht mit Freude – diese Freude war ein Teil der Unschuld gewesen und für immer verloren. Trotzdem musste sie es tun, denn sie hatte den Krieg gesehen und eine Ahnung davon erhalten, was den Bewohnern dieser Hügel unter Lyondri Hasturs grausamem Regiment widerfahren würde.

Lyondri wollte nicht nur Rakhals Henker sein, das hatte sie bei dem kurzen Kontakt mit ihm erkannt. *Sagt Jandria, ich sei nicht ganz das Ungeheuer, das sie fürchtet.* Aber er hielt das für den einzigen Weg zur Macht, und deshalb war er ebenso schuldig wie Rakhal.

Er ist Carolins Verwandter. Wie kann er ihm so unähnlich sein?

Als sie Temperentia atzte, hörte sie Schritte vor dem Zelt. Sie drehte sich um und erblickte ein bekanntes Gesicht.

»Dom Alderic!«, rief sie freudig, aber bevor er mehr tun konnte, als sie überrascht anzustarren, eilte Ruyven herbei und begrüßte Alderic begeistert mit der verwandtschaftlichen Umarmung.

»*Bredu!* Ich hätte mir denken können, dass du dich beeilen würdest, uns hier aufzusuchen – weiß dein Vater davon?«

Alderic Castamir schüttelte den Kopf und lächelte seinem Freund zu. »Ich komme geradewegs von Falkenhof. Dein Vater hat mir erlaubt zu gehen, wenn auch nicht gern. Du musst wissen, dass Darren ins Kloster zurückgekehrt ist.«

Ruyven seufzte. »Ich hätte meinen Platz als Vaters Erbe so gern an Darren abgetreten, und ich hoffte, sobald ich ihm nicht mehr im Licht stände, würde Vater seinen wahren Wert erkennen.«

»Seinen *eigenen* Wert«, sagte Alderic leise. »Darren empfindet wenig Liebe für Pferde und Falken und hat keine Spur von der MacAran-Gabe. Man kann ihn nicht tadeln für das, was er nicht ist, ebenso wenig wie dich für das, was du bist, *bredu*. Und ich glaube, der MacAran hat einsehen müssen, dass man keinen Hammer aus dem Flaum einer Federschote schmieden und auch aus kostbarem Kupfer keine Seide spinnen kann. Darrens Fähigkeiten liegen auf anderem Gebiet, und der MacAran hat ihn nach Nevarsin zurückgeschickt, damit er seine Ausbildung dort abschließt. Eines Tages wird er Raels Verwalter sein, während Rael ... ich habe bereits begonnen, ihn in der Arbeit mit Pferden und Falken zu unterrichten.«

»Der kleine Rael!«, staunte Ruyven. »Als ich Falkenhof verließ, saß er noch auf Luciellas Schoß! Ich wusste jedoch, dass er die MacAran-Gabe hat. Bei Darren war ich blind, weil ich ihn liebe und so sehr wünschte, er besitze die Gabe, damit ich frei sein konnte. Nun, Darren hat seinen Platz gefunden wie ich meinen.«

Jetzt beugte sich Alderic über Romillys Hand. »Mistress Romilly«, sagte er freundlich.

Romilly berichtigte ihn: »Schwertfrau Romilly, und ich weiß, was mein Vater sagen würde. Er wird keine Gelegenheit dazu bekommen.«

»Mit Verlaub, Romy.« Alderic sah ihr offen in die Augen. »Dein Vater liebt dich und betrauert dich als tot, und deine Stiefmutter ebenso. Darf ich dich als dein Freund bitten – und als der ihre, denn dein Vater ist mehr als gut zu mir gewesen – ihnen Nachricht zu schicken, dass du lebst?«

Romilly verzog einen Mundwinkel. »Besser nicht. Ich bin sicher, mein vermeintlicher Tod schmerzt meinen Vater weniger als die Vorstellung, dass ich mir mein Brot mit dem Schwert verdiene und den Ohrring der Schwesternschaft trage.«

»Ich wäre mit meinem Urteil nicht so schnell bei der Hand. Er hat sich verändert, seit du Falkenhof verlassen hast. Kurze Zeit danach beugte er sich der Wahrheit und gab Darren die Erlaubnis, dahin zurückzukehren, wo er glücklich war. Du musst blind, taub und stumm gewesen sein, Romilly, wenn du nicht gemerkt hast, dass du ihm das liebste von seinen Kindern warst, obwohl er euch alle liebt.«

»Das weiß ich.« Ruyven senkte die Augen, und seine Stimme klang erstickt und rau. »Nie hätte ich gedacht, dass er sich so weit beugen würde. Auch ich bin hart und steifnackig gewesen. Wenn wir diesen Krieg lebend überstehen – *Lastenträger, gewähre es uns*!«, fügte er mit dieser erstickten Stimme hinzu, »– dann werde ich nach Falkenhof reisen und mich mit ihm aussöhnen. Ich werde ihn bitten, seinen Frieden mit den Türmen zu machen, damit Rael die richtige Ausbildung für sein Laran bekommt, bevor es zu spät ist. Und wenn ich mich vor ihm demütigen muss, werde ich es tun. Ich bin nie zu stolz gewesen.«

»Und du, Romilly?«, fragte Alderic. »Er hat so sehr um dich getrauert, dass er in diesem einzigen Jahr alt geworden ist.«

Romilly blinzelte die Tränen weg. Es zerriss ihr das Herz, sich ihren Vater als alt vorzustellen. Trotzdem beharrte sie: »Besser, er hält mich für tot, als dass seine Tochter ihm Schande macht, indem sie den Ohrring trägt.«

Alderic schüttelte den Kopf. »Ich kann dich nicht überreden. Aber würde es dein Herz erleichtern, zu erfahren, dass Mallina zu Mittwinter mit Dom Garris verheiratet worden ist?«

»Mallina? Meine kleine Schwester? Mit diesem ... diesem widerwärtigen Lüstling?«, schrie Romilly. »Und du sagst, mein Vater habe sich verändert?«

»Sei nicht vorschnell«, mahnte Alderic. »Garris liebt sie zärtlich, und allem Anschein nach sie ihn auch. Noch bevor sie verheiratet wurden, vertraute sie mir an, Garris sei gar nicht so übel, man müsse ihn nur richtig verstehen. Der arme Kerl sei so einsam und unglücklich gewesen, dass ihn sein Elend zu allem Möglichen getrieben habe. Nun, wo er jemanden habe, den er lieben und um den er sich kümmern könne, sei er ein ganz anderer geworden. Du solltest die beiden zusammen sehen!«

»Gott behüte!«, wehrte Romilly ab. »Aber wenn er Mallina glücklich macht, will ich zufrieden sein.« Sie konnte sich keine Frau vorstellen, die diesen Mann ertrug. Doch Mallina war immer etwas dumm gewesen, vielleicht verdienten sie einander. »Jedenfalls wird Mallina die gefügige und gehorsame Ehefrau abgeben, die Dom Garris sich wünscht.«

Ruyven warf ein: »Du hältst so große Stücke auf meinen Vater, sagst du. Hast du deinen eigenen schon begrüßt?«

»Mein Vater verzichtet gern auf meine Gesellschaft«, gab

Alderic stur zurück. »Er hat sie nie gesucht; er sieht nur meine Mutter in meinem Gesicht.«

Romilly fiel ein, was sie damals auf Falkenhof gedacht hatte: Alderic war Carolins Sohn! Und deshalb der rechtmäßige Erbe dieses ganzen Landes.

Sie verbeugte sich. »Lasst mich Euch zu Eurem Vater führen, mein Prinz.«

Alderic sah sie groß an und lachte. »Romilly, Romilly, meine Freundin, wenn du geglaubt hast, ich sei der Sohn des Königs, muss ich dir sagen, dass du mich ganz falsch eingeschätzt hast! Carolins Söhne sind sicher in der Obhut der Hasturs von Carcosa, und ich habe Gerüchte gehört, dass Carolin einer gewissen Leronis aus Tramontana den Hof macht«, er lächelte Ruyven zu. »Das lag schon in der Luft, bevor du den Turm verlassen hast, mein Freund.«

»Und Domna Maura hat versprochen, ihn zu heiraten, wenn der Rat seine Zustimmung gibt«, setzte Ruyven ernst hinzu. »Vorausgesetzt, wir überleben diesen Krieg. Rakhal hat uns mit Haftfeuer angegriffen. Es ist uns gelungen, ihn zurückzuschlagen, aber er wird seine Armee sammeln und wiederkommen. Und der Lastenträger allein weiß, welche teuflischen Laran-Waffen er dann gegen uns schleudert! Beeile dich also, deinen Vater zu begrüßen, Deric, denn dies ist nur die Ruhe vor dem Sturm, und morgen um diese Zeit kämpfen wir vielleicht alle um unser Leben. Willst du nach dem Tod vor eure Götter treten, wenn der Makel des Verwandtenstreites noch auf dir ruht? Denn es ist sehr wahrscheinlich, dass du nur gekommen bist, um an deines Vaters Seite zu sterben.«

»So schlimm steht es?« Alderic forschte in Ruyvens Gesicht. Ruyven nickte grimmig.

»Wir befinden uns im Auge des Sturms. Eine Weile haben wir Ruhe, mehr nicht. Carolin hat alle *leronyn,* die er aufbieten kann, zu sich gerufen, Deric.«

Romilly unterbrach: »Was ist das? Wenn du nicht Carolins Sohn bist ...«

Alderic erklärte ruhig: »Mein Vater heißt Orain und ist der Pflegebruder und Freund Carolins. Ich bin an Carolins Hof erzogen worden.«

Voller Vertrauen fasste sie plötzlich nach seiner Hand. Sie hätte es erraten können, als er davon sprach, sein Vater ertrage es nicht, ihn anzusehen. Carolin wäre selbst in einer ungewünschten dynastischen Ehe fähig gewesen, der Frau Höflichkeit und Freundlichkeit zu erweisen. Aber als Belohnung für einen Augenblick der Tollheit hatte sie, Romilly, Orain geradewegs ins Herz gesehen.

Es tat ihr Leid um Alderic, der nie die Liebe eines Vaters kennen gelernt hatte, denn jetzt wusste sie, wie gesegnet sie in dieser Liebe gewesen war.

»Ich bin die Falkenmeisterin des Königs«, sagte sie, »und er wird meinen Vogel bald brauchen, wenn wir Rakhal von neuem auf dem Schlachtfeld begegnen sollen. Und zweifellos ist dein Vater bei ihm.«

»Bestimmt«, meinte Alderic. »Er entfernt sich nie weit von des Königs Seite. Als ich jünger war, hasste ich ihn deswegen. Ich grollte, dass ihm mehr an Carolins Söhnen lag als an mir, ja, sogar an Lyondri Hasturs kleinem Sohn.« Er zuckte die Schultern und seufzte. »Die Welt wird gehen, wie sie will. Liebe kann man nicht erzwingen, nicht einmal von Verwandten. Und für einen solchen Mann wie meinen Vater muss mein bloßes Vorhandensein eine schmerzliche Erinnerung an eine unglückliche Zeit seines Lebens dargestellt haben. Ich schulde Orain die Pflichten eines Sohnes – möge ich darin nie versagen –, aber mehr nicht. Verwandtschaft, denke ich manchmal, ist ein Streich, den uns die Götter spielen. Sie binden uns an Menschen, die wir nicht lieben, und wir müssen uns mühen, unseren Frieden mit ihnen zu finden. Aber Freunde sind ein

Geschenk, und dein Vater ist mir ein Freund, beinahe ein Pflegevater geworden. Wenn wir diesen Krieg hinter uns haben ...«, er berührte leicht ihre Hand. »Davon brauchen wir jetzt nicht zu sprechen. Du wirst wissen, was ich sagen wollte.«

Romilly sah ihn nicht an. Es hatte tatsächlich eine Zeit gegeben, als sie gedacht hatte, diesen Mann hätte sie gern geheiratet. Aber in dem seither verflossenen Jahr war ihr vieles widerfahren. Sie hatte Orain selbst begehrt, und er hatte sie nicht gewollt. Und Ranald ... was zwischen ihr und Ranald geschehen war, gehörte nicht zu den Dingen, die zu einer Heirat führen. Es war auch unwahrscheinlich, dass ein Trockenland-Lord eine Schwertfrau aus den Bergen zur Frau begehrte. Sie glaubte nicht einmal, dass sie ihn nähme, wenn er um sie anhielte, und es gab keinen Grund zu der Annahme, dass er es tun würde. Ihre Körper hatten einander freudig akzeptiert, doch das war unter ungewöhnlichen Umständen geschehen. Es hätte gut ein anderer Mann sein können, der sie vor dem Tumult in ihrem Inneren rettete. Abgesehen davon wussten sie sehr wenig voneinander. Und wenn Alderic erfuhr, dass sie nicht mehr die tugendhafte Jungfrau von damals war, würde er sie dann überhaupt noch wollen?

Sie begann: »Wenn dieser Krieg vorüber ist, Lord Alderic ...«

»Nenn mich Deric, wie es dein Bruder tut«, unterbrach er sie. »Ruyven und ich sind *bredin,* und als Freund deiner beiden Brüder bin ich dir immer den Schutz eines Bruders schuldig. Das ist das Mindeste.«

»Ich bin eine Schwertfrau – Deric«, erwiderte sie. »Ich brauche keines Mannes Schutz – aber ich nehme gern deine Freundschaft an. Die hatte ich, wie ich glaube, schon auf Falkenhof. Was über Freundschaft hinausgeht, da ...«, sie konnte es nicht verhindern, dass ihre Stimme zitterte. »Davon sollten wir nicht einmal sprechen, solange dieser verfluchte Krieg tobt!«

»Ich bin dir dankbar für deine Ehrlichkeit, Romilly«, sagte er. »Eine Frau, die mich nur heiraten würde, weil ich der Sohn von Carolins erstem Ratgeber und Freund bin, möchte ich gar nicht. Mein Vater schloss seine Ehe, weil der alte König den Pflegebruder seines Sohnes zu ehren wünschte, indem er ihn mit einer hochgeborenen Lady vermählte. Sie verabscheuten sich, und ich hatte darunter zu leiden. Meine Kinder sollen einmal nicht von dem Hass zwischen ihren Eltern zerrissen werden, und ich habe immer geschworen, nur eine Frau zu heiraten, mit der ich zuvor Freundschaft geschlossen habe.« Ihre Blicke trafen sich, und aus irgendeinem Grund hätte die Freundlichkeit in seinen Augen sie fast zum Weinen gebracht. »Auf alles andere können wir warten, Schwertfrau.«

Romilly nickte. Aber sie sagte nur: »Dann lass uns gehen und deinen Vater begrüßen.«

Bevor sie Carolins Zelt erreichten, kam ihnen Orain entgegen, der in großer Eile auf das Vogelzelt zustrebte. »Mistress Romilly, Euer Kundschaftervogel wird gebraucht ...«, er bemerkte ihren Begleiter und verstummte.

»Vater.« Alderic verbeugte sich.

Orain umarmte ihn kurz und zeremoniell. Der Anblick tat Romilly weh; sie war so gewöhnt an Orains raue Zärtlichkeit. Selbst mich hätte er mit mehr Überschwang begrüßt! dachte sie. Orain sagte: »Ich wusste nicht, dass du angekommen bist, mein Junge. Carolin braucht jetzt jeden, der Laran besitzt. Vielleicht hast du gehört, dass Rakhal uns mit Haftfeuer überfallen hat.«

»Das hörte ich als Erstes bei meiner Ankunft im Lager, Vater«, antwortete Alderic, »und ich stelle alle meine geringen Fähigkeiten Carolin zur Verfügung. Doch zuerst wollte ich Euch begrüßen, Sir.«

Orain erklärte gezwungen: »Dafür danke ich dir in seinem Namen. Die *leronyn* des Königs haben sich dort versammelt. Mistress Romilly, holt Euren Vogel. Wir müssen wissen, wie viel Zeit uns bleibt, bis Rakhal von neuem angreift.«

»Dann werden wir uns vor Rakhal zurückziehen?«, fragte Alderic. Orains Mund bildete eine strenge Linie.

»Nur, um von den Leichen hier fortzukommen, damit wir manövrieren können, wenn wir müssen. Solange Rakhal Haftfeuer zur Verfügung hat, dürfen wir es nicht wagen, im Wald auf ihn zu stoßen. Dann würde dieses ganze Land zwischen hier und Neskaya verbrannt!« Romilly sah zu Carolins Hauptquartier hinüber. Das Zelt wurde abgebaut, die Leibgardisten entfernten das Hastur-Banner. Alderic streifte Romilly mit einem Blick. »Dann muss ich mich den anderen anschließen. Pass gut auf dich auf, Romilly.« Er eilte davon.

Romilly kehrte schnell um, zog sich zum Reiten an und setzte Temperentia auf ihren Sattel. Sie überließ es Ruyvens jungem Helfer, das Zelt abzubrechen und zusammenzupacken, damit es beim Abzug der Armee mitgenommen werden konnte. Kannte Rakhal wirklich keine Rücksicht auf das Land, dass er zu dieser Jahreszeit Feuerpfeile in bewaldetes Gebiet senden und einen Brand riskieren würde? Nun, nach dem, was sie von dem Mann gehört hatte, sähe es ihm ähnlich. Der Grund allein genügte, dass sie diesen prinzipienlosen Schurken, der sich selbst König nannte, irgendwie besiegen mussten!

Jetzt, wo sie wusste, wonach sie zu suchen hatte, fiel ihr die Arbeit mit dem Kundschaftervogel leichter. Wegen des Regens widerstrebte es Temperentia, zu fliegen, aber diesmal zögerte Romilly nicht, den Vogel fast bis an die niedrigen Wolken hinaufzuschicken. Sie ließ ihn langsam in Kreisen fliegen, die sie allmählich erweiterte, so dass sie Rakhals Armee auf dem Marsch beobachten konnte. Während sie dahinritt und die Hälfte ihres Geistes mit dem Vogel verbunden war, holten Carolin und seine Gruppe erfahrener *leronyn,* Männer und Frauen, sie ein. Romilly schoss es durch den Kopf, dass sie eine von ihnen war, dass sie vielleicht endlich ihren richtigen Platz gefunden hatte.

Ich bin immer noch eine Schwertfrau. Aber ich bin dankbar dafür, dass ich in diesem Kampf kein Schwert zu tragen brauche. Ich glaube, wenn es sein müsste, könnte ich es, und doch bin ich froh, dass meine Fähigkeiten auf anderem Gebiet liegen. Ich möchte nicht töten ... und dann zwang sie sich, realistisch zu sein. Sie war Teil dieses Tötens, ebenso als trage sie ein Schwert oder einen Bogen auf das Schlachtfeld. Vielleicht tat sie sogar mehr als andere, denn die Augen ihres Vogels wiesen den Schwertern den Weg. Entschlossen nahm sie ihren Platz zwischen Lady Maura und Ranald ein. Einer oder beide von ihnen würden in Rapport mit ihr bleiben, um die Informationen an Carolin und seinen General weiterzuleiten.

Es kann nicht leicht für Jandria sein, gegen Lyondri ins Feld zu ziehen und zu wissen, dass sie hilft, seinen Tod herbeizuführen, denn jetzt rettet ihn nichts mehr vor dem Tod. Romilly war sich in diesem Augenblick nicht sicher, ob es ihr eigener Gedanke war oder ob er von Maura oder vielleicht sogar von Lord Orain stammte. Sie hatten sich alle in einer dicht geschlossenen kleinen Gruppe um Carolin geschart, und Alderic war unter ihnen. Am Rande ihres Bewusstseins nahm Romilly wahr, dass Alderic Jandria freundlich begrüßte und sie »Meine Lady Tante« nannte. Als sei es etwas, das sie vor langer Zeit geträumt hatte, zog es ihr durch den Sinn, dass sie mit Jandria verwandt sein würde, wenn sie Alderic heiratete.

Als Schwertfrauen sind wir schon geschworene Schwestern, ich brauche Alderic deswegen nicht zu heiraten. Wie hat Alderic gesagt? In die Verwandtschaft wird man hineingeboren, aber Freundschaft ist ein Geschenk der Götter ...

Maura sah sie bedeutungsvoll an, und Romilly erinnerte sich an ihre Aufgabe. Schnell ging sie in Rapport mit Temperentia, die immer noch in sich erweiternden Kreisen über die weite Ebene flog. Endlich entdeckte sie durch die scharfen Augen des Vogels eine dunkle Staubwolke am Horizont.

Rakhals Armee war auf dem Marsch und bewegte sich rasch auf die Deckung gewährenden bewaldeten Hügel zu. Während diese Information an Carolin weitergeleitet wurde, fing Romilly den Gedanken des Königs auf: *Also will er sich unter den Bäumen verstecken, weil er weiß, ich bin nicht bereit, Haftfeuer oder auch nur normale Feuerpfeile da einzusetzen, wo die Harzbäume einen Waldbrand verursachen können. Irgendwie müssen wir ihn angreifen, bevor er den Wald erreicht, und ihm eine Schlacht an dem von mir, nicht von ihm gewählten Ort liefern.* Und Romilly spürte, wie der König seine Gedanken Sonnenstern zuwandte:

So führe meine Männer an, großes Pferd ...

Sie sah mit einem seltsam erweiterten Wahrnehmungsvermögen, verbunden mit Carolin, mit Sonnenstern, mit allen Menschen um sie. Sie wusste, dass Ranald den Zügel ihres Pferdes ergriffen hatte und es führte, damit sie auch in Rapport mit dem Kundschaftervogel ungefährdet ritt, und sandte ihm schnell ihre Dankbarkeit zu. Der Regen ließ nach, und nach einer Weile brach ein merkwürdiges, trübes, wässeriges Sonnenlicht durch die Wolken. Romilly ließ Temperentia über die Armeen fliegen, hoch genug, dass sie nicht gesehen werden konnte, aber mit kurzen Sturzflügen, um zu spähen.

Rakhals Armee war zusammengeschrumpft, und im Norden rückte ein zweites Heer von Männern und Pferden heran. Kam es Rakhal zu Hilfe, jetzt, wo die erste Schlacht seine Reihen gelichtet hatte? Nein, denn die Männer ritten von Rakhals Haupttrupp weg, so schnell sie konnten. Und Carolins Gedanken jubelten.

Rakhals Leute verlassen ihn, sie haben erkannt, was er ist ... sie schätzen seine Art von Kriegführung ebenso wenig wie ich ...

Trotzdem war Rakhals Armee immer noch groß. Sie machte auf der Kuppe eines kleinen Hügels halt. Romilly, die in Kommunikation mit Carolins Männern stand, erkannte, dass Rakhal das für ihn vorteilhafteste Terrain ausgewählt hatte. Hier würde er sich festsetzen und er, verteidigen.

Also stand die Entscheidungsschlacht bevor. Dem Drängen Carolins folgend, ließ sie den Vogel weiter hinuntergehen. So sahen Carolins Ratgeber durch seine Augen die Stärke der gegen sie aufgestellten Truppen. Rakhal hatte anscheinend den Vorteil des Terrains *und* der Überzahl.

Irgendwie müssen wir Rakhal von diesem Hügel locken ...

Alderic ritt an seinen Vater heran und machte ihm eine dringende Mitteilung. Der kleine Teil Romillys, der nicht bei dem Vogel war, hörte Orain zu Carolin sagen: »Mit Eurer Erlaubnis, mein Lord. Mein Sohn hat mir einen alten Trick der Bergbewohner ins Gedächtnis zurückgerufen, und wir haben *leronyn* genug, um ihn durchzuführen. Gebt mir ein oder zwei Dutzend Eurer Männer mit den *leronyn.* Dann wollen wir die Illusion erzeugen, wir seien viermal so viele, um Rakhal zu zwingen, dass er uns angreift. Währenddessen fasst Ihr ihn in der Flanke.«

Carolin dachte nach. »Es könnte funktionieren«, meinte er endlich. »Aber ich kann doch meine *leronyn* nicht in Gefahr bringen. Die meisten von ihnen tragen nicht einmal Schwerter.«

Ranald Ridenow erklärte: »Mein Laran ebenso wie mein Schwert stehen Euch zu Diensten, mein König. Lasst mich diese Männer anführen.«

»So suche sie dir aus – und Aldones reite mit euch allen!«, antwortete Carolin. »Wählt den Augenblick sorgfältig.«

»Das soll Mistress MacAran für uns tun«, sagte Ranald, die Hand auf Romillys Zügel.

Orain fuhr dazwischen: »Willst du eine Frau in die Schlacht führen?«

Romilly machte sich kurz von dem Rapport mit dem Vogel frei. »Mein Lord Orain, ich bin eine Schwertfrau! Wohin mein Bruder geht, ich werde mit ihm gehen!«

Ruyven blieb stumm, aber sie spürte die Wärme, die ohne Worte ausdrückte: *Tapfer gesprochen, Schwester,* und dazu kam eine mentale Berührung von Alderic. Es erinnerte sie an den Tag, als sie zu Mittsommer in der Umgebung Falkenhofs auf die Beize gegangen waren.

Wenn ich diesen Krieg überlebe, werde ich niemals mehr zum Vergnügen jagen, denn ich weiß jetzt, wie es ist, wenn man gejagt wird ... Verblüfft stellte sie fest, dass dieser Gedanke von Orain kam.

Wie gleicht das meinen eigenen Gefühlen! Wieder fühlte Romilly bitteres Bedauern über die Kluft, die sich zwischen Orain und ihr aufgetan hatte. *Wir standen uns in so vielen Beziehungen nahe, waren uns so ähnlich!* Aber die Welt würde gehen, wie sie wollte, und Orain war, was er war, und nicht, wie sie ihn sich gewünscht hätte. Sie konzentrierte sich von neuem auf den Rapport mit dem Kundschaftervogel und ließ Ranald an Orain und Alderic weiterleiten, was sie von Rakhals Armee sah.

Am Rand der Stellung zogen Reiter auf, dahinter Fußsoldaten und Bogenschützen. In der Mitte befanden sich mehrere große Wagen mit dem beißenden Geruch, den sie jetzt als die Ausdünstung von Haftfeuer kannte. Sie hatten die Kuppe des kleinen Hügels vollständig besetzt, und es war unmöglich, diese Aufstellung zu durchbrechen.

Aber genau das ist es, was wir tun müssen, dachte Alderic und ritt mit halsbrecherischer Geschwindigkeit auf den Hügel zu. Ihm folgten die kleine Gruppe von *leronyn* und dahinter zwei Dutzend Männer. Plötzlich ließ er anhalten.

Jetzt!

Romilly meinte, eine große Wolke aus Staub und Feuer rase unter Schreien und Hufedonnern dem Feind entgegen ... *was für Soldaten waren denn das?* Und dann erkannte sie, dass sie diese Männer bereits gesehen hatte, die Männer, die von Rakhal abgefallen und davongeritten waren ... Die Wirkung war die eines großen Spiegels, als werde das Bild dieser zweiten Armee auf Rakhals Männer geworfen. Eine Weile standen sie fest und sandten eine Wolke von Pfeilen hügelabwärts auf die dicht zusammengescharte Gruppe aus Soldaten und *leronyn* am Fuß des Berges, aber sie schossen zu kurz, sie zielten auf das Bild der anstürmenden *Soldaten.*

Vereinigt euch mit uns! Im Namen der Götter, jeder, der Laran hat, stehe uns bei, dieses Bild aufrechtzuerhalten ... die Staubwolke raste weiter. Romilly erkannte jetzt undeutliche Formen darin, Pferdeköpfe wie große graue Totenschädel, die brennenden Gesichter von Skeletten, die in der Gräue leuchteten.

Eine Stimme, die sie nie zuvor gehört hatte, hallte laut in ihren Gedanken wider: »Steht fest! Steht fest!« Aber gegen die angreifende Geisterarmee war kein Widerstand möglich. Rakhals Männer stürzten den Hügel hinunter, ritten mitten in die Wolke der Zauberbilder, schreiend vor Entsetzen. Ihre Reihen schwankten, brachen an einem dutzend Stellen. Feuer schlug aus dem Boden, grüne und blaue Flammen leckten, wirbelten ... dann war es, als fließe ein Strom aus Blut den Berg hinauf, zwischen den Hufen der Pferde hindurch. Sie hielten an, schnaubten, stampften, wieherten angstvoll. Einige der Reiter fielen. Ein paar Männer ließen sich nicht schrecken und riefen: »Es riecht nicht nach Blut, nicht nach Feuer, das ist ein Trick, ein Trick ...« Es war zu spät. Die Pferde gingen durch, stießen zusammen, zertrampelten ihre Reiter. Die Offiziere kämpften wild darum, die Reihen zu schließen, einen Anschein von Ordnung wiederherzustellen.

»Jetzt! Carolin!«

»Ein Hastur! Ein Hastur!« Carolins Männer, der Haupttrupp der Armee, griffen an. Wie Wasser strömten sie den Hügel hinauf und in die zerrissenen Reihen der Reiter. Sie überrannten Rakhals äußere Verteidigungen, und dann begann der Nahkampf. Ranald und Alderic ließen sich nicht aufhalten. Sie drangen bis in die Mitte der feindlichen Stellung vor, wo der bewachte Wagen mit dem Haftfeuer stand. Männer eilten herbei und tauchten hastig Pfeile in das Zeug. Doch sie wurden niedergeritten, und die beiden jungen Männer erreichten den Wagen. Rasch, wie eine auflaufende Energie-Flut verbanden sie ihre Gedanken. Eine Welle blauen Feuers rollte auf den Wagen mit dem Haftfeuer zu und traf ihn. Flammen schlugen hoch, und dann stieg eine brüllende Feuersäule hoch zum Himmel.

Die Hitze war so schrecklich, dass Rakhals Männer sich zerstreuten und um ihr Leben rannten. Brennende Tropfen fielen auf einige von ihnen nieder. Sie loderten auf wie lebende Fackeln und starben schreiend. Das Feuer wälzte sich auf Rakhals Leibgarde zu, die in Panik geriet und davonlief – direkt in Carolins Speere und Schwerter.

Romilly konnte ihren Rapport mit dem Kundschaftervogel abbrechen. Sie fand sich in enger gedanklicher Verbindung mit Sonnenstern wieder, den Carolin vorwärts trieb. Mit dem Pferd ängstigte sie sich vor dem Feuer, erschauerte bei dem Geruch nach brennendem Gras und brennendem Fleisch. Obwohl ab und zu ein Sonnenstrahl durch die Wolken brach, hatte es von neuem zu regnen begonnen. Das Haftfeuer brannte trotzdem weiter. Aber der große Hengst überwand tapfer die ihm angeborene Furcht und trug seinen Reiter voran ... oder war es Romilly selbst, die den König in die Mitte der fliehenden Feinde trug?

»Passt auf, wohin Rakhal mit seinen Zauberern entflieht!«, rief Orain. »Ihnen nach, Männer! Jetzt drauf auf sie!«

Romilly ließ Temperentia höher und außer Reichweite des Feuers fliegen. Es brannte sich nun nach innen und ließ einen Kreis zurück, in dem nichts Brennbares übrig war. Das hatten die *leronyn* von Carolins Armee fertig gebracht. Romilly erstürmte mit Sonnenstern und Carolin die Höhe, wo die letzten Reste von Rakhals Männern, zwischen Carolin und dem Haftfeuer gefangen, mit dem Rücken zum Feuer kämpften. Carolins Wille, den Gipfel zu erobern, schien Sonnenstern Flügel zu verleihen, und Romilly war es, als trage sie ihn empor zu diesem endgültigen Sieg ...

Dann stolperte sie – einen Augenblick lang war Romilly sich nicht sicher, ob sie nicht selbst gestolpert sei –, fing sich wieder, bäumte sich hoch auf, ließ sich fallen und zertrampelte den Mann, der mit dem Schwert in der Hand vor ihnen aufgesprungen war. Sonnensterns große Hufe stampften den Mann wie Hämmer in den Boden. Romilly spürte, dass der Kopf des Mannes wie eine reife Frucht unter ihren Hufen – Sonnensterns Hufen – platzte, spürte Carolins Bemühungen, im Sattel das Gleichgewicht zu halten. Und dann tauchte noch ein Mann auf, Stahl blitzte, Carolin rutschte zurück und fiel. Ein scharfer Schmerz zerriss Romilly, als das Schwert durch Nacken und Kehle und Herz schnitt und Blut und Leben entwichen ...

Sie merkte nicht, dass sie auf dem Boden aufschlug.

... Regen fiel, harter kalter Regen prasselte nieder. Der Boden schwamm, und sogar der Geruch des Haftfeuers war weggespült worden. Der Himmel war dunkel; es wurde bald Nacht. Romilly setzte sich benommen auf. Sie war sich nicht einmal voll bewusst, dass nicht sie von dem Schwert gefällt worden war. *Sonnenstern!* Automatisch suchte sie nach seinen Gedanken, und –

– fand nichts! Nichts als eine große Leere, wo er gewesen war. Sie sah sich panisch um und entdeckte, nicht weit entfernt, die Leiche des Hengstes mit beinahe abgetrenntem Kopf. Der Mann, der ihn getötet hätte, lag unter dem massigen Körper. Der Regen hatte das Blut abgewaschen, so dass nur eine große klaffende Wunde in seinem Hals sichtbar war, von der das Blut hervorgeströmt und den Boden rings um ihn durchtränkt hatte. *Sonnenstern, Sonnenstern – tot, tot, tot!* Wieder fasste sie wie betäubt in das Nichts. Sonnenstern, dessen Leben sie so lange geteilt hatte ...

Und den sie verraten hatte, indem sie ihn in einen Krieg zwischen zwei Königen und in den Tod führte ... *keiner von ihnen ist eine Locke seiner schwarzen Mähne wert ... ah, Sonnenstern ... und ich bin mit dir gestorben ...* Romilly fühlte sich so leer und kalt, dass sie nicht sicher war, ob sie noch lebte. Sie hatte Geschichten von Männern gehört, die nicht wussten, dass sie tot waren, und weiter versuchten, sich mit den Lebenden in Verbindung zu setzen. Sie empfand nichts mehr außer Wut und Leid. Mühsam richtete sie sich auf.

Um sie lagen die Leichen von Rakhals und von Carolins Männern. Aber von Carolin selbst gab es keine Spur. Nur der Körper Sonnensterns zeigte an, wo Carolin einmal gewesen war. Ohne echtes Interesse fragte sie sich, ob Carolins ganze Armee tot und Rakhal der Sieger sei. Oder hatte Orains Gruppe Rakhal gefangen genommen oder getötet? Was kam es darauf an?

Was kommt es darauf an, welcher große Schurke auf dem Thron sitzt ...

Langsam fand sie sich ein bisschen zurecht. Wie nach der vorigen Schlacht kreisten über dem Feld die dunklen Gestalten der Kyorebni. Einer setzte sich mit einem harten Schrei auf

Sonnensterns Kopf. Romilly rannte hin, schwang die Arme und rief laut. Der Vogel flog davon, aber er würde wieder kommen.

Sonnenstern ist tot. Und ich habe ihn mit meinen eigenen Händen für diesen Krieg ausgebildet, habe ihn dem einen überantwortet, der ihn in dies Gemetzel reiten würde. Und das edle Pferd zauderte nicht, es trug Carolin an diesen Ort und fand dabei den Tod. Es wäre besser gewesen, wenn ich ihn selbst getötet hätte, als er fröhlich über unsere grüne Koppel hinter dem Haus der Schwesternschaft lief. Dann hätte er niemals Feuer und Furcht und ein Schwert in seinem Herzen kennen gelernt.

Dunkelheit senkte sich nieder, aber weit weg am Rand des Schlachtfeldes hüpfte ein Licht. Eine kleine Laterne wanderte umher. Leichenfledderer? Trauernde, die zwischen den Gefallenen suchten? Nein. Intuitiv erkannte Romilly, wer es war. Die Frauen der Schwesternschaft hielten Ausschau nach ihren gefallenen Kameradinnen, die nicht in ein gemeinsames Grab mit Carolins Soldaten gelegt werden durften. *Als ob es die Toten kümmert, wo sie liegen ...*

Bald würden sie hier sein, würden sie für tot halten – als sie bei Sonnensterns Tod vom Pferd gefallen war, hatte man sie zweifellos als tot liegen lassen. Jetzt würden sie kommen, um sie zu begraben, sie am Leben finden und sich freuen ...

Und dann wurde Romilly von großem Zorn überwältigt. Sie würden sie mitnehmen, Anspruch auf sie als eine von ihnen, als eine Kriegerin erheben. Sie war der Gesellschaft von Männern entflohen, sie war der Schwesternschaft beigetreten, und was hatten die Schwestern getan? Sie hatten sie dazu angestellt, Pferde auszubilden, nicht um der Pferde selbst willen oder damit sie lernten, dem Menschen zu dienen, sondern damit sie abgeschlachtet wurden, sinnlos abgeschlachtet in diesem Krieg, den die Menschen nicht fähig waren, unter sich selbst auszutragen, in den sie unschuldige Vögel und Pferde hineinziehen mussten.

Und dazu soll ich zurückkehren? Nein, nein, niemals!

Mit zitternden Händen riss sie sich den Ohrring der Schwesternschaft ab. Der Draht verfing sich und verletzte ihr Ohr, aber sie spürte den Schmerz nicht. Romilly warf den Ring zu Boden. *Ein Opfer für Sonnenstern, eine Opfergabe für die Toten!* Sie konnte kaum stehen. Sie hielt Umschau und sah, dass hier und da reiterlose Pferde auf dem Schlachtfeld umherwanderten. Nur eine ganz leichte Berührung mit ihrem Laran war notwendig, und eines davon kam zu ihr, den Kopf unterwürfig gesenkt. Es war jetzt zu dunkel, um zu erkennen, ob es eine Stute oder ein Wallach, ein Grauer oder Rappe oder Rotschimmel war. Romilly kletterte in den Sattel, hing über dem Sattelknopf, ließ das Pferd laufen, wie es wollte ... *Wohin? Gleichgültig. Nur fort von diesem Ort des Todes, fort, Freund. Ich will nicht länger dienen, weder als Soldat noch als Schwertfrau noch als Leronis. Von jetzt an diene ich keinem Mann und keiner Frau mehr.* Blindlings, die Augen gegen die strömenden heißen Tränen geschlossen, ritt Romilly allein vom Schlachtfeld und in den Regen der Nacht hinein.

Die ganze Nacht ritt sie, ließ das Pferd seinen eigenen Weg suchen und wusste nicht, wohin sie ritt und welche Richtung sie nahmen. Die Sonne ging auf, und Romilly saß immer noch wie leblos auf dem Rücken des Tieres, schwankte manchmal, fing sich aber immer noch rechtzeitig, um nicht zu fallen. Alles war ihr gleichgültig geworden. Sonnenstern war tot. Carolin und Orain waren fortgegangen, sie wusste nicht, wohin, und es kam auch nicht darauf an. Orain wollte nichts von ihr ... sie war eine Frau. Carolin lag wie der Schwesternschaft nur daran, ihr Laran zu verwenden, um weitere unschuldige Tiere in den Tod zu schicken. Ruyven ... Ruyven hatte wenig Interesse für sie, er war wie ein Mönch aus dem verfluchten

Turm, wo man Teufeleien wie die Herstellung von Haftfeuer lernte ...

Kein Mensch soll mir je wieder etwas bedeuten.

Sie ritt den ganzen Tag durch ein verwüstetes und verlassenes Land, über das der Krieg hinweggetobt war. Am Rand des Waldes glitt sie vom Pferd und ließ es frei.

»Geh, mein Bruder«, flüsterte sie, »und diene keinem Menschen, denn sie werden dich nur in den Tod schicken. Lebe frei in der Wildnis und gehe deinen eigenen Weg.«

Das Pferd blickte auf sie nieder. Sie gab ihm einen letzten Klaps und schob es weg. Einen Augenblick blieb es verwundert stehen. Dann drehte es sich um und trabte zögernd davon. Romilly tauchte in die Dunkelheit des Waldes ein. Sie war nass bis auf die Haut, aber es kümmerte sie ebenso wenig wie ein Pferd sein nasses Fell. Zwischen den Wurzeln eines Baumes fand sie eine kleine Höhle. Sie kroch hinein, zog ihren Mantel dicht um sich, bedeckte ihr Gesicht, rollte sich zu einer Kugel zusammen und schlief wie eine Tote.

Im Morgengrauen erwachte sie von dem Gezwitscher der Vögel, in das sich die harten Schreie der Kyorebni zu mischen schienen, die immer noch auf dem Schlachtfeld schmausten. Romilly wusste nicht, wohin sie gehen sollte, sie wollte nur fort von diesen Schreien. Benommen stellte sie sich auf die Füße und wanderte weiter in den Wald hinein, ohne sich um die Richtung zu kümmern.

Den größten Teil dieses Tages lief sie. Des Hungers war sie sich nicht bewusst. Sie bewegte sich leise wie ein wildes Tier, umging Hindernisse auf ihrem Weg und blieb unbeweglich stehen, wenn sie ein Geräusch hörte. Spät am Nachmittag stolperte sie beinahe in einen kleinen Bach, schöpfte mit den hohlen Händen und trank sich an dem klaren süßen Wasser satt. Dann legte sie sich an eine Stelle, zu der Sonnenstrahlen durch die Blätter drangen, und ließ die Feuchtigkeit aus ihren

Kleidern trocknen. Sie war immer noch nicht ganz klar. Es wurde dunkel. Sie rollte sich unter einem Busch zusammen und schlief. Ein kleines Tier huschte durch das Gras und streifte sie, und sie dachte nicht einmal daran, wegzurücken.

Am nächsten Morgen schlief sie lange, und als sie erwachte, schien ihr die Sonne auf den Rücken. Vor ihr hatte eine Spinne ihr Netz gewebt, juwelenbesetzt vom Tau. Romilly betrachtete sein kompliziertes Muster und empfand zum ersten Mal seit vielen Tagen etwas wie Freude. Die Blätter glänzten im Licht. Plötzlich hüpfte ein Buschspringer auf langen Beinen daher, gefolgt von vier Miniaturausgaben, deren buschige Schwänze wie kleine bläuliche Flaggen hochstanden. Romilly hörte sich laut lachen, und sie blieben mit zitternden Schwänzen stocksteif stehen. Als es still blieb, sausten alle vier kleinen Flaggen gleichzeitig in ein Loch im Gras.

Wie ruhig es im Wald war! Bestimmt war keine menschliche Ansiedlung in der Nähe, sonst wäre nicht alles so friedlich, wären die Tiere nicht so furchtlos gewesen.

Romilly reckte träge ihre Glieder. Sie hatte Durst, aber es war kein Bach in der Nähe. So leckte sie den Tau von niedrig hängenden Blättern des Baums über ihr. Auf einem gestürzten Baumstamm fand sie ein paar alte, holzige Pilze und aß sie, danach eingetrocknete Beeren. Eine Weile später sah sie beim Dahinschlendern durch den Wald den grünen Blätterbusch einer Wurzel, die sie als essbar kannte. Sie grub sie mit einem Stock aus, rieb den Schmutz an ihrer Jacke ab und kaute sie langsam. Die Wurzel war hart, und der scharfe Geschmack ließ ihre Augen tränen, aber sie stillte ihren Hunger.

Romilly hatte den Antrieb verloren, der sie ruhelos von Ort zu Ort gejagt hatte. Fast den ganzen Tag saß sie in der Lichtung, wo der gestürzte Baumstamm lag, und als es Nacht wurde, schlief sie dort.

In ihrem Schlaf hörte sie jemanden ihren Namen rufen. Sie

erkannte die Stimme nicht. Orain? Nein, er würde sie nicht rufen. Er hatte sie begehrt, als er sie für einen Jungen hielt; für die Frau, die sie in Wirklichkeit war, hatte er keine Verwendung. Ihr Vater? Er war weit fort, jenseits des Kadarin, zu Hause und in Sicherheit. Mit Schmerzen dachte sie an die friedlichen Berge von Falkenhof. Doch dort hatte sie die böse Kunst gelernt, Pferde zu trainieren, mit der sie dem geliebten Rappen den Tod gebracht hatte. Im Traum saß sie auf Sonnensterns Rücken und ritt wie der Wind über die graue Ebene, die sie einmal gesehen hatte, und sie erwachte mit tränennassem Gesicht.

Einen oder zwei Tage später fiel ihr auf, dass sie Schuhe und Strümpfe verloren hatte, sie erinnerte sich nicht, wo, und dass ihre Füße schon ziemlich abgehärtet gegen die Erde und die Steinchen des Waldbodens waren. Ziellos wanderte sie weiter, immer tiefer in den Wald. Sie aß Beeren, grub in der Erde nach Wurzeln, kühlte hin und wieder ihre Füße in einem Bergbach, dachte jedoch nie ans Waschen. Sie aß, wenn sie Nahrung fand. Drei Tage hintereinander fand sie nichts und war sich undeutlich des Hungers bewusst, doch es kam ihr nicht wichtig vor. Sie machte sich nicht mehr die Mühe, den Schmutz von den Wurzeln abzureiben; in ihrer erdigen Umhüllung schmeckten sie ihr genauso gut. Einmal fand sie ein paar Birnen auf einem vergessenen Baum, und sie schmeckten so süß, dass sie in einen ekstatischen Rausch geriet. Sie aß, so viele sie konnte, kam jedoch nicht auf den Gedanken, sich die Taschen zu füllen oder sie in ihren Rock einzuwickeln.

Eines Nachts erwachte sie, und das purpurne Gesicht Liriels stand über ihr am Himmel. Es schien auf sie herabzublicken und sie zu schelten. Romilly dachte: *Bestimmt bin ich wahnsinnig. Wohin gehe ich, was habe ich vor? Ich kann nicht immer so weiterwandern.*

Am Morgen hatte sie es wieder vergessen. Auch hörte sie

von Zeit zu Zeit, nicht mit den Ohren, sondern in ihren Gedanken, Stimmen, die riefen: *Romilly, wo bist du?* Wer mochte Romilly sein, und warum riefen sie sie?

Am nächsten Tag gelangte sie ans Ende des Waldes und hinaus auf eine offene, wellige Ebene. Schwankende Gräser waren mit Samenkörnern bedeckt. Dies Land musste einmal besiedelt und mit Korn bebaut gewesen sein, aber am ganzen Horizont, der sich weit von Westen bis Osten, von der Mauer des Waldes hinter ihr bis zu den Bergen erstreckte, die sich gräulich rosa in der Ferne erhoben, war keine menschliche Behausung zu sehen. Romilly pflückte sich eine Hand voll Samen, rieb die Hülsen ab und kaute sie im Gehen.

Hoch am Himmel kreiste ein Falke, ein einzelner Falke. Er fiel, fiel, fiel mit angelegten Schwingen und setzte sich auf ihre Schulter. Er schien in ihren Gedanken zu sprechen. Sie verstand nicht, was er sagte, und doch kam es ihr vor, als habe sie diesen Falken einmal gekannt, als trage er einen Namen, als sei sie einmal mit ihm geflogen ... nein, das war nicht möglich. Aber der Falke schien ganz sicher zu sein, dass sie sich kannten. Sie streckte die Hand aus, um ihn zu berühren, und hielt inne. Es gab irgendeinen Grund, warum sie ihn nicht anfassen durfte ... sie wünschte, sie könnte sich daran erinnern. Aber sie sah dem Falken in die Augen und fragte sich, wo sie ihn schon einmal gesehen haben mochte.

Wieder erwachte sie in der Nacht, und wieder sagte sie sich, dass sie wahnsinnig sein musste, dass sie nicht für immer so weiterlaufen konnte. Sie hatte jedoch keine Ahnung, wo sie sich befand, und es war niemand da, den sie hätte fragen können. Wer sie war, das wusste sie jetzt. Sie war Romilly, und der Falke, der auf dem niedrigen Ast eines nahen Baumes aufgeblockt hatte, der Falke war Preciosa. Warum war er zu ihr gekommen? Wusste er, dass sie, Romilly, die Gedanken von Vogel und Pferd beeinflusste, damit sie den Menschen demütig in den eigenen Tod folgten?

Sie brauchte fünf Tage, um die Ebene zu durchqueren. Sie zählte sie, ohne nachzudenken, während das Gesicht Liriels voll wurde. Beim letzten Vollmond war sie mit Sonnenstern ... sie schloss die Erinnerung aus, sie war zu schmerzlich. Es gab eine Menge der kornähnlichen Samen zu essen und Wasser zu trinken. Einmal holte der Falke einen Vogel vom Himmel herunter, setzte sich auf ihre Schulter und kreischte enttäuscht. Schaudernd betrachtete Romilly den vom Schnabel des Falken zerrissenen toten Vogel. Es war die Art des Falken, aber vom Anblick des Blutes wurde ihr schlecht. Schließlich warf sie den Vogel zu Boden und ging weiter.

An diesem Abend erreichte sie den Rand eines anderen Waldes. Sie fand einen Baum, der voll war von Nüssen des letzten Jahres. Inzwischen war sie so weit zu Verstand gekommen, dass sie ihre Taschen damit füllte. Sie war sich immer noch nicht sicher, wohin sie ging, aber sie hatte begonnen, sich nordwärts zu halten, wenn sie die Wahl hatte. Lautlos strich sie durch den Wald, ruhelos vorangetrieben ... sie wusste nicht, warum.

Gegen Abend hörte sie über sich die Rufe von Wasservögeln, die nach Süden flogen. Sie blickte auf, schloss sich ihnen an zu atemberaubendem Flug, sah von fern einen hohen weißen Turm und das Schimmern eines Sees. Wo war sie?

Die Monde leuchteten so hell in dieser Nacht. Alle vier schienen auf sie herab, Liriel und Kyrrdis rund und voll, die anderen beiden blass und im letzten Viertel, so dass sie nicht schlafen konnte. Ihr schien, das letzte Mal, als sie vier Monde am Himmel gesehen hatte, sei etwas geschehen ... nein, sie erinnerte sich nicht, aber ihr Körper schmerzte vor Verlangen und ungestilltem Hunger, und sie wusste nicht, warum. Nach einer Weile griff sie, im weichen Moos liegend, mit ihren Sinnen hinaus und fühlte einen Hunger wie ihren eigenen rings um sich ...

Ein Bergkater kroch einen Ast entlang, und auch er spürte den Zug des Lichts in seinem Inneren, den Fluss des Lebens der ganzen Welt, und er gehörte dazu. Romilly sah das Leuchten der großen Augen, folgte dem Kater mit ihren Gedanken, während das Tier am Fuß des Baumes umherstrich. Jetzt hing ein süßer, scharfer, moschusartiger Geruch in der Luft. Mit dem Kater folgte ihm Romilly, ohne zu wissen, ob sie sich bewegte oder ob nur der Kater sich bewegte ... näher und näher kam sie, sie hörte sich einen kleinen knurrenden, schnurrenden Laut des Hungers und des Verlangens ausstoßen ... drehte sich mit peitschendem Schwanz um, als die Partnerin des Katers am Baumstamm hinuntersprang. Romillys Körper schmerzte und hungerte, und als der Kater die Katze packte, wand sie sich auf dem Moos und krallte die Hände in den Boden, keuchend, aufschreiend ...

Ranald ... flüsterte sie, bevor sie sich in der wilden hitzigen Flut verlor. Die Nacht füllte sich mit dem Knurren und Schnurren der großen Katzen bei ihrer Paarung. Romilly lag still, davon niedergeschmettert. Schließlich überluden sich ihre Sinne und ihr Laran und sie verlor das Bewusstsein.

Am nächsten Morgen wusste sie kaum noch, was sich abgespielt hatte. Sie fühlte sich erschöpft und krank. Ihr zielloses Umherstreifen durch den Wald wurde schneller. Sie musste forteilen, fort, fort ... eine namenlose Vorahnung quälte sie, und als sie über sich wieder das Knurren der großen Katze fühlte, war sie zu benommen, um sich zu fürchten. Und dann war da ein dunkler Blitz, die Katze glitt zu Boden und stand ihr gegenüber, die zurückgezogenen Lefzen gaben die scharfen Fangzähne frei. Romilly nahm hinter ihr die Gegenwart von Bällchen aus bräunlichem Fell wahr, versteckt in dem hohlen Baum ...

Die Katze beschützte ihre Jungen! Und sie, Romilly, war in den Herrschaftsbereich der Katze hineingestolpert ... sie wich zurück, kämpfte die Versuchung nieder, sich umzudrehen und fortzulaufen. Wenn sie das tat, würde die Katze sie sofort angreifen! Langsam, verstohlen entfernte sie sich, versuchte, den Blick des Tiers einzufangen, es mit ihrem Laran zu beeinflussen ...

Ruhig, ruhig, ich will dir nichts tun, auch deinen Kleinen nicht ... So etwas musste sie schon einmal getan haben, als etwas sie bedrohte, kalt, wild, im Schnee ...

Geräuschlos, Schritt für Schritt, zurück, zurück ... *ruhig, ruhig, ich tue dir nichts, ich tue deinen Kindern nichts ...*

Romilly war beinahe am Rand der Lichtung angelangt, als die Katze sich blitzschnell bewegte und mit einem einzigen weiten Sprung vor ihren Füßen landete.

Ruhig, ruhig ... Die Katze senkte den Kopf, als lege sie ihn ihr zu Füßen. Da erschrak Romilly.

Nein, nein! Ich habe Sonnenstern den Tod gebracht, ich habe geschworen, dieses Laran nie, nie mehr zu benutzen ... nie mehr ein unschuldiges Tier sterben zu lassen ...

Eine Pfote schlug zu wie eine Peitsche, Krallen harkten durch Romillys Gesicht, sie taumelte unter dem Gewicht und fiel, keuchend vor Schmerz. Blut schoss aus ihrer Wange und ihrer Lippe hervor. *Jetzt hat sie mein Blut vergossen, wird sie mich als Opfer für ihre Jungen töten, als Sühne für den Tod Sonnensterns?*

Das heisere, leise Knurren hörte nicht auf. Romilly rollte sich zusammen, um ihr Gesicht zu schützen. Die Katze sprang von neuem. Aber da rauschten Schwingen nieder, die Krallen des Falken fuhren nach den Augen der großen Katze, Flügel schlugen ihr um die Schnauze.

Preciosa! Sie ist gekommen, um für mich zu kämpfen!

Romilly hob den Kopf, sprang auf und kletterte auf einen

Baum. Preciosa schwebte gerade außer Reichweite der tödlichen Klauen, flatterte und kämpfte mit Schnabel und Krallen, bis die Katze ihr den Rücken kehrte und im hohen Gras verschwand, wo ihre Jungen versteckt waren. Atemlos rutschte Romilly an dem Baum hinunter und rannte, so schnell sie konnte, in die entgegengesetzte Richtung. Preciosa folgte ihr dichtauf; sie hörte das Rauschen der Flügel und die kurzen, schrillen Rufe des Falken. Als sie schließlich außer Reichweite war, blieb sie stehen, drehte sich um und streckte den Arm aus. Die Geste war ihr so vertraut, dass sie ihr nicht einmal bewusst wurde.

»Preciosa!«, rief sie, und die Krallen des Falken schlossen sich behutsam um ihren Arm. Alles fiel ihr wieder ein, und sie begann zu weinen.

»Oh, Preciosa, du bist zu mir gekommen!«

Romilly wusch sich an diesem Abend in einem Bach und klopfte Blätter und Schmutz von ihrem Mantel. Sie legte Jacke und Hose ab, schüttelte sie aus und zog sie wieder an. Ihren Schwertfrau-Ohrring hatte sie verloren – sie wusste nicht, wo. Mit dem Falken auf ihrer Schulter versuchte sie, sich zu orientieren.

Der weiße Turm in der Nähe war vermutlich Neskaya, doch sie war sich nicht sicher. Eine Tageswanderung würde sie hinbringen, und vielleicht konnte sie dort eine Nachricht abschicken und erfahren, was aus Carolin geworden war und was die Armee machte. Immer noch schreckte sie vor dem Gedanken zurück, sich ihnen wieder anzuschließen. Andererseits war ihr klar, dass sie eines Tages zu ihrer eigenen Art zurückkehren musste.

Spät am Abend suchte sie nach einem trockenen Platz zum Schlafen und fragte sich, wie sie diese ganze Zeit allein zurechtgekommen war. Sie musste drei ganze Tage im Wald gewesen sein! Da hörte sie jemanden ihren Namen rufen.

Romilly! Romilly!

Sucht nach ihr mit Laran, nur so können wir sie finden, sie versteckt sich ...

Sie kann nicht tot sein. Ich würde es spüren, wenn sie tot wäre ...

Einige der Stimmen meinte sie zu erkennen, aber alles war recht undeutlich.

Wenn du sie finden kannst, fordere sie auf, zu uns zurückzukehren. Das war eine Stimme, die sie kannte, die sie liebte, Jandria, die um sie trauerte. Und obwohl sie das nie zuvor getan hatte, wusste Romilly mit einem Mal, wie sie im Geist hinausgreifen musste.

Wo bist du? Was ist geschehen? Ich dachte, der Krieg sei vorbei.

Er ist vorbei, und Carolin lagert vor den Mauern von Hali, kam die Antwort. *Doch es steht Patt, denn Lyondri hält Orain irgendwo in der Stadt als Geisel fest.*

Und Romilly dachte keinen Augenblick daran, dass und warum sie Orain grollte.

Ich komme, so schnell ich kann.

9

Sie schlief in dieser Nacht nur kurze Zeit. Bei Tagesanbruch war sie wach und unterwegs und schickte ihr Laran voraus, um eine menschliche Behausung auszuspähen. In einem Dorf ging sie zu einem Mann, der Pferde verlieh.

»Ich muss sofort ein schnelles Pferd haben. Ich gehöre der Schwesternschaft vom Schwert an, und ich bin auf einer dringenden Mission für König Carolin. Man braucht mich eiligst in Hali.«

»Und ich bin Seiner Majestät Chefkoch und Flaschenwäscher«, höhnte der Stallbesitzer. »Nicht so hastig, *mestra.* Was wollt Ihr bezahlen?« Und Romilly sah sich in seinen Augen widergespiegelt, eine hagere Vogelscheuche von einer Frau in zerlumpter Kleidung, barfuß, das Gesicht von der Bergkatze schlimm zerkratzt und blutend, einen ungepflegten Falken auf der Schulter.

»Ich habe den Krieg und Schlimmeres hinter mir«, sagte sie. Sie hatte so lange unter Tieren gelebt, dass ihr der Begriff für die Notwendigkeit des Geldes verloren gegangen war. Sie suchte in den tiefen Taschen von Jacke und Hose und fand ein paar vergessene Münzen, die sie ihm hinwarf.

»Nehmt das als Anzahlung«, sagte sie, ohne sie zu zählen. »Ich schwöre, dass ich Euch den Rest schicke, sobald ich ein Haus der Schwesternschaft erreiche, und dazu noch das Doppelte, wenn Ihr für mich ein Paar Stiefel und etwas zu essen auftreibt.«

Er zögerte. »Ich werde dreißig Silberstücke oder einen Kupfer-Royal brauchen – und einen zweiten als Zeichen dafür, dass Ihr das Pferd zurückgeben werdet.«

Romillys Augen funkelten vor Zorn. Sie wusste nicht einmal, warum es ihr so eilig war, aber in Hali wartete man auf sie. »In Carolins Namen«, erklärte sie, »ich kann Euer Pferd nehmen, wenn es sein muss!«

Sie wies auf das nächststehende Pferd. Es war ein großer, hochbeiniger Rotschimmel, und er sah schnell aus. Eine Berührung ihres Laran, und es kam sofort zu ihr, den Hals unterwürfig geneigt. Sein Eigentümer brüllte wütend auf und wollte den Führungsstrick fassen. Aber das Pferd wich ihm nervös aus, trat, drehte sich im Kreis, kam zu Romilly zurück und rieb seinen Kopf an ihrer Schulter.

»*Leronis*«, flüsterte er mit großen Augen.

»Das und mehr«, gab Romilly knapp zurück.

Eine junge Frau stand in der Nähe, beobachtete sie und drehte ihre lange Schürze zu einem Strick. Endlich sagte sie leise: »Meiner Mutter Schwester ist eine von der Schwesternschaft, *mestra*. Sie hat mir erzählt, dass die Schwesternschaft immer für Schulden aufkommt, die eine der Ihren gemacht hat, ihrer gemeinsamen Ehre wegen. Gib ihr das Pferd, mein Gatte, und ...«, sie lief ins Haus und kam mit einem Paar derber Stiefel zurück.

»Sie haben meinem Sohn gehört«, flüsterte sie. »Rakhals Männer kamen durch das Dorf, und einer von ihnen tötete ihn, stach ihn nieder wie einen Hund, als sie unser Pflugtier nahmen und für ihr Abendessen schlachteten und er Bezahlung von ihnen verlangte. Carolins Männer haben nichts dergleichen getan.«

Romilly zog sich die Stiefel über die Füße. Es war Schuhwerk der Bergbewohner, mit Pelz gefüttert, weich an den Zehen. Die Frau gab ihr die Hälfte eines angeschnittenen Brotlaibs. »Wenn Ihr warten könnt, *mestra*, sollt Ihr warmes Essen haben, aber ich habe nichts gekocht.«

Romilly schüttelte den Kopf. »Das genügt. Ich kann nicht warten.« Im Nu war sie auf dem Rücken des Pferdes, während der Mann rief: »Keine Dame kann dieses Pferd reiten. Es ist mein wildestes ...«

»Ich bin keine Dame, sondern eine Schwertfrau!« Plötzlich wurde ihr eine neue Facette ihres Laran bewusst. Sie griff hinaus, wie sie es bei der Bergkatze getan hatte, und er wich mit aufgerissenen Augen vor ihr zurück.

Die Frau verwunderte sich: »Wollt Ihr keinen Sattel, keinen Zaum? Lasst mich Eure Wunden verbinden, Schwertfrau.«

»Dafür habe ich keine Zeit«, antwortete Romilly. »Beschreibt mir den Weg nach Hali.«

Die Frau stammelte Anweisungen, während der Mann stumm dastand und Romilly anglotzte. Sie drückte dem Pferd die Fersen in die Weichen. Als Kind auf Falkenhof war sie oft ohne Sattel und Zaum geritten, hatte eben angefangen, ihr Laran zu entdecken und das Pferd allein mit ihrem Willen regiert. Mit einem kurzen, scharfen Schmerz dachte sie: *Sonnenstern!* Sonnenstern und das namenlose unbekannte Pferd, das sie vom Schlachtfeld weggetragen und das sie freigelassen hatte, damit es in der Wildnis umherstreifen konnte. Sie war bestimmt wahnsinnig gewesen.

Das Pferd lief schnell und gleichmäßig; seine langen Beine fraßen die Meilen. Romilly nagte an dem harten Brot, keine gute Mahlzeit war je so köstlich gewesen. Sie brauchte neue Kleider und ein Bad und einen Kamm für ihr Haar. Aber ein Gefühl alptraumhafter Dringlichkeit trieb sie weiter. *Orain in den Händen Lyondris!* Einmal hielt sie an, damit das Pferd grasen und sich ein bisschen verschnaufen konnte, und sie sagte sich: *Was kann ich denn dagegen tun?*

Der See von Hali war lang und trübe, und ein Turm erhob sich neben ihm. Blasse Wellen schlugen wie Gewitterwolken ans Ufer. Am hinteren Ende lagerte Carolins Armee vor einer Stadt, deren Mauern grau und grimmig waren. Und jetzt war sich Romilly ihres Laran sicher genug, um nach der Anwesenheit des Mannes zu suchen, den sie als Dom Carlo und ihren Freund kennen gelernt hatte. Ob er nun König war oder nicht, er war immer noch der Mann, der sie aufgenommen, der sie auch dann noch vor seinen Männern beschützt hatte, als er wusste, dass sie eine Frau war, der ihr Geheimnis selbst vor seinem liebsten Freund und Pflegebruder bewahrt hatte.

Sie ritt durch die gaffenden Soldaten. Eine Schwertfrau rief bestürzt ihren Namen. Romilly konnte sich denken, welchen Eindruck sie machte, erschöpft und abgezehrt, Jacke und Hose schmutzig, das Haar verfilzt, die Male der Katzenklauen noch blutig auf ihrem Gesicht, auf einem Bauernpferd ohne Sattel und Zaum reitend. Präsentierte man sich so einem König?

Sie war noch nicht ganz abgestiegen, als Jandria sie schon fest umarmte.

»Romilly, Romy, wir hielten dich für tot! Wohin warst du gegangen?«

Sie schüttelte den Kopf, plötzlich zu müde, um zu sprechen.

»Irgendwohin. Überallhin. Nirgendwohin. Spielt es eine Rolle? Ich bin gekommen, so schnell ich konnte. Wie lange ist es her seit der Schlacht? Stimmt es, dass Orain von Lyondri als Geisel festgehalten wird?«

Alderic und Ruyven kamen gelaufen und umarmten sie. »Ich habe gemeinsam mit Lady Maura versucht, dich zu erreichen«, berichtete Alderic, »aber es gelang uns nicht.« Und Jandria schrie auf: »Was ist mit deinem Gesicht passiert – wo ist dein Ohrring ...?«

»Später«, wehrte Romilly ab. Und dann stand Carolin selbst vor ihr und streckte ihr beide Hände entgegen.

»Kind!« Er zog sie in seine Arme, wie es ihr eigener Vater getan hätte. »Orain hat dich auch geliebt. Ich glaubte, euch beide verloren zu haben, die ihr mir nicht als einem König, sondern als einem Gesetzlosen und Flüchtling gefolgt seid! Komm herein«, und er führte sie in sein Zelt. Er winkte Jandria, und sie goss Romilly einen Becher Wein ein. Romilly schüttelte den Kopf.

»Nein, nein, ich habe fast nichts gegessen, ich wäre von einem halben Becher betrunken. Lieber möchte ich etwas zu essen haben«, sagte sie. Die Reste einer Mahlzeit standen auf einem rohen Holztisch. »Bedien dich«, forderte Carolin sie auf. Jandria schnitt ihr Fleisch und Brot ab, aber Romilly legte das Fleisch beiseite – sie würde nie wieder Fleisch essen können – und aß langsam das Brot. Jandria nahm den verschmähten Wein und wusch die tiefen Klauenspuren auf ihrem Gesicht.

»Wie kommst du denn daran? Der Heiler muss sie behandeln, Wunden von den Klauen einer Katze entzünden sich immer, du könntest auf einem Auge blind werden, wenn es sich ausbreitet.« Romilly wusste ihr kaum zu antworten.

»Ich erinnere mich nicht so recht. Eines Tages werde ich euch alles erzählen, was ich noch weiß«, versprach sie. »Aber Orain ...«

»Sie halten ihn irgendwo in der Stadt gefangen«, berichtete Carolin. Er war im Zelt hin- und hergeschritten. Jetzt ließ er sich müde in einen Faltstuhl sinken. »Ich wage es nicht einmal, nach ihm zu suchen, denn sie haben mich gewarnt ... und doch könnte ihm das einen leichteren Tod eintragen als den, den Lyondri für ihn plant. Rakhals Armee ist zerschlagen. Die meisten seiner Männer haben sich mir ergeben. Nur Rakhal, Lyondri und einige wenige Gefolgsleute haben hier Zuflucht gefunden. Und sie haben Orain, er ist seit der Schlacht in ihren Händen. Jetzt stellen sie Forderungen.« Romilly sah, wie sein Kiefer sich bewegte, als er schluckte und fortfuhr: »Mein Angebot lautete, ich wolle ihnen freien Abzug über den Kadarin oder an einen Ort ihrer Wahl gewähren, ihrer beider Leben schonen und Lyondris Sohn zusammen mit meinen eigenen Söhnen als Verwandten an meinem Hof erziehen. Aber sie ... sie ...« Er brach ab. Seine Hände zitterten.

»Lass mich es ihr erzählen, Onkel«, bat Alderic. »Ich ließ ihnen mitteilen, dass ich mich im Austausch für meinen Vater als Geisel anböte und mit ihnen über den Kadarin ziehen wolle, wohin sie wünschten, an welchen Ort auch immer sie sich zurückziehen wollten, ich versprach ihnen dazu Kupfer und Silber.«

»Kurz gesagt«, fiel Jandria ein, »dieses edle Paar verlangt im Austausch für Orains Leben Carolin *selbst*. Auch ich habe mich ihnen als Geisel angeboten – ich dachte, vielleicht werde Lyondri zustimmen. Und Maura war bereit, sich Rakhal hinzugeben und sogar mit ihm ins Exil zu gehen, wenn das sein Wunsch sei, damit Carolin seinen Friedensmann zurückbekomme.« Ihr Gesicht verfinsterte sich. »Zeigt ihr, welche Antwort sie uns geschickt haben.«

Ruyven zupfte an einem Päckchen, das in gelbe Seide eingeschlagen war. Seine Hände bebten fürchterlich. Carolin nahm es ihm ab und versuchte, es auszuwickeln. Maura legte ihre Hände über seine, streichelte sie kurz und öffnete dann das blutbefleckte Tuch.

Darin lag – Romilly meinte, sich übergeben zu müssen – ein schwieliger Finger. Verklumptes Blut schloss das Ende, wo er von der Hand abgeschnitten worden war. Und das Entsetzlichste war, dieser eine Finger trug einen Kupferring mit einem blauen Stein, den sie an Orains Hand gesehen hatte.

Von neuem ergriff Carolin das Wort. »Sie schickten mir Nachricht, sie würden mir Orain zurückgeben – immer ein kleines Stück auf einmal –, falls ich mich ihnen nicht auslieferte und meine Streitkräfte bedingungslos kapitulierten.« Auch seine Hände zitterten, als er den Finger sorgfältig wieder einwickelte. »Das kam vor zwei Tagen. Gestern war es ... war es ein Ohr. Heute«, er konnte nicht weitersprechen und schloss die Augen. Tränen quollen unter den Wimpern hervor.

»Für Orain würde ich mein Leben und mehr geben, und das

hat er immer gewusst«, sagte Carolin. »Aber ich ... ich habe gesehen, was Rakhal meinem Volk angetan hat. Wie kann ich ein ganzes Volk ihm und seinem Schlächter Lyondri ausliefern?«

»Orain würde sich für dich in kleine Stücke hacken lassen, das weißt du«, sagte Maura, und Carolin senkte den Kopf und schluchzte. »Lyondri weiß das auch. Verdammt soll er sein! Verdammt im Wachen und im Schlafen.« Seine Stimme stieg zu fast hysterischer Höhe an.

»Genug.« Maura fasste sanft seine Hand, nahm ihm das grauenvolle Päckchen weg und legte es beiseite.

Jandria erklärte: »Ich schwöre, dass ich nicht schlafen und keinen Wein mehr trinken werde, bis Lyondri lebendig geschunden worden ist.«

»Das schwöre ich auch«, setzte Carolin hinzu. »Doch das rettet Orain nicht vor seinem Schicksal. Du kommst, wo wir alle Hoffnung verloren haben und fast entschlossen sind, die Stadt zu stürmen, damit Orain einen schnellen, sauberen Tod findet. Auf jeden Fall müssen wir herausfinden, wo sie ihn festhalten, und es ist Rakhal gelungen, die Stadt gegen Laran abzuschirmen. Wir haben jedoch immer noch einen Kundschaftervogel, und wir dachten, vielleicht könnten wir ihn in die Stadt schicken. Aber seit der Schlacht ist nichts mehr mit ihm anzufangen, Ruyven wird nicht mit ihm fertig.«

Maura ergänzte: »Und Ranald ist beim letzten Angriff gefallen, in dem wir auch dich geblieben glaubten. Ruyven behauptete, du seist nicht tot, er hätte es gespürt, wenn du gestorben wärest. Und die Schwertfrauen hatten deine Leiche nicht gefunden. Nur wussten wir nicht, wohin du gegangen warst. Wenn wir nun herausfinden, in welchem Teil der Stadt sie sich für ihr schmutziges Werk verschanzt haben. Sie haben gedroht, sobald wir die Stadt betreten, werden sie anfangen, ihn in Stücke zu schneiden, und wenn wir lange genug gesucht hätten, um ihn zu finden, könnten wir haben, was von ihm übrig sei.« Ihr Gesicht verzog sich vor Angst und Entsetzen. »Deshalb dürfen wir nicht aufs Geratewohl suchen, denn seine *leronyn* haben die Stadt irgendwie abgeschirmt. Aber vielleicht würde ihnen ein Vogel nicht auffallen ...«

»Einen Kundschaftervogel würden sie sofort erkennen«, gab Romilly zu bedenken. »Ihre *leronyn* werden mit einem solchen Plan rechnen ...«

»Das habe ich auch gesagt«, bemerkte Ruyven. »Immerhin ist es eine Chance. Wenn du Temperentia dazu bringen kannst ...«

»Ich schicke besser Preciosa«, meinte Romilly. »Sie wollte nicht mit mir zur Armee kommen und flog weg, aber ich kann sie rufen.« Hatte sie wirklich geglaubt, sie werde ihr Laran nie wieder benutzen? Es stand wie ihr Körper und ihr Leben Carolin zur Verfügung. Kein Land konnte überleben mit einer Bergkatze wie Lyondri an seiner Spitze. Nein – die Katze tötete aus Hunger oder Furcht, Rakhal und Lyondri jedoch allein der Macht wegen.

»Das wäre eine Möglichkeit«, nickte Carolin. »Vielleicht halten sie sie für einen wilden Falken – die Götter wissen, dass es genug von ihnen in der Umgebung Halis gibt. Spähe aus, wo Orain gefangen gehalten wird, und wir stürmen sofort auf diese Stelle los. Dann müssen sie uns Orain geben oder ihn schnell töten.«

Irgendwo wurde ins Horn geblasen. Carolin erschrak und zuckte zusammen. »Das ist ihre verfluchte Ankündigung«, sagte er schwach. »Um diese Stunde – kurz vor Sonnenuntergang – kamen sie an den beiden vorhergehenden Tagen, und während ich hier sitze und versuche, Mut zur Erstürmung der Stadt zu fassen, wird Orain ...« Wieder versagte ihm die Stimme. Das Horn erklang noch einmal, und Carolin trat vor das Zelt. Ein gemeiner Soldat kam in unverschämter Haltung auf ihn zu. In der Hand trug er ein Päckchen aus gelber Seide. Er verbeugte sich. »Carolin, Prätendent des Throns der Hasturs, ich habe die Ehre, Euch ein weiteres Stück Eures treuen geschworenen Mannes zurückzugeben. Ihr dürft stolz auf seine Tapferkeit sein.«

Er stieß ein raues, höhnisches Gelächter aus. Alderic sprang vor.

»Elender, den ich mit der Bezeichnung *Hund* ehren würde! Dir soll das Lachen vergehen«, brüllte er. Jandria umschlang ihn mit ihren Armen.

»Nein, Deric, lass es, dafür werden sie sich nur an Orain rächen!«

Der Soldat fragte: »Wollt Ihr nicht sehen, welchen Beweis von Eures Friedensmannes Tapferkeit und Hingabe man Euch geschickt hat?«

Carolins Hände bebten. Jandria sagte: »Gib es mir«, ließ Alderic los und wickelte das grauenhafte Päckchen aus. Darin lag ein weiterer Finger. »Dies ist die Botschaft Lyondris«, verkündete der Soldat. »Wir sind dieses Spiels müde. Morgen wird es ein Auge, übermorgen das zweite Auge sein, und am dritten Tag schicken wir Euch seine Hoden. Sollte Euch das noch nicht umstimmen, wird es am vierten Tag ein Meter Haut sein, der ihm vom Rücken abgeschunden ist.«

»Bastarde! Söhne von Bastarden!«, fluchte Carolin. Der Soldat drehte ihm nur den Rücken und verschwand, wieder von Hörnerklang begleitet, im Stadttor.

»Folgt ihm mit Laran!«, befahl Carolin. Aber obwohl Ruyven, Maura, Alderic und auch Romilly es alle versuchten, war es, als würden sie gegen eine undurchdringliche Steinmauer anrennen. Sobald der Mann das Tor durchschritten hatte, erreichten sie ihn nicht mehr. Carolin zitterte vor Entsetzen, er war nicht einmal mehr fähig, Tränen zu vergießen. Maura hielt ihn fest in ihren Armen.

»Mein Liebster, mein Liebster, Orain würde nicht wollen, daß du dich auslieferst.«

»Avarra schütze mich, das weiß ich – aber ach, wenn ich ihn nur rasch töten könnte ...«

Wieder im Zelt erklärte er mit gnadenlosem Zorn: »Ich werde es nicht zulassen, daß sie ihn blenden, kastrieren, schinden. Wenn uns heute Nacht nichts anderes einfällt, stürme ich morgen früh die Stadt mit allem, was mir zur Verfügung steht. Ich werde bekannt geben, dass keinem Bürger ein Leid geschieht, der die Hand nicht gegen mich erhebt. Aber wir werden jedes Haus durchsuchen, bis wir ihn finden, und dann wird seine Qual wenigstens ein rasches Ende haben. Und dann werden die Folterer in meine Hände fallen.«

Romilly sah ihn an. Carolin war ein anständiger Mann, er würde selbst Lyondri Hastur nichts Schlimmeres antun, als daß er ihn tötete. Er mochte ihn hängen lassen und seinen Leichnam als Warnung zur Schau stellen, statt ihm den Tod eines Adligen durch das Schwert zu gewähren. Doch sollte es so weit kommen, traf Lyondri immer noch ein gnädigeres Schicksal als Orain. Carolin ließ in der Armee unauffällig weitersagen, man solle sich bereitmachen, das Stadttor im Morgengrauen zu stürmen.

»Kann dein Falke im Dunkeln gut genug sehen, um uns dahin zu führen, wo sich Rakhal mit seinen Folterknechten versteckt? Ich glaube nicht, dass er dies selbst tut, mit eigener Hand.« Er wies auf das Päckchen.

»Ich weiß es nicht«, antwortete Romilly leise. Während die anderen gesprochen hatten, war in ihr ein Plan gereift.

»Wie viele Männer bewachen die Stadtmauern?«

»Das weiß ich nicht, aber sie haben Kundschaftervögel rings um die Mauer und gefährliche Hunde. Sollte jemand versuchen, sich durch ein Seitentor in die Stadt zu schleichen – wir haben es versucht –, machen die Vögel und Hunde einen solchen Lärm, dass jeder von Rakhals Männern aufgeweckt und an diese Stelle gerufen wird«, antwortete Carolin verzagt.

»Gut«, sagte Romilly ruhig. »Das könnte kaum besser sein.«

»Was meinst du?«

»Ich überlege mir Folgendes, mein Lord. Mein Laran ist von geringem Nutzen gegen Menschen. Und Ihr sagt, Rakhals *leronyn* hätten die Stadt gegen unser Laran abgeschirmt – Laran, wie es Eure Männer einsetzen. Aber ich fürchte keinen Vogel, keinen Hund, nichts, das auf vier Beinen läuft oder mit Flügeln fliegt. Lasst mich vor dem Morgengrauen allein in die Stadt gehen und den Ort finden, mein Lord.«

»Allein? Du, ein Mädchen?«, begann Carolin. Dann schüttelte er den Kopf.

»Du hast wieder und wieder bewiesen, dass du mehr als ein Mädchen bist, Schwertfrau«, sagte er leise. »Es ist das Risiko wert. Hast du keinen Erfolg, werden wir morgen früh wenigstens wissen, wo wir zuerst zuzuschlagen haben, um sie zu zwingen, ihm einen schnellen Tod zu geben. Nur lass es erst dunkel werden. Auch hast du einen langen Ritt hinter dir. Besorge ihr etwas Richtiges zu essen, Jandria, und lass sie ein bisschen schlafen.«

»Ich könnte doch nicht schlafen«, protestierte Romilly.

»Dann ruhe dich wenigstens aus«, befahl Carolin, und Romilly neigte den Kopf. »Wie Ihr wollt.«

Jandria nahm sie mit zum Zelt der Schwertfrauen, brachte ihr Essen und saubere Kleidung.

»Und Waschwasser und einen Kamm«, bat Romilly. Also holte Jandria vom Feuer der Kantine warmes Wasser. Romilly wusch sich und versuchte, ihr verfilztes Haar auszukämmen. Jandria, die ihr half, musste es schließlich ganz kurz schneiden. Dankbar stieg Romilly in saubere, weiche Unterwäsche, in eine neue Jacke und Hose. Sie hatte keine anderen Stiefel als die der Landfrau, aber sie streifte saubere Strümpfe über ihre Füße. Welch eine Wohltat war es, sauber und ordentlich zu sein, gekochte Speisen zu essen, sich menschlich zu fühlen.

»Und jetzt musst du ausruhen«, sagte Jandria, »Carolin hat es befohlen. Ich verspreche dir, ich wecke dich um Mitternacht.«

Romilly legte sich neben Jandria auf die Decke. Das Licht des abnehmenden Monds fiel ins Zelt, und Romilly dachte mit großer Traurigkeit daran, dass Ranald neben ihr gelegen hatte, als die Monde das letzte Mal voll gewesen waren. Jetzt war er tot, und es dünkte sie so bitter, so sinnlos. Sie hatte ihn nicht geliebt, aber er war gut zu ihr gewesen und der erste Mann, dem sie sich hingegeben hatte. Sie würde ihn nie vergessen und für immer ein bisschen um ihn trauern. Jandria schwieg. Romilly wusste, ihre Freundin trauerte ebenfalls, nicht nur wegen der Gefahr, in der sich Orain befand, sondern auch um Lyondri Hastur, der für sie einmal das gewesen war, was Ranald für Romilly bedeutete, der Erste, der ihre Weiblichkeit und ihr Verlangen erweckte. Und sie konnte an ihn nicht einmal mit der süßen Traurigkeit denken, die man einem Toten widmet. Er hatte sich weiter und weiter von ihr entfernt, war ein Ungeheuer geworden ... Romilly legte die Arme um Jandria und fühlte, dass die Frau zitterte.

Es hat so viel Leid gegeben, und alles sinnlos. In meinem Stolz habe auch ich Leid über jene gebracht, die mir kein Leid getan hatten. Ich will mein Äußerstes tun, um Orain vor dem ihm zugedachten Schicksal zu retten. Es sieht hoffnungslos aus, doch nicht jeder gekochte Brei wird gegessen. Wie es auch ausgehen mag, wenn ich morgen früh noch am Leben bin, werde ich Vater und Luciella Nachricht schicken, dass ich lebe und dass sie nicht um mich trauern dürfen.

Jandrias Kummer ist schlimmer als meiner. Um Orain werde ich trauern, wenn er stirbt, weil er mein Freund war und weil er edel für Carolin gestorben ist, den er liebt. Wer wird jedoch trauern und etwas anderes als Erleichterung empfinden, wenn Lyondri nichts Böses mehr tun kann?

Sie hielt die schluchzende Jandria in ihren Armen und spürte schließlich, dass sie eingeschlafen war.

Romilly hatte eine oder zwei Stunden geschlafen, als Jandria sie sacht an der Schulter rüttelte.

»Steh auf, Romilly. Es ist Zeit.«

Romilly bespritzte ihr Gesicht mit kaltem Wasser und aß etwas Brot; den Wein verschmähte sie. Sie musste alle ihre Sinne beisammen haben. Carolin wartete auf sie in seinem Zelt, das Gesicht ruhig und entschlossen. Er sagte: »Ich brauche dir nicht zu versichern, dass du, wenn du Orain befreist – oder ihm weitere Leiden ersparst, und solltest du ihm deinen eigenen Dolch ins Herz stoßen müssen –, deine Belohnung selbst nennen kannst, und wenn du einen meiner Söhne heiraten möchtest.«

Sie lächelte über den Gedanken. Warum sollte sie das wünschen? Romilly antwortete ihm wie dem Dom Carlo, den sie damals kennen gelernt hatte. »Onkel, ich werde für Orain tun, was ich kann, weil er gut zu mir war, als er mich noch für einen entlaufenen Falknerlehrling hielt. Meint Ihr nicht, eine Schwertfrau und eine MacAran werde ihr Leben ebenso der Ehre als der Habgier wegen aufs Spiel setzen?«

»Das weiß ich«, sagte Carolin sanft, »aber ich werde dich auch zu meiner eigenen Freude belohnen, Romilly.«

Sie wandte sich Jandria zu. »Die Stiefel machen zu viel Lärm. Besorge mir bitte ein Paar weiche Sandalen.« Jandria brachte ein Paar, das ihr selbst gehörte. Sie waren zu groß, deshalb band Romilly sie recht fest. Sie verbarg ihr Haar unter einem dunklen Tuch, damit kein zufälliges Schimmern sie verrate, und rieb sich das Gesicht mit Schmutz ein, damit es nicht im Laternenlicht eines Wachpostens aufleuchte. Jetzt konnte sie lautlos in die Stadt gehen, und sie fürchtete weder Kundschaftervogel noch Hund. Zu dieser Stunde schlief bestimmt alles bis auf einige wenige Männer.

Alderic erklärte in einem Ton, der eine Zurückweisung unmöglich machte: »Ich gehe mit dir an das Seitentor.«

Romilly nickte. Auch er besaß eine Spur von diesem Laran. Hand in Hand stahlen sie sich auf ihren weichen Sohlen von Carolins Zelt fort und schlugen einen weiten Bogen um das Stadttor. Irgendwo bellte ein Hund. Wahrscheinlich, so dachte Romilly, sandte er einen Gedankenfaden auf der Suche nach einer Maus durch die Straßen. Für alle Fälle brachte sie ihn zum Schweigen, indem sie Frieden und Schläfrigkeit auf ihn abstrahlte ...

»Du kannst die Kundschaftervögel beruhigen, aber das Tor wird quietschen, wenn du es zu öffnen versuchst«, flüsterte Alderic. Wortlos legte er seine Hände zum Steigbügel zusammen, als helfe er ihr, ein großes Pferd zu besteigen. Romilly fasste den oberen Rand des kleinen Seitentores und kletterte hinauf. Dann sah sie auf die im Mondschein schlafende Stadt hinunter.

Sie sandte ihre Gedanken zu den Kundschaftervögeln, übermittelte Frieden, Ruhe, Schweigen. Sie konnte sie jetzt auf der Stadtmauer sehen, große hässliche Gestalten. Zusammen mit ihren Pflegern hoben sie sich wie Statuen vor dem Himmel ab. Eine Störung, und sie würden kreischen, Rakhals ganze Armee wecken ...

Frieden, Frieden, Ruhe ... Durch die Augen der Vögel betrachtete sie die Straßen. Sie lagen dunkel da, nur hier und da zeigte sich ein helles Fenster. Sie überprüfte eines nach dem anderen. Mit gewöhnlichem Laran war nichts zu erkennen, aber wenn sie sich mit den Gedanken der Tiere verband, nahm sie wahr, was dort geschah. Hinter einem der hellen Fenster lag eine Frau in Geburtswehen. Eine Hebamme kniete neben ihr, hielt ihre Hände und flüsterte ihr Ermutigungen zu. Eine Mutter saß am Bett eines kranken Kindes und sang mit einer Stimme, die heiser vor Sorge und Müdigkeit war. Ein im Krieg verwundeter Mann hatte Fieber in seinem Beinstumpf und warf sich hin und her ...

Ein Hund knurrte in einer Seitenstraße, und Romilly erkannte, dass er gleich in wütendes Bellen ausbrechen würde. Sie wandte sich ihm zu, beruhigte ihn, spürte seine Verblüffung: Wohin war die Störung verschwunden? Lautlos schlich sie an ihm vorüber.

Jetzt hatte sie die Stadtmauern und die Kundschaftervögel hinter sich. Ob man daran gedacht hatte, die übrige Stadt gegen Laran zu schützen? Oder hatten die wenigen *leronyn,* die Rakhal zur Verfügung standen, genug damit zu tun, das Tor abzuschirmen, so dass das Innere der Stadt offen dalag?

Vorsichtig, bereit, sich bei der leisesten gedanklichen Berührung zurückzuziehen, schickte sie ihre Sinne hinaus ... Sie wusste, dass Orain wenig Laran besaß, aber kopfblind war er nicht, und *sie fühlte* ihn irgendwo; seine schmerzenden Verletzungen ließen ihn nicht schlafen. Sie durfte ihm ihre Anwesenheit nicht verraten, er mochte von Rakhals oder Lyondris Zauberern überwacht werden. Lautlos bewegte sie sich auf ihn zu, stahl sich an einem Häuserblock der alten Stadt nach dem anderen vorbei. Kein Hund bellte, keine Maus in den Mauern quiekte. *Ruhe, Ruhe, Frieden über der Stadt.* Pferde dösten in ihren Ställen, Katzen unterbrachen ihre Mäusejagd und schliefen vor Herdfeuern ein, unruhige Säuglinge verstummten unter dem mächtigen Bann. Von einem Ende der Stadt Hali zum anderen empfand kein Lebewesen etwas anderes als Frieden und Ruhe. Sogar die Gebärende fiel in einen friedlichen Schlaf, und die Hebamme schlummerte neben ihr.

Frieden, Ruhe, Schweigen ...

Vor einem Haus nahe der gegenüberliegenden Mauer – sie

hatte, eingehüllt in ihren Zauber, die ganze Stadt durchquert – nahm sie die Gedanken zweier Menschen wahr, die sie schon einmal berührt hatte. Orain ... da drinnen lag Orain, betäubt von dem Schlaf, den sie über alle Wesen geworfen hatte, aber Schmerz, Furcht, Verzweiflung durchdrangen ihn, dazu die Hoffnung, es werde ihm vielleicht irgendwie gelingen, schnell zu sterben. Vorsichtig, vorsichtig sandte sie einen Hauch von einem Gedanken aus.

Bleib ruhig, bewege dich nicht, damit niemand misstrauisch wird, wenn du erwachst ...

Die Tür quietschte, aber drinnen war alles so still, dass der schlafende Mann vor Orains Tür sich nicht regte. Weiter hinten spürte Romilly die steinerne Wand von Lyondri Hasturs Gedanken – auch er war tief beunruhigt. *Das Schreckliche ist, dass Lyondri nicht von Natur aus grausam ist. Er will nicht einmal zusehen, wenn die Folterknechte seine schurkischen Befehle vollziehen, Er tut dies nur der Macht wegen!*

Seine Gedanken formten eine Frage, suchten nach einem Eindringling. Romilly verbarg ihren eigenen Geist schnell in dem einer Katze, die vor dem Herd schlief, und einen Augenblick später schlief auch Lyondri Hastur wieder ein. Der Wachposten war nicht einmal aufgewacht.

Selbst wenn ich ihn so schnell töte, dass er nicht mehr aufschreien kann – Romillys Hand schloss sich fester um den Dolch an ihrem Gürtel – *wird sein mentaler Todesschrei Lyondri wecken! Aber vielleicht schreckt er davor zurück, Orain mit eigenen Händen umzubringen ...*

Sie musste es tun. Eine andere Möglichkeit gab es nicht. Dann merkte sie, dass der Wachposten tiefer schlief, als sie es mit ihrem Zauber, der die ganze Stadt erfüllte, hätte bewirken können. Und ein anderer Geist berührte ihren. Hinter ihr war ein leises Geräusch, sie fuhr herum, den Dolch in der Hand.

»Töte mich nicht, Romilly«, hauchte Caryl. Er trug ein weißes Kindernachthemd, und sein helles Haar war zerzaust, als komme er gerade aus dem Bett. Er breitete die Arme aus und umschlang sie fest ... *aber nicht für einen Augenblick wankte der Zauber ...*

»Oh, Romilly, Romilly. Ich habe meinen Vater angefleht, doch er wollte nicht auf mich hören. Ich kann es nicht ertragen, was sie Orain antun. Es ... es tut mir auch weh. Bist du gekommen, um ihn wegzuholen?« Sein Geflüster war beinahe unhörbar. Wenn Lyondri jetzt erwachte und die Gedanken seines Sohns suchte, würde er glauben, Caryl habe einen Alptraum.

Und Lyondri Hastur hat dies an einem Ort getan, wo sein Sohn es erfahren und mitleiden musste.

»Er sagte, es würde mich für die Notwendigkeit stählen, manchmal grausam zu sein, wenn das Wohl des Reiches es verlange«, flüsterte Caryl. »Es macht mich ... krank. Ich wusste nicht, dass mein Vater dazu *fähig* wäre.« Er kämpfte gegen die Tränen an, denn sein Weinen würde seinen Vater wecken. Romilly nickte. »Hilf mir, die Hunde ruhig zu halten, wenn ich hineingehe.«

Sie konnte Orain nicht schlafend mitnehmen. Lautlos stahl sie sich an dem Wachposten vorbei.

Der Folterer. Er ist schlimmer als ein Tier, sein Geist ist ein Tiergeist, sonst könnte ich ihn nicht so leicht beherrschen ...

»Orain«, flüsterte sie und streckte die Hand aus, um einen unwillkürlichen Aufschrei sofort zu ersticken. *Vergiss nicht, du träumst das alles ...*

Orain wusste sofort, was sie meinte. Falls Lyondri erwachte oder sein Schlaf unruhig wurde, sollte er denken, Orain wandere im Traum umher. So geräuschlos wie Romilly stellte er sich auf die Füße. Einer blutete durch einen flüchtig angelegten Verband. Romilly hatte den abgeschnittenen Finger nicht gesehen, aber sie musste gegen ihr Entsetzen ankämpfen, musste den Schlafzauber intakt halten. Orain ging durch den Raum und zwang seine Füße zusammenzuckend in die Stiefel.

»Ich würde diesen Mann nicht lebend zurücklassen.« Mit unbarmherzigem Hass blickte er auf seinen Gefängniswärter. Sie standen jedoch in einem so engen Rapport, dass er Romillys Gründe dafür erkannte und sich auf einen einzigen schadenfrohen Gedanken beschränkte: *Wenn Lyondri aufwacht und feststellt, dass ich geflohen bin, während dieser Mann schlief, wird ihm Schlimmeres widerfahren als ein Dolch durchs Herz. Ich sollte ihn töten! Aber dazu bin ich nicht gütig genug.*

Der Geruch der Luft sagte Romilly, dass der Morgen nahe war. Bald würde sie sich mit den erwachenden Hunden der ganzen Stadt befassen müssen, mit den Kundschaftervögeln auf der Mauer, und wenn die Tiere *nicht* zur richtigen Zeit erwachten, alarmierte das ihre Betreuer. Sie mussten die Stadt vorher verlassen haben. Romilly fasste Orains Schulter. Auch seine Hand war umwickelt, und über dem abgeschnittenen Ohr klebte ein durchgeblutetes Pflaster. Aber ernsthaft verletzt war er nicht, und er kam vorsichtig hinter ihr her. Jetzt waren sie vor dem Haus, und Romilly merkte, dass Caryl ihnen in seinem Nachthemd gefolgt war.

»Geh zurück!«, flüsterte sie und schüttelte den Jungen an der Schulter. »Ich kann die Verantwortung nicht ...«

»Ich will nicht!« Seine Stimme verriet seine Entschlossenheit. »Er ist nicht länger mein Vater; ich wäre schlimmer als er, wenn ich bei ihm bliebe.« Große Tränen rollten lautlos über sein Gesicht, aber er bestand darauf: »Ich kann dir helfen, die Wachen ruhig zu halten.«

Romilly nickte und forderte ihn mit einer Geste auf, Orain zu stützen, der hinkte. Nun musste sie Schmerz stillen, den Aufruhr seiner Gedanken und Gefühle unter Kontrolle halten und ... ja, sie musste die Vögel anderswo in der Stadt mit ihren üblichen Schreien erwachen lassen, während sie die in der Nähe im Zauberschlaf hielt, bis ihnen irgendwie die Flucht gelungen war.

Sie erreichten das Seitentor. Caryl legte die Hand auf den Riegel. Er zerbrach, und das Tor schwang auf. Das gab einen fürchterlichen Lärm, reißendes Metall und splitterndes Holz schrien zum Himmel auf. Überall auf der Mauer entstand Aufruhr. Die Flüchtlinge ließen alle Vorsicht fahren und rannten. Sie rannten durch das Lager und die sich sammelnde Armee bis zu Carolins Zelt. Dort nahm Carolin seinen Freund in die Arme und weinte laut vor Erleichterung und Freude. Romilly drehte sich um und umschlang Caryl.

»Wir sind in Sicherheit, wir sind in Sicherheit – o Caryl, ohne dich hätten wir es nie geschafft.«

Carolin wandte sich ihnen zu und öffnete seine Arme, um Romilly und Caryl gleichzeitig mit Orain an sich zu ziehen.

»Horcht!«, sagte Orain. »Dieser Lärm – sie haben gemerkt, dass ich fort bin ...«

»Unsere Armee ist hier, dich zu beschützen«, antwortete Carolin. »Wir werden unser Leben dafür einsetzen, dass sie nicht wieder Hand an dich legen. Aber ich glaube, jetzt werden sie sich ergeben müssen. Ich will die Stadt meines Volkes nicht über ihren Köpfen anzünden, sondern jeden Mann verschonen, der sich mir unterwirft und mir Treue schwört. Rakhal und Lyondri werden heute Morgen wohl wenige Sympathisanten finden.« Er spürte, dass Orain zusammenzuckte, als Carolins Arm den Verband über seinem Ohr berührte.

»Mein Bruder, komm, wir wollen deine Wunden versorgen lassen.«

Er brachte ihn ins Zelt, und Maura und Jandria nahmen sich Orains sofort an. Während die Wunden an Hand und Kopf verbunden wurden, blinzelte Carolin, das sah Romilly im Lampenlicht, seine Tränen weg.

»Wie können wir dich belohnen, Romilly?«

»Ich brauche keine Belohnung«, erklärte sie. Jetzt, wo es vorbei war, zitterte sie und war froh, dass Alderics Arm sie stützte. Alderic hielt ihr einen Becher Wein an die Lippen. »Mir ist es genug, dass mein Lord Orain nun weiß«, sie wusste nicht, was sie hatte sagen wollen, bis sie es sich aussprechen hörte, »dass ich, auch wenn ich nur ein Mädchen bin, nicht weniger Mut oder Wert habe als irgendein Junge!«

Orain streckte die Arme nach ihr aus und zog sie an sich, wobei der Verband abriss und sein Blut auf Romilly tropfte. »Mein Schatz«, flüsterte er, hielt sie fest und sprach liebevoll weiter: »Ich meinte doch nicht ... Ich konnte dich nicht auf diese Weise begehren, aber ich wollte immer dein Freund sein, nur kam ich mir so dumm vor ...«

Auch Romilly weinte. Sie umarmte ihn und küsste seine Wange. Wie ein Kind saß sie auf seinem Schoß, und er streichelte ihr Haar. Orain reichte Alderic seine freie Hand. »Man hat mir gesagt, du hättest dich im Austausch für mich angeboten, mein Sohn. Was habe ich getan, um dessen würdig zu sein? Ich bin dir nie ein Vater gewesen.«

»Ihr habt mir das Leben gegeben, Sir«, stellte Alderic ruhig fest. »Das zumindest war ich Euch schuldig, da Ihr von mir sonst nichts an Liebe und Respekt erhalten habt.«

»Vielleicht hatte ich es nicht verdient«, sagte Orain, und Caryl kam und umarmte ihn und Romilly, die noch auf seinem Schoß saß. Carolin bezwang den Klumpen in seiner Kehle und fand seine Stimme wieder. »Ihr seid alle hier und in Sicherheit. Das ist genug. Caryl, ich schwöre, dass ich dir ein Vater sein werde, und du sollst mit meinen eigenen Söhnen erzogen werden. Und wenn ich eine Möglichkeit finde, werde ich Lyondri nicht töten. Er mag mir keine andere Wahl lassen, und seinem Eid oder seiner Ehre kann ich nicht mehr trauen. Aber wenn es einen Weg gibt, soll er sein Leben im Exil zu Ende leben.«

Caryls Stimme bebte. »Ich weiß, du wirst tun, was ehrenhaft ist, Onkel.«

»Wenn ihr jetzt alle mit eurem Liebesfest fertig seid«, fiel Jandria gereizt ein, »möchte ich diesen Mann verbinden, damit er uns das Frühstück nicht vollblutet!«

Orain grinste sie an. »So schlimm verletzt bin ich nicht. Der Mann verstand sein Handwerk so gut wie ein Feldscher. Wenigstens hat er es schnell getan. Doch man sagte mir ...«, er erschauerte. »Du bist gerade noch rechtzeitig gekommen, Romilly.«

Er nahm ihre Hand in seine nicht verbundene. »Ich kann dich nicht heiraten, Kind. Es liegt nicht in meiner Natur. Carolins Erlaubnis vorausgesetzt, werde ich dich jedoch mit meinem Sohn verloben«, und er blickte zu Alderic hoch. »Ich sehe schon, dass er bereit dazu ist.«

»Und nichts würde mir größere Freude machen.« Ruyven trat näher und lächelte Alderic an.

»Also abgemacht!«, rief Orain. Romilly riss sich entrüstet los. »Und ich soll dazu gar nichts zu sagen haben?«, fragte sie. Ihre Hand fuhr an das Ohr, von dem der Ohrring losgerissen worden war. »Bis zum Ende des Jahres bin ich noch der Schwesternschaft verpflichtet. Und dann ...«, ein bisschen nervös grinste sie Alderic und Ruyven an. »Ich habe eingesehen, dass mein Laran, so gut es sein mag, immer noch nicht richtig ausgebildet ist, sonst wäre ich besser damit zurechtgekommen. Es ließ mich auf dem Schlachtfeld im Stich, als Sonnenstern getötet wurde. Ich bin beinahe gestorben, weil ich mein Ich nicht abzutrennen verstand. Wenn man mich nimmt«, ihr Blick wanderte von Ruyven zu Alderic, »werde ich in einen Turm gehen und mein Laran beherrschen lernen, damit es nicht mich beherrscht. Und dann muss ich Frieden mit meinem Vater und meiner Stiefmutter schließen. Und dann«, nun bedachte sie Alderic mit einem zitterigen Lächeln, »dann werde ich mich vielleicht gut genug kennen, um zu wissen, ob ich dich heiraten will – oder überhaupt jemanden, mein Lord.«

»Gesprochen wie eine Schwertfrau«, lobte Jandria. Romilly hörte es kaum. Alderic seufzte. Er nahm ihre Hand.

»Und wenn all das geschehen ist«, sagte er leise, »werde ich deine Entscheidung erwarten, Romilly.«

Sie drückte seine Hand, nur für einen Augenblick. Sie war sich nicht sicher, doch sie fürchtete sich nicht mehr.

»Mein Lord«, wandte sie sich an Carolin, »erlaubt Ihr mir, Euren Verwandten in das Zelt der Schwertfrauen zu bringen und ihm eine Hose auszuleihen?« Sie sah Caryl an, der verlegen errötete und hinzusetzte: »Bitte, Onkel. Ich ... ich kann mich der Armee doch nicht in einem Nachtgewand zeigen.«

Carolin lachte. »Tut, was Ihr wünscht, Falkenmeisterin. Ihr seid mir treu gewesen, und solche liebe ich. Und wenn Ihr Eure Pflicht gegenüber Eurem Laran und Euren Eltern und dem Mann, der Euch heiraten möchte, erfüllt habt, erwarte ich, dass Ihr zu uns nach Hali zurückkehrt.« Er drehte sich um und ergriff Mauras Hand. »Ich habe dir gelobt, wir würden unser Mittsommerfest in Hali feiern, stimmt's? Und im nächsten Mond ist Mittsommer. Wenn es Euch Freude macht, Lady – ich hatte daran gedacht, die Hochzeit der Falkenmeisterin zur gleichen Zeit stattfinden zu lassen wie die ihrer Königin. Aber darauf können wir warten.« Er lachte fröhlich. »Ein solcher Tyrann bin ich nicht. Doch du, Romilly, wirst eines Tages die Falkenmeisterin des regierenden Königs sein, wie du die Falkenmeisterin des verbannten König warst.«

Romilly verbeugte sich. »Ich danke Euch, Sir.« Aber ihre Gedanken wanderten ihr voraus und suchten bereits die Mauern des Turms von Tramontana.

Darkover bei Knaur

Eine Liste aller Darkover-Romane in chronologischer Reihenfolge

Die Entdeckung des Planeten: Ein terranisches Siedlerschiff muss auf dem Planeten Cottman IV notlanden; die Besatzung nennt ihre neue Heimat Darkover.

Die Landung

Das Zeitalter des Chaos: 1000 Jahre sind seit der Landung auf dem Planeten vergangen. Die Nachfahren der Siedler haben jedes Wissen über ihre Herkunft verloren und leben in einer mittelalterlichen Welt.

Herrin der Stürme
Herrin der Falken

Die Zeit der hundert Königreiche: Das Land ist in Königreiche geteilt, deren Herrscher sich erbittert bekämpfen. Furchtbare Waffen verwüsten den Planeten – und nur ein Mann kann Darkover den Frieden bringen ...

Die Zeit der hundert Königreiche
Die Erben von Hammerfell

Die Entsagenden: Frauen haben auf Darkover nur wenig Rechte – es sei denn, sie werden Entsagende, Frauen, die bewusst auf den Schutz durch einen Mann verzichten und selbstbewusst ihr eigenes Leben führen.

Die zerbrochene Kette
Gildenhaus Thendara
Die schwarze Schwesternschaft

Die Wiederentdeckung: Das Terranische Imperium entdeckt den Planeten Darkover wieder und meldet Rechte auf ihn als ehemalige Kolonie an. Gleichzeitig wächst auf Darkover aber auch die Unzufriedenheit mit den althergebrachten Traditionen. Ein Bürgerkrieg scheint unausweichlich, als sich eine der Domänen mit den Terranern verbünden will ...

An den Feuern von Hastur
Das Zauberschwert
Der verbotene Turm
Die Kräfte der Comyn
Sturmwind

Nach den Comyn: Obwohl die Terraner mittlerweile einen Raumhafen auf dem Planeten eingerichtet haben, bleibt Darkover weitestgehend vom restlichen Universum abgeschnitten. Der Kampf zwischen Tradition und Aufbruch führt zu immer neuen Kämpfen und Auseinandersetzungen ...

Die blutige Sonne
Hasturs Erbe
Retter des Planeten
Sharras Exil
Die Weltenzerstörer

Der Marguerida Alton-Zyklus: Margaret Alton denkt, sie würde den Planeten ihrer Eltern zum ersten Mal betreten, als sie nach Darkover kommt. Bald schon aber häufen sich die Beweise dafür, dass ihre Erinnerungen manipuliert wurden ...

Asharas Rückkehr
Die Schattenmatrix
Der Sohn des Verräters

Knaur

Ein Darkover-Roman

Anthologien: Die Darkover-Anthologien wurden von Marion Zimmer Bradley gemeinsam mit dem amerikanischen Fanclub, den »Friends of Darkover«, herausgegeben. Die Kurzgeschichten beschäftigen sich mit neuen oder auch bekannten (Neben-)Figuren des Zyklus, schlagen Brücken zwischen den einzelnen Romanen oder vertiefen die große Geschichte des Planeten und seiner Bewohner weiter.

Der Preis des Bewahrers
Schwert des Chaos
Rote Sonne
Die vier Monde
Die Freien Amazonen
Die Schwesternschaft des Schwertes
Planet der blutigen Sonne
Die Domänen
Die andere Seite des Spiegels

Knaur

Ein Darkover-Roman

DAVID DRAKE

DAS REICH DER INSELN

Band 1: Gefährten des Sturms

Band 2: Der Thron von Malkar

Band 3: Die Erben des Carus

Band 4: Die Königin der Dämonen

Band 5: Die Geisterbrücke

Band 6: Die Diener des Drachen

KATHARINE KERR

DIE CHRONIKEN VON DEVERRY

Band 1: Der Wanderer von Deverry

Band 2: Die Ausgestoßenen von Deverry

Band 3: Dämmerung über Deverry

Band 4: Der Magier von Deverry

Band 5: Zeit der Verbannung

Band 6: Zeit der Omen

Band 7: Zeit des Dunkels

Band 8: Zeit des Feuers

Band 9: Der rote Drache

Weitere Bände in Vorbereitung.

JOHN MARCO

DAS IMPERIUM VON NAR

Band 1: Die Jäger des Tharn

Band 2: Die Paladine des Dunkels

Band 3: Die Armee der Raben

Band 4: Das Banner der Rache

Band 5: Die Heiligen des Schwertes

Weitere Bände in Vorbereitung.

KRISTINE KATHRYN RUSCH

DIE BÜCHER DER FEY

Band 1: Die Felsenwächter

Band 2: Das Schattenportal

Band 3: Der Thron der Seherin

Band 4: Die Nebelfestung

Band 5: Der Schattenprinz

Band 6: Die Erben der Macht

Weitere Bände in Vorbereitung.